U0133690

带电作业操作方法

第 1 分册
输电线路

国家电网公司 组编

中国电力出版社
www.cepp.com.cn

内容提要

为了总结、交流我国电力系统带电作业工作经验，推广带电作业技术，规范带电作业操作方法，提升带电作业整体水平，国家电网公司生产技术部组织编写了《带电作业操作方法》。该书针对我国带电作业特点，详细介绍了输电线路带电作业的各种典型操作方法，对促进带电作业技术交流、推进现场标准化作业、规范作业行为、保障作业安全、提高工作效率具有重要意义。

本书为《带电作业操作方法 第1分册 输电线路》，共7章，每一个电压等级为一章，具体介绍了 66、110、220、330、500、±500、750kV 各电压等级输电线路带电作业操作方法，主要包括直线绝缘子串，耐张绝缘子串，金具及附件，导、地线，检测，特殊或大型带电作业等项目。

本书可供从事输电线路带电作业的作业人员、工程技术人员和管理人员在实际工作中学习、使用，也可作为对其他相关人员进行技术培训的教材，还可作为大专院校相关专业的参考教材。

图书在版编目（CIP）数据

带电作业操作方法. 第 1 分册，输电线路/国家电网公司组编. —北京：中国电力出版社，2009
ISBN 978-7-5083-7989-0

Ⅰ. 带… Ⅱ. 国… Ⅲ. ①带电作业–基本知识②输电线路–基本知识 Ⅳ. TM72

中国版本图书馆 CIP 数据核字（2008）第 195534 号

中国电力出版社出版、发行

（北京三里河路 6 号 100044 http://www.cepp.com.cn）
航远印刷有限公司印刷
各地新华书店经售
*
2009 年 1 月第一版 2009 年 1 月北京第一次印刷
787 毫米×1092 毫米 16 开本 36.25 印张 869 千字
印数 0001—3000 册 定价 **78.00** 元

敬 告 读 者

本书封面贴有防伪标签，加热后中心图案消失

本书如有印装质量问题，我社发行部负责退换

序

　　带电作业是一门工作人员接触带电的电气设备或用操作工具、设备、装置对带电的电气设备进行作业的工程技术，涉及高电压技术和人体生理学等诸多学科，是保证电网持续供电和安全运行的重要手段。

　　带电作业技术在中国的发展已有五十多年的历史。20世纪50年代初就开始了探索和研究，1954年，33、66kV的带电作业方法和专用工具试验成功，并很快在全国推广应用。随着带电作业技术不断发展，技术管理工作也相应得到完善和加强。1960年5月，由辽吉电业管理局编著的《高压架空线路不停电检修安全工作规程》出版发行。根据我国带电作业技术的发展需要，1984年开始，原电力部着手对带电作业安全工作规程进行修订和补充。历经七年，1991年9月，由能源部（原电力部）颁发行业标准DL 409—1991《电业安全工作规程（电力线路部分）》正式在全国实施。与此同时，能源部制订的《带电作业技术管理制度》和全国带电作业标准化技术委员会组织制订的第一个带电作业国家标准GB 6568—2000《带电作业屏蔽服及试验方法》也正式颁布。

　　广大带电作业人员自力更生、锐意创新，走出了一条从生产实际出发、经过不断研究、试验、改进、提高而又应用于生产实际的中国特色的带电作业发展之路。很多人孜孜以求，探索新的操作方法，研制新的作业工具，并为此奉献了毕生精力。

　　这一切，对确保带电作业安全、促进带电作业发展，起到了积极的推动作用。我国带电作业技术从无到有，作业水平不断提高，操作方法和作业工具日臻完善，其发展速度之快、作业项目之多、应用范围之广、操作方法之灵活、作业工具之多样、技术水平之高，跃居世界领先行列。

　　国家电网公司代表着中国带电作业技术发展的最高水平，目前已经能够在10～750kV电压等级的输、变、配电设备上开展带电作业，在提高供电可靠性、提升优质服务水平、服务经济社会发展方面发挥着重要作用。国家电网公司可靠性指标水平逐年提高，由 2005 年的 99.755%提高到 2007 年的 99.88%。带电作业作为提高供电可靠性水平的重要技术手段，必将发挥更加突出的作用。

当前，特高压试验示范工程投产在即，一个以特高压电网为骨干网架、各级电网协调发展的坚强国家电网正在行成，中国电力工业也将步入一个新的发展阶段。提高电力系统可靠性水平是落实科学发展观，实现国家电网又好又快发展的客观需要，也是电网企业履行社会责任的必然要求。

回顾带电作业发展历程，虽然国家相关规程规定和技术导则颁布近二十余种，但纵观带电作业安全事故，都源于作业方法和操作程序的不当，而统一作业方法、规范操作行为正是几代带电作业人的夙愿。这次由国家电网公司组织编写的《带电作业操作方法》一书，正是圆梦之举。

本书由国家电网公司系统数十名专家，历时一年多，艰苦努力编写而成，以满足带电作业实际需求为主要目标，内容涵盖了目前已经开展带电作业的各个电压等级，作业项目全面、操作方法科学、作业流程标准，堪称我国第一部带电作业现场操作方法集锦，凝聚了广大工人、干部和科技工作者的辛勤汗水，也充分展现了他们的聪明智慧。

本书既可用于技能培训，也可用于现场实际操作。可以预见，本书的出版将大大促进带电作业技术交流，推进现场标准化作业，对规范作业行为、保障作业安全、提高工作效率大有裨益。

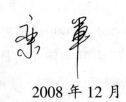

2008 年 12 月

前　言

　　带电作业技术包含基础理论和实际操作两大部分，基础理论的研究成果可指导和推动实际操作方法的进步，而操作方法的实施又反过来验证理论研究的正确性，从而进一步促进了带电作业的发展。

　　为了总结、交流和推广我国带电作业工作，有利于带电作业工作推陈出新，提高我国带电作业的整体水平，由国家电网公司生产技术部组织编写《带电作业操作方法》。

　　电力系统的带电作业包括输电、配电和变电三大部分，每一个部分又包含各个电压等级和各种操作方法。国家电网公司组织所属区域网、省公司和供电公司从事带电作业管理的人员，对本书的框架、各章节的内容经过了由上而下、自下而上几次反复的讨论，历经一年时间，终于完成《带电作业操作方法　第1分册　输电线路》的编写工作，后续将计划完成《带电作业项目操作方法　第2分册　配电线路》和《带电作业项目操作方法　第3分册　变电站》。

　　本书按每章一个电压等级编排，包括交流66～750kV和直流±500kV 7个电压等级。每章各节分别按直线绝缘子串，耐张绝缘子串，金具及附件，导、地线，检测，特殊或大型带电作业等类别分述。每一项带电作业操作方法分别由：作业项目名称、作业方法（地电位或等电位以及其他）、适用范围、人员组合、工器具一览表、操作步骤和安全措施及注意事项等内容组成，同时还附有图解。涵盖了带电作业的全过程。

　　本书第一章由马宁编写，第二章由张逸群编写，第三章由张云飞编写，第四章由王援军编写，第五、六两章由阎旭东编写，第七章由马军、张发刚编写。赵志疆、尹正来分别对第二、五、六章进行了校核，应伟国对第一章至第七章进行了审校，全书由易辉统稿，何慧雯对全书进行了编排整理。

　　本书在编撰过程中得到了各网省公司的大力支持和协助，尤其是华中、西北电网公司，辽宁、江苏、湖北、陕西、河南省电力公司等单位组织带电作业专业人员进行了深入的讨论和发掘，总结出了十分宝贵的素材。在这里，向为本书付出了辛勤劳动和心血的所有同志表示真诚的感谢。

　　由于本书编写工作量大，时间仓促，难免存在一些欠缺和不足，希望广大专家和读者批评指正。

编者
2008 年 12 月

目　录

第一章

66kV 输电线路带电作业操作方法

第一节　66kV 直线绝缘子串

一、66kV 输电线路地电位吊线杆法带电更换直线绝缘子串

1. 作业方法

地电位吊线杆法。

2. 适用范围

适用于 66kV 单回线路带电更换直线整串绝缘子。

3. 人员组合

本作业项目工作人员不少于 5 人。其中工作负责人 1 人，杆塔上电工 3 人，地面电工若干人。

4. 工器具配备

66kV 地电位吊线杆法带电更换直线绝缘子串工器具配备一览表见表 1-1。所需材料有相应规格的绝缘子等。

表 1-1　　　66kV 地电位吊线杆法带电更换直线绝缘子串工器具配备一览表

序号	工器具名称		规格、型号	数量	备　注
1	绝缘工具	绝缘传递绳	ϕ14mm	1 根	按杆塔高选用
2		绝缘滑车	0.5t	1 只	
3		绝缘绳套	ϕ16mm	1 只	传递滑车用
4		绝缘操作杆	66kV	1 根	*
5		绝缘吊线杆	66kV 专用	2 根	
6	金属工具	紧线丝杠	2t	2 只	
7		横担卡具固定器		2 个	单独固定
8		取销器		1 只	
9		瓷质绝缘子检测装置		1 套	瓷质绝缘子用

续表

序号	工器具名称		规格、型号	数量	备 注
10	个人防护用具	安全带		3根	
11		安全帽		5顶	
12	辅助安全用具	防潮苫布	3m×3m	1块	
13		兆欧表	2.5kV 及以上	1块	电极宽2cm,极间距2cm
14		工具袋		2只	
15		温湿度风速仪		1台	

* 绝缘操作杆头部若有万用接头,则一根绝缘操作杆可多用途。

注 瓷质绝缘子检测装置包括分布电压检测仪、绝缘电阻检测仪和火花间隙装置等。采用火花间隙装置测零时,每次检测前应用专用塞尺按 DL 415—1991《带电作业用火花间隙检测装置》要求测量放电间隙尺寸。

5. 作业程序

按照本次作业现场勘察后编写的现场作业指导书。

(1)工作前工作负责人向调度申请。内容为:本人为工作负责人×××,×年×月×日需在 66kV ××线路上带电更换直线整串绝缘子,本作业按《国家电网公司电力安全工作规程(电力线路部分)》第 8.1.7 条要求,确定是否停用线路重合闸装置,若遇线路跳闸,不经联系,不得强送。得到调度许可后,核对线路双重名称和杆号。

(2)全体工作成员列队,工作负责人现场宣读工作票、交代工作任务、安全措施和技术措施;查(问)看作业人员精神状况、着装情况和工器具是否完好齐全;确认危险点和预防措施,明确作业分工以及安全注意事项。

(3)工作人员在地面用兆欧表检测绝缘工具的绝缘电阻,检查紧线丝杠、横担卡具等工具是否完好灵活。

(4)杆塔上 1 号电工携带绝缘传递绳登杆塔至横担处,系好安全带,将绝缘滑车及绝缘传递绳在适当位置安装好,2、3 号电工随后登杆塔。

(5)若为盘形瓷质绝缘子串,地面电工将瓷质绝缘子检测装置组装好后用绝缘传递绳传递给杆塔上 3 号电工,杆塔上 3 号电工检测复核所要更换绝缘子串的零值绝缘子,当发现如 1 串(5 片)中零值绝缘子片数达到 2 片(结构高度 146mm),应立即停止检测,并停止本次带电作业工作。

(6)地面电工将绝缘吊线杆和横担卡具等传递至杆塔上,杆塔上 1、2 号电工将横担卡具安装好,将两绝缘吊线杆钩一正一反钩在绝缘子串两侧的导线上。

(7)杆塔上 1、2 号电工收紧两侧紧线丝杠、提升导线,将导线的垂直荷载由绝缘子串转移到绝缘吊线杆上,使绝缘子串松弛。1、2 号电工检查绝缘吊线杆及紧线丝杠各受力部件,确认无问题,报经工作负责人许可后,3 号电工将取销器装在绝缘操作杆上,拔掉绝缘子串锁紧销使绝缘子串脱离导线。

（8）杆塔上 1、2 号电工松紧线丝杠将带电导线降低 15cm 左右。

（9）杆塔上 1 号电工将绝缘传递绳绑在横担侧第 2 片绝缘子处，但严禁手伸过第 2 片绝缘子的伞裙以下，取出横担端球头挂环锁紧销。

（10）杆塔上电工与地面作业人员配合将旧的绝缘子串放下，同时新绝缘子串跟随至工作位置，注意控制好空中上、下两串绝缘子串的位置，防止发生相互碰撞。恢复时按相反程序安装新绝缘子串。其示意图如图 1-1 所示。

（11）杆塔上电工检查绝缘子串锁紧销连接情况，并检查确保连接可靠，报告工作负责人，经许可后，将绝缘吊线杆、横担卡具、紧线丝杠等拆除并用绝缘传递绳传递到地面。

（12）杆塔上 2、3 号电工依次下杆塔。1 号电工检查确认杆塔上无遗留工具后，报经工作负责人同意后，携带绝缘传递绳下塔。

（13）地面电工整理所用工器具和清理现场，工作负责人清点工器具。

（14）工作负责人向调度汇报，内容为：本人为工作负责人×××，66kV ××线路上带电更换直线绝缘子串工作已结束，杆塔上人员已撤离，杆塔、导线上无遗留物，线路设备已恢复原状。

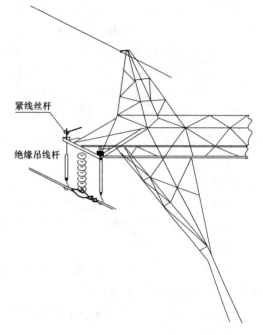

紧线丝杆

绝缘吊线杆

图 1-1　66kV 输电线路地电位吊线杆法带电更换直线绝缘子串示意图

6. 安全措施及注意事项

（1）若在海拔 1000m 以上线路上带电作业时，应根据作业区的实际海拔高度，计算修正各类空气间隙与固体绝缘的安全距离和长度、绝缘子片数等，经本单位主管生产领导（总工程师）批准后执行。

（2）本次作业应经现场勘察并编制带电更换直线整串绝缘子现场作业指导书，经本单位技术负责人或主管生产负责人批准后执行。

（3）作业应在良好天气下进行。如遇雷电（听见雷声、看见闪电）、雪雹、雨雾时不得进行带电作业。风力大于 5 级（10m/s）时，不宜进行作业。

（4）相对空气湿度大于 80%的天气，若需进行带电作业时，应采用具有防潮性能的绝缘工具。

（5）本次作业前应向调度告知：若线路跳闸，不经联系不得强送电。

（6）在杆塔上作业时，横担上作业电工应注意保持与上方导线的安全距离。作业电工应尽量降低身体作业高度，确保杆塔上电工与带电体的安全距离不小于 0.7m，必要时可采用有效绝缘隔离措施。

（7）绝缘绳的安全长度不小于 0.7m，绝缘操作杆的有效绝缘长度不小于 1.0m。

（8）若是盘形瓷质绝缘子，作业中扣除短接和零值（自爆）绝缘子片数后，良好绝缘子不少于 3 片（结构高度 146mm）。

（9）导线侧绝缘子串未摘开前，严禁杆塔上电工徒手无安全措施摘开横担侧绝缘子串连接，以防止电击伤人，且严禁手伸过第 2 片绝缘子的伞裙以下。

（10）绝缘子承力工具受力后，须检查各部件受力情况，确认安全可靠后，方可脱开绝缘子串的球头与碗头连接。

（11）地面绝缘工具应放置在防潮苫布上，作业人员均应戴清洁干燥手套，摇（检）测绝缘电阻值不得小于 700MΩ（电极宽 2cm，极间距 2cm）。

（12）新复合绝缘子必须检查并按说明书安装好均压环，若是盘形绝缘子应用干净毛巾进行表面清洁处理，瓷质绝缘子摇测的绝缘电阻值不小于 500MΩ。

（13）绝缘工具使用前应用干净毛巾进行表面清洁处理，使用绝缘工具应戴清洁、干燥的手套，以防绝缘工具受潮和污染。收工或转移作业点，应将绝缘工具装在工具袋内。

（14）上、下杆塔或在杆塔上移位时，作业人员必须攀抓牢固构件，且双手不得持带任何工器具。

（15）杆塔上作业不得失去安全带的保护。

（16）在杆塔上作业过程中如遇设备突然停电，作业人员应视设备仍然带电。

（17）杆塔上电工登杆塔前，对登高工具和安全带进行检查和冲击，全体作业人员必须戴安全帽。

（18）地面电工严禁在作业点垂直下方逗留，杆塔上电工应防止高空落物，使用的工具、材料应用绳索传递，不得乱扔。

（19）作业人员在杆塔上作业期间，工作监护人应对作业人员进行不间断监护，且不得从事其他工作。

二、66kV 输电线路地电位 2–2 滑车组法带电更换直线绝缘子串

1. 作业方法

地电位 2–2 滑车组法。

2. 适用范围

适用于 66kV 单回三角或水平排列的直线杆塔，整串绝缘子的更换工作。

3. 人员组合

本作业项目工作人员不少于 4 人。其中工作负责人 1 人，杆塔上电工 2 人，地面电工若干人。

4. 工器具配备

66kV 地电位 2–2 滑车组法带电更换直线绝缘子串工器具配备一览表见表 1-2。所需材料有相应规格的绝缘子等。

表 1-2　　66kV 地电位 2–2 滑车组法带电更换直线绝缘子串工器具配备一览表

序号	工器具名称		规格、型号	数量	备　注
1	绝缘工具	绝缘传递绳	ϕ14mm	1 根	按杆塔高度选用
2		2–2 绝缘滑车组	3t	2 只	
3		绝缘滑车	0.5t	1 只	带绝缘绳套

续表

序号	工器具名称		规格、型号	数量	备　注
4	绝缘工具	高强度绝缘绳	ϕ24mm	1 根	导线后备保护
5		滑车组用绝缘绳	ϕ14mm	2 根	
6		绝缘操作杆	66kV 等级	1 根	*
7	金属工具	取销器		1 只	
8		瓷质绝缘子检测装置		1 套	瓷质绝缘子用
9	个人防护用具	安全带		3 根	
10		安全帽		4 顶	
11	辅助安全用具	兆欧表	2.5kV 及以上	1 块	电极宽 2cm,极间距 2cm
12		防潮苫布	3m×3m	1 块	
13		工具袋		2 只	
14		温湿度风速仪		1 台	

＊　绝缘操作杆头部若有万用接头，则一根绝缘操作杆可多用途。

注　瓷质绝缘子检测装置包括分布电压检测仪、绝缘电阻检测仪和火花间隙装置等。采用火花间隙装置测零时，每次检测前应用专用塞尺按 DL 415 要求测量放电间隙尺寸。

5. 作业程序

按照本次作业现场勘察后编写的现场作业指导书。

（1）工作前工作负责人向调度申请。内容为：本人为工作负责人×××，×年×月×日需在 66kV ××线路上带电更换直线绝缘子串，本作业按《国家电网公司电力安全工作规程（电力线路部分）》第 8.1.7 条要求，确定是否停用线路重合闸装置，若遇线路跳闸，不经联系，不得强送。得到调度许可后，核对线路双重名称和杆号。

（2）全体工作成员列队，工作负责人现场宣读工作票、交代工作任务、安全措施和技术措施；查（问）看作业人员精神状况、着装情况和工器具是否完好齐全。确认危险点和预防措施，明确作业分工以及安全注意事项。

（3）工作人员在地面用兆欧表检测绝缘工具的绝缘电阻，检查 2-2 绝缘滑车组等工具是否完好灵活。

（4）杆塔上 1 号电工携带绝缘传递绳登杆塔，至横担上作业位置绑好安全带，并将绝缘传递绳装好。2 号电工携带小工具登杆塔，至塔身与导线水平位置，绑好安全带。

（5）若为盘形瓷质绝缘子串，地面电工将瓷质绝缘子检测装置组装好后用绝缘传递绳传递给杆塔上 2 号电工，杆塔上 2 号电工检测复核所要更换绝缘子串的零值绝缘子，当发现 1 串（5 片）中零值绝缘子片数达到 2 片（结构高度 146mm），应立即停止检测，并停止本次带电作业工作。

（6）地面电工将 2-2 绝缘滑车组、导线保护钩、绝缘操作杆等传至杆塔上。

（7）杆塔 1 号电工将导线保护钩以及导线滑车组装好后，地面电工拉紧导线 2-2 绝缘滑车组尾绳，将导线垂直荷重转移至 2-2 绝缘滑车组上，使绝缘子串松弛，然后将 2-2 绝缘滑车组尾绳固定好，并检查工具各受力部件，确认无问题后，报告工作负责人。

（8）杆塔 2 号电工将取销器装在绝缘操作杆上，经工作负责人许可后，拔掉绝缘子串锁紧销将绝缘子串脱离导线。地面电工将 2-2 绝缘滑车组尾绳略松一些，使导线与绝缘子串间距 20cm 左右。

（9）杆塔 1 号电工将绝缘传递绳绑在绝缘子串的第 2 片绝缘子上，地面电工将新绝缘子串绑在绝缘传递绳另一端，并收紧绝缘传递绳。1 号电工摘下绝缘子串，以新旧绝缘子串交替法，将新绝缘子串拉至横担上挂好。注意控制好空中上、下两串绝缘子串的位置，防止发生相互碰撞。按拆除绝缘子串相反程序恢复绝缘子串与碗头的连接。其示意图如图 1-2 所示。

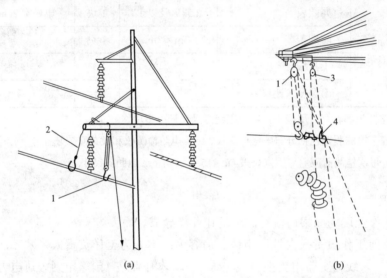

图 1-2　66kV 输电线路地电位 2-2 滑车组法带电更换直线绝缘子串示意图

（a）示意图 1；（b）示意图 2

1—绝缘滑车组；2—保护绳；3—绝缘传递绳；4—绝缘绳保护钩

（10）塔上电工检查绝缘子串锁紧销连接情况，并检查确保连接可靠，报经工作负责人许可后，将工具拆除，并用绝缘传递绳传递到地面。

（11）塔上 2 号电工下杆塔。1 号电工检查确认杆塔上无遗留物后，报经工作负责人同意后，携带绝缘传递绳下塔。

（12）地面电工整理所用工器具和清理现场，工作负责人清点工器具。

（13）工作负责人向调度汇报，内容为：本人为工作负责人×××，66kV ××线路上带电更换直线绝缘子串工作已结束，杆塔上人员已撤离，杆塔、导线上无遗留物，线路设备已恢复原状。

6. 安全措施及注意事项

（1）若在海拔 1000m 以上线路上带电作业时，应根据作业区的实际海拔高度，计算修正各类空气间隙与固体绝缘的安全距离和长度、绝缘子片数等，经本单位主管生产领导（总工程师）批准后执行。

（2）本次作业应经现场勘察并编制带电更换直线绝缘子串现场作业指导书，经本单位技术负责人或主管生产负责人批准后执行。

（3）作业应在良好天气下进行。如遇雷电（听见雷声、看见闪电）、雪雹、雨雾时不得进行带电作业。风力大于 5 级（10m/s）时，不宜进行作业。

（4）相对空气湿度大于 80%的天气，若需进行带电作业时，应采用具有防潮性能的绝缘工具。

（5）本次作业前应向调度告知：若线路跳闸，不经联系不得强送电。

（6）在杆塔上作业时，横担上作业电工应注意保持与上方导线的安全距离。作业电工应尽量降低身体作业高度，确保杆塔上电工与带电体的安全距离不小于 0.7m，必要时可采用有效绝缘隔离措施。

（7）绝缘绳的安全长度不小于 0.7m，绝缘操作杆的有效绝缘长度不小于 1.0m。

（8）若是盘形瓷质绝缘子，作业中扣除人体短接和零值绝缘片数后，最少良好绝缘子片数不少于 3 片（结构高度 146mm）。

（9）导线侧绝缘子串未摘开前，严禁杆塔上电工徒手无安全措施摘开横担侧绝缘子串连接，以防止电击伤人，且严禁手伸过第 2 片绝缘子的伞裙以下。

（10）绝缘子承力工具受力后，须检查各部件受力情况，确认安全可靠后，方可脱开绝缘子串的球头与碗头连接。

（11）地面绝缘工具应放置在防潮苫布上，作业人员均应戴清洁干燥手套，摇（检）测绝缘电阻值不得小于 700MΩ（电极宽 2cm，极间距 2cm）。

（12）新复合绝缘子必须检查并按说明书安装好均压环，若是盘形绝缘子应用干净毛巾进行表面清洁处理，瓷质绝缘子摇测的绝缘电阻值不小于 500MΩ。

（13）绝缘工具使用前应用干净毛巾进行表面清洁处理，使用绝缘工具应戴清洁、干燥的手套，以防绝缘工具受潮和污染。收工或转移作业点，应将绝缘工具装在工具袋内。

（14）在杆塔上作业过程中如遇设备突然停电，作业人员应视设备仍然带电。

（15）杆塔上电工登杆塔前，对登高工具及安全带进行检查和冲击试验，全体作业人员必须戴安全帽。

（16）地面电工严禁在作业点垂直下方逗留，杆塔上电工应防止高空落物，使用的工具、材料应用绳索传递，不得乱扔。

（17）上、下杆塔或在杆塔上移位时，作业人员必须攀抓牢固构件，且双手不得持带任何器材。

（18）杆塔上作业不得失去安全带的保护。

（19）作业人员在杆塔上作业期间，工作监护人应对作业人员进行不间断监护，且不得从事其他工作。

三、66kV 输电线路地电位支线杆法带电更换直线绝缘子串

1. 作业方法

地电位支线杆法。

2. 适用范围

适用于 66kV 单、双回，三角、垂直或水平排列，空气间隙较小的线路带电更换直线绝缘子串。

3. 人员组合

本作业项目工作人员不少于 4 人。其中工作负责人 1 人，杆塔上电工 2 人，地面电工若干人。

4. 工器具配备

66kV 地电位支线杆法带电更换直线绝缘子串工器具配备一览表见表 1-3。所需材料有相应规格的绝缘子等。

表 1-3　　　　66kV 地电位支线杆法带电更换直线绝缘子串工器具配备一览表

序号	工器具名称		规格、型号	数量	备　注
1	绝缘工具	绝缘传递绳	ϕ14mm	1 根	按杆塔高选用
2		绝缘滑车	0.5t	1 只	
3		绝缘绳套	ϕ16mm	1 只	传递滑车用
4		绝缘操作杆		1 根	*
5		高强度导线保护绳		1 根	
6		绝缘支线杆（包括绝缘滑车组、支线杆固定器）	66kV	1 根	
7	金属工具	取销器		1 只	
8		瓷质绝缘子检测装置		1 套	瓷质绝缘子用
9	个人防护用具	安全带		2 根	
10		安全帽		4 顶	
11	辅助安全用具	防潮苫布	3m×3m	2 块	
12		兆欧表	2.5kV 及以上	1 块	电极宽 2cm, 极间距 2cm
13		工具袋		2 只	

*　绝缘操作杆头部若有万用接头，则一根绝缘操作杆可多用途。

注　瓷质绝缘子检测装置包括分布电压检测仪、绝缘电阻检测仪和火花间隙装置等。采用火花间隙装置测零时，每次检测前应用专用塞尺按 DL 415 要求测量放电间隙尺寸。

双钩吊支杆及其固定器如图 1-3 所示。

5. 作业程序

按照本次作业现场勘察后编写的现场作业指导书。

（1）工作前工作负责人向调度申请。内容为：本人为工作负责人×××，×年×月×日需在 66kV ××线路上带电更换直线绝缘子串，本作业按《国家电网公司电力安全工作规程（电力线路部分）》第 8.1.7 条要求，确定是否停用线路重合闸装置，若遇线路跳闸，不经联系，不得强送。得到调度许可后，核对线路双重名称和杆号。

（2）全体工作成员列队，工作负责人现场宣读工作票、交代工作任务、安全措施和技术措施；查（问）看作业人员精神状况、着装情况和工器具是否完好齐全。确认危险点和预防措施，明确作业分工以及安全注意事项。

（3）工作人员在地面用兆欧表检测绝缘工具的绝缘电阻，检查绝缘支线杆等工具是否完好灵活。

（4）杆塔上 1 号电工携带绝缘传递绳登杆塔，至横担上作业位置绑好安全带，并将绝缘传递绳装好。2 号电工携带小工具登杆塔，至杆塔身与导线水平位置，绑好安全带。

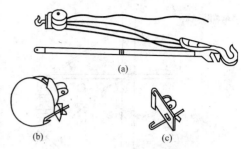

图 1-3　双钩吊支杆及其固定器
（a）双钩吊支杆；（b）水泥杆固定器；
（c）铁杆塔固定器

（5）若为盘形瓷质绝缘子串，地面电工将瓷质绝缘子检测装置组装好后用绝缘传递绳传递给杆塔上 2 号电工，杆塔上 2 号电工检测复核所要更换绝缘子串的零值绝缘子，当发现一串（5 片）中零值绝缘子片数达到 2 片（结构高度 146mm），应立即停止检测，并停止本次带电作业工作。

（6）地面电工将绝缘支线杆、高强度导线保护绳等传至杆塔上。1 号电工用绝缘绳套将吊支杆上的绝缘滑车挂在横担上侧的杆塔上，然后安装好绝缘导线保护钩。2 号电工将绝缘支线杆的钩夹嘴钩挂在导线上，并将绝缘滑车尾绳松落于地面上，由地面电工控制。然后将绝缘支线杆的杆塔固定器装好。

（7）2 号电工将取销器装在操作杆上，取下导线侧碗头内锁紧销。

（8）地面电工拉紧绝缘支线杆滑车组，将导线垂直荷重转移到绝缘支线杆上，使绝缘子串松弛。然后把绝缘支线杆滑车组尾绳固定牢靠。2 号电工将碗头扶正器装在绝缘操作杆上，摘开碗头与绝缘子串连接。

（9）地面电工松动绝缘滑车组尾绳，根据需要将导线向外移出 0.5m 左右距离（即扩大空气间隙），然后将绝缘滑车组尾绳固定在杆塔根部。

（10）杆塔 1 号电工将绝缘传递绳绑在绝缘子串的第 2 片绝缘子上，地面电工将新绝缘子串绑在绝缘传递绳另一端，并收紧绝缘传递绳。杆塔上 1 号电工摘下绝缘子串，以新旧绝缘子串交替法，将新绝缘子串拉至横担上挂好。注意控制好空中上、下两串绝缘子的位置，防止发生相互碰撞。按拆除绝缘子串相反程序恢复绝缘子串与碗头的连接。其作业示意图如图 1-4 所示。

（11）杆塔上电工检查绝缘子串锁紧销连接情况，并检查确保连接可靠，报告经工作负责人许可后，将工具拆除，并用绝缘传递绳传递到地面。

（12）杆塔上 2 号电工下杆塔。1 号电工检查确认杆塔上无遗留工具后，报经工作负责人同意后，携带绝缘传递绳下杆塔。

（13）地面电工整理所用工器具和清理现场，工作负责人清点工器具。

（14）工作负责人向调度汇报，内容为：本人为工作负责人×××，66kV ××线路上带电更换直线绝缘子串工作已结束，杆塔上人员已撤离，杆塔、导线上无遗留物，线路设备已恢复原状。

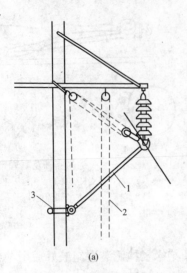

(a)   (b)

图 1-4   66kV 输电线路地电位支杆法带电更换直线绝缘子串示意图

(a) 示意图 1；(b) 示意图 2

1—吊支杆；2—绝缘传递绳；3—固定器

6. 安全措施及注意事项

（1）若在海拔 1000m 以上线路上带电作业时，应根据作业区的实际海拔高度，计算修正各类空气间隙与固体绝缘的安全距离和长度、绝缘子片数等，经本单位主管生产领导（总工程师）批准后执行。

（2）本次作业应经现场勘察并编制带电更换直线绝缘子串现场作业指导书，经本单位技术负责人或主管生产负责人批准后执行。

（3）作业应在良好天气下进行。如遇雷电（听见雷声、看见闪电）、雪雹、雨雾时不得进行带电作业。风力大于 5 级（10m/s）时，不宜进行作业。

（4）相对空气湿度大于 80% 的天气，若需进行带电作业时，应采用具有防潮性能的绝缘工具。

（5）本次作业需向调度明确：若线路跳闸，不经联系不得强送电。

（6）在杆塔上作业时，横担上作业电工应注意保持与上方导线的安全距离。作业电工应尽量降低身体作业高度，确保杆塔上电工与带电体的安全距离不小于 0.7m，必要时可采用有效绝缘隔离措施。

（7）绝缘绳的安全长度不小于 0.7m，绝缘操作杆的有效绝缘长度不小于 1.0m。

（8）若是盘形瓷质绝缘子，作业中扣除人体短接和零值绝缘片数后，最少良好绝缘子片数不少于 3 片（结构高度 146mm）。

（9）导线侧绝缘子串未摘开前，严禁杆塔上电工徒手无安全措施摘开横担侧绝缘子串连接，以防止电击伤人。

（10）绝缘子承力工具受力后，须检查各部件受力情况，确认连接可靠后，方可脱开绝缘子串的球头与碗头连接。

（11）新复合绝缘子必须检查并按说明书安装好均压环，若是盘形绝缘子应用干净毛巾

进行表面清洁处理，瓷质绝缘子摇测的绝缘电阻值不小于 500MΩ。

（12）地面绝缘工具应放置在防潮苫布上，作业人员均应戴清洁干燥手套，摇（检）测绝缘电阻值不得小于 700MΩ（电极宽 2cm，极间距 2cm）。

（13）绝缘工具使用前应用干净毛巾进行表面清洁处理，使用绝缘工具应戴清洁、干燥的手套，以防绝缘工具受潮和污染。收工或转移作业点，应将绝缘工具装在工具袋内。

（14）上、下杆塔或在杆塔上移位时，作业人员必须攀抓牢固构件，且双手不得持带任何工器具。

（15）杆塔上作业不得失去安全带保护。

（16）在杆塔上作业过程中如遇设备突然停电，作业人员应视设备仍然带电。

（17）杆塔上电工登杆塔前，对登高工具及安全带进行检查和冲击试验，全体作业人员必须戴安全帽。

（18）地面电工严禁在作业点垂直下方逗留，杆塔上电工应防止高空落物，使用的工具、材料应用绳索传递，不得乱扔。

（19）作业人员在杆塔上作业期间，工作监护人应对作业人员进行不间断监护，且不得从事其他工作。

第二节　66kV 耐张绝缘子串

一、66kV 输电线路地电位紧线拉杆托瓶架法带电更换耐张单串绝缘子

1. 作业方法

地电位紧线拉杆托瓶架法。

2. 适用范围

适用于 66kV 整串单联耐张水平绝缘子串的更换工作。

3. 人员组合

本作业项目工作人员不少于 4 人。其中工作负责人 1 人，杆塔上电工 2 人，地面电工若干人。

4. 工器具配备

66kV 地电位紧线拉杆托瓶架法带电更换耐张单串绝缘子工器具配备一览表见表 1-4。所需材料有相应规格的绝缘子等。

表 1-4　66kV 地电位紧线拉杆托瓶架法带电更换耐张单串绝缘子工器具配备一览表

序号	工器具名称		规格、型号	数量	备　注
1	绝缘工具	绝缘传递绳	φ14mm	2 根	按杆塔高选用
2		绝缘滑车	0.5t	1 只	
3		绝缘绳套	φ16mm	2 只	传递滑车用
4		绝缘操作杆		1 根	*

续表

序号	工器具名称		规格、型号	数量	备 注
5	绝缘工具	紧线拉杆	66kV	1根	
6		绝缘托瓶架	66kV	1副	
7	金属工具	卡具		1只	
8		丝杠		1只	
9		瓷质绝缘子检测装置		1套	瓷质绝缘子用
10		安全带		4根	
11	个人防护用具	导电鞋		1双	塔上直接操作电工穿
12		屏蔽服		1套	塔上直接操作电工穿
13		安全帽		4顶	
14	辅助安全用具	防潮苫布	3m×3m	2块	
15		工具袋		2只	装绝缘工具用
16		兆欧表	2.5kV 及以上	1块	电极宽 2cm,极间距 2cm

* 绝缘操作杆头部若有万用接头，则一根绝缘操作杆可多用途。

注 瓷质绝缘子检测装置包括分布电压检测仪、绝缘电阻检测仪和火花间隙装置等。采用火花间隙装置测零时，每次检测前应用专用塞尺按 DL 415 要求测量放电间隙尺寸。

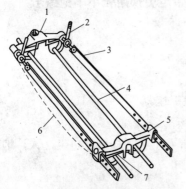

图 1-5 紧线拉杆托瓶架组装图

1—后端卡具；2—紧线丝杠；3—绝缘可调拉板；4—托瓶杆；

5—前端卡具；6—封门操作线；7—封门保险销子

紧线拉杆托瓶架由前端卡具、后端卡具、两根绝缘拉板和两根托瓶杆等组装而成，如图 1-5 所示。绝缘拉板上带有调节孔，可以在前端卡具两侧矩形槽内窜动，根据绝缘子串长度，用销钉来调整紧线拉板长度。

5. 作业程序

按照本次作业现场勘察后编写的现场作业指导书。

（1）工作前工作负责人向调度申请。内容为：本人为工作负责人×××，×年×月×日需在 66kV ××线路上带电更换整串单联耐张水平绝缘子串，本作业按《国家电网公司电力安全工作规程（电力线路部分）》第 8.1.7 条要求，确定是否停用线路重合闸装置，若遇线路跳闸，不经联系，不得强送。得到调度许可后，核对线路双重名称和杆号。

（2）全体工作成员列队，工作负责人现场宣读工作票、交代工作任务、安全措施和技术措施；查（问）看作业人员精神状况、着装情况和工器具是否完好齐全。确认危险点和预防措施，明确作业分工以及安全注意事项。

（3）工作人员在地面用兆欧表检测绝缘工具的绝缘电阻、绝缘托瓶架、丝杠等工具是否完好灵活，屏蔽服不得有破损、洞孔和毛刺状等缺陷。

（4）杆塔上 1 号电工穿着全套屏蔽服、导电鞋。杆塔上 1、2 号电工携带无头绝缘传递绳相继登杆塔，至横担上作业位置绑好安全带，并将绝缘传递绳装好。

（5）若为盘形瓷质绝缘子串，地面电工将瓷质绝缘子检测装置组装好后用绝缘传递绳传递给杆塔上 2 号电工，杆塔上 2 号电工检测复核所要更换绝缘子串的零值绝缘子，当发现一串（5 片）中零值绝缘子片数达到 2 片（结构高度 146mm），应立即停止检测，并停止本次带电作业工作。

（6）地面电工通过绝缘传递绳，将组装好的紧线拉杆托瓶架及绝缘操作杆传至横担处，杆塔上 1 号电工取下紧线拉杆托瓶架，调整好紧线拉板上的紧线丝杠。然后手持紧线拉杆及托瓶杆尾端，在 2 号电工用绝缘操作杆的配合下，将前端卡具卡在耐张线夹上，后端卡具卡在直角挂板上，手松开后，两根托瓶杆自动落在托瓶位置上，并将前、后端卡具的保险销子封好。

（7）杆塔上 1 号电工略收紧丝杠，检查卡具前后端受力情况以及丝杠行程等，确认无问题后，报告工作负责人，经许可后杆塔上 2 号电工用绝缘操作杆及小工具，将绝缘子串前端锁紧销拔掉。

（8）杆塔上 1 号电工收紧丝杠，两丝杠受力要均匀，将绝缘子串张力转移到拉杆上面，使绝缘子串松弛，落在绝缘托瓶架上。

（9）全面检查前后端卡具，绝缘托瓶架、紧线拉杆、丝杠等受力部件，确认无问题后报告工作负责人，经许可后，杆塔上 2 号电工用绝缘操作杆及碗头扶正器，使绝缘子串与线夹碗头分离。杆塔上 1 号电工摘开绝缘子串横担侧挂点，在杆塔上 2 号电工配合下将绝缘子串拉至横担上，杆塔上 1 号电工将绝缘传递绳绑在绝缘子串的第 2 片绝缘子上，地面电工将新绝缘子串绑在绝缘传递绳另一端，并收紧绝缘传递绳。以新旧绝缘子串交替法，将新绝缘子串拉至横担上放在绝缘托瓶架上。注意控制好空中上、下两串绝缘子的位置，防止发生相互碰撞。

（10）按拆除绝缘子串相反程序恢复绝缘子串与碗头的连接。恢复绝缘子串时，按拆除绝缘子串相反程序进行。其示意图如图 1-6 所示。

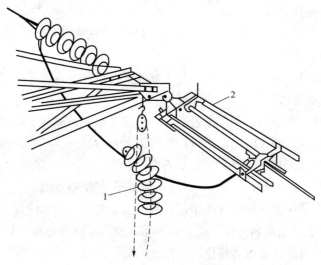

图 1-6　66kV 输电线路地电位紧线拉杆托瓶架法带电更换耐张单串绝缘子示意图

1—绝缘传递绳；2—紧线拉杆托瓶架

（11）塔上电工检查绝缘子串锁紧销连接情况，并检查确保连接可靠，报告工作负责人，经许可后，将工具拆除，并用绝缘传递绳传递到地面。

（12）杆塔上 2 号电工下杆塔。杆塔上 1 号电工检查确认杆塔上无遗留工具后，报经工作负责人同意后，携带绝缘传递绳下杆塔。

（13）地面电工整理所用工器具和清理现场，工作负责人清点工器具。

（14）工作负责人向调度汇报，内容为：本人为工作负责人×××，66kV ××线路上带电更换耐张绝缘子串工作已结束，杆塔上人员已撤离，杆塔、导线上无遗留物，线路设备已恢复原状。

6. 安全措施及注意事项

（1）若在海拔 1000m 以上线路上带电作业时，应根据作业区的实际海拔高度，计算修正各类空气间隙与固体绝缘的安全距离和长度、绝缘子片数等，经本单位主管生产领导（总工程师）批准后执行。

（2）本次作业应经现场勘察并编制带电更换耐张绝缘子串现场作业指导书，经本单位技术负责人或主管生产负责人批准后执行。

（3）作业应在良好天气下进行。如遇雷电（听见雷声、看见闪电）、雪雹、雨雾时不得进行带电作业。风力大于 5 级（10m/s）时，不宜进行作业。

（4）相对空气湿度大于 80% 的天气，若需进行带电作业时，应采用具有防潮性能的绝缘工具。

（5）本次作业前应向调度明确：若线路跳闸，不经联系不得强送电。

（6）在杆塔上作业时，横担上作业电工应注意保持与上方导线的安全距离。作业电工应尽量降低身体作业高度，必要时可用绝缘绳或支线杆将上导线或跳线拉出或支出一定距离。杆塔上电工与带电体的安全距离不小于 0.7m。

（7）绝缘绳的安全长度不小于 0.7m，绝缘操作杆的有效绝缘长度不小于 1.0m。

（8）若是盘形瓷质绝缘子，作业中扣除人体短接和零值绝缘片数后，最少良好绝缘子片数不少于 3 片（结构高度 146mm）。

（9）摘换绝缘子串时，作业人员应穿屏蔽服且手严禁伸过第 2 片绝缘子的伞裙以下，保持良好绝缘子片数不少于 3 片。

（10）绝缘子承力工具受力后，须检查各部件受力情况，确认连接可靠后，方可脱开绝缘子串的球头与碗头连接。

（11）地面绝缘工具应放置在防潮苫布上，作业人员应戴清洁干燥手套，摇（检）测绝缘电阻值不得小于 700MΩ（电极宽 2cm，极间距 2cm）。

（12）新复合绝缘子必须检查并按说明书安装好均压环，若是盘形绝缘子应用干净毛巾进行表面清洁处理，瓷质绝缘子摇测的绝缘电阻值不小于 500MΩ。

（13）绝缘工具使用前应用干净毛巾进行表面清洁处理，使用绝缘工具应戴清洁、干燥的手套，以防绝缘工具受潮和污染。收工或转移作业点，应将绝缘工具装在工具袋内。

（14）上、下杆塔或在杆塔上移位时，作业人员必须攀抓牢固构件，且双手不得持带任何工器具。

（15）杆塔上作业不得失去安全带保护。

（16）在杆塔上作业过程中如遇设备突然停电，作业人员应视设备仍然带电。

（17）杆塔上电工登杆塔前，对登高工具及安全带进行检查和冲击试验，全体作业人员必须戴安全帽。

（18）地面电工严禁在作业点垂直下方逗留，杆塔上电工应防止高空落物，使用的工具、材料应用绳索传递，不得乱扔。

（19）作业人员在杆塔上作业期间，工作监护人应对作业人员进行不间断监护，且不得从事其他工作。

二、66kV 输电线路地电位法带电更换双串耐张整串绝缘子

1. 作业方法

地电位法。

2. 适用范围

适用于 66kV 整串双联耐张水平绝缘子串的更换工作。

3. 人员组合

本作业项目工作人员不少于 4 人。其中工作负责人 1 人，杆塔上电工 2 人，地面电工若干人。

4. 工器具配备

66kV 地电位法带电更换双串耐张整串绝缘子工器具配备一览表见表 1-5。所需材料有相应规格的绝缘子等。

表 1-5　　　66kV 地电位法带电更换双串耐张整串绝缘子工器具配备一览表

序号	工器具名称		规格、型号	数量	备 注
1		绝缘传递绳	ϕ14mm	2 根	按杆塔高选用
2		绝缘紧线拉杆	66kV 等级	1 根	
3	绝缘工具	绝缘滑车	0.5t	2 只	
4		绝缘绳套	ϕ16mm	2 只	传递滑车用
5		绝缘操作杆		1 根	*
6		绝缘托瓶架	66kV 等级	1 副	
7		卡具		1 只	
8	金属工具	紧线丝杠		1 只	
9		瓷质绝缘子检测装置		1 套	瓷质绝缘子用
10		安全带		4 根	
11	个人防护用具	导电鞋		1 双	塔上直接操作电工穿
12		屏蔽服		1 套	塔上直接操作电工穿
13		安全帽		4 顶	

续表

序号	工器具名称		规格、型号	数量	备 注
14	辅助安全用具	防潮苫布	3m×3m	2块	
15		工具袋		2只	装绝缘工具用
16		兆欧表	2.5kV 及以上	1块	电极宽2cm,极间距2cm

* 绝缘操作杆头部若有万用接头,则一根绝缘操作杆可多用途。

注 瓷质绝缘子检测装置包括分布电压检测仪、绝缘电阻检测仪和火花间隙装置等。采用火花间隙装置测零时,每次检测前应用专用塞尺按 DL 415 要求测量放电间隙尺寸。

5. 作业程序

按照本次作业现场勘察后编写的现场作业指导书。

(1)工作前工作负责人向调度申请。内容为:本人为工作负责人×××,×年×月×日需在 66kV ××线路上带电更换整串双联耐张水平绝缘子串,本作业按《国家电网公司电力安全工作规程(电力线路部分)》第 8.1.7 条要求,确定是否停用线路重合闸装置,若遇线路跳闸,不经联系,不得强送。得到调度许可后,核对线路双重名称和杆号。

(2)全体工作成员列队,工作负责人现场宣读工作票、交代工作任务、安全措施和技术措施;查(问)看作业人员精神状况、着装情况和工器具是否完好齐全。确认危险点和预防措施,明确作业分工以及安全注意事项。

(3)工作人员在地面用兆欧表检测绝缘工具的绝缘电阻,托瓶架、丝杠等工具是否完好灵活。

(4)杆塔 1 号电工穿着全套屏蔽服、导电鞋。地面电工负责检查袜裤、裤衣、袖和手套的连接是否完好,用万用表测试袜对手套的连接导通情况。1、2 号电工携带无头绝缘传递绳相继登杆塔,至横担上作业位置绑好绝缘安全带,并将绝缘传递绳装好。

(5)若为盘形瓷质绝缘子串,地面电工将瓷质绝缘子检测装置组装好后用绝缘传递绳传递给杆塔上 1 号电工,杆塔上 1 号电工检测复核所要更换绝缘子串的零值绝缘子,当发现同一串(5 片)中的零值绝缘子片数达到 2 片(结构高度 146mm),应立即停止检测,并停止本次带电作业工作。

(6)地面电工通过绝缘传递绳,将后端卡具及绝缘操作杆传至杆塔上。杆塔 1 号电工将后端卡具安装在横担侧二联板上。杆塔 2 号电工摘下绝缘操作杆,准备配合 1 号电工安装前端卡具。

(7)地面电工将前端卡具装在紧线拉杆前端,将紧线丝杠装在紧线拉杆后端,通过绝缘传递绳传至杆塔上。杆塔 2 号电工手持绝缘操作杆利用直角钩,挑在前端卡具吊环上,1 号电工手持紧线拉杆尾端配合杆塔 2 号电工将前端卡具安装在导线侧二联板上。然后,1 号电工将紧线丝杠安装在后端卡具上,并收紧紧线丝杠使其略受力。

(8)地面电工将绝缘托瓶架通过绝缘传递绳传至杆塔上,1 号电工从绝缘传递绳上摘下托瓶架,将两根托瓶杆前端插进前端卡具吊环中,后端安装在后端卡具上。紧线拉杆托瓶架如图 1-5 所示。

（9）杆塔 2 号电工手持绝缘操作杆，利用紧锁销夹钳取下碗头联板内锁紧销。1 号电工收紧紧线丝杠，使绝缘子串上的张力转移到紧线拉杆上。此时绝缘子串松弛，托在绝缘托瓶架上。

（10）全面检查前后端卡具，绝缘托瓶架、紧线拉杆、紧线丝杠等受力部件，认为无问题后，报告工作负责人，经许可后 2 号电工用绝缘操作杆及碗头扶正器，使绝缘子串与线夹碗头分离。1 号电工摘开绝缘子串横担侧挂点，在 2 号电工配合下将绝缘子串拉至横担上，进行不良绝缘子更换。恢复绝缘子串，按拆除绝缘子串相反程序进行。

（11）如更换整串绝缘子时，则使用绝缘传递绳。采用新旧绝缘子串交替法，将旧绝缘子串松落地面，新绝缘子串提升至横担处。注意控制好空中上、下两串绝缘子的位置，防止发生相互碰撞。其示意图如图 1-7 所示。

（12）塔上电工检查绝缘子串锁紧销连接情况，并检查确保连接可靠。报经工作负责人同意后，拆除工具，杆塔上 2 号电工下杆塔。1 号电工检查确认杆塔上无遗留工具后，报经工作负责人同意后，携带绝缘传递绳下杆塔。

（13）地面电工整理所用工器具和清理现场，工作负责人清点工器具。

（14）工作负责人向调度汇报，内容为：本人为工作负责人×××，66kV ××线路上带电更换耐张整串绝缘子工作已结束，杆塔上人员已撤离，杆塔、导线上无遗留物，线路设备已恢复原状。

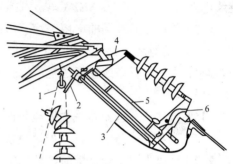

图 1-7　66kV 输电线路地电位法带电更换双串耐张整串绝缘子示意图

1—绝缘传递绳；2—紧线丝杠；3—紧线拉杆；

4—后端卡具；5—绝缘托瓶架；6—前端卡具

6. 安全措施及注意事项

（1）若在海拔 1000m 以上线路上带电作业时，应根据作业区的实际海拔高度，计算修正各类空气间隙与固体绝缘的安全距离和长度、绝缘子片数等，经本单位主管生产领导（总工程师）批准后执行。

（2）本次作业应经现场勘察并编制带电更换耐张绝缘子串现场作业指导书，经本单位技术负责人或主管生产负责人批准后执行。

（3）作业应在良好天气下进行。如遇雷电（听见雷声、看见闪电）、雪雹、雨雾时不得进行带电作业。风力大于 5 级（10m/s）时，不宜进行作业。

（4）相对空气湿度大于 80%的天气，若需进行带电作业时，应采用具有防潮性能的绝缘工具。

（5）本次作业前应向调度明确：若线路跳闸，不经联系不得强送电。

（6）在导线垂直排列的杆塔上作业时，横担上作业电工应注意保持与上方导线的安全距离。作业电工应尽量降低身体作业高度，必要时可用绝缘绳或支线杆将上导线或跳线拉出或支出一定距离。杆塔上电工与带电体的安全距离不小于 0.7m。

（7）绝缘绳的安全长度不小于 0.7m，绝缘操作杆的有效绝缘长度不小于 1.0m。

（8）若是盘形瓷质绝缘子，作业中扣除人体短接和零值绝缘片数后，最少良好绝缘子片数不少于 3 片（结构高度 146mm）。

（9）摘换绝缘子串时，作业人员应穿屏蔽服，在导线端未摘开前，塔上电工严禁将手伸过第 2 片绝缘子的伞裙以下。

（10）绝缘子承力工具受力后，须检查各部件受力情况，确认连接可靠后，方可脱开绝缘子串的球头与碗头连接。

（11）新复合绝缘子必须检查并按说明书安装好均压环，若是盘形绝缘子应用干净毛巾进行表面清洁处理，瓷质绝缘子摇测的绝缘电阻值不小于 500MΩ。

（12）地面绝缘工具应放置在防潮苫布上，作业人员均应戴清洁干燥手套，摇（检）测绝缘电阻值不得小于 700MΩ（电极宽 2cm，极间距 2cm）。

（13）绝缘工具使用前应用干净毛巾进行表面清洁处理，使用绝缘工具应戴清洁、干燥的手套，以防绝缘工具受潮和污染。收工或转移作业点，应将绝缘工具装在工具袋内。

（14）上、下杆塔或在杆塔上移位时，作业人员必须攀抓牢固构件，且双手不得持带任何工器具。

（15）杆塔上作业不得失去安全带保护。

（16）在杆塔上作业过程中如遇设备突然停电，作业人员应视设备仍然带电。

（17）杆塔上电工登杆塔前，对登高工具及安全带进行检查和冲击试验，全体作业人员必须戴安全帽。

（18）地面电工严禁在作业点垂直下方逗留，杆塔上电工应防止高空落物，使用的工具、材料应用绳索传递，不得乱扔。

（19）作业人员在杆塔上作业期间，工作监护人应对作业人员进行不间断监护，且不得从事其他工作。

第三节 66kV 金具及附件

66kV 输电线路地电位法带电更换架空地线防振锤

1. 作业方法
地电位法。

2. 适用范围
适用于 66kV 线路带电更换架空地线防振锤现场作业。

3. 人员组合
本作业项目工作人员共计 4 人。其中工作负责人 1 人，杆塔上作业人员 2 人，地面作业人员 1 人。

4. 工器具配备
66kV 地电位法带电更换架空地线防振锤工器具配备一览表见表 1-6。所需材料有相应规格的防振锤等。

表 1-6　　　　66kV 地电位法带电更换架空地线防振锤工器具配备一览表

序号	工器具名称		规格、型号	数量	备　　注
1	绝缘工具	绝缘传递绳	ϕ14mm	2 根	按杆塔高选用
2		地线专用接地线		1 根	
3		绝缘滑车	0.5t	1 只	
4	金属工具	扭矩把手		1 把	紧固防振锤用
5	个人防护用具	安全带		2 根	
6		安全帽		4 顶	
7	辅助安全用具	防潮苫布	3m×3m	2 块	
8		兆欧表	2.5kV 及以上	1 块	电极宽 2cm，极间距 2cm

5. 作业程序

按照本次作业现场勘察后编写的现场作业指导书。

（1）工作前工作负责人向调度申请。内容为：本人为工作负责人×××，×年×月×日需在 66kV ××线路上带电更换架空地线防振锤，本作业按《国家电网公司电力安全工作规程（电力线路部分）》第 8.1.7 条要求，确定是否停用线路重合闸装置，若遇线路跳闸，不经联系，不得强送。得到调度许可后，核对线路双重名称和杆号。

（2）全体工作成员列队，工作负责人现场宣读工作票、交代工作任务、安全措施和技术措施；查（问）看作业人员精神状况、着装情况和工器具是否完好齐全。确认危险点和预防措施，明确作业分工以及安全注意事项。

（3）工作人员在地面用兆欧表检测绝缘工具的绝缘电阻，检查安全用具、工器具外观是否合格，无损伤、变形、失灵现象。

（4）塔上电工身背绝缘绳登杆塔，用绳套挂好绝缘滑车，放下绝缘绳。若地线为绝缘地线，塔上电工必须在另一电工的监护下，用地线专用接地线（带绝缘棒的）将绝缘地线在不工作侧短路接地。

（5）地面电工用绝缘绳将新防振锤传上，杆塔上电工利用工具拆除欲更换的旧防振锤，将换下旧的防振锤传递至地面电工，并按原尺寸安装好防振锤。用扭距扳手按防振锤螺栓规格的扭矩值拧紧螺栓。

（6）杆塔上电工检查确认杆塔上无遗留工具后，报经工作负责人同意后，携带绝缘传递绳下塔。

（7）地面电工整理所用工器具和清理现场，工作负责人清点工器具。

（8）工作负责人向调度汇报，内容为：本人为工作负责人×××，66kV ××线路上带电更换架空地线防振锤工作已结束，杆塔上人员已撤离，杆塔、导线上无遗留物，线路设备已恢复原状。

6. 安全措施及注意事项

（1）若在海拔 1000m 以上线路上带电作业时，应根据作业区的实际海拔高度，计算修正各类空气间隙与固体绝缘的安全距离和长度、绝缘子片数等，经本单位主管生产领导（总工程师）批准后执行。

（2）本次作业应经现场勘察并编制带电更换架空地线防振锤现场作业指导书，经本单位技术负责人或主管生产负责人批准后执行。

（3）作业应在良好天气下进行。如遇雷电（听见雷声、看见闪电）、雪雹、雨雾时不得进行带电作业。风力大于5级（10m/s）时，不宜进行作业。

（4）相对空气湿度大于80%的天气，若需进行带电作业时，应采用具有防潮性能的绝缘工具。

（5）本次作业前应向调度明确：若线路跳闸，不经联系不得强送电。

（6）在带电杆塔上作业时，人身与带电体的安全距离不得小于1.5m；若不能保证时，按带电作业方式进行，若是绝缘架空地线时，必须采用地线专用接地线短接接地后，才能工作。未挂地线，人体与绝缘地线的安全距离不得小于0.4m。挂、拆绝缘架空地线专用接地线工作应由另一杆塔电工监护下进行。

（7）绝缘绳的安全长度不小于0.7m。

（8）地面绝缘工具应放置在防潮苫布上，作业人员均应戴清洁干燥手套，摇（检）测绝缘电阻值不得小于700MΩ（电极宽2cm，极间距2cm）。

（9）绝缘工具使用前应用干净毛巾进行表面清洁处理，使用绝缘工具应戴清洁、干燥的手套，以防绝缘工具受潮和污染。收工或转移作业点，应将绝缘工具装在工具袋内。

（10）上、下杆塔或在杆塔上移位时，作业人员必须攀抓牢固构件，且双手不得持带任何工器具。

（11）杆塔上作业时不得失去安全带的保护。

（12）在杆塔上作业过程中如遇设备突然停电，作业人员应视设备仍然带电。

（13）杆塔上电工登杆塔前，对登高工具及安全带进行检查和冲击试验，全体作业人员必须戴安全帽。

（14）地面电工严禁在作业点垂直下方逗留，杆塔上电工应防止高空落物，使用的工具、材料应用绳索传递，不得乱扔。

（15）作业人员在杆塔上作业期间，工作监护人应对作业人员进行不间断监护，且不得从事其他工作。

第四节 66kV 导、地线

66kV输电线路地电位法带电修补架空地线

1. 作业方法

地电位法。

2. 适用范围

适用于66kV带电修补架空地线作业。

3. 人员组合

本作业项目工作人员共计 9 人。其中工作负责人 1 人，杆塔上作业人员 2 人，地面作业人员 6 人。

4. 工器具配备

66kV 地电位法带电修补架空地线工器具配备一览表见表 1-7。所需材料有相应规格的地线等。

表 1-7　66kV 地电位法带电修补架空地线工器具配备一览表

序号	工器具名称		规格、型号	数量	备　注
1	绝缘工具	绝缘传递绳	φ14mm	2 根	按杆塔高选用
2		地线专用接地线		1 根	绝缘架空地线用
3		绝缘滑车	0.5t	1 只	
4	金属工具	螺旋线接续条或补修管		1 只	
5		钢丝板刷		1 把	
6		绑扎线			根据现场情况进行使用
7		飞车或软梯头		1 个	
8	个人防护用具	安全带		2 根	
9		安全帽		9 顶	
10	辅助安全用具	防潮苫布	3m×3m	2 块	
11		工具袋		2 只	
12		兆欧表	2.5kV 及以上	1 块	电极宽 2cm，极间距 2cm

注　地线断股范围控制在地线挂点附近，若为 GJ-50 型，断股位置在挡距 1/3 以外时，必须计算架空地线在作业人员出线情况下的荷载及地线弧垂下垂的数值。经验算地线机械强度和对导线的垂直距离均在允许情况下方可进行作业。

5. 作业程序

按照本次作业现场勘察后编写的现场作业指导书。

（1）工作前工作负责人向调度申请。内容为：本人为工作负责人×××，×年×月×日需在 66kV ××线路上带电修补架空地线，本作业按《国家电网公司电力安全工作规程（电力线路部分）》第 8.1.7 条要求，确定是否停用线路重合闸装置，若遇线路跳闸，不经联系，不得强送。得到调度许可后，核对线路双重名称和杆号。

（2）全体工作成员列队，工作负责人现场宣读工作票、交代工作任务、安全措施和技术措施；查（问）看作业人员精神状况、着装情况和工器具是否完好齐全。确认危险点和预防措施，明确作业分工以及安全注意事项。

（3）工作人员在地面用兆欧表检测绝缘工具的绝缘电阻，检查安全用具、工器具外观是否合格，无损伤、变形、失灵现象。

（4）作业人员身背绝缘绳登杆塔，并在杆塔附近合适的位置绑好安全带。

（5）杆塔上电工采用飞车或软梯头至地线断股位置，检查核实地线断股情况，根据实际情况确定采用扎线绑扎、补修管或预绞丝补修条进行修补地线。若地线为绝缘地线，杆塔上电工必须在另一杆塔上电工的监护下，用地线专用接地线（带绝缘棒的）将绝缘地线在不工作侧接地。

（6）首先用钢丝板刷刷清导线表面氧化层，将断股导线沿导线原走势复原，安装好螺旋条补修条或补修管，完成地线修补工作。

（7）杆塔上电工检查确认杆塔上无遗留工具后，报经工作负责人同意后，携带绝缘传递绳下杆塔。

（8）地面电工整理所用工器具和清理现场，工作负责人清点工器具。

（9）工作负责人向调度汇报，内容为：本人为工作负责人×××，66kV ××线路上带电修补架空地线工作已结束，杆塔上人员已撤离，杆塔、导线上无遗留物，线路设备已恢复原状。

6. 安全措施及注意事项

（1）若在海拔 1000m 以上线路上带电作业时，应根据作业区的实际海拔高度，计算修正各类空气间隙与固体绝缘的安全距离和长度、绝缘子片数等，经本单位主管生产领导（总工程师）批准后执行。

（2）本次作业应经现场勘察并编制带电修补架空地线现场作业指导书，损伤架空地线的强度和悬挂作业人员后的受力情况及弧垂增大情况进行认真计算，经本单位技术负责人或主管生产负责人批准后执行。

（3）作业应在良好天气下进行。如遇雷电（听见雷声、看见闪电）、雪雹、雨雾时不得进行带电作业。风力大于 5 级（10m/s）时，不宜进行作业。

（4）相对空气湿度大于 80%的天气，若需进行带电作业时，应采用具有防潮性能的绝缘工具。

（5）本次作业前应向调度明确：若线路跳闸，不经联系不得强送电。

（6）在带电杆塔上作业时，人身与带电体的安全距离不得小于 1.5m；若不能保证时，按带电作业方式进行，若是绝缘架空地线时，应视为带电体，人体与绝缘地线的安全距离不得小于 0.4m。要工作前，杆塔上电工必须在另一杆塔上电工的监护下，采用专用接地线将绝缘架空地线短接接地后才能工作。

（7）绝缘绳的安全长度不小于 0.7m。

（8）地面绝缘工具应放置在防潮苫布上，作业人员均应戴清洁干燥手套，摇（检）测绝缘电阻值不得小于 700MΩ（电极宽 2cm，极间距 2cm）。

（9）绝缘工具使用前应用干净毛巾进行表面清洁处理，使用绝缘工具应戴清洁、干燥的手套，以防绝缘工具受潮和污染。收工或转移作业点，应将绝缘工具装在工具袋内。

（10）若地线型号为 GJ-50 且作业人员需出线处理时，应计算地线驰度和损伤地线的破断力，补充其危险点分析和预控内容。并增加作业的工器具数量。

（11）地线损伤处若需要作业人员出线修补时，应计算损伤地线的破断力和弧垂下垂的数值。经验算后均在确保安全下方可作业。

（12）上、下杆塔或在杆塔上移位时，作业人员必须攀抓牢固构件，且双手不得持带任何工器具。

（13）杆塔上作业时不得失去安全带的保护。

（14）在杆塔上作业过程中如遇设备突然停电，作业人员应视设备仍然带电。

（15）杆塔上电工登杆塔前，对登高工具及安全带进行检查和冲击试验，全体作业人员必须戴安全帽。

（16）地面电工严禁在作业点垂直下方逗留，杆塔上电工应防止高空落物，使用的工具、材料应用绳索传递，不得乱扔。

（17）作业人员在杆塔上作业期间，工作监护人应对作业人员进行不间断监护，且不得从事其他工作。

第五节　66kV　检　测

66kV 输电线路地电位法带电检测零值绝缘子

1. 作业方法

地电位法。

2. 适用范围

适用于 66kV 线路带电检测零值绝缘子现场作业。

3. 人员组合

本作业项目工作人员共计 3 人。其中工作负责人（监护人）1 人，杆塔上作业人员 1 人，地面电工 1 人。

4. 工器具配备

66kV 地电位法带电检测零值绝缘子工器具配备一览表见表 1-8。

表 1-8　　　　66kV 地电位法带电检测零值绝缘子工器具配备一览表

序号	工器具名称		规格、型号	数量	备　　注
1	绝缘工具	绝缘操作杆	66kV	1 根	*
2	金属工具	瓷质绝缘子检测装置		1 套	瓷质绝缘子用
3	个人防护用具	安全带		1 根	
4		安全帽		2 顶	
5	辅助安全用具	防潮苫布	3m×3m	2 块	
6		工具袋		1 只	装绝缘工具用
7		兆欧表	2.5kV 及以上	1 块	电极宽 2cm，极间距 2cm

* 　绝缘操作杆头部若有万用接头，则一根绝缘操作杆可多用途。

注　瓷质绝缘子检测装置包括：分布电压检测仪、绝缘电阻检测仪和火花间隙装置等。采用火花间隙装置测零时，每次检测前应用专用塞尺按 DL 415 要求测量放电间隙尺寸。

5. 作业程序

按照本次作业现场勘察后编写的现场作业指导书。

（1）工作前工作负责人向调度申请。内容为：本人为工作负责人×××，×年×月×日需在 66kV ××线路上带电检测零值绝缘子，本作业按《国家电网公司电力安全工作规程（电力线路部分）》第 8.1.7 条要求，确定是否停用线路重合闸装置，若遇线路跳闸，不经联系，不得强送。得到调度许可后，核对线路双重名称和杆号。

（2）全体工作成员列队，工作负责人现场宣读工作票、交代工作任务、安全措施和技术措施；查（问）看作业人员精神状况、着装情况和工器具是否完好齐全。确认危险点和预防措施，明确作业分工以及安全注意事项。

（3）工作人员在地面用兆欧表检测绝缘工具的绝缘电阻，检查安全用具、工器具外观是否合格，无损伤、变形、失灵现象。

（4）作业人员登杆塔后，在边相绝缘子串对应的杆塔身上选择好位置，系好安全带。

（5）地面电工将绝缘子检测装置与绝缘操作杆组装好后，用绝缘传递绳传递给杆塔上电工。杆塔上电工从导线侧开始，逐片向横担侧方向检测绝缘子串，地面电工认真记录每片绝缘子检测结果；检测中，同一串绝缘子中发现有 2 片（5 片/串）零值时（结构高度146mm），禁止继续对该串绝缘子进行检测。按相同的方法进行其他两相绝缘子检测。

（6）三相绝缘子检测完毕，杆塔上电工与地面电工配合，将绝缘子检测装置及绝缘操作杆传递至地面。杆塔上电工检查确认杆塔上无遗留工具后，报经工作负责人同意后，下杆塔。

（7）地面电工整理所用工器具和清理现场，工作负责人清点工器具。

（8）工作负责人向调度汇报，内容为：本人为工作负责人×××，66kV ××线路上带电检测零值绝缘子工作已结束，杆塔上人员已撤离，杆塔、导线上无遗留物，线路设备仍为原状。

6. 安全措施及注意事项

（1）若在海拔 1000m 以上线路上带电作业时，应根据作业区的实际海拔高度，计算修正各类空气间隙与固体绝缘的安全距离和长度、绝缘子片数等，经本单位主管生产领导（总工程师）批准后执行。

（2）本次作业应经现场勘察并编制带电检测零值绝缘子现场作业指导书，经本单位技术负责人或主管生产负责人批准后执行。

（3）作业应在良好天气下进行。如遇雷电（听见雷声、看见闪电）、雪雹、雨雾时不得进行带电作业。风力大于 5 级（10m/s）时，不宜进行作业。

（4）由于是带电检测瓷质劣化绝缘子工作，当天气相对空气湿度湿度大于 80% 时，不得进行带电检测工作。

（5）本次作业前应向调度明确：若线路跳闸，不经联系不得强送电。

（6）杆塔上作业时，人身与带电体的安全距离不得小于 0.7m。

（7）绝缘操作杆的有效绝缘长度不小于 1.0m。

（8）地面绝缘工具应放置在防潮苫布上，作业人员均应戴清洁干燥手套，摇（检）测绝缘电阻值不得小于 700MΩ（电极宽 2cm，极间距 2cm）。

（9）绝缘工具使用前应用干净毛巾进行表面清洁处理，使用绝缘工具应戴清洁、干燥的手套，以防绝缘工具受潮和污染。收工或转移作业点，应将绝缘工具装在工具袋内。

（10）上、下杆塔或在杆塔上移位时，作业人员必须攀抓牢固构件，且双手不得持带任何工器具。

（11）杆塔上作业时不得失去安全带的保护。

（12）在杆塔上作业过程中如遇设备突然停电，作业人员应视设备仍然带电。

（13）杆塔上电工登杆塔前，对登高工具和安全带进行检查和冲击试验，全体作业人员必须戴安全帽。

（14）地面电工严禁在作业点垂直下方逗留，杆塔上电工应防止高空落物，使用的工具、材料应用绳索传递，不得乱扔。

（15）作业人员在杆塔上作业期间，工作监护人应对作业人员进行不间断监护，且不得从事其他工作。

第六节　66kV 特殊或大型带电作业项目

一、66kV 输电线路地电位法带电杆塔上补装螺栓、塔材

1. 作业方法

地电位法。

2. 适用范围

适用于 66kV 线路在带电杆塔上补装螺栓、塔材工作（导线附近或导线以上）。

3. 人员组合

本作业项目工作人员共计 5 人。其中工作负责人 1 人，杆塔上作业人员 2 人，地面作业人员 2 人。

4. 工器具配备

66kV 地电位法带电杆塔上补装螺栓、塔材工器具配备一览表见表 1-9。所需材料有相应规格的螺栓、塔材等。

表 1-9　　　　66kV 地电位法带电杆塔上补装螺栓、塔材工器具配备一览表

序号	工器具名称		规格、型号	数量	备　注
1	绝缘工具	绝缘传递绳	66kV	1 根	按杆塔高选用
2		绝缘滑车	0.5t	1 只	
3	金属工具	专用扳手		2 把	
4		扭矩扳手		1 把	紧固铁塔螺栓用
5	个人防护用具	安全带		2 根	
6		安全帽		5 顶	
7	辅助安全用具	防潮苫布	3m×3m	2 块	
8		工具袋		1 只	装绝缘工具用
9		兆欧表	2.5kV 及以上	1 块	电极宽 2cm，极间距 2cm

5. 作业程序

按照本次作业现场勘察后编写的现场作业指导书。

（1）工作前工作负责人向调度申请。内容为：本人为工作负责人×××，×年×月×日需在 66kV ××线路杆塔上补装螺栓、塔材，本作业按《国家电网公司电力安全工作规程（电力线路部分）》第 8.1.7 条要求，确定是否停用线路重合闸装置，若遇线路跳闸，不经联系，不得强送。得到调度许可后，核对线路双重名称和杆号。

（2）全体工作成员列队，工作负责人现场宣读工作票、交代工作任务、安全措施和技术措施；查（问）看作业人员精神状况、着装情况和工器具是否完好齐全。确认危险点和预防措施，明确作业分工以及安全注意事项。

（3）工作人员在地面用兆欧表检测绝缘工具的绝缘电阻，检查安全用具、工器具外观是否合格，无损伤、变形、失灵现象。

（4）登杆塔作业人员正确佩带个人安全用具后身背绝缘绳登杆塔工作。

（5）杆上在需补角钢的地方，用绝缘绳套在铁杆塔适当位置上挂好带绝缘绳的单滑轮。

（6）地面电工用绝缘绳吊上一节有绝缘绳控制的角钢，由杆上人员安装在需安装部位。

（7）若属于斜材被盗缺材时，地面电工传递上需更换的新斜材。

（8）杆塔上电工将新更换的斜材用螺栓套上，若有变形斜材套不上时，地面电工传递上钢丝套和双钩进行调整。

（9）塔上两电工使用尖头扳手安装好斜材，采用扭矩扳手按相应规格螺栓的扭矩值紧固。

（10）若属于斜材损伤、弯曲更换时，塔上电工先拆除损伤或弯曲的斜材，用绝缘传递绳吊下，按上述更换程序进行。

（11）杆塔上电工安装好角钢、螺栓并拧紧后，拆除杆上单滑轮，完成补装工作。

（12）杆塔上电工检查确认杆塔上无遗留工具后，报经工作负责人同意后，下杆塔。

（13）地面电工整理所用工器具和清理现场，工作负责人清点工器具。

（14）工作负责人向调度汇报，内容为：本人为工作负责人×××，66kV ××线路上带电更换杆塔部件工作已结束，杆塔上人员已撤离，杆塔、导线上无遗留物，线路设备已恢复原状。

6. 安全措施及注意事项

（1）若在海拔 1000m 以上线路上带电作业时，应根据作业区的实际海拔高度，计算修正各类空气间隙与固体绝缘的安全距离和长度、绝缘子片数等，经本单位主管生产领导（总工程师）批准后执行。

（2）本次作业应经现场勘察并编制带电杆塔上补装螺栓、塔材现场作业指导书，经本单位技术负责人或主管生产负责人批准后执行。

（3）作业应在良好天气下进行。如遇雷电（听见雷声、看见闪电）、雪雹、雨雾时不得进行带电作业。风力大于 5 级（10m/s）时，不宜进行作业。

（4）由于是带电检测瓷质劣质绝缘子工作，当天气相对空气湿度湿度大于 80%时，不得进行带电检测工作。

（5）本次作业前应向调度明确：若线路跳闸，不经联系不得强送电。

（6）杆塔上作业时，人身与带电体的安全距离不得小于 0.7m。

（7）绝缘操作杆的有效绝缘长度不小于 1.0m。绝缘绳有效绝缘长度不得小于 0.7m。

（8）地面绝缘工具应放置在防潮苫布上，作业人员均应戴清洁干燥手套，摇（检）测绝缘电阻值不得小于 700MΩ（电极宽 2cm，极间距 2cm）。

（9）绝缘工具使用前应用干净毛巾进行表面清洁处理，使用绝缘工具应戴清洁、干燥的手套，以防绝缘工具受潮和污染。收工或转移作业点，应将绝缘工具装在工具袋内。

（10）上、下杆塔或在杆塔上移位时，作业人员必须攀抓牢固构件，且双手不得持带任何工器具。

（11）杆塔上作业时不得失去安全带的保护。

（12）杆塔上电工作业中安全带必须高挂低用，螺栓扭矩值必须符合相应规格螺栓的标准扭矩值。

（13）在杆塔上作业过程中如遇设备突然停电，作业人员应视设备仍然带电。

（14）杆塔上电工登杆塔前，对登高工具及安全带进行检查和冲击试验，全体作业人员必须戴安全帽。

（15）地面电工严禁在作业点垂直下方逗留，杆塔上电工应防止高空落物，使用的工具、材料应用绳索传递，不得乱扔。

（16）作业人员在杆塔上作业期间，工作监护人应对作业人员进行不间断监护，且不得从事其他工作。

二、66kV 输电线路地电位法带电安装、更换标牌等器具、设备

1. 作业方法

地电位法。

2. 适用范围

适用于 66kV 线路在带电杆塔上安装、更换色标牌等器具、设备。

3. 人员组合

本作业项目工作人员共计 3 人。其中工作负责人 1 人，杆塔上电工 1 人，地面电工 1 人。

4. 工器具配备

66kV 地电位法带电安装、更换标牌等器具、设备工器具配备一览表见表 1-10。所需材料有相应规格的标牌等。

表 1-10　　66kV 地电位法带电安装、更换标牌等器具、设备工器具配备一览表

序号	工器具名称		规格、型号	数量	备　　注
1	绝缘工具	绝缘传递绳	66kV	1 根	按杆塔高选用
2		绝缘滑车	0.5t	1 只	
3	金属工具	专用扳手		2 把	根据具体需要
4	个人防护用具	安全带		1 根	
5		安全帽		3 顶	

序号	工器具名称		规格、型号	数量	备 注
6		防潮苫布	3m×3m	2块	
7	辅助安全用具	工具袋		1只	装绝缘工具用
8		相位核对仪带操作杆		1套	
9		兆欧表	2.5kV 及以上	1块	电极宽2cm,极间距2cm

5. 作业程序

按照本次作业现场勘察后编写的现场作业指导书。

（1）工作前工作负责人向调度申请。内容为：本人为工作负责人×××，×年×月×日需在 66kV ××线路杆塔上安装、更换色标牌等器具、设备，本作业按《国家电网公司电力安全工作规程（电力线路部分）》第 8.1.7 条要求，确定是否停用线路重合闸装置，若遇线路跳闸，不经联系，不得强送。得到调度许可后，核对线路双重名称和杆号。

（2）全体工作成员列队，工作负责人现场宣读工作票、交代工作任务、安全措施和技术措施；查（问）看作业人员精神状况、着装情况和工器具是否完好齐全。确认危险点和预防措施，明确作业分工以及安全注意事项。

（3）工作人员在地面用兆欧表检测绝缘工具的绝缘电阻，检查安全用具、工器具外观是否合格，无损伤、变形、失灵现象。

（4）登杆塔作业人员正确佩带个人安全用具后，身背绝缘绳登杆塔工作。

（5）地面电工配合利用绝缘绳索将相位核对仪、色标牌等器具吊上至安装位置。

（6）杆塔上电工利用相位核对仪对导线相位进一步核对，按测试结果在指定的位置安装好色标牌等器具的支架，并挂好色标牌等器具。

（7）导线若垂直排列的先完成下相后，按刚才步骤完成中相和上相的安装工作。

（8）杆塔上电工检查确认杆塔上无遗留工具后，报经工作负责人同意后，下杆塔。

（9）地面电工整理所用工器具和清理现场，工作负责人清点工器具。

（10）工作负责人向调度汇报，内容为：本人为工作负责人×××，66kV ××线路上带电安装、更换色标牌工作已结束，杆塔上人员已撤离，杆塔、导线上无遗留物，线路设备已恢复原状。

6. 安全措施及注意事项

（1）若在海拔 1000m 以上线路上带电作业时，应根据作业区的实际海拔高度，计算修正各类空气间隙与固体绝缘的安全距离和长度、绝缘子片数等，经本单位主管生产领导（总工程师）批准后执行。

（2）本次作业应经现场勘察并编制带电杆塔上补装螺栓、塔材现场作业指导书，经本单位技术负责人或主管生产负责人批准后执行。

（3）作业应在良好天气下进行。如遇雷电（听见雷声、看见闪电）、雪雹、雨雾时不得进行带电作业。风力大于 5 级（10m/s）时，不宜进行作业。

（4）相对空气湿度大于 80%的天气，若需进行带电作业时，应采用具有防潮性能的绝缘工具。

（5）本次作业前应向调度明确：若线路跳闸，不经联系不得强送电。

（6）杆塔上作业时，人身与带电体的安全距离不得小于 0.7m。

（7）绝缘操作杆的有效绝缘长度不小于 1.0m。绝缘绳有效绝缘长度不得小于 0.7m。

（8）地面绝缘工具应放置在防潮苦布上，作业人员均应戴清洁干燥手套，摇（检）测绝缘电阻值不得小于 700MΩ（电极宽 2cm，极间距 2cm）。

（9）绝缘工具使用前应用干净毛巾进行表面清洁处理，使用绝缘工具应戴清洁、干燥的手套，以防绝缘工具受潮和污染。收工或转移作业点，应将绝缘工具装在工具袋内。

（10）上、下杆塔或在杆塔上移位时，作业人员必须攀抓牢固构件，且双手不得持带任何工器具。

（11）杆塔上作业时不得失去安全带的保护。

（12）在杆塔上作业过程中如遇设备突然停电，作业人员应视设备仍然带电。

（13）杆塔上电工登杆塔前，对登高工具及安全带进行检查和冲击试验，全体作业人员必须戴安全帽。

（14）地面电工严禁在作业点垂直下方逗留，杆塔上电工应防止高空落物，使用的工具、材料应用绳索传递，不得乱扔。

（15）作业人员在杆塔上作业期间，工作监护人应对作业人员进行不间断监护，且不得从事其他工作。

三、66kV 输电线路地电位张力循环法带电更换架空地线

1. 作业方法

地电位张力循环法。

2. 适用范围

适用于 66kV 架空地线更换工作。

3. 人员组合

本作业项目工作人员共计 10 人。其中工作负责人 1 人，杆塔上电工 2 人，地面电工 7 人。

4. 工器具配备

66kV 地电位张力循环法带电更换架空地线工器具配备一览表见表 1-11。所需材料有相应规格的镀锌钢绞线若干、悬垂线夹、地线接续管、耐张线夹等。

表 1-11　　　　66kV 地电位张力循环法带电更换架空地线工器具配备一览表

序号	工器具名称		规格、型号	数量	备　注
1	绝缘工具	绝缘传递绳	ϕ10mm	2 根	视作业杆塔高度而定
2		绝缘滑车	0.5t	2 只	
3		绝缘绳套	ϕ8mm	2 只	

续表

序号	工器具名称		规格、型号	数量	备　注
4	金属工具	架空地线放线滑车每基杆	10kN	2 只	按杆塔数量配
5		机动绞磨	2t	1 台	
6		架空地线紧线器		2 把	
7		钢丝套		若干	
8		双钩紧线器		2 把	
9		液压机	100t	1 台	
10	个人防护用具	安全带		2 根	
11		安全帽		10 顶	
12		导电鞋		2 双	
13	辅助安全用具	兆欧表	2.5kV 及以上	1 块	电极宽 2cm，极间距 2cm
14		防潮苫布	3m×3m	1 块	
15		工具袋		2 只	装绝缘工具用

注　地面架空地线循环固定的地锚、滑车、钢丝套等按需要配。

5. 作业程序

按照本次作业现场勘察后编写的现场作业指导书。

（1）工作前工作负责人向调度申请。内容为：本人为工作负责人×××，×年×月×日需在 66kV ××线路上带电更换架空地线，本作业按《国家电网公司电力安全工作规程（电力线路部分）》第 8.1.7 条要求，确定是否停用线路重合闸装置，若遇线路跳闸，不经联系，不得强送。得到调度许可后，核对线路双重名称和杆号。

（2）全体工作成员列队，工作负责人现场宣读工作票、交代工作任务、安全措施和技术措施；查（问）看作业人员精神状况、着装情况和工器具是否完好齐全。确认危险点和预防措施，明确作业分工以及安全注意事项。

（3）工作人员在地面用兆欧表检测绝缘工具的绝缘电阻，检查工具是否完好灵活。

（4）在被换挡二端耐张杆塔架空地线支架处打好临时拉线。

（5）在本耐张段的各个被换杆塔架空地线支架处装好单轮循环滑车。

（6）杆塔上电工上杆塔将耐张杆塔旧架空地线锚住，摘开耐张线夹，将新旧地线接头进行编接或压接连通。

（7）在工作负责人的指挥下缓松双钩紧线器，同时调整好循环张力。

（8）在新线牵引锚固点处装好牵引机具。

（9）在架空地线放线滑车每基杆塔处指派一名监护人，监视地线及接头顺利通过绝缘滑车。

（10）启动牵引机具将新旧地线开始循环，直至将旧架空地线循环至地面。

（11）对新地线进行弛度调整，然后做好新地线线夹并安装在耐张杆杆塔上。

（12）杆塔上电工进行直线杆塔的附件安装，完成后拆除两侧耐张杆塔的临时拉线。其示意图如图 1-8 所示。

（13）杆塔上电工检查确认杆塔上无遗留物后，报经工作负责人同意后，携带绝缘传递绳下杆塔。

（14）地面电工整理所用工器具和清理现场，工作负责人清点工器具。

（15）工作负责人向调度汇报，内容为：本人为工作负责人×××，66kV××线路带电更换架空地线工作已结束，杆塔上人员已撤离，杆塔、导线上无遗留物，线路设备已恢复原状。

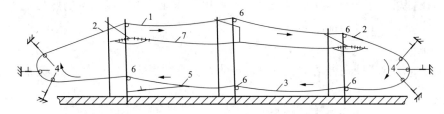

图 1-8　66kV 输电线路地电位张力循环法更换架空地线示意图

1—旧地线；2—新旧地线接头；3—新地线；4—过压接管滑车和手扳葫芦；

5—牵引锚固点；6—杆上过线滑车；7—带电导线

6. 安全措施及注意事项

（1）若在海拔 1000m 以上线路上带电作业时，应根据作业区的实际海拔高度，计算修正各类空气间隙与固体绝缘的安全距离和长度、绝缘子片数等，经本单位主管生产领导（总工程师）批准后执行。

（2）本次作业应经现场勘察并编制带电更换架空地线的现场作业指导书，经本单位技术负责人或主管生产负责人批准后执行。

（3）作业应在良好天气下进行。如遇雷电（听见雷声、看见闪电）、雪雹、雨雾时不得进行带电作业。风力大于 5 级（10m/s）时，不宜进行作业。

（4）相对空气湿度大于 80%的天气，若需进行带电作业时，应采用具有防潮性能的绝缘工具。

（5）本次作业前应向调度明确：若线路跳闸，不经联系不得强送电。

（6）绝缘操作杆的有效绝缘长度不小于 1.0m。绝缘绳有效绝缘长度不得小于 0.7m。

（7）地面绝缘工具应放置在防潮苫布上，作业人员均应戴清洁干燥手套，摇（检）测绝缘电阻值不得小于 700MΩ（电极宽 2cm，极间距 2cm）。

（8）杆塔上、下布置循环滑车时滑车应有一定的活动范围，滑车悬挂及封口必须牢固可靠。

（9）新地线引向杆塔时，要用循环传递绳将新地线固定在绝缘传递绳上传递，对带电体保持 1.2m 及以上安全距离。

（10）新旧地线接头连接后，通过两端手扳葫芦进行调整循环张力，其循环张力不得大于原架空地线的运行应力。

（11）根据杆塔悬挂过线金属滑车（防止静电感应）高度，合理确定手扳葫芦的地锚位置，两端过线滑车地线角度不得小于 120°。

（12）新旧地线在牵引循环时，架空地线放线滑车每基杆塔指派专人监护，接头在通过每个绝缘滑车时，按绝缘滑车编号提前发出信息，发现异常时及时通知负责人停止牵引循环。

（13）当新旧地线接头循环至两端地锚处时，可放松手扳葫芦使接头顺利通过，防止压接管弯曲变形。

（14）绝缘工具使用前应用干净毛巾进行表面清洁处理，使用绝缘工具应戴清洁、干燥的手套，以防绝缘工具受潮和污染。收工或转移作业点，应将绝缘工具装在工具袋内。

（15）在杆塔上作业过程中如遇设备突然停电，作业人员应视设备仍然带电。

（16）杆塔上电工杆塔前，应对登高工具及安全带进行检查和冲击试验，全体作业人员必须戴安全帽。

（17）上、下杆塔或在杆塔上移位时，作业人员必须攀抓牢固构件，且双手不得持带任何工器具。

（18）杆塔上作业不得失去安全带的保护。

（19）地面电工严禁在作业点垂直下方逗留，杆塔上电工应防止高空落物，使用的工具、材料应用绳索传递，不得乱扔。

（20）作业人员在杆塔上作业期间，工作监护人应对作业人员进行不间断监护，且不得从事其他工作。

四、66kV 输电线路地电位法带电杆塔上防腐刷漆

1. 作业方法

地电位法。

2. 适用范围

适用于 66kV 线路带电杆塔上防腐刷漆现场作业（导线附近或导线以上）。

3. 人员组合

本作业项目工作人员共计 6 人。其中工作负责人（监护人）1 人，杆塔上作业人员 4 人，地面作业人员 1 人。

4. 工器具配备

66kV 地电位法带电杆塔上防腐刷漆工器具配备一览表见表 1-12。所需材料有防腐漆等。

表 1-12　　　　66kV 地电位法带电杆塔上防腐刷漆工器具配备一览表

序号	工器具名称		规格、型号	数量	备　注
1	绝缘工具	绝缘传递绳	$\phi 10mm$	2 根	视作业杆塔高度而定
2		绝缘子防护遮罩	$\phi 400\sim500mm$	3 只	双串时增加防护遮盖
3		绝缘滑车	0.5t	1 只	
4		沙皮布		若干	

续表

序号	工器具名称		规格、型号	数量	备　注
5	金属工具	铲刀	10kN	4 把	
6		防锈漆桶		若干	
7		灰漆桶		若干	
8	个人防护用具	安全带		4 根	
9		安全帽		6 顶	
10	辅助安全用具	兆欧表	2.5kV 及以上	1 块	电极宽 2cm，极间距 2cm
11		防潮苫布	3m×3m	1 块	
12		工具袋		2 只	装绝缘工具用

注　地面架空地线循环固定的地锚、滑车、钢丝套等按需要配。

5. 作业程序

按照本次作业现场勘察后编写的现场作业指导书。

（1）工作前工作负责人向调度申请。内容为：本人为工作负责人×××，×年×月×日需在 66kV ××线路杆塔上防腐刷漆，本作业按《国家电网公司电力安全工作规程（电力线路部分）》第 8.1.7 条要求，确定是否停用线路重合闸装置，若遇线路跳闸，不经联系，不得强送。得到调度许可后，核对线路双重名称和杆号。

（2）全体工作成员列队，工作负责人现场宣读工作票、交代工作任务、安全措施和技术措施；查（问）看作业人员精神状况、着装情况和工器具是否完好齐全。确认危险点和预防措施，明确作业分工以及安全注意事项。

（3）工作人员在地面用兆欧表检测绝缘工具的绝缘电阻，检查安全用具、工器具外观是否合格，无损伤、变形、失灵现象。

（4）登杆塔作业人员正确佩带个人安全用具后，登杆塔工作。

（5）4 名电工上杆塔，在绝缘子串上方安装绝缘子防护遮罩，每人负责铁杆塔的 1 个面，自上而下地进行除锈。在加装绝缘子遮盖和在横担的绝缘子挂点附近除锈时，作业人员的手、脚严禁超越横担侧第一片绝缘子伞裙以下。

（6）完成除锈工作以后，地面电工配合杆塔上电工在合适位置挂好带绝缘绳的单滑轮，利用绝缘绳将油漆桶吊上铁塔，塔上电工将油漆桶解下，并用铁钩挂在铁杆塔的适当位置。

（7）开始自上而下地对杆塔进行油漆。作业人员在垂直排列的铁塔中、下横担上和猫塔、酒杯塔的中相导线下方的曲臂上作业时必须采取坐姿或蹲姿，由塔身转位到横担或曲臂岔口处时，必须匍匐前行，完成作业回到塔身时亦必须采用该种姿势，在上述部位防腐刷漆时，严格按带电作业方式进行。杆塔上绝缘绳和油漆桶也随杆塔上电工逐层下降。

（8）杆塔上电工检查确认杆塔上的锈蚀部位已完成除锈刷漆工作，杆塔上无遗留工具后，报经工作负责人同意后下杆塔。

（9）地面电工整理所用工器具和清理现场，工作负责人清点工器具。

（10）工作负责人向调度汇报，内容为：本人为工作负责人×××，66kV ××线路上带电防腐刷漆工作已结束，杆塔上人员已撤离，杆塔上、导线上无遗留物，线路设备仍为原状。

6. 安全措施及注意事项

（1）若在海拔1000m以上线路上带电作业时，应根据作业区的实际海拔高度，计算修正各类空气间隙与固体绝缘的安全距离和长度、绝缘子片数等，经本单位主管生产领导（总工程师）批准后执行。

（2）本次作业应经现场勘察并编制带电安装更换带电防腐刷漆作业指导书，经本单位技术负责人或主管生产负责人批准后执行。

（3）作业应在良好天气下进行。如遇雷电（听见雷声、看见闪电）、雪雹、雨雾时不得进行带电作业。风力大于5级（10m/s）时，不宜进行作业。

（4）相对空气湿度大于80%的天气，若需进行带电作业时，应采用具有防潮性能的绝缘工具。

（5）本次作业前应向调度明确：若线路跳闸，不经联系不得强送电。

（6）杆塔上作业时，人身与带电体的安全距离不得小于1.5m。绝缘绳有效绝缘长度不得小于0.7m。

（7）安装绝缘子防护遮罩时，应与带电体保持1m及以上安全距离，双手严禁深入第1片绝缘子伞裙以下。

（8）地面绝缘工具应放置在防潮苫布上，作业人员均应戴清洁干燥手套，摇（检）测绝缘电阻值不得小于700MΩ（电极宽2cm，极间距2cm）。

（9）绝缘工具使用前应用干净毛巾进行表面清洁处理，使用绝缘工具应戴清洁、干燥的手套，以防绝缘工具受潮和污染。收工或转移作业点，应将绝缘工具装在工具袋内。

（10）上、下杆塔或在杆塔上移位时，作业人员必须攀抓牢固构件，且双手不得持带任何工器具。

（11）杆塔上作业时不得失去安全带的保护。

（12）在杆塔上作业过程中如遇设备突然停电，作业人员应视设备仍然带电。

（13）塔上电工登杆塔前，对登高工具及安全带进行检查和冲击试验，全体作业人员必须戴安全帽。

（14）地面电工严禁在作业点垂直下方逗留，杆塔上电工应防止高空落物，使用的工具、材料应用绳索传递，不得乱扔。

（15）作业人员在杆塔上作业期间，工作监护人应对作业人员进行不间断监护，且不得从事其他工作。

第二章

110kV 输电线路带电作业操作方法

第一节　110kV 直线绝缘子串

一、110kV 输电线路地电位结合滑车组法带电更换直线绝缘子串

1. 作业方法

地电位结合滑车组法。

2. 适用范围

适用于 110kV 直线绝缘子整串的更换工作。

3. 人员组合

本作业项目工作人员共计 6 人。其中工作负责人 1 人（监护人），杆塔上电工 2 人，地面电工 3 人。

4. 工器具配备

110kV 地电位结合滑车组法带电更换直线绝缘子串工器具配备一览表见表 2-1。所需材料有相应规格的新绝缘子若干片等。

表 2-1　　110kV 地电位结合滑车组法带电更换直线绝缘子串工器具配备一览表

序号	工器具名称		规格、型号	数量	备　注
1	绝缘工具	绝缘传递绳	$\phi10mm$	1 根	视作业杆塔高度而定
2		绝缘滑车组	3t	1 套	配绝缘绳索
3		高强度绝缘绳	$\phi32mm$	1 根	导线后备保护绳
4		绝缘操作杆	$\phi30\times2.5m$	1 根	
5		绝缘绳套	$\phi20mm$	2 只	
6	金属工具	提线器	2t	1 只	分裂导线适用
7		取销器		1 只	*
8		瓷质绝缘子检测装置		1 套	瓷质绝缘子用
9		碗头扶正器		1 套	*
10		滑车组横担固定器		1 个	

序号	工器具名称		规格、型号	数量	备 注
11	个人防护用具	安全带		3 根	备用 1 根
12		安全帽		6 顶	
13	辅助安全用具	兆欧表	2.5kV 及以上	1 块	电极宽 2cm，极间距 2cm
14		防潮苫布	3m×3m	1 块	
15		温湿度风速仪		1 台	
16		脚扣		2 副	混凝土杆用
17		工具袋		2 只	装绝缘工具用

* 绝缘操作杆头部若有万用接头，则一根绝缘操作杆可多用途。

注 瓷质绝缘子检测装置包括分布电压检测仪、绝缘电阻检测仪和火花间隙装置等。采用火花间隙装置测零时，每次检测前应用专用塞尺按 DL 415 要求测量放电间隙尺寸。

5. 作业程序

按照本次作业现场勘察后编写的现场作业指导书。

（1）工作负责人向电网调度员申请开工，内容为：本人为工作负责人×××，×年×月×日需在 110kV ××线路上更换绝缘子作业，本次作业按《国家电网公司电力安全工作规程（电力线路部分）》第 8.1.7 条要求，确定是否停用线路重合闸装置，若遇线路跳闸，不经联系，不得强送。得到调度许可，核对线路双重名称和杆号。

（2）全体工作成员列队，工作负责人现场宣读工作票、交代工作任务、安全措施和技术措施；查（问）看作业人员精神状况、着装情况和工器具是否完好齐全。确认危险点和预防措施，明确作业分工以及安全注意事项。

（3）工作人员采用兆欧表检测绝缘工具的绝缘电阻，检查承力工具是否完好灵活，组装绝缘滑车组。

（4）杆塔上 1 号电工携带绝缘传递绳登杆塔至横担处，系好安全带，将绝缘滑车和绝缘传递绳在横担作业适当位置安装好。杆塔上 2 号电工随后登杆塔。

（5）若是盘形瓷质绝缘子串，地面电工将瓷质绝缘子检测装置及绝缘操作杆组装好后用绝缘传递绳传递给塔上 2 号电工，2 号电工检测所要更换绝缘子串的零值绝缘子，当同串（7 片）零值绝缘子达到 3 片时应立即停止检测，并结束本次带电作业工作。

（6）杆塔上电工与地面电工相互配合，将绝缘滑车组、横担固定器、导线保护绝缘绳等传递至工作位置。

（7）杆塔上 2 号电工在导线水平位置，系好安全带，地面电工与塔上 1 号电工相互配合安装好绝缘滑车组和导线后备保护绳，导线后备保护绳的保护裕度（长度）应控制合理。

（8）杆塔上 2 号电工用绝缘操作杆取出导线侧碗头锁紧销后，在工作负责人的指挥下，地面电工配合用绝缘承力工具提升导线，塔上 2 号电工用绝缘操作杆脱离绝缘子串与导线侧碗头的连接。

（9）在地面电工配合下将导线下落约 300mm（双联串时下落至自然受力位置），杆塔上 1 号电工在横担侧第 2 片绝缘子处系好绝缘传递绳，随后取出横担侧绝缘子锁紧销。

（10）杆塔上 1 号电工与地面电工相互配合操作绝缘传递绳，采用旧绝缘子串带新绝缘子串方式传递，注意控制好空中上、下两串绝缘子串的位置，防止发生相互碰撞。

（11）杆塔上 1 号电工挂好新绝缘子串并安装好横担侧锁紧销，地面电工提升导线配合塔上 2 号电工用绝缘操作杆安装好导线侧球头与碗头并恢复锁紧销。

（12）杆塔上电工检查确认绝缘子串两侧锁紧销安装情况，并检查确保连接可靠。

（13）报经工作负责人同意后，杆塔上电工拆除绝缘滑车组及导线后备保护绳，依次传递至地面。

（14）杆塔上电工检查杆塔上无遗留物后，汇报工作负责人，得到同意后携带绝缘传递绳下塔。

（15）地面电工整理所有工器具和清理现场，工作负责人清点工器具。

（16）工作负责人向调度汇报。内容为：本人为工作负责人×××，110kV ×××线路带电更换直线绝缘子串工作已结束，杆塔上人员已撤离，杆塔、导线上无遗留物，线路设备已恢复原状。

6. 安全措施及注意事项

（1）若在海拔 1000m 以上线路上带电作业时，应根据作业区的实际海拔高度，计算修正各类空气间隙与固体绝缘的安全距离和长度、绝缘子片数等，经本单位主管生产领导（总工程师）批准后执行。

（2）本次作业应经现场勘察并编制带电更换直线整串绝缘子的现场作业指导书，经本单位技术负责人或主管生产负责人批准后执行。

（3）作业应在良好天气下进行。如遇雷电（听见雷声、看见闪电）、雪雹、雨雾时不得进行带电作业。风力大于 5 级（10m/s）时，不宜进行作业。

（4）相对空气湿度大于 80% 的天气，若需进行带电作业时，应采用具有防潮性能的绝缘工具。

（5）本次作业前应向调度明确：若线路跳闸，不经联系不得强送电。

（6）杆塔上电工与带电体的安全距离不小于 1m。

（7）绝缘承力工具安全长度不小于 1m，绝缘操作杆的有效长度不小于 1.3m。

（8）对盘形绝缘子，作业中扣除人体短接和零值（自爆）绝缘子片数后，良好绝缘子片数（7 片串）不少于 5 片（结构高度 146mm）。

（9）绝缘承力工具受力后，须经检查确认安全可靠后方可脱离绝缘子串。本次作业必须加装导线后备保护绳。

（10）导线侧绝缘子串未摘开前，严禁杆塔上电工徒手无安全措施摘开横担侧绝缘子串连接，以防止电击伤人。

（11）地面绝缘工具应放置在防潮苫布上，作业人员均应戴清洁干燥手套，摇测绝缘电阻值不得小于 700MΩ（电极宽 2cm，极间距 2cm）。

（12）绝缘工具使用前应用干净毛巾进行表面清洁处理，作业人员使用绝缘工具应戴清洁、干燥的手套，以防绝缘工具受潮和污染，收工或转移作业点，应将绝缘工具装在工具袋内。

（13）新复合绝缘子必须检查并按说明书安装好均压环，若是盘形绝缘子应用干净毛巾进行表面清洁处理，瓷质绝缘子摇测的绝缘电阻值不小于 500MΩ。

（14）在杆塔上作业过程中如遇设备突然停电，作业人员应视设备仍然带电。

（15）登高作业电工上杆塔前，应对登高工具及安全带进行检查和冲击试验，全体作业人员必须戴安全帽。

（16）上、下杆塔或在杆塔上移位时，作业人员必须攀抓牢固构件，且双手不得持带任何器材。

（17）杆塔上作业不得失去安全带的保护。

（18）地面电工严禁在作业点垂直下方逗留，杆塔上电工应防止高空落物，使用的工具、材料应用绳索传递，不得乱扔。

（19）作业人员在杆塔上作业期间，工作监护人应对作业人员进行不间断监护，且不得从事其他工作。

二、110kV 输电线路地电位法与等电位结合紧线杆法带电更换直线双联任意串绝缘子

1. 作业方法

地电位与等电位结合紧线杆法。

2. 适用范围

适用于 110kV 输电线路更换直线双联任意串绝缘子。

3. 人员组合

本作业项目工作人员共计 6 人。其中工作负责人 1 人（监护人），杆塔上电工 1 人，等电位电工 1 人，地面电工 3 人。

4. 工器具配备

110kV 地电位与等电位结合紧线杆法带电更换直线双联任意串绝缘子工器具配备一览表见表 2-2。

表 2-2　110kV 地电位与等电位结合紧线杆法带电更换直线双联任意串绝缘子工器具配备一览表

序号	工器具名称		规格、型号	数量	备 注
1	绝缘工具	绝缘传递绳	φ10mm	2 根	视作业杆塔高度而定
2		高强度绝缘人身防坠绳	φ14mm	1 根	视作业杆塔高度而定
3		绝缘滑车	0.5t	2 只	
4		绝缘承力紧线杆	110kV	1 根	
5		绝缘操作杆	φ30×2.5m	1 根	
6		绝缘软梯及软梯头		1 副	视作业杆塔高度而定
7	金属工具	横担卡具	30kN	1 只	
8		紧线丝杠	110kV	1 只	
9		瓷质绝缘子检测装置		1 套	瓷质绝缘子用

续表

序号	工器具名称		规格、型号	数量	备　　注
10	个人防护用具	安全带		3 根	备用 1 根
11		屏蔽服		1 套	
12		导电鞋		1 双	
13		安全帽		6 顶	
14	辅助安全用具	防潮苫布	3m×3m	1 块	
15		万用表		1 块	检测屏蔽服导通用
16		兆欧表	2.5kV 及以上	1 块	电极宽 2cm，极间距 2cm
17		工具袋		2 只	装绝缘工具用

注　瓷质绝缘子检测装置包括分布电压检测仪、绝缘电阻检测仪和火花间隙装置等，采用火花间隙装置测零时，每次检测前应用专用塞尺按 DL 415 要求测量间隙尺寸。

5. 作业程序

按照本次作业现场勘察后编写的现场作业指导书。

（1）工作负责人向电网调度员申请开工，内容为：本人为工作负责人×××，×年×月×日需在 110kV ××线路上更换劣化绝缘子作业，本次作业按《国家电网公司电力安全工作规程（电力线路部分）》第 8.1.7 条要求，确定是否停用线路重合闸装置，若遇线路跳闸，不经联系，不得强送。得到调度许可，核对线路双重名称和杆号。

（2）全体工作成员列队，工作负责人现场宣读工作票、交代工作任务、安全措施和技术措施；查（问）看作业人员精神状况、着装情况和工器具是否完好齐全。确认危险点和预防措施，明确作业分工以及安全注意事项。

（3）地面电工采用兆欧表检测绝缘工具的绝缘电阻，检查紧线丝杠、横担卡具、绝缘软梯及软梯头等工具是否完好齐全、屏蔽服不得有破损、孔洞和毛刺状等缺陷。

（4）杆塔上电工携带绝缘传递绳登塔至横担处，系好安全带，将绝缘滑车和绝缘传递绳在作业横担适当位置安装好。

（5）若是盘形瓷质绝缘子串，地面电工将瓷质绝缘子检测装置及绝缘操作杆组装好后用绝缘传递绳传递给杆塔上电工，杆塔上电工检测所要更换绝缘子串的绝缘电阻值，当同串（7 片）零值绝缘子达到 3 片时应立即停止检测，并结束本次带电作业工作。

（6）杆塔上电工与地面电工相互配合，将绝缘软梯悬挂在导线（或横担头）上，并在地面冲击试验绝缘软梯后控制固定好，同时挂好绝缘高强度防坠落绳。

（7）等电位人员穿着全套屏蔽服（包括帽、衣裤、手套、袜和导电鞋），必要时，屏蔽服内穿阻燃内衣。地面电工负责检查袜裤、裤衣、袖和手套的连接是否完好，用万用表测试袜、裤、衣、手套间的连接导通是否良好。

（8）等电位电工系好防坠落绳，地面电工控制绝缘软梯尾部和防坠落保护绳，等电位电工攀登绝缘软梯至导线下方 0.6m 处左右，向工作负责人申请等电位，得到工作负责人同意后，快速抓住进入带电体，在导线上扣好安全带后才能解除防坠保护绳。

（9）杆塔上电工与地面电工相互配合，将紧线丝杠、绝缘紧线杆、横担卡具等传递至工作位置。

（10）杆塔上电工与等电位电工相互配合将端部卡具、紧线丝杠及绝缘紧线杆安装好并钩住导线。

（11）杆塔上电工宜将绝缘传递绳系在盘形绝缘子串横担下方的第 2 片和第 3 片之间，地面电工控制好尾绳。

（12）杆塔上电工收紧紧线丝杠，使直线绝缘子串松弛。等电位电工冲击检查无误后并报经工作负责人同意，拆除碗头处的锁紧销，使绝缘子串与碗头脱离。

（13）杆塔上电工经工作负责人同意后，拔除横担侧球头连接处的绝缘子锁紧销，地面电工收紧绝缘传递绳将更换绝缘子串提升，杆塔上电工摘开横担侧球头。

（14）地面两电工相互配合操作两侧绝缘传递绳，采用旧绝缘子串带新绝缘子串方式传递，注意控制好空中上、下两串绝缘子串的位置，防止发生相互碰撞。

（15）杆塔上电工和地面电工相互配合，恢复新绝缘子串横担侧球头挂环的连接，并安好锁紧销。

（16）等电位电工和杆塔上电工相互配合，收紧调整紧线丝杠，恢复绝缘子串导线侧的碗头挂板连接，并安好锁紧销。

（17）杆塔上电工缓松紧线丝杠，恢复绝缘子串受力状态，检查确认新绝缘子串安装连接情况。

杆塔上电工拆除紧线丝杠和绝缘承力绝缘紧线杆等传至地面。

（18）等电位电工系好防坠落绳后，解开安全带，沿绝缘软梯下退至人站直并手抓导线，向工作负责人申请脱离电位，许可后应快速脱离电位，地面电工控制好防坠落保护绳，等电位电工解开安全小带后沿绝缘软梯回落地面。

（19）杆塔上电工和地面电工相互配合，将悬挂的绝缘软梯脱开导线并下传至地面。

（20）杆塔上电工检查确认杆塔上无遗留物后，汇报工作负责人，得到同意后携带绝缘传递绳下塔。

（21）地面电工整理所用工器具和清理现场，工作负责人清点工器具。

（22）工作负责人向调度汇报，内容为：本人为工作负责人×××，110kV ××线路带电更换直线绝缘子串工作已结束，杆塔上人员已撤离，杆塔、导线上无遗留物，线路设备已恢复原状。

6. 安全措施及注意事项

（1）若在海拔 1000m 以上线路上作业时，应根据作业区的实际海拔高度，计算修正各类空气间隙、绝缘工具的安全距离和长度、绝缘子片数等，经本单位主管生产领导（总工程师）批准后执行。

（2）本次作业应经现场勘察并编制带电更换悬垂整串绝缘子的现场作业指导书，经本单位技术负责人或主管生产负责人批准后执行。

（3）作业应在良好天气下进行。如遇雷电（听见雷声、看见闪电）、雪雹、雨雾时不得进行带电作业。风力大于 5 级（10m/s）时，不宜进行作业。

（4）若需在相对空气湿度大于 80%的天气下进行带电作业时，应采用具有防潮性能的绝缘工具。

（5）本次作业工作前应向调度明确：若线路跳闸，不经联系不得强送电。

（6）杆塔上电工与带电体的安全距离不小于 1m。作业中等电位人员头部不得超过 2 片绝缘子，等电位人员转移电位时人体裸露部分与带电体应保持 0.3m。

（7）绝缘承力工具安全长度不小于 1m，绝缘操作杆的有效长度不小于 1.3m。

（8）对盘形绝缘子，作业中扣除人体短接和零值（自爆）绝缘子片数后，良好绝缘子片数（7 片串）不少于 5 片（结构高度 146mm）。

（9）绝缘承力工具受力后，须经检查确认安全可靠后方可脱离绝缘子串。

（10）导线侧绝缘子串未摘开前，严禁杆塔上电工徒手无安全措施摘开横担侧绝缘子串连接，以防止电击伤人。

（11）地面绝缘工具应放置在防潮苫布上，作业人员均应戴清洁干燥手套，摇测绝缘电阻值不得小于 700MΩ（电极宽 2cm，极间距 2cm）。

（12）等电位电工应穿戴全套合格的屏蔽服、导电鞋，且各部分连接良好。屏蔽服内不得贴身穿着化纤类衣服。

（13）绝缘工具使用前应用干净毛巾进行表面清洁处理，作业人员使用绝缘工具应戴清洁、干燥的手套，以防绝缘工具受潮和污染，收工或转移作业点，应将绝缘工具装在工具袋内。

（14）新复合绝缘子必须检查并按说明书安装好均压环，若是盘形绝缘子应用干净毛巾进行表面清洁处理，瓷质绝缘子摇测的绝缘电阻值不小于 500MΩ。

（15）在杆塔上作业过程中如遇设备突然停电，作业人员应视设备仍然带电。

（16）登高作业电工上杆塔前，应对登高工具和安全带进行检查和冲击试验，全体作业人员必须戴安全帽。

（17）上、下杆塔或在杆塔上移位时，作业人员必须攀抓牢固构件，且双手不得持带任何器材。

（18）杆塔上作业不得失去安全带的保护。

（19）地面电工严禁在作业点垂直下方逗留，杆塔上电工应防止高空落物，使用的工具、材料应用绳索传递，不得乱扔。

（20）作业人员在杆塔上作业期间，工作监护人应对作业人员进行不间断监护，且不得从事其他工作。

三、110kV 输电线路地电位与等电位结合滑车组法带电更换直线绝缘子串

1. 作业方法

地电位与等电位结合滑车组法。

2. 适用范围

适用于 110kV 输电线路更换直线单联整串绝缘子。

3. 人员组合

本作业项目工作人员共计 6 人。其中工作负责人 1 人（监护人），杆塔上电工 1 人，等电位电工 1 人，地面电工 3 人。

4. 工器具配备

110kV 地电位与等电位结合滑车组法带电更换直线绝缘子串工器具配备一览表见表 2-3。

表 2-3　110kV 地电位与等电位结合滑车组法带电更换直线绝缘子串工器具配备一览表

序号	工器具名称		规格、型号	数量	备　注
1	绝缘工具	绝缘绳套	SCJS–22	2 只	
2		绝缘承力工具（绝缘滑车组）	2t	1 套	
3		高强度绝缘绳	110kV	1 根	导线后备保护绳
4		测零杆	110kV	1 根	
5		绝缘软梯	110kV	1 套	
6		抛绳器		1 套	
7		绝缘绳	SCJS–4	1 根	抛挂导引绝缘传递绳
8		绝缘绳	SCJS–10	1 根	人身防坠落控制用
9		绝缘传递绳	SCJS–14	2 根	配绝缘滑车
10	金属工具	提线器	2t	1 只	分裂导线适用
11		取销器		1 只	
12		瓷质绝缘子检测装置		1 套	瓷质绝缘子用
13		跟头滑车		1 只	
14	个人防护用具	安全带（带二防）		2 根	
15		安全帽		6 顶	
16		屏蔽服		1 套	
17		导电鞋		1 双	
18	辅助安全用具	兆欧表（或绝缘工具测试仪）	2.5kV 及以上	1 块	电极宽 2cm，极间距 2cm
19		防潮苫布	3m×3m	1 块	
20		万用表		1 块	检测屏蔽服导通用
21		温湿度风速仪		1 台	
22		工具袋		2 只	装绝缘工具用

注　瓷质绝缘子检测装置包括分布电压检测仪、绝缘电阻检测仪和火花间隙装置等。采用火花间隙装置测零时，每次检测前应用专用塞尺按 DL 415 要求测量放电间隙尺寸。

5. 作业程序

按照本次作业现场勘察后编写的现场作业指导书。

（1）工作负责人向电网调度员申请开工，内容为：本人为工作负责人×××，×年×

月×日需在 110kV ××线路上带电更换直线悬垂绝缘子串，本次作业按《国家电网公司电力安全工作规程（电力线路部分）》第 8.1.7 条要求，确定是否停用线路重合闸装置，若遇线路跳闸，不经联系，不得强送。得到调度许可，核对线路双重名称和杆号。

（2）全体工作成员列队，工作负责人现场宣读工作票、交代工作任务、安全措施和技术措施；查（问）看作业人员精神状况、着装情况和工器具是否完好齐全。确认危险点和预防措施，明确作业分工以及安全注意事项。

（3）地面电工采用兆欧表检测绝缘工具的绝缘电阻，检查丝杠、卡具、绝缘软梯等工具是否完好齐全、屏蔽服不得有破损、孔洞和毛刺状等缺陷。

（4）杆塔上电工带绝缘传递绳登塔至横担合适位置，系好安全带，将绝缘滑车及绝缘传递绳悬挂在适当位置。

（5）若是盘形瓷质绝缘子串，地面电工将瓷质绝缘子检测装置及绝缘操作杆组装好后用绝缘传递绳传递给杆塔上电工，杆塔上电工检测所要更换绝缘子串的零值绝缘子，当同串（7 片）零值绝缘子达到 3 片时应立即停止检测，并结束本次带电作业工作。

（6）地面电工采用抛绳器将细绝缘绳抛过导线，提拉带有跟头滑车的绝缘传递绳挂在导线上，随后将绝缘软梯吊挂在导线上，地面电工冲击检查试验绝缘软梯悬挂情况。

（7）等电位电工穿着全套屏蔽服（包括帽、衣裤、手套、袜和导电鞋），必要时，屏蔽服内穿阻燃内衣。地面电工负责检查袜裤、裤衣、袖和手套的连接是否完好，用万用表测试袜对手套间的连接通是否良好。

（8）地面电工控制绝缘软梯尾部，等电位电工系好防坠保护绳后攀登绝缘软梯至导线下方 0.6m 处左右，向工作负责人申请等电位，得到工作负责人同意后，快速抓住进入带电体，在导线上系好安全带后，才能解除防坠保护绳。

（9）杆塔上电工与地面电工配合传递上绝缘滑车组及导线保护绳，并将其安装固定好，导线后备保护绳的保护裕度（长度）应控制合理。

（10）地面电工收紧绝缘滑车组提升导线，使绝缘子串松弛，等电位电工用取销器取出碗头处锁紧销，并使之与导线分离。同时杆塔上电工与地面电工配合使脱开绝缘子串的导线下降 200～300mm。

（11）地面两电工相互配合操作两侧绝缘传递绳，采用旧绝缘子串带新绝缘子串方式传递，注意控制好空中上、下两串绝缘子串的位置，防止发生相互碰撞。

（12）杆塔上电工和地面电工相互配合，恢复新绝缘子串横担侧球头挂环的连接，并安好锁紧销。

（13）等电位电工和杆塔上电工相互配合，收紧绝缘滑车组，恢复新绝缘子串导线侧的碗头挂板连接，并安好锁紧销。

（14）缓松绝缘滑车组，使绝缘子串恢复完全受力状态，等电位电工和杆塔上电工检查并冲击新绝缘子串的安装受力情况。

（15）报经工作负责人同意后，等电位电工准备退出强电场。

（16）等电位电工系好防坠保护绳后，解开安全带，沿绝缘软梯下退至人站直并手抓导线，向工作负责人申请脱离电位，许可后快速脱离电位，地面电工控制好防坠落保护绳，等电位电工沿绝缘软梯回落地面。

（17）杆塔上电工拆除工具及导线后备保护绳，检查杆塔上无遗留物后，汇报工作负责人，得到同意后携带绝缘传递绳下塔。

（18）地面电工整理所有工器具和清理现场，工作负责人清点工器具。

（19）工作负责人向调度汇报。内容为：本人为工作负责人×××，110kV ××线路带电更换直线绝缘子串工作已结束，杆塔上人员已撤离，杆塔、导线上无遗留物，线路设备已恢复原状。

6. 安全措施及注意事项

（1）若在海拔 1000m 以上线路上带电作业时，应根据作业区的实际海拔高度，计算修正各类空气间隙、绝缘工具的安全距离和长度、绝缘子片数等，经本单位主管生产领导（总工程师）批准后执行。

（2）本次作业应经现场勘察并编制带电更换直线整串绝缘子的现场作业指导书，经本单位技术负责人或主管生产负责人批准后执行。

（3）作业应在良好天气下进行。如遇雷电（听见雷声、看见闪电）、雪雹、雨雾时不得进行带电作业。风力大于 5 级（10m/s）时，不宜进行作业。

（4）若需在相对空气湿度大于 80% 的天气下进行带电作业时，应采用具有防潮性能的绝缘工具。

（5）本次作业工作前应向调度明确：若线路跳闸，不经联系不得强送电。

（6）杆塔上电工与带电体的安全距离不小于 1m。等电位电工进出电场时与接地体和带电本之间的组合间隙不得小于 1.2m。作业中等电位人员头部不得超过 2 片绝缘子，等电位人员转移电位时人体裸露部分与带电体应保持 0.3m。

（7）绝缘承力工具安全长度不小于 1m，绝缘操作杆的有效长度不小于 1.3m。

（8）对盘形绝缘子，作业中扣除人体短接和零值（自爆）绝缘子片数后，良好绝缘子片数（7 片串）不少于 5 片（结构高度 146mm）。

（9）绝缘承力工具受力后，须经检查确认安全可靠后方可脱离绝缘子串。

（10）导线侧绝缘子串未摘开前，严禁杆塔上电工徒手无安全措施摘开横担侧绝缘子串连接，以防止电击伤人。

（11）地面绝缘工具应放置在防潮苫布上，作业人员均应戴清洁干燥手套，摇测绝缘电阻值不得小于 700MΩ（电极宽 2cm，极间距 2cm）。

（12）等电位电工应穿戴全套合格的屏蔽服、导电鞋，且各部分连接良好。屏蔽服内不得贴身穿着化纤类衣服。

（13）绝缘工具使用前应用干净毛巾进行表面清洁处理，作业人员使用绝缘工具应戴清洁、干燥的手套，以防绝缘工具受潮和污染，收工或转移作业点，应将绝缘工具装在工具袋内。

（14）新复合绝缘子必须检查并按说明书安装好均压环，若是盘形绝缘子应用干净毛巾进行表面清洁处理，瓷质绝缘子摇测的绝缘电阻值不小于 500MΩ。

（15）在杆塔上作业过程中如遇设备突然停电，作业人员应视设备仍然带电。

（16）登高作业电工上杆塔前，应对登高工具和安全带进行检查和冲击试验，全体作业人员必须戴安全帽。

（17）上、下杆塔或在杆塔上移位时，作业人员必须攀抓牢固构件，且双手不得持带任何器材。

（18）杆塔上作业不得失去安全带的保护。

（19）地面电工严禁在作业点垂直下方逗留，杆塔上电工应防止高空落物，使用的工具、材料应用绳索传递，不得乱扔。

（20）作业人员在杆塔上作业期间，工作监护人应对作业人员进行不间断监护，且不得从事其他工作。

（21）所列承力工器具受力按双导线、垂直挡 600m 为临界值考虑的，导线型号或垂直挡距超出临界值时应另行校核选择。

四、110kV 输电线路地电位结合绝缘子清扫工具法带电清扫绝缘子

1. 作业方法

地电位结合绝缘子清扫工具法。

2. 适用范围

适用于 110kV 输电线路绝缘子污秽清扫。

3. 人员组合

本作业项目工作人员共计 4 人。其中工作负责人 1 人（监护人），杆塔上电工 1 人，地面电工 2 人。

4. 工器具配备

110kV 地电位结合绝缘子清扫工具法带电清扫绝缘子工器具配备一览表见表 2-4。

表 2-4　110kV 地电位结合绝缘子清扫工具法带电清扫绝缘子工器具配备一览表

序号	工器具名称		规格、型号	数量	备　注
1	绝缘工具	绝缘绳套	SCJS–22	1 只	
2		绝缘测零杆	110kV	1 根	
3		绝缘传递绳	SCJS–14	1 根	配绝缘滑车
4		绝缘子清扫工具	110kV	1 套	
5	金属工具	瓷质绝缘子检测装置		1 套	瓷质绝缘子用
6	个人防护用品	安全带		2 根	
7		安全帽		4 顶	
8	辅助安全用具	兆欧表（或绝缘工具测试仪）	2.5kV 及以上	1 块	电极宽 2cm，极间距 2cm
9		防潮苫布	3m×3m	1 块	
10		温湿度风速仪		1 台	
11		工具袋		2 只	装绝缘工具用

注　瓷质绝缘子检测装置包括分布电压检测仪、绝缘电阻检测仪和火花间隙装置等。采用火花间隙装置测零时，每次检测前应用专用塞尺按 DL 415 要求测量放电间隙尺寸。

5. 作业程序

按照本次作业现场勘察后编写的现场作业指导书。

（1）工作负责人向调度申请。内容为：本人为工作负责人×××，×年×月×日需在110kV ××线路上带电清扫绝缘子串，本次作业按《国家电网公司电力安全工作规程（电力线路部分）》第 8.1.7 条要求，确定是否停用线路重合闸装置，若遇线路跳闸，不经联系，不得强送。得到调度许可后，核对线路双重名称和杆号。

（2）全体工作成员列队，工作负责人现场宣读工作票、交代工作任务、安全措施和技术措施；查（问）看作业人员精神状况、着装情况和工器具是否完好齐全。确认危险点和预防措施，明确作业分工以及安全注意事项。

（3）地面电工采用兆欧表检测绝缘工具的绝缘电阻，检查工具是否完好灵活。

（4）杆塔上电工带绝缘传递绳登至横担合适位置，系好安全带，将绝缘滑车及绝缘传递绳悬挂在适当位置。

（5）杆塔上电工与地面电工配合，传递上专用绝缘子清扫工具和测零杆，杆塔上电工安装好清扫工具。

（6）若是盘形瓷质绝缘子串，杆塔上电工使用瓷质绝缘子检测装置，检测所要清扫绝缘子串的零值绝缘子，当同串（7 片）零值绝缘子达到 3 片时应立即停止检测，并结束本次带电作业工作。

（7）杆塔上电工自下而上（耐张从导线侧到横担侧，如是双串应同步交替进行）对绝缘子串进行清扫。

（8）清扫完毕后，拆除工具并传递下杆塔，检查杆塔上无遗留物后，汇报工作负责人，得到同意后携带绝缘传递绳下杆塔。

（9）地面电工整理所有工器具和清理现场，工作负责人清点工器具。

（10）工作负责人向调度汇报。内容为：本人为工作负责人×××，110kV ××线路带电清扫绝缘子串工作已结束，杆塔上人员已撤离，杆塔、导线上无遗留物，线路设备仍为原状。

6. 安全措施及注意事项

（1）若在海拔 1000m 以上线路上带电作业时，应根据作业区不同海拔高度，修正各类空气间隙、绝缘工具的安全距离和长度、绝缘子片数等，经本单位主管生产领导（总工程师）批准后执行。

（2）本次作业应经现场勘察并编制带电清扫直线串绝缘子的现场作业指导书，经本单位技术负责人或主管生产负责人批准后执行。

（3）作业应在良好天气下进行。如遇雷电（听见雷声、看见闪电）、雪雹、雨雾时不得进行带电作业。风力大于 5 级（10m/s）时，不宜进行作业。

（4）若需在相对空气湿度大于 80% 的天气下进行带电作业时，应采用具有防潮性能的绝缘工具。

（5）本次作业工作前应向调度明确：若线路跳闸，不经联系不得强送电。

（6）杆塔上电工与带电体的安全距离不小于 1m。

（7）绝缘操作杆的有效长度不小于 1.3m。

（8）对盘形绝缘子，作业中扣除人体短接和零值（自爆）绝缘子片数后，良好绝缘子片数（7 片串）不少于 5 片（结构高度 146mm）。

（9）地面绝缘工具应放置在防潮苫布上，作业人员均应戴清洁干燥手套，摇测绝缘电阻值不得小于 700MΩ（电极宽 2cm，极间距 2cm）。

（10）绝缘工具使用前应用干净毛巾进行表面清洁处理，作业人员使用绝缘工具应戴清洁、干燥的手套，以防绝缘工具受潮和污染，收工或转移作业点，应将绝缘工具装在工具袋内。

（11）在杆塔上作业过程中如遇设备突然停电，作业人员应视设备仍然带电。

（12）登高作业电工上杆塔前，应对登高工具和安全带进行检查和冲击试验，全体作业人员必须戴安全帽。

（13）上、下杆塔或在杆塔上移位时，作业人员必须攀抓牢固构件，且双手不得持带任何器材。

（14）杆塔上作业不得失去安全带的保护。

（15）地面电工严禁在作业点垂直下方逗留，杆塔上电工应防止高空落物，使用的工具、材料应用绳索传递，不得乱扔。

（16）作业人员在杆塔上作业期间，工作监护人应对作业人员进行不间断监护，且不得从事其他工作。

第二节　110kV 耐张绝缘子串

一、110kV 输电线路地电位卡具、紧线板（棒）法带电更换耐张整串绝缘子

1. 作业方法

地电位卡具、紧线板（棒）法。

2. 适用范围

适用于 110kV 单联耐张绝缘子整串更换作业。

3. 人员组合

本作业项目工作人员共计 6 人。其中工作负责人 1 人（监护人），杆塔上电工 2 人，地面电工 3 人。

4. 工器具配备

110kV 地电位卡具、紧线板（棒）法带电更换耐张整串绝缘子工器具配备一览表见表 2-5。

表 2-5　110kV 地电位卡具、紧线板（棒）法带电更换耐张整串绝缘子工器具配备一览表

序号	工器具名称		规格、型号	数量	备　注
1	绝缘工具	绝缘传递绳	ϕ10mm	2 根	视作业杆塔高度而定
2		绝缘绳套	ϕ20mm	1 只	
3		绝缘滑车	0.5t	2 只	

序号	工器具名称		规格、型号	数量	备注
4	绝缘工具	绝缘紧线板（棒）	110kV	1 副	
5		绝缘操作杆	$\phi30\times2.5m$	1 根	
6		绝缘托瓶架	110kV	1 副	
7	金属工具	翼形卡具	NYK20-Ⅱ	1 只	
8		紧线丝杠	110kV	2 根	
9		反光镜		1 套	检查导线侧金具连接用
10		瓷质绝缘子检测装置		1 套	瓷质绝缘子用
11	个人防护用具	安全带		3 根	备用 1 根
12		安全帽		6 顶	
13	辅助安全用具	防潮苫布	3m×3m	1 块	
14		兆欧表	2.5kV 及以上	1 块	电极宽 2cm，极间距 2cm
15		工具袋		2 只	装绝缘工具用

注 瓷质绝缘子检测装置包括分布电压检测仪、绝缘电阻检测仪和火花间隙装置等。采用火花间隙装置测零时，每次检测前应用专用塞尺按 DL 415 要求测量放电间隙尺寸。

5. 作业程序

按照本次作业现场勘察后编写的现场作业指导书。

（1）工作负责人向调度申请。内容为：本人为工作负责人×××，×年×月×日需在 110kV ××线路上带电更换耐张绝缘子串，本次作业按《国家电网公司电力安全工作规程（电力线路部分）》第 8.1.7 条要求，确定是否停用线路重合闸装置，若遇线路跳闸，不经联系，不得强送。得到调度许可后，核对线路双重名称和杆号。

（2）全体工作成员列队，工作负责人现场宣读工作票、交代工作任务、安全措施和技术措施；查（问）看作业人员精神状况、着装情况和工器具是否完好齐全。确认危险点和预防措施，明确作业分工以及安全注意事项。

（3）地面电工采用兆欧表检测绝缘工具的绝缘电阻，检查工具是否完好灵活。

（4）塔上 1 号电工携带绝缘传递绳登塔至工作位置，系好安全带，将绝缘滑车悬挂在适当的位置。随后 2 号电工上塔。

（5）地面电工将绝缘操作杆、绝缘紧线板、翼形卡具和绝缘托瓶架等传递至杆塔上。

（6）若是盘形瓷质绝缘子时，地面电工采用瓷质绝缘子检测装置和绝缘操作杆组装好后用绝缘传递绳传递给杆塔上电工，杆塔上电工检测复核所要更换绝缘子串的零值绝缘子，当同串（7 片）零值绝缘子达到 3 片时应立即停止检测，并结束本次带电作业工作。

（7）杆塔上 1 号、2 号电工相互配合，安装好翼形卡具、紧线板、绝缘托瓶架。

（8）杆塔上 1 号电工稍收紧翼形卡具，并冲击检查承力紧线板的受力情况，确认无异常后，2 号电工操作反光镜配合 1 号电工用绝缘操作杆取出单联碗头内锁紧销，报经工作负责人同意后，继续收紧承力紧线装置，杆塔上 2 号电工配合用绝缘操作杆将碗头与绝缘子脱离，地面电工缓松绝缘托瓶架至垂直。

（9）杆塔上 2 号电工取出横担侧绝缘子的锁紧销，1、2 号电工与地面电工配合，采用旧绝缘子串带新绝缘子串方式传递，注意控制好空中上、下两串绝缘子串的位置，防止发生相互碰撞。

（10）按上述相反程序恢复新绝缘子串连接，2 号电工用反光镜检查是否连接完好。

（11）报经工作负责人同意后，杆塔上电工拆除工具，与地面电工配合，依次传递至地面。

（12）杆塔上电工检查杆塔上无遗留物后，报告工作负责人同意后携带绝缘传递绳下塔。

（13）地面电工整理所有工器具和清理现场，工作负责人清点工器具。

（14）工作负责人向调度汇报。内容为：本人为工作负责人×××，110kV ××线路带电更换耐张绝缘子串工作已结束，杆塔上人员已撤离，杆塔、导线上无遗留物，线路设备已恢复原状。

6. 安全措施及注意事项

（1）若在海拔 1000m 以上线路上带电作业时，应根据作业区不同海拔高度，修正各类空气间隙、绝缘工具的安全距离和长度、绝缘子片数等，经本单位主管生产领导（总工程师）批准后执行。

（2）本次作业应经现场勘察并编制带电更换耐张整串绝缘子的现场作业指导书，经本单位技术负责人或主管生产负责人批准后执行。

（3）作业应在良好天气下进行。如遇雷电（听见雷声、看见闪电）、雪雹、雨雾时不得进行带电作业。风力大于 5 级（10m/s）时，不宜进行作业。

（4）若需在相对空气湿度大于 80%的天气下进行带电作业时，应采用具有防潮性能的绝缘工具。

（5）本次作业工作前应向调度明确：若线路跳闸，不经联系不得强送电。

（6）杆塔上电工与带电体的安全距离不小于 1m。

（7）绝缘承力工具安全长度不小于 1m，绝缘操作杆的有效长度不小于 1.3m，等电位人员转移电位时人体裸露部分与带电体应保持 0.3m。

（8）对盘形绝缘子，作业中扣除人体短接和零值（自爆）绝缘子片数后，良好绝缘子片数（7 片串）不少于 5 片（结构高度 146mm）。

（9）绝缘承力工具受力后，须经检查确认安全可靠后方可脱离绝缘子串。

（10）导线侧绝缘子串未摘开前，严禁杆塔上电工徒手无安全措施摘开横担侧绝缘子串连接，以防止电击伤人。

（11）地面绝缘工具应放置在防潮苫布上，作业人员均应戴清洁干燥手套，摇测绝缘电阻值不得小于 700MΩ（电极宽 2cm，极间距 2cm）。

（12）绝缘工具使用前应用干净毛巾进行表面清洁处理，作业人员使用绝缘工具应戴清洁、干燥的手套，以防绝缘工具受潮和污染，收工或转移作业点，应将绝缘工具装在工具袋内。

（13）新复合绝缘子必须检查并按说明书安装好均压环，若是盘形绝缘子应用干净毛巾

进行表面清洁处理，瓷质绝缘子摇测的绝缘电阻值不小于 500MΩ。

（14）杆塔上作业过程中如遇设备突然停电，作业人员应视设备仍然带电。

（15）登高电工上杆塔前，应对登高工具和安全带进行检查和冲击试验，全体作业人员必须戴安全帽。

（16）上、下杆塔或在杆塔上移位时，作业人员必须攀抓牢固构件，且双手不得持带任何器材。

（17）杆塔上作业不得失去安全带的保护。

（18）地面电工严禁在作业点垂直下方逗留，杆塔上电工应防止高空落物，使用的工具、材料应用绳索传递，不得乱扔。

（19）作业人员在杆塔上作业期间，工作监护人应对作业人员进行不间断监护，且不得从事其他工作。

二、110kV 输电线路地电位结合丝杠法带电更换双串耐张整串绝缘子

1. 作业方法

地电位结合丝杠法。

2. 适用范围

适用于 110kV 输电线路更换双联耐张任意串绝缘子。

3. 人员组合

本作业项目工作人员共计 6 人。其中工作负责人 1 人，杆塔上电工 2 人，地面电工 3 人。

4. 工器具配备

110kV 地电位结合丝杠法带电更换双串耐张整串绝缘子工器具配备一览表见表 2-6。

表 2-6　110kV 地电位结合丝杠法带电更换双串耐张整串绝缘子工器具配备一览表

序号	工器具名称		规格、型号	数量	备　注
1	绝缘工具	绝缘绳套	SCJS–22	1 根	
2		绝缘操作杆	ϕ30mm×2500mm	2 根	
3		绝缘测零杆	110kV	1 根	
4		绝缘拉板		1 套	
5		绝缘托瓶架	110kV	1 副	
6		绝缘传递绳	SCJS–14	1 根	长度视塔高而定
7	金属工具	取销器		1 只	
8		紧线丝杠		1 套	
9		反光镜		1 套	检查导线侧金具连接用
10		瓷质绝缘子检测装置		1 套	瓷质绝缘子用
11		大刀卡具	NDK36–Ⅲ	1 只	

续表

序号	工器具名称		规格、型号	数量	备　注
12	个人防护用具	安全带（带二防）		2 根	
13		安全帽		6 顶	
14	辅助安全用具	兆欧表（或绝缘工具测试仪）	2.5kV 及以上	1 块	电极宽 2cm，极间距 2cm
15		工具袋		2 只	装绝缘工具用
16		防潮苫布	3m×3m	1 块	
17		温湿度风速仪		1 台	

注　瓷质绝缘子检测装置包括分布电压检测仪、绝缘电阻检测仪和火花间隙装置等。采用火花间隙装置测零时，每次检测前应用专用塞尺按 DL 415 要求测量放电间隙尺寸。

5. 作业程序

按照本次作业现场勘察后编写的现场作业指导书。

（1）工作负责人向调度申请。内容为：本人为工作负责人×××，×年×月×日需在 110kV ××线路上带电更换耐张绝缘子串，本次作业按《国家电网公司电力安全工作规程（电力线路部分）》第 8.1.7 条要求，确定是否停用线路重合闸装置，若遇线路跳闸，不经联系，不得强送。得到调度许可后，核对线路双重名称和杆号。

（2）全体工作成员列队，工作负责人现场宣读工作票、交代工作任务、安全措施和技术措施；查（问）看作业人员精神状况、着装情况和工器具是否完好齐全。确认危险点和预防措施，明确作业分工以及安全注意事项。

（3）地面电工采用兆欧表检测绝缘工具的绝缘电阻，检查工具是否完好灵活。

（4）杆塔上 1 号、塔上 2 号电工带绝缘传递绳登塔至横担合适位置，系好安全带，将绝缘滑车及绝缘传递绳悬挂在适当位置，与地面电工配合传递上大刀卡具、绝缘测零杆、绝缘拉板及绝缘托瓶架等。

（5）若是盘形瓷质绝缘子串，杆塔上 1 号电工将绝缘子检测装置及绝缘操作杆组装好后用绝缘传递绳传递给杆塔上电工，杆塔上电工检测所要更换绝缘子串的绝缘电阻值，当同串（7 片）零值绝缘子达到 3 片时应立即停止检测，并结束本次带电作业工作。

（6）杆塔上 1 号、2 号电工相互配合，在绝缘子串两端联板上安装好前、后卡具及紧线工具，安装好绝缘托瓶架，杆塔上 1 号电工稍收紧卡具，并冲击检查承力紧线板的受力情况，确认无异常后，2 号电工操作反光镜配合 1 号电工用绝缘操作杆取出单联碗头内锁紧销。

（7）杆塔上 1 号电工收紧紧线丝杠，使绝缘子串松弛，杆塔上 2 号电工用绝缘操作杆将碗头脱离绝缘子串，杆塔上 1 号电工取出横担侧锁紧销，将绝缘子串横担端与联板脱离。

（8）杆塔上 1 号、2 号电工与地面电工配合，用绝缘传递绳采用旧绝缘子串带新绝缘子串方式传递，注意控制好空中上、下两串绝缘子串的位置，防止发生相互碰撞。

（9）按上述相反程序恢复新绝缘子串正常连接。

（10）更换完毕后，拆除更换工具及绝缘托瓶架传递下杆塔，杆塔上电工检查杆塔上无遗留物后，汇报工作负责人，得到同意后携带绝缘传递绳下塔。

（11）地面电工整理所有工器具和清理现场，工作负责人清点工器具。

（12）工作负责人向调度汇报。内容为：本人为工作负责人×××，110kV ××线路带电更换耐张绝缘子串工作已结束，杆塔上人员已撤离，杆塔、导线上无遗留物，线路设备已恢复原状。

6. 安全措施及注意事项

（1）若在海拔1000m以上线路上带电作业时，应根据作业区不同海拔高度，修正各类空气间隙、绝缘工具的安全距离和长度、绝缘子片数等，经本单位主管生产领导（总工程师）批准后执行。

（2）本次作业应经现场勘察并编制带电更换耐张整串绝缘子的现场作业指导书，经本单位技术负责人或主管生产负责人批准后执行。

（3）作业应在良好天气下进行。如遇雷电（听见雷声、看见闪电）、雪雹、雨雾时不得进行带电作业。风力大于5级（10m/s）时，不宜进行作业。

（4）若需在相对空气湿度大于80%的天气下进行带电作业时，应采用具有防潮性能的绝缘工具。

（5）本次作业工作前应向调度明确：若线路跳闸，不经联系不得强送电。

（6）杆塔上电工与带电体的安全距离不小于1m。

（7）绝缘承力工具安全长度不小于1m，绝缘操作杆的有效长度不小于1.3m。

（8）对盘形绝缘子，作业中扣除人体短接和零值（自爆）绝缘子片数后，良好绝缘子片数（7片串）不少于5片（结构高度146mm）。

（9）绝缘承力工具受力后，须经检查确认安全可靠后方可脱离绝缘子串。

（10）导线侧绝缘子串未摘开前，严禁杆塔上电工徒手无安全措施摘开横担侧绝缘子串连接，以防止电击伤人。

（11）地面绝缘工具应放置在防潮苫布上，作业人员均应戴清洁干燥手套，摇测绝缘电阻值不得小于700MΩ（电极宽2cm，极间距2cm）。

（12）绝缘工具使用前应用干净毛巾进行表面清洁处理，作业人员使用绝缘工具应戴清洁、干燥的手套，以防绝缘工具受潮和污染，收工或转移作业点，应将绝缘工具装在工具袋内。

（13）新复合绝缘子必须检查并按说明书安装好均压环，若是盘形绝缘子应用干净毛巾进行表面清洁处理，瓷质绝缘子摇测的绝缘电阻值不小于500MΩ。

（14）杆塔上作业过程中如遇设备突然停电，作业人员应视设备仍然带电。

（15）登高电工上杆塔前，应对登高工具和安全带进行检查和冲击试验，全体作业人员必须戴安全帽。

（16）上、下杆塔或在杆塔上移位时，作业人员必须攀抓牢固构件，且双手不得持带任何器材。

（17）杆塔上作业不得失去安全带的保护。

（18）地面电工严禁在作业点垂直下方逗留，杆塔上电工应防止高空落物；使用的工具、材料应用绳索传递，不得乱扔。

（19）作业人员在杆塔上作业期间，工作监护人应对作业人员进行不间断监护，且不得从事其他工作。

三、110kV 输电线路地电位与等电位结合丝杠法带电更换耐张整串绝缘子

1. 作业方法

地电位与等电位结合丝杠法。

2. 适用范围

适用于更换 110kV 耐张整串绝缘子。

3. 人员组合

本作业项目工作人员共计 7 人。其中工作负责人 1 人（监护人），杆塔上电工 2 人，等电位电工 1 人，地面电工 3 人。

4. 工器具配备

110kV 地电位与等电位结合丝杠法带电更换耐张整串绝缘子工器具配备一览表见表 2-7。

表 2-7 110kV 地电位与等电位结合丝杠法带电更换耐张整串绝缘子工器具配备一览表

序号	工器具名称		规格、型号	数量	备 注
1	绝缘工具	绝缘绳套	SCJS–22	2 只	
2		绝缘托瓶架	110kV	1 副	
3		绝缘拉板	110kV	1 副	
4		高强度绝缘绳	ϕ30mm	1 根	导线后备保护绳
5		绝缘操作杆	ϕ30mm×2500mm	2 根	
6		绝缘测零杆	110kV	1 根	
7		绝缘软梯	110kV	1 套	
8		绝缘传递绳	SCJS–14	2 根	配绝缘滑车
9		绝缘绳	SCJS–10	1 根	人身防坠落用
10		绝缘小绳	SCJS–4	1 根	抛挂导引绝缘传递绳用
11	金属工具	紧线丝杠		1 只	
12		瓷质绝缘子检测装置		1 套	瓷质绝缘子用
13		翼形卡具	NYK25–Ⅲ	1 只	用于更换单串耐张
14		大刀卡具	NDK36–Ⅲ	1 只	用于更换双串耐张
15		导线紧线器		1 只	相应导线规格型号
16		跟头滑车		1 只	挂软梯用
17	个人防护用具	安全带（带二防）		3 根	
18		安全帽		7 顶	
19		屏蔽服	C 型	1 套	
20		导电鞋		1 双	

续表

序号	工器具名称		规格、型号	数量	备 注
21		兆欧表（或绝缘工具测试仪）	2.5kV 及以上	1块	电极宽 2cm，极间距 2cm
22	辅助安全用具	防潮苫布	3m×3m	1块	
23		万用表		1块	检测屏蔽服导通用
24		温湿度风速仪		1台	
25		工具袋		2只	装绝缘工具用

注 瓷质绝缘子检测装置包括分布电压检测仪、绝缘电阻检测仪和火花间隙装置等。采用火花间隙装置测零时，每次检测前应用专用塞尺按 DL 415 要求测量放电间隙尺寸。

5. 作业程序

按照本次作业现场勘察后编写的现场作业指导书。

（1）工作负责人向调度申请。内容为：本人为工作负责人×××，×年×月×日需在 110kV ××线路上带电更换耐张绝缘子串，本次作业按《国家电网公司电力安全工作规程（电力线路部分）》第 8.1.7 条要求，确定是否停用线路重合闸装置，若遇线路跳闸，不经联系，不得强送。得到调度许可后，核对线路双重名称和杆号。

（2）全体工作成员列队，工作负责人现场宣读工作票、交代工作任务、安全措施和技术措施；查（问）看作业人员精神状况、着装情况和工器具是否完好齐全。确认危险点和预防措施，明确作业分工以及安全注意事项。

（3）地面电工采用兆欧表检测绝缘工具的绝缘电阻，检查承力工具是否完好灵活，屏蔽服不得有破损、孔洞和毛刺状等缺陷。

（4）杆塔上1号、2号电工登杆塔至横担处，系好安全带，将绝缘滑车及绝缘传递绳悬挂在适当位置。

（5）若是盘形瓷质绝缘子串，地面电工将瓷质绝缘子检测装置及绝缘操作杆组装好后用绝缘传递绳传递给杆塔上电工，杆塔上 1 号电工利用瓷质绝缘子测量装置，检测所要更换绝缘子串的绝缘子，当同串（7片）零值绝缘子达到 3 片时应立即停止检测，并结束本次带电作业工作。

（6）杆塔上 1 号电工与地面电工配合传递上绝缘软梯，杆塔上 2 号电工用绝缘操作杆将绝缘软梯挂在导线上。

（7）等电位电工穿着全套屏蔽服（包括帽、衣裤、手套、袜和导电鞋），必要时，屏蔽服内穿阻燃内衣。地面电工负责检查衣、裤、袜、袖和手套的连接是否完好，用万用表测试袜对手套间的连接导通是否良好。

（8）等电位电工系好防坠保护绳，地面电工控制绝缘软梯尾部和防坠保护绳，等电位电工攀登绝缘软梯至导线下方 0.6m 处左右，向工作负责人申请等电位，得到工作负责人同意后，迅速进入带电体，在导线上系好安全带（带二防）后，才能解除防坠保护绳。

（9）杆塔上 2 号电工用绝缘操作杆将卡具的前卡递给等电位电工装好，杆塔上 1 号电工将后卡装好并调整丝杠。同时安装好导线后备保护绳，导线后备保护绳的保护裕度（长度）应控制合理。

（10）杆塔上 1 号、2 号电工与等电位电工配合安装好绝缘托瓶架。

（11）等电位电工和杆塔上 1 号电工分别将两端的锁紧销取出。

（12）杆塔上 1 号、2 号电工收紧紧线丝杠，使紧线卡具受力，等电位电工将绝缘子串导线端脱开，地面电工将绝缘托瓶架缓松垂直，1 号、2 号电工将绝缘子串绑扎好，脱开横担端球头挂环。

（13）上、下电工配合采用旧绝缘子串带新绝缘子串方式传递，注意控制好空中上、下两串绝缘子串的位置，防止发生相互碰撞。

（14）新绝缘子串的安装程序与上述相反。

（15）装好绝缘子串两端锁紧销，杆塔上电工缓松紧线丝杠，使绝缘子串受力并检查连接情况。

（16）报经工作负责人同意后，等电位电工与杆塔上电工配合拆除导线侧工器具并传递下杆塔，等电位电工申请退出强电场。

（17）等电位电工系好防坠保护绳后解开安全带，沿绝缘软梯下退至人站直并手抓导线，向工作负责人申请脱离电位，许可后快速脱离强电场，平稳下绝缘软梯至地面。

（18）杆塔上电工拆除杆塔上工具及绝缘托瓶架等，检查杆塔上无遗留物后，汇报工作负责人，得到同意后携带绝缘传递绳下塔。

（19）地面电工整理所有工器具和清理现场，工作负责人清点工器具。

（20）工作负责人向调度汇报。内容为：本人为工作负责人×××，110kV ××线路带电更换耐张绝缘子串工作已结束，杆塔上人员已撤离，杆塔、导线上无遗留物，线路设备已恢复原状。

6. 安全措施及注意事项

（1）若在海拔 1000m 以上线路上带电作业时，应根据作业区不同海拔高度，修正各类空气间隙、绝缘工具的安全距离和长度、绝缘子片数等，经本单位主管生产领导（总工程师）批准后执行。

（2）本次作业应经现场勘察并编制带电更换耐张整串绝缘子的现场作业指导书，经本单位技术负责人或主管生产负责人批准后执行。

（3）作业应在良好天气下进行。如遇雷电（听见雷声、看见闪电）、雪雹、雨雾时不得进行带电作业。风力大于 5 级（10m/s）时，不宜进行作业。

（4）若需在相对空气湿度大于 80%的天气下进行带电作业时，应采用具有防潮性能的绝缘工具。

（5）本次作业工作前应向调度明确：若线路跳闸，不经联系不得强送电。

（6）杆塔上电工与带电体的安全距离不小于 1m。

（7）绝缘承力工具安全长度不小于 1m，绝缘操作杆的有效长度不小于 1.3m，等电位人员转移电位时人体裸露部分与带电体应保持 0.3m。

（8）对盘形绝缘子，作业中扣除人体短接和零值（自爆）绝缘子片数后，良好绝缘子片数（7 片串）不少于 5 片（结构高度 146mm）。

（9）绝缘承力工具受力后，须经检查确认安全可靠后方可脱离绝缘子串。

（10）导线侧绝缘子串未摘开前，严禁杆塔上电工徒手无安全措施摘开横担侧绝缘子串连接，以防止电击伤人。

（11）地面绝缘工具应放置在防潮苫布上，作业人员均应戴清洁干燥手套，摇测绝缘电阻值不得小于 700MΩ（电极宽 2cm，极间距 2cm）。

（12）等电位电工应穿戴全套的屏蔽服、导电鞋，屏蔽服内不得贴身穿着化纤类衣服。

（13）绝缘工具使用前应用干净毛巾进行表面清洁处理，作业人员使用绝缘工具应戴清洁、干燥的手套，以防绝缘工具受潮和污染，收工或转移作业点，应将绝缘工具装在工具袋内。

（14）新复合绝缘子必须检查并按说明书安装好均压环，若是盘形绝缘子应用干净毛巾进行表面清洁处理，瓷质绝缘子摇测的绝缘电阻值不小于 500MΩ。

（15）杆塔上作业过程中如遇设备突然停电，作业人员应视设备仍然带电。

（16）登高电工上杆塔前，应对登高工具和安全带进行检查和冲击试验，全体作业人员必须戴安全帽。

（17）上、下杆塔或在杆塔上移位时，作业人员必须攀抓牢固构件，且双手不得持带任何器材。

（18）杆塔上作业不得失去安全带的保护。

（19）地面电工严禁在作业点垂直下方逗留，杆塔上电工应防止高空落物，使用的工具、材料应用绳索传递，不得乱扔。

（20）作业人员在杆塔上作业期间，工作监护人应对作业人员进行不间断监护，且不得从事其他工作。

四、110kV 输电线路地电位结合滑车组法带电更换跳线（引流线）绝缘子串

1. 作业方法

地电位结合滑车组法。

2. 适用范围

适用于更换 110kV 跳线绝缘子串。

3. 人员组合

本作业项目工作人员共计 6 人。其中工作负责人 1 人（监护人），杆塔上电工 2 人，地面电工 3 人。

4. 工器具配备

110kV 地电位结合滑车组法带电更换跳线(引流线)绝缘子串工器具配备一览表见表 2-8。

表 2-8　110kV 地电位结合滑车组法带电更换跳线（引流线）绝缘子串工器具配备一览表

序号	工器具名称		规格、型号	数量	备注
1	绝缘工具	绝缘绳套	SCJS–22	2 只	
2		绝缘承力工具（绝缘滑车组）	2t	1 套	

序号	工器具名称		规格、型号	数量	备 注
3		导线绝缘保护绳	110kV	1 根	
4		绝缘操作杆	φ30×2500	1 根	*
5	绝缘工具	绝缘支撑杆	φ30×2500	2 根	视塔型结构选择长度
6		绝缘测零杆	110kV	1 根	
7		绝缘传递绳	SCJS-14	1 根	长度视塔高而定
8		提线器	2t	1 只	分裂导线适用
9	金属工具	取销器		1 只	
10		碗头扶正器		1 套	
11	个人防护用具	安全带（带二防）		2 根	
12		安全帽		6 顶	
13		瓷质绝缘子检测装置		1 套	瓷质绝缘子用
14	辅助安全用具	兆欧表（或绝缘工具测试仪）	2.5kV 及以上	1 块	电极宽 2cm，极间距 2cm
15		防潮苫布	3m×3m	1 块	
16		温湿度风速仪		1 台	
17		工具袋		2 只	装绝缘工具用

* 绝缘操作杆头部若有万用接头，则一根绝缘操作杆可多用途。

注 瓷质绝缘子检测装置包括分布电压、绝缘电阻、火花间隙等。采用火花间隙测零时，每次检测前应用专用塞尺按 DL 415 要求测量放电间隙尺寸。

5. 作业程序

按照本次作业现场勘察后编写的现场作业指导书。

（1）工作前工作负责人向调度申请。内容为：本人为工作负责人×××，×年×月×日需在 110kV ××线路上带电更换耐张跳线（引流线）绝缘子串，本次作业按《国家电网公司电力安全工作规程（电力线路部分）》第 8.1.7 条要求，确定是否停用线路重合闸装置，若遇线路跳闸，不经联系，不得强送。得到调度许可后，核对线路双重名称和杆号。

（2）全体工作成员列队，工作负责人现场宣读工作票、交待工作任务、安全措施和技术措施；查（问）看作业人员的精神状况、着装情况和工器具是否完好齐全。确认危险点和预防措施，明确作业分工以及安全措施及注意事项。

（3）地面电工采用兆欧表检测绝缘工具的绝缘电阻，检查承力工具是否完好灵活。

（4）杆塔上 1 号电工携带绝缘传递绳登塔至横担合适位置，挂好绝缘传递绳，杆塔上 2 号电工登杆塔至跳线（引流线）水平位置。

（5）若是盘形瓷质绝缘子串，地面电工将瓷质绝缘子检测装置及绝缘操作杆组装好后用绝缘传递绳传递给杆塔上电工，杆塔上电工检测所要更换绝缘子串的绝缘子，当同串（7

片）零值绝缘子达到 3 片时应立即停止检测，并结束本次带电作业工作。

（6）杆塔上 1 号电工安装好跳线（引流线）保护绳、绝缘承力工具。转角杆的跳线后备保护绳的保护裕度（长度）应控制合理。

（7）杆塔上 2 号电工用绝缘支撑杆水平固定跳线（引流线），用操作杆取出导线端锁紧销。

（8）杆塔上 1 号电工与地面电工配合提升跳线（引流线），杆塔上 2 号电工用绝缘操作杆脱离绝缘子串。同时杆塔上电工与地面电工配合使引流线下降 200～300mm。

（9）杆塔上 1 号电工与地面电工配合采用旧绝缘子串带新绝缘子串方式传递，注意控制好空中上、下两串绝缘子串的位置，防止发生相互碰撞。

（10）按拆除相反的程序恢复跳线（引流线）绝缘子串正常连接。

（11）检查绝缘子串两侧的锁紧销连接情况。

（12）杆塔上电工拆除工具及保护措施并传递下杆塔，检查杆塔上无遗留物后，汇报工作负责人，得到同意后携带绝缘传递绳下塔。

（13）地面电工整理所有工器具和清理现场，工作负责人清点工器具。

（14）工作负责人向调度汇报。内容为：本人为工作负责人×××，110kV ××线路带电更换耐张跳线（引流线）绝缘子串工作已结束，杆塔上人员已撤离，杆塔、导线上无遗留物，线路设备已恢复原状。

6. 安全措施及注意事项

（1）若在海拔 1000m 以上线路上带电作业时，应根据作业区不同海拔高度，修正各类空气间隙、绝缘工具的安全距离和长度、绝缘子片数等，经本单位主管生产领导（总工程师）批准后执行。

（2）本次作业应经现场勘察并编制带电更换跳线（引流线）绝缘子串的现场作业指导书，经本单位技术负责人或主管生产负责人批准后执行。

（3）作业应在良好天气下进行。如遇雷电（听见雷声、看见闪电）、雪雹、雨雾时不得进行带电作业。风力大于 5 级（10m/s）时，不宜进行作业。

（4）若需在相对空气湿度大于 80% 的天气下进行带电作业时，应采用具有防潮性能的绝缘工具。

（5）本次作业工作前应向调度明确：若线路跳闸，不经联系不得强送电。

（6）作业前应现场勘察复核，杆塔上电工与带电体的安全距离不小于 1.0m。

（7）绝缘承力工具安全长度不小于 1.0m，绝缘操作杆的有效长度不小于 1.3m。

（8）对盘形绝缘子，作业中扣除人体短接和零值（自爆）绝缘子片数后，良好绝缘子片数（7 片串）不少于 5 片（结构高度 146mm）。

（9）绝缘承力工具受力后，须经检查确认安全可靠后方可脱离绝缘子串。

（10）导线侧绝缘子串未摘开前，严禁杆塔上电工徒手无安全措施摘开横担侧绝缘子串连接，以防止电击伤人。

（11）绝缘工具使用前应用干净毛巾进行表面清洁处理，作业人员使用绝缘工具应戴清洁、干燥的手套，以防绝缘工具受潮和污染，收工或转移作业点，应将绝缘工具装在工具袋内。

（12）地面绝缘工具应放置在防潮苫布上，作业人员均应带清洁干燥的手套，摇测绝缘电阻值不得小于 700MΩ（电极宽 2cm，极间距 2cm）。

（13）跳线有重锤时应采取固定措施，防止跳线在重锤的作用下顺线路滑动。

（14）新复合绝缘子必须检查并按说明书安装好均压环，若是盘形绝缘子应用干净毛巾进行表面清洁处理，瓷质绝缘子摇测的绝缘电阻值不小于 500MΩ。

（15）在杆塔上作业过程中如遇设备突然停电，作业人员应视设备仍然带电。

（16）登高电工上杆塔前，应对登高工具和安全带进行检查和冲击试验，全体作业人员必须戴安全帽。

（17）上、下杆塔或在杆塔上移位时，作业人员必须攀抓牢固构件，且双手不得持带任何器材。

（18）杆塔上作业不得失去安全带的保护。

（19）地面电工严禁在作业点垂直下方逗留，杆塔上电工应防止高空落物，使用的工具、材料应用绳索传递，不得乱扔。

（20）作业人员在杆塔上作业期间，工作监护人应对作业人员进行不间断监护，且不得从事其他工作。

第三节　110kV 金具及附件

一、110kV 输电线路地电位与等电位结合滑车组法带电更换导线直线线夹

1. 作业方法

地电位与等电位结合滑车组法。

2. 适用范围

适用于更换 110kV 输电线路单联导线直线线夹。

3. 人员组合

本作业项目工作人员共计 5 人。其中工作负责人 1 人（监护人），杆塔上电工 1 人，等电位电工 1 人，地面电工 2 人。

4. 工器具配备

110kV 地电位与等电位结合滑车组法带电更换导线直线线夹工器具配备一览表见表2-9。

表 2-9　110kV 地电位与等电位结合滑车组法带电更换导线直线线夹工器具配备一览表

序号	工器具名称		规格、型号	数量	备　注
1	绝缘工具	绝缘绳套	SCJS–22	1 只	
2		绝缘滑车组	2t	1 套	
3		高强度绝缘绳	ϕ30mm	1 根	导线后备保护绳
4		绝缘测零杆	110kV	1 根	

续表

序号		工器具名称	规格、型号	数量	备　注
5		绝缘软梯	110kV	1套	长度视导线高而定
6	绝缘工具	绝缘绳	SCJS–4	1根	抛挂导引绝缘传递绳
7		绝缘绳	SCJS–10	1根	人身防坠落控制用
8		绝缘传递绳	SCJS–14	1根	配绝缘滑车
9	金属工具	瓷质绝缘子检测装置		1套	瓷质绝缘子用
10		扭矩扳手		1把	紧固线夹用
11		安全带（带二防）		2根	
12	个人防护用具	安全帽		5顶	
13		屏蔽服		1套	
14		导电鞋		1双	
15		兆欧表（或绝缘工具测试仪）	2.5kV及以上	1块	电极宽2cm，极间距2cm
16	辅助安全用具	防潮苫布	3m×3m	1块	
17		万用表		1块	
18		温湿度风速仪		1台	

注　瓷质绝缘子检测装置包括分布电压检测仪、绝缘电阻检测仪和火花间隙装置等。采用火花间隙装置
　　测零时，每次检测前应用专用塞尺按 DL 415 要求测量放电间隙尺寸。

5. 作业程序

按照本次作业现场勘察后编写的现场作业指导书。

（1）工作前工作负责人向调度申请。内容为：本人为工作负责人×××，×年×月×日需在 110kV ××线路上带电更换导线悬垂线夹，本次作业按《国家电网公司电力安全工作规程（电力线路部分）》第 8.1.7 条要求，确定是否停用线路重合闸装置，若遇线路跳闸，不经联系，不得强送。得到调度许可后，核对线路双重名称和杆号。

（2）全体工作成员列队，工作负责人现场宣读工作票、交待工作任务、安全措施和技术措施；查（问）看作业人员的精神状况、着装情况和工器具是否完好齐全。确认危险点和预防措施，明确作业分工以及安全措施及注意事项。

（3）地面电工采用兆欧表检测绝缘工具的绝缘电阻，检查承力工具是否完好灵活，屏蔽服不得有破损、孔洞和毛刺状等缺陷。

（4）杆塔上电工带绝缘传递绳登塔至横担合适位置，系好安全带，将绝缘滑车挂在合适位置。

（5）若是盘形瓷质绝缘子串，地面电工将瓷质绝缘子检测装置及绝缘操作杆组装好后用绝缘传递绳传递给杆塔上电工，杆塔上电工检测所要更换线夹相绝缘子串的零值绝缘子，当同串（7片）零值绝缘子达到3片时应立即停止检测，并结束本次带电作业工作。

（6）地面电工采用抛绳器将细绝缘绳抛过导线，将带有跟头滑车的绝缘传递绳挂在导线上，利用绝缘传递绳挂好绝缘软梯（也可采用杆塔上电工利用绝缘操作杆将绝缘滑车直接挂在导线上）。

（7）等电位电工穿着全套屏蔽服（包括帽、衣裤、手套、袜和导电鞋），必要时，屏蔽服内穿阻燃内衣。地面电工负责检查袜裤、裤衣、袖和手套的连接是否完好，用万用表测试袜对手套间的连接导通是否良好。

（8）等电位电工系好防坠保护绳，地面电位工控制绝缘软梯尾部和防坠保护绳，等电位电工攀登绝缘软梯至导线下方 0.6m 处左右，向工作负责人申请等电位，得到工作负责人同意后，迅速进入等电位，在导线上系好安全带后，才能解除防坠保护绳。

（9）杆塔上电工与地面电工配合传递上绝缘滑车组及导线保护绳，并将其固定好。导线后备保护绳的保护裕度（长度）应控制合理。

（10）地面电工收紧绝缘滑车组提升导线，使绝缘子串松弛，等电位电工更换导线悬垂线夹，按悬垂线夹相应螺栓规格的标准扭矩值紧固。

（11）更换完毕后等电位电工准备退出强电场。

（12）等电位电工系好防坠保护绳后，解除安全带，地面电工控制好防坠保护绳和绝缘软梯，等电位电工沿绝缘软梯下退至人站直并手抓导线，向工作负责人申请脱离强电场，许可后快速脱离，平稳下绝缘软梯至地面。

（13）杆塔上电工拆除工具及导线后备保护绳并传递下塔，检查杆塔上无遗留物后，汇报工作负责人，得到同意后携带绝缘传递绳下杆塔。

（14）地面电工整理所有工器具和清理现场，工作负责人清点工器具。

（15）工作负责人向调度汇报。内容为：本人为工作负责人×××，110kV ××线路带电更换直线线夹工作已结束，杆塔上人员已撤离，杆塔、导线上无遗留物，线路设备已恢复原状。

6. 安全措施及注意事项

（1）若在海拔 1000m 以上线路上带电作业时，应根据作业区不同海拔高度，修正各类空气间隙、绝缘工具的安全距离和长度、绝缘子片数等，经本单位主管生产领导（总工程师）批准后执行。

（2）本次作业应经现场勘察并编制带电更换直线线夹的现场作业指导书，经本单位技术负责人或主管生产负责人批准后执行。

（3）作业应在良好天气下进行。如遇雷电（听见雷声、看见闪电）、雪雹、雨雾时不得进行带电作业。风力大于 5 级（10m/s）时，不宜进行作业。

（4）若需在相对空气湿度大于 80%的天气下进行带电作业时，应采用具有防潮性能的绝缘工具。

（5）本次作业工作前应向调度明确：若线路跳闸，不经联系不得强送电。

（6）作业前应现场勘察复核，杆塔上电工与带电体的安全距离不小于 1.0m。

（7）绝缘承力工具安全长度不小于 1m，绝缘操作杆的有效长度不小于 1.3m。作业中等电位人员头部不得超过 2 片绝缘子，等电位人员转移电位时人体裸露部分与带电体应保持 0.3m。

（8）对盘形绝缘子，作业中扣除人体短接和零值（自爆）绝缘子片数后，良好绝缘子片数（7片串）不少于5片（结构高度146mm）。

（9）绝缘承力工具受力后，须经检查确认安全可靠后方可脱离绝缘子串。本次作业必须加装导线后备保护绳。

（10）地面绝缘工具应放置在防潮苫布上，作业人员均应戴清洁干燥手套，摇测绝缘电阻值不得小于700MΩ（电极宽2cm，极间距2cm）。

（11）绝等电位电工应穿戴全套的屏蔽服、导电鞋，且各部分连接良好，用万用表测量袜、手套间连接导通情况，屏蔽服内不得贴身穿着化纤类衣服。

（12）绝缘工具使用前应用干净毛巾进行表面清洁处理，作业人员使用绝缘工具应戴清洁、干燥的手套，以防绝缘工具受潮和污染，收工或转移作业点，应将绝缘工具装在工具袋内。

（13）在杆塔上作业过程中如遇设备突然停电，作业人员应视设备仍然带电。

（14）登高电工上杆塔前，应对登高工具和安全带进行检查和冲击试验，全体作业人员必须戴安全帽。

（15）上、下杆塔或在杆塔上移位时，作业人员必须攀抓牢固构件，且双手不得持带任何器材。

（16）杆塔上作业不得失去安全带的保护。

（17）地面电工严禁在作业点垂直下方逗留，杆塔上电工应防止高空落物，使用的工具、材料应用绳索传递，不得乱扔。

（18）进入等电位前应检查组合间隙不得小于1.2m的要求。

（19）所列承力工器具受力按双300导线、垂挡600m为临界值考虑，导线型号或垂直挡距超出临界值时应另行校核选择。

（20）作业人员在杆塔上作业期间，工作监护人应对作业人员进行不间断监护，且不得从事其他工作。

二、110kV 输电线路地电位与等电位结合绝缘转臂梯法带电更换耐张跳线（引流线）并沟线夹

1. 作业方法

地电位与等电位结合绝缘转臂梯法。

2. 适用范围

适用于更换110kV输电线路耐张跳线（引流线）并沟线夹。

3. 人员组合

本作业项目工作人员共计6人。其中工作负责人1人（监护人），杆塔上电工1人，等电位电工1人，地面电工3人。

4. 工器具配备

110kV地电位与等电位结合绝缘转臂梯法带电更换耐张跳线（引流线）并沟线夹工器具配备一览表见表2-10。

表 2-10 **110kV 地电位与等电位结合绝缘转臂梯法带电更换耐张跳线（引流线）并沟线夹工器具配备一览表**

序号	工器具名称		规格、型号	数量	备 注
1	绝缘工具	绝缘转臂梯	110kV	1 套	
2		绝缘绳	SCJS–14	若干	
3		绝缘传递绳	SCJS–14	1 套	配绝缘滑车
4		绝缘绳	SCJS–10		人身防坠落控制用
5	金属工具	扭距扳手		1 把	紧固并沟线夹用
6		钢丝刷		1 把	
7		绝缘转臂梯塔身固定器		1 个	
8	个人防护用品	安全带（带二防）		2 根	
9		安全帽		6 顶	
10		屏蔽服		1 套	
11		导电鞋		1 双	
12	辅助安全用具	兆欧表（或绝缘工具测试仪）	2.5kV 及以上	1 块	电极宽 2cm，极间距 2cm
13		防潮苫布	3m×3m	1 块	
14		万用表		1 块	检测屏蔽服导通用
15		工具袋		若干	装绝缘工具用
16		温湿度风速仪		1 台	

5. 作业程序

按照本次作业现场勘察后编写的现场作业指导书。

（1）工作前工作负责人向调度申请。内容为：本人为工作负责人×××，×年×月×日需在 110kV ××线路上带电更换耐张跳线并沟线夹，本次作业按《国家电网公司电力安全工作规程（电力线路部分）》第 8.1.7 条要求，确定是否停用线路重合闸装置，若遇线路跳闸，不经联系，不得强送。得到调度许可后，核对线路双重名称和杆号。

（2）全体工作成员列队，工作负责人现场宣读工作票、交待工作任务、安全措施和技术措施；查（问）看作业人员的精神状况、着装情况和工器具是否完好齐全。确认危险点和预防措施，明确作业分工以及安全措施及注意事项。

（3）地面电工采用兆欧表检测绝缘工具的绝缘电阻，检查承力工具是否完好灵活，屏蔽服不得有破损、孔洞和毛刺状等缺陷。

（4）杆塔上电工登塔至横担作业位置，系好安全带，将绝缘滑车及绝缘传递绳悬挂在适当位置，等电位电工穿着全套合格的屏蔽服（包括帽、衣裤、手套、袜和导电鞋），必要时，屏蔽服内穿阻燃内衣。专人负责用万用表检查屏蔽服各连接点的连接导通是否良好。

登杆塔至跳线（引流线）水平位置，系好安全带。

（5）地面电工与杆塔上电工配合传递绝缘转臂梯，杆塔上电工与等电位电工将绝缘转臂梯顺线路方向安装在横担下方与跳线（引流线）水平位置，同时杆塔上电工用梯头部的绝缘绳在横担上将梯两端升平并将绝缘绳固定。

（6）等电位电工系好二防绳沿梯采用坐骑式前进到梯前端，在地面电工配合下用两根临时拉线将梯转至横线路方向，同时固定好绝缘转臂梯的临时控制线。

（7）等电位电工至距引流线 600mm 处向工作负责人申请等电位，得到工作负责人同意后，迅速进入等电位，并系好安全带。

（8）等电位电工清刷导线表面并涂上导电脂后安装新并沟线夹，按并沟线夹螺栓规格的标准扭矩值紧固，后拆除旧并沟线夹。

（9）安装完毕后等电位电工先系好防坠后备保护绳后，解开安全带，沿绝缘转臂梯退至人手抓导线位置，向工作负责人申请脱离强电场，许可后快速脱离电位，平稳回塔身位置，系好安全带。

（10）杆塔上电工与地面电工配合按相反的程序拆除工具并传递下杆塔，检查杆塔上无遗留物后，汇报工作负责人，得到同意后携带绝缘传递绳下杆塔。

（11）地面电工整理所有工器具和清理现场，工作负责人清点工器具。

（12）工作负责人向调度汇报。内容为：本人为工作负责人×××，110kV ××线路带电更换耐张并沟线夹工作已结束，杆塔上人员已撤离，杆塔、导线上无遗留物，线路设备已恢复原状。

6. 安全措施及注意事项

（1）若在海拔 1000m 以上线路上带电作业时，应根据作业区不同海拔高度，修正各类空气间隙、绝缘工具的安全距离和长度、绝缘子片数等，经本单位主管生产领导（总工程师）批准后执行。

（2）本次作业应经现场勘察并编制带电更换耐张跳线（引流线）并沟线夹的现场作业指导书，经本单位技术负责人或主管生产负责人批准后执行。

（3）作业应在良好天气下进行。如遇雷电（听见雷声、看见闪电）、雪雹、雨雾时不得进行带电作业。风力大于 5 级（10m/s）时，不宜进行作业。

（4）若需在相对空气湿度大于 80%的天气下进行带电作业时，应采用具有防潮性能的绝缘工具。

（5）本次作业工作前应向调度明确：若线路跳闸，不经联系不得强送电。

（6）作业前应现场勘察复核，杆塔上电工与带电体的安全距离不小于 1.0m。

（7）绝缘承力工具安全长度不小于 1m，绝缘操作杆的有效长度不小于 1.3m。等电位人员进入带电体时应保证组合间隙 1.2m。

（8）地面绝缘工具应放置在苫布上，作业人员均应戴清洁干燥手套，摇测绝缘电阻值不得小于 700MΩ（电极宽 2cm，极间距 2cm）。

（9）等电位电工应穿戴全套的屏蔽服、导电鞋，且各部分连接良好，用万用表测量袜、手套间连接导通情况，屏蔽服内不得贴身穿着化纤类衣服。

（10）绝缘工具使用前应用干净毛巾进行表面清洁处理，作业人员使用绝缘工具应戴清洁、干燥的手套,以防绝缘工具受潮和污染,收工或转移作业点,应将绝缘绳、绝缘梯装在工具袋内。

（11）在作业过程中如遇设备突然停电,作业人员应视设备仍然带电。

（12）登高电工上杆塔前,应对登高工具和安全带进行检查和冲击试验,全体作业人员必须戴安全帽。

（13）上、下杆塔或在杆塔上移位时,作业人员必须攀抓牢固构件,且双手不得持带任何器材。

（14）杆塔上作业不得失去安全带的保护。

（15）地面电工严禁在作业点垂直下方逗留,杆塔上电工应防止高空落物,使用的工具、材料应用绳索传递,不得乱扔。

（16）作业人员在杆塔上作业期间,工作监护人应对作业人员进行不间断监护,且不得从事其他工作。

三、110kV 输电线路等电位结合绝缘软梯法带电更换导线防振锤（防舞动失谐摆）

1. 作业方法
等电位结合绝缘软梯法。

2. 适用范围
适用于 110kV 输电线路更换导线防振锤。

3. 人员组合
本作业项目工作人员共计 4 人。其中工作负责人 1 人（监护人）,等电位电工 1 人,地面电工 2 人。

4. 工器具配备
110kV 等电位结合绝缘软梯法带电更换导线防振锤（防舞动失谐摆）工器具配备一览表见表 2-11。

表 2-11　　　110kV 等电位结合绝缘软梯法带电更换导线防振锤
（防舞动失谐摆）工器具配备一览表

序号	工器具名称		规格、型号	数量	备　注
1		抛绳器		1 套	
2	绝缘工具	绝缘绳	SCJS-4	1 根	抛挂导引绝缘传递绳
3		绝缘绳	SCJS-10	1 根	人身防坠落控制用
4		绝缘软梯	110kV	1 套	长度视导线高而定
5		绝缘传递绳	SCJS-14	1 套	配绝缘滑车
6		安全带（带二防）		1 根	
7	个人防护用具	安全帽		4 顶	
8		屏蔽服		1 套	
9		导电鞋		1 双	

续表

序号	工器具名称		规格、型号	数量	备　注
10	金属工具	软梯头		1 个	
11		扭矩扳手		1 把	紧固防振锤用
12	辅助安全工具	兆欧表（或绝缘工具测试仪）	2.5kV 及以上	1 块	电极宽 2cm，极间距 2cm
13		防潮苫布	3m×3m	1 块	
14		万用表		1 块	检测屏蔽服导通用
15		温湿度风速仪		1 台	
16		工具袋		2 只	装绝缘工具用

5. 作业程序

按照本次作业现场勘察后编写的现场作业指导书。

（1）工作前工作负责人向调度申请。内容为：本人为工作负责人×××，×年×月×日需在 110kV ××线路上带电更换导线防振锤，本次作业按《国家电网公司电力安全工作规程（电力线路部分）》第 8.1.7 条要求，确定是否停用线路重合闸装置，若遇线路跳闸，不经联系，不得强送，得到调度许可后，核对线路双重名称和杆号。

（2）全体工作成员列队，工作负责人现场宣读工作票、交待工作任务、安全措施和技术措施；查（问）看作业人员的精神状况、着装情况和工器具是否完好齐全。确认危险点和预防措施，明确作业分工以及安全措施及注意事项。

（3）地面电工采用兆欧表检测绝缘工具的绝缘电阻，检查承力工具是否完好灵活，屏蔽服不得有破损、孔洞和毛刺状等缺陷。

（4）地面电工采用抛绳器将细绝缘绳抛过导线，将带有跟头滑车的绝缘传递绳挂在防振锤外侧导线上。

（5）地面电工用绝缘传递绳将绝缘软梯挂在导线上，并冲击试验悬挂是否良好。

（6）等电位电工穿着全套屏蔽服（包括帽、衣裤、手套、袜和导电鞋），必要时，屏蔽服内穿阻燃内衣。系好防坠后备保护绳，地面电工负责检查袜裤、裤衣、袖和手套的连接是否完好，用万用表测试袜对手套间的连接导通是否良好。

（7）地面电工控制绝缘软梯尾部和防坠后备保护绳，等电位电工攀登绝缘软梯至导线下方 0.6m 处左右，向工作负责人申请等电位，得到工作负责人同意后，迅速进入等电位，在导线上系好安全带后，才能解除防坠后备保护绳，等电位电工更换防振锤，按防振锤相应规格螺栓的扭矩值紧固。

（8）更换完毕后，地面电工控制好防坠后备保护绳，等电位电工先系好防坠后备保护绳后，解开安全带，沿绝缘软梯下退至人站直并手抓导线位置，向工作负责人申请脱离强电场，许可后快速脱离电位，平稳下绝缘软梯至地面。

（9）地面电工拆除绝缘软梯及滑车并传递下杆塔，整理所有工器具和清理现场，工作负责人清点工器具。

（10）工作负责人向调度汇报。内容为：本人为工作负责人×××，110kV ××线路带电更换导线防振锤工作已结束，杆塔上人员已撤离，杆塔、导线上无遗留物，线路设备已恢复原状。

6. 安全措施及注意事项

（1）若在海拔 1000m 以上线路上带电作业时，应根据作业区不同海拔高度，修正各类空气间隙、绝缘工具的安全距离和长度、绝缘子片数等，经本单位主管生产领导（总工程师）批准后执行。

（2）本次作业应经现场勘察并编制带电更换防振锤的现场作业指导书，经本单位技术负责人或主管生产负责人批准后执行。

（3）作业应在良好天气下进行。如遇雷电（听见雷声、看见闪电）、雪雹、雨雾时不得进行带电作业。风力大于 5 级（10m/s）时，不宜进行作业。

（4）若需在相对空气湿度大于 80%的天气下进行带电作业时，应采用具有防潮性能的绝缘工具。

（5）本次作业工作前应向调度明确：若线路跳闸，不经联系不得强送电。

（6）等电位人员与邻相导线的最小安全距离不得小于 1.4m；转移电位时人体裸露部分与带电体应保持 0.3m。

（7）地面绝缘工具应放置在防潮苫布上，作业人员均应戴清洁干燥手套，摇测绝缘电阻值不得小于 700MΩ（电极宽 2cm，极间距 2cm）。

（8）等电位电工应穿戴全套的屏蔽服、导电鞋，且各部分连接良好，用万用表测量袜、手套间连接导通情况，屏蔽服内不得贴身穿着化纤类衣服。

（9）绝缘工具使用前应用干净毛巾进行表面清洁处理，作业人员使用绝缘工具应戴清洁、干燥的手套，以防绝缘工具受潮和污染，收工或转移作业点，应将绝缘工具装在工具袋内。

（10）在作业过程中如遇设备突然停电，作业人员应视设备仍然带电。

（11）地面电工严禁在作业点垂直下方逗留，杆塔上电工应防止高空落物，使用的工具、材料应用绳索传递，不得乱扔。

（12）登高电工上杆塔前，应对登高工具和安全带进行检查和冲击试验，全体作业人员必须戴安全帽。

（13）上、下杆塔或在杆塔上移位时，作业人员必须攀抓牢固构件，且双手不得持带任何器材。

（14）杆塔上作业不得失去安全带的保护。

（15）作业人员在杆塔上作业期间，工作监护人应对作业人员进行不间断监护，且不得从事其他工作。

四、110kV 输电线路等电位结合绝缘软梯法带电更换子导线间隔棒（环）

1. 作业方法

等电位结合绝缘软梯法。

2. 适用范围

适用于更换 110kV 输电线路子导线间隔棒（环）。

3. 人员组合

本作业项目工作人员共计 5 人。其中工作负责人 1 人，等电位电工 1 人，地面电工 3 人。

4. 工器具配备

110kV 等电位结合绝缘软梯法带电更换子导线间隔棒（环）工器具配备一览表见表 2-12。

表 2-12　110kV 等电位结合绝缘软梯法带电更换子导线间隔棒（环）工器具配备一览表

序号	工器具名称		规格、型号	数量	备　注
1		抛绳器		1 套	
2		绝缘绳	SCJS-4	1 根	抛挂导引绝缘传递绳
3	绝缘工具	绝缘绳	SCJS-10	1 根	人身防坠落控制用
4		绝缘软梯	110kV	1 套	长度视导线高而定
5		绝缘传递绳	SCJS-14	1 根	配绝缘滑车
6		安全带（带二防）		1 根	
7	个人防护用具	安全帽		4 顶	
8		屏蔽服		1 套	
9		导电鞋		1 双	
10	金属工具	软梯头		1 个	
11		扭矩扳手		1 把	紧固导线间隔棒用
12		兆欧表（或绝缘工具测试仪）	2.5kV 及以上	1 块	电极宽 2cm，极间距 2cm
13	辅助安全工具	防潮苫布	3m×3m	1 块	
14		万用表		1 块	检测屏蔽服导通用
15		温湿度风速仪		1 台	
16		工具袋		2 只	装绝缘工具用

5. 作业程序

按照本次作业现场勘察后编写的现场作业指导书。

（1）工作前工作负责人向调度申请。内容为：本人为工作负责人×××，×年×月×日需在 110kV ××线路上带电更换导线间隔棒（环），本次作业按《国家电网公司电力安全工作规程（电力线路部分）》第 8.1.7 条要求，确定是否停用线路重合闸装置，若遇线路跳闸，不经联系，不得强送。得到调度许可后，核对线路双重名称和杆号。

（2）全体工作成员列队，工作负责人现场宣读工作票、交待工作任务、安全措施和技术措施；查（问）看作业人员的精神状况、着装情况和工器具是否完好齐全。确认危险点和预防措施，明确作业分工以及安全措施及注意事项。

（3）地面电工采用兆欧表检测绝缘工具的绝缘电阻，检查承力工具是否完好灵活，屏蔽服不得有破损、孔洞和毛刺状等缺陷。

（4）地面电工采用抛绳器将细绝缘绳抛过导线，将带有跟头滑车的绝缘传递绳挂在导线上。

（5）地面电工用绝缘传递绳将绝缘软梯挂在导线上，并冲击试验悬挂是否良好。

（6）等电位电工穿着全套屏蔽服（包括帽、衣裤、手套、袜和导电鞋），必要时，屏蔽服内穿阻燃内衣。系好防坠后备保护绳，地面电工负责检查袜裤、裤衣、袖和手套的连接是否完好，用万用表测试袜对手套间的连接导通是否良好。

（7）地面电工控制软梯尾部和后备保护绳，等电位电工攀登绝缘软梯至导线下方 0.6m 处左右，向工作负责人申请等电位，得到工作负责人同意后，迅速进入等电位，在导线上系好安全带后，才能解除防坠后备保护绳。

（8）等电位电工至间隔棒（环）处，用绝缘绳将分裂导线固定使其保持原距离。用绝缘传递绳将间隔棒传递上进行间隔棒（环）更换，按间隔棒相应规格螺栓的标准扭矩值紧固，将旧间隔棒（环）传递至地面。

（9）更换完毕后，等电位电工先系好防坠后备保护绳后，解开安全带（带二防），沿绝缘软梯下退至人站直并手抓导线，向工作负责人申请脱离强电场，许可后快速脱离强电场，平稳下绝缘软梯至地面。

（10）地面电工拆除绝缘软梯及滑车并传递下杆塔，整理所有工器具和清理现场，工作负责人清点工器具。

（11）工作负责人向调度汇报。内容为：本人为工作负责人×××，110kV ××线路带电更换导线间隔棒（环）工作已结束，杆塔上人员已撤离，导线上无遗留物，线路设备已恢复原状。

6. 安全措施及注意事项

（1）若在海拔 1000m 以上线路上带电作业时，应根据作业区不同海拔高度，修正各类空气间隙、绝缘工具的安全距离和长度、绝缘子片数等，经本单位主管生产领导（总工程师）批准后执行。

（2）本次作业应经现场勘察并编制带电更换子导线间隔棒的现场作业指导书，经本单位技术负责人或主管生产负责人批准后执行。

（3）作业应在良好天气下进行。如遇雷电（听见雷声、看见闪电）、雪雹、雨雾时不得进行带电作业。风力大于 5 级（10m/s）时，不宜进行作业。

（4）若需在相对空气湿度大于 80% 的天气下进行带电作业时，应采用具有防潮性能的绝缘工具。

（5）本次作业工作前应向调度明确：若线路跳闸，不经联系不得强送电。

（6）等电位人员与邻相导线的最小安全距离不得小于 1.4m；转移电位时人体裸露部分与带电体应保持 0.3m。

（7）地面绝缘工具应放置在防潮苫布上，作业人员均应戴清洁干燥手套，摇测绝缘电阻值不得小于 700MΩ（电极宽 2cm，极间距 2cm）。

（8）等电位电工应穿戴全套的屏蔽服、导电鞋，且各部分连接良好，用万用表测量袜、手套间连接导通情况，屏蔽服内不得贴身穿着化纤类衣服。

（9）绝缘工具使用前应用干净毛巾进行表面清洁处理，作业人员使用绝缘工具应戴清洁、干燥的手套，以防绝缘工具受潮和污染，收工或转移作业点，应将绝缘工具装在工具袋内。

（10）在作业过程中如遇设备突然停电，作业人员应视设备仍然带电。

（11）登高电工上杆塔前，应对登高工具和安全带进行检查和冲击试验，全体作业人员必须戴安全帽。

（12）上、下杆塔或在杆塔上移位时，作业人员必须双手攀抓牢固构件，且双手不得持带任何器材。

（13）杆塔上作业不得失去安全带的保护。

（14）地面电工严禁在作业点垂直下方逗留，杆塔上电工应防止高空落物，使用的工具、材料应用绳索传递，不得乱扔。

（15）作业人员在杆塔上作业期间，工作监护人应对作业人员进行不间断监护，且不得从事其他工作。

五、110kV 输电线路等电位结合绝缘软梯法带电安装（更换）导线相间间隔棒

1. 作业方法

等电位结合绝缘软梯法。

2. 适用范围

适用于导线水平排列或三角排列的 110kV 输电线路。

3. 人员组合

本作业项目工作人员共计 9 人。其中工作负责人 1 人（监护人），等电位电工 2 人，地面电工 6 人。

4. 工器具配备

110kV 等电位结合绝缘软梯法带电安装（更换）导线相间工器具配备一览表见表 2-13。

表 2-13　110kV 等电位结合绝缘软梯法带电安装（更换）导线相间工器具配备一览表

序号	工器具名称		规格、型号	数量	备　注
1	绝缘工具	抛绳器		1 套	
2		绝缘绳	SCJS-4	2 根	抛挂导引绝缘传递绳
3		绝缘绳	SCJS-10	2 根	人身防坠落控制用
4		绝缘软梯	110kV	2 套	长度视导线高而定
5		绝缘传递绳	SCJS-14	2 根	配绝缘滑车
6	金属工具	软梯头		2 个	
7		扭矩扳手		2 把	紧固导线间隔棒用
8	个人防护用具	安全带（带二防）		2 根	
9		安全帽		9 顶	

续表

序号	工器具名称		规格、型号	数量	备　注
10	个人防护用具	屏蔽服		2套	
11		导电鞋		2双	
12	辅助安全用具	兆欧表（或绝缘工具测试仪）	2.5kV及以上	1块	电极宽2cm,极间距2cm
13		防潮苫布	3m×3m	1块	
14		万用表		1块	检测屏蔽服连接导通用
15		温湿度风速仪		1台	
16		工具袋		2只	装绝缘工具用

5. 作业程序

按照本次作业现场勘察后编写的现场作业指导书。

（1）工作前工作负责人向调度申请。内容为：本人为工作负责人×××，×年×月×日需在110kV ××线路上带电安装导线相间间隔棒，本次作业按《国家电网公司电力安全工作规程（电力线路部分）》第8.1.7条要求，确定是否停用线路重合闸装置，若遇线路跳闸，不经联系，不得强送。得到调度许可后，核对线路双重名称和杆号。

（2）全体工作成员列队，工作负责人现场宣读工作票、交待工作任务、安全措施和技术措施；查（问）看作业人员的精神状况、着装情况和工器具是否完好齐全。确认危险点和预防措施，明确作业分工以及安全措施及注意事项。

（3）地面电工采用兆欧表检测绝缘工具的绝缘电阻，检查承力工具是否完好灵活，屏蔽服不得有破损、孔洞和毛刺状等缺陷。

（4）地面电工分别用绝缘绳抛过两相导线，将带有跟头滑车的绝缘传递绳悬挂在边导线和中相导线相间间隔棒安装位置。

（5）地面电工用绝缘传递绳分别将两副绝缘软梯挂在中相和边相的导线上。

（6）等电位电工穿着全套屏蔽服（包括帽、衣裤、手套、袜和导电鞋），必要时，屏蔽服内穿阻燃内衣。系好后备保护绳，地面电工负责检查袜裤、裤衣、袖和手套的连接是否完好，用万用表测试袜对手套间的连接导通是否良好。

（7）地面电工控制绝缘软梯尾部和后备保护绳，等电位电工攀登绝缘软梯至导线下方0.6m处左右，向工作负责人申请等电位，得到工作负责人同意后，迅速进入等电位，在导线上系好安全带后，才能解除防坠后备保护绳。

（8）两等电位电工分别滑行至工作位置，与地面电工配合传递上相间间隔棒固定金具，各自安装在中相和边相的导线上。

（9）两等电位电工与地面电工相互配合传递上相间间隔棒，两等电位电工相互配合安装好相间间隔棒（一相先安装好，然后在另一相导线上安装另一端）。

（10）边导线上的等电位电工先系好防坠后备保护绳后，解开安全带，沿绝缘软梯下退至人站直并手抓导线，向工作负责人申请脱离强电场，许可后快速脱离强电场，平稳下绝缘软梯至地面。地面电工控制好后备保护绳。

（11）下地的等电位电工按上述相同的方法，在悬挂好的另一边相导线上的绝缘软梯攀登进入另一边导线，与中相等电位电工配合安装好另一根相间间隔棒。（也可采用三名等电位电工同时安装方式）。

（12）中相及边相等电位电工按上述方法退出强电场至地面。

（13）地面电工拆除工具及绝缘软梯并传递至地面，整理所有工器具和清理现场，工作负责人清点工器具。

（14）工作负责人向调度汇报。内容为：本人为工作负责人×××，110kV ××线路带电安装相间间隔棒工作已结束，杆塔上人员已撤离，杆塔、导线上无遗留物，线路设备已恢复原状。

6. 安全措施及注意事项

（1）若在海拔 1000m 以上线路上带电作业时，应根据作业区不同海拔高度，修正各类空气间隙、绝缘工具的安全距离和长度、绝缘子片数等，经本单位主管生产领导（总工程师）批准后执行。

（2）本次作业应经现场勘察并编制带电新装或更换导线相间间隔棒的现场作业指导书，经本单位技术负责人或主管生产负责人批准后执行。

（3）作业应在良好天气下进行。如遇雷电（听见雷声、看见闪电）、雪雹、雨雾时不得进行带电作业。风力大于 5 级（10m/s）时，不宜进行作业。

（4）若需在相对空气湿度大于 80% 的天气下进行带电作业时，应采用具有防潮性能的绝缘工具。

（5）本次作业工作前应向调度明确：若线路跳闸，不经联系不得强送电。

（6）地面绝缘工具应放置在防潮苫布上，作业人员均应戴清洁干燥手套，摇测绝缘电阻值不得小于 700MΩ（电极宽 2cm，极间距 2cm）。

（7）等电位电工应穿戴全套的屏蔽服、导电鞋，且各部分连接良好，用万用表测量袜、手套间连接导通情况，屏蔽服内不得贴身穿着化纤类衣服。

（8）绝缘工具使用前应用干净毛巾进行表面清洁处理，作业人员使用绝缘工具应戴清洁、干燥的手套，以防绝缘工具受潮和污染，收工或转移作业点，应将绝缘工具装在工具袋内。

（9）在作业过程中如遇设备突然停电，作业人员应视设备仍然带电。

（10）地面电工严禁在作业点垂直下方逗留，杆塔上电工应防止高空落物，使用的工具、材料应用绳索传递，不得乱扔。

（11）等电位作业人员对相邻导线的最小距离应保持 1.4m 及以上距离。转移电位时人体裸露部分与带电体应保持 0.3m。

（12）登高电工上杆塔前，应对登高工具和安全带进行检查和冲击试验，全体作业人员必须戴安全帽。

（13）上、下杆塔或在杆塔上移位时，作业人员必须攀抓牢固构件，且双手不得持带任何器材。

（14）高空作业不得失去安全带的保护。

（15）若三相同时安装时，两边相安装相间间隔棒固定金具时，注意其安装位置与中相一致。

（16）作业人员在杆塔上作业期间，工作监护人应对作业人员进行不间断监护，且不得从事其他工作。

六、110kV 输电线路等电位结合绝缘软梯法带电安装导线防舞鞭

1. 作业方法

等电位结合绝缘软梯法。

2. 适用范围

适用于导线水平排列或三角排列的 110kV 线路。

3. 人员组合

本作业项目工作人员共计 5 人。其中工作负责人 1 人（监护人），等电位电工 1 人，地面电工 3 人。

4. 工器具配备

110kV 等电位结合绝缘软梯法带电安装导线防舞鞭工器具配备一览表见表 2-14。

表 2-14　　110kV 等电位结合绝缘软梯法带电安装导线防舞鞭工器具配备一览表

序号	工器具名称		规格、型号	数量	备　注
1	绝缘工具	抛绳器		1 套	
2		绝缘绳	SCJS-4	1 根	抛挂导引绝缘传递绳
3		绝缘绳	SCJS-10	1 根	人身防坠落控制用
4		绝缘软梯	110kV	1 套	长度视导线高而定
5		绝缘传递绳	SCJS-14	1 根	配绝缘滑车
6	金属工具	软梯头		1 个	
7	个人防护用具	安全带（带二防）		1 根	
8		安全帽		5 顶	
9		屏蔽服		1 套	
10		导电鞋		1 双	
11	辅助安全用具	兆欧表（或绝缘工具测试仪）	2.5kV 及以上	1 块	电极宽 2cm，极间距 2cm
12		防潮苫布	3m×3m	1 块	
13		万用表		1 块	检测屏蔽服连接导通用
14		温湿度风速仪		1 台	
15		工具袋		2 只	装绝缘工具用

5. 作业程序

按照本次作业现场勘察后编写的现场作业指导书。

（1）工作前工作负责人向调度申请。内容为：本人为工作负责人×××，×年×月×日需在 110kV ××线路上带电安装导线防舞鞭，本次作业按《国家电网公司电力安全工作规程（电力线路部分）》第 8.1.7 条要求，确定是否停用线路重合闸装置，若遇线路跳闸，不经联系，不得强送。得到调度许可后，核对线路双重名称和杆号。

（2）全体工作成员列队，工作负责人现场宣读工作票、交待工作任务、安全措施和技术措施；查（问）看作业人员的精神状况、着装情况和工器具是否完好齐全。确认危险点和预防措施，明确作业分工以及安全措施及注意事项。

（3）地面电工采用兆欧表检测绝缘工具的绝缘电阻，检查承力工具是否完好灵活，屏蔽服不得有破损、孔洞和毛刺状等缺陷。

（4）地面电工用抛绳器将φ4mm 绝缘绳抛过导线，拉带有跟头滑车的绝缘传递绳挂在导线上防舞鞭安装位置。

（5）地面电工用绝缘传递绳将绝缘软梯悬挂在导线上，地面电工冲击试验绝缘软梯悬挂情况。

（6）等电位电工穿着全套屏蔽服（包括帽、衣裤、手套、袜和导电鞋），必要时，屏蔽服内穿阻燃内衣。系好防坠落保护绳，地面电工负责检查袜裤、裤衣、袖和手套的连接是否完好，用兆欧表测试袜对手套间的连接导通是否良好。

（7）地面电工控制绝缘软梯尾部和防坠落保护绳，等电位电工攀登绝缘软梯至导线下方 0.6m 处左右，向工作负责人申请等电位，得到工作负责人同意后，迅速进入等电位，在导线上系好安全带后，才能解除防坠后备保护绳。

（8）等电位电工将绝缘软梯滑到工作位置，地面电工传递上导线防舞鞭，等电位电工按照安装工艺要求安装好导线防舞鞭。

（9）等电位电工与地面电工配合移动绝缘软梯到达下一防舞鞭安装位置，按上述方法安装防舞鞭。

（10）安装完防舞鞭，等电位电工先系好防坠后备保护绳后，解开安全带，沿绝缘软梯下退至人站直并手抓导线，向工作负责人申请脱离强电场，许可后快速脱离强电场，平稳下绝缘软梯至地面。地面电工随时控制好等电位电工的防坠落后备保护绳。

（11）按上述方法安装其他两相导线防舞鞭。

（12）地面电工拆除工具及绝缘软梯等，整理所有工器具和清理现场，工作负责人清点工器具。

（13）工作负责人向调度汇报。内容为：本人为工作负责人×××，110kV ××线路带电安装相间间隔棒工作已结束，杆塔上人员已撤离，杆塔、导线上无遗留物，线路设备已恢复原状。

6. 安全措施及注意事项

（1）若在海拔 1000m 以上线路上带电作业时，应根据作业区不同海拔高度，修正各类空气间隙、绝缘工具的安全距离和长度、绝缘子片数等，经本单位主管生产领导（总工程师）批准后执行。

（2）本次作业应经现场勘察并编制带电安装或更换导线防舞鞭的现场作业指导书，经本单位技术负责人或主管生产负责人批准后执行。

（3）作业应在良好天气下进行。如遇雷电（听见雷声、看见闪电）、雪雹、雨雾时不得进行带电作业。风力大于 5 级（10m/s）时，不宜进行作业。

（4）若需在相对空气湿度大于 80%的天气下进行带电作业时，应采用具有防潮性能的绝缘工具。

（5）本次作业工作前应向调度明确：若线路跳闸，不经联系不得强送电。

（6）地面绝缘工具应放置在防潮苫布上，作业人员均应戴清洁干燥手套，摇测绝缘电阻值不得小于 700MΩ（电极宽 2cm，极间距 2cm）。

（7）等电位电工应穿戴全套的屏蔽服、导电鞋，且各部分连接良好，用万用表测量袜、手套间连接导通情况，屏蔽服内不得贴身穿着化纤类衣服。

（8）绝缘工具使用前应用干净毛巾进行表面清洁处理，作业人员使用绝缘工具应戴清洁、干燥的手套，以防绝缘工具受潮和污染，收工或转移作业点，应将绝缘工具装在工具袋内。

（9）在作业过程中如遇设备突然停电，作业人员应视设备仍然带电。

（10）地面电工严禁在作业点垂直下方逗留，杆塔上电工应防止高空落物，使用的工具、材料应用绳索传递，不得乱扔。

（11）等电位作业人员对相邻导线的最小距离应保持 1.4m 及以上距离。转移电位时人体裸露部分与带电体应保持 0.3m。

（12）登高电工上杆塔前，应对登高工具和安全带进行检查和冲击试验，全体作业人员必须戴安全帽。

（13）上、下杆塔或在杆塔上移位时，作业人员必须攀抓牢固构件，且双手不得持带任何器材。

（14）高空作业不得失去安全带的保护。

（15）作业人员在杆塔上作业期间，工作监护人应对作业人员进行不间断监护，且不得从事其他工作。

七、110kV 输电线路等电位结合绝缘软梯法带电安装（更换）双摆防舞器

1. 作业方法

等电位结合绝缘软梯法。

2. 适用范围

适用于 110kV 输电线路双分裂导线安装双摆防舞器。

3. 人员组合

本作业项目工作人员共计 5 人。其中工作负责人 1 人（监护人），等电位电工 1 人，地面电工 3 人。

4. 工器具配备

110kV 等电位结合绝缘软梯法带电安装（更换）双摆防舞器工器具配备一览表见表2-15。

表 2-15　110kV 等电位结合绝缘软梯法带电安装（更换）双摆防舞器工器具配备一览表

序号	工器具名称		规格、型号	数量	备　注
1		抛绳器		1 套	
2	绝缘工具	绝缘绳	SCJS-4	1 根	抛挂导引绝缘传递绳
3		绝缘绳	SCJS-10	1 根	人身防坠落控制用
4		绝缘软梯	110kV	1 套	长度视导线高而定
5		绝缘传递绳	SCJS-14	1 根	配绝缘滑车
6	金属工具	软梯头		1 个	
7		扭矩扳手		1 把	紧固导线双摆防舞器用
8	个人防护用具	安全带（带二防）		1 根	
9		安全帽		5 顶	
10		屏蔽服		1 套	
11		导电鞋		1 双	
12	辅助安全用具	兆欧表（或绝缘工具测试仪）	2.5kV 及以上	1 块	电极宽 2cm，极间距 2cm
13		防潮苫布	3m×3m	1 块	
14		万用表		1 块	检测屏蔽服连接导通用
15		温湿度风速仪		1 台	
16		工具袋		2 只	装绝缘工具用

5. 作业程序

按照本次作业现场勘察后编写的现场作业指导书。

（1）工作前工作负责人向调度申请。内容为：本人为工作负责人×××，×年×月×日需在 110kV ××线路上带电安装双摆防舞器，本次作业按《国家电网公司电力安全工作规程（电力线路部分）》第 8.1.7 条要求，确定是否停用线路重合闸装置，若遇线路跳闸，不经联系，不得强送。得到调度许可后，核对线路双重名称和杆号。

（2）全体工作成员列队，工作负责人现场宣读工作票、交待工作任务、安全措施和技术措施；查（问）看作业人员的精神状况、着装情况和工器具是否完好齐全。确认危险点和预防措施，明确作业分工以及安全措施及注意事项。

（3）地面电工采用兆欧表检测绝缘工具的绝缘电阻，检查承力工具是否完好灵活，屏蔽服不得有破损、孔洞和毛刺状等缺陷。

（4）地面电工用抛绳器将 ϕ4mm 绝缘绳抛过导线，拉带有跟头滑车的绝缘传递绳挂在导线上双摆防舞器安装位置。

（5）地面电工用绝缘传递绳将绝缘软梯悬挂在导线上，地面电工冲击试验绝缘软梯悬挂情况。

（6）等电位电工穿着全套屏蔽服（包括帽、衣裤、手套、袜和导电鞋），必要时，屏蔽服内穿阻燃内衣。系好防坠落保护绳，地面电工负责检查袜裤、裤衣、袖和手套的连接是否完好，用兆欧表测试袜对手套间的连接导通是否良好。

（7）地面电工控制绝缘软梯尾部和防坠落保护绳，等电位电工攀登绝缘软梯至导线下方 0.6m 处左右，向工作负责人申请等电位，得到工作负责人同意后，迅速进入等电位，在导线上系好安全带后，才能解除防坠后备保护绳。

（8）等电位电工将绝缘软梯滑到工作位置后，地面电工传递上双摆防舞器，等电位电工按施工工艺要求和相应规格螺栓的标准扭矩值安装紧固好导线双摆防舞器。

（9）安装完毕后，地面电工控制好绝缘软梯，等电位电工先系好防坠后备保护绳后，解开安全带，沿绝缘软梯下退至人站直并手抓导线，向工作负责人申请脱离强电场，许可后快速脱离强电场，平稳下绝缘软梯至地面。

（10）地面电工拆除工具及绝缘软梯等，整理所有工器具和清理现场，工作负责人清点工器具。

（11）工作负责人向调度汇报。内容为：本人为工作负责人×××，110kV ××线路带电安装双摆防舞器工作已结束，杆塔上人员已撤离，杆塔、导线上无遗留物，线路设备已恢复原状。

6. 安全措施及注意事项

（1）若在海拔 1000m 以上线路上带电作业时，应根据作业区不同海拔高度，修正各类空气间隙、绝缘工具的安全距离和长度、绝缘子片数等，经本单位主管生产领导（总工程师）批准后执行。

（2）本次作业应经现场勘察并编制带电安装或更换导线防舞鞭的现场作业指导书，经本单位技术负责人或主管生产负责人批准后执行。

（3）作业应在良好天气下进行。如遇雷电（听见雷声、看见闪电）、雪雹、雨雾时不得进行带电作业。风力大于 5 级（10m/s）时，不宜进行作业。

（4）若需在相对空气湿度大于 80% 的天气下进行带电作业时，应采用具有防潮性能的绝缘工具。

（5）本次作业工作前应向调度明确：若线路跳闸，不经联系不得强送电。

（6）地面绝缘工具应放置在防潮苫布上，作业人员均应戴清洁干燥手套，摇测绝缘电阻值不得小于 700MΩ（电极宽 2cm，极间距 2cm）。

（7）等电位电工应穿戴全套的屏蔽服、导电鞋，且各部分连接良好，用万用表测量袜、手套间连接导通情况，屏蔽服内不得贴身穿着化纤类衣服。

（8）绝缘工具使用前应用干净毛巾进行表面清洁处理，作业人员使用绝缘工具应戴清洁、干燥的手套，以防绝缘工具受潮和污染，收工或转移作业点，应将绝缘工具装在工具袋内。

（9）在作业过程中如遇设备突然停电，作业人员应视设备仍然带电。

（10）地面电工严禁在作业点垂直下方逗留，杆塔上电工应防止高空落物，使用的工具、材料应用绳索传递，不得乱扔。

（11）等电位作业人员对相邻导线的最小距离应保持 1.4m 及以上距离。转移电位时人体裸露部分与带电体应保持 0.3m。

（12）登高电工上杆塔前，应对登高工具和安全带进行检查和冲击试验，全体作业人员必须戴安全帽。

（13）上、下杆塔或在杆塔上移位时，作业人员必须攀抓牢固构件，且双手不得持带任何器材。

（14）高空作业不得失去安全带的保护。

（15）作业人员在杆塔上作业期间，工作监护人应对作业人员进行不间断监护，且不得从事其他工作。

八、110kV 输电线路地电位法带电安装防鸟刺、防鸟网、消雷器（避雷针）

1. 作业方法
地电位法。

2. 适用范围
适用于 110kV 线路带电安装防鸟刺、防鸟网、消雷器（避雷针）。

3. 人员组合
本作业项目工作人员共计 6 人。其中工作负责人 1 人（监护人），杆塔上电工 2 人，地面电工 3 人。

4. 工器具配备
110kV 地电位法安装防鸟刺、防鸟网、消雷器（避雷针）工器具配备一览表见表 2-16。

表 2-16　110kV 地电位法安装防鸟刺、防鸟网、消雷器（避雷针）工器具配备一览表

序号	工器具名称		规格、型号	数量	备　注
1	绝缘工具	绝缘传递绳	SCJS-14	1 根	长度视塔高而定
2		绝缘滑车	0.5t	1 只	
3	金属工具	打孔器		1 套	也可采用脚铁连接器固定
4		扭矩扳手		1 把	
5	个人防护用具	安全带（带二防）		2 根	
6		安全帽		6 顶	
7	辅助安全用具	兆欧表	2.5kV 及以上	1 块	电极宽 2cm，极间距 2cm
8		防潮苫布	3m×3m	1 块	
9		温湿度风速仪		1 台	
10		工具袋		1 只	装绝缘工具用

5. 作业程序
按照本次作业现场勘察后编写的现场作业指导书。

（1）工作前工作负责人向调度申请。内容为：本人为工作负责人×××，×年×月×

日需在 110kV ××线路上安装防鸟刺、防鸟网、消雷器（避雷针），本次作业按《国家电网公司电力安全工作规程（电力线路部分）》第 8.1.7 条要求，确定是否停用线路重合闸装置，若遇线路跳闸，不经联系，不得强送。得到调度许可后，核对线路双重名称和杆号。

（2）全体工作成员列队，工作负责人现场宣读工作票、交待工作任务、安全措施和技术措施；查（问）看作业人员的精神状况、着装情况和工器具是否完好齐全。确认危险点和预防措施，明确作业分工以及安全措施及注意事项。

（3）工作人员在地面用兆欧表检测绝缘工具的绝缘电阻，检查需安装的设施是否完好。

（4）杆塔上电工携带绝缘传递绳登塔至横担防鸟刺安装位置，系好安全带，在合适位置挂好绝缘传递绳。

（5）杆塔上电工与地面电工配合传递上打孔器，打好防鸟刺安装孔。

（6）杆塔上电工与地面电工配合传递上防鸟刺，杆塔上电工安装好防鸟刺，按技术要求调整防鸟刺放射方向。

（7）安装完毕，拆除工具并传递至地面，检查杆塔上无遗留物后，汇报工作负责人，得到同意后携带绝缘传递绳下杆塔。

（8）地面电工整理所有工器具和清理现场，工作负责人清点工器具。（防鸟网、消雷器或避雷针安装方法与此相同）。

（9）地面电工整理所有工器具，工作负责人清点工器具和清理现场。

（10）工作负责人向调度汇报。内容为：本人为工作负责人×××，110kV ××线路杆塔上安装防鸟刺（防鸟网、消雷器或避雷针）工作已结束，杆塔上人员已撤离，杆塔、导线上无遗留物，线路设备仍为原状。

6. 安全措施及注意事项

（1）若在海拔 1000m 以上线路上带电作业时，应根据作业区不同海拔高度，修正各类空气间隙、绝缘工具的安全距离和长度、绝缘子片数等，经本单位主管生产领导（总工程师）批准后执行。

（2）本次作业应经现场勘察并编制带电安装防鸟刺的现场作业指导书，经本单位技术负责人或主管生产负责人批准后执行。

（3）作业应在良好天气下进行。如遇雷电（听见雷声、看见闪电）、雪雹、雨雾时不得进行带电作业。风力大于 5 级（10m/s）时，不宜进行作业。

（4）若需在相对空气湿度大于 80%的天气下进行带电作业时，应采用具有防潮性能的绝缘工具。

（5）本次作业工作前应向调度明确：若线路跳闸，不经联系不得强送电。

（6）杆塔上电工与带电体的安全距离不小于 1m。

（7）绝缘承力工具安全长度不小于 1m。

（8）地面绝缘工具应放置在防潮苫布上，作业人员均应戴清洁干燥手套，摇测绝缘电阻值不得小于 700MΩ（电极宽 2cm，极间距 2cm）。

（9）绝缘工具使用前应用干净毛巾进行表面清洁处理，作业人员使用绝缘工具应戴清洁、干燥的手套，以防绝缘工具受潮和污染，收工或转移作业点，应将绝缘工具装在工具袋内。

（10）在杆塔上作业过程中如遇设备突然停电，作业人员应视设备仍然带电。

（11）登高电工上杆塔前，应对登高工具和安全带进行检查和冲击试验，全体作业人员必须戴安全帽。

（12）上、下杆塔或在杆塔上移位时，作业人员必须攀抓牢固构件，且双手不得持带任何器材。

（13）杆塔上作业不得失去安全带的保护。

（14）地面电工严禁在作业点垂直下方逗留，杆塔上电工应防止高空落物，使用的工具、材料应用绳索传递，不得乱扔。

（15）防鸟刺及消雷器等金属工具及材料上下传递时，要控制好尾绳，贴近塔身传递，保证其传递过程中对带电体的安全距离不小于1.0m。

（16）作业人员在杆塔上作业期间，工作监护人应对作业人员进行不间断监护，且不得从事其他工作。

九、110kV 输电线路地电位结合滑车组法带电安装防鸟罩

1. 作业方法

地电位结合滑车组法。

2. 适用范围

适用于110kV直线复合绝缘子安装防鸟罩。

3. 人员组合

本作业项目工作人员共计5人。其中工作负责人1人（监护人），杆塔上电工1人，地面电工3人。

4. 工器具配备

110kV地电位结合滑车组法带电安装防鸟罩工器具配备一览表见表2-17。

表2-17　　110kV地电位结合滑车组法带电安装防鸟罩工器具配备一览表

序号	工器具名称		规格、型号	数量	备　注
1	绝缘工具	绝缘绳套	SCJS–22	2只	
2		绝缘承力工具（绝缘滑车组）	2t	1套	上端有均压环时用
3		导线绝缘保护绳	110kV	1根	上端有均压环时用
4		绝缘传递绳	SCJS–14	1根	配绝缘滑车
5		绝缘操作杆	110kV	1根	
6		绝缘细绳	SCJS–10	1根	上端有均压环时用
7	金属工具	提线器（分裂导线适用）	2t	1只	上端有均压环时用

续表

序号	工器具名称		规格、型号	数量	备 注
8	金属工具	取销器		1 只	上端有均压环时用
9		软铜线	$\phi10mm \times 300mm$	1 根	上端有均压环时用
10	个人防护用具	安全带（带二防）		2 根	
11		安全帽		5 顶	
12	辅助安全用具	兆欧表（或绝缘工具测试仪）	2.5kV 及以上	1 块	电极宽 2cm，极间距 2cm
13		防潮苫布	3m×3m	1 块	
14		温湿度风速仪		1 台	
15		工具袋		2 只	装绝缘工具用

5. 作业程序

按照本次作业现场勘察后编写的现场作业指导书。

（1）工作前工作负责人向调度申请。内容为：本人为工作负责人×××，×年×月×日需在 110kV ××线路杆塔复合绝缘子串上安装防鸟罩，本次作业按《国家电网公司电力安全工作规程（电力线路部分）》第 8.1.7 条要求，确定是否停用线路重合闸装置，若遇线路跳闸，不经联系，不得强送。得到调度许可后，核对线路双重名称和杆号。

（2）全体工作成员列队，工作负责人现场宣读工作票、交待工作任务、安全措施和技术措施；查（问）看作业人员的精神状况、着装情况和工器具是否完好齐全。确认危险点和预防措施，明确作业分工以及安全措施及注意事项。

（3）工作人员在地面用兆欧表检测绝缘工具的绝缘电阻，检查承力工具、需安装的设施是否完好灵活。

（4）杆塔上电工携带绝缘传递绳登杆塔至横担合适位置，系好安全带，在合适位置挂好绝缘传递绳。杆塔上电工与地面电工配合安装好绝缘承力工具和导线保护绳，导线后备保护绳的保护裕度（长度）应控制合理。

（5）杆塔上电工用软铜线将杆塔横担与绝缘子上端均压环短接（先接横担端后接均压环）。随后用绝缘小绳将绝缘子系吊住。

（6）杆塔上电工与地面电工配合提升导线，杆塔上电工拔出复合绝缘子横担侧的锁紧销，使绝缘子脱离横担（下落 100～200mm），松拆开上端均压环，绝缘小绳吊住的绝缘子保持垂直状态。

（7）地面电工与杆塔上电工配合提升导线，恢复复合绝缘子与横担侧的球头连接。

（8）地面电工传递上防鸟罩，杆塔上电工按要求将防鸟罩安装在复合绝缘子上端均压环位置。

（9）杆塔上电工检查锁紧销连接情况，确认连接可靠。

（10）杆塔上电工拆除承力工具及导线保护绳等并传递下杆塔，检查杆塔上无遗留物后，汇报工作负责人，得到同意后携带绝缘传递绳下杆塔。

（11）地面电工整理所有工器具和清理现场，工作负责人清点工器具。

（12）若复合绝缘子上端没有均压环可取消（5）～（7）作业步骤及安装导线提升和保护等工具程序。

（13）工作负责人向调度汇报。内容为：本人为工作负责人×××，110kV ××线路绝缘子串上安装防鸟罩工作已结束，杆塔上人员已撤离，杆塔、导线上无遗留物，线路设备已恢复原状。

6. 安全措施及注意事项

（1）若在海拔 1000m 以上线路上带电作业时，应根据作业区不同海拔高度，修正各类空气间隙、绝缘工具的安全距离和长度、绝缘子片数等，经本单位主管生产领导（总工程师）批准后执行。

（2）本次作业应经现场勘察并编制带电安装防鸟罩的现场作业指导书，经本单位技术负责人或主管生产负责人批准后执行。

（3）作业应在良好天气下进行。如遇雷电（听见雷声、看见闪电）、雪雹、雨雾时不得进行带电作业。风力大于 5 级（10m/s）时，不宜进行作业。

（4）若需在相对空气湿度大于 80% 的天气下进行带电作业时，应采用具有防潮性能的绝缘工具。

（5）本次作业工作前应向调度明确：若线路跳闸，不经联系不得强送电。

（6）杆塔上电工与带电体的安全距离不小于 1m。

（7）绝缘承力工具安全长度不小于 1m，绝缘操作杆的有效长度不小于 1.3m。

（8）绝缘承力工具受力后，须经检查确认安全可靠后方可脱离绝缘子串。本次作业必须加装导线后备保护绳。

（9）杆塔上电工必须用专用软铜线短接均压环和横担，应先连接横担侧后均压环，短接后方可接触绝缘上端部，以防止感应电伤人。

（10）地面绝缘工具应放置在防潮苫布上，作业人员均应戴清洁干燥手套，摇测绝缘电阻值不得小于 700MΩ（电极宽 2cm，极间距 2cm）。

（11）绝缘工具使用前应用干净毛巾进行表面清洁处理，作业人员使用绝缘工具应戴清洁、干燥的手套，以防绝缘工具受潮和污染，收工或转移作业点，应将绝缘工具装在工具袋内。

（12）在杆塔上作业过程中如遇设备突然停电，作业人员应视设备仍然带电。

（13）登高电工上杆塔前，应对登高工具和安全带进行检查和冲击试验，全体作业人员必须戴安全帽。

（14）上、下杆塔或在杆塔上移位时，作业人员必须攀抓牢固构件，且双手不得持带任何器材。

（15）杆塔上作业不得失去安全带的保护。

（16）地面电工严禁在作业点垂直下方逗留，杆塔上电工应防止高空落物，使用的工具、材料应用绳索传递，不得乱扔。

（17）作业人员在杆塔上作业期间，工作监护人应对作业人员进行不间断监护，且不得从事其他工作。

第四节　110kV 导、地 线

一、110kV 输电线路等电位结合绝缘软梯法带电修补导线

1. 作业方法

等电位结合绝缘软梯法。

2. 适用范围

适用于修补 110kV 线路导线断股。

3. 人员组合

本作业项目工作人员共计 5 人。其中工作负责人 1 人（监护人），等电位电工 1 人，地面电工 3 人。

4. 工器具配备

110kV 等电位结合绝缘软梯法带电修补导线工器具配备一览表见表 2-18。

表 2-18　　　110kV 等电位结合绝缘软梯法带电修补导线工器具配备一览表

序号	工器具名称		规格、型号	数量	备　注
1	绝缘工具	抛绳器		1 套	
2		绝缘绳	SCJS-4	1 根	抛挂导引绝缘传递绳
3		绝缘绳	SCJS-10	1 根	人身防坠落控制用
4		绝缘软梯	110kV	1 套	长度视塔高而定
5		绝缘传递绳	SCJS-14	1 根	配绝缘滑车
6	金属工具	导线液压器		1 台	
7		平锉刀		1 把	
8	个人防护用品	安全带（带二防）		1 根	
9		安全帽		5 顶	
10		屏蔽服		1 套	
11		导电鞋		1 双	
12	辅助安全用具	兆欧表（或绝缘工具测试仪）	2.5kV 及以上	1 块	电极宽 2cm，极间距 2cm
13		防潮苫布	3m×3m	1 块	
14		万用表		1 块	检测屏蔽服导通用
15		温湿度风速仪		1 台	
16		工具袋		2 只	装绝缘工具用

5. 作业程序

按照本次作业现场勘察后编写的现场作业指导书。

（1）工作前工作负责人向调度申请。内容为：本人为工作负责人×××，×年×月×日需在 110kV ××线路上带电修补导线，本次作业按《国家电网公司电力安全工作规程（电力线路部分）》第 8.1.7 条要求，确定是否停用线路重合闸装置，若遇线路跳闸，不经联系，不得强送。得到调度许可后，核对线路双重名称和杆号。

（2）全体工作成员列队，工作负责人现场宣读工作票、交待工作任务、安全措施和技术措施；查（问）看作业人员的精神状况、着装情况和工器具是否完好齐全。确认危险点和预防措施，明确作业分工以及安全措施及注意事项。

（3）工作人员在地面用兆欧表检测绝缘工具的绝缘电阻，检查绝缘软梯等是否完好，屏蔽服不得有破损、孔洞和毛刺状等缺陷。

（4）地面电工采用抛绳器将细绝缘绳抛过导线，随后拉升带有跟头滑车的绝缘传递绳挂在导线上。

（5）地面电工用绝缘传递绳将绝缘软梯悬挂在导线上，冲击试验绝缘软梯悬挂情况。

（6）等电位电工穿着全套屏蔽服（包括帽、衣裤、手套、袜和导电鞋），系好防坠落保护绳，地面电工负责检查袜裤、裤衣、袖和手套的连接是否完好，用兆欧表测试袜对手套间的连接导通是否良好。

（7）地面电工控制绝缘软梯尾部和防坠保护绳，等电位电工攀登绝缘软梯至导线下方 0.6m 处左右，向工作负责人申请进入等电位，得到工作负责人同意后，迅速进入等电位，在导线上系好安全带后，才能解除防坠后备保护绳。

（8）若导线在同一处损伤的程度使导线强度损失部分超过总拉断力的 5%且截面积损伤部分不超过总导电部分截面积的 7%，用缠绕或补修预绞丝修补。若导线损伤面积为铝总面积的 25%~60%时应采用 C 型补修材料（预绞式接续条、加长型补修管）补修。若导线损伤面积为铝总面积的 60%以上时，采用全张力预绞式接续条补修。

（9）若导线在同一处损伤的程度使导线强度损失部分超过总拉断力的 5%但不足 17%，且截面积损伤部分不超过总导电部分截面积的 25%，用补修管修补。

（10）缠绕修补时应将受伤处线股处理平整；缠绕材料应为铝单丝，缠绕应紧密，回头应绞紧，处理平整，其中心应位于损伤最严重处，并应将受伤部分全部覆盖，其长度不得小于 100mm。

（11）采用预绞丝修补应将受伤处线股处理平整；补修预绞丝长度不得小于 3 个节距，其中心应位于损伤最严重处并将其全部覆盖。

（12）采用补修管修补应将损伤处的线股先恢复原绞制状态，线股处理平整，补修管的中心应位于损伤最严重处，补修的范围应位于管内各 20mm。

（13）地面电工配合等电位电工将清洗好的补修管、装配好压模和机动液压泵的压钳吊至损伤导线处，等电位电工将导线连同补修管放入压接钳内，逐一对模压接。

（14）压接完成后，等电位电工用游标卡尺检验确认六边形的三个对边距符合下列标准：在同一模的六边形中，只允许其中有一个对边距达到公式 $S=0.866\times0.993D+0.2$（mm）的最大计算值。测量超过应查明原因，另行处理。最后铲除补修管的飞边毛刺，完成修补工作。

（15）采用全张力预绞式接续条补修时，损伤处铝股应剪平整，填充条应填实，且填充条外径应与导线外径相似，接续条应平整、均匀，其中心应位于损伤最严重处并将其全部覆盖。

（16）修补完毕后，地面电工控制好后备保护绳，等电位电工先系好防坠后备保护绳后，解开安全腰带，沿绝缘软梯下退至人站直并手抓导线，向工作负责人申请脱离强电场，许可后迅速脱离强电场，平稳下绝缘软梯至地面。

（17）地面电工拆除工具及防坠保护措施，整理所有工器具和清理现场，工作负责人清点工器具。

（18）工作负责人向调度汇报。内容为：本人为工作负责人×××，110kV 线路带电修补导线工作已结束，杆塔上人员已撤离，杆塔、导线上无遗留物，线路设备已恢复原状。

6. 安全措施及注意事项

（1）若在海拔 1000m 以上线路上带电作业时，应根据作业区不同海拔高度，修正各类空气间隙、绝缘工具的安全距离和长度、绝缘子片数等，经本单位主管生产领导（总工程师）批准后执行。

（2）本次作业应经现场勘察并编制带电修补导线的现场作业指导书，经本单位技术负责人或主管生产负责人批准后执行。

（3）作业应在良好天气下进行。如遇雷电（听见雷声、看见闪电）、雪雹、雨雾时不得进行带电作业。风力大于 5 级（10m/s）时，不宜进行作业。

（4）若需在相对空气湿度大于 80%的天气下进行带电作业时，应采用具有防潮性能的绝缘工具。

（5）本次作业工作前应向调度明确：若线路跳闸，不经联系不得强送电。

（6）地面绝缘工具应放置在防潮苫布上，作业人员均应戴清洁干燥手套，摇测绝缘电阻值不得小于 700MΩ（电极宽 2cm，极间距 2cm）。

（7）等电位电工应穿戴全套的屏蔽服、导电鞋，且各部分连接良好，用万用表检测其连接导通是否完好，屏蔽服内不得贴身穿着化纤类衣服。

（8）绝缘工具使用前应用干净毛巾进行表面清洁处理，作业人员使用绝缘工具应戴清洁、干燥的手套，以防绝缘工具受潮和污染，收工或转移作业点，应将绝缘工具装在工具袋内。

（9）在作业过程中如遇设备突然停电，作业人员应视设备仍然带电。

（10）地面电工严禁在作业点垂直下方逗留，杆塔上电工应防止高空落物，使用的工具、材料应用绳索传递，不得乱扔。

（11）等电位作业人员和材料等对相邻导线的最小距离应保持 1.4m 及以上距离。转移电位时人体裸露部分与带电体应保持 0.3m。

（12）悬挂绝缘软梯前应根据导线损伤情况及钢芯型号进行验算损伤导线能否悬挂作业荷载。

（13）采用爆压修补导线时，引爆系统必须用锡箔纸包好屏蔽，以防在强电场下自爆；地面电工在引爆前必须撤到安全区；导爆索、雷管等应有专人分开保管，确保安全；保证爆炸点对地及相间的安全距离大于 2.5m。

（14）登高电工上杆塔前，应对登高工具和安全带进行检查和冲击试验，全体作业人员必须戴安全帽。

（15）上、下杆塔或在杆塔上移位时，作业人员必须攀抓牢固构件，且双手不得持带任何器材。

（16）杆塔上作业不得失去安全带的保护。

（17）作业人员在杆塔上作业期间，工作监护人应对作业人员进行不间断监护，且不得从事其他工作。

二、110kV 输电线路带电位结合绝缘硬竖梯法带电修补导线

1. 作业方法

等电位结合绝缘硬竖梯法。

2. 适用范围

适用于修补 110kV 线路导线断股（不易挂设软梯时）。

3. 人员组合

本作业项目工作人员共计 8 人。其中工作负责人 1 人（监护人），等电位电工 1 人，地面电工 6 人。

4. 工器具配备

110kV 带电位结合绝缘硬竖梯法带电修补导线工器具配备一览表见表 2-19。所需材料有相应导线规格的补修条或全张力螺旋式补修条等。

表 2-19　　110kV 带电位结合绝缘硬竖梯法带电修补导线工器具配备一览表

序号	工器具名称		规格、型号	数量	备　注
1	绝缘工具	抛绳器		1 套	
2		绝缘绳	SCJS–4	1 根	抛挂导引绝缘传递绳
3		绝缘绳	SCJS–10	1 根	人身防坠落控制用
4		绝缘硬竖梯	110kV	1 套	
5		绝缘绳	SCJS–14	若干	绝缘竖梯临时拉线用
6		绝缘传递绳	SCJS–14	1 根	配绝缘滑车
7	金属工具	地锚		若干	
8		导线液压器		1 台	
9		平锉刀		1 把	
10	个人防护用品	安全带（带二防）		1 根	
11		安全帽		8 顶	
12		屏蔽服		1 套	
13		导电鞋		1 双	

续表

序号	工器具名称		规格、型号	数量	备　注
14	辅助安全用具	兆欧表（或绝缘工具测试仪）	2.5kV 及以上	1 块	电极宽 2cm，极间距 2cm
15		防潮苫布	3m×3m	1 块	
16		万用表		1 块	检测屏蔽服导通用
17		温湿度风速仪		1 台	
18		工具袋		2 只	装绝缘工具用

5. 作业程序

按照本次作业现场勘察后编写的现场作业指导书。

（1）工作前工作负责人向调度申请。内容为：本人为工作负责人×××，×年×月×日需在 110kV ××线路上带电修补导线，本次作业按《国家电网公司电力安全工作规程（电力线路部分）》第 8.1.7 条要求，确定是否停用线路重合闸装置，若遇线路跳闸，不经联系，不得强送。得到调度许可后，核对线路双重名称和杆号。

（2）全体工作成员列队，工作负责人现场宣读工作票、交待工作任务、安全措施和技术措施；查（问）看作业人员的精神状况、着装情况和工器具是否完好齐全。确认危险点和预防措施，明确作业分工以及安全措施及注意事项。

（3）工作人员在地面用兆欧表检测绝缘工具的绝缘电阻，检查绝缘软梯等是否完好，屏蔽服不得有破损、孔洞和毛刺状等缺陷。

（4）组装绝缘竖梯（在硬梯高度不够时，可将绝缘梯子下端绑扎立于其他升降设备上，如抱杆、液压升降架等）。但应注意其他升降设备的高度应低于导线 1.5～2m。

（5）当底梯采用抱杆时各段系一层四面临时拉线，不论底梯用什么设备，绝缘硬梯段，每 4～5m 系一层四面临时拉线。

（6）地面电工在导线断股处顺线路起立组合绝缘硬梯，并将四面临时拉线调整，固定在地锚上。

（7）等电位电工穿着全套屏蔽服（包括帽、衣裤、手套、袜和导电鞋），地面电工负责检查袜裤、裤衣、袖和手套的连接是否完好，用兆欧表测试袜对手套间的连接导通是否良好。

（8）地面电工监控好各临时拉线，等电位电工攀登梯至导线下方 0.6m 处左右，向工作负责人申请进入等电位，得到工作负责人许可后，迅速进入等电位，并在导线上系好安全带。

（9）等电位人员打磨导线，检查导线。损伤面积不超过总截面 7% 时，采用预绞丝或铝线补修。当导线损伤面积为总面积的 7%～25% 时应采用修补管或预绞丝补修。若导线损伤面积为铝总面积的 25%～60% 时应采用 C 型补修材料（预绞式接续条、加长型补修管）补修。若导线损伤面积为铝总面积的 60% 以上时，采用全张力预绞式接续条补修。

（10）采用预绞丝或铝线补修时应顺原捻线方向缠绕补修。缠绕修补时应将受伤处线股处理平整；缠绕材料应为铝单丝，缠绕应紧密，回头应绞紧，处理平整，其中心应位于损伤最严重处，并应将受伤部分全部覆盖，其长度不得小于 100mm。

（11）采用预绞丝修补应将受伤处线股处理平整；补修预绞丝长度不得小于 3 个节距，其中心应位于损伤最严重处并将其全部覆盖。

（12）采用补修管修补应将损伤处的线股先恢复原绞制状态，线股处理平整，补修管的中心应位于损伤最严重处，补修的范围应位于管内各 20mm。

（13）地面电工配合等电位电工将清洗好的补修管、装配好压模和机动液压泵的压钳吊至损伤导线处，等电位电工将导线连同补修管放入压接钳内，逐一对模压接。

（14）压接完成后，等电位电工用游标卡尺检验确认六边形的三个对边距符合下列标准：在同一模的六边形中，只允许其中有一个对边距达到公式 $S=0.866\times0.993D+0.2$（mm）的最大计算值。测量超过应查明原因，另行处理。最后铲除补修管的飞边毛刺，完成修补工作。

（15）采用全张力预绞式接续条补修时，损伤处铝股应剪平整，填充条应填实，且填充条外径应与导线外径相似，接续条应平整、均匀，其中心应位于损伤最严重处并将其全部覆盖。

（16）如采用爆压法，等电位电工装上补修管，在管外缠好塑料带和黑胶布。在保护层外缠绕一层导爆索。尾端作成一小鼻儿。将尼龙线穿入鼻内，两头地面控制。等电位电工解开安全腰带，沿绝缘软梯下退至人站直并手抓导线，向工作负责人申请脱离电位，许可后快速脱离电位，平稳下梯至地面，移开绝缘硬梯。地面电工将用锡箔纸屏蔽的雷管拴到尼龙线上，工作负责人命令地面电工点燃导火索并拉住尼龙线两端，把引爆雷管送到补修管处起爆。等电位电工按照 5.8～5.9 步骤再次登梯进入等电位，检查爆压质量。

（17）修补完毕后，等电位电工解开安全腰带，沿绝缘软梯下退至人站直并手抓导线，向工作负责人申请脱离电位，许可后快速脱离电位，平稳下梯至地面。

（18）地面电工拆除工具及防坠落保护措施，整理所有工器具和清理现场，工作负责人清点工器具。

（19）工作负责人向调度汇报。内容为：本人为工作负责人×××，110kV 线路带电修补导线工作已结束，导线上人员已撤离，导线上无遗留物，线路设备已恢复原状。

6. 安全措施及注意事项

（1）若在海拔 1000m 以上线路上带电作业时，应根据作业区不同海拔高度，修正各类空气间隙、绝缘工具的安全距离和长度、绝缘子片数等，经本单位主管生产领导（总工程师）批准后执行。

（2）本次作业应经现场勘察并编制带电修补导线的现场作业指导书，经本单位技术负责人或主管生产负责人批准后执行。

（3）作业应在良好天气下进行。如遇雷电（听见雷声、看见闪电）、雪雹、雨雾时不得进行带电作业。风力大于 5 级（10m/s）时，不宜进行作业。

（4）若需在相对空气湿度大于 80% 的天气下进行带电作业时，应采用具有防潮性能的绝缘工具。

（5）本次作业工作前应向调度明确：若线路跳闸，不经联系不得强送电。

（6）地面绝缘工具应放置在防潮苫布上，作业人员均应戴清洁干燥手套，摇测绝缘电阻值不得小于 700MΩ（电极宽 2cm，极间距 2cm）。

（7）等电位电工应穿戴全套的屏蔽服、导电鞋，且各部分连接良好，用万用表检测其连接导通是否完好，屏蔽服内不得贴身穿着化纤类衣服。

（8）绝缘工具使用前应用干净毛巾进行表面清洁处理，作业人员使用绝缘工具应戴清洁、干燥的手套，以防绝缘工具受潮和污染，收工或转移作业点，应将绝缘工具装在工具袋内。

（9）在作业过程中如遇设备突然停电，作业人员应视设备仍然带电。

（10）地面电工严禁在作业点垂直下方逗留，杆塔上电工应防止高空落物，使用的工具、材料应用绳索传递，不得乱扔。

（11）等电位作业人员和材料等对相邻导线的最小距离应保持 1.4m 及以上距离。转移电位时人体裸露部分与带电体应保持 0.3m。

（12）悬挂绝缘软梯前应根据导线损伤情况及钢芯型号进行验算损伤导线能否悬挂作业荷载。

（13）采用爆压修补导线时，引爆系统必须用锡箔纸包好屏蔽，以防在强电场下自爆；地面电工在引爆前必须撤到安全区；导爆索、雷管等应有专人分开保管，确保安全；保证爆炸点对地及相间的安全距离大于 2.5m。

（14）登高电工上杆塔前，应对登高工具和安全带进行检查和冲击试验，全体作业人员必须戴安全帽。

（15）上、下杆塔或在杆塔上移位时，作业人员必须攀抓牢固构件，且双手不得持带任何器材。

（16）杆塔上作业不得失去安全带的保护。

（17）作业人员在杆塔上作业期间，工作监护人应对作业人员进行不间断监护，且不得从事其他工作。

三、110kV 输电线路中间电位作业法带电处理导线异物

1. 作业方法
中间电位作业法。

2. 适用范围
适用于处理 110kV 线路导线上异物。

3. 人员组合
本作业项目工作人员共计 5 人。其中工作负责人 1 人（监护人），中间位电工 1 人，地面电工 3 人。

4. 工器具配备
110kV 中间电位作业法带电处理导线异物工器具配备一览表见表 2-20。

表 2-20 　　　　　110kV 中间电位作业法带电处理导线异物工器具配备一览表

序号	工器具名称		规格、型号	数量	备 注
1	绝缘工具	绝缘操作杆	$\phi30mm\times2500mm$	1 根	
2		绝缘传递绳	$\phi10mm$	1 根	视作业位置高度而定
3		绝缘滑车	0.5t	1 只	
4		绝缘斗臂车		1 辆	或其他绝缘支撑工具
5	个人防护用具	安全带（带二防）		1 根	
6		安全帽		5 顶	
7	辅助安全用具	兆欧表（或绝缘工具测试仪）	2.5kV 及以上	1 块	电极宽 2cm，极间距 2cm
8		防潮苫布	$3m\times3m$	1 块	
9		温湿度风速仪		1 台	
10		工具袋		2 只	装绝缘工具用

5. 作业程序

按照本次作业现场勘察后编写的现场作业指导书。

（1）工作前工作负责人向调度申请。内容为：本人为工作负责人×××，×年×月×日需在 110kV ××线路上带电处理导线异物，本次作业按《国家电网公司电力安全工作规程（电力线路部分）》第 8.1.7 条要求，确定是否停用线路重合闸装置，若遇线路跳闸，不经联系，不得强送。得到调度许可后，核对线路双重名称和杆号。

（2）全体工作成员列队，工作负责人现场宣读工作票、交待工作任务、安全措施和技术措施；查（问）看作业人员的精神状况、着装情况和工器具是否完好齐全。确认危险点和预防措施，明确作业分工以及安全措施及注意事项。

（3）工作人员在地面用兆欧表检测绝缘工具的绝缘电阻，检查绝缘软梯等是否完好，屏蔽服不得有破损、孔洞和毛刺状等缺陷。

（4）在合适位置支好绝缘斗臂车，中间电位电工携带绝缘传递绳登上绝缘斗臂车。

（5）中间电位电工操作绝缘斗臂车到达合适作业位置。

（6）地面电工传递上绝缘操作杆，中间电位电工用绝缘操作杆处理导线异物。

（7）中间电位电工收好绝缘操作杆，传递下地面后操作绝缘斗臂车平稳回到地面。

（8）地面电工整理所有工器具和清理现场，工作负责人清点工器具。

（9）工作负责人向调度汇报。内容为：本人为工作负责人×××，110kV ××线路带电处理导线异物工作已结束，杆塔上人员已撤离，导线上无遗留物，线路设备已恢复原状。

6. 安全措施及注意事项

（1）若在海拔 1000m 以上线路上带电作业时，应根据作业区不同海拔高度，修正各类空气间隙、绝缘工具的安全距离和长度、绝缘子片数等，经本单位主管生产领导（总工程师）批准后执行。

（2）本次作业应经现场勘察并编制带电处理导线异物的现场作业指导书，经本单位技术负责人或主管生产负责人批准后执行。

（3）作业应在良好天气下进行。如遇雷电（听见雷声、看见闪电）、雪雹、雨雾时不得进行带电作业。风力大于 5 级（10m/s）时，不宜进行作业。

（4）若需在相对空气湿度大于 80% 的天气下进行带电作业时，应采用具有防潮性能的绝缘工具。

（5）本次作业工作前应向调度明确：若线路跳闸，不经联系不得强送电。

（6）地面绝缘工具应放置在防潮苫布上，作业人员均应戴清洁干燥手套，摇测绝缘电阻值不得小于 700MΩ（电极宽 2cm，极间距 2cm）。

（7）等电位电工应穿戴全套的屏蔽服、导电鞋，且各部分连接良好，用万用表检测其连接导通是否完好，屏蔽服内不得贴身穿着化纤类衣服。

（8）绝缘工具使用前应用干净毛巾进行表面清洁处理，作业人员使用绝缘工具应戴清洁、干燥的手套，以防绝缘工具受潮和污染，收工或转移作业点，应将绝缘工具装在工具袋内。

（9）在作业过程中如遇设备突然停电，作业人员应视设备仍然带电。

（10）作业过程中中间电位电工对带电体的安全距离应大于 1.0m，绝缘操作杆的有效长度应大于 1.3m，绝缘臂的有效度应大于 2.0m，绝缘臂下节金属部分在仰起回转过程中对带电体的安全距离应大于 1.5m，工作过程中车体应保证良好接地。

（11）中间电位电工必须保持对邻相导线 1.4m 以上和接地体 1.2m 以上的安全距离。

（12）中间电位电工在攀登绝缘斗臂车前应保证车身支好，各操动机构性能良好。

（13）如果采用其他绝缘支撑方法（如绝缘立梯）进行中间电位作业，进入中间电位前应检查绝缘支撑工具是否牢固稳定。

（14）全体作业人员必须戴安全帽。

（15）等电位电工在绝缘斗臂车上作业不得失去安全带的保护。

（16）作业人员在杆塔上作业期间，工作监护人应对作业人员进行不间断监护，且不得从事其他工作。

四、110kV 输电线路地电位结合绞磨法带电更换孤立挡架空地线

1. 作业方法

地电位结合绞磨法。

2. 适用范围

适用于更换 110kV 线路单回路孤立挡架空地线（导线水平排列）。

3. 人员组合

本作业项目工作人员共计 11 人。其中工作负责人 1 人（监护人），监护人 2 人，杆塔上电工 3 人，地面电工 5 人。

4. 工器具配备

110kV 地电位结合绞磨法带电更换孤立挡架空地线工器具配备一览表见表 2-21。

表 2-21 110kV 地电位结合绞磨法带电更换孤立挡架空地线工器具配备一览表

序号	工器具名称		规格、型号	数量	备 注
1	绝缘工具	绝缘绳套	SCJS–22	2 根	
2		绝缘滑车	0.5t	2 只	
3		绝缘控制绳	SCJS–14	3 根	
4		绝缘传递绳	SCJS–14	2 根	长度视塔高而定
5	金属工具	地线紧线夹头		1 只	
6		金属滑车	1t	2 只	
7		机动绞磨	3t	1 台	
8	个人防护用具	安全带（带二防）		3 根	
9		安全帽		11 顶	
10	辅助安全用具	兆欧表（或绝缘工具测试仪）	2.5kV 及以上	1 块	电极宽 2cm,极间距 2cm
11		防潮苦布	3m×3m	1 块	
12		温湿度风速仪		1 台	
13		工具袋		2 只	装绝缘工具用

5. 作业程序

按照本次作业现场勘察后编写的现场作业指导书。

（1）工作前工作负责人向调度申请。内容为：本人为工作负责人×××，×年×月×日需在 110kV ××线路上带电更换孤立挡架空地线，本次作业按《国家电网公司电力安全工作规程（电力线路部分）》第 8.1.7 条要求，确定是否停用线路重合闸装置，若遇线路跳闸，不经联系，不得强送。得到调度许可后，核对线路双重名称和杆号。

（2）全体工作成员列队，工作负责人现场宣读工作票、交待工作任务、安全措施和技术措施；查（问）看作业人员的精神状况、着装情况和工器具是否完好齐全。确认危险点和预防措施，明确作业分工以及安全措施及注意事项。

（3）工作人员在地面用兆欧表检测绝缘工具的绝缘电阻，检查承力工具是否完好灵活。

（4）将新地线在顺线路挡内展开。

（5）紧线杆塔处，塔上 1 号、2 号电工携带绝缘传递绳登塔至架空地线处，系好安全带，在合适位置挂好绝缘传递绳，地面电工配合传上工具，将 1t 滑车挂在反方向侧杆塔顶部。

（6）沿塔身或塔身内传递上钢丝绳，地面电工控制好钢丝绳下部，将地线紧线夹头牢固卡在旧线上。钢丝绳的另一端通过杆塔脚上转向滑车，缠绕在绞磨的滚筒上。

（7）在被更换挡内地线上沿线挂三根绝缘绳，便于地面电工分段控制地线晃动。

（8）收紧钢丝绳，塔上 1 号、2 号电工拆开地线耐张连接金具，地面电工控制好绝缘控制绳，放松地线使其在导线相间缓慢降落至地面。

（9）挂线杆塔上 3 号电工拆除旧地线连接金具，用绝缘绳将旧地线沿杆塔落至地面，地面电工在新地线上组装楔形线夹，装好防振锤后，吊上新地线，由塔上 3 号电工在挂线杆塔上恢复连接。

（10）紧线杆塔上 1 号、2 号电工按松地线相反程序与地面电工配合收紧新地线，待新地线紧到弧垂合格后，紧线杆塔上 1 号、2 号电工安装耐张线夹和防振锤，恢复新地线的正常连接。

（11）紧线、挂线杆塔电工拆除工具并传递下杆塔，检查杆塔上无遗留物后，汇报工作负责人，得到同意后携带绝缘传递绳下杆塔。

（12）地面电工整理所有工器具和清理现场，工作负责人清点工器具。

（13）工作负责人向调度汇报。内容为：本人为工作负责人×××，110kV ××线路带电更换孤立挡架空地线工作已结束，杆塔上人员已撤离，杆塔、导线上无遗留物，架空地线已恢复原状。

6. 安全措施及注意事项

（1）若在海拔 1000m 以上线路上带电作业时，应根据作业区不同海拔高度，修正各类空气间隙、绝缘工具的安全距离和长度、绝缘子片数等，经本单位主管生产领导（总工程师）批准后执行。

（2）本次作业应经现场勘察并编制带电更换孤立挡架空地线的现场作业指导书，经本单位技术负责人或主管生产负责人批准后执行。

（3）作业应在良好天气下进行。如遇雷电（听见雷声、看见闪电）、雪雹、雨雾时不得进行带电作业。风力大于 5 级（10m/s）时，不宜进行作业。

（4）若需在相对空气湿度大于 80% 的天气下进行带电作业时，应采用具有防潮性能的绝缘工具。

（5）本次作业工作前应向调度明确：若线路跳闸，不经联系不得强送电。

（6）地面绝缘工具应放置在防潮苫布上，作业人员均应戴清洁干燥手套，摇测绝缘电阻值不得小于 700MΩ（电极宽 2cm，极间距 2cm）。

（7）绝缘工具使用前应用干净毛巾进行表面清洁处理，作业人员使用绝缘工具应戴清洁、干燥的手套，以防绝缘工具受潮和污染，收工或转移作业点，应将绝缘工具装在工具袋内。

（8）在作业过程中如遇设备突然停电，作业人员应视设备仍然带电。

（9）地面电工严禁在作业点垂直下方逗留，防止高空落物。

（10）地线起落过程中必须保证对带电导线有足够的安全距离（满足《安规》规定的在带电线路杆塔上工作的安全距离）。

（11）松紧地线的过程中应平稳，地面电工控制好绝缘控制绳，严防地线在松紧过程中弹跳与晃动。

（12）紧线工具应良好接地。

（13）登高电工上杆塔前，应对登高工具和安全带进行检查和冲击试验，全体作业人员必须戴安全帽。

（14）上、下杆塔或在杆塔上移位时，作业人员必须攀抓牢固构件，且双手不得持带任

何器材。

（15）杆塔上作业不得失去安全带的保护。

（16）作业人员在杆塔上作业期间，工作监护人应对作业人员进行不间断监护，且不得从事其他工作。

五、110kV 输电线路地电位结合绝缘软梯法带电处理架空地线轻微损伤

1. 作业方法

地电位结合绝缘软梯法。

2. 适用范围

适用于 110kV 线路 GJ-70 及以上非绝缘架空地线轻微损伤者。

3. 人员组合

本作业项目工作人员共计 5 人。其中工作负责人 1 人（监护人），杆塔上电工 2 人，地面电工 2 人。

4. 工器具配备

110kV 地电位结合绝缘软梯法带电处理架空地线轻微损伤工器具配备一览表见表 2-22。

表 2-22　110kV 地电位结合绝缘软梯法带电处理架空地线轻微损伤工器具配备一览表

序号	工器具名称		规格、型号	数量	备　注
1	绝缘工具	绝缘软梯	110kV	1 副	长度视塔高而定
2		绝缘传递绳	SCJS-14	1 根	配绝缘滑车
3	金属工具	软梯头		1 个	
4		架空地线专用接地线		1 根	绝缘架空地线用
5	个人防护用品	安全带（带二防）		2 根	
6		高强度绝缘绳		1 根	人身防坠落控制用
7		安全帽		5 顶	
8	辅助安全用具	兆欧表（或绝缘工具测试仪）	2.5kV 及以上	1 块	电极宽 2cm，极间距 2cm
9		防潮苫布	3m×3m	1 块	
10		测湿风速仪		1 台	
11		工具袋		2 只	装绝缘工具用

5. 作业程序

按照本次作业现场勘察后编写的现场作业指导书。

（1）工作前工作负责人向调度申请。内容为：本人为工作负责人×××，×年×月×日需在 110kV ××线路上带电处理架空地线损伤，本次作业按《国家电网公司电力安全工

作规程（电力线路部分）》第8.1.7条要求，确定是否停用线路重合闸装置，若遇线路跳闸，不经联系，不得强送。得到调度许可后，核对线路双重名称和杆号。

（2）全体工作成员列队，工作负责人现场宣读工作票、交待工作任务、安全措施和技术措施；查（问）看作业人员的精神状况、着装情况和工器具是否完好齐全。确认危险点和预防措施，明确作业分工以及安全措施及注意事项。

（3）工作人员在地面用兆欧表检测绝缘工具的绝缘电阻，检查承力工具是否齐全完好。

（4）塔上1号电工携带绝缘传递绳登上塔顶，系好安全带，在合适位置挂好绝缘传递绳，检查地线锈蚀情况，2号电工随后登塔。

（5）若是绝缘架空地线时，杆塔上1号电工在2号电工的监护下，在不工作的绝缘架空地线另一侧挂好专用接地线；地面电工传递上绝缘软梯，杆塔上1号、2号电工配合在地线上挂好绝缘软梯。并在软梯头上绑好控制绝缘软梯移动的绝缘绳。

（6）杆塔上1号电工拉紧绝缘控制绳，塔上2号电工系好防坠后备保护绳后，与地面电工配合冲击试验防坠保护绳，确认完好后登上绝缘软梯，杆塔上1号电工放松绝缘控制绳，使绝缘软梯渐渐滑出至断股处。

（7）杆塔上2号电工用补修预绞丝对损伤处进行补修。

（8）杆塔上1号电工拉绝缘控制绳，协助塔上2号电工滑回杆塔处，杆塔上2号电工脱离绝缘软梯。

（9）杆塔上电工拆除工具及防坠保护绳并传递至杆塔下，检查杆塔上无遗留物后，汇报工作负责人，得到同意后携带绝缘传递绳下杆塔。

（10）地面电工整理所有工器具和清理现场，工作负责人清点工器具。

（11）工作负责人向调度汇报。内容为：本人为工作负责人×××，110kV ××线路带电处理架空地线损伤工作已结束，杆塔上人员已撤离，杆塔、地线上无遗留物，线路设备已恢复原状。

6. 安全措施及注意事项

（1）若在海拔1000m以上线路上带电作业时，应根据作业区不同海拔高度，修正各类空气间隙、绝缘工具的安全距离和长度、绝缘子片数等，经本单位主管生产领导（总工程师）批准后执行。

（2）本次作业应经现场勘察并编制带电处理架空地线轻微损伤的现场作业指导书，经本单位技术负责人或主管生产负责人批准后执行。

（3）作业应在良好天气下进行。如遇雷电（听见雷声、看见闪电）、雪雹、雨雾时不得进行带电作业。风力大于5级（10m/s）时，不宜进行作业。

（4）若需在相对空气湿度大于80%的天气下进行带电作业时，应采用具有防潮性能的绝缘工具。

（5）本次作业工作前应向调度明确：若线路跳闸，不经联系不得强送电。

（6）地面绝缘工具应放置在防潮苫布上，作业人员均应戴清洁干燥手套，摇测绝缘电阻值不得小于700MΩ（电极宽2cm，极间距2cm）。

（7）绝缘工具使用前应用干净毛巾进行表面清洁处理，作业人员使用绝缘工具应戴清洁、干燥的手套，以防绝缘工具受潮和污染，收工或转移作业点，应将绝缘工具装在工具袋内。

（8）在作业过程中如遇设备突然停电，作业人员应视设备仍然带电。

（9）地面电工严禁在作业点垂直下方逗留，防止高空落物。

（10）登高电工上杆塔前，应对登高工具和安全带进行检查和冲击试验，全体作业人员必须戴安全帽。

（11）上、下杆塔或在杆塔上移位时，作业人员必须攀抓牢固构件，且双手不得持带任何器材。

（12）杆塔上作业不得失去安全带的保护。

（13）地线一处断多股或同一档内多处断股，以及锈蚀严重时，严禁使用本办法。

（14）补修预绞丝过长时，上下传递时应平行于导线传递且保持与带电体 1.0m 以上安全距离，防止引起引间或人体与带电体之间放电。

（15）出线补修架空地线作业，应按损伤程度、人员荷载等进行架空地线强度、弧垂等验算。当地线锈蚀严重或经验算工作人员与带电体的安全距离不够时严禁使用。

（16）沿软梯出架空地线时，人体及软梯头对下方带电导线的距离应大于 1.5m 以上安全距离。

（17）作业人员在杆塔上作业期间，工作监护人应对作业人员进行不间断监护，且不得从事其他工作。

六、110kV 输电线路地电位结合绝缘硬梯法带电进行架空地线断股补强

1. 作业方法

地电位结合绝缘硬梯法。

2. 适用范围

适用于 110kV 线路架空地线损伤严重的情况下（导线水平排列）。

3. 人员组合

本作业项目工作人员共计 15 人。其中工作负责人 1 人（监护人），杆塔上电工 1 人，补强电工 1 人，地面电工 12 人。

4. 工器具配备

110kV 地电位结合绝缘硬梯法带电进行架空地线断股补强工器具配备一览表见表 2-23。

表 2-23　110kV 地电位结合绝缘硬梯法带电进行架空地线断股补强工器具配备一览表

序号	工器具名称		规格、型号	数量	备　注
1	绝缘工具	绝缘硬竖梯		若干	视工作点高度选择
2		绝缘临时拉线	SCJS–14	若干	视绝缘硬梯高度选择
3		绝缘控制绳	SCJS–14	3 根	拉开导线线间距离用
4		绝缘传递绳	SCJS–14	1 根	配绝缘滑车
5	金属工具	地锚		若干	视绝缘临时拉线选择
6		升降设备		1 套	根据现场需要

续表

序号	工器具名称		规格、型号	数量	备 注
7	个人防护用具	安全带（带二防）		2 根	
8		安全帽		15 顶	
9		静电防护服或屏蔽服		2 套	
10	辅助安全用具	兆欧表（或绝缘工具测试仪）	2.5kV 及以上	1 块	电极宽 2cm，极间距 2cm
11		防潮苫布	3m×3m	1 块	
12		测湿风速仪		1 台	
13		工具袋		2 只	装绝缘工具用

5. 作业程序

按照本次作业现场勘察后编写的现场作业指导书。

（1）工作前工作负责人向调度申请。内容为：本人为工作负责人×××，×年×月×日需在 110kV ××线路上带电进行架空地线断股补强，本次作业按《国家电网公司电力安全工作规程（电力线路部分）》第 8.1.7 条要求，确定是否停用线路重合闸装置，若遇线路跳闸，不经联系，不得强送。得到调度许可后，核对线路双重名称和杆号。

（2）全体工作成员列队，工作负责人现场宣读工作票、交待工作任务、安全措施和技术措施；查（问）看作业人员的精神状况、着装情况和工器具是否完好齐全。确认危险点和预防措施，明确作业分工以及安全措施及注意事项。

（3）工作人员在地面用兆欧表检测绝缘工具的绝缘电阻，检查绝缘硬竖梯等工具是否齐全完好，屏蔽服不得有破损、孔洞和毛刺状等缺陷。

（4）组装绝缘硬竖梯（在硬竖梯高度不够时，可将绝缘梯子下端绑扎立于其他升降设备上，如抱杆、液压升降架等。）但应注意其他升降设备的高度应低于导线 3m。

（5）杆塔上电工登塔至横担，将绝缘硬竖梯所需绝缘绳分别抛到中相与需修补地线侧边线导线上，由地面电工将绝缘绳拉至地线断股处下方，杆塔上电工下杆塔（也可采用射绳枪在地面绝缘硬竖梯组立处发射挂绝缘绳）。

（6）当底梯采用抱杆时各段系一层四面临时拉线，不论底梯用什么设备，绝缘硬梯段，每 4~5m 系一层四面临时拉线。

（7）地面电工将两相导线上的绝缘绳均匀分开导线，其余电工配合顺线路起立组合绝缘硬竖梯，并将四面临时拉线调整固定在地锚上。

（8）登梯补强电工系好防坠落保护绳后登梯至地线断股处，进行补强处理。

（9）工作完成后，补强电工向工作负责人汇报，得到许可后平稳下梯至地面。

（10）地面电工整理所有工器具和清理现场，工作负责人清点工器具。

（11）工作负责人向调度汇报。内容为：本人为工作负责人×××，110kV 线路带电进行架空地线断股补强工作已结束，杆塔上人员已撤离，杆塔、导地线上无遗留物，线路设备已恢复原状。

6. 安全措施及注意事项

（1）若在海拔 1000m 以上线路上带电作业时，应根据作业区不同海拔高度，修正各类空气间隙、绝缘工具的安全距离和长度、绝缘子片数等，经本单位主管生产领导（总工程师）批准后执行。

（2）本次作业应经现场勘察并编制带电修补地线的现场作业指导书，经本单位技术负责人或主管生产负责人批准后执行。

（3）作业应在良好天气下进行。如遇雷电（听见雷声、看见闪电）、雪雹、雨雾时不得进行带电作业。风力大于 5 级（10m/s）时，不宜进行作业。

（4）若需在相对空气湿度大于 80%的天气下进行带电作业时，应采用具有防潮性能的绝缘工具。

（5）本次作业工作前应向调度明确：若线路跳闸，不经联系不得强送电。

（6）地面绝缘工具应放置在防潮苫布上，作业人员均应戴清洁干燥手套，摇测绝缘电阻值不得小于 700MΩ（电极宽 2cm，极间距 2cm）。

（7）补强电工可穿戴全套合格的屏蔽服（包括帽、衣裤、手套、袜和鞋），且各部分连接良好。

（8）绝缘工具使用前应用干净毛巾进行表面清洁处理，作业人员使用绝缘工具应戴清洁、干燥的手套，以防绝缘工具受潮和污染，收工或转移作业点，应将绝缘工具装在工具袋内。

（9）在作业过程中如遇设备突然停电，作业人员应视设备仍然带电。

（10）地面电工严禁在作业点垂直下方逗留，杆塔上电工应防止高空落物，使用的工具、材料应用绳索传递，不得乱扔。

（11）梯上电工、补强电工及材料对带电体的最小距离应大于 1.5m。

（12）若是绝缘架空地线时，保持对其安全距离大于 0.4m，作业前应采用专用接地线将其短接。

（13）起立绝缘硬竖梯时底部应严格控制牢固，除立梯电工外，其他人员应在梯高 1.2 倍以外处工作。梯子绝缘临时拉线未固定牢靠时，严禁登梯作业。

（14）绝缘硬竖梯高度不够时，若将绝缘梯子下端绑扎立于其他升降设备上，如抱杆、液压升降架等时，应注意其他升降设备的高度必须低于导线 3m。

（15）地线补修员工登梯时，从导线线间间距穿越时，保持两侧导线对登梯员工的安全距离 1.4m。

（16）登高电工上杆塔前，应对登高工具和安全带进行检查和冲击试验，全体作业人员必须戴安全帽。

（17）上、下杆塔或在杆塔上移位时，作业人员必须攀抓牢固构件，且双手不得持带任何器材。

（18）杆塔上及绝缘硬竖梯上作业不得失去安全带的保护。

（19）作业人员在杆塔上作业期间，工作监护人应对作业人员进行不间断监护，且不得从事其他工作。

第五节 110kV 检 测

一、110kV 输电线路地电位法采用分布电压或绝缘电阻法带电检测零值瓷质绝缘子

1. 作业方法

地电位法采用分布电压或绝缘电阻法（或劣质绝缘子检测仪检测法）。

2. 适用范围

适用于 110kV 输电线路瓷质绝缘子的零值检测工作。

3. 人员组合

本作业项目工作人员共计 3 人。其中工作负责人（监护人）1 人，杆塔上电工 1 人，地面电工 1 人。

4. 工器具配备

110kV 地电位法采用分布电压或绝缘电阻法带电检测零值瓷质绝缘子工器具配备一览表见表 2-24。

表 2-24 110kV 地电位法采用分布电压或绝缘电阻法带电检测零值瓷质绝缘子工器具配备一览表

序号	工器具名称		规格、型号	数量	备 注
1	绝缘工具	绝缘测零杆	$\phi30\times2500$	1 根	
2		绝缘滑车	0.5t	1 只	
3		绝缘传递绳	SCJS-10	1 根	视作业杆塔高度而定
4	金属工具	瓷质绝缘子检测装置	110kV	1 套	瓷质绝缘子用
5	个人防护工具	安全带（带二防）		1 根	备用一根
6		安全帽		3 顶	
7	辅助安全工具	兆欧表（或绝缘工具测试仪）	2.5kV 及以上	1 块	电极宽 2cm，极间距 2cm
8		防潮苫布	3m×3m	1 块	
9		塞尺		1 把	检测火花间隙用
10		测湿风速仪		1 台	
11		工具袋		1 只	装绝缘工具用
12		脚扣		1 副	混凝土杆用

注 瓷质绝缘子检测装置包括分布电压、绝缘电阻、火花间隙等，采用火花间隙测零时，每次检测前应用专用塞尺按 DL 415 要求测量间隙尺寸。

5. 作业程序

按照本次作业现场勘察后编写的现场作业指导书。

（1）工作前工作负责人向调度申请。内容为：本人为工作负责人×××，×年×月×

日需在 110kV ××线路上带电检测零值瓷质绝缘子，本次作业按《国家电网公司电力安全工作规程（电力线路部分）》第 8.1.7 条要求，确定是否停用线路重合闸装置，若遇线路跳闸，不经联系，不得强送。得到调度许可后，核对线路双重名称和杆号。

（2）全体工作成员列队，工作负责人现场宣读工作票、交待工作任务、安全措施和技术措施；查（问）看作业人员的精神状况、着装情况和工器具是否完好齐全。确认危险点和预防措施，明确作业分工以及安全措施及注意事项。

（3）工作人员在地面用兆欧表检测绝缘工具的绝缘电阻、用塞尺检查火花间隙的间距是否符合要求。若采用分布电压或绝缘电阻检测仪应检查电源、声音的情况是否完好。

（4）杆塔上电工携带绝缘传递绳登塔至横担处，系好安全带，将绝缘滑车及绝缘传递绳悬挂在适当的位置。

（5）地面电工将瓷质绝缘子检测装置与绝缘操作杆组装好后，用绝缘传递绳传递给杆塔上电工。

（6）杆塔上电工从导线侧第一片绝缘子开始，按顺序逐片向横担侧测量，将每片绝缘子的分布电压值或绝缘电阻值报告地面工作负责人，地面电工做好记录并核对标准分布电压值或绝缘电阻值，以确定绝缘子是否低零值。

（7）按相同的方法进行其他两相绝缘子检测。

（8）三相绝缘子检测完毕，杆塔上电工与地面电工配合，将瓷质绝缘子检测装置及绝缘操作杆传递至地面。

（9）杆塔上电工检查确认杆塔上无遗留物后，汇报工作负责人，得到同意后系携带绝缘传递绳下杆塔。

（10）地面电工整理所用工器具和清理现场，工作负责人清点工器具。

（11）工作负责人向调度汇报。内容为：本人为工作负责人×××，110kV ××线路带电检测零值瓷质绝缘子工作已结束，杆塔上人员已撤离，杆塔、导地线上无遗留物，线路设备仍为原状。

6. 安全措施及注意事项

（1）若在海拔 1000m 以上线路上带电作业时，应根据作业区不同海拔高度，修正各类空气间隙、绝缘工具的安全距离和长度、绝缘子片数等，经本单位主管生产领导（总工程师）批准后执行。

（2）本次作业应经现场勘察并编制带电检测绝缘子零值的现场作业指导书，经本单位技术负责人或主管生产负责人批准后执行。

（3）作业应在良好天气下进行。如遇雷电（听见雷声、看见闪电）、雪雹、雨雾时不得进行带电作业。风力大于 5 级（10m/s）时，不宜进行作业。

（4）若需在相对空气湿度大于 80%的天气下进行带电作业时，应采用具有防潮性能的绝缘工具。

（5）本次作业工作前应向调度明确：若线路跳闸，不经联系不得强送电。

（6）杆塔上电工与带电体的安全距离不小于 1m。

（7）绝缘传递绳安全长度不小于 1m，绝缘操作杆的有效长度不小于 1.3m。

（8）地面绝缘工具应放置在防潮苫布上，作业人员均应戴清洁干燥手套，摇测绝缘电阻值不得小于 700MΩ（电极宽 2cm，极间距 2cm）。

（9）绝缘工具使用前应用干净毛巾进行表面清洁处理，作业人员使用绝缘工具应戴清洁、干燥的手套，以防绝缘工具受潮和污染，收工或转移作业点，应将绝缘工具装在工具袋内。

（10）登高电工上杆塔前，应对登高工具和安全带进行检查和冲击试验，全体作业人员必须戴安全帽。

（11）上、下杆塔、塔上移位时，作业人员必须攀抓牢固构件，且双手不得持带任何器材。

（12）杆塔上作业不得失去安全带的保护。

（13）地面电工严禁在作业点垂直下方逗留，杆塔上电工应防止高空落物，使用的工具、材料应用绳索传递，不得乱扔。

（14）作业前应校核调整火花间隙距离，间隙放电电压参考数：1mm–2kV，1.5mm–2.5kV，2mm–3kV，3mm–4kV。间隙距离的数值一般在 1～3mm，以每串绝缘子中间靠横担处的绝缘子有轻微放电声的间隙距离为基准进行调整。

（15）检侧时当同一串中的零值绝缘子达到 3 片时（绝缘子片数超过 7 片时相应增加），应立即停止检侧。

（16）作业人员在杆塔上作业期间，工作监护人应对作业人员进行不间断监护，且不得从事其他工作。

二、110kV 输电线路地电位法带电检测复合绝缘子憎水性

1. 作业方法
地电位法。

2. 适用范围
适用于 110kV 输电线路硅橡胶复合绝缘子检测工作。

3. 人员组合
本作业项目工作人员共计 4 人。其中工作负责人（兼监护人）1 人，杆塔上电工 2 人，地面电工 1 人。

4. 工器具配备
110kV 地电位法带电检测复合绝缘子憎水性工器具配备一览表见表 2-25。

表 2-25　　110kV 地电位法带电检测复合绝缘子憎水性工器具配备一览表

序号	工器具名称		规格、型号	数量	备　注
1	绝缘工具	绝缘操作杆便携式电动喷水装置		1 套	复合绝缘子憎水性检测仪
2		绝缘滑车	0.5t	1 只	
3		绝缘传递绳	SCJS–10	1 根	视作业杆塔高度而定
4	个人防护工具	安全带（带二防）		2 根	备用 1 根
5		安全帽		4 顶	

序号	工器具名称		规格、型号	数量	备　注
6	辅助安全工具	兆欧表（或绝缘工具测试仪）	2.5kV 及以上	1 块	电极宽 2cm，极间距 2cm
7		防潮苫布	3m×3m	1 块	
8		温湿度仪		1 台	
9		数码照相机	800 万像素	1 部	
10		计算机（安装专用分析软件）	便携式	1 台	
11		温湿度风速仪		1 台	
12		工具袋		1 只	装绝缘工具用
13		脚扣		1 副	混凝土杆用

5. 作业程序

按照本次作业现场勘察后编写的现场作业指导书。

（1）工作前工作负责人向调度申请。内容为：本人为工作负责人×××，×年×月×日需在 110kV ××线路上带电检测复合绝缘子憎水性，本次作业按《国家电网公司电力安全工作规程（电力线路部分）》第 8.1.7 条要求，确定是否停用线路重合闸装置，若遇线路跳闸，不经联系，不得强送。得到调度许可后，核对线路双重名称和杆号。

（2）全体工作成员列队，工作负责人现场宣读工作票、交待工作任务、安全措施和技术措施；查（问）看作业人员的精神状况、着装情况和工器具是否完好齐全。确认危险点和预防措施，明确作业分工以及安全措施及注意事项。

（3）地面电工检测绝缘工具的绝缘电阻是否符合要求，调节好喷嘴喷射角。

（4）杆塔上 1 号电工携带绝缘传递绳登塔至横担处，系好安全带，将绝缘滑车及绝缘传递绳悬挂在适当的位置。

（5）地面电工将便携式电动喷水装置与绝缘操作杆组装好后传递给塔上 1 号电工。

（6）杆塔上 2 号电工携带数码照相机，登塔至适当的位置。

（7）杆上两名电工在横担或靠近横担处各自选择适当的位置（便于喷水和数码照相）。

（8）杆塔上 1 号电工调节喷淋的方向，使其与待检测的复合绝缘子伞裙尽可能垂直，使便携式电动喷淋装置的喷嘴距复合绝缘子伞裙约 25 cm 的位置。

（9）杆塔上 1 号电工开始对需检测的复合绝缘子伞裙表面喷淋，时间持续 20～30s，喷射频率为 1 次/s。

（10）杆塔上 2 号电工在喷淋结束 30s 内完成照片的拍摄及观察水珠的变化情况，判断水珠的迁移性。

（11）按相同的方法进行其他两相的复合绝缘子喷淋检测。

（12）三相复合绝缘子检测完毕，塔上 1 号电工与地面电工配合，将便携式电动喷水装置及绝缘操作杆传递至地面。

（13）杆塔上 2 号电工携带数码照相机下杆至地面。

（14）杆塔上 1 号电工检查确认杆塔上无遗留物后，汇报工作负责人，得到同意后系携带绝缘传递绳下杆塔。

（15）地面电工整理所用工器具和清理现场，工作负责人清点工器具。

（16）用 USB 数据线将计算机与数码照相机连接，将拍摄到的图片导入计算机，并通过专用的憎水性分析软件进行憎水性状态的分析判断，存储判断结果，记录检测时的携带景信息。

（17）工作负责人向调度汇报。内容为：本人为工作负责人×××，110kV ××线路带电检测零值瓷质绝缘子工作已结束，杆塔上人员已撤离，杆塔、导地线上无遗留物，线路设备仍为原状。

6. 安全措施及注意事项

（1）若在海拔 1000m 以上线路上带电作业时，应根据作业区不同海拔高度，修正各类空气间隙、绝缘工具的安全距离和长度、绝缘子片数等，经本单位主管生产领导（总工程师）批准后执行。

（2）本次作业应经现场勘察并编制带电检测复合绝缘子憎水性的现场作业指导书，经本单位技术负责人或主管生产负责人批准后执行。

（3）作业应在良好天气下进行。如遇雷电（听见雷声、看见闪电）、雪雹、雨雾时不得进行带电作业。风力大于 5 级（10m/s）时，不宜进行作业。

（4）由于是带电检测硅橡胶憎水性作业，若相对空气湿度大于 80%时，硅橡胶伞裙已潮湿，因此要求在连续天气晴朗后才能检测。

（5）本次作业工作前应向调度明确：若线路跳闸，不经联系不得强送电。

（6）杆塔上电工与带电体的安全距离不小于 1m。

（7）绝缘传递绳安全长度不小于 1m，绝缘操作杆的有效长度不小于 1.3m。

（8）地面绝缘工具应放置在防潮苫布上，作业人员均应戴清洁干燥手套，摇测绝缘电阻值不得小于 700MΩ（电极宽 2cm，极间距 2cm）。

（9）绝缘工具使用前应用干净毛巾进行表面清洁处理，作业人员使用绝缘工具应戴清洁、干燥的手套，以防绝缘工具受潮和污染，收工或转移作业点，应将绝缘工具装在工具袋内。

（10）登高电工上杆塔前，应对登高工具和安全带进行检查和冲击试验，全体作业人员必须戴安全帽。

（11）上、下杆塔或在杆塔上移位时，作业人员必须攀抓牢固构件，且双手不得持带任何器材。

（12）杆塔上作业不得失去安全带的保护。

（13）地面电工严禁在作业点垂直下方逗留，杆塔上电工应防止高空落物，使用的工具、材料应用绳索传递，不得乱扔。

（14）作业前应对携式电动喷淋装置的绝缘操作杆和数码照相机的电池电量进行检查。

（15）喷淋装置内储存的水应是去离子水，其电导率不得大于 10μs/cm。

（16）喷淋装置喷出的水应呈微小雾粒状，不得有水珠出现。

（17）带电对复合绝缘子憎水性检测，尽可能选择横担侧的 1～3 个伞裙进行喷淋，便于操作和观测。

（18）图片取样工作人员，拍摄时防止抖动的现象出现，避免图像模糊。

（19）作业人员在杆塔上作业期间，工作监护人应对作业人员进行不间断监护，且不得从事其他工作。

三、110kV 输电线路地电位作业采用智能绝缘子检测仪法带电检测低、零值瓷质绝缘子

1. 作业方法

地电位作业采用智能绝缘子检测仪法。

2. 适用范围

适用于 110kV 输电线路直线瓷质绝缘子低 、零值检测工作。

3. 人员组合

本作业项目工作人员共计 3 人。其中工作负责人（兼监护人）1 人，杆塔上电工 1 人，地面电工 1 人。

4. 工器具配备

110kV 地电位作业采用智能绝缘子检测仪法带电检测低、零值瓷质绝缘子工器具配备一览表见表 2-26。

表 2-26　　　　110kV 地电位作业采用智能绝缘子检测仪法带电检测低、

零值瓷质绝缘子工器具配备一览表

序号	工器具名称		规格、型号	数量	备　　注
1	绝缘工具	绝缘滑车	0.5t	1 只	
2		绝缘传递绳	SCJS—10	1 根	视作业杆塔高度而定
3	金属工具	智能绝缘子检测仪	JXD35—500	1 台	
4	个人防护工具	安全带（带二防）		1 根	备用 1 根
5		安全帽		3 顶	
6	辅助安全工具	兆欧表（或绝缘工具测试仪）	2.5kV 及以上	1 块	电极宽 2cm，极间距 2cm
7		防潮苫布	3m×3m	1 块	
8		温湿度仪		1 块	
9		计算机（安装专用分析软件）	便携式	1 台	
10		温湿度风速仪		1 台	
11		工具袋		1 只	装绝缘工具用
12		脚扣		1 副	混凝土杆用

5. 作业程序

按照本次作业现场勘察后编写的现场作业指导书。

（1）工作前工作负责人向调度申请。内容为：本人为工作负责人×××，×年×月×日需在 110kV ××线路上带电检测低、零值瓷质绝缘子，本次作业按《国家电网公司电力安全工作规程（电力线路部分）》第 8.1.7 条要求，确定是否停用线路重合闸装置，若遇线路跳闸，不经联系，不得强送。得到调度许可后，核对线路双重名称和杆号。

（2）全体工作成员列队，工作负责人现场宣读工作票、交待工作任务、安全措施和技术措施；查（问）看作业人员的精神状况、着装情况和工器具是否完好齐全。确认危险点和预防措施，明确作业分工以及安全措施及注意事项。

（3）地面电工用兆欧表检测绝缘工具的绝缘电阻是否符合要求。

（4）地面电工操作计算机对智能绝缘子检测仪下达工作任务和工作检测单。

（5）杆塔上电工携带绝缘传递绳登塔至横担处，系好安全带，将绝缘滑车及绝缘传递绳悬挂在适当的位置。

（6）地面电工将智能绝缘子检测仪与绝缘操作杆组装好后，用绝缘传递绳传递给杆塔上电工。

（7）杆塔上电工从导线侧第一片绝缘子开始，按顺序逐片向横担侧检测，智能绝缘子检测仪自动记录每片绝缘子的绝缘电阻值。

（8）一相绝缘子测试完毕后，杆塔上电工操作智能绝缘子检测仪的功能转换键，切换至其他相别。

（9）按相同的方法进行其他两相绝缘子检测。

（10）三相绝缘子检测完毕，杆塔上电工与地面电工配合，将智能绝缘子检测仪及绝缘操作杆传递至地面。

（11）杆塔上电工检查确认塔上无遗留物后，汇报工作负责人，得到同意后系携带绝缘传递绳下塔。

（12）地面电工整理所用工器具和清理现场，工作负责人清点工器具。

（13）用 USB 数据线将智能绝缘子检测仪与计算机相连接，软件程序自动将检测的绝缘子绝缘电阻值数据导入计算机，并进行分析。

（14）工作负责人向调度汇报。内容为：本人为工作负责人×××，110kV ××线路带电检测低、零值瓷质绝缘子工作已结束，杆塔上人员已撤离，杆塔、导地线上无遗留物，线路设备仍为原状。

6. 安全措施及注意事项

（1）若在海拔 1000m 以上线路上带电作业时，应根据作业区不同海拔高度，修正各类空气间隙、绝缘工具的安全距离和长度、绝缘子片数等，经本单位主管生产领导（总工程师）批准后执行。

（2）本次作业应经现场勘察并编制带电检测低 、零值瓷质绝缘子的现场作业指导书，经本单位技术负责人或主管生产负责人批准后执行。

（3）作业应在良好天气下进行。如遇雷电（听见雷声、看见闪电）、雪雹、雨雾时不得进行带电作业。风力大于 5 级（10m/s）时，不宜进行作业。

（4）由于是带电检测瓷质劣化绝缘子工作，当天气相对空气湿度湿度大于 80%时，不得进行带电检测工作。

（5）本次作业工作前应向调度明确：若线路跳闸，不经联系不得强送电。

（6）杆塔上电工与带电体的安全距离不小于1m。

（7）绝缘传递绳安全长度不小于1m，绝缘操作杆的有效长度不小于1.3m。

（8）地面绝缘工具应放置在防潮苫布上，作业人员均应戴清洁干燥手套，摇测绝缘电阻值不得小于 700MΩ（电极宽 2cm，极间距 2cm）。

（9）绝缘工具使用前应用干净毛巾进行表面清洁处理，作业人员使用绝缘工具应戴清洁、干燥的手套，以防绝缘工具受潮和污染，收工或转移作业点，应将绝缘工具装在工具袋内。

（10）登高电工上杆塔前，应对登高工具和安全带进行检查和冲击试验，全体作业人员必须戴安全帽。

（11）上、下杆塔或在杆塔上移位时，作业人员必须攀抓牢固构件，且双手不得持带任何器材。

（12）杆塔上作业不得失去安全带的保护。

（13）地面电工严禁在作业点垂直下方逗留，杆塔上电工应防止高空落物，使用的工具、材料应用绳索传递，不得乱扔。

（14）作业前应检查智能绝缘子检测仪的电池电量，确认探针安装牢固。

（15）检测时将两个探针分别接触绝缘子的钢脚和钢帽，当听到"嘀"的一声响时，则表示该片绝缘子测试完毕。

（16）检侧时当同一串中的劣质绝缘子达到3片时（绝缘子片数超过7片时相应增加），应立即停止检侧。

（17）作业人员在杆塔上作业期间，工作监护人应对作业人员进行不间断监护，且不得从事其他工作。

四、110kV 输电线路地电位法带电检测绝缘子等值附盐密度、灰密

1. 作业方法
地电位法。

2. 适用范围
适用于 110kV 线路直线绝缘子任意串盐密、灰密检测。

3. 人员组合
本作业项目工作人员共计6人。其中工作负责人（监护人）1人，杆塔上电工2人，地面电工2人，盐密清洗技术人员1人。

4. 工器具配备
110kV 地电位法带电检测绝缘子等值附盐密度、灰密工器具配备一览表见表 2-27。需要的材料有相应等级的绝缘子、蒸馏水或去离子水等。

表 2-27　　　110kV 地电位法带电检测绝缘子等值附盐密度、灰密工器具配备一览表

序号	工器具名称		规格、型号	数量	备　　注
1	绝缘工具	绝缘传递绳	φ10mm	1 根	视作业杆塔高度而定
2		绝缘绳套	φ20mm	1 只	
3		绝缘滑车	1.5t	1 只	
4		绝缘 3-3 滑车组	3t	1 套	配滑车组绳索
5		绝缘操作杆	110kV	1 根	
6	金属工具	滑车组横担固定器		1 个	
7		瓷质绝缘子检测装置		1 套	瓷质绝缘子用
8	个人防护用具	安全带		3 根	备用 1 根
9		安全帽		6 顶	
10	辅助安全用具	数字式电导仪		1 台	
11		清洗测量盐密工具			烧杯、量筒、卡口托盘、毛刷、脸盆等
12		灰密测试工具			漏斗、滤纸、干燥器或干燥箱、电子天秤等
13		兆欧表	2.5kV 及以上	1 块	电极宽 2cm,极间距 2cm
14		防潮苫布	3m×3m	1 块	
15		工具袋		2 只	装绝缘工具用
16		带标签的封口塑料袋		5 个	

注　1. 每片测量应将测量的烧杯、量筒、毛刷、卡口托盘、脸盆等清洗干净,操作员工应戴洁净的医用手套。

　　2. 瓷质绝缘子检测装置包括分布电压检测仪、绝缘电阻检测仪和火花间隙装置等,采用火花间隙装置测零时,每次检测前应用专用塞尺按 DL 415 要求测量间隙尺寸。

　　3. 可用带标签的封口塑料袋将过滤物带回室内烘干测量(提前称出带标签塑料袋重量)。

5. 作业程序

按照本次作业现场勘察后编写的现场作业指导书。

(1)工作前工作负责人向调度申请。内容为:本人为工作负责人×××,×年×月×日需在 110kV ××线路上带电进行绝缘子等值盐密、灰密检测,本次作业按《国家电网公司电力安全工作规程(电力线路部分)》第 8.1.7 条要求,确定是否停用线路重合闸装置,若遇线路跳闸,不经联系,不得强送。得到调度许可后,核对线路双重名称和杆号。

(2)全体工作成员列队,工作负责人现场宣读工作票、交待工作任务、安全措施和技术措施;查(问)看作业人员的精神状况、着装情况和工器具是否完好齐全。确认危险点和预防措施,明确作业分工以及安全措施及注意事项。

(3)工作人员采用兆欧表检测绝缘工具的绝缘电阻,检查承力工具是否完好灵活,组

装绝缘滑车组。

（4）塔上 1 号电工携带绝缘传递绳登塔至横担处，系好安全带，将绝缘滑车和绝缘传递绳在横担作业适当位置安装好。塔上 2 号电工随后登塔。

（5）若是盘形瓷质绝缘子串，地面电工将瓷质绝缘子检测装置及绝缘操作杆组装好后用绝缘传递绳传递给塔上 2 号电工，2 号电工检测所要更换绝缘子串的零值绝缘子，当同串（7 片）零值绝缘子达到 3 片时应立即停止检测，并结束本次带电作业工作。

（6）杆塔上电工与地面电工相互配合，将绝缘滑车组、横担固定器、导线保护绝缘绳传递至工作位置（若为双联串可省去导线保护绳）。

（7）塔上 2 号电工在导线水平位置，系好安全带，地面电工与塔上 1 号电工相互配合安装好绝缘滑车组和导线后备保护绳，导线后备保护绳的保护裕度（长度）应控制合理。

（8）塔上 2 号电工用绝缘操作杆取出导线侧碗头锁紧销后，在工作负责人的指挥下，地面电工配合用绝缘承力工具提升导线，塔上 2 号电工检查滑车组受力后，用绝缘操作杆脱离待绝缘子串与导线侧碗头的连接。

（9）在地面电工配合下将导线下落约 300mm（双联串时落至自然受力位置），塔上 1 号电工在横担侧第 2 片绝缘子处系好绝缘传递绳，并取出横担侧绝缘子锁紧销。

（10）塔上 1 号电工与地面电工相互配合操作绝缘传递绳，将待测的绝缘子串传递至地面，同时对应型号新绝缘子串传递至工作位置，注意控制好空中上、下两串绝缘子串的位置，防止发生相互碰撞。

（11）塔上 1 号电工安装好新绝缘子横担侧锁紧销，地面电工提升导线配合塔上 2 号电工用绝缘操作杆安装好导线侧球头与碗头并恢复锁紧销。

（12）杆塔上电工检查绝缘子串锁紧销连接情况，并检查确保连接可靠。

（13）报经工作负责人同意后，杆塔上电工拆除绝缘滑车组及导线后备保护绳，依次传递至地面。

（14）杆塔上电工检查塔上无遗留物后，汇报工作负责人，得到同意后携带绝缘传递绳下塔。

（15）地面检测电工小心将横担侧第 2 片、中间片、导线侧第 2 片地换下（复合绝缘子直接对相应位置伞裙取样）。

（16）累积附盐密度的清洗方法如图 2-1 所示。盐密检测人员按图 2-1 的任意种清洗方法进行清洗，测量前应准备好足够的纯净水，清洗绝缘子用水量为 $0.2mL/cm^2$，具体用水量按绝缘子表面积正比例换算，尽量取整，但不应小于 100mL。

（17）按照国家电网防污闪的规定，附盐密值测量的清洗范围：除钢脚及不易清扫的最里面一圈瓷裙以外的全部瓷表面，如图 2-2 所示。

（18）污液电导率换算成等值附盐密值可参照国电防污闪专业《污液电导率换算成绝缘子串等值附盐密的计算方法》中确定的方法进行。

（19）检测人员用带标签编号已称重的滤纸对污秽液进行过滤，将过滤物（含滤纸装入带标签的封口塑料袋中，填写对应线路名称、相序、片数等标记。

（20）检测人员按照国家电网公司《电力系统污区分级与外绝缘选择标准》附录 A 等值附盐密度和灰密度的测量方法室内进行灰密测量和计算。

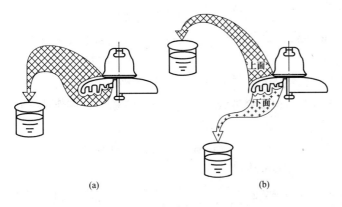

图 2-1　累积附盐密度的清洗方法　　　　图 2-2　玻璃伞盘的最里面圈不清洗示意图

（a）清洗方法 1；（b）清洗方法 2

（21）地面电工整理所用工器具和清理现场，工作负责人（监护人）清点工器具。

（22）工作负责人向调度汇报。内容为：本人为工作负责人×××，110kV ××线路上带电更换绝缘子检测附盐密度工作已结束，杆塔上人员已撤离，杆塔、导线上无遗留物，线路设备已恢复原状。

6. 安全措施及注意事项

（1）若在海拔 1000m 以上线路上带电作业时，应根据作业区不同海拔高度，修正各类空气间隙、绝缘工具的安全距离和长度、绝缘子片数等，经本单位主管生产领导（总工程师）批准后执行。

（2）本次作业应经现场勘察并编制带电更换悬垂整串绝缘子的现场作业指导书，同时编制运行绝缘子等值附盐密度清洗、测量及灰密测量的作业指导书，经本单位技术负责人或主管生产负责人批准后执行。

（3）作业应在良好天气下进行。如遇雷电（听见雷声、看见闪电）、雪雹、雨雾时不得进行带电作业。风力大于 5 级（10m/s）时，不宜进行作业。

（4）若需在相对空气湿度大于 80%的天气下进行带电作业时，应采用具有防潮性能的绝缘工具。

（5）本次作业工作前应向调度明确：若线路跳闸，不经联系不得强送电。

（6）杆塔上电工与带电体的安全距离不小于 1m。

（7）绝缘传递绳安全长度不小于 1m，绝缘操作杆的有效长度不小于 1.3m。

（8）对盘形绝缘子，作业中扣除人体短接和零值（自爆）绝缘子片数后，良好绝缘子片数（7 片串）不少于 5 片（结构高度 146mm）。

（9）绝缘承力工具受力后，须经检查确认安全可靠后方可脱离绝缘子串。若为单联串绝缘子必须加装导线后备保护绳。

（10）导线侧绝缘子串未摘开前，严禁杆塔上电工徒手无安全措施摘开横担侧绝缘子串连接，以防止电击伤人。

（11）地面绝缘工具应放置在防潮苫布上，作业人员均应戴清洁干燥手套，摇测绝缘电阻值不得小于 700MΩ（电极宽 2cm，极间距 2cm）。

（12）绝缘工具使用前应用干净毛巾进行表面清洁处理，作业人员使用绝缘工具应戴清洁、干燥的手套，以防绝缘工具受潮和污染，收工或转移作业点，应将绝缘工具装在工具袋内。

（13）在杆塔上作业过程中如遇设备突然停电，作业人员应视设备仍然带电。

（14）登高电工上杆塔前，应对登高工具和安全带进行检查和冲击试验，全体作业人员必须戴安全帽。

（15）上、下杆塔或在杆塔上移位时，作业人员必须攀抓牢固构件，且双手不得持带任何器材。

（16）杆塔上作业时，不得失去安全带的保护。

（17）地面电工严禁在作业点垂直下方逗留，杆塔上电工应防止高空落物，使用的工具、材料应用绳索传递，不得乱扔。

（18）作业人员在杆塔上作业期间，工作监护人应对作业人员进行不间断监护，且不得从事其他工作。

（19）每片清洗测量前，检测人员应将测量的烧杯、量筒、毛刷、卡口托盘、脸盆等应清洗干净，检测人员应戴洁净的手套。

（20）绝缘子的附盐密值测量清洗范围：除钢脚及不易清扫的最里面一圈瓷裙以外的全部瓷表面。

（21）清洗绝缘子用水量为 0.2mL/cm^2，具体用水量按绝缘子表面积正比例换算，但不应小于 100mL。

第六节　110kV 特殊或大型带电作业项目

一、110kV 输电线路地电位法带电更换杆塔拉线

1. 作业方法
地电位法。

2. 适用范围
适用于 110kV 输电线路导拉、地拉的更换工作。

3. 人员组合
本作业项目工作人员共计 5 人。其中工作负责人（监护人）1 人，杆上电工 1 人，地面电工 3 人。

4. 工器具配备
110kV 地电位法带电更换杆塔拉线工器具配备一览表见表 2-28。

表 2-28　　　　110kV 地电位法带电更换杆塔拉线工器具配备一览表

序号	工器具名称		规格	数量	备　注
1	绝缘工具	绝缘滑车	0.5t	1 只	
2		绝缘传递绳	SCJS–14	1 根	视作业杆塔高度而定

续表

序号	工器具名称		规格	数量	备　注
3	金属工具	双钩紧线器	2t	1 只	
4		钢丝绳	$\phi 11$	1 根	
5		小铁锤	1.5 磅	1 把	
6		钢质卡线器		1 只	
7	个人防护用具	安全带（带二防）		1 根	备用 1 根
8		安全帽		5 顶	
9	辅助安全用具	防潮苫布	3m×3m	1 块	
10		脚扣		1 副	混凝土杆用
11		兆欧表（或绝缘工具测试仪）	2.5kV 及以上	1 块	电极宽 2cm，极间距 2cm
12		工具袋		1 只	装绝缘工具用
13		温湿度风速仪		1 台	

5. 作业程序

按照本次作业现场勘察后编写的现场作业指导书。

（1）工作前工作负责人向调度申请。内容为：本人为工作负责人×××，×年×月×日需在 110kV ××线路上带电更换杆塔拉线，本次作业按《国家电网公司电力安全工作规程（电力线路部分）》第 8.1.7 条要求，确定是否停用线路重合闸装置，若遇线路跳闸，不经联系，不得强送。得到调度许可后，核对线路双重名称和杆号。

（2）全体工作成员列队，工作负责人现场宣读工作票、交待工作任务、安全措施和技术措施；查（问）看作业人员的精神状况、着装情况和工器具是否完好齐全。确认危险点和预防措施，明确作业分工以及安全措施及注意事项。

（3）地面电工检测绝缘工具的绝缘电阻是否符合要求。

（4）杆塔上电工携带绝缘传递绳登塔至拉线挂点处，系好安全带，将绝缘滑车及绝缘传递绳悬挂在适当的位置。

（5）地面电工沿塔身传递上钢丝绳，杆塔上电工在横担处安装固定好。

（6）地面电工将钢丝绳收紧在应换拉线的拉线棒上（或临时地锚上）。

（7）临时拉线受力后，地面电工先拆除需更换拉线 UT 型线夹，将旧拉线顺线路使之靠近杆身，杆上电工拆除拉线上端楔型线夹，用绝缘传递绳将拉线沿杆身松落至地面。

（8）与上述程序相反，恢复新拉线的连接并调整好拉线受力状况。

（9）杆塔上电工拆除临时拉线及工具，检查确认杆塔上无遗留物后，汇报工作负责人，得到同意后系携带绝缘传递绳下塔。

（10）地面电工整理所用工器具和清理现场，工作负责人清点工器具。

（11）工作负责人向调度汇报。内容为：本人为工作负责人×××，110kV ××线路带电更换杆塔拉线工作已结束，杆塔上人员已撤离，杆塔上无遗留物，线路设备已恢复原状。

6. 安全措施及注意事项

（1）若在海拔 1000m 以上线路上带电作业时，应根据作业区不同海拔高度，修正各类空气间隙、绝缘工具的安全距离和长度、绝缘子片数等，经本单位主管生产领导（总工程师）批准后执行。

（2）本次作业应经现场勘察并编制带电更换悬垂整串绝缘子的现场作业指导书，同时编制运行绝缘子等值附盐密度清洗、测量及灰密测量的作业指导书，经本单位技术负责人或主管生产负责人批准后执行。

（3）作业应在良好天气下进行。如遇雷电（听见雷声、看见闪电）、雪雹、雨雾时不得进行带电作业。风力大于 5 级（10m/s）时，不宜进行作业。

（4）若需在相对空气湿度大于 80% 的天气下进行带电作业时，应采用具有防潮性能的绝缘工具。

（5）本次作业工作前应向调度明确：若线路跳闸，不经联系不得强送电。

（6）杆塔上电工与带电体的安全距离不小于 1m。

（7）钢绞线或临时钢丝绳对导线的安全距离不小于 1.5m。

（8）地面绝缘工具应放置在防潮苫布上，作业人员均应戴清洁干燥手套，摇测绝缘电阻值不得小于 700MΩ（电极宽 2cm，极间距 2cm）。

（9）绝缘工具使用前应用干净毛巾进行表面清洁处理，作业人员使用绝缘工具应戴清洁、干燥的手套，以防绝缘工具受潮和污染，收工或转移作业点，应将绝缘工具装在工具袋内。

（10）登高电工上杆塔前，应对登高工具和安全带进行检查和冲击试验，全体作业人员必须戴安全帽。

（11）上、下杆塔或在杆塔上移位时，作业人员必须攀抓牢固构件，且双手不得持带任何器材。

（12）杆塔上作业不得失去安全带的保护。

（13）地面电工严禁在作业点垂直下方逗留，杆塔上电工应防止高空落物，使用的工具、材料应用绳索传递，不得乱扔。

（14）临时拉线确认固定牢靠后方可拆除旧拉线，严禁采用大剪刀突然剪断拉线的方法。

（15）新、旧拉线吊上及松下必须有专人严格用尾绳控制其摆动，要与导线保持足够安全距离。

（16）作业人员在杆塔上作业期间，工作监护人应对作业人员进行不间断监护，且不得从事其他工作。

二、110kV 输电线路地电位法带电更换直线Π型杆中、下段

1. 作业方法

地电位法。

2. 适用范围

适用于 110kV 输电线路直线Π型杆中、下段（八字门形杆中、下段更换程序与此相同）的更换工作。

3. 人员组合

本作业项目工作人员共计 20 人。其中工作负责人（监护人）1 人，杆上电工 2 人，地面电工 11 人，气焊工 1 人，辅助工 5 人。

4. 工器具配备

110kV 地电位法带电更换直线Ⅱ形杆中、下段工器具配备一览表见表 2-29。

表 2-29　　　　110kV 地电位法带电更换直线Ⅱ形杆中、下段工器具配备一览表

序号	工器具名称		规格	数量	备　注
1	绝缘工具	绝缘滑车	1.0t	1 只	
2		绝缘传递绳	SCJS–14	1 根	视作业杆塔高度而定
3	金属工具	链条葫芦	5t	2 套	
4		双钩紧线器	3t	2 只	
5		地锚		2 只	
6		钢丝绳	ϕ11	2 根	
7		专用抱箍		1 副	
8		吊车或铁抱杆	5t	1 台	铁抱杆视作业高度而定
9		发电一电焊机	GW75	1 台	
10		氧气瓶		1 瓶	
11		乙炔瓶		1 瓶	
12		焊枪		1 把	
13	个人防护用具	安全带（带二防）		2 根	备用 1 根
14		安全帽		20 顶	
15		脚扣		2 副	
16	辅助安全用具	兆欧表	2.5kV 及以上	1 块	电极宽 2cm，极间距 2cm
17		工具袋		1 只	装绝缘工具用
18		测湿风速仪		1 台	

5. 作业程序

按照本次作业现场勘察后编写的现场作业指导书。

（1）工作前工作负责人向调度申请。内容为：本人为工作负责人×××，×年×月×日需在 110kV ××线路上带电更换直线Ⅱ型杆中段或下段，本次作业按《国家电网公司电力安全工作规程（电力线路部分）》第 8.1.7 条要求，确定是否停用线路重合闸装置，若遇线路跳闸，不经联系，不得强送。得到调度许可后，核对线路双重名称和杆号。

（2）全体工作成员列队，工作负责人现场宣读工作票、交待工作任务、安全措施和技术措施；查（问）看作业人员的精神状况、着装情况和工器具是否完好齐全。确认危险点

和预防措施，明确作业分工以及安全措施及注意事项。

（3）将人字抱杆按顺线路方向布置在被更换电杆的两侧，利用原杆起立人字抱杆，固定好抱杆根部绊脚；在焊口上方打好两根横线路方向临时拉线，用双钩拉紧使拉线受力平衡，并能调节拉线长度。

（4）组装抱杆头专用抱箍及导链，专用抱箍套在被更换电杆上段，二者同心。在被更换杆适当位置（杆段 2/3 高度）绑好吊点绳，在专用抱箍上方装一副普通抱箍固定在杆身上。

（5）调松永久拉线下把 U 形螺丝，放松约 80mm（若 U 形螺丝已经到头无法继续放松，可加 U 形环调整，更换完后再去掉 U 形环）。

（6）挖开杆根露出底盘，并在不更换杆的杆根外侧挖深约 0.8m 左右。

（7）用链条滑车吊紧被更换杆上段，将被更换的整根电杆向上吊离底盘 50mm 左右，混凝土杆吊起后在专用抱箍与普通抱箍之间垫上方木，防止起吊过程中链条滑车失控下滑，混凝土杆吊起后稳定一段时间（5min），检查各部件受力情况。

（8）用链条滑车轻微收紧被换杆吊点钢丝绳。进行高空切割焊口。焊工及操作人员站在设立的梯子上切割焊口。待焊口完全切断后，缓慢松链条滑车将被更换的杆段放至地面后拉出。

（9）用链条滑车将新换的下段慢慢吊起，通过新换杆段上部的控制绳调整新换杆段方位，调直整根电杆，调好焊缝，进行正式焊接。

（10）焊缝冷却后，对焊口进行防腐处理。

（11）拆掉专用抱箍上方木块，然后将电杆慢慢落入底盘。

（12）杆上电工拆除抱杆及抱杆拉线，检查确认塔上无遗留物后，汇报工作负责人，得到同意后系携带绝缘传递绳下塔。

（13）地面电工及辅助电工调整好永久拉线，夯实杆根基础。

（14）地面电工整理所用工器具和清理现场，工作负责人清点工器具。

（15）工作负责人向调度汇报。内容为：本人为工作负责人×××，110kV ××线路带电更换直线Ⅱ形杆中段或下段工作已结束，杆塔上人员已撤离，杆塔上无遗留物，线路设备已恢复原状。

6. 安全措施及注意事项

（1）若在海拔 1000m 以上线路上带电作业时，应根据作业区不同海拔高度，修正各类空气间隙、绝缘工具的安全距离和长度、绝缘子片数等，经本单位主管生产领导（总工程师）批准后执行。

（2）本次作业应经现场勘察并编制带电更换混凝土杆中下段的现场作业指导书，经本单位技术负责人或主管生产负责人批准后执行。

（3）作业应在良好天气下进行。如遇雷电（听见雷声、看见闪电）、雪雹、雨雾时不得进行带电作业。风力大于 5 级（10m/s）时，不宜进行作业。

（4）若需在相对空气湿度大于 80%的天气下进行带电作业时，应采用具有防潮性能的绝缘工具。

（5）本次作业工作前应向调度明确：若线路跳闸，不经联系不得强送电。

（6）杆塔上电工与带电体的安全距离不小于 1m。

（7）钢绞线或临时钢丝绳对导线的安全距离不小于 1.5m。

（8）地面绝缘工具应放置在防潮苫布上，作业人员均应戴清洁干燥手套，摇测绝缘电阻值不得小于 700MΩ（电极宽 2cm，极间距 2cm）。

（9）绝缘工具使用前应用干净毛巾进行表面清洁处理，作业人员使用绝缘工具应戴清洁、干燥的手套，以防绝缘工具受潮和污染，收工或转移作业点，应将绝缘工具装在工具袋内。

（10）登高电工上杆塔前，应对登高工具和安全带进行检查和冲击试验，全体作业人员必须戴安全帽。

（11）上、下杆塔或在杆塔上移位时，作业人员必须攀抓牢固构件，且双手不得持带任何器材。

（12）杆塔上作业不得失去安全带的保护。

（13）地面电工严禁在作业点垂直下方逗留，杆塔上电工应防止高空落物，使用的工具、材料应用绳索传递，不得乱扔。

（14）由于混凝土杆制造的误差，不同批量生产的混凝土杆长度可能相差 50mm，因此应提前测量被换杆下段长度，再选择合适的新混凝土杆。若新杆较长，可修割焊口调整。若新杆较短，需在杆下加垫永久的圆垫块钢板，或重新调整底盘高度。控制更换前后实际误差在 15mm 以内。

（15）起吊过程中注意观察杆身始终保持垂直，发现倾斜现象及时调整。

（16）切割焊口时，应在焊口两端缠上吸水性较强的棉纱或海绵洒上凉水降温，防止温度过高炸裂混凝土杆。新焊口焊接使用电焊焊接。

（17）做好各项准备工作，尽量缩短杆段吊起时间，尤其是切割完至焊接完的时间。抱杆脚必须用两根钢丝绳连接以防抱杆顺线路方向滑沉，钢丝绳不能妨碍杆根处立杆操作。

（18）作业人员在杆塔上作业期间，工作监护人应对作业人员进行不间断监护，且不得从事其他工作。

三、110kV 输电线路地电位法带电升高 Ⅱ 形直线杆导线横担及加装地线支架

1. 作业方法

地电位法。

2. 适用范围

适用于 110kV 输电线路直线 Ⅱ 形杆导线横担升高及加装地线支架的工作。

3. 人员组合

本作业项目工作人员共计 15 人。其中工作负责人（监护人）1 人，杆上电工 6 人（3人/每基），地面电工 8 人。

4. 工器具配备

110kV 地电位法带电升高 Ⅱ 形直线杆导线横担及加装地线支架工器具配备一览表见表 2-30。

表 2-30　110kV 地电位法带电升高Ⅱ形直线杆导线横担及加装地线支架工器具配备一览表

序号	工器具名称		规格	数量	备 注
1	绝缘工具	绝缘滑车	1.0t	1 只	
2		绝缘传递绳	SCJS–14	1 根	视作业杆塔高度而定
3		3–3 绝缘滑车组	1t	4 套	配绝缘绳索
4		绝缘绳套	$\phi22$	4 只	
5	金属工具	角铁桩或地锚		8 个	
6		钢丝绳	$\phi11$	2 根	
7	个人防护用具	安全带（带二防）		6 根	备用 1 根
8		安全帽		15 顶	
9	辅助安全用具	木抱杆		2 根	
10		脚扣			根据作业人员确定
11		兆欧表	2.5kV 及以上	1 块	电极宽 2cm，极间距 2cm
12		工具袋		2 只	装绝缘工具用
13		温湿度风速仪		1 台	

5. 作业程序

按照本次作业现场勘察后编写的现场作业指导书。

（1）工作前工作负责人向调度申请。内容为：本人为工作负责人×××，×年×月×日需在 110kV ××线路上带电升高导线横担及加装地线支架，本次作业按《国家电网公司电力安全工作规程（电力线路部分）》第 8.1.7 条要求，确定是否停用线路重合闸装置，若遇线路跳闸，不经联系，不得强送。得到调度许可后，核对线路双重名称和杆号。

（2）全体工作成员列队，工作负责人现场宣读工作票、交待工作任务、安全措施和技术措施；查（问）看作业人员的精神状况、着装情况和工器具是否完好齐全。确认危险点和预防措施，明确作业分工以及安全措施及注意事项。

（3）地面电工检测绝缘工具的绝缘电阻是否符合要求。

（4）杆上电工携带绝缘传递绳登塔至拉线挂点处，系好安全带，将绝缘滑车及绝缘传递绳悬挂在适当的位置。

（5）两杆上电工在杆顶安装绝缘传递绳，另 4 名电工分别登至抱杆固定处，由地面电工将木抱杆沿主杆顺线路侧垂直吊上，杆顶处电工稳住木抱杆上部，下方电工将木抱杆固定绑扎牢固。

（6）两杆上电工将两木抱杆封顶并系好六侧绝缘晃绳，地面电工将六侧晃绳在地面拉紧固定牢固。

（7）利用木抱杆用四套绝缘滑车组，与地面电工配合，起吊导线横担至拉杆不受力时地面电工扣好滑车组尾绳。

（8）两杆上电工在抱杆顶处安装好吊地线绝缘滑车绳把地线吊离杆顶，将架空地线转挂在木抱杆上部的临时挂点上。

（9）两杆电工利用木扒杆，挂 2 套绝缘滑车组于两抱杆上部，起吊地线横担至主杆顶上 2m 高时，慢慢松一侧滑车组，收紧另一侧滑车组，使地担垂直于一主杆，并在地担下方系好两根晃绳，拆除另一不受力滑车组与地担连接绳索，主杆上下电工配合，将地担松落至地面。

（10）沿主杆垂直起吊新地线支架，新支架到位后，两杆塔上电工将支架由杆顶慢慢松滑车组尾绳使支架套入主杆，紧好支架抱箍螺丝。

（11）用木抱杆顶上的滑车组将地线吊起，将架空地线从临时挂点转移到新支架地线悬挂点处恢复正常连接。

（12）利用吊横担的四组绝缘滑车组，均匀起吊横担，水平上升至新的安装位置。

（13）两主杆顶电工恢复水平拉杆的连接，导担下方电工恢复导担固定抱箍的安装。

（14）利用新支架，与地面电工配合拆除木抱杆，沿主杆松至地面。

（15）杆塔上电工和地面电工安装新拉线并调至符合规定。

（16）杆上电工拆除临时拉线及工具并传递至地面，检查确认杆塔上无遗留物后，汇报工作负责人，得到同意后系携带绝缘传递绳下塔。

（17）地面电工整理所用工器具和清理现场，工作负责人清点工器具。

（18）工作负责人向调度汇报。内容为：本人为工作负责人×××，110kV ××线路带电升高导线横担及加装地线支架工作已结束，杆塔上人员已撤离，杆塔、导地线上无遗留物，线路设备已恢复原状。

6. 安全措施及注意事项

（1）若在海拔 1000m 以上线路上带电作业时，应根据作业区不同海拔高度，修正各类空气间隙、绝缘工具的安全距离和长度、绝缘子片数等，经本单位主管生产领导（总工程师）批准后执行。

（2）本次作业应经现场勘察并编制带电更换直线Ⅱ形杆导线横担升高及加装地线支架的现场作业指导书，经本单位技术负责人或主管生产负责人批准后执行。

（3）作业应在良好天气下进行。如遇雷电（听见雷声、看见闪电）、雪雹、雨雾时不得进行带电作业。风力大于 5 级（10m/s）时，不宜进行作业。

（4）若需在相对空气湿度大于 80%的天气下进行带电作业时，应采用具有防潮性能的绝缘工具。

（5）本次作业工作前应向调度明确：若线路跳闸，不经联系不得强送电。

（6）杆塔上电工与带电体的安全距离不小于 1m。

（7）钢绞线或临时钢丝绳对导线的安全距离不小于 1.5m。

（8）地面绝缘工具应放置在防潮苫布上，作业人员均应戴清洁干燥手套，摇测绝缘电阻值不得小于 700MΩ（电极宽 2cm，极间距 2cm）。

（9）绝缘工具使用前应用干净毛巾进行表面清洁处理，作业人员使用绝缘工具应戴清洁、干燥的手套，以防绝缘工具受潮和污染，收工或转移作业点，应将绝缘工具装在工具袋内。

（10）登高电工上杆塔前，应对登高工具和安全带进行检查和冲击试验，全体作业人员必须戴安全帽。

（11）上、下杆塔或在杆塔上移位时，作业人员必须攀抓牢固构件，且双手不得持带任何器材。

（12）杆塔上作业不得失去安全带的保护。

（13）地面电工严禁在作业点垂直下方逗留，杆塔上电工应防止高空落物，使用的工具、材料应用绳索传递，不得乱扔。

（14）松地线横担及地线支架时，下方必须有专人在横线路方向控制两侧晃绳，以防地线横担摆动。

（15）升高导线横担要保持平稳。

（16）起吊重物时要检查受力情况后，才能继续起吊。

（17）作业人员在杆塔上作业期间，工作监护人应对作业人员进行不间断监护，且不得从事其他工作。

四、110kV 输电线路地电位法带电升高或下沉直线Π形电杆

1. 作业方法

地电位法（利用人字抱杆起吊）。

2. 适用范围

适用于 110kV 输电线路直线Π形杆升高或下沉的工作。

3. 人员组合

本项工作工作人员共计 15 人。其中工作负责（监护）人 1 人，杆上电工 2 人，地面电工 12 人。

4. 工器具配备

110kV 地电位法带电升高或下沉直线Π形电杆工器具配备一览表见表 2-31。

表 2-31　　110kV 地电位法带电升高或下沉直线Π形电杆工器具配备一览表

序号	工器具名称		规格、型号	数量	备　注
1	绝缘工具	绝缘滑车	1t	2 只	
2		绝缘传递绳	SCJS-14	2 根	视作业杆塔高度而定
3		3-3 绝缘滑车组	2t	6 套	
4		绝缘绳	SCJS-14	6 根	
5	金属工具	地锚	5t	6 个	
6		钢丝绳	ϕ16mm	2 根	
7		铁锹		8 把	
8		撬杠		2 根	
9		链条滑车	5t	2 只	
10		丝杠	3t	2 只	
11		紧线器		2 只	

续表

序号	工器具名称		规格、型号	数量	备　注
12	金属工具	断线钳		1 把	
13		地线卡线器		4 只	
14		铁丝	8 号	1 盘	
15		夯锤		1 把	
16	个人防护用具	安全带（带二防）		2 根	备用 1 根
17		安全帽		15 顶	
18	辅助安全用具	木抱杆	5～6m	2 根	
19		脚扣		4 副	
20		白棕绳		根	
21		经纬仪		台	
22		塔尺		把	
23		兆欧表	2.5kV 及以上	1 块	电极宽 2cm，极间距 2cm
24		工具袋		4 只	装绝缘工具用
25		温湿度风速仪		1 台	

5. 作业程序

按照本次作业现场勘察后编写的现场作业指导书。

（1）工作前工作负责人向调度申请。内容为：本人为工作负责人×××，×年×月×日需在 110kV ××线路上带电升高或下沉直线Ⅱ形电杆，本次作业按《国家电网公司电力安全工作规程（电力线路部分）》第 8.1.7 条要求，确定是否停用线路重合闸装置，若遇线路跳闸，不经联系，不得强送。得到调度许可后，核对线路双重名称和杆号。

（2）全体工作成员列队，工作负责人现场宣读工作票、交待工作任务、安全措施和技术措施；查（问）看作业人员的精神状况、着装情况和工器具是否完好齐全。确认危险点和预防措施，明确作业分工以及安全措施及注意事项。

（3）地面电工检测绝缘工具的绝缘电阻是否符合要求，链条滑车等起重设备是否完好。

（4）杆上电工携带绝缘传递绳登塔至拉线挂点处，系好安全带，将绝缘滑车及绝缘传递绳悬挂在适当的位置。

（5）地面工作人员顺线路和横线路埋好临时地锚，打好临时拉线。

（6）杆上电工与地面电工配合在电杆两侧分别组立好人字抱杆，打好抱杆临时拉线并收紧。

（7）挂好链条滑车起重工具，将电杆吊好。

（8）挖好操平杆坑，校正底盘，升降电杆。

（9）校正电杆，埋好杆坑，并夯实。

（10）杆塔上电工拆除临时拉线及工具并传递下塔，检查确认杆塔上无遗留物后，汇报工作负责人，得到同意后系携带绝缘传递绳平稳下杆。

（11）地面电工整理所用工器具和清理现场，工作负责人清点工器具。

（12）工作负责人向调度汇报。内容为：本人为工作负责人×××，110kV ××线路带电升高或下沉直线Π形电杆工作已结束，杆塔上人员已撤离，杆塔、导地线上无遗留物，线路设备已恢复原状。

6. 安全措施及注意事项

（1）若在海拔 1000m 以上线路上带电作业时，应根据作业区不同海拔高度，修正各类空气间隙、绝缘工具的安全距离和长度、绝缘子片数等，经本单位主管生产领导（总工程师）批准后执行。

（2）本次作业应经现场勘察并编制带电直线Π形杆升高或下沉的现场作业指导书，经本单位技术负责人或主管生产负责人批准后执行。

（3）作业应在良好天气下进行。如遇雷电（听见雷声、看见闪电）、雪雹、雨雾时不得进行带电作业。风力大于 5 级（10m/s）时，不宜进行作业。

（4）若需在相对空气湿度大于 80%的天气下进行带电作业时，应采用具有防潮性能的绝缘工具。

（5）本次作业工作前应向调度明确：若线路跳闸，不经联系不得强送电。

（6）杆塔上电工与带电体的安全距离不小于 1m。

（7）钢绞线或临时钢丝绳对导线的安全距离不小于 1.5m。

（8）地面绝缘工具应放置在防潮苫布上，作业人员均应戴清洁干燥手套，摇测绝缘电阻值不得小于 700MΩ（电极宽 2cm，极间距 2cm）。

（9）绝缘工具使用前应用干净毛巾进行表面清洁处理，作业人员使用绝缘工具应戴清洁、干燥的手套，以防绝缘工具受潮和污染，收工或转移作业点，应将绝缘工具装在工具袋内。

（10）登高电工上杆塔前，应对登高工具和安全带进行检查和冲击试验，全体作业人员必须戴安全帽。

（11）上、下杆塔或在杆塔上移位时，作业人员必须攀抓牢固构件，且双手不得持带任何器材。

（12）杆塔上作业不得失去安全带的保护。

（13）地面电工严禁在作业点垂直下方逗留，杆塔上电工应防止高空落物，使用的工具、材料应用绳索传递，不得乱扔。

（14）杆工作开始前，必须分工明确，各负其责。

（15）挖坑前，起重工具必须吊紧，防止下滑，电杆悬空前，对各受力点进行一次检查。

（16）在开挖过程中，应随时调整杆根到坑底距离不大于 0.4m。

（17）升降电杆时应由专人统一指挥，两侧应同时升降，各部拉绳应随时进行调整，使杆子升降垂直平稳。

（18）提升电杆时，填土必须分层夯实。

（19）装拆拉线时，应注意拉线对带电导线的安全距离。

（20）作业人员在杆塔上作业期间，工作监护人应对作业人员进行不间断监护，且不得

从事其他工作。

五、110kV 输电线路地电位法带电升高或下沉直线单杆

1. 作业方法

地电位法（利用人字抱杆起吊）。

2. 适用范围

适用于 110kV 输电线路直线单杆升高或下沉的工作。

3. 人员组合

本项工作工作人员共计 10 人。其中工作负责（监护）人 1 人，杆上电工 1 人，地面电工 8 人。

4. 工器具配备

110kV 地电位法带电升高或下沉直线单杆工器具配备一览表见表 2-32。

表 2-32　　110kV 地电位法带电升高或下沉直线单杆工器具配备一览表

序号	工器具名称		规格、型号	数量	备　注
1	绝缘工具	绝缘滑车	1.0t	1 只	
2		绝缘传递绳	SCJS–14	1 根	视作业杆塔高度而定
3		3–3 绝缘滑车组	2t	4 套	
4		绝缘绳	SCJS–14	4 根	
5	金属工具	地锚	5t	4 个	
6		钢丝绳	ϕ16mm	1 根	
7		铁锹		3 把	
8		撬杠		2 根	
9		链条滑车	5t	2 只	
10		夯锤		1 把	
11	个人防护用具	安全带（带二防）		2 根	备用 1 根
12		安全帽		10 顶	
13	辅助安全用具	木抱杆	5～6m	2 根	
14		脚扣		4 副	
15		白棕绳		根	
16		经纬仪		台	
17		塔尺		把	
18		兆欧表	2.5kV 及以上	1 块	电极宽 2cm，极间距 2cm
19		工具袋		3 只	装绝缘工具用
20		温湿度风速仪		1 台	

5. 作业程序

按照本次作业现场勘察后编写的现场作业指导书。

（1）工作前工作负责人向调度申请。内容为：本人为工作负责人×××，×年×月×日需在 110kV ××线路上带电升高或下沉直线单杆，本次作业按《国家电网公司电力安全工作规程（电力线路部分）》第 8.1.7 条要求，确定是否停用线路重合闸装置，若遇线路跳闸，不经联系，不得强送。得到调度许可后，核对线路双重名称和杆号。

（2）全体工作成员列队，工作负责人现场宣读工作票、交待工作任务、安全措施和技术措施；查（问）看作业人员的精神状况、着装情况和工器具是否完好齐全。确认危险点和预防措施，明确作业分工以及安全措施及注意事项。

（3）地面电工检测绝缘工具的绝缘电阻是否符合要求，检查主要工器具、材料等是否齐全完好。

（4）杆上电工携带绝缘传递绳登杆至横担下 1m 处，做好保护措施，打好四侧拉绳。

（5）杆上电工与地面电工配合横线路立一副人字抱杆，两侧打好拉绳，并挂好起重倒链（或其他起重工具）。

（6）将链条滑车钩挂在电杆下部，收紧链条滑车，使电杆吊紧。

（7）顺线路方向挖开杆坑。

（8）松紧（或打紧）链条滑车使电杆下沉（或升高），并随时调整电杆四侧晃绳，达到下沉或升高的尺寸。

（9）校正电杆，将杆坑填土夯实。

（10）杆上电工拆除临时拉线及工具并传递至地面，检查确认塔上无遗留物后，汇报工作负责人，得到同意后系携带绝缘传递绳下塔。

（11）地面电工整理所用工器具和清理现场，工作负责人清点工器具。

（12）工作负责人向调度汇报。内容为：本人为工作负责人×××，110kV ××线路带电升高或下沉直线单杆工作已结束，杆塔上人员已撤离，杆塔、导地线上无遗留物，线路设备已恢复原状。

6. 安全措施及注意事项

（1）若在海拔 1000m 以上线路上带电作业时，应根据作业区不同海拔高度，修正各类空气间隙、绝缘工具的安全距离和长度、绝缘子片数等，经本单位主管生产领导（总工程师）批准后执行。

（2）本次作业应经现场勘察并编制带电直线单杆升高或下沉的现场作业指导书，经本单位技术负责人或主管生产负责人批准后执行。

（3）作业应在良好天气下进行。如遇雷电（听见雷声、看见闪电）、雪雹、雨雾时不得进行带电作业。风力大于 5 级（10m/s）时，不宜进行作业。

（4）若需在相对空气湿度大于 80% 的天气下进行带电作业时，应采用具有防潮性能的绝缘工具。

（5）本次作业工作前应向调度明确：若线路跳闸，不经联系不得强送电。

（6）杆塔上电工与带电体的安全距离不小于 1m。

（7）钢绞线或临时钢丝绳对导线的安全距离不小于 1.5m。

（8）地面绝缘工具应放置在防潮苫布上，作业人员均应戴清洁干燥手套，摇测绝缘电阻值不得小于 700MΩ（电极宽 2cm，极间距 2cm）。

（9）绝缘工具使用前应用干净毛巾进行表面清洁处理，作业人员使用绝缘工具应戴清洁、干燥的手套，以防绝缘工具受潮和污染，收工或转移作业点，应将绝缘工具装在工具袋内。

（10）登高电工上杆塔前，应对登高工具和安全带进行检查和冲击试验，全体作业人员必须戴安全帽。

（11）上、下杆塔或在杆塔上移位时，作业人员必须攀抓牢固构件，且双手不得持带任何器材。

（12）杆塔上作业不得失去安全带的保护。

（13）地面电工严禁在作业点垂直下方逗留，杆塔上电工应防止高空落物，使用的工具、材料应用绳索传递，不得乱扔。

（14）电杆荷重过大时，可采用两套人字抱杆升降。

（15）在开挖坑基前，要将链条滑车收紧，并使人字抱杆受力；电杆根部挖空前，要对各受力点进行检查。

（16）在电杆下部开挖杆坑时，要采取措施防止塌方。

（17）升降杆子时应由专人统一指挥，两侧应同时升降，各部拉绳应随时进行调整，使杆子升降垂直平稳。

（18）作业人员在杆塔上作业期间，工作监护人应对作业人员进行不间断监护，且不得从事其他工作。

六、110kV 输电线路等电位、地电位结合法带电断开和接通空载线路

1. 作业方法

等电位、地电位结合法。

2. 适用范围

适用于 110kV 输电线路（线路长度小于 10km）断开和接通空载线路的工作。

3. 人员组合

本作业项目工作人员共计 7 人。其中工作负责（监护）人 1 人，等电位电工 1 人，杆塔上电工 1 人，地面电工 4 人。

4. 工器具配备

110kV 等电位、地电位结合法带电断开和接通空载线路工器具配备一览表见表 2-33。

表 2-33 110kV 等电位、地电位结合法带电断开和接通空载线路工器具配备一览表

序号	工器具名称		规格	数量	备 注
1	绝缘工具	绝缘转臂梯		1 套	
2		绝缘撑杆	110kV	1 根	
3		绝缘保护绳	SCJS–10	1 根	

续表

序号	工器具名称		规格	数量	备注
4	绝缘工具	绝缘滑车	1.0t	1 只	
5		绝缘传递绳	SCJS–14	1 根	配绝缘滑车
6	金属工具	消弧滑车		1 只	
7		消弧绳		1 根	3A 及以下电容电流时使用
8	个人防护用具	屏蔽服		1 套	等电位电工用
9		导电鞋		1 双	
10		安全带（带二防）		3 根	备用 1 根
11		安全帽		7 顶	
12	辅助安全用具	万用表		1 块	检测屏蔽服连接导通用
13		兆欧表（或绝缘工具测试仪）	2.5kV 及以上	1 块	电极宽 2cm，极间距 2cm
14		防潮苫布		1 块	
15		脚扣		2 副	混凝土杆用
16		工具袋		2 只	装绝缘工具用
17		温湿度风速仪		1 台	

5. 作业程序

按照本次作业现场勘察后编写的现场作业指导书。

（1）工作前工作负责人向调度申请。内容为：本人为工作负责人×××，×年×月×日需在 110kV ××线路上带电断开和接通空载线路，本次作业按《国家电网公司电力安全工作规程（电力线路部分）》第 8.1.7 条要求，确定是否停用线路重合闸装置，若遇线路跳闸，不经联系，不得强送。得到调度许可后，核对线路双重名称和杆号。

（2）全体工作成员列队，工作负责人现场宣读工作票、交待工作任务、安全措施和技术措施；查（问）看作业人员的精神状况、着装情况和工器具是否完好齐全。确认危险点和预防措施，明确作业分工以及安全措施及注意事项。

（3）地面电工检测绝缘工具的绝缘电阻是否符合要求，屏蔽服不得有破损、孔洞和毛刺状等缺陷，检查主要工器具、材料等是否齐全完好。

（4）杆塔上电工携带绝缘传递绳登杆至横担处，系好安全带，将绝缘滑车及绝缘传递绳悬挂在适当位置。

（5）等电位电工穿着全套屏蔽服、导电鞋，必要时，屏蔽服内穿阻燃内衣。地面电工负责检查袜裤、裤衣、袖和手套的连接是否完好，用万用表测试袜对手套间的连接导通是否良好。

（6）杆塔上电工与地面电工配合，将绝缘转臂梯拉上。

（7）等电位电工登杆至跳线下 0.5m 处水平位置。

（8）杆塔上电工与等电位电工配合在横担下方与跳线水平位置顺线路方向安装绝缘转臂梯，并利用梯头部的绝缘绳在横担上将梯两端升平固定好。

（9）等电位电工系好二防绳沿梯采用坐骑式前进到梯前端，在地面电工配合下用两根临时拉线将梯转至横线路方向，同时固定临时拉线。

（10）等电位电工至距引流线 600mm 处向工作负责人申请等电位，得到工作负责人同意后，迅速进入等电位，并系好安全带。

（11）等电位电工挂好消弧滑车，将消弧绳通过消弧滑车连接在引流线上，并系好控制拉绳。

（12）地面电工拉紧消弧绳使其与电源侧导线可靠接触，等电位电工拆开引线线夹后，向工作负责人申请脱离电位，许可后应快速脱离电位，由地面电工同时拉控制绳、松消弧绳，使引流线迅速脱离开。

（13）等电位电工按上述程序再次进入等电位处理引流线回头。

（14）当接通空载线路时，按上述相反程序进行。

（15）等电位作业人员向工作负责人申请脱离电位，许可后应快速脱离电位，拆除工具及防坠落保护绳并传递至地面。

（16）杆塔上电工检查确认塔上无遗留物后，汇报工作负责人，得到同意后系携带绝缘传递绳下塔。

（17）地面电工整理所用工器具和清理现场，工作负责人清点工器具。

（18）工作负责人向调度汇报。内容为：本人为工作负责人×××，110kV ××线路带电断开和接通空载线路工作已结束，杆塔上人员已撤离，杆塔、导地线上无遗留物，线路设备已恢复原状。

6. 安全措施及注意事项

（1）若在海拔 1000m 以上线路上带电作业时，应根据作业区不同海拔高度，修正各类空气间隙、绝缘工具的安全距离和长度、绝缘子片数等，经本单位主管生产领导（总工程师）批准后执行。

（2）本次作业应经现场勘察并编制带电断开和接通空载线路的现场作业指导书，经本单位技术负责人或主管生产负责人批准后执行。

（3）作业应在良好天气下进行。如遇雷电（听见雷声、看见闪电）、雪雹、雨雾时不得进行带电作业。风力大于 5 级（10m/s）时，不宜进行作业。

（4）若需在相对空气湿度大于 80% 的天气下进行带电作业时，应采用具有防潮性能的绝缘工具。

（5）本次作业工作前应向调度明确：若线路跳闸，不经联系不得强送电。

（6）杆塔上电工与带电体的安全距离不小于 1m。

（7）绝缘承力工具安全长度不小于 1m，绝缘撑杆要有效绝缘长度不小于 1.3m。

（8）地面绝缘工具应放置在防潮苫布上，作业人员均应戴清洁干燥手套，摇测绝缘电阻值不得小于 700MΩ（电极宽 2cm，极间距 2cm）。

（9）等电位电工应穿戴全套合格的屏蔽服（包括帽、衣裤、手套、袜和导电鞋），且各部分连接良好。屏蔽服内不得贴身穿着化纤类衣服。

（10）绝缘工具使用前应用干净毛巾进行表面清洁处理，作业人员使用绝缘工具应戴清洁、干燥的手套，以防绝缘工具受潮和污染，收工或转移作业点，应将绝缘工具装在工具袋内。

（11）登高电工上杆塔前，应对登高工具和安全带进行检查和冲击试验，全体作业人员必须戴安全帽。

（12）上、下杆塔或在杆塔上移位时，作业人员必须攀抓牢固构件，且双手不得持带任何器材。

（13）杆塔上作业不得失去安全带的保护。

（14）地面电工严禁在作业点垂直下方逗留，杆塔上电工应防止高空落物，使用的工具、材料应用绳索传递，不得乱扔。

（15）传递非绝缘器物时一定要与导线保持 1.0m 以上的安全距离。

（16）断接空载线路时，应计算电容电流的大小，然后确定采用消弧方式。

$$I_C = KU_N L \qquad\qquad (2\text{-}1)$$

式中　I_C——电容电流，A；

　　　K——系数，取 0.001 7；

　　　U_N——线路额定电压，kV；

　　　L——线路长度，km。

（17）等电位电工严禁用屏蔽服断接空载线路。

（18）断开空载线路时应有明显断开点。且等电位电工应离开 4m 以上，并戴护目镜。

（19）接通空载线路前，应查明线路无接地。绝缘良好线路上无人工作，相位正确等情况。在操作消弧绳接通回路前，等电位作业电工应离开断口处 4m 以上。

（20）在跳线处断接引流线时，必须用绝缘撑杆稳住。防止跳线摆动，造成对横担及拉线闪络。

（21）使用消弧绳索断开空载线路的电容电流应以 3A 为限，超过此值时应选择消弧能力与空载线路电容电流相适应的断接工具。

（22）进入等电位的组合间隙应满足 1.2m 的要求。

（23）作业人员在杆塔上作业期间，工作监护人应对作业人员进行不间断监护，且不得从事其他工作。

七、110kV 输电线路带电位、地电位结合法带电加装耐张引流线吊串绝缘子

1. 作业方法

等电位、地电位结合法。

2. 适用范围

适用于 110kV 输电线路加装耐张引流线吊串绝缘子的工作。

3. 人员组合

本作业项目工作人员共计 6 人。其中工作负责（监护）人 1 人，等电位电工 1 人，杆

塔上电工 1 人，地面电工 3 人。

4. 工器具配备

110kV 带电位、地电位结合法带电加装耐张引流线吊串绝缘子工器具配备一览表见表 2-34。

表 2-34　110kV 带电位、地电位结合法带电加装耐张引流线吊串绝缘子工器具配备一览表

序号	工器具名称		规格	数量	备　注
1	绝缘工具	绝缘转臂梯		1 套	
2		绝缘滑车	1.0t	1 只	
3		绝缘控制绳	SCJS-14	2 根	绝缘转臂梯控制用
4		绝缘传递绳	SCJS-14	2 根	配绝缘滑车
5	金属工具	机械打孔机		1 台	
6		转臂梯塔身固定器		1 只	
7	个人防护用具	安全带（带二防）		3 根	备用 1 根
8		屏蔽服		1 套	
9		导电鞋		1 双	
10		安全帽		6 顶	
11	辅助安全用具	防潮苫布		1 块	
12		兆欧表（或绝缘工具测试仪）	2.5kV 及以上	1 块	电极宽 2cm，极间距 2cm
13		万用表		1 块	检测屏蔽服导通用
14		脚扣		2 副	混凝土杆用
15		工具袋		2 只	装绝缘工具用
16		温湿度风速仪		1 台	

5. 作业程序

按照本次作业现场勘察后编写的现场作业指导书。

（1）工作前工作负责人向调度申请。内容为：本人为工作负责人×××，×年×月×日需在 110kV ××线路上带电加装耐张引流线吊串绝缘子，本次作业按《国家电网公司电力安全工作规程（电力线路部分）》第 8.1.7 条要求，确定是否停用线路重合闸装置，若遇线路跳闸，不经联系，不得强送。得到调度许可后，核对线路双重名称和杆号。

（2）全体工作成员列队，工作负责人现场宣读工作票、交待工作任务、安全措施和技术措施；查（问）看作业人员的精神状况、着装情况和工器具是否完好齐全。确认危险点和预防措施，明确作业分工以及安全措施及注意事项。

（3）地面电工检测绝缘工具的绝缘电阻是否符合要求，承力工具、绝缘转臂梯等是否完好灵活，屏蔽服不得有破损、孔洞和毛刺状等缺陷。

（4）杆塔上电工携带绝缘传递绳登杆至横担处，系好安全带，将绝缘滑车及绝缘传递

绳悬挂在适当位置。

（5）等电位电工穿着全套屏蔽服、导电鞋，必要时，屏蔽服内穿阻燃内衣。地面电工负责检查袜裤、裤衣、袖和手套的连接是否完好，用万用表测试袜对手套间的连接导通是否良好。

（6）等电位作业人员穿合格的屏蔽服登杆至引流线下 0.5m 处，杆塔上电工与地面电工配合，将绝缘转臂梯拉上。

（7）杆塔上电工与等电位电工配合安装好绝缘转臂梯，并利用梯头部的绝缘绳在横担上将梯两端升平固定好。

（8）杆上作业人员在横担上合适位置用机械打孔机打孔，安装 U–1880 及 Q–7，与地面作业人员配合将绝缘子安装好。

（9）等电位电工沿梯采用坐骑式前进到梯前端，挂好安全小带后，向工作负责人申请等电位，得到工作负责人同意后，在地面电工配合下用两根临时拉线将梯转至横线路方向，等电位电工进入电场，抓住带电体，并系好安全带，在引流线中间安装线夹及绝缘子。

（10）等电位作业人员向工作负责人申请退出强电场，许可后应快速脱离电位。

（11）杆塔上电工检查确认塔上无遗留物后，汇报工作负责人，得到同意后携带绝缘传递绳下塔。

（12）地面电工整理所用工器具，工作负责人清点工器具。

（13）负责人向调度汇报。内容为：本人为工作负责人×××，110kV ××线路带电加装耐张引流线吊串绝缘子工作已结束，杆塔上人员已撤离，杆塔、导线上无遗留物，线路设备已恢复原状。

6. 安全措施及注意事项

（1）若在海拔 1000m 以上线路上带电作业时，应根据作业区不同海拔高度，修正各类空气间隙、绝缘工具的安全距离和长度、绝缘子片数等，经本单位主管生产领导（总工程师）批准后执行。

（2）本次作业应经现场勘察并编制带电加装耐张引流线吊串绝缘子的现场作业指导书，经本单位技术负责人或主管生产负责人批准后执行。

（3）作业应在良好天气下进行。如遇雷电（听见雷声、看见闪电）、雪雹、雨雾时不得进行带电作业。风力大于 5 级（10m/s）时，不宜进行作业。

（4）若需在相对空气湿度大于 80%的天气下进行带电作业时，应采用具有防潮性能的绝缘工具。

（5）本次作业工作前应向调度明确：若线路跳闸，不经联系不得强送电。

（6）杆塔上电工与带电体的安全距离不小于 1m。

（7）绝缘承力工具安全长度不小于 1m，绝缘撑杆要有效绝缘长度不小于 1.3m。

（8）地面绝缘工具应放置在防潮苫布上，作业人员均应戴清洁干燥手套，摇测绝缘电阻值不得小于 700MΩ（电极宽 2cm，极间距 2cm）。

（9）等电位电工应穿戴全套合格的屏蔽服（包括帽、衣裤、手套、袜和导电鞋），且各部分连接良好。屏蔽服内不得贴身穿着化纤类衣服。

（10）绝缘工具使用前应用干净毛巾进行表面清洁处理，作业人员使用绝缘工具应戴清洁、干燥的手套，以防绝缘工具受潮和污染，收工或转移作业点，应将绝缘工具装在工具袋内。

（11）登高电工上杆塔前，应对登高工具和安全带进行检查和冲击试验，全体作业人员必须戴安全帽。

（12）上、下杆塔或在杆塔上移位时，作业人员必须攀抓牢固构件，且双手不得持带任何器材。

（13）杆塔上作业不得失去安全带的保护。

（14）地面电工严禁在作业点垂直下方逗留，杆塔上电工应防止高空落物，使用的工具、材料应用绳索传递，不得乱扔。

（15）传递非绝缘器物时一定要与导线保持 1.0m 以上的安全距离。

（16）如塔型为带拉线转角杆，塔上作业人员登杆前应将内角拉线解除，并加以固定，作业结束后应重新恢复内角拉线。

（17）作业过程中杆上作业人员与带电体及等电位作业人员与接地体间组合间隙应不小于 1.2m。

（18）等电位作业人员在强电场内，人体裸露部分与带电体的距离不小于 0.3m。

（19）作业人员在杆塔上作业期间，工作监护人应对作业人员进行不间断监护，且不得从事其他工作。

八、110kV 输电线路等电位、地电位结合法带电调整弛度

1. 作业方法

等电位、地电位结合法。

2. 适用范围

适用于 110kV 输电线路调整弛度（螺栓型耐张线夹）的工作。

3. 人员组合

本作业项目工作人员共计 13～15 人（视耐张段长度而定）。其中工作负责（监护）人 1 人，杆（塔）上作业电工 6～8 人，直线杆（塔）电工 6 人（3 人/每基）。

4. 工器具配备

110kV 等电位、地电位结合法带电调整弛度工器具配备一览表见表 2-35。

表 2-35　　　　110kV 等电位、地电位结合法带电调整弛度工器具配备一览表

序号	工器具名称		规格	数量	备　注
1	绝缘工具	绝缘滑车	1.0t	6 只	视现场情况确定数量
2		绝缘传递绳	SCJS–14	6 根	
3		3-3 绝缘滑车绳		6 根	
4		绝缘平台		2 套	
5		绝缘小绳	SCJS–12	2 根	
6		保护绳	SCJS–25	2 根	

续表

序号	工器具名称		规格	数量	备 注
7	绝缘工具	滑车组	3—3	6 个	
8		绝缘放线滑车		4 只	视现场情况确定数量
9		绝缘操作杆		4 根	
10	金属工具	瓷质绝缘子后卡		1 只	
11		丝杠		2 只	
12		液压断线器		1 套	
13		导线临时铜软质引流线		2 根	视现场情况确定数量
14		角钢桩		4 根	
15		大锤		4 把	
16		等电位梯		2 套	
17	个人防护用具	屏蔽服			
18		安全带（带二防）			根据作业人员确定
19		安全帽			
20		导电鞋			
21	辅助安全用具	万用表		1 块	检测屏蔽服导通用
22		兆欧表（或绝缘工具测试仪）	2.5kV 及以上	1 块	电极宽 2cm，极间距 2cm
23		防潮苫布		1 块	
24		对讲机			视现场情况确定数量
25		脚扣			混凝土用，根据作业人员确定
26		工具袋		若干	装绝缘工具用
27		温湿度风速仪		1 台	

5. 作业程序

按照本次作业现场勘察后编写的现场作业指导书。

（1）工作前工作负责人向调度申请。内容为：本人为工作负责人×××，×年×月×日需在 110kV ××线路上带电调整弛度，本次作业按《国家电网公司电力安全工作规程（电力线路部分）》第 8.1.7 条要求，确定是否停用线路重合闸装置，若遇线路跳闸，不经联系，不得强送。得到调度许可后，核对线路双重名称和杆号。

（2）全体工作成员列队，工作负责人现场宣读工作票、交待工作任务、安全措施和技术措施；查（问）看作业人员的精神状况、着装情况和工器具是否完好齐全。确认危险点和预防措施，明确作业分工以及安全措施及注意事项。

（3）地面电工检测绝缘工具的绝缘电阻是否符合要求，承力工具、绝缘转臂梯等是否完好灵活，屏蔽服不得有破损、孔洞和毛刺状等缺陷。

（4）地面工作人员校核导线对地距离以及交叉跨越情况，计算确定导线收紧长度。

（5）按等电位更换防振锤和线夹的方法拆除耐张段内每基直线杆上的防振锤和悬垂线夹，并将导线移入绝缘滑车内。

（6）在耐张杆（塔）上将导线收紧至需要长度，校核导线弛度，使其符合设计要求。

（7）等电位作业人员卡好耐张线夹。

（8）等电位电工安装好铜软质引流线后，报经工作负责人同意后，调整跳线引流线，并剪去多余跳线，重新做好螺栓型耐张线夹挂好，紧固跳线并沟线夹。

（9）将所有直线杆（塔）上导线恢复原来位置，卡好悬垂线夹和防振锤，拆除工具。

（10）按同样方法调整其他两相。

（11）杆塔上电工检查确认杆塔上无遗留物后，汇报工作负责人，得到同意后携带绝缘传递绳下塔。

（12）地面电工整理所用工器具，工作负责人清点工器具。

（13）负责人向调度汇报。内容为：本人为工作负责人×××，110kV ××线路带电调整弛度工作已结束，杆塔上人员已撤离，杆塔、导线上无遗留物，线路设备已恢复原状。

6. 安全措施及注意事项

（1）若在海拔 1000m 以上线上带电作业时，应根据作业区不同海拔高度，修正各类空气间隙、绝缘工具的安全距离和长度、绝缘子片数等，经本单位主管生产领导（总工程师）批准后执行。

（2）本次作业应经现场勘察并编制带电调整弛度的现场作业指导书，经本单位技术负责人或主管生产负责人批准后执行。

（3）作业应在良好天气下进行。如遇雷电（听见雷声、看见闪电）、雪雹、雨雾时不得进行带电作业。风力大于 5 级（10m/s）时，不宜进行作业。

（4）若需在相对空气湿度大于 80%的天气下进行带电作业时，应采用具有防潮性能的绝缘工具。

（5）本次作业工作前应向调度明确：若线路跳闸，不经联系不得强送电。

（6）杆塔上电工与带电体的安全距离不小于 1m。

（7）绝缘承力工具安全长度不小于 1m，绝缘撑杆要有效绝缘长度不小于 1.3m。

（8）地面绝缘工具应放置在防潮苫布上，作业人员均应戴清洁干燥手套，摇测绝缘电阻值不得小于 700MΩ（电极宽 2cm，极间距 2cm）。

（9）等电位电工应穿戴全套合格的屏蔽服（包括帽、衣裤、手套、袜和导电鞋），且各部分连接良好。屏蔽服内不得贴身穿着化纤类衣服。

（10）绝缘工具使用前应用干净毛巾进行表面清洁处理，作业人员使用绝缘工具应戴清洁、干燥的手套，以防绝缘工具受潮和污染，收工或转移作业点，应将绝缘工具装在工具袋内。

（11）登高电工上杆塔前，应对登高工具和安全带进行检查和冲击试验，全体作业人员必须戴安全帽。

（12）上、下杆塔或在杆塔上移位时，作业人员必须攀抓牢固构件，且双手不得持带任何器材。

（13）杆塔上作业不得失去安全带的保护。

（14）地面电工严禁在作业点垂直下方逗留，杆塔上电工应防止高空落物，使用的工具、材料应用绳索传递，不得乱扔。

（15）所用工具机械强度要符合《国家电网公司电力安全工作规程（电力线路部分）》规定。

（16）收紧导线时速度要平稳，防止过牵引。

（17）收紧导线时每基直线杆（塔）要有专人看守，监视滑车转动情况。

（18）单滑车要封口。

（19）更换线夹、防振锤、调整耐张线夹及剪去多余导线均应按相应等电位作业要求进行。

（20）要分工明确，统一指挥，统一信号，通信联络要可靠。

（21）临时分流线要与设备负荷电流相适应。

（22）作业过程要保证带电体对交叉跨越距离满足要求。

（23）作业过程中杆上作业人员与带电体、等电位作业人员与接地体间组合间隙均应符合规定。

（24）等电位电工进入等电位时，人体裸露部分与带电体的距离不小于 0.3m。

（25）作业人员在杆塔上作业期间，工作监护人应对作业人员进行不间断监护，且不得从事其他工作。

九、110kV 输电线路地电位结合绝缘绳索滑道牵引法跨越 110kV 带电线路导线展放

1. 作业方法

地电位结合绝缘绳索滑道牵引法（也可采用搭设带电跨越架或跨越网的办法）。

2. 适用范围

适用于 110kV 输电线路跨越 110kV 带电线路导线展放的工作。

3. 人员组合

本作业项目工作人员共计 19 人。其中工作负责人 1 人，监护人 2 人，杆塔上电工 6 人，地面电工 10 人。

4. 工器具配备

110kV 地电位结合绝缘绳索滑道牵引法跨越 110kV 带电线路导线展放工器具配备一览表见表 2-36。

表 2-36　110kV 地电位结合绝缘绳索滑道牵引法跨越 110kV 带电线路
导线展放工器具配备一览表

序号	工器具名称		规格、型号	数量	备　注
1	绝缘工具	绝缘滑车	1.0t	2 只	
2		绝缘传递绳	SCJS-14	2 根	视作业杆塔高度而定

续表

序号	工器具名称		规格、型号	数量	备　注
3	绝缘工具	绝缘绳	SCJS-18	1 根	
4		绝缘绳	SCJS-10	1 根	
5		绝缘绳	SCJS-12	1 根	若干
6		3-3 滑车组	2t	1 个	
7	金属工具	滑车	1t	2 只	
8		双头滑车		4 只	若干
9		蛇皮钢丝绳紧线套		1 个	
10	个人防护用具	安全带（带二防）		6 根	
11		安全帽		19 顶	
12	辅助安全用具	防潮苫布	3m×3m	2 块	
13		对讲机		6 部	
14		兆欧表	2.5kV 及以上	1 块	电极宽 2cm，极间距 2cm
15		脚扣		6 副	混凝土杆用
16		工具袋		若干	装绝缘工具用
17		温湿度风速仪		1 台	

5. 作业程序

按照本次作业现场勘察后编写的现场作业指导书。

（1）工作前工作负责人向调度申请。内容为：本人为工作负责人×××，×年×月×日需带电跨越 110kV ××线路进行 110kV ××线路导线展放，本次作业按《国家电网公司电力安全工作规程（电力线路部分）》第 8.1.7 条要求，确定是否停用线路重合闸装置，若遇线路跳闸，不经联系，不得强送。得到调度许可后，核对线路双重名称和杆号。

（2）全体工作成员列队，工作负责人现场宣读工作票、交待工作任务、安全措施和技术措施；查（问）看作业人员的精神状况、着装情况和工器具是否完好齐全。确认危险点和预防措施，明确作业分工以及安全措施及注意事项。

（3）地面电工检测绝缘工具的绝缘电阻是否符合要求，对主要工器具、材料进行检查。

（4）在被跨越带电线路上方，展放绝缘引绳，将空中滑道绝缘绳放好。

（5）在杆塔上 1 号作业人员把双头滑车和导线拉上杆塔，逐个把双头滑车挂在空中滑道绝缘绳上，并将导线放入绝缘滑车内，每个双头滑车之间均用绝缘绳拴好。由杆塔 2 号及地面人员牵引绝缘滑车与导线，将导线牵引至 2 号杆塔并将耐张线夹挂在绝缘子串上。

（6）在 1 号杆塔上利用绝缘滑车绳将导线、绝缘子串同时收紧，看好弛度，卡好耐张线夹，挂在绝缘子串上。

（7）用同样的方法展架空地线及其他两相导线。

（8）杆塔上电工检查确认杆塔上无遗留物后，汇报工作负责人，得到同意后携带绝缘传递绳下塔。

（9）地面电工整理所用工器具和清理现场，工作负责人清点工器具。

（10）负责人向调度汇报。内容为：本人为工作负责人×××，110kV ××线路带电导线展放工作已结束，杆塔上人员已撤离，杆塔、导线上无遗留物，线路设备已恢复原状。

6. 安全措施及注意事项

（1）若在海拔 1000m 以上线路上带电作业时，应根据作业区不同海拔高度，修正各类空气间隙、绝缘工具的安全距离和长度、绝缘子片数等，经本单位主管生产领导（总工程师）批准后执行。

（2）本次作业应经现场勘察并编制带电跨越 110kV 带电线路导线展放的现场作业指导书，经本单位技术负责人或主管生产负责人批准后执行。

（3）作业应在良好天气下进行。如遇雷电（听见雷声、看见闪电）、雪雹、雨雾时不得进行带电作业。风力大于 5 级（10m/s）时，不宜进行作业。

（4）若需在相对空气湿度大于 80%的天气下进行带电作业时，应采用具有防潮性能的绝缘工具。

（5）本次作业工作前应向调度明确：若线路跳闸，不经联系不得强送电。

（6）杆塔上电工与带电体的安全距离不小于 1m。

（7）绝缘滑道对下方带电体的安全距离不小于 4m。

（8）地面绝缘工具应放置在防潮苫布上，作业人员均应戴清洁干燥手套，摇测绝缘电阻值不得小于 700MΩ（电极宽 2cm，极间距 2cm）。

（9）绝缘工具使用前应用干净毛巾进行表面清洁处理，作业人员使用绝缘工具应戴清洁、干燥的手套，以防绝缘工具受潮和污染，收工或转移作业点，应将绝缘工具装在工具袋内。

（10）登高电工上杆塔前，应对登高工具和安全带进行检查和冲击试验，全体作业人员必须戴安全帽。

（11）上、下杆塔或在杆塔上移位时，作业人员必须攀抓牢固构件，且双手不得持任何器材。

（12）杆塔上作业不得失去安全带的保护。

（13）地面电工严禁在作业点垂直下方逗留，杆塔上电工应防止高空落物，使用的工具、材料应用绳索传递，不得乱扔。

（14）双头滑车分布要均匀，间隙距离一般不大于 15m。

（15）展放导、地线时两端杆塔作业人员应配合好，缓慢进行，防止导、地线下垂对被跨越线路距离不够。

（16）牵引绳和导地线连接要可靠，滑车开口要封牢。

（17）杆塔上导、地线通过的滑车应可靠接地。

（18）展放绝缘双头牵引线及导地线时，要注意确保对带电体的安全距离 4m 以上，防止被牵引的导地线下垂而造成对被跨线路的短路跳闸。

（19）作业人员在杆塔上作业期间，工作监护人应对作业人员进行不间断监护，且不得

从事其他工作。

十、110kV 输电线路等电位、地电位结合法带电加装重锤（直线绝缘子串、耐张吊串绝缘子）

1. 作业方法

等电位、地电位结合法。

2. 适用范围

适用于 110kV 输电线路加装重锤（直线绝缘子串、耐张吊串绝缘子）的工作。

3. 人员组合

本作业项目工作人员共计 6 人。其中工作负责（监护）人 1 人，等电位电工 1 人，杆塔上电工 1 人，地面电工 3 人。

4. 工器具配备

110kV 等电位、地电位结合法带电加装重锤（直线绝缘子串、耐张吊串绝缘子）工器具配备一览表见表 2-37。

表 2-37　　　　　　110kV 等电位、地电位结合法带电加装重锤
（直线绝缘子串、耐张吊串绝缘子）工器具配备一览表

序号	工器具名称		规格	数量	备　　注
1	绝缘工具	绝缘滑车	1t	1 只	
2		绝缘传递绳	SCJS–16	1 根	视作业杆塔高度而定
3		绝缘小绳	SCJS–14	2 根	
4		绝缘保护绳	SCJS–25	1 根	
5		绝缘平梯		1 套	直线可采用软梯
6	金属工具	平梯塔身固定器		1 只	
7	个人防护用具	屏蔽服		1 套	等电位电工用
8		导电鞋		1 双	
9		安全带（带二防）		2 根	备用 1 根
10		安全帽		7 顶	
11	辅助安全用具	万用表		1 块	检测屏蔽服导通用
12		兆欧表（或绝缘工具测试仪）	2.5kV 及以上	1 块	电极宽 2cm，极间距 2cm
13		防潮苫布		1 块	
14		脚扣		2 副	混凝土杆用
15		测湿风速仪		1 台	
16		工具袋		2 只	装绝缘工具用

5. 作业程序

按照本次作业现场勘察后编写的现场作业指导书。

（1）工作前工作负责人向调度申请。内容为：本人为工作负责人×××，×年×月×日需在 110kV ××线路上带电加装重锤，本次作业按《国家电网公司电力安全工作规程（电力线路部分）》第 8.1.7 条要求，确定是否停用线路重合闸装置，若遇线路跳闸，不经联系，不得强送。得到调度许可后，核对线路双重名称和杆号。

（2）全体工作成员列队，工作负责人现场宣读工作票、交待工作任务、安全措施和技术措施；查（问）看作业人员的精神状况、着装情况和工器具是否完好齐全。确认危险点和预防措施，明确作业分工以及安全措施及注意事项。

（3）地面电工检测绝缘工具的绝缘电阻是否符合要求，屏蔽服不得有破损、孔洞和毛刺状等缺陷，对主要工器具、材料进行检查。

（4）杆塔上电工携带绝缘传递绳登杆至横担处，系好安全带，将绝缘滑车及绝缘传递绳悬挂在适当位置。

（5）等电位电工穿着全套屏蔽服、导电鞋，必要时，屏蔽服内穿阻燃内衣。地面电工负责检查袜裤、裤衣、袖和手套的连接是否完好，用万用表测试袜对手套间的连接导通是否良好。

（6）等电位作业人员穿合格的屏蔽服登杆至引流线下 0.5m 处，杆塔上电工与地面电工配合，将绝缘平梯拉上。

（7）杆塔上电工与等电位电工配合安装好绝缘平梯，并利用梯头部的绝缘绳在横担上将梯两端升平固定好。

（8）等电位电工沿梯采用坐骑式前进到梯前端，挂好安全小带后，向工作负责人申请等电位，得到工作负责人同意后，等电位电工进入电场，抓住带电体，并系好安全带，拔出导线线夹处的锁紧销。

（9）地面作业人员利用绝缘传递绳，将重锤送至等电位位置，等电位作业人员将重锤装在导线线夹上，装上锁紧销。

（10）等电位作业人员向工作负责人申请脱离电位，许可后应快速脱离电位，拆除工具。

（11）杆塔上电工检查确认杆塔上无遗留物后，汇报工作负责人，得到同意后携带绝缘传递绳下塔。

（12）地面电工整理所用工器具和清理现场，工作负责人清点工器具。

（13）负责人向调度汇报。内容为：本人为工作负责人×××，110kV ××线路带电加装重锤工作已结束，杆塔上人员已撤离，杆塔、导线上无遗留物，线路设备已恢复原状。

6. 安全措施及注意事项

（1）若在海拔 1000m 以上线路上带电作业时，应根据作业区不同海拔高度，修正各类空气间隙、绝缘工具的安全距离和长度、绝缘子片数等，经本单位主管生产领导（总工程师）批准后执行。

（2）本次作业应经现场勘察并编制带电加装重锤的现场作业指导书，经本单位技术负责人或主管生产负责人批准后执行。

（3）作业应在良好天气下进行。如遇雷电（听见雷声、看见闪电）、雪雹、雨雾时不得

进行带电作业。风力大于 5 级（10m/s）时，不宜进行作业。

（4）若需在相对空气湿度大于 80% 的天气下进行带电作业时，应采用具有防潮性能的绝缘工具。

（5）本次作业工作前应向调度明确：若线路跳闸，不经联系不得强送电。

（6）杆塔上电工与带电体的安全距离不小于 1m。

（7）绝缘绳索、承力工具、绝缘平梯的有效绝缘长度不小于 1m。

（8）地面绝缘工具应放置在防潮苫布上，作业人员均应戴清洁干燥手套，摇测绝缘电阻值不得小于 700MΩ（电极宽 2cm，极间距 2cm）。

（9）等电位电工应穿戴全套合格的屏蔽服（包括帽、衣裤、手套、袜和导电鞋），且各部分连接良好。屏蔽服内不得贴身穿着化纤类衣服。

（10）绝缘工具使用前应用干净毛巾进行表面清洁处理，作业人员使用绝缘工具应戴清洁、干燥的手套，以防绝缘工具受潮和污染，收工或转移作业点，应将绝缘工具装在工具袋内。

（11）登高电工上杆塔前，应对登高工具和安全带进行检查和冲击试验，全体作业人员必须戴安全帽。

（12）上、下杆塔或在杆塔上移位时，作业人员必须攀抓牢固构件，且双手不得持带任何器材。

（13）杆塔上作业不得失去安全带的保护。

（14）地面电工严禁在作业点垂直下方逗留，杆塔上电工应防止高空落物，使用的工具、材料应用绳索传递，不得乱扔。

（15）如沿绝缘平梯进电场安全距离不能保证时，绝缘平梯应先顺线路方向，待等电位作业人员进入到平梯尽头时，由地面作业人员控制绝缘绳将绝缘平梯转入电场，退出应按相反顺序退出。

（16）绝缘平梯等电位作业人员与接地体间组合间隙均应不小于 1.2m。

（17）等电位电工进入等电位时，人体裸露部分与带电体的距离不小于 0.3m。

（18）等电位作业人员沿绝缘平梯进入电场时应缓慢移动，地面电工控制转移绝缘平梯应平稳。

（19）如直线绝缘子串加装重锤时可采用沿绝缘软梯进入等电位法进行。

（20）作业人员在杆塔上作业期间，工作监护人应对作业人员进行不间断监护，且不得从事其他工作。

十一、110kV 输电线路地电位法带电水冲洗绝缘子

1. 作业方法

地电位法。

2. 适用范围

适用于 110kV 输电线路带电水冲洗绝缘子的工作。

3. 人员组合

本作业项目工作人员共计 5 人。其中工作负责（监护）人 1 人，操作水泵电工 1 人，

杆塔上电工 1 人，地面电工 2 人。

4. 工器具配备

110kV 地电位法带电水冲洗绝缘子工器具配备一览表见表 2-38。

表 2-38　　　　　**110kV 地电位法带电水冲洗绝缘子工器具配备一览表**

序号	工器具名称		规格、型号	数量	备　注
1	绝缘工具	绝缘滑车	1.0t	1 只	
2		绝缘传递绳	SCJS–16	1 根	视作业杆塔高度而定
3		绝缘操作杆		1 根	
4	金属工具	瓷质绝缘子检测装置		1 套	瓷质绝缘子用
5		大锤		1 把	
6		接地线	25mm^2	2 根	
7		接地棒	ϕ16mm×lm	1 根	
8		水泵	带压力表	1 台	
9		水枪		1 把	
10	个人防护用具	安全带（带二防）		1 根	备用 1 根
11		安全帽		5 顶	
12	辅助安全用具	防潮苫布	3m×3m	1 块	
13		兆欧表（或绝缘工具测试仪）	2.5kV 及以上	1 块	电极宽 2cm，极间距 2cm
14		脚扣		2 副	混凝土杆用
15		储水容器		4 个	
16		引水管	ϕ10mm×50m	1 根	
17		水电阻率测量仪		1 台	
18		温湿度风速仪		1 台	

注　瓷质绝缘子检测装置包括分布电压检测仪、绝缘电阻检测仪和火花间隙装置等，采用火花间隙装置
测零时，每次检测前应用专用塞尺按 DL 415 要求测量间隙尺寸。

5. 作业程序

按照本次作业现场勘察后编写的现场作业指导书。

（1）工作前工作负责人向调度申请。内容为：本人为工作负责人×××，×年×月×
日需在 110kV ××线路上带电水冲洗绝缘子，本次作业按《国家电网公司电力安全工作规
程（电力线路部分）》第 8.1.7 条要求，确定是否停用线路重合闸装置，若遇线路跳闸，不
经联系，不得强送。得到调度许可后，核对线路双重名称和杆号。

（2）全体工作成员列队，工作负责人现场宣读工作票、交待工作任务、安全措施和技
术措施；查（问）看作业人员的精神状况、着装情况和工器具是否完好齐全。确认危险点

和预防措施，明确作业分工以及安全措施及注意事项。

（3）地面电工检测绝缘工具的绝缘电阻是否符合要求，对水泵、水枪和水电阻值进行检查。

（4）杆塔上电工携带绝缘传递绳登杆至横担处，系好安全带，将绝缘滑车及绝缘传递绳悬挂在适当位置。

（5）杆塔上电工与地面电工配合传递上带火花间隙仪或分布电压测量仪操作杆，杆上作业人员进行绝缘子零值测量。

（6）地面电工从水枪出口处测量水电阻（水电阻率为 1500Ω·cm），合格后地面人员利用绝缘传递绳将水枪送至杆塔上，杆塔上作业人员将水枪接地，操作水泵人员将机器接地。

（7）操作水泵电工将水泵起动，杆塔上电工待水柱压强达到要求时（在 45°仰角喷射时，呈直柱状态的水柱长度不得小于 1.5m），开始从导线侧第一片绝缘子依次向横担侧冲洗。如果是双串绝缘子应同步交替冲洗。

（8）依次程序冲洗另两相。

（9）杆塔上电工检查确认塔上无遗留物后，汇报工作负责人，得到同意后携带绝缘传递绳下塔。

（10）地面电工整理所用工器具和清理现场，工作负责人清点工器具。

（11）工作负责人向调度汇报。内容为：本人为工作负责人×××，110kV ××线路带电水冲洗绝缘子工作已结束，杆塔上人员已撤离，杆塔、导线上无遗留物，线路设备仍为原状。

6. 安全措施及注意事项

（1）若在海拔 1000m 以上线路上带电作业时，应根据作业区不同海拔高度，修正各类空气间隙、绝缘工具的安全距离和长度、绝缘子片数等，经本单位主管生产领导（总工程师）批准后执行。

（2）本次作业应经现场勘察并编制带电水冲洗的现场作业指导书，经本单位技术负责人或主管生产负责人批准后执行。

（3）作业应在良好天气下进行。如遇雷电（听见雷声、看见闪电）、雪雹、雨雾时不得进行带电作业。风力大于 5 级（10m/s）时，不宜进行作业。

（4）若需在相对空气湿度大于 80%的天气下进行带电作业时，应采用具有防潮性能的绝缘工具。

（5）本次作业工作前应向调度明确：若线路跳闸，不经联系不得强送电。

（6）杆塔上电工与带电体的安全距离不小于 1m。

（7）喷嘴直径 3mm 及以下时，喷嘴与带电体之间的水柱长度不小于 1.2m。

（8）地面绝缘工具应放置在防潮苫布上，作业人员均应戴清洁干燥手套，摇测绝缘电阻值不得小于 700MΩ（电极宽 2cm，极间距 2cm）。

（9）绝缘工具使用前应用干净毛巾进行表面清洁处理，作业人员使用绝缘工具应戴清洁、干燥的手套，以防绝缘工具受潮和污染，收工或转移作业点，应将绝缘工具装在工具袋内。

（10）登高电工上杆塔前，应对登高工具和安全带进行检查和冲击试验，全体作业人员必须戴安全帽。

（11）上、下杆塔或在杆塔上移位时，作业人员必须攀抓牢固构件，且双手不得持带任何器材。

（12）杆塔上作业不得失去安全带的保护。

（13）地面电工严禁在作业点垂直下方逗留，杆塔上电工应防止高空落物，使用的工具、材料应用绳索传递，不得乱扔。

（14）带电水冲洗应注意选择合适的冲洗方法，应防止被冲洗设备表面出现污水线。当被冲绝缘子未冲洗干净时，水枪切勿强行离开，以免造成闪络。

（15）水柱压强达不到要求时，水柱不得指向带电体。

（16）水冲洗时，杆上作业人员双手不得超过水枪手握部分。

（17）冲洗用水电阻率、水枪必须符合 GBL-14545-93 的规定要求。

（18）带电水冲洗前要检测绝缘子是否良好。有零值、低值的绝缘子及瓷质绝缘子有裂纹时，一般不可冲洗。

（19）带电水冲洗作业前应掌握绝缘子的脏污情况，当盐密值大于《国家电网公司电力安全工作规程（电力线路部分）》表 11 临界盐密值的规定，一般不宜进行水冲洗，否则，应增大水电阻率来补救。

（20）每次冲洗前，都应用合格的水阻表测量水电阻率，应从水枪出口处取水样进行测量。如用储水容器盛水，则每个储水容器的水都应测量水电阻率。

（21）冲洗悬垂绝缘子串、耐张绝缘子串时，应从导线侧向横担侧依次冲洗。

（22）冲洗绝缘子时，应注意风向，必须先冲下风侧，后冲上风侧，对于上、下层布置的绝缘子应先冲下层，后冲上层。还要注意冲洗角度，严防临近绝缘子在溅射的水雾中发生闪络。

（23）作业人员在杆塔上作业期间，工作监护人应对作业人员进行不间断监护，且不得从事其他工作。

十二、110kV 输电线路等电位、地电位结合法带电顺线路整体移动门形混凝土杆

1. 作业方法
等电位、地电位结合法。

2. 适用范围
适用于 110kV 输电线路整体移动 110kV 直线门形混凝土杆的工作。

3. 人员组合
本项工作工作人员共计 20 人。其中工作负责（监护）人 1 人，等电位电工 3 人，杆塔上电工 3 人，地面电工 13 人。

4. 工器具配备
110kV 等电位、地电位结合法带电顺线路整体移动门形混凝土杆工器具配备一览表见表 2-39。

表 2-39 110kV 等电位、地电位结合法带电顺线路整体移动门型混凝土杆工器具配备一览表

序号	工器具名称		规格	数量	备　注
1	绝缘工具	2-3 滑车组绝缘绳	3t	60m 12 根	迪尼玛绳作临时拉线
2		蚕丝绝缘绳	φ14	30m 6 根	
3		绝缘软梯及软梯头	φTR020.8×0.3	3 套	
4	金属工具	链条滑车	3t	4 只	
5		机动铰磨		2 台	
6		地锚	∠8×80×1200	10 个	
7		钢丝绳	φ13	2 根	根据需要牵引长度
8		钢丝绳套	φ13	4 只	
9		牵引滑车组	3×3×3t	2 个	
10		杉木杆	2～3m	4 根	
11		大锤	12 磅	2 把	
12		工具 U 形环	U-10	4 只	
13		杆段移动鞋		2 双	自制
14		人字抱杆		1 根	
15	个人防护用具	安全带（带二防）		6 根	
16		安全帽		20 顶	
17		屏蔽服		3 套	
18		导电鞋		3 双	
19	辅助安全用具	防潮苫布	3m×3m	1 块	
20		兆欧表	2.5kV 及以上	1 块	电极宽 2cm，极间距 2cm
21		万用表		1 块	检测屏蔽服导通用
22		脚扣		3 副	混凝土杆用
23		工具袋		若干	装绝缘工具用
24		温湿度风速仪		1 台	

5. 作业程序

按照本次作业现场勘察后编写的现场作业指导书。

（1）工作前工作负责人向调度申请。内容为：本人为工作负责人×××，×年×月×日需在 110kV ××线路上带电顺线路整体移动门形混凝土杆，本次作业按《国家电网公司电力安全工作规程（电力线路部分）》第 8.1.7 条要求，确定是否停用线路重合闸装置，若

遇线路跳闸，不经联系，不得强送。得到调度许可后，核对线路双重名称和杆号。

（2）全体工作成员列队，工作负责人现场宣读工作票、交待工作任务、安全措施和技术措施；查（问）看作业人员的精神状况、着装情况和工器具是否完好齐全。确认危险点和预防措施，明确作业分工以及安全措施及注意事项。

（3）地面电工检测绝缘工具的绝缘电阻是否符合要求，屏蔽服不得有破损、孔洞和毛刺状等缺陷，对主要工器具、材料进行检查。

（4）杆塔上电工携带绝缘传递绳登杆至横担处，系好安全带，将绝缘滑车及绝缘传递绳悬挂在适当位置。

（5）等电位电工穿着全套屏蔽服、导电鞋，必要时，屏蔽服内穿阻燃内衣。地面电工负责检查袜裤、裤衣、袖和手套的连接是否完好，用万用表测试袜对手套间的连接导通是否良好。

（6）等电位作业法拆除导线防振锤及直线线夹，并将 3 根导线入放线滑车内（放线滑车应挂在绝缘子下方）。

（7）拆除地线防振锤及直线线夹，并将 2 根地线入放线滑车内。

（8）打好临时拉线。临时拉线共 12 根（横担下拉线抱箍处顺线路方向前后各 2 根，线路左右侧各 2 根）。

（9）在需要移动到新杆位的距离内每隔 5m 左右横线路两侧各打地锚若干；以便在杆塔移动时做临时拉线的固定。

（10）将杆坑回填土挖开，并在顺线路方向沿线路走向挖出 2 条通道，通道的深度根据原杆子的埋深决定，可略低于底盘 20～30mm，长度应保证混凝土杆就位和操作方便，在通往新杆位的通道上铺上薄钢板，以便杆塔移动滑行。

（11）新杆位的底盘上平面应和通道深度保持一致，应用经纬仪测量两底盘的高低差，进行地面操平，底盘应四周固定牢固；通向牵引绞磨的通道要做好马道口；马道与通道地面的夹角以 30° 为宜。

（12）分别用 2 根 ϕ20 以上的杉木杆横放在杆坑上并夹住杆下段，用 ϕ18.5 钢丝绳套将两杆的底部分别绑住；用 3t 倒链 2 个和钢丝绳套、杉木杆连接。

（13）启动各侧临时拉线，解开永久拉线。

（14）利用人字抱杆操作 3t 链条滑车，使两跟杆子均匀抬起 50mm 左右。迅速将杆根穿上特制的杆段移动鞋（薄钢板制成），杆段移动鞋一侧能阻止杆段向后和向左右移动，一侧有挂环通过牵引绳索连接机动绞磨。

（15）同时启动两台机动绞磨，在移杆过程中，每拖动 200～400mm 时，暂停一下，利用临时拉线将杆子调直，然后再进行拖动，以便始终保持杆子稳定滑动，防止突然倾斜太多而倾覆。

（16）当杆塔临近新杆位时，停止牵引，仔细检查新杆位，确无问题后再继续牵引，直到杆塔就位。

（17）杆塔脱掉钢板移动装置就位后，立即打好永久拉线。

（18）杆塔上电工检查确认塔上无遗留物后，汇报工作负责人，得到同意后携带绝缘传递绳下塔。

（19）地面电工整理所用工器具和清理现场，工作负责人清点工器具。

（20）负责人向调度汇报。内容为：本人为工作负责人×××，110kV ××线路带电顺线路整体移动门形混凝土杆工作已结束，杆塔上人员已撤离，杆塔、导线上无遗留物，线路设备已恢复原状。

6. 安全措施及注意事项

（1）若在海拔 1000m 以上线路上带电作业时，应根据作业区不同海拔高度，修正各类空气间隙、绝缘工具的安全距离和长度、绝缘子片数等，经本单位主管生产领导（总工程师）批准后执行。

（2）本次作业应经现场勘察并编制带电整体移动 110kV 直线门形混凝土杆的现场作业指导书，经本单位技术负责人或主管生产负责人批准后执行。

（3）作业应在良好天气下进行。如遇雷电（听见雷声、看见闪电）、雪雹、雨雾时不得进行带电作业。风力大于 5 级（10m/s）时，不宜进行作业。

（4）若需在相对空气湿度大于 80%的天气下进行带电作业时，应采用具有防潮性能的绝缘工具。

（5）本次作业工作前应向调度明确：若线路跳闸，不经联系不得强送电。

（6）杆塔上电工与带电体的安全距离不小于 1m。

（7）绝缘绳索、承力工具安全长度不小于 1m，绝缘操作杆有效绝缘长度不小于 1.3m。

（8）地面绝缘工具应放置在防潮苫布上，作业人员均应戴清洁干燥手套，摇测绝缘电阻值不得小于 700MΩ（电极宽 2cm，极间距 2cm）。

（9）等电位电工应穿戴全套合格的屏蔽服（包括帽、衣裤、手套、袜和导电鞋），且各部分连接良好。屏蔽服内不得贴身穿着化纤类衣服。

（10）绝缘工具使用前应用干净毛巾进行表面清洁处理，作业人员使用绝缘工具应戴清洁、干燥的手套，以防绝缘工具受潮和污染，收工或转移作业点，应将绝缘工具装在工具袋内。

（11）登高电工上杆塔前，应对登高工具和安全带进行检查和冲击试验，全体作业人员必须戴安全帽。

（12）上、下杆塔或在杆塔上移位时，作业人员必须攀抓牢固构件，且双手不得持带任何器材。

（13）杆塔上作业不得失去安全带的保护。

（14）地面电工严禁在作业点垂直下方逗留，杆塔上电工应防止高空落物，使用的工具、材料应用绳索传递，不得乱扔。

（15）在混凝土杆移动过程中一定要保证两个机动绞磨速度一致，保持杆塔均匀移动，避免移动时速度不一致，两侧拉线失去控制，导致杆塔在移动过程中倾倒。

（16）等电位电工进入等电位时，人体裸露部分与带电体的距离不小于 0.3m。

（17）临时拉线应采用伸缩率较小的绝缘绳索和 2-3 滑车组（迪尼玛绳）。

（18）整个移动杆塔过程中，要时刻观察导线、地线在滑车中移动情况，不能让出现卡住现象。

（19）整个移动杆塔过程中，四侧拉线随时固定牢固、保持杆塔始终垂直地面。

（20）拉线更换地锚位置时，应保证一组（6根）临时拉受力良好并停止牵引的情况下方可进行。

（21）作业人员在拆除导线直线线夹并使导线进入滑车时，要保持人身与地电位的安全距离，使用的工器具和拆除材料要使用绝缘绳索传递。

（22）作业人员在杆塔上作业期间，工作监护人应对作业人员进行不间断监护，且不得从事其他工作。

十三、110kV 输电线路等电位结合双头液压工具法挡中带电开断损伤导线重接

1. 作业方法

等电位结合双头液压工具法。

2. 适用范围

适用于 110kV 线路挡中损伤导线开断重接工作。

3. 人员组合

本作业项目分两个工作面，工作人员至少 14 人。其中开断重接工作面：工作负责人（监护人）1 人，等电位电工 2 人，地面电工 4 人；耐张跳线松出工作面：工作负责人（监护人）1 人，等电位电工 1~2 人，杆上电工 2 人，地面电工 2 人。

4. 工器具配备

110kV 等电位结合双头液压工具法挡中带电开断损伤导线重接工器具配备一览表见表 2-40。

表 2-40　110kV 等电位结合双头液压工具法挡中带电开断损伤导线重接工器具配备一览表

序号	工器具名称		规格、型号	数量	备　注
1	绝缘工具	绝缘传递绳	SCJS–14	3 根	视作业杆塔高度而定
2		绝缘滑车	1t、0.5t	若干	
3		H 形绝缘竖梯或独脚扒杆		2 套（根）	挡中导线压接用
4		绝缘水平转向梯		2 套	配水泥杆固定座
5		高强度绝缘绳	φ30mm 以上	2 根	导线后备保护绳
6		绝缘 4–4 滑车	φ14mm 绝缘绳	1 只	摘开耐张串导线用
7		绝缘 2–2 滑车	φ12mm 绝缘绳	1 只	吊挂旋转绝缘梯用
8		绝缘操作杆		1 根	
9		绝缘转向梯控制拉绳	φ12mm 绝缘绳	2 根	
10	金属工具	手动液压钳或液压器		1 台	导线开断重接用
11		双头液压紧线工具		1 套	开断导线收紧用
12		φ30mm 多股软铜载流线		2 根	配紧固夹具
13		相应导线型号紧线器		3 只	

续表

序号	工器具名称		规格、型号	数量	备　注
14	金属工具	瓷质绝缘子检测装置		1 套	瓷质绝缘子用
15		液压断线钳		1 把	开断导线用
16	个人防护用具	安全带		7 根	备用 1 根
17		屏蔽服		4 套	
18		安全帽		14 顶	
19		导电鞋		4 双	
20	辅助安全用具	兆欧表	2.5kV 及以上	1 块	电极宽 2cm,极间距 2cm
21		万用表		1 块	检测屏蔽服导通用
22		防潮苫布	3m×3m	2 块	
23		工具袋		若干	装绝缘工具用
24		脚扣		2 副	混凝土杆用

注　瓷质绝缘子检测装置包括分布电压检测仪、绝缘电阻检测仪、火花间隙装置等,采用火花间隙装置测零时,每次检测前应用专用塞尺按 DL 415 要求测量间隙尺寸。

5. 作业程序

按照本次作业现场勘察后编写的现场作业指导书。

（1）工作前工作负责人向调度申请。内容为:本人为工作负责人×××,×年×月×日需在 110kV ××线路上带电开断重接损伤导线作业,本次作业按《国家电网公司电力安全工作规程（电力线路部分）》第 8.1.7 条要求,确定是否停用线路重合闸装置,若遇线路跳闸,不经联系,不得强送。得到调度许可后,核对线路双重名称和杆号。

（2）全体工作成员列队,工作负责人现场宣读工作票、交待工作任务、安全措施和技术措施;查（问）看作业人员的精神状况、着装情况和工器具是否完好齐全。确认危险点和预防措施,明确作业分工以及安全措施及注意事项。

（3）地面电工采用兆欧表检测绝缘工具的绝缘电阻,检查液压工具等工器具是否完好灵活,屏蔽服不得有破损、孔洞和毛刺状等缺陷,随后组装好绝缘 4-4 滑车组。

（4）杆塔上电工携带绝缘传递绳登杆至横担处,系好安全带,将绝缘滑车及绝缘传递绳悬挂在适当位置。

（5）若是盘形瓷质绝缘子串,地面电工将瓷质绝缘子检测装置及绝缘操作杆组装好后用绝缘传递绳传递给杆塔上电工,杆塔上电工对绝缘子进行复测。当发现同串中（7 片）零值绝缘子达到 3 片时（结构高度 146mm）,应立即停止检测,并停止本次带电作业工作。

（6）塔头电工与地面电工相互配合,将绝缘转向绝缘硬梯在杆塔上安装好,并在地面冲击试验转向绝缘硬梯悬挂固定是否良好。

（7）等电位人员穿着全套屏蔽服、导电鞋,必要时,屏蔽服内穿阻燃内衣。地面电工负责检查袜裤、裤衣、袖和手套的连接是否完好,用万用表测试袜对手套间的连接导通是否良好。

（8）等电位电工登杆塔至绝缘硬梯处，<u>坐上绝缘硬梯顺线路方向至绝缘硬梯最外端</u>，系好安全带副保险绳，工作负责人巡查后指挥将绝缘硬梯转向工作相导线附近，等电位电工向工作负责人申请进入等电位，得到工作负责人同意后，快速抓住进入带电体，随后系好安全带。

（9）杆塔上电工与地面电工相互配合，将横担固定工具、绝缘 4-4 滑车组、导线紧线器及导线保护绝缘绳等传递至工作位置。

（10）塔头电工与等电位相互配合将横担固定工具、绝缘 4-4 滑车组、导线紧线器安装好并稍收紧导线，安装好导线保护绝缘绳。

（11）挡中带电开断导线工作面的地面电工将 H 形绝缘竖梯或独脚扒杆组立固定完毕（在开始组立时可临时抽耐张杆工作面的地面电工帮忙，组立后帮忙人员回原工作面准备工作），两个等电位电工屏蔽服穿着后检查和检测完好，在挡中工作面负责人的监护下，登上导线下方 60cm 左右处，系好副保险后向工作负责人申请进入等电位，得到工作负责人同意后，快速抓住进入带电体，随后系好安全带。

（12）挡中 H 形绝缘竖梯或独脚扒杆上等电位电工安装好导线紧线器和液压双头丝杠，导线后备保护绳，收紧液压双头紧线丝杠，使导线稍受力松弛。等电位电工手抓液压双头丝杠冲击检查无误后，安装固定好多股软铜载流线。

（13）耐张杆塔上电工收紧绝缘 4-4 滑车组，使绝缘子串松弛。等电位电工手抓绝缘滑车组冲击检查无误后，拆除碗头处的锁紧销，将绝缘子串与碗头脱离。

（14）绝缘硬梯等电位电工安装工作相跳线处的多股软铜载流线，检查完好后，拆开跳线并沟线夹或引流板。

（15）挡中导线开断工作面等电位电工开断导线损伤处导线，两个工作面负责人相互联系，挡中液压双头丝杠收紧导线，耐张杆塔处绝缘 4-4 滑车组缓缓放出导线，松、紧导线工作中，两工作面应确保两副多股软铜载流线连接完好。

（16）挡中工作面等电位电工收紧导线至直线接续管长度后，绝缘梯上等电位电工和地面电工相互配合，对已开断导线进行清洗，穿入接续管后进行空中压接，尺寸检查完好后拆除液压双头丝杠、多股软铜载流线等，按进入程序的相反程序退出电位下梯，拆除 H 形绝缘竖梯或独脚扒杆等整理挡中带电作业现场。

（17）等电位电工和杆塔上电工相互配合，收紧调整紧线丝杠，恢复绝缘子串导线侧的碗头挂板连接，并安好锁紧销。

（18）耐张杆塔上电工和等电位电工配合，收紧调整导线弛度至原弛度，按放出导线尺寸在耐张绝缘子串加绝缘子或重新制作耐张跳线，连接后耐张绝缘子串，使绝缘子串恢复完全受力状态，等电位电工和杆塔上电工检查并冲击新绝缘子串的安装受力情况，安装好跳线并沟线夹和引流板后，拆除多股软铜载流线。

（19）耐张杆塔上电工和等电位电工配合，拆除导线保护绳及绝缘 4-4 滑车组并传至地面。

（20）等电位电工先系好防坠后备保护绳后，解开安全带，向工作负责人申请脱离电位，耐张杆塔工作负责人指挥绝缘硬梯脱离电位后，等电位电工解开安全带副保险后沿绝缘硬梯退至杆塔上，并下杆塔至地面。

（21）耐张杆塔上电工和地面电工相互配合，将绝缘硬梯转向拆除并下传至地面。

（22）杆塔上电工检查确认塔上无遗留物后，汇报工作负责人，得到同意后携带绝缘传递绳下塔。

（23）两个工作面地面电工整理所用工器具和清理现场，工作负责人清点工器具。

（24）工作负责人向调度汇报，内容为：本人为工作负责人×××，110kV ××线路带电开断损伤导线重接工作已结束，杆塔上人员已撤离，杆塔、导地线上无遗留物，线路设备已恢复原状。

6. 安全措施及注意事项

（1）若在海拔 1000m 以上线路上带电作业时，应根据作业区不同海拔高度，修正各类空气间隙、绝缘工具的安全距离和长度、绝缘子片数等，经本单位主管生产领导（总工程师）批准后执行。

（2）本次作业应经现场勘察并编制带电挡中导线损伤开断重接的现场作业指导书，经本单位技术负责人或主管生产负责人批准后执行。

（3）作业应在良好天气下进行。如遇雷电（听见雷声、看见闪电）、雪雹、雨雾时不得进行带电作业。风力大于 5 级（10m/s）时，不宜进行作业。

（4）若需在相对空气湿度大于 80%的天气下进行带电作业时，应采用具有防潮性能的绝缘工具。

（5）本次作业工作前应向调度明确：若线路跳闸，不经联系不得强送电。

（6）工作前应现场勘察复核，杆塔上电工与带电体的安全距离不小于 1.0m，等电位人员与邻相的安全距离不小于 1.4m。

（7）绝缘绳索、承力工具安全长度不小于 1m，绝缘操作杆有效绝缘长度不小于 1.3m。等电位人员转移电位时人体裸露部分与带电体应保持 0.3m。

（8）绝缘承力工具受力后，须经检查确认安全可靠后方可脱离绝缘子串。

（9）导线侧绝缘子串未摘开前，严禁杆塔上电工徒手无安全措施摘开横担侧绝缘子串连接，以防止电击伤人。

（10）地面绝缘工具应放置在防潮苫布上，作业人员均应戴清洁干燥手套，摇测绝缘电阻值不得小于 700MΩ（电极宽 2cm，极间距 2cm）。

（11）等电位电工应穿戴全套合格的屏蔽服（包括帽、衣裤、手套、袜和导电鞋），且各部分连接良好。屏蔽服内不得贴身穿着化纤类衣服。

（12）绝缘工具使用前应用干净毛巾进行表面清洁处理，作业人员使用绝缘工具应戴清洁、干燥的手套，以防绝缘工具受潮和污染，收工或转移作业点，应将绝缘工具装在工具袋内。

（13）登高电工上杆塔前，应对登高工具和安全带进行检查和冲击试验，全体作业人员必须戴安全帽。

（14）上、下杆塔或在杆塔上移位时，作业人员必须攀抓牢固构件，且双手不得持带任何器材。

（15）杆塔上作业不得失去安全带的保护。

（16）在杆塔上作业过程中如遇设备突然停电，作业人员应视设备仍然带电。

（17）地面电工严禁在作业点垂直下方逗留，杆塔上电工应防止高空落物，使用的工具、材料应用绳索传递，不得乱扔。

（18）若是盘形瓷质绝缘子，作业中扣除人体短接和零值（自爆）绝缘子片数后，良好绝缘子片数（7片串）不少于5片（结构高度146mm）。

（19）损伤导线开断和跳线并沟线夹、引流板拆开前，等电位电工必须先连接好多股软铜载流线，夹具应牢固可靠，严禁等电位电工窜入断开的导线间，以防止电击伤人。

（20）作业时必须有导线防脱落的后备保护措施。

（21）作业人员在杆塔上作业期间，工作监护人应对作业人员进行不间断监护，且不得从事其他工作。

第三章

220kV 输电线路带电作业操作方法

第一节　220kV 直线绝缘子串

一、220kV 输电线路地电位滑车组法带电更换直线绝缘子串

1. 作业方法

地电位滑车组法。

2. 适用范围

适用于 220kV 直线绝缘子串的更换工作（单串）。

3. 人员组合

本作业项目工作人员共计 6 人。其中工作负责人 1 人（监护人），塔上电工 2 人，地面电工 3 人。

4. 工器具配备

200kV 地电位滑车组法带电更换直线绝缘子串工器具配备一览表见表 3-1。

表 3-1　　　　200kV 地电位滑车组法带电更换直线绝缘子串工器具配备一览表

序号	工器具名称		规格、型号	数量	备　注
1	绝缘工具	绝缘传递绳	ϕ10mm	1 根	视作业杆塔高度而定
2		3-3 绝缘滑车组	3t	1 个	配绝缘绳索
3		高强度绝缘绳	ϕ32mm	1 根	导线后备保护绳
4		绝缘操作杆	ϕ30mm×2500mm	1 根	
5		绝缘绳套	ϕ20mm	2 只	
6	金属工具	提线器	2t	1 只	分裂导线适用
7		取销器		1 只	*
8		瓷质绝缘子检测装置		1 套	瓷质绝缘子用
9		碗头扶正器		1 套	*
10		滑车组横担固定器		1 只	

序号	工器具名称		规格、型号	数量	备　注
11	个人防护用具	安全带		3 根	备用 1 根
12		安全帽		6 顶	
13		导电鞋		3 双	备用 1 双
14	辅助安全用具	兆欧表	5kV	1 块	极宽 2cm，极间距 2cm
15		防潮苫布	3m×3m	1 块	
16		脚扣		2 副	混凝土杆时用
17		工具袋		2 只	装绝缘工具用

* 绝缘操作杆头部若有万用接头，则一根绝缘操作杆可多用途。

注 瓷质绝缘子检测装置包括：分布电压检测仪、绝缘电阻检测仪和火花间隙装置等。采用火花间隙装置测零时，每次检测前应用专用塞尺按 DL 415 要求测量放电间隙尺寸。

5. 作业程序

按照本次作业现场勘察后编写的现场作业指导书。

（1）工作负责人向电网调度申请开工，内容为：本人为工作负责人×××，×年×月×日需在 220kV ××线路上更换劣质绝缘子作业，本次作业按《国家电网公司电力安全工作规程（电力线路部分）》第 8.1.7 条要求，确定是否停用线路重合闸装置，若遇线路跳闸，不经联系，不得强送。得到调度许可，核对线路双重名称和杆号。

（2）全体工作成员列队，工作负责人现场宣读工作票、交待工作任务、安全措施和技术措施；查（问）看作业人员的精神状况、着装情况和工器具是否完好齐全。确认危险点和预防措施，明确作业分工以及安全措施及注意事项。

（3）工作人员采用兆欧表检测绝缘工具的绝缘电阻，检查承力工具是否完好灵活。组装绝缘滑车组。

（4）塔上电工宜穿导电鞋。

（5）塔上 1 号电工携带绝缘传递绳登塔至横担处，系挂好安全带，将绝缘滑车和绝缘传递绳在作业横担适当位置安装好。塔上 2 号电工随后登塔。

（6）若是盘形瓷质绝缘子串，地面电工把瓷质绝缘子检测仪及绝缘操作杆组装好后用绝缘传递绳传递给塔上 2 号电工，2 号电工复测所需更换绝缘子串的零值绝缘子，当发现同串中（13 片）零值绝缘子达到 5 片时（结构高度 146mm），应立即停止检测，并停止本次带电作业工作。

（7）塔上电工与地面电工相互配合，将绝缘滑车组、横担固定器、导线保护绝缘绳传递至工作位置。

（8）塔上 2 号电工在导线水平位置，系挂好安全带，地面电工与塔上 1 号电工相互配合安装好绝缘滑车组和导线后备保护绳，导线后备保护绳的保护裕度（长度）应控制合理。

（9）塔上 2 号电工用绝缘操作杆取出导线侧碗头锁紧销后，在工作负责人的指挥下，地面电工配合用绝缘承力工具提升导线，塔上 2 号电工用绝缘操作杆脱开绝缘子串与碗头的连接。

（10）在地面电工配合下将导线下落约 300mm，塔上 1 号电工在横担侧第 2 片绝缘子处系好绝缘传递绳，并取出横担侧绝缘子锁紧销。

（11）塔上 1 号电工与地面电工相互配合操作绝缘传递绳，将旧的绝缘子串摘开传递放下，同时新绝缘子串跟随至工作位置，注意控制好空中上、下两串绝缘子串的位置，防止发生相互碰撞。

（12）塔上 1 号电工安装好新绝缘子横担侧锁紧销，地面电工提升导线配合塔上 2 号电工用操作杆安装好导线侧球头与碗头并恢复锁紧销。

（13）塔上电工检查绝缘子串锁紧销连接情况，确保连接可靠。

（14）报经工作负责人同意后，塔上电工拆除绝缘滑车组及导线后备保护绳，依次传递至地面。

（15）塔上电工检查塔上无遗留工具后，汇报工作负责人，得到同意后背绝缘传递绳下塔。

（16）地面电工整理所有工器具和清理现场，工作负责人清点工器具。

（17）工作负责人向调度汇报。内容为：本人为工作负责人×××，220kV ××线路带电更换直线绝缘子串工作已结束，杆塔上人员已撤离，杆塔、导线上无遗留物，线路设备已恢复原状。

6. 安全措施及注意事项

（1）若在海拔 1000m 以上线路上带电作业时，应根据作业区不同海拔高度，修正各类空气间隙、绝缘工具的安全距离和长度、绝缘子片数等，经本单位主管生产领导（总工程师）批准后执行。

（2）本次作业应经现场勘察并编制带电更换悬垂整串绝缘子的现场作业指导书，经本单位技术负责人或主管生产负责人批准后执行。

（3）作业应在良好天气下进行。如遇雷电（听见雷声、看见闪电）、雪雹、雨雾时不得进行带电作业。风力大于 5 级（10m/s）时，不宜进行作业。

（4）若需在相对空气湿度大于 80%的天气下进行带电作业时，应采用具有防潮性能的绝缘工具。

（5）本次作业工作前应向调度明确：若线路跳闸，不经联系不得强送电。

（6）杆塔上电工与带电体的安全距离不小于 1.8m。

（7）绝缘承力工具的绝缘长度不小于 1.8m，绝缘操作杆的有效绝缘长度不小于 2.1m。

（8）若是盘形瓷质绝缘子，作业中扣除人体短接和零值（自爆）绝缘子片数后，良好绝缘子片数不少于 9 片（结构高度 146mm）。

（9）若是盘形瓷质绝缘子，作业中扣除人体短接和零值（自爆）绝缘子片数后，良好绝缘子片数不少于 9 片（结构高度 146mm）。

（10）绝缘承力工具受力后，须经检查确认安全可靠后方可脱离绝缘子串。

（11）导线侧绝缘子串未摘开前，严禁塔上电工徒手无安全措施摘开横担侧绝缘子串连接，以防止电击伤人。

（12）地面绝缘工具应放置在绝缘苫布上，作业人员均应戴清洁干燥手套，摇测绝缘电阻值不得小于 700MΩ（电极宽 2cm，极间距 2cm）。

（13）塔上电工宜穿导电鞋，以防感应电的伤害。

（14）绝缘工具使用前应用干净毛巾进行表面清洁处理，使用绝缘工具应戴清洁、干燥的手套，以防绝缘工具受潮和污染。收工或转移作业点，应将绝缘工具装在工具袋内。

（15）新复合绝缘子必须检查并按说明书安装好均压环，若是盘形绝缘子应用干净毛巾进行表面清洁处理，瓷质绝缘子的绝缘电阻值应不小于 500MΩ。

（16）在杆塔上作业过程中如遇设备突然停电，作业人员应视设备仍然带电。

（17）作业人员登杆塔前，应对登高工具和安全带进行检查和冲击试验，全体作业人员必须戴安全帽。

（18）上、下杆塔或在杆塔上移位时，作业人员必须攀抓牢固构件，且双手不得持带任何器材。

（19）杆塔上作业不得失去安全带的保护。

（20）地面电工严禁在作业点垂直下方逗留，塔上电工应防止高空落物，使用的工具、材料应用绳索传递，不得乱扔。

（21）作业人员在杆塔上作业期间，工作监护人应对作业人员进行不间断监护，且不得从事其他工作。

二、220kV 输电线路地电位与等电位配合紧线杆法带电更换直线绝缘子串

1. 作业方法

地电位与等电位配合紧线杆法。

2. 适用范围

适用于 220kV 直线双联串任意串绝缘子的更换工作。

3. 人员组合

本作业项目工作人员共计 6 人。其中工作负责人 1 人（监护人），塔上电工 1 人，等电位电工 1 人，地面电工 3 人。

4. 工器具配备

220kV 地电位与等电位配合紧线杆法带电更换直线绝缘子串工器具配备一览表见表 3-2。

表 3-2 220kV 地电位与等电位配合紧线杆法带电更换直线绝缘子串工器具配备一览表

序号	工器具名称		规格、型号	数量	备　注
1	绝缘工具	绝缘传递绳	ϕ10mm	2 根	视作业杆塔高度而定
2		高强度绝缘人身防坠绳	ϕ14mm	1 根	视作业杆塔高度而定
3		绝缘滑车	0.5t	2 只	
4		绝缘紧线杆	220kV	1 根	
5		绝缘操作杆	220kV	1 根	
6		绝缘软梯及软梯头		1 套	视作业杆塔高度而定
7	金属工具	横担卡具	30kN	1 只	
8		紧线丝杠	220kV	1 只	
9		瓷质绝缘子检测装置		1 套	瓷质绝缘子用

续表

序号	工器具名称		规格、型号	数量	备　注
10	个人防护用具	安全带		2 根	
11		屏蔽服		1 套	等电位电工穿
12		导电鞋		2 双	塔上电工穿
13		安全帽		6 顶	
14	辅助安全用具	防潮苫布	3m×3m	1 块	
15		万用表		1 块	检测屏蔽服连接导通用
16		兆欧表	2.5kV 以上	1 块	极宽 2cm，极间距 2cm
17		工具袋		2 只	装绝缘工具用

注　瓷质绝缘子检测装置包括：分布电压检测仪、绝缘电阻检测仪和火花间隙装置等。采用火花间隙装置时，每次检测前应用专用塞尺按 DL 415 要求测量放电间隙尺寸。

5. 作业程序

按照本次作业现场勘察后编写的现场作业指导书。

（1）工作负责人向电网调度申请开工，内容为：本人为工作负责人×××，×年×月×日需在 220kV ××线路上更换劣化绝缘子作业，本次作业按《国家电网公司电力安全工作规程（电力线路部分）》第 8.1.7 条要求，确定是否停用线路重合闸装置，若遇线路跳闸，不经联系，不得强送。得到调度许可，核对线路双重名称和杆号。

（2）全体工作成员列队，工作负责人现场宣读工作票，交待工作任务、安全措施和技术措施；查（问）看工作人员精神状况、着装情况和工器具是否完好齐全。确认危险点和预防措施，明确作业分工以及安全措施及注意事项。

（3）工作人员采用兆欧表检测绝缘工具的绝缘电阻，检查紧线丝杆、横担卡具、绝缘软梯等工具是否完好齐全、屏蔽服不得有破损、洞孔和毛刺状等缺陷。

（4）塔上电工携带绝缘传递绳登塔至横担处，系挂好安全带，将绝缘滑车和绝缘传递绳在作业横担适当位置安装好。

（5）若是盘形瓷质绝缘子串，地面电工将瓷质绝缘子检测装置及绝缘操作杆组装好后用绝缘传递绳传递给塔上电工，塔上电工复测所需更换绝缘子串的零值绝缘子，当发现同串中（13 片）零值绝缘子达到 5 片时（结构高度 146mm），应立即停止检测，并停止本次带电作业工作。

（6）塔上电工与地面电工相互配合，将绝缘软梯吊挂在导线（或横担头）上，并在地面冲击试验绝缘软梯后控制固定好，同时挂好绝缘高强度防坠保护绳。

（7）等电位人员穿着全套屏蔽服（包括帽、衣裤、手套、袜和导电鞋），必要时，屏蔽服内穿阻燃内衣。地面电工负责检查袜裤、裤衣、袖和手套的连接是否完好，用万用表测试袜、裤、衣、手套等导通情况。

（8）等电位电工系好防坠保护绳，地面电工控制绝缘软梯尾部和防坠保护绳，等电位电工攀登绝缘软梯至导线下方 0.6m 处左右，向工作负责人申请进入强电位，得到工作负责人同意后，快速抓住进入带电体，先在导线上扣好安全带后方可解开防坠保护绳。

（9）塔上电工与地面电工相互配合，将紧线丝杠、绝缘紧线杆、横担卡具等传递至工作位置。

（10）塔上电工与等电位相互配合将端部卡具、紧线丝杠及绝缘紧线杆安装好并一正一反钩住导线。

（11）塔上电工收紧紧线丝杠，使悬垂绝缘子串松弛。等电位电工手抓绝缘紧线杆冲击检查无误并报经工作负责人同意后，拆除碗头处的锁紧销，将绝缘子串与碗头脱离。

（12）塔上电工将绝缘传递绳拴在盘形绝缘子串横担下方的第 2 片和第 3 片之间（复合绝缘子相同位置），地面电工控制这一端的尾绳，另一地面电工在地面将绝缘传递绳的另一端拴住新的绝缘子串相同的位置。

（13）塔上电工拔除横担侧球头连接处的绝缘子锁紧销，地面电工收紧绝缘传递绳将更换绝缘子串提升，塔上电工摘开横担侧球头。

（14）地面两电工相互配合操作两侧绝缘传递绳，将旧的绝缘子串放下，同时新绝缘子串跟随至工作位置，控制好空中上、下两串绝缘子的位置，防止发生相互碰撞。

（15）塔上电工和地面电工相互配合，恢复新绝缘子串横担侧球头挂环的连接，并安好锁紧销。

（16）等电位电工和塔上电工相互配合，收紧调整紧线丝杠，提升导线并恢复绝缘子串导线侧的碗头挂板连接，并安好锁紧销。

（17）塔上电工平稳松开丝杠，使绝缘子串恢复完全受力状态，等电位电工和塔上电工检查并冲击新绝缘子串的安装受力情况。

（18）报经工作负责人同意后，塔上电工拆除紧线丝杠和绝缘紧线杆等传至地面。

（19）等电位电工系好高强度防坠落绳后，解开安全带腰带，沿绝缘软梯下退至人站直并手抓导线，向工作负责人申请脱离电位，许可后应快速脱离电位，地面电工控制好防坠落保护绳，等电位电工解开安全小带后沿绝缘软梯回落地面。

（20）塔上电工和地面电工相互配合，将绝缘软梯脱开导线并下传至地面。

（21）塔上电工检查确认塔上无遗留工具后，汇报工作负责人，得到同意后系背绝缘传递绳下塔。

（22）地面电工整理所用工器具和清理现场，工作负责人清点工器具。

（23）工作负责人向调度汇报，内容为：本人为工作负责人×××，220kV ××线路带电更换直线绝缘子串工作已结束，塔上人员已撤离，杆塔、导线上无遗留物，线路设备已恢复原状。

6. 安全措施及注意事项

（1）若在海拔 1000m 以上线路上带电作业时，应根据作业区不同海拔高度，修正各类空气间隙、绝缘工具的安全距离和长度、绝缘子片数等，经本单位主管生产领导（总工程师）批准后执行。

（2）本次作业应经现场勘察并编制带电更换悬垂整串绝缘子的现场作业指导书，经本单位技术负责人或主管生产负责人批准后执行。

（3）作业应在良好天气下进行。如遇雷电（听见雷声、看见闪电）、雪雹、雨雾时不得进行带电作业。风力大于 5 级（10m/s）时，不宜进行作业。

（4）若需在相对空气湿度大于 80%的天气下进行带电作业时，应采用具有防潮性能的绝缘工具。

（5）本次作业工作前应向调度明确：若线路跳闸，不经联系不得强送电。

（6）杆塔上电工与带电体的安全距离不小于 1.8m。等电位电工进出电场时与接地体和带电本之间的组合间隙不得小于 2.1m。等电位人员转移电位时人体裸露部分与带电体应保持 0.3m。

（7）绝缘承力工具的绝缘长度不小于 1.8m，绝缘操作杆的有效绝缘长度不小于 2.1m。

（8）若是盘形瓷质绝缘子，作业中扣除人体短接和零值（自爆）绝缘子片数后，良好绝缘子片数不少于 9 片（结构高度 146mm）。

（9）绝缘承力工具受力后，须经检查确认安全可靠后方可脱离绝缘子串。

（10）导线侧绝缘子串未摘开前，严禁塔上电工徒手无安全措施摘开横担侧绝缘子串连接，以防止电击伤人。

（11）等电位电工登绝缘软梯必须有绝缘防坠保护绳，登绝缘软梯前，应与地面电工配合试冲击防坠保护绳的牢固情况，地面电工防坠保护绳控制方式应合理、可靠。

（12）等电位电工从绝缘软梯登上导线后，必须先系挂好安全带才能解开防坠后备保护绳，脱离电位前必须系好防坠后备保护绳后，再解开安全带向负责人申请下绝缘软梯。

（13）地面绝缘工具应放置在绝缘苫布上，作业人员均应戴清洁干燥手套，摇测绝缘电阻值不得小于 700MΩ（电极宽 2cm，极间距 2cm）。

（14）等电位电工应穿戴全套屏蔽服、导电鞋，且各部分应连接良好。屏蔽服内不得贴身穿着化纤类衣服。

（15）新复合绝缘子必须检查并按说明书安装好均压环，若是盘形绝缘子应用干净毛巾进行表面清洁处理，瓷质绝缘子的绝缘电阻值应不小于 500MΩ。

（16）绝缘工具使用前应用干净毛巾进行表面清洁处理，使用绝缘工具应戴清洁、干燥的手套，以防绝缘工具受潮和污染。收工或转移作业点，应将绝缘工具装在工具袋内。

（17）在杆塔上作业过程中如遇设备突然停电，作业人员应视设备仍然带电。

（18）作业人员登杆塔前，应对登高工具和安全带进行检查和冲击试验，全体作业人员必须戴安全帽。

（19）上、下杆塔或在杆塔上移位时，作业人员必须攀抓牢固构件，且双手不得持带任何器材。

（20）杆塔上作业时不得失去安全带的保护。

（21）地面电工严禁在作业点垂直下方逗留，塔上电工应防止高空落物，使用的工具、材料应用绳索传递，不得乱扔。

（22）作业人员在杆塔上作业期间，工作监护人应对作业人员进行不间断监护，且不得从事其他工作。

三、220kV 输电线路地电位作业丝杠法带电更换直线 V 串单片绝缘子

1. 作业方法

地电位作业丝杠法。

2. 适用范围

适用于 220kV 直线 V 串单片绝缘子的更换工作。

3. 人员组合

本作业项目工作人员共计 4 人。其中工作负责人（监护人）1 人，塔上电工 2 人，地面电工 1 人。

4. 工器具配备

220kV 地电位作业丝杠法带电更换直线 V 串单片绝缘子工器具配备一览表见表 3-3。所需材料有相应规格的绝缘子等。

表 3-3   220kV 地电位作业丝杠法带电更换直线 V 串单片绝缘子工器具配备一览表

序号	工器具名称		规格、型号	数量	备　注
1	绝缘工具	绝缘传递绳	ϕ10mm	1 根	视作业杆塔高度而定
2		绝缘滑车	0.5t	1 只	
3		绝缘绳套	ϕ18mm	1 只	
4		高强度绝缘绳	ϕ30mm	1 根	导线后备保护绳
5		绝缘操作杆	220kV	2 根	*
6		单片卡具		1 只	
7	金属工具	取销器		1 只	*
8		取瓶器		1 只	*
9		瓷质绝缘子检测装置		1 套	瓷质绝缘子用
10	个人防护用具	安全带		2 根	
11		安全帽		4 顶	
12		导电鞋		2 双	
13	辅助安全用具	兆欧表	5000V		电极宽 2cm，极间距 2cm
14		防潮苫布	3×3m	1 块	
15		脚扣			混凝土杆时用
16		工具袋		2 只	

*　绝缘操作杆头部若有万用接头，则一根绝缘操作杆可多用途。

注　瓷质绝缘子检测装置包括：分布电压检测仪、绝缘电阻检测仪和火花间隙装置等。采用火花间隙装置测零时，每次检测前应用专用塞尺按 DL 415 要求测量放电间隙尺寸。

5. 作业程序

按照本次作业现场勘察后编写的现场作业指导书。

（1）工作负责人向电网调度申请开工，内容为：本人为工作负责人×××，×年×月×日需在 220kV ××线路上带电更换悬垂 V 串单片绝缘子作业，本次作业按《国家电网公司电力安全工作规程（电力线路部分）》第 8.1.7 条要求，确定是否停用线路重合闸装置，若遇线路跳闸，不经联系，不得强送。得到调度许可，核对线路双重名称和杆号。

（2）全体工作成员列队，工作负责人现场宣读工作票，交待工作任务、安全措施和技术措施；查（问）看工作人员精神状况、着装情况和工器具是否完好齐全。确认危险点和预防措施，明确作业分工以及安全措施及注意事项。

（3）地面电工采用兆欧表检测绝缘工具的绝缘电阻，检查单片卡具、取销器、取瓶器等工器具是否完好灵活。塔上电工宜穿导电鞋。

（4）塔上 1 号电工携带绝缘传递绳登塔至横担处，系挂好安全带，将绝缘滑车及绝缘传递绳在作业横担适当位置安装好，塔上 2 号电工随后登杆塔。

（5）若为盘形瓷质绝缘子串，地面电工将绝缘子瓷质绝缘子检测仪及绝缘操作杆组装好后用绝缘传递绳传递给塔上 2 号电工，塔上 2 号电工检测复核所要更换绝缘子串的零值绝缘子，当发现同串中（13 片）零值绝缘子达到 5 片时（结构高度 146mm），应立即停止检测，并停止本次带电作业工作。

（6）地面电工传递导线后备保护绳，1 号电工在更换串横担挂点处安装好导线后备保护绳并适当控制保护绳松紧度。

（7）地面电工组装好绝缘子单片卡具、绝缘操作杆传递给塔上，1 号电工将单片卡具安装在需更换的劣化绝缘子两端，单片卡具插件插入钢帽与瓷件的缝隙。

（8）塔上 1 号电工旋转绝缘操作杆收紧单片卡具、丝杠，使绝缘子串稍收紧，将荷重转移至单片卡具上。

（9）地面电工将取销器与绝缘操作杆组装好，连同取瓶器一起传递给塔上 2 号电工。

（10）塔上 2 号电工使用绝缘子拉导线晃动冲击导线，检查单片卡具、丝杠等无误后，报经工作负责人同意后，2 号电工用取销器操作杆取出劣化绝缘子两端的 W 销。

（11）地面电工将新绝缘子传递至工作位置。

（12）塔上 2 号电工调换取瓶器后，与塔上 1 号电工配合，取出劣化绝缘子，换上新绝缘子，将劣质绝缘子传递至地面。

（13）塔上 1 号电工旋松绝缘操作杆，使绝缘子串受力，塔上 2 号电工安装新绝缘子两侧 W 销。

（14）检查新绝缘子安装无误，报经工作负责人同意后，塔上 2 号电工拆除导线后备保护绳，将单片卡具及绝缘操作杆、取销器绝缘杆和取瓶器等，用绝缘传递绳依次传递到地面。

（15）塔上电工检查确认塔上无遗留工具后，汇报工作负责人，得到同意后系背绝缘传递绳下塔。

（16）地面电工整理所用工器具和清理现场，工作负责人清点工器具。

（17）工作负责人向调度汇报，内容为：本人为工作负责人×××，220kV ××线路带电更换直线 V 串单片绝缘子工作已结束，人员已撤离带、杆塔、导线上无遗留物，线路设备已恢复原状。

直线 V 串更换单片绝缘子卡具如图 3-1 所示。

6. 安全措施及注意事项

（1）若在海拔 1000m 以上线路上带电作业时，应根据作业区不同海拔高度，修正各类

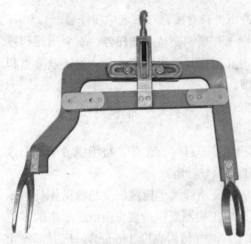

图 3-1 直线 V 串更换单片绝缘子卡具

空气间隙、绝缘工具的安全距离和长度、绝缘子片数等，经本单位主管生产领导（总工程师）批准后执行。

（2）本次作业应经现场勘察并编制带电更换 V 串单片劣化绝缘子现场作业指导书，经本单位技术负责人或主管生产负责人批准后执行。

（3）作业应在良好天气下进行。如遇雷电（听见雷声、看见闪电）、雪雹、雨雾时不得进行带电作业。风力大于 5 级（10m/s）时，不宜进行作业。

（4）若需在相对空气湿度大于 80%的天气下进行带电作业时，应采用具有防潮性能的绝缘工具。

（5）本次作业工作前应向调度明确：若线路跳闸，不经联系不得强送电。

（6）杆塔上电工与带电体的安全距离不小于 1.8m。

（7）绝缘承力工具的绝缘长度不小于 1.8m，绝缘操作杆的有效绝缘长度不小于 2.1m。

（8）若是盘形瓷质绝缘子，作业中扣除人体短接和零值（自爆）绝缘子片数后，良好绝缘子片数不少于 9 片（结构高度 146mm）。

（9）塔上电工宜穿导电鞋，以防感应电的伤害。

（10）作业时必须有导线防脱落的后备保护措施，且后备保护绳松紧度应适合。

（11）单片卡具的两端插口必须插入钢帽与瓷件的缝隙卡口内。

（12）地面绝缘工具应放置在防潮苫布上，作业人员均应戴清洁干燥手套，摇（检）测绝缘电阻值不得小于 700MΩ（电极宽 2cm，极间距 2cm）。

（13）绝缘工具使用前应用干净毛巾进行表面清洁处理，使用绝缘工具应戴清洁、干燥的手套，以防绝缘工具受潮和污染。收工或转移作业点，应将绝缘工具装在工具袋内。

（14）新盘形绝缘子应用干净毛巾进行表面清洁处理，瓷质绝缘子的绝缘电阻值应不小于 500MΩ。

（15）上、下杆塔或在杆塔上移位时，必须攀抓牢固构件，且双手不得持带任何器材。

（16）杆塔上作业时不得失去安全带的保护。

（17）在杆塔上作业过程中如遇设备突然停电，作业人员应视设备仍然带电。

（18）作业人员登杆塔前，应对登高工具和安全带进行检查和冲击试验，全体作业人员必须戴安全帽。

（19）地面电工严禁在作业点垂直下方逗留，塔上电工应防止高空落物，使用的工具、材料应用绳索传递，不得乱扔。

（20）作业人员在杆塔上作业期间，工作监护人应对作业人员进行不间断监护，且不得从事其他工作。

第二节　220kV 耐张绝缘子串

一、220kV 输电线路地电位与等电位结合卡具法带电更换耐张单串绝缘子

1. 作业方法

地电位与等电位结合卡具法。

2. 适用范围

适用于 220kV 耐张单串绝缘子的更换工作。

3. 人员组合

本作业项目工作人员共计 6 人。其中工作负责人 1 人（监护人），塔上电工 1 人，等电位电工 1 人，地面电工 3 人。

4. 工器具配备

220kV 地电位与等电位结合卡具法带电更换耐张单串绝缘子工器具配备一览表见表 3-4。

表 3-4　220kV 地电位与等电位结合卡具法带电更换耐张单串绝缘子工器具配备一览表

序号	工器具名称		规格、型号	数量	备　注
1	绝缘工具	绝缘托瓶架	220kV	1 副	
2		绝缘承力紧线杆	2t	1 根	
3		高强度绝缘绳	ϕ32mm	1 根	导线后备保护
4		绝缘操作杆	220kV	1 根	
5		绝缘软梯带软梯头		1 套	视作业高度而定
6		绝缘绳	ϕ10mm	1 根	提升软梯用
7		绝缘传递绳	ϕ12mm	2 根	长度视塔高而定
8	金属工具	瓷质绝缘子检测仪		1 台	瓷质绝缘子用
9		卡具		1 套	前、后卡
10		导线紧线器			与导线型号配套
11		跟头滑车		1 只	软梯滑车
12	个人防护用具	安全带		2 根	
13		安全帽		6 顶	
14		屏蔽服		1 套	等电位电工穿
15		导电鞋		2 双	
16	辅助安全工具	兆欧表	5000V	1 块	电极宽 2cm，极间距 2cm
17		万用表		1 块	检测屏蔽服连接导通用
18		防潮苫布	2m×4m	1 块	
19		工具袋		2 只	装绝缘工具用

注　瓷质绝缘子检测装置包括：分布电压检测仪、绝缘电阻检测仪和火花间隙装置等。采用火花间隙装置测零时，每次检测前应用专用塞尺按 DL 415 要求测量放电间隙尺寸。

5. 作业程序

按照本次作业现场勘察后编写的现场作业指导书。

（1）工作负责人向电网调度申请开工，内容为：本人为工作负责人×××，×年×月×日需在 220kV ××线路上带电更换耐张绝缘子串作业，本次作业按《国家电网公司电力安全工作规程（电力线路部分）》第 8.1.7 条要求，确定是否停用线路重合闸装置，若遇线路跳闸，不经联系，不得强送。得到调度许可，核对线路双重名称和杆号。

（2）全体工作成员列队，工作负责人现场宣读工作票，交待工作任务、安全措施和技术措施；查（问）看工作人员精神状况、着装情况和工器具是否完好齐全。确认危险点和预防措施，明确作业分工以及安全措施及注意事项。

（3）地面电工采用兆欧表检测绝缘工具的绝缘电阻，检查承力工具是否完好灵活，屏蔽服不得有破损、洞孔和毛刺状等缺陷。

（4）塔上电工带绝缘传递绳登塔至横担合适位置，系挂好安全带，将绝缘滑车及绝缘传递绳悬挂在适当位置。

（5）若是盘形瓷质绝缘子时，地面电工将瓷质绝缘子检测装置及绝缘操作杆组装好后传递给塔上电工，塔上电工复测整串绝缘子绝缘电阻值。当发现同串中（13 片）零值绝缘子达到 5 片时（结构高度 146mm），应立即停止检测，并停止本次带电作业工作。

（6）地面电工传递上绝缘软梯跟头滑车及绝缘传递绳，塔上电工持绝缘操作杆将其挂在导线上，地面电工将绝缘软梯提升挂在导线上。

（7）等电位电工穿着全套屏蔽服（包括帽、衣裤、手套、袜和导电鞋），必要时，屏蔽服内穿阻燃内衣。地面电工负责检查袜裤、裤衣、袖和手套的连接是否完好，用万用表测试屏蔽袜与屏蔽手套间的连接导通情况。

（8）地面电工控制绝缘软梯尾部，等电位电工系好防坠后备保护绳，地面电工控制防坠保护绳，等电位电工攀登绝缘软梯至导线下方 0.6m 处左右，向工作负责人申请等电位，得到工作负责人同意后，快速抓住进入带电体，系挂好安全带后解开防坠保护绳。

（9）塔上电工与地面电工配合传递上绝缘绝缘紧线杆、卡具、导线紧线器、导线保护绳和托瓶架，并将其固定好，导线后备保护绳的安装和保护裕度控制合理、可靠。

（10）塔上电工收紧绝缘紧线杆，使绝缘子串松弛，等电位电工用取销器取出碗头处锁紧销，使绝缘子串与导线脱开。

（11）地面电工配合塔上电工，利用以旧代新的方法将旧绝缘子卸下，绝缘传递绳另一侧将新绝缘子跟随至工作位置，注意控制好空中上、下两串绝缘子的位置，防止发生相互碰撞。

（12）新绝缘子串的安装程序与上述相反。

（13）装好两端锁紧销，塔上电工与等电位电工拆除更换工具和导线保护绳，等电位电工准备退出强电场。

（14）等电位电工系好防坠保护绳后解开安全带腰带，沿绝缘软梯下退至人站直并手抓导线，向工作负责人申请脱离电位，许可后快速脱离电位，随后下绝缘软梯回落地面。

（15）塔上电工检查塔上无遗留工具后，汇报工作负责人，得到同意后背绝缘传递绳下塔。

（16）地面电工整理所用工器具和清理现场，工作负责人清点工器具。

（17）工作负责人向调度汇报，内容为：本人为工作负责人×××，220kV ××线路带电更换耐张绝缘子串工作已结束，人员已撤离带、杆塔、导线上无遗留物，线路设备已恢复原状。

6. 安全措施及注意事项

（1）若在海拔 1000m 以上线路上带电作业时，应根据作业区不同海拔高度，修正各类空气间隙、绝缘工具的安全距离和长度、绝缘子片数等，经本单位主管生产领导（总工程师）批准后执行。

（2）本次作业应经现场勘察并编制带电更换耐张单联整串绝缘子的现场作业指导书，经本单位技术负责人或主管生产负责人批准后执行。

（3）作业应在良好天气下进行。如遇雷电（听见雷声、看见闪电）、雪雹、雨雾时不得进行带电作业。风力大于 5 级（10m/s）时，不宜进行作业。

（4）若需在相对空气湿度大于 80%的天气下进行带电作业时，应采用具有防潮性能的绝缘工具。

（5）本次作业工作前应向调度明确：若线路跳闸，不经联系不得强送电。

（6）杆塔上电工与带电体的安全距离不小于 1.8m。等电位电工进出电场时与接地体和带电体之间的组合间隙不得小于 2.1m。等电位人员转移电位时人体裸露部分与带电体应保持 0.3m。

（7）绝缘承力工具的绝缘长度不小于 1.8m，绝缘操作杆的有效绝缘长度不小于 2.1m。

（8）若是盘形瓷质绝缘子，作业中扣除人体短接和零值（自爆）绝缘子片数后，良好绝缘子片数不少于 9 片（结构高度 146mm）。

（9）新复合绝缘子必须检查并按说明书安装好均压环，若是盘形绝缘子应用干净毛巾进行表面清洁处理，瓷质绝缘子的绝缘电阻值不小于 500mΩ。

（10）绝缘承力工具受力后，须经检查确认安全可靠后方可脱离绝缘子串。本次作业必须加挂导线后备保护绳。

（11）等电位电工与塔上电工不得同时同相时将手超过第 2 片绝缘子，塔上电工绑扎绝缘子串应控制 1.8m 安全距离。

（12）导线侧绝缘子串未摘开前，严禁塔上电工徒手无安全措施摘开横担侧绝缘子串连接，以防止电击伤人。

（13）等电位电工登绝缘软梯必须有绝缘防坠保护绳，登绝缘软梯前，应与地面电工配合试冲击防坠保护绳的牢固情况，地面电工防坠保护绳控制方式应合理、可靠。

（14）等电位电工从绝缘软梯登上导线后，必须先系挂好安全带才能解开防坠后备保护绳，脱离电位前必须系好防坠后备保护绳后，再解开安全带向负责人申请下绝缘软梯。

（15）地面绝缘工具应放置在绝缘苫布上，作业人员均应戴清洁干燥手套，摇测绝缘电阻值不得小于 700MΩ（电极宽 2cm，极间距 2cm）。

（16）等电位电工应穿戴全套屏蔽服、导电鞋，且各部分应连接良好。屏蔽服内不得贴身穿着化纤类衣服。

（17）绝缘工具使用前应用干净毛巾进行表面清洁处理，使用绝缘工具应戴清洁、干燥

的手套，以防绝缘工具受潮和污染。收工或转移作业点，应将绝缘工具装在工具袋内。

（18）在杆塔上作业过程中如遇设备突然停电，作业人员应视设备仍然带电。

（19）作业人员登杆塔前，应对登高工具和安全带进行检查和冲击试验，全体作业人员必须戴安全帽。

（20）上、下杆塔或在杆塔上移位时，作业人员必须攀抓牢固构件，且双手不得持带任何器材。

（21）杆塔上作业不得失去安全带的保护。

（22）地面电工严禁在作业点垂直下方逗留，塔上电工应防止高空落物，使用的工具、材料应用绳索传递，不得乱扔。

（23）作业人员在杆塔上作业期间，工作监护人应对作业人员进行不间断监护，且不得从事其他工作。

二、220kV 输电线路地电位与等电位配合卡具法带电更换耐张双联任意一串绝缘子

1. 作业方法

地电位与等电位配合卡具法。

2. 适用范围

适用于 220kV 耐张双联串任意一串绝缘子的更换工作。

3. 人员组合

本作业项目工作人员共计 7 人。工作负责人 1 人，塔上监护人 1 人，塔上电工 1 人，等电位电工 1 人，地面电工 3 人。

4. 工器具配备

220kV 地电位与等电位配合卡具法带电更换耐张双联任意一串绝缘子工器具配备一览表见表 3-5。

表 3-5　　　　　**220kV 地电位与等电位配合卡具法带电更换耐张双联**

任意一串绝缘子工器具配备一览表

序号	工器具名称		规格、型号	数量	备　注
1		绝缘托瓶架	220kV	1 副	
2		绝缘平硬梯	220kV	1 套	
3	绝缘工具	绝缘承力紧线杆	2t	1 根	
4		绝缘操作杆	220kV	1 根	
5		绝缘滑车	0.5t	2 只	
6		绝缘传递绳	ϕ12mm	2 根	长度视塔高而定
7		瓷质绝缘子检测仪		1 台	瓷质绝缘子时用
8	金属工具	大刀卡具		1 只	
9		紧线丝杠		2 只	
10		绝缘硬梯头卡		1 只	

续表

序号	工器具名称		规格、型号	数量	备　注
11	个人防护用具	安全带		2 根	
12		安全帽		7 顶	
13		屏蔽服		1 套	等电位电工穿
14		导电鞋		2 双	塔上电工穿
15	辅助安全工具	兆欧表	5000V	1 块	电极宽 2cm，极间距 2cm
16		万用表		1 块	检测屏蔽服连接用
17		防潮苫布	2m×4m	1 块	
18		对讲机		2 部	
19		工具袋		2 只	装绝缘工具用

注　瓷质绝缘子检测装置包括：分布电压检测仪、绝缘电阻检测仪和火花间隙装置等。采用火花间隙装置测零时，每次检测前应用专用塞尺按 DL 415 要求测量放电间隙尺寸。

5. 作业程序

按照本次作业现场勘察后编写的现场作业指导书。

（1）工作负责人向电网调度申请开工，内容为：本人为工作负责人×××，×年×月×日需在 220kV ××线路上带电更换劣质绝缘子串作业，本次作业按《国家电网公司电力安全工作规程（电力线路部分）》第 8.1.7 条要求，确定是否停用线路重合闸装置，若遇线路跳闸，不经联系，不得强送。得到调度许可，核对线路双重名称和杆号。

（2）全体工作成员列队，工作负责人现场宣读工作票，交待工作任务、安全措施和技术措施；查（问）看工作人员精神状况、着装情况和工器具是否完好齐全。确认危险点和预防措施，明确作业分工以及安全措施及注意事项。

（3）地面电工采用兆欧表检测绝缘工具的绝缘电阻，检查承力工具是否完好灵活，屏蔽服不得有破损、洞孔和毛刺状等缺陷。

（4）等电位电工穿着全套屏蔽服（包括帽、衣裤、手套、袜和导电鞋），必要时，屏蔽服内穿阻燃内衣，专人负责用万用表检查各连接点的连接导通是否良好。

（5）塔上电工携带绝缘传递绳（滑车）、绝缘绳套登塔至横担处，系挂好安全带，将绝缘传递绳在作业横担适当位置挂设好，等电位电工随后登塔。

（6）若是盘形瓷质绝缘子时，地面电工将瓷质绝缘子检测仪及绝缘操作杆组装好后传递给塔上电工，塔上电工应用绝缘子检测装置对绝缘子进行复测。当发现同串中（13 片）零值绝缘子达到 5 片（结构高度 146mm）时，应立即停止检测，并停止本次带电作业工作。

（7）塔上电工与地面电工配合，将绝缘平梯提升到横担侧，确定安全距离后，将绝缘硬梯头卡在绝缘子串前面的导线上安装好，将绝缘平梯固定绑扎在横担角钢上。

（8）等电位电工在塔上电工配合下从绝缘硬梯上平骑进入电场，系挂好绝缘安全带后挂好传递绝缘绳。

（9）地面电工传递上大刀卡具给塔上电工和等电位电工，等电位电工先安装导线侧卡具。塔上电工同时安装横担侧卡具。

（10）地面电工传递上绝缘托瓶架，塔上电工、等电位电工分别将大刀卡具、紧线丝杆和绝缘托瓶架按程序组装好。

（11）塔上电工检查大刀卡具连接后进行紧线丝杠收紧工作。

（12）塔上电工将绝缘子串张力转移到绝缘拉杆上后，检查紧线拉杆各受力部件无问题后，等电位电工拔掉弹簧销，脱开绝缘子串与二联板的连接。

（13）塔上电工、等电位电工和地面电工配合将绝缘托瓶架、绝缘子串松放至垂直，塔上电工绑扎好绝缘子串，地面电工提升绝缘子串，塔上电工摘开横担侧的球头连接。

（14）地面电工利用旧绝缘子串的重量将新绝缘子串提升到横担位置。

（15）塔上电工与地面电工配合将新绝缘子串横担侧挂好，拉紧绝缘托瓶架将新绝缘子串提平，等电位电工将绝缘子串与碗头连接。

（16）塔上电工和等电位电工检查后，塔上电工松紧线丝杠，使绝缘子串恢复完全受力状态。

（17）报经工作负责人同意后，塔上电工和等电位电工配合依次拆除紧线丝杠和绝缘拉板及导线保护绳，将更换工具用绝缘传递绳传递到地面。

（18）等电位电工检查防坠落保护绳安全可靠后解开安全带腰带，向工作负责人申请脱离电位，得到许可后应快速脱离电位，等电位电工沿绝缘平梯脱离电场。

（19）等电位电工拆除防坠落保护绳并下传至地面。

（20）塔上电工和地面电工相互配合，将绝缘平梯脱开导线并下传至地面。

（21）塔上电工检查确认塔上无遗留工具后，汇报工作负责人，得到同意后系背绝缘传递绳下塔。

（22）地面电工整理所用工器具和清理现场，工作负责人清点工器具。

（23）工作负责人向调度汇报。内容为：本人为工作负责人×××，220kV ××线路带电更换耐张绝缘子串工作已结束，杆塔上人员已撤离，杆塔、导线上无遗留物，线路设备已恢复原状。

6. 安全措施及注意事项

（1）若在海拔 1000m 以上线路上带电作业时，应根据作业区不同海拔高度，修正各类空气间隙、绝缘工具的安全距离和长度、绝缘子片数等，经本单位主管生产领导（总工程师）批准后执行。

（2）本次作业应经现场勘察并编制带电更换耐张整串绝缘子的现场作业指导书，经本单位技术负责人或主管生产负责人批准后执行。

（3）作业应在良好天气下进行。如遇雷电（听见雷声、看见闪电）、雪雹、雨雾时不得进行带电作业。风力大于 5 级（10m/s）时，不宜进行作业。

（4）若需在相对空气湿度大于 80%的天气下进行带电作业时，应采用具有防潮性能的绝缘工具。

（5）本次作业工作前应向调度明确：若线路跳闸，不经联系不得强送电。

（6）杆塔上电工与带电体的安全距离不小于 1.8m。等电位人员转移电位时人体裸露部分与带电体应保持 0.3m。

（7）绝缘承力工具的绝缘长度不小于1.8m，绝缘操作杆的有效绝缘长度不小于2.1m。

（8）等电位电工在进入电位过程中其组合间隙不小于2.1m。

（9）若是盘形瓷质绝缘子，作业中扣除人体短接和零值（自爆）绝缘子片数后，良好绝缘子片数不少于9片（结构高度146mm）。

（10）绝缘承力工具受力后，须经检查确认安全可靠后方可脱离绝缘子串。

（11）导线侧绝缘子串未摘开前，严禁塔上电工徒手无安全措施摘开横担侧绝缘子串连接，以防止电击伤人。

（12）地面绝缘工具应放置在绝缘苫布上，作业人员均应戴清洁干燥手套，摇测绝缘电阻值不得小于700MΩ（电极宽2cm，极间距2cm）。

（13）等电位电工应穿戴全套屏蔽服、导电鞋，且各部分应连接良好。屏蔽服内不得贴身穿着化纤类衣服。

（14）新复合绝缘子必须检查并按说明书安装好均压环，若是盘形绝缘子应用干净毛巾进行表面清洁处理，瓷质绝缘子的绝缘电阻值不小于500mΩ。

（15）绝缘工具使用前应用干净毛巾进行表面清洁处理，使用绝缘工具应戴清洁、干燥的手套，以防绝缘工具受潮和污染。收工或转移作业点，应将绝缘工具装在工具袋内。

（16）在杆塔上作业过程中如遇设备突然停电，作业人员应视设备仍然带电。

（17）作业人员登杆塔前，应对登高工具和安全带进行检查和冲击试验，全体作业人员必须戴安全帽。

（18）上、下杆塔或在杆塔上移位时，作业人员必须攀抓牢固构件，且双手不得持带任何器材。

（19）杆塔上作业时不得失去绝缘安全带的保护。

（20）地面电工严禁在作业点垂直下方逗留，塔上电工应防止高空落物，使用的工具、材料应用绳索传递，不得乱扔。

（21）作业人员在杆塔上作业期间，工作监护人应对作业人员进行不间断监护，且不得从事其他工作。

三、220kV输电线路地电位绝缘操作杆与半圆卡具配合法带电更换耐张单片绝缘子

1. 作业方法

地电位绝缘操作杆与半圆卡具配合法。

2. 适用范围

适用于220kV线路耐张双联串中任意片（不含横担侧、导线侧第1片）绝缘子的更换。

3. 人员组合

本作业项目工作人员共计4人。其中工作负责人（监护人）1人，塔上电工2人，地面电工1人。

4. 工器具配备

220kV地电位绝缘操作杆与半圆卡具配合法带电更换耐张单片绝缘子工器具配备一览表见表3-6。

表 3-6　　　　　　220kV 地电位绝缘操作杆与半圆卡具配合法带电更换

耐张单片绝缘子工器具配备一览表

序号	工器具名称		规格、型号	数量	备　注
1	绝缘工具	绝缘传递绳	φ10mm	1 根	按塔高选用
2		绝缘滑车	0.5t	1 只	
3		绝缘绳套	φ16mm	1 只	传递滑车用
4		绝缘操作杆	220kV	1 根	
5		取销（瓶）器操作杆	220kV	1 根	*
6	金属工具	半圆卡具	KDL–220 型	1 只	
7		卡具安装到位检查仪		1 个	反光镜
8		取瓶器		1 只	*
9		取销器		1 只	*
10		瓷质绝缘子检测仪		1 台	瓷质绝缘子用
11	个人防护用具	安全带		2 根	
12		导电鞋		2 双	
13		安全帽		4 顶	
14	辅助安全用具	防潮苫布	3m×3m	1 块	
15		望远镜		1 台	
16		兆欧表	5000V	1 块	极宽 2cm，极间距 2cm
17		工具袋		2 只	装绝缘工具用

* 绝缘操作杆头部若有万用接头，则一根绝缘操作杆可多用途。

注 瓷质绝缘子检测装置包括：分布电压检测仪、绝缘电阻检测仪和火花间隙装置等。采用火花间隙装置测零时，每次检测前应用专用塞尺按 DL 415 要求测量放电间隙尺寸。

5. 作业程序

按照本次作业现场勘察后编写的现场作业指导书。

（1）工作负责人向电网调度申请开工，内容为：本人为工作负责人×××，×年×月×日需在 220kV ××线路上带电更换绝缘子作业，本次作业按《国家电网公司电力安全工作规程（电力线路部分）》第 8.1.7 条要求，确定是否停用线路重合闸装置，若遇线路跳闸，不经联系，不得强送。得到调度许可，核对线路双重名称和杆号。

（2）全体工作成员列队，工作负责人现场宣读工作票，交待工作任务、安全措施和技术措施；查（问）看工作人员精神状况、着装情况和工器具是否完好齐全。确认危险点和预防措施，明确作业分工以及安全措施及注意事项。

（3）地面电工采用兆欧表检测绝缘工具的绝缘电阻、检查半圆卡具等工具是否灵活完好。

（4）塔上 1 号电工携带绝缘传递绳登塔至横担处，系挂好安全带，将绝缘滑车及绝缘传递绳在适当位置安装好，2 号电工随后登塔。

（5）若为盘形瓷质绝缘子串，地面电工将瓷质绝缘子检测仪及绝缘操作杆组装好后用绝缘传递绳传递给塔上 2 号电工，塔上 2 号电工检测复核所要更换绝缘子串的零值绝缘子，当同串（13 片）零值绝缘子达到 5 片时（结构高度 146mm），应立即停止检测，并结束本次带电作业工作。

（6）地面电工将半圆卡具传递给塔上，1 号电工将半圆卡具前卡安装在劣化绝缘子前 1 片的瓷裙前面，后卡安装在需更换的劣化绝缘子后 1 片的瓷裙后面。

（7）塔上 2 号电工持绝缘操作杆反光镜检查卡具位置是否安装正确，工作负责人地面望远镜检查半圆卡具安装是否正确后，通知塔上 1 号电工操作收紧半圆卡具，将荷重转移至半圆卡具上，经冲击检查后，2 号电工使用取销器取出劣化绝缘子两端的 W 销。

（8）塔上 1 号电工转动取瓶器，使钳口张开、闭合以达到卡紧绝缘子的目的。将需更换的劣化绝缘子从绝缘子串中取出，用取瓶器将良好绝缘子装入绝缘子串中。

（9）塔上 2 号电工使用绝缘操作杆摇松半圆卡具丝杠，使绝缘子串基本受力，1 号电工使用取销器将两侧绝缘子 W 销安装好。

（10）塔上 2 号电工用反光镜检查绝缘子 W 销安装情况，报经工作负责人同意后，塔上 1 号电工松拆半圆卡具，将半圆卡具及取销器、取瓶器操作杆用绝缘传递绳传递到地面。

（11）塔上 2 号电工下塔，1 号电工检查确认塔上无遗留工具后，报经工作负责人同意后，系背绝缘传递绳下塔。

（12）地面电工整理所用工器具和清理现场，工作负责人清点工器具。

（13）工作负责人向调度汇报，内容为：本人为工作负责人×××，220kV ××线路带电更换绝缘子工作已结束，塔上人员已撤离，杆塔、导线上无遗留物，线路设备已恢复原状。

6. 安全措施及注意事项

（1）若在海拔 1000m 以上线路上带电作业时，应根据作业区不同海拔高度，修正各类空气间隙、绝缘工具的安全距离和长度、绝缘子片数等，经本单位主管生产领导（总工程师）批准后执行。

（2）本次作业应经现场勘察并编制带电更换耐张单片劣化绝缘子现场作业指导书，经本单位技术负责人或主管生产负责人批准后执行。

（3）作业应在良好天气下进行。如遇雷电（听见雷声、看见闪电）、雪雹、雨雾时不得进行带电作业。风力大于 5 级（10m/s）时，不宜进行作业。

（4）若需在相对空气湿度大于 80% 的天气下进行带电作业时，应采用具有防潮性能的绝缘工具。

（5）本次作业工作前应向调度明确：若线路跳闸，不经联系不得强送电。

（6）杆塔上电工与带电体的安全距离不小于 1.8m。

（7）绝缘承力工具的绝缘长度不小于 1.8m，绝缘操作杆的有效绝缘长度不小于 2.1m。

（8）若是盘形瓷质绝缘子，作业中扣除人体短接和零值（自爆）绝缘子片数后，良好绝缘子片数不少于 9 片（结构高度 146mm）。

（9）取劣化绝缘子 W 销或安装好良好绝缘子 W 销及检查绝缘子串连接是否完好时，均应采用反光镜检查安装连接情况。

（10）地面绝缘工具应放置在防潮苫布上，作业人员均应戴清洁干燥手套，摇（检）测绝缘电阻值不得小于 700mΩ（电极宽 2cm，极间距 2cm）。

（11）绝缘工具使用前应用干净毛巾进行表面清洁处理，使用绝缘工具应戴清洁、干燥的手套，以防绝缘工具受潮和污染。收工或转移作业点，应将绝缘工具装在工具袋内。

（12）新盘形绝缘子应用干净毛巾进行表面清洁处理，瓷质绝缘子的绝缘电阻值应不小于 500mΩ。

（13）塔上电工宜穿导电鞋，以防感应电的伤害。

（14）上、下杆塔或在杆塔上移位时，作业人员必须攀抓牢固构件，且双手不得持带任何器材。

（15）杆塔上作业时不得失去安全带的保护。

（16）在杆塔上作业过程中如遇设备突然停电，作业人员应视设备仍然带电。

（17）塔上电工在登杆塔前，应对登高工具和安全带进行检查和冲击试验，全体作业人员必须戴安全帽。

（18）地面电工严禁在作业点垂直下方逗留，塔上电工应防止高空落物，使用的工具、材料应用绳索传递，不得乱扔。

（19）作业人员在杆塔上作业期间，工作监护人应对作业人员进行不间断监护，且不得从事其他工作。

四、220kV 输电线路地电位与等电位结合卡具丝杠法带电更换耐张导线端单片绝缘子

1. 作业方法

地电位与等电位结合卡具丝杠法。

2. 适用范围

适用于 220kV 直线双联串导线端绝缘子的更换工作。

3. 人员组合

本作业项目工作人员共计 5 人。其中工作负责人 1 人（监护人），等电位电工 1 人，塔上电工 1 人，地面电工 2 人。

4. 工器具配备

220kV 地电位与等电位结合卡具丝杠法带电更换耐张导线端单片绝缘子工器具配备一览表见表 3-7。

表 3-7　　　　　　220kV 地电位与等电位结合卡具丝杠法带电更换

耐张导线端单片绝缘子工器具配备一览表

序号	工器具名称		规格、型号	数量	备　　注
1	绝缘工具	绝缘传递绳	φ10mm	1 根	按塔高选用
2		绝缘滑车	0.5t	1 只	
3		绝缘绳套	φ16mm	1 只	传递滑车用
4		绝缘操作杆	220kV	1 根	
5		绝缘抛绳	φ4mm	1 根	
6		绝缘软梯	220kV	1 套	

续表

序号	工器具名称		规格、型号	数量	备　注
7	金属工具	抛绳器		1 只	
8		闭式卡		1 只	
9		翼形卡			
10		紧线丝杠		2 只	
11		绝缘软梯跟头滑车			
12		瓷质绝缘子检测仪		1 台	瓷质绝缘子用
13	个人防护用具	安全带		2 根	
14		导电鞋		2 双	
15		屏蔽服		1 套	等电位电工穿
16		安全帽		5 顶	
17	辅助安全用具	防潮苫布	3m×3m	1 块	
18		万用表		1 块	检测屏蔽服连接导通用
19		兆欧表	5000V	1 块	极宽 2cm，极间距 2cm
20		工具袋		2 只	装绝缘工具用

注　瓷质绝缘子检测装置包括：分布电压检测仪、绝缘电阻检测仪和火花间隙装置等。采用火花间隙装置测零时，每次检测前应用专用塞尺按 DL 415 要求测量放电间隙尺寸。

5. 作业程序

按照本次作业现场勘察后编写的现场作业指导书。

（1）工作负责人向电网调度申请开工，内容为：本人为工作负责人×××，×年×月×日需在 220kV ××线路上带电更换绝缘子作业，本次作业按《国家电网公司电力安全工作规程（电力线路部分）》第 8.1.7 条要求，确定是否停用线路重合闸装置，若遇线路跳闸，不经联系，不得强送。得到调度许可，核对线路双重名称和杆号。

（2）全体工作成员列队，工作负责人现场宣读工作票，交待工作任务、安全措施和技术措施；查（问）看工作人员精神状况、着装情况和工器具是否完好齐全。确认危险点和预防措施，明确作业分工以及安全措施及注意事项。

（3）地面电工采用兆欧表检测绝缘工具的绝缘电阻，检查承力工具是否完好灵活，屏蔽服不得有破损、洞孔和毛刺状等缺陷。

（4）等电位电工穿着全套屏蔽服（包括帽、衣裤、手套、袜和导电鞋），必要时，屏蔽服内穿阻燃内衣。地面电工负责检查袜裤、裤衣、袖和手套的连接是否完好，用万用表测试袜、裤、衣、手套等连接导通情况。

（5）塔上电工携带绝缘传递绳上塔至横担处，系挂好安全带，将绝缘滑车及绝缘传递绳悬挂在适当位置。

（6）若是盘形瓷质绝缘子时，地面电工将瓷质绝缘子检测仪及绝缘操作杆组装好后传递给塔上电工，塔上电工检测复核所要更换绝缘子串的零值绝缘子，当同串（13 片）零值绝缘子达到 5 片时（结构高度 146mm），应立即停止检测，并结束本次带电作业工作。

（7）地面电工用 ϕ4mm 绝缘绳抛过导线，传带绝缘软梯跟头滑车绝缘传递绳挂在导线上，随后将绝缘软梯提升挂在导线上。

（8）地面电工控制绝缘软梯尾部，等电位电工系好防坠后备保护绳后攀登绝缘软梯至导线下方 0.6m 处左右，向工作负责人申请进入电场，得到工作负责人同意后，快速抓住进入带电体，登上导线后先系挂好安全带后，再解开防坠保护绳，挂好绝缘传递绳。

（9）地面电工将组装好的卡具传给等电位电工，等电位电工将卡具卡在第 3 片绝缘子和耐张线夹上，调整紧线丝杠取出被换绝缘子两端锁紧销，收紧紧线丝杠检查卡具受力情况，确认无误摘掉旧绝缘子，与地面电工配合，以新旧绝缘子交替法，将新盘形绝缘子拉至导线平行位置。注意控制好空中上、下两绝缘子的位置，防止发生相互碰撞。

（10）新绝缘子的安装程序与上述相反。

（11）装好两端锁紧销，报经工作负责人的同意后，等电位电工准备退出强电场。

（12）等电位电工系好防坠后备保护绳后，解开安全带腰带，沿绝缘软梯下退至人站直并手抓导线，向工作负责人申请脱离电位，许可后快速脱离电位并下绝缘软梯回落地面。

（13）地面电工整理所有工器具和清理现场，工作负责人清点工器具。

（14）工作负责人向调度汇报。内容为：本人为工作负责人×××，220kV ××线路带电更换耐张绝缘子工作已结束，杆塔上人员已撤离，杆塔、导线上无遗留物，线路设备已恢复原状。

6. 安全措施及注意事项

（1）若在海拔 1000m 以上线路上带电作业时，应根据作业区不同海拔高度，修正各类空气间隙、绝缘工具的安全距离和长度、绝缘子片数等，经本单位主管生产领导（总工程师）批准后执行。

（2）本次作业应经现场勘察并编制带电更换耐张导线侧单片绝缘子的现场作业指导书，经本单位技术负责人或主管生产负责人批准后执行。

（3）作业应在良好天气下进行。如遇雷电（听见雷声、看见闪电）、雪雹、雨雾时不得进行带电作业。风力大于 5 级（10m/s）时，不宜进行作业。

（4）若需在相对空气湿度大于 80%的天气下进行带电作业时，应采用具有防潮性能的绝缘工具。

（5）本次作业工作前应向调度明确：若线路跳闸，不经联系不得强送电。

（6）杆塔上电工与带电体的安全距离不小于 1.8m。等电位电工对塔身的安全距离不小于 1.8m。

（7）绝缘传递绳的有效长度不小于 1.8m，绝缘操作杆的有效绝缘长度不小于 2.1m。等电位电工进出电场时与接地体和带电本之间的组合间隙不得小于 2.1m。

（8）若是盘形瓷质绝缘子，作业中扣除人体短接和零值（自爆）绝缘子片数后，良好绝缘子片数不少于 9 片（结构高度 146mm）。

（9）新盘形绝缘子应用干净毛巾进行表面清洁处理，瓷质绝缘子的绝缘电阻值应不小于 500mΩ。

（10）更换绝缘子作业中等电位人员的手不得超过第 4 片绝缘子，等电位人员转移电位时人体裸露部分与带电体应保证 0.3m。

（11）等电位电工应穿戴全套屏蔽服、导电鞋，且各部分应连接良好。屏蔽服内不得贴身穿着化纤类衣服。

（12）绝缘承力工具受力后，须经检查确认安全可靠后方可脱离绝缘子串。

（13）等电位电工登绝缘软梯必须有绝缘防坠保护绳，登绝缘软梯前，应与地面电工配合试冲击防坠保护绳的牢固情况，地面电工防坠保护绳控制方式应合理、可靠。

（14）等电位电工从绝缘软梯登上导线后，必须先系挂好安全带才能解开防坠后备保护绳，脱离电位前必须系好防坠后备保护绳后，再解开安全带向负责人申请下软梯。

（15）地面绝缘工具应放置在绝缘苫布上，作业人员均应戴清洁干燥手套，摇测绝缘电阻值不得小于 700mΩ（电极宽 2cm，极间距 2cm）。

（16）塔上电工宜穿导电鞋，以防感应电的伤害。

（17）绝缘工具使用前应用干净毛巾进行表面清洁处理，使用绝缘工具应戴清洁、干燥的手套，以防绝缘工具受潮和污染。收工或转移作业点，应将绝缘工具装在工具袋内。

（18）在杆塔上作业过程中如遇设备突然停电，作业人员应视设备仍然带电。

（19）作业人员登杆塔前，应对登高工具和安全带进行检查和冲击试验，全体作业人员必须戴安全帽。

（20）上、下杆塔或在杆塔上移位时，作业人员必须攀抓牢固构件，且双手不得持带任何器材。

（21）杆塔上作业时不得失去安全带的保护。

（22）地面电工严禁在作业点垂直下方逗留，塔上电工应防止高空落物，使用的工具、材料应用绳索传递，不得乱扔。

（23）作业人员在杆塔上作业期间，工作监护人应对作业人员进行不间断监护，且不得从事其他工作。

五、220kV 输电线路地电位端部卡作业法带电更换耐张横担侧第 1 片绝缘子

1. 作业方法

地电位端部卡作业法。

2. 适用范围

适用于 220kV 输电线路耐张单串横担侧绝缘子的更换作业。

3. 人员组合

本作业项目工作人员共计 3 人。其中工作负责人（监护人）1 人，塔上电工 1 人，地面电工 1 人。

4. 工器具配备

220kV 地电位端部卡作业法带电更换耐张横担侧第 1 片绝缘子工器具配备一览表见表 3-8。

表 3-8 220kV 地电位端部卡作业法带电更换耐张横担侧第 1 片绝缘子工器具配备一览表

序号	工器具名称		规格、型号	数量	备 注
1	绝缘工具	绝缘传递绳	ϕ10mm	1 根	按塔高选用
2		绝缘滑车	0.5t	1 只	
3		绝缘绳套	ϕ16mm	1 只	传递滑车用
4		绝缘操作杆	220kV	1 根	
5	金属工具	端部卡		1 只	
6		闭式卡		1 只	
7		紧线丝杠		2 只	
8		瓷质绝缘子检测仪		1 台	瓷质绝缘子用
9	个人防护用具	安全带		2 根	备用 1 根
10		导电鞋		2 双	备用 1 双
11		安全帽		3 顶	
12	辅助安全用具	防潮苫布	3m×3m	1 块	
13		兆欧表	5000V	1 块	极宽 2cm，极间距 2cm
14		工具袋		2 只	装绝缘工具用

注 瓷质绝缘子检测装置包括：分布电压检测仪、绝缘电阻检测仪和火花间隙装置等。采用火花间隙装置测零时，每次检测前应用专用塞尺按 DL 415 要求测量放电间隙尺寸。

5. 作业程序

按照本次作业现场勘察后编写的现场作业指导书。

（1）工作负责人向电网调度申请开工，内容为：本人为工作负责人×××，×年×月×日需在 220kV ××线路上带电更换绝缘子作业，本次作业按《国家电网公司电力安全工作规程（电力线路部分）》第 8.1.7 条要求，确定是否停用线路重合闸装置，若遇线路跳闸，不经联系，不得强送。得到调度许可，核对线路双重名称和杆号。

（2）全体工作成员列队，工作负责人现场宣读工作票，交待工作任务、安全措施和技术措施；查（问）看工作人员精神状况、着装情况和工器具是否完好齐全。确认危险点和预防措施，明确作业分工以及安全措施及注意事项。

（3）地面电工采用兆欧表检测绝缘工具的绝缘电阻，检查耐张卡具等工器具是否完好灵活。

（4）塔上操作电工宜穿导电鞋。

（5）塔上电工携带绝缘传递绳滑车登杆塔至工作位置，将安全带系在横担上，挂好单滑车。

（6）若是瓷质绝缘子时，地面电工将瓷质绝缘子检测仪及绝缘检测杆组装好后传递给塔上电工，塔上电工检测复核所要更换绝缘子串的零值绝缘子，当同串（13 片）零值绝缘子达到 5 片时（结构高度 146mm），应立即停止检测，并结束本次带电作业工作。

（7）地面电工将端部更换卡具传递给塔上电工。

（8）塔上电工在需要更换的绝缘子串横担侧安装卡具。

（9）塔上电工检查卡具完好后收紧卡具，使需换的劣化绝缘子串呈微受力状态，再次冲击检查卡具受力情况。

（10）报经工作负责人同意后，塔上电工取出应换绝缘子两端的锁紧销，摘换劣化绝缘子。

（11）塔上电工与地面电工以新旧绝缘子交替法，将新盘形绝缘子拉至导线平行位置。注意控制好空中上、下两绝缘子的位置，防止发生相互碰撞。

（12）塔上电工将新绝缘子与绝缘子串联接，安上锁紧销。

（13）塔上电工放松耐张卡具，使绝缘子串恢复受力状态，检查金具连接情况后，报经工作负责人同意后拆除卡具，在地面电工配合下松放传递至地面。

（14）塔上电工检查塔上无遗留物，经工作负责人同意后携带绝缘传递绳滑车下杆塔。

（15）地面电工整理所有工器具和清理现场，工作负责人清点工器具。

（16）工作负责人向调度汇报。内容为：本人为工作负责人×××，220kV ××线路带电更换绝缘子工作已结束，杆塔上人员已撤离，杆塔、导线上无遗留物，线路设备已恢复原状。

6. 安全措施及注意事项

（1）若在海拔 1000m 以上线路上带电作业时，应根据作业区不同海拔高度，修正各类空气间隙、绝缘工具的安全距离和长度、绝缘子片数等，经本单位主管生产领导（总工程师）批准后执行。

（2）本次作业应经现场勘察并编制带电更换耐张横担侧单片绝缘子的现场作业指导书，经本单位技术负责人或主管生产负责人批准后执行。

（3）作业应在良好天气下进行。如遇雷电（听见雷声、看见闪电）、雪雹、雨雾时不得进行带电作业。风力大于 5 级（10m/s）时，不宜进行作业。

（4）若需在相对空气湿度大于 80%的天气下进行带电作业时，应采用具有防潮性能的绝缘工具。

（5）本次作业工作前应向调度明确：若线路跳闸，不经联系不得强送电。

（6）杆塔上电工与带电体的安全距离不小于 1.8m。

（7）绝缘承力工具的绝缘长度不小于 1.8m，绝缘操作杆的有效绝缘长度不小于 2.1m。

（8）若是盘形瓷质绝缘子，作业中扣除人体短接和零值（自爆）绝缘子片数后，良好绝缘子片数不少于 9 片（结构高度 146mm）。

（9）新盘形绝缘子应用干净毛巾进行表面清洁处理，瓷质绝缘子的绝缘电阻值应不小于 500mΩ。

（10）塔上电工应穿导电鞋。严禁裸手直接摘开或安装绝缘子，防止电击伤害。绝缘承力工具受力后，须经检查确认安全可靠后方可脱离绝缘子串。

（11）地面绝缘工具应放置在绝缘苫布上，作业人员均应戴清洁干燥手套，摇测绝缘电阻值不得小于 700mΩ（电极宽 2cm，极间距 2cm）。

（12）绝缘工具使用前应用干净毛巾进行表面清洁处理，使用绝缘工具应戴清洁、干燥

的手套，以防绝缘工具受潮和污染。收工或转移作业点，应将绝缘工具装在工具袋内。

（13）在杆塔上作业过程中如遇设备突然停电，作业人员应视设备仍然带电。

（14）作业人员登杆塔前，应对登高工具和安全带进行检查和冲击试验，全体作业人员必须戴安全帽。

（15）上、下杆塔或在杆塔上移位时，作业人员必须攀抓牢固构件，且双手不得持带任何器材。

（16）杆塔上作业时不得失去安全带的保护。

（17）地面电工严禁在作业点垂直下方逗留，塔上电工应防止高空落物，使用的工具、材料应用绳索传递，不得乱扔。

（18）作业人员在杆塔上作业期间，工作监护人应对作业人员进行不间断监护，且不得从事其他工作。

第三节　220kV 金具及附件

一、220kV 输电线路地电位法带电更换绝缘架空地线防振锤

1. 作业方法

地电位法。

2. 适用范围

适用于 220kV 输电线路更换绝缘架空地线防振锤。

3. 人员组合

本作业项目工作人员共计 4 人。其中工作负责人 1 人，塔上作业人员 2 人，地面作业人员 1 人。

4. 工器具配备

220kV 地电位法带电更换绝缘架空地线防振锤工器具配备一览表见表 3-9。

表 3-9　　　220kV 地电位法带电更换绝缘架空地线防振锤工器具配备一览表

序号	工器具名称		规格、型号	数量	备　注
1	绝缘工具	绝缘传递绳	ϕ10mm	1 根	按塔高选用
2		绝缘滑车	0.5t	1 只	
3		绝缘绳套	ϕ16mm	1 只	传递滑车用
4	金属工具	绝缘架空地线专用接地线		1 根	带绝缘手柄
5		扭矩扳手		1 把	紧固金具螺栓用
6	个人防护用具	安全带		2 根	
7		导电鞋		2 双	
8		安全帽		4 顶	

序号	工器具名称		规格、型号	数量	备　　注
9	辅助安全用具	防潮苫布	3m×3m	1 块	
10		兆欧表	5000V	1 块	极宽 2cm，极间距 2cm
11		工具袋		1 只	装绝缘工具用

5. 作业程序

按照本次作业现场勘察后编写的现场作业指导书。

（1）工作负责人向电网调度申请开工，内容为：本人为工作负责人×××，×年×月×日需在 220kV ××线路上带电更换架空地线防振锤，本次作业按《国家电网公司电力安全工作规程（电力线路部分）》第 8.1.7 条要求，确定是否停用线路重合闸装置，若遇线路跳闸，不经联系，不得强送。得到调度许可，核对线路双重名称和杆号。

（2）全体工作成员列队，工作负责人现场宣读工作票，交待工作任务、安全措施和技术措施；查（问）看工作人员精神状况、着装情况和工器具是否完好齐全。确认危险点和预防措施，明确作业分工以及安全措施及注意事项。

（3）地面电工采用兆欧表检测绝缘工具的绝缘电阻。检查安全用具、工器具外观无损伤、变形、失灵现象，完好齐全。

（4）塔上电工宜穿导电鞋。

（5）塔上电工登塔到架空地线顶架位置，用绳套挂好绝缘滑车和绝缘传递绳。若架空地线为绝缘地线时，塔上 1 号电工应在 2 号电工的监护下，用地线专用接地线（带绝缘棒的）在无作业任务侧的绝缘地线短路接地。

（6）地面电工用绝缘传递绳将新防振锤传上，塔上 1 号电工拆除旧防振锤，并传递至地面。以原尺寸安装好防振锤。按防振锤螺栓规格的扭矩值要求，用扭矩扳手将螺栓拧紧。

（7）经检查完好后，报经工作负责人同意后，按逆顺序拆除全部工具并传递至地面。塔上 1 号电工在塔上 2 号电工的严格监护下，拆除绝缘架空地线专用接地线，塔上 2 号电工下塔。

（8）塔上电工检查确认塔上无遗留工具后，报经工作负责人同意后背绝缘传递绳下塔。

（9）地面电工整理所用工器具和清理现场；工作负责人清点工器具。

（10）工作负责人向调度汇报。内容为：本人为工作负责人×××，220kV ××线路上带电更换地线防振锤工作已结束，杆塔上人员已撤离，杆塔、导线上无遗留物，线路设备已恢复原样。

6. 安全措施及注意事项

（1）若在海拔 1000m 以上线路上带电作业时，应根据作业区不同海拔高度，修正各类空气间隙、绝缘工具的安全距离和长度、绝缘子片数等，经本单位主管生产领导（总工程师）批准后执行。

（2）本次作业应经现场勘察并编制带电更换绝缘架空地线防振锤现场作业指导书，经本单位技术负责人或主管生产负责人批准后执行。

（3）作业应在良好天气下进行。如遇雷电（听见雷声、看见闪电）、雪雹、雨雾时不得进行带电作业。风力大于 5 级（10m/s）时，不宜进行作业。

（4）若需在相对空气湿度大于 80% 的天气下进行带电作业时，应采用具有防潮性能的绝缘工具。

（5）本次作业工作前应向调度明确：若线路跳闸，不经联系不得强送电。

（6）杆塔上电工与带电体的安全距离不小于 1.8m。

（7）塔上电工与绝缘架空地线的安全距离不得小于 0.4m。

（8）塔上电工宜穿导电鞋。严禁裸手直接绝缘架空地线，防止感应电伤害。

（9）塔上电工挂、拆绝缘地线专用接地线时，应向工作负责人报告，得到同意后在塔上另一电工的严格监护下方可挂、拆。

（10）挂设在绝缘架空地线专用接地线上源源不断地流有感应电流，作业人员应严格按安规挂、拆接地线的规定进行，且裸手不得碰触铜接地线。

（11）地面绝缘工具应放在防潮苫布上，作业人员应戴清洁干燥手套，摇测绝缘电阻值不小于 700MΩ（电极宽 2cm，极间距 2cm）。

（12）绝缘工具使用前应用干净毛巾进行表面清洁处理，使用绝缘工具应戴清洁、干燥的手套，以防绝缘工具受潮和污染。收工或转移作业点时，应将绝缘工具装在工具袋内。

（13）在杆塔上作业过程中如遇设备突然停电，作业人员应视设备仍然带电。

（14）作业人员登杆塔前，应对登高工具和安全带进行检查和冲击试验，全体作业人员必须戴安全帽。

（15）上、下杆塔或在杆塔上移位时，作业人员必须攀抓牢固构件，且双手不得持带任何器材。

（16）杆塔上作业时不得失去安全带的保护。

（17）地面电工严禁在作业点垂直下方逗留，塔上电工应防止高空落物，使用的工具、材料应用绳索传递，不得乱扔。

（18）作业人员在杆塔上作业期间，工作监护人应对作业人员进行不间断监护，且不得从事其他工作。

二、220kV 输电线路地电位与等电位结合绝缘硬梯法带电更换导线直线线夹

1. 作业方法

地电位与等电位结合绝缘硬梯法（无法采用软梯法的杆塔）。

2. 适用范围

适用于 220kV 输电线路同塔双回线路直线塔（单联串）上相、中相、下相，单回路塔的边相（中相需校验组合间隙）更换直线线夹或防振锤。

3. 人员组合

本作业项目工作人员共计 7 人。其中工作负责人（监护人）1 人，等电位电工 1 人，塔上电工 1 人，地面电工 4 人。

4. 工器具配备

220kV 地电位与等电位结合绝缘硬梯法带电更换导线直线线夹工器具配备一览表见表 3-10。

表 3-10　220kV 地电位与等电位结合绝缘硬梯法带电更换导线直线线夹工器具配备一览表

序号	工器具名称		规格、型号	数量	备　注
1	绝缘工具	绝缘传递绳	ϕ10mm	2 根	视作业杆塔高度而定
2		绝缘旋转硬梯		1 套	
3		绝缘滑车	5kN	2 只	
4		绝缘绳索	ϕ10mm	2 根	硬梯控制用
5		高强度绝缘绳	ϕ20mm	1 根	导线后备保护绳
6		绝缘吊杆	30kN	1 根	
7		绝缘 2-2 滑车组	10kN	1 个	绝缘硬梯用
8		绝缘操作杆	220kV	1 根	瓷质绝缘子测零值用
9	金属工具	导线提线器		1 只	分裂导线用
10		直线卡具	30kN	2 只	根据横担选型号
11		紧线丝杠		2 只	
12		绝缘硬梯塔身固定器		1 只	
13		瓷质绝缘子检测仪		1 台	瓷质绝缘子用
14	个人防护用具	高强度绝缘绳	ϕ12mm	1 根	等电位工防坠保护用
15		屏蔽服		1 套	等电位电工穿
16		导电鞋		3 双	备用 1 双
17		安全带		3 根	备用 1 根
18		安全帽		7 顶	
19	辅助安全用具	防潮苫布	3m×3m	1 块	
20		万用表		1 块	检测屏蔽服连接通用
21		兆欧表	5000V	1 块	电极宽 2cm，极间距 2cm
22		工具袋		2 只	装绝缘工具用

注　瓷质绝缘子检测装置包括：分布电压检测仪、绝缘电阻检测仪和火花间隙装置等。采用火花间隙装置测零时，每次检测前应用专用塞尺按 DL 415 要求测量放电间隙尺寸。

5. 作业程序

按照本次作业现场勘察后编写的现场作业指导书。

（1）工作负责人向电网调度申请开工，内容为：本人为工作负责人×××，×年×月×日需在 220kV ××线路上带电更换线路金具，本次作业按《国家电网公司电力安全工作规程（电力线路部分）》第 8.1.7 条要求，确定是否停用线路重合闸装置，若遇线路跳闸，不经联系，不得强送。得到调度许可，核对线路双重名称和杆号。

（2）全体工作成员列队，工作负责人现场宣读工作票，交待工作任务、安全措施和技术措施；查（问）看工作人员精神状况、着装情况和工器具是否完好齐全。确认危险点和预防措施，明确作业分工以及安全措施及注意事项。

（3）工作人员检测绝缘工具的绝缘电阻，检查紧线丝杠、直线卡具等工具是否灵活完好，屏蔽服不得有破损、洞孔和毛刺状等缺陷。

（4）塔上电工携带绝缘传递绳登塔至横担处，系挂好安全带，将绝缘滑车及绝缘传递绳在作业横担适当位置安装好。

（5）若是盘形瓷质绝缘子时，地面电工将瓷质绝缘子检测仪及绝缘操作杆组装好后传递给塔上电工，塔上电工检测复核所要更换绝缘子串的零值绝缘子，当同串（13片）零值绝缘子达到5片时（结构高度146mm），应立即停止检测，并结束本次带电作业工作。

（6）等电位电工穿着全套屏蔽服（包括帽、衣裤、手套、袜和导电鞋），必要时，屏蔽服内穿阻燃内衣。地面电工负责检查袜裤、裤衣、袖和手套的连接是否完好，用万用表测试袜、裤、衣、手套等连接导通情况。随后等电位电工上塔。

（7）地面电工传递绝缘硬梯，塔上电工与地面电工配合将绝缘硬梯安装好。

（8）塔头电工挂好等电位后备保护绳，等电位电工系好防坠保护绳后沿绝缘硬梯骑移入，至电场0.6m处，向工作负责人申请，同意后进入电场。系挂好安全带。

（9）地面电工组装好绝缘拉板、直线卡具、紧线丝杠和导线后备保护绳，传递给塔上，塔上电工与等电位电工配合将直线卡具、紧线丝杠、紧线拉板安装在线夹两侧导线上。导线后备保护绳的保护裕度（长度）应控制合理。

（10）塔上电工收紧卡具丝杠将导线荷重转移至紧线拉板、直线卡具上。

（11）等电位电工手抓紧线拉板晃动冲击，检查直线卡具、紧线丝杠等无误后，报工作负责人。

（12）等电位电工拆除导线悬垂线夹，地面电工传递下旧悬垂线夹，同时将新导线悬垂线夹传递给等电位电工。安装好新的悬垂线夹后，经检查后报告给工作负责人。

（13）经负责人同意后，塔上电工松放紧线丝杠，使绝缘子串恢复受力状态，等电位电工检查冲击绝缘子串的受力情况。

（14）经工作负责人同意后，塔上电工、等电位电工依次拆除导线保护绳及紧线丝杠和绝缘拉板，将更换工具及绝缘操作杆等，用绝缘传递绳传递到地面。

（15）经工作负责人同意，等电位电工脱离电场退回到杆塔。

（16）塔上电工检查确认塔上无遗留工具后，汇报工作负责人，得到同意后系背绝缘传递绳下塔。

（17）地面电工整理所用工器具和清理现场，工作负责人清点工器具。

（18）工作负责人向调度汇报。内容为：本人为工作负责人×××，220kV ××线路带电更换导线金具工作已结束，杆塔上人员已撤离，杆塔、导线上无遗留物，线路设备已恢复原状。

6. 安全措施及注意事项

（1）若在海拔1000m以上线路上带电作业时，应根据作业区不同海拔高度，修正各类空气间隙、绝缘工具的安全距离和长度、绝缘子片数等，经本单位主管生产领导（总工程师）批准后执行。

（2）本次作业应经现场勘察并编制带电更换导线悬垂线夹或金具的现场作业指导书，

经本单位技术负责人或主管生产负责人批准后执行。

（3）作业应在良好天气下进行。如遇雷电（听见雷声、看见闪电）、雪雹、雨雾时不得进行带电作业。风力大于 5 级（10m/s）时，不宜进行作业。

（4）若需在相对空气湿度大于 80% 的天气下进行带电作业时，应采用具有防潮性能的绝缘工具。

（5）本次作业工作前应向调度明确：若线路跳闸，不经联系不得强送电。

（6）杆塔上电工与带电体的安全距离不小于 1.8m。

（7）绝缘承力工具的绝缘长度不小于 1.8m，绝缘操作杆的有效绝缘长度不小于 2.1m。

（8）等电位电工进入电位过程中其组合间隙距离不小于 2.1m。

（9）更换金具作业中等电位电工头部或手不得超过第 2 片绝缘子，人体裸露部分与带电体的有效距离不得小于 0.3m。

（10）若是盘形瓷质绝缘子，作业中扣除人体短接和零值（自爆）绝缘子片数后，良好绝缘子片数不少于 9 片（结构高度 146mm）。

（11）等电位电工应穿戴全套屏蔽服、导电鞋，且各部分应连接良好。屏蔽服内不得贴身穿着化纤类衣服。

（12）塔上电工宜穿导电鞋，以防感应电的伤害。

（13）绝缘承力工具受力后，须经检查确认安全可靠后方可脱离绝缘子串。本次作业必须加挂导线后备保护绳。

（14）导线侧绝缘子串未摘开前，严禁塔上电工徒手无安全措施摘开横担侧绝缘子串连接，以防止电击伤人。

（15）地面绝缘工具应放置在绝缘苫布上，作业人员均应戴清洁干燥手套，摇测绝缘电阻值不得小于 700mΩ（电极宽 2cm，极间距 2cm）。

（16）绝缘工具使用前应用干净毛巾进行表面清洁处理，使用绝缘工具应戴清洁、干燥的手套，以防绝缘工具受潮和污染。收工或转移作业点，应将绝缘工具装在工具袋内。

（17）在杆塔上作业过程中如遇设备突然停电，作业人员应视设备仍然带电。

（18）作业人员登杆塔前，应对登高工具和安全带进行检查和冲击试验，全体作业人员必须戴安全帽。

（19）上、下杆塔或在杆塔上移位时，作业人员必须攀抓牢固构件，且双手不得持带任何器材。

（20）杆塔上作业时不得失去安全带的保护。

（21）地面电工严禁在作业点垂直下方逗留，塔上电工应防止高空落物，使用的工具、材料应用绳索传递，不得乱扔。

（22）作业人员在杆塔上作业期间，工作监护人应对作业人员进行不间断监护，且不得从事其他工作。

三、220kV 输电线路地电位与等电位配合绝缘软梯法带电更换导线防振锤

1. 作业方法

地电位与等电位配合绝缘软梯法。

2. 适用范围

适用于 220kV 线路导线防振锤更换工作。

3. 人员组合

本作业项目工作人员共计 5 人。其中工作负责人（监护人）1 人，塔上电工 1 人，等电位电工 1 人，地面电工 2 人。

4. 工器具配备

220kV 地电位与等电位配合绝缘软梯法带电更换导线防振锤工器具配备一览表见表 3-11。

表 3-11　220kV 地电位与等电位配合绝缘软梯法带电更换导线防振锤工器具配备一览表

序号	工器具名称		规格、型号	数量	备注
1	绝缘工具	绝缘传递绳	φ10mm	2 根	视作业杆塔高度而定
2		绝缘软梯		1 套	视作业高度而定
3		绝缘滑车	0.5t	2 只	
4		绝缘操作杆	220kV	1 根	
5		绝缘绳套	φ20mm	2 只	
6	金属工具	扭矩扳手		1 个	紧固金具螺栓用
7		软梯跟头滑车		1 只	
8		金属软梯头		1 个	
9	个人防护用具	高强度绝缘绳	φ12mm	1 根	软梯防坠保护绳
10		屏蔽服		1 套	等电位电工
11		导电鞋		3 双	备用 1 双
12		安全带		3 根	备用 1 根
13		安全帽		5 顶	
14	辅助安全用具	防潮苫布	3m×3m	1 块	
15		万用表		1 块	检测屏蔽服连接导通用
16		兆欧表	5000V	1 块	电极宽 2cm，极间距 2cm
17		工具袋		2 只	装绝缘工具用

5. 作业程序

按照本次作业现场勘察后编写的现场作业指导书。

（1）工作负责人向电网调度申请开工，内容为：本人为工作负责人×××，×年×月×日需在 220kV ××线路上带电更换防振锤工作，本次作业按《国家电网公司电力安全工作规程（电力线路部分）》第 8.1.7 条要求，确定是否停用线路重合闸装置，若遇线路跳闸，不经联系，不得强送。得到调度许可，核对线路双重名称和杆号。

（2）全体工作成员列队，工作负责人现场宣读工作票，交待工作任务、安全措施和技术措施；查（问）看工作人员精神状况、着装情况和工器具是否完好齐全。确认危险点和预防措施，明确作业分工以及安全措施及注意事项。

（3）工作人员检测绝缘工具的绝缘电阻，检查紧线丝杠、卡具等工具是否灵活完好，屏蔽服不得有破损、洞孔和毛刺状等缺陷。

（4）等电位电工穿着全套屏蔽服（包括帽、衣裤、手套、袜和导电鞋），必要时，屏蔽服内穿阻燃内衣。地面电工负责检查袜裤、裤衣、袖和手套的连接是否完好，用万用表测试袜、裤、衣、手套等连接导通情况。塔上电工宜穿导电鞋。

（5）塔上电工携带绝缘传递绳登塔至工作位置，系挂好安全带，将绝缘滑车悬挂在适当的位置。

（6）地面电工传递上软梯跟头滑车，塔上电工使用绝缘操作杆在导线上挂好跟头滑车。

（7）地面电工将绝缘软梯吊挂在导线上，并试冲击绝缘软梯挂设牢固情况。

（8）等电位电工系好防坠后备保护绳后，向负责人申请登绝缘软梯，地面电工有效控制防坠保护绳。

（9）等电位电工登软梯至离导线 0.6m 处，向工作负责人申请进入电场，经工作负责人同意后，等电位电工迅速进入电场，在导线上系挂好安全带后，才能拆除防坠保护绳。

（10）等电位电工拆除需更换的防振锤，与地面电工配合将损坏的防振锤吊下，将新防振锤传递上安装好，按相应规格的螺栓拧紧其标准扭矩值。

（11）等电位电工向工作负责人申请退出电场，经工作负责人同意后，等电位电工系好防坠保护绳，解开安全带下梯站好，经负责人同意后，迅速脱离电场后下至地面。

（12）塔上电工和地面电工配合，将绝缘软梯等工具拆除并传递至地面。

（13）塔上电工检查塔上无遗留物，经工作负责人同意后携带绝缘传递绳下塔。

（14）地面电工整理所用工器具和清理现场，工作负责人清点工器具。

（15）工作负责人向调度汇报。内容为：本人为工作负责人×××，220kV ××线路带电更换防振锤工作已结束，杆塔上人员已撤离，杆塔、导线上无遗留物，线路设备已恢复原状。

6. 安全措施及注意事项

（1）若在海拔 1000m 以上线路上带电作业时，应根据作业区不同海拔高度，修正各类空气间隙、绝缘工具的安全距离和长度、绝缘子片数等，经本单位主管生产领导（总工程师）批准后执行。

（2）本次作业应经现场勘察并编制带电更换导线防振锤的现场作业指导书，经本单位技术负责人或主管生产负责人批准后执行。

（3）作业应在良好天气下进行。如遇雷电（听见雷声、看见闪电）、雪雹、雨雾时不得进行带电作业。风力大于 5 级（10m/s）时，不宜进行作业。

（4）若需在相对空气湿度大于 80% 的天气下进行带电作业时，应采用具有防潮性能的绝缘工具。

（5）本次作业工作前应向调度明确：若线路跳闸，不经联系不得强送电。

（6）杆塔上电工与带电体的安全距离不小于 1.8m。等电位电工进出电场时与接地体和带电本之间的组合间隙不得小于 2.1m。等电位人员转移电位时人体裸露部分与带电体应保证 0.3m。

（7）绝缘承力工具的绝缘长度不小于 1.8m，绝缘操作杆的有效绝缘长度不小于 2.1m。

（8）等电位电工应穿戴全套屏蔽服、导电鞋，且各部分应连接良好。屏蔽服内不得贴身穿着化纤类衣服。

（9）塔上电工宜穿导电鞋，以防感应电的伤害。

（10）地面绝缘工具应放置在绝缘苫布上，作业人员均应戴清洁干燥手套，摇测绝缘电阻值不得小于 700mΩ（电极宽 2cm，极间距 2cm）。

（11）等电位电工登绝缘软梯必须有绝缘防坠保护绳，登绝缘软梯前，应与地面电工配合试冲击防坠保护绳的牢固情况，地面电工防坠保护绳控制方式应合理、可靠。

（12）等电位电工从绝缘软梯登上导线后，必须先系挂好安全带才能解开防坠后备保护绳，脱离电位前必须系好防坠后备保护绳后，再解开安全带向负责人申请下绝缘软梯。

（13）绝缘工具使用前应用干净毛巾进行表面清洁处理，使用绝缘工具应戴清洁、干燥的手套，以防绝缘工具受潮和污染。收工或转移作业点，应将绝缘工具装在工具袋内。

（14）上、下杆塔或在杆塔上移位时，作业人员必须攀抓牢固构件，且双手不得持带任何器材。

（15）杆塔上作业时不得失去安全带的保护。

（16）在杆塔上作业过程中如遇设备突然停电，作业人员应视设备仍然带电。

（17）塔上电工登杆塔前，应对登高工具和安全带进行检查和冲击试验，全体作业人员必须戴安全帽。

（18）地面电工严禁在作业点垂直下方逗留，塔上电工应防止高空落物，使用的工具、材料应用绳索传递，不得乱扔。

（19）作业人员在杆塔上作业期间，工作监护人应对作业人员进行不间断监护，且不得从事其他工作。

四、220kV 输电线路地电位与等电位结合绝缘硬梯法带电检修耐张跳线并沟线夹

1. 作业方法

地电位与等电位结合绝缘硬梯法。

2. 适用范围

适用于 220kV 输电线路检修耐张跳线引流板（并沟线夹）。

3. 人员组合

本作业项目工作人员共计 6 人。其中工作负责人 1 人（监护人），塔上电工 1 人，等电位电工 1 人，地面电工 3 人。

4. 工器具配备

220kV 地电位与等电位结合绝缘硬梯法带电检修耐张跳线并沟线夹工器具配备一览表见表 3-12。

表 3-12　　　　　　　**220kV 地电位与等电位结合绝缘硬梯法带电检修**
耐张跳线并沟线夹工器具配备一览表

序号	工器具名称		规格、型号	数量	备　注
1	绝缘工具	绝缘传递绳	φ10mm	2 根	视作业杆塔高度而定
2		绝缘转臂硬梯	220kV	1 套	
3		绝缘滑车	0.5t	2 只	
4		绝缘操作杆	220kV	1 根	
5		绝缘 2-2 滑车组	1t	2 只	配绝缘绳索
6	金属工具	扭矩扳手		1 把	紧固引流板螺栓用
7		软梯跟头滑车		1 只	
8		软梯头		1 个	
9	个人防护用具	高强度绝缘绳	φ12mm	1 根	等电位工防坠保护用
10		屏蔽服		1 套	等电位电工
11		导电鞋		3 双	备用 1 双
12		安全带		3 根	备用 1 根
13		安全帽		5 顶	
14	辅助安全用具	防潮苫布	3m×3m	1 块	
15		万用表		1 块	检测屏蔽服连接导通用
16		兆欧表	5000V	1 块	电极宽 2cm,极间距 2cm
17		工具袋		2 只	装绝缘工具用

5. 作业程序

按照本次作业现场勘察后编写的现场作业指导书。

（1）工作负责人向电网调度申请开工，内容为：本人为工作负责人×××，×年×月×日需在 220kV ××线路上带电更换耐张跳线并沟线夹工作，本次作业按《国家电网公司电力安全工作规程（电力线路部分）》第 8.1.7 条要求，确定是否停用线路重合闸装置，若遇线路跳闸，不经联系，不得强送。得到调度许可，核对线路双重名称和杆号。

（2）全体工作成员列队，工作负责人现场宣读工作票，交待工作任务、安全措施和技术措施；查（问）看工作人员精神状况、着装情况和工器具是否完好齐全。确认危险点和预防措施，明确作业分工以及安全措施及注意事项。

（3）工作人员检测绝缘工具的绝缘电阻，检查紧线丝杠、卡具等工具是否灵活完好，屏蔽服不得有破损、洞孔和毛刺状等缺陷。

（4）等电位电工穿着全套屏蔽服（包括帽、衣裤、手套、袜和导电鞋），必要时，屏蔽服内穿阻燃内衣。地面电工负责检查袜裤、裤衣、袖和手套的连接是否完好，用万用表测试袜、裤、衣、手套等连接导通情况。塔上电工宜穿导电鞋。

（5）塔上电工穿着导电鞋后登上横担，系挂好安全带，将绝缘滑车及绝缘传递绳悬挂在适当位置，等电位电工登塔至跳线水平位置，系挂好安全带。

（6）地面电工与塔上电工配合将绝缘转臂梯传递上，塔上电工与等电位电工在杆塔上安装好绝缘硬梯塔身固定器和绝缘 2-2 绝缘滑车组，顺线路方向安装布置好绝缘硬梯，地面电工升平绝缘硬梯，控制固定好绝缘硬梯的两侧绝缘拉绳。

（7）等电位电工沿绝缘硬梯采用坐骑式前进至梯前端，地面电工控制两根临时拉线将梯转至横线路方向跳线附近，地面电工固定临时拉线。

（8）等电位电工转至导线临近 0.6m 处左右，向工作负责人申请等电位，得到工作负责人同意后，快速抓住进入带电体，并系扣好安全带。

（9）等电位电工在旧并沟线夹附近清洗导线，涂上导电脂，安装新并沟线夹，拧紧相应规格螺栓的扭矩值，然后拆除旧并沟线夹。

（10）安装完须更换的并沟线夹后，等电位电工得到工作负责人同意后，解开扣在导线上的安全带，向工作负责人申请脱离电位，许可后在地面电工的配合下快速脱离电位，坐骑式后退回到杆塔上。

（11）塔上电工与等电位电工、地面电工配合按相反的程序拆除工具，传递下至地面后，等电位电工下塔。

（12）塔上电工检查塔上无遗留工具后，汇报工作负责人，得到同意后背绝缘传递绳下塔。

（13）地面电工整理所有工器具和清理现场，工作负责人清点工器具。

（14）工作负责人向调度汇报。内容为：本人为工作负责人×××，220kV ××线路带电更换耐张并沟线夹工作已结束，杆塔上人员已撤离，杆塔、导线上无遗留物，线路设备已恢复原状。

6. 安全措施及注意事项

（1）若在海拔 1000m 以上线路上带电作业时，应根据作业区不同海拔高度，修正各类空气间隙、绝缘工具的安全距离和长度、绝缘子片数等，经本单位主管生产领导（总工程师）批准后执行。

（2）本次作业应经现场勘察并编制带电检修耐张跳线并沟线夹的现场作业指导书，经本单位技术负责人或主管生产负责人批准后执行。

（3）作业应在良好天气下进行。如遇雷电（听见雷声、看见闪电）、雪雹、雨雾时不得进行带电作业。风力大于 5 级（10m/s）时，不宜进行作业。

（4）若需在相对空气湿度大于 80% 的天气下进行带电作业时，应采用具有防潮性能的绝缘工具。

（5）本次作业工作前应向调度明确：若线路跳闸，不经联系不得强送电。

（6）杆塔上电工与带电体的安全距离不得小于 1.8m，等电位人员沿绝缘硬梯进入电场时，其组合间隙不得小于 2.1m。

（7）绝缘传递绳与带电体的有效绝缘长度不得小于 1.8m。等电位电工人体裸露部分与带电体的有效距离不得小于 0.3m。绝缘操作杆的有效绝缘长度不小于 2.1m。

（8）等电位电工应穿戴全套屏蔽服、导电鞋，且各部分应连接良好。屏蔽服内不得贴身穿着化纤类衣服。

（9）塔上电工宜穿导电鞋，以防感应电的伤害。

（10）地面电工控制绝缘硬梯两侧拉线应平稳均匀，不得猛拉或激烈晃动绝缘硬梯。

（11）等电位作业人员进出电位时，应向工作负责人申请，得到同意后方可进入或退出。

（12）应先按施工工艺安装好新并沟线夹后，才能拆除旧并沟线夹。

（13）地面绝缘工具应放置在防潮苫布上，作业人员均应戴清洁干燥手套，摇（检）测绝缘电阻值不得小于 700mΩ（电极宽 2cm，极间距 2cm）。

（14）在杆塔上作业过程中如遇设备突然停电，作业人员应视设备仍然带电。

（15）塔上电工登杆塔前，应对登高工具和安全带进行检查和冲击试验，全体作业人员必须戴安全帽。

（16）上、下杆塔或在杆塔上移位时，作业人员必须攀抓牢固构件，且双手不得持带任何器材。

（17）杆塔上作业时不得失去安全带的保护。

（18）绝缘工具使用前应用干净毛巾进行表面清洁处理，使用绝缘工具应戴清洁、干燥的手套，以防绝缘工具受潮和污染。收工或转移作业点，应将绝缘工具装在工具袋内。

（19）杆塔上作业时，不得失去安全带的保护。

（20）地面电工严禁在作业点垂直下方逗留，塔上电工应防止高空落物，使用的工具、材料应用绳索传递，不得乱扔。

（21）作业人员在杆塔上作业期间，工作监护人应对作业人员进行不间断监护，且不得从事其他工作。

五、220kV 输电线路地电位与等电位结合绝缘软梯法带电更换导线间隔棒

1. 作业方法

地电位与等电位结合绝缘软梯法。

2. 适用范围

适用于 220kV 输电线路检修更换导线间隔棒。

3. 人员组合

本作业项目工作人员共计 6 人。其中工作负责人（监护人）1 人，塔上电工 1 人，等电位电工 1 人，地面电工 3 人。

4. 工器具配备

220kV 地电位与等电位结合绝缘软梯法带电更换导线间隔棒工器具配备一览表见表 3-13。

表 3-13　220kV 地电位与等电位结合绝缘软梯法带电更换导线间隔棒工器具配备一览表

序号	工器具名称		规格、型号	数量	备　　注
1	绝缘工具	绝缘传递绳	ϕ10mm	2 根	视作业杆塔高度而定
2		绝缘软梯		1 套	视作业高度而定
3		绝缘滑车	0.5t	2 只	

续表

序号	工器具名称		规格、型号	数量	备　注
4	绝缘工具	绝缘操作杆	220kV	1根	
5		绝缘绳套	φ20mm	2只	
6	金属工具	扭矩扳手		1把	紧固防振锤螺栓用
7		软梯跟头滑车		1只	
8		导线飞车		1台	
9		金属软梯头		1个	
10	个人防护用具	高强度绝缘绳	φ12mm	1根	登软梯防坠保护绳
11		屏蔽服		1套	等电位电工
12		导电鞋		3双	备用1双
13		安全带		3根	备用1根
14		安全帽		6顶	
15	辅助安全用具	防潮苦布	3m×3m	1块	
16		万用表		1块	检测屏蔽服连接导通用
17		兆欧表	5000V	1块	电极宽2cm,极间距2cm
18		工具袋		2只	装绝缘工具用

5. 作业程序

按照本次作业现场勘察后编写的现场作业指导书。

（1）工作负责人向电网调度申请开工，内容为：本人为工作负责人×××，×年×月×日需在220kV ××线路上带电更换导线间隔棒工作，本次作业按《国家电网公司电力安全工作规程（电力线路部分）》第8.1.7条要求，确定是否停用线路重合闸装置，若遇线路跳闸，不经联系，不得强送。得到调度许可，核对线路双重名称和杆号。

（2）全体工作成员列队，工作负责人现场宣读工作票，交待工作任务、安全措施和技术措施；查（问）看工作人员精神状况、着装情况和工器具是否完好齐全。确认危险点和预防措施，明确作业分工以及安全措施及注意事项。

（3）工作人员检测绝缘工具的绝缘电阻，检查紧线丝杠、卡具等工具是否灵活完好，屏蔽服不得有破损、洞孔和毛刺状等缺陷。

（4）等电位电工穿着全套屏蔽服（包括帽、衣裤、手套、袜和导电鞋），必要时，屏蔽服内穿阻燃内衣。地面电工负责检查袜裤、裤衣、袖和手套的连接是否完好，用万用表测试袜、裤、衣、手套等连接导通情况。

（5）塔上电工穿着导电鞋携带绝缘传递绳登塔至工作位置，系挂好安全带，将绝缘滑车悬挂在适当的位置。

（6）地面电工将绝缘操作杆、跟头滑车、高强度防坠保护绳依次吊至塔上。

（7）塔上电工使用绝缘操作杆将跟头滑车挂在导线上。

（8）地面电工将另一条绝缘传递绳滑车挂在软梯头部，地面电工将绝缘软梯吊至导线上挂好，并冲击试验后控制好。

（9）地面电工控制绝缘软梯尾部，等电位电工系好高强度防坠保护绳，地面电工控制好防坠保护绳的另一端。等电位电工攀登绝缘软梯距电位 0.6m 处，向工作负责人申请进入电位，经同意后快速进入。

（10）等电位电工上至导线，先系挂好安全带后才能解开防坠保护绳，与地面电工配合传递上飞车在导线上挂好并封口。

（11）等电位电工坐上飞车，系挂好安全带，经工作负责人同意，在地面电工配合下骑动飞车至工作位置。

（12）等电位电工拆除需更换的间隔棒，与地面电工配合将损坏间隔棒吊下，将新间隔棒吊上进行安装。

（13）安装完毕后在地面电工配合下骑飞车返回绝缘软梯处。

（14）等电位电工登上绝缘软梯，系挂好安全带，与地面电工配合将飞车松放传递至地面。

（15）等电位电工系好防坠保护绳后，解开安全带，下软梯头至导线下方站好，经工作负责人同意后脱离电位，沿绝缘软梯下至地面。

（16）塔上电工和地面电工配合，将绝缘软梯松放传递至地面。

（17）塔上电工使用绝缘操作杆取下跟头滑车，与地面电工配合将跟头滑车、绝缘操作杆、防坠保护绳依次松放传递至地面。

（18）塔上电工检查塔上无遗留物，经工作负责人同意后携带绝缘传递绳下塔。

（19）地面电工整理所用工器具和清理现场，工作负责人清点工器具。

（20）工作负责人向调度汇报。内容为：本人为工作负责人×××，220kV ××线路带电更换间隔棒工作已结束，杆塔上人员已撤离，杆塔、导线上无遗留物，线路设备已恢复原状。

6. 安全措施及注意事项

（1）若在海拔 1000m 以上线路上带电作业时，应根据作业区不同海拔高度，修正各类空气间隙、绝缘工具的安全距离和长度、绝缘子片数等，经本单位主管生产领导（总工程师）批准后执行。

（2）本次作业应经现场勘察并编制带电更换导线间隔棒的现场作业指导书，经本单位技术负责人或主管生产负责人批准后执行。

（3）作业应在良好天气下进行。如遇雷电（听见雷声、看见闪电）、雪雹、雨雾时不得进行带电作业。风力大于 5 级（10m/s）时，不宜进行作业。

（4）若需在相对空气湿度大于 80%的天气下进行带电作业时，应采用具有防潮性能的绝缘工具。

（5）本次作业工作前应向调度明确：若线路跳闸，不经联系不得强送电。

（6）杆塔上电工与带电体的安全距离不得小于 1.8m，等电位电工进出电场时与接地体和带电本之间的组合间隙不得小于 2.1m。等电位人员转移电位时人体裸露部分与带电体应保持 0.3m。

（7）绝缘传递绳和绝缘软梯的有效绝缘长度不得小于 1.8m，绝缘操作杆的有效绝缘长度不得小于 2.1m。

（8）等电位电工应穿戴全套屏蔽服、导电鞋，且各部分应连接良好。屏蔽服内不得贴身穿着化纤类衣服。

（9）塔上电工宜穿导电鞋，以防感应电的伤害。

（10）等电位电工进出电场时，应向工作负责人申请，得到同意后方可进入和退出。

（11）等电位电工在飞车上对交叉跨越下方的其他线路、建筑物等保持安全距离不得小于 2.8m。

（12）等电位电工登绝缘软梯必须有绝缘防坠保护绳，登绝缘软梯前，应与地面电工配合试冲击防坠保护绳的牢固情况，地面电工防坠保护绳控制方式应合理、可靠。

（13）等电位电工从绝缘软梯登上导线后，必须先系挂好安全带才能解开防坠后备保护绳，脱离电位前必须系好防坠后备保护绳后，再解开安全带向负责人申请下绝缘软梯。

（14）地面绝缘工具应放置在防潮苫布上，作业人员均应戴清洁干燥手套，摇（检）测绝缘电阻值不得小于 700mΩ（电极宽 2cm，极间距 2cm）。

（15）在杆塔上作业过程中如遇设备突然停电，作业人员应视设备仍然带电。

（16）塔上电工登杆塔前，应对登高工具和绝缘安全带进行检查和冲击试验，全体作业人员必须戴安全帽。

（17）上、下杆塔或在杆塔上移位时，作业人员必须攀抓牢固构件，且双手不得持带任何器材。

（18）杆塔上作业时，不得失去绝缘安全带的保护。

（19）绝缘工具使用前应用干净毛巾进行表面清洁处理，使用绝缘工具应戴清洁、干燥的手套，以防绝缘工具受潮和污染。收工或转移作业点，应将绝缘工具装在工具袋内。

（20）地面电工严禁在作业点垂直下方逗留，塔上电工应防止高空落物，使用的工具、材料应用绳索传递，不得乱扔。

（21）作业人员在杆塔上作业期间，工作监护人应对作业人员进行不间断监护，且不得从事其他工作。

第四节　220kV 导、地 线

一、220kV 输电线路地电位结合飞车法带电修补绝缘架空地线

1. 作业方法

地电位结合飞车法。

2. 适用范围

适用于 220kV 线路 GJ–70 及以上绝缘架空地线轻微损伤者。

3. 人员组合

本作业项目工作人员共计 5 人。其中工作负责人 1 人（监护人），塔上电工 2 人，地面

电工 2 人。

4. 工器具配备

220kV 地电位结合飞车法带电修补绝缘架空地线工器具配备一览表见表 3-14。

表 3-14　　　220kV 地电位结合飞车法带电修补绝缘架空地线工器具配备一览表

序号	工器具名称		规格、型号	数量	备　　注
1	绝缘工具	绝缘传递绳	ϕ10mm	2 根	视作业杆塔高度而定
2		绝缘控制绳	ϕ12mm	1 根	视作业范围而定
3		绝缘滑车	0.5t	2 只	
4	金属工具	地线飞车		1 台	
5		绝缘地线专用接地线		2 根	有绝缘手柄
6	个人防护用具	屏蔽服		1 套	出线电工穿
7		导电鞋		3 双	备用 1 双
8		安全带		3 根	备用 1 根
9		安全帽		5 顶	
10	辅助安全用具	兆欧表	5000V	1 块	电极宽 2cm，极间距 2cm
11		防潮苫布	3m×3m	1 块	
12		工具袋		2 只	装绝缘工具用

5. 作业程序

按照本次作业现场勘察后编写的现场作业指导书。

（1）工作负责人向电网调度申请开工，内容为：本人为工作负责人×××，×年×月×日需在 220kV ××线路上带电处理架空地线损伤，本次作业按《国家电网公司电力安全工作规程（电力线路部分）》第 8.1.7 条要求，确定是否停用线路重合闸装置，若遇线路跳闸，不经联系，不得强送。得到调度许可，核对线路双重名称和杆号。

（2）全体工作成员列队，工作负责人现场宣读工作票，交待工作任务、安全措施和技术措施；查（问）看工作人员精神状况、着装情况和工器具是否完好齐全。确认危险点和预防措施，明确作业分工以及安全措施及注意事项。

（3）地面电工采用兆欧表检测绝缘工具的绝缘电阻，检查地线飞车是否完好灵活。

（4）塔上出线电工宜穿全套屏蔽服、导电鞋。塔上电工宜穿导电鞋。

（5）塔上电工登上塔顶，系挂好安全带，在合适位置挂好绝缘传递绳，检查地线锈蚀情况。

（6）塔上电工在塔上出线电工的监护下，在不工作侧的绝缘架空地线上挂设绝缘地线专用接地线。将飞车出线侧绝缘地线上的防振锤拆下挂在塔材上，地面电工传递上飞车，塔上电工在绝缘地线上挂好飞车。在飞车支架上绑好控制飞车移动的绝缘绳。

（7）塔上电工拉紧控制绳，塔上出线电工登上飞车后，塔上电工放松控制绳，出线电工骑飞车渐渐滑向至断股处，检查地线损伤情况报告工作负责人。

（8）塔上出线电工用补修预绞丝对损伤处进行补修。

（9）塔上电工拉控制绳，协助塔上出线电工骑回杆塔处，出线电工退回地线顶架塔身上。

（10）塔上电工拆除工具及控制措施并传递下地面，塔上电工在塔上出线电工的监护下，恢复地线防振锤和拆除绝缘地线专用接地线传递下地面，塔上出线电工下塔。

（11）塔上电工检查塔上无遗留工具后，汇报工作负责人，得到同意后背绝缘传递绳下塔。

（12）地面电工整理所有工器具和清理现场，工作负责人清点工器具。

（13）工作负责人向调度汇报。内容为：本人为工作负责人×××，220kV ××线路带电处理架空地线损伤工作已结束，杆塔上人员已撤离，杆塔、导线上无遗留物，线路设备已恢复原状。

6. 安全措施及注意事项

（1）若在海拔 1000m 以上线路上带电作业时，应根据作业区不同海拔高度，修正各类空气间隙、绝缘工具的安全距离和长度、绝缘子片数等，经本单位主管生产领导（总工程师）批准后执行。

（2）本次作业应经现场勘察并编制带电修复绝缘架空地线损伤的现场作业指导书，经本单位技术负责人或主管生产负责人批准后执行。

（3）作业应在良好天气下进行。如遇雷电（听见雷声、看见闪电）、雪雹、雨雾时不得进行带电作业。风力大于 5 级（10m/s）时，不宜进行作业。

（4）若需在相对空气湿度大于 80%的天气下进行带电作业时，应采用具有防潮性能的绝缘工具。

（5）本次作业工作前应向调度明确：若线路跳闸，不经联系不得强送电。

（6）杆塔上电工与带电体的安全距离不得小于 1.8m，出线电工沿绝缘地线至损伤修复位置时，其作业人员及地线飞车对下方带电体的安全距离不得小于 2.3m。

（7）塔上出线电工宜穿全套屏蔽服、导电鞋，塔上电工宜穿导电鞋，以防感应电的伤害。

（8）塔上出线电工进出绝缘地线时，应向工作负责人申请，得到同意后方可进行。

（9）绝缘架空地线应视为带电体，塔上电工对绝缘架空地线的安全距离不得小于 0.4m。进入绝缘架空地线作业前应首先将绝缘架空地线可靠接地。

（10）塔上电工应在出线电工的监护下，挂设和拆除绝缘地线专用接地线，防止感应电的伤害。

（11）飞车出线补修架空地线（OPGW 或良导体）作业，应按损伤程度按出线荷载由工程技术人员进行架空地线强度、弧垂变化等验算。

（12）挂设在绝缘架空地线专用接地线上源源不断电流有感应电流，作业人员应严格按安规挂、拆接地线的规定进行，且裸手不得碰触铜接地线。

（13）地面绝缘工具应放置在防潮苫布上，作业人员均应戴清洁干燥手套，摇（检）测绝缘电阻值不得小于 700mΩ（电极宽 2cm，极间距 2cm）。

（14）在杆塔上作业过程中如遇设备突然停电，作业人员应视设备仍然带电。

（15）塔上电工登杆塔前，应对登高工具和安全带进行检查和冲击试验，全体作业人员必须戴安全帽。

（16）上、下杆塔或在杆塔上移位时，作业人员必须攀抓牢固构件，且双手不得持带任何器材。

（17）杆塔上作业时，不得失去安全带的保护。

（18）绝缘工具使用前应用干净毛巾进行表面清洁处理，使用绝缘工具应戴清洁、干燥的手套，以防绝缘工具受潮和污染。收工或转移作业点，应将绝缘工具装在工具袋内。

（19）地面电工严禁在作业点垂直下方逗留，塔上电工应防止高空落物，使用的工具、材料应用绳索传递，不得乱扔。

（20）作业人员在杆塔上作业期间，工作监护人应对作业人员进行不间断监护，且不得从事其他工作。

二、220kV 输电线路等电位与地电位配合法带电修补导线

1. 作业方法
等电位与地电位配合法。

2. 适用范围
适用于 220kV 线路导线用缠绕、预绞丝修补或采用补修管修补。

3. 人员组合
本作业项目工作人员共计 6 人。其中工作负责人（监护人）1 人，等电位电工 1 人，塔上电工 1 人，地面电工 3 人。

4. 工器具配备
220kV 等电位与地电位配合法带电修补导线工器具配备一览表见表 3-15。所需材料有相应规格的预绞丝补修条、相应规格的补修管、导电脂等。

表 3-15　　　　220kV 等电位与地电位配合法带电修补导线工器具配备一览表

序号	工器具名称		规格、型号	数量	备　注
1	绝缘工具	绝缘传递绳	ϕ10mm	2 根	视作业杆塔高度而定
2		绝缘软梯		1 套	视作业高度而定
3		绝缘滑车	0.5t	2 只	
4		绝缘操作杆	220kV	1 根	
5		绝缘绳套	ϕ20mm	2 只	
6	金属工具	软梯跟头滑车		1 只	
7		机动液压机（手动式）		1 台	配相应规格压模
8		钢卷尺、游标卡尺		各 1 把	
9		钢丝刷		1 把	
10		金属软梯头		1 个	

序号	工器具名称		规格、型号	数量	备 注
11	个人防护用具	高强度绝缘绳	ϕ12mm	1 根	等电位工防坠保护用
12		屏蔽服		1 套	等电位电工穿
13		导电鞋		2 双	
14		安全带		2 根	
15		安全帽		6 顶	
16	辅助安全用具	防潮苫布	3m×3m	1 块	
17		万用表		1 块	检测屏蔽服连接导通用
18		兆欧表	5000V	1 块	电极宽 2cm,极间距 2cm
19		工具袋		2 只	装绝缘工具用

5. 作业程序

按照本次作业现场勘察后编写的现场作业指导书。

（1）工作前工作负责人向调度申请。内容为：本人为工作负责人×××，需在 220kV ××线路上带电修补导线，本作业按《国家电网公司电力安全工作规程（电力线路部分）》第 8.1.7 条要求，确定是否停用线路重合闸装置，若遇线路跳闸，不经联系，不得强送。得到调度许可后，核对线路双重名称和杆号。

（2）全体工作成员列队，工作负责人现场宣读工作票、交工作任务、安全措施和技术措施；查（问）看作业人员精神状况、着装情况和工器具是否完好齐全。确认危险点和预防措施，明确作业分工以及安全注意事项。

（3）工作人员采用兆欧表绝缘工具的绝缘电阻，检查工具滑车等是否完好齐全、屏蔽服不得有破损、洞孔和毛刺状等缺陷。

（4）等电位电工穿着全套屏蔽服（包括帽、衣裤、手套、袜和导电鞋），必要时，屏蔽服内穿阻燃内衣。地面电工负责检查袜裤、裤衣、袖和手套的连接是否完好，用万用表测试袜、裤、衣、手套等连接导通情况。

（5）塔上电工携带绝缘传递绳登塔至横担适当位置，系挂好安全带，将绝缘滑车及绝缘绳在作业横担适当位置安装好。

（6）地面电工用将绝缘软梯跟头滑车传递给塔上电工，塔上电工用绝缘操作杆将软梯跟头滑车挂在导线上。

（7）地面电工提升悬挂绝缘软梯，塔上电工用绝缘操作杆钩上绝缘软梯绝缘控制绳。地面电工试冲击绝缘软梯悬挂情况，无误后将绝缘软梯拉至导线损伤附近，塔上电工松出控制绳。

（8）等电位电工系好防坠后备保护绳后攀登绝缘软梯，地面电工控制绝缘软梯尾部。等电位电工攀登绝缘软梯至绝缘软梯头下方约 0.6m 处左右，向工作负责人申请等电位，得到工作负责人同意后，快速抓住绝缘软梯头进入电场，在导线上系挂好安全带后才能解开防坠保护绳。

（9）若导线在同一处损伤的程度使导线强度损失部分超过总拉断力的 5%且截面积损伤部分不超过总导电部分截面积的 7%，用缠绕或补修预绞丝修补。

（10）若导线在同一处损伤的程度使导线强度损失部分超过总拉断力的 5%但不足 17%，且截面积损伤部分不超过总导电部分截面积的 25%，用补修管修补。

（11）缠绕修补时应将受伤处线股处理平整；缠绕材料应为铝单丝，缠绕应紧密，回头应绞紧，处理平整，其中心应位于损伤最严重处，并应将受伤部分全部覆盖，其长度不得小于 100mm。

（12）采用预绞丝修补应将受伤处线股处理平整；补修预绞丝长度不得小于 3 个节距，其中心应位于损伤最严重处并将其全部覆盖。

（13）采用补修管修补应将损伤处的线股先恢复原绞制状态，线股处理平整，补修管的中心应位于损伤最严重处，补修的范围应位于管内各 20mm。

（14）地面电工配合等电位电工将清洗好的补修管、装配好压模和机动液压泵的压钳吊至损伤导线处，等电位电工将导线连同补修管放入压接钳内，逐一对模压接。

（15）压接完成后，等电位电工用游标卡尺检验确认六边形的三个对边距符合下列标准：在同一模的六边形中，只允许其中有一个对边距达到公式 $S=0.866 \times 0.993D+0.2$（mm）的最大计算值。测量超过应查明原因，另行处理。最后铲除补修管的飞边毛刺，完成修补工作。

（16）若导线损伤面积为铝总面积的 25%以上时，也可采用预绞式接续条、全张力预绞式接续条等进行补修，具体按 DL/T 1069《输电线路导地线补修导则》要求执行。

（17）等电位电工系好防坠保护绳后，解开安全带，沿绝缘软梯下退至人站直并手抓导线，向工作负责人申请脱离电位，许可后应快速脱离电位，等电位电工沿绝缘软梯回落地面，地面电工拆除绝缘软梯。

（18）塔上电工和地面电工配合，将绝缘软梯跟头滑车牵拉至横担附近，然后由塔上电工用绝缘操作杆摘除绝缘软梯跟头滑车，并用绝缘传递绳下传至地面。

（19）塔上电工检查确认塔上无遗留工具后，汇报工作负责人，得到同意后系背绝缘传递绳下塔。

（20）地面电工整理所用工器具和清理现场，工作负责人清点工器具。

（21）工作负责人向调度汇报。内容为：本人为工作负责人×××，220kV ××线路带电修补导线工作已结束，杆塔上人员已撤离，杆塔、导线上无遗留物，线路设备已恢复原样。

6. 安全措施及注意事项

（1）若在海拔 1000m 以上线路上带电作业时，应根据作业区不同海拔高度，修正各类空气间隙、绝缘工具的安全距离和长度、绝缘子片数等，经本单位主管生产领导（总工程师）批准后执行。

（2）本次作业应经现场勘察并编制带电修复导线损伤的现场作业指导书，经本单位技术负责人或主管生产负责人批准后执行。

（3）作业应在良好天气下进行。如遇雷电（听见雷声、看见闪电）、雪雹、雨雾时不得

进行带电作业。风力大于 5 级（10m/s）时，不宜进行作业。

（4）若需在相对空气湿度大于 80%的天气下进行带电作业时，应采用具有防潮性能的绝缘工具。

（5）本次作业工作前应向调度明确：若线路跳闸，不经联系不得强送电。

（6）杆塔上电工与带电体的安全距离不得小于 1.8m，等电位电工进出电场时与接地体和带电本之间的组合间隙不得小于 2.1m。等电位人员转移电位时人体裸露部分与带电体应保持 0.3m。

（7）绝缘传递绳的有效绝缘长度不得小于 1.8m，绝缘操作杆的有效绝缘长度不得小于 2.1m。

（8）等电位电工应穿戴全套屏蔽服、导电鞋，且各部分应连接良好。屏蔽服内不得贴身穿着化纤类衣服。

（9）塔上电工宜穿导电鞋，以防感应电的伤害。

（10）等电位电工作业中应保持对被跨越下方的其他电力线路、通信线和建筑物的安全距离 2.8m 以上。

（11）地面绝缘工具应放置在防潮苫布上，作业人员均应戴清洁干燥手套，摇（检）测绝缘电阻值不得小于 700mΩ（电极宽 2cm，极间距 2cm）。

（12）等电位电工从绝缘软梯登上导线后，必须先系挂好安全带才能解开防坠后备保护绳，脱离电位前必须系好防坠后备保护绳后，再解开安全带向负责人申请下软梯。

（13）等电位电工从绝缘软梯登上导线后，必须先系挂好安全带才能解开防坠后备保护绳，脱离电位前必须系好防坠后备保护绳后，再解开安全带向负责人申请下软梯。

（14）在杆塔上作业过程中如遇设备突然停电，作业人员应视设备仍然带电。

（15）塔上电工登杆塔前，应对登高工具和安全带进行检查和冲击试验，全体作业人员必须戴安全帽。

（16）上、下杆塔或在杆塔上移位时，作业人员必须攀抓牢固构件，且双手不得持带任何器材。

（17）杆塔上作业时，不得失去安全带的保护。

（18）绝缘工具使用前应用干净毛巾进行表面清洁处理，使用绝缘工具应戴清洁、干燥的手套，以防绝缘工具受潮和污染。收工或转移作业点，应将绝缘工具装在工具袋内。

（19）地面电工严禁在作业点垂直下方逗留，塔上电工应防止高空落物，使用的工具、材料应用绳索传递，不得乱扔。

（20）作业人员在杆塔上作业期间，工作监护人应对作业人员进行不间断监护，且不得从事其他工作。

三、220kV 输电线路等电位绝缘独脚扒杆法带电修补导线

1. 作业方法

等电位绝缘独脚扒杆法。

2. 适用范围

适用于 220kV 线路挡中导线损伤修补。

3. 人员组合

本作业项目工作人员共计 7 人。其中工作负责人 1 人（监护人），等电位电工 1 人，地面电工 5 人。

4. 工器具配备

220kV 等电位绝缘独脚扒杆法带电修补导线工器具配备一览表见表 3-16。

表 3-16　　220kV 等电位绝缘独脚扒杆法带电修补导线工器具配备一览表

序号	工器具名称		规格、型号	数量	备 注
1	绝缘工具	绝缘传递绳	φ10mm	1 根	视作业杆塔高度而定
2		绝缘独脚扒杆	φ160mm	1 根	视作业高度而定
3		绝缘滑车	0.5t	1 只	
4		绝缘绳套	φ20mm	1 只	
5	金属工具	机动液压机（手动式）		1 台	配相应规格压模
6		钢卷尺、游标卡尺		各 1 把	
7		钢丝刷		1 把	
8		地锚钻		4 个	扒杆缆绳固定
9	个人防护用具	屏蔽服		1 套	等电位电工
10		导电鞋		1 双	
11		安全带		1 根	
12		安全帽		7 顶	
13	辅助安全用具	防潮苫布	3m×3m	1 块	
14		万用表		1 块	检测屏蔽服连接导通用
15		兆欧表	5000V	1 块	电极宽 2cm，极间距 2cm
16		工具袋		1 只	装绝缘工具用

5. 作业程序

按照本次作业现场勘察后编写的现场作业指导书。

（1）工作前工作负责人向调度申请。内容为：本人为工作负责人×××，需在 220kV ××线路上带电修补导线，本作业按《国家电网公司电力安全工作规程（电力线路部分）》第 8.1.7 条要求，确定是否停用线路重合闸装置，若遇线路跳闸，不经联系，不得强送。得到调度许可后，核对线路双重名称和杆号。

（2）全体工作成员列队，工作负责人现场宣读工作票、交工作任务、安全措施和技术措施；查（问）看作业人员精神状况、着装情况和工器具是否完好齐全。确认危险点和预防措施，明确作业分工以及安全注意事项。

（3）工作人员采用兆欧表绝缘工具的绝缘电阻，检查工具滑车等是否完好齐全、屏蔽服不得有破损、洞孔和毛刺状等缺陷。

（4）在需要修补导线处周围合适位置安装 4 个地锚。

（5）将绝缘独脚扒杆竖起，绝缘缆绳与地锚连接并调整好。

（6）等电位电工穿着全套屏蔽服（包括帽、衣裤、手套、袜和导电鞋），必要时，屏蔽服内穿阻燃内衣。地面电工负责检查袜裤、裤衣、袖和手套的连接是否完好，用万用表测试袜、裤、衣、手套等连接导通情况。

（7）等电位电工系好防坠保护绳，地面电工控制防坠保护绳受力方式合理，等电位电工登绝缘独脚扒杆，距导线 0.7m 处，报经工作负责人同意后进入电场。等电位电工登上导线并系挂好安全带后，才能解开防坠保护绳（随后作绝缘传递绳用）。

（8）若导线在同一处损伤的程度使导线强度损失部分超过总拉断力的 5%且截面积损伤部分不超过总导电部分截面积的 7%，用缠绕或补修预绞丝修补。

（9）若导线在同一处损伤的程度使导线强度损失部分超过总拉断力的 5%但不足 17%，且截面积损伤部分不超过总导电部分截面积的 25%，用补修管修补。

（10）若导线在同一处损伤的程度使导线强度损失部分超过总拉断力的 5%但不足 17%，且截面积损伤部分不超过总导电部分截面积的 25%，用补修管修补。

（11）采用预绞丝修补应将受伤处线股处理平整；补修预绞丝长度不得小于 3 个节距，其中心应位于损伤最严重处并将其全部覆盖。

（12）采用补修管修补应将损伤处的线股先恢复原绞制状态，线股处理平整，补修管的中心应位于损伤最严重处，补修的范围应位于管内各 20mm。

（13）地面电工配合等电位电工将清洗好的补修管、装配好压模和机动液压泵的压钳吊至损伤导线处，等电位电工将导线连同补修管放入压接钳内，逐一对模压接。

（14）压接完成后，等电位电工用游标卡尺检验确认六边形的三个对边距符合下列标准：在同一模的六边形中，只允许其中有一个对边距达到公式 $S=0.866\times0.993D+0.2$（mm）的最大计算值。测量超过应查明原因，另行处理。最后铲除补修管的飞边毛刺，完成修补工作。

（15）若导线损伤面积为铝总面积的 25%以上时，也可采用预绞式接续条、全张力预绞式接续条等进行补修，具体按 DL/T 1069《输电线路导地线补修导则》要求执行。

（16）等电位电工检查确认补修完好，导线上无遗留工具后，汇报工作负责人，得到同意后系好防坠保护绳后，解开绝缘安全带，沿绝缘独脚扒杆下退至人站直并手抓导线，向工作负责人申请脱离电位，许可后应快速脱离电位，等电位电工沿绝缘独脚扒杆回落地面。

（17）地面电工在工作负责人指挥下将绝缘独脚扒杆放到至地面。

（18）地面电工整理所用工器具和清理现场，工作负责人清点工器具。

（19）工作负责人向调度汇报。内容为：本人为工作负责人×××，220kV ××线路带电修补导线工作已结束，杆塔上人员已撤离，杆塔、导线上无遗留物，线路设备已恢复原样。

6. 安全措施及注意事项

（1）若在海拔 1000m 以上线路上带电作业时，应根据作业区不同海拔高度，修正各类空气间隙、绝缘工具的安全距离和长度、绝缘子片数等，经本单位主管生产领导（总工程师）批准后执行。

（2）本次作业应经现场勘察并编制带电补修导线损伤的现场作业指导书，经本单位技术负责人或主管生产负责人批准后执行。

（3）作业应在良好天气下进行。如遇雷电（听见雷声、看见闪电）、雪雹、雨雾时不得进行带电作业。风力大于 5 级（10m/s）时，不宜进行作业。

（4）若需在相对空气湿度大于 80%的天气下进行带电作业时，应采用具有防潮性能的绝缘工具。

（5）本次作业工作前应向调度明确：若线路跳闸，不经联系不得强送电。

（6）等电位电工应穿戴全套屏蔽服、导电鞋，且各部分应连接良好。屏蔽服内不得贴身穿着化纤类衣服。

（7）等电位电工进入电场前人体裸露部分与带电体的有效距离不得小于 0.3m。

（8）等电位作业人员进出电位时，应向工作负责人申请，得到同意后方可进行。

（9）等电位电工登绝缘独脚扒杆时应有绝缘防坠保护绳。

（10）等电位电工从绝缘独脚扒杆登上导线后，必须先系挂好安全带才能解开防坠后备保护绳，脱离电位前必须系好防坠后备保护绳后，再解开安全带向负责人申请下绝缘独脚扒杆。

（11）等电位电工登绝缘独脚扒杆前，应与地面电工配合试冲击防坠保护绳的牢固情况，地面电工防坠保护绳控制方式应合理、可靠。

（12）地面绝缘工具应放置在防潮苫布上，作业人员均应戴清洁干燥手套，摇（检）测绝缘电阻值不得小于 700mΩ（电极宽 2cm，极间距 2cm）。

（13）在线路上作业过程中如遇设备突然停电，作业人员应视设备仍然带电。

（14）塔上电工登绝缘独脚扒杆前，应对登高工具和安全带进行检查和冲击试验，全体作业人员必须戴安全帽。

（15）绝缘工具使用前应用干净毛巾进行表面清洁处理，使用绝缘工具应戴清洁、干燥的手套，以防绝缘工具受潮和污染。收工或转移作业点，应将绝缘工具装在工具袋内。

（16）地面电工严禁在作业点垂直下方逗留，塔上电工应防止高空落物，使用的工具、材料应用绳索传递，不得乱扔。

（17）作业人员在杆塔上作业期间，工作监护人应对作业人员进行不间断监护，且不得从事其他工作。

四、220kV 输电线路等电位法带电线路上处理缠绕导线漂浮物

1. 作业方法

等电位法。

2. 适用范围

适用于 220kV 线路上缠绕导线上的异物（可用绝缘扒杆或架空地线挂软梯）。

3. 人员组合

本作业项目工作人员共计 5 人。其中工作负责人 1 人（监护人），中间位电工 1 人，塔上电工 1 人，地面电工 2 人。

4. 工器具配备

220kV 等电位法带电线路上处理缠绕导线漂浮物工器具配备一览表见表 3-17。

表 3-17　　220kV 等电位法带电线路上处理缠绕导线漂浮物工器具配备一览表

序号	工器具名称		规格、型号	数量	备　注
1	绝缘工具	绝缘传递绳	$\phi 10mm$	2 根	视作业杆塔高度而定
2		绝缘软梯		1 套	视作业高度而定
3		绝缘滑车	0.5t	2 只	
4		绝缘操作杆	220kV	1 根	
5		绝缘绳套	$\phi 20mm$	2 只	
6	金属工具	软梯跟头滑车		1 只	
7		金属钩刀		1 把	可与操作杆固定
8		金属软梯头		1 个	
9	个人防护用具	屏蔽服		1 套	出线操作电工穿
10		导电鞋		3 双	备用 1 双
11		安全带		3 根	备用 1 根
12		安全帽		5 顶	
13	辅助安全用具	防潮苫布	3m×3m	1 块	
14		万用表		1 块	检测屏蔽服连接导通用
15		兆欧表	5000V	1 块	电极宽 2cm，极间距 2cm
16		工具袋		2 只	装绝缘工具用

注　采用绝缘独脚扒杆时，需增加人员和工器具；采用架空地线挂软梯需重配工具。

5. 作业程序

按照本次作业现场勘察后编写的现场作业指导书。

（1）工作前工作负责人向调度申请。内容为：本人为工作负责人×××，需在 220kV ××线路上带电处理导线异物，本作业按《国家电网公司电力安全工作规程（电力线路部分）》第 8.1.7 条要求，确定是否停用线路重合闸装置，若遇线路跳闸，不经联系，不得强送。得到调度许可后，核对线路双重名称和杆号。

（2）全体工作成员列队，工作负责人现场宣读工作票、交工作任务、安全措施和技术措施；查（问）看作业人员精神状况、着装情况和工器具是否完好齐全。确认危险点和预防措施，明确作业分工以及安全注意事项。

（3）工作人员采用兆欧表绝缘工具的绝缘电阻，检查工具滑车等是否完好齐全、屏蔽服不得有破损、洞孔和毛刺状等缺陷。

（4）等电位电工穿着全套屏蔽服（包括帽、衣裤、手套、袜和导电鞋），必要时，屏蔽服内穿阻燃内衣。地面电工负责检查袜裤、裤衣、袖和手套的连接是否完好，用万用表测试袜、裤、衣、手套等连接导通情况。

（5）塔上电工带绝缘传递绳登塔至导线横担处，挂好绝缘传递绳。用传递上的绝缘操作杆挂好软梯跟头滑车。

（6）塔上电工带绝缘传递绳登塔至导线横担处，挂好绝缘传递绳。用传递上的绝缘操作杆挂好软梯跟头滑车。

（7）等电位电工系好防坠保护绳，地面电工控制防坠保护绳，等电位电工登绝缘软梯至导线下方 0.7m 处，报经工作负责人同意后进入电场。

（8）等电位电工登上导线并系挂好绝缘安全带后，解开防坠保护绳（随后作绝缘传递绳用），携带绝缘传递绳走线至作业点。

（9）若漂浮物对地或对邻相距离较小有危险度时，等电位电工采用绝缘操作杆带金属钩刀拟中间电位法割、拉处理导线上异物。

（10）等电位电工将绝缘操作杆传递下地面，系好防坠保护绳后，解开绝缘安全带沿绝缘软梯回到地面。

（11）地面电工拆除绝缘软梯后，将绝缘软梯跟头滑车拉向杆塔边，塔上电工拆除跟头滑车传递至地面。

（12）地面电工整理所有工器具和清理现场，工作负责人清点工器具。

（13）地面电工配合等电位电工将清洗好的补修管、装配好压模和机动液压泵的压钳吊至损伤导线处，等电位电工将导线连同补修管放入压接钳内，逐一对模压接。

（14）压接完成后，等电位电工用游标卡尺检验确认六边形的三个对边距符合下列标准：在同一模的六边形中，只允许其中有一个对边距达到公式 $S=0.866\times0.993D+0.2$（mm）的最大计算值。测量超过应查明原因，另行处理。最后铲除补修管的飞边毛刺，完成修补工作。

（15）若导线损伤面积为铝总面积的 25% 以上时，也可采用预绞式接续条、全张力预绞式接续条等进行补修，具体按 DL/T 1069《输电线路导地线补修导则》要求执行。

（16）等电位电工检查确认补修完好，导线上无遗留工具后，汇报工作负责人，得到同意后系好防坠保护绳后，解开安全带，沿独脚扒杆下退至人站直并手抓导线，向工作负责人申请脱离电位，许可后应快速脱离电位，等电位电工沿绝缘独脚扒杆回落地面。

（17）地面电工在工作负责人指挥下将绝缘独脚扒杆放到至地面。

（18）地面电工整理所用工器具和清理现场，工作负责人清点工器具。

（19）工作负责人向调度汇报。内容为：本人为工作负责人×××，220kV ××线路带电处理导线异物工作已结束，杆塔上人员已撤离，杆塔、导线上无遗留物，线路设备仍为原状。

6. 安全措施及注意事项

（1）若在海拔 1000m 以上线路上带电作业时，应根据作业区不同海拔高度，修正各类空气间隙、绝缘工具的安全距离和长度、绝缘子片数等，经本单位主管生产领导（总工程师）批准后执行。

（2）本次作业应经现场勘察并编制带电处理导线上缠绕漂浮物缺陷的现场作业指导书，经本单位技术负责人或主管生产负责人批准后执行。

（3）作业应在良好天气下进行。如遇雷电（听见雷声、看见闪电）、雪雹、雨雾时不得进行带电作业。风力大于 5 级（10m/s）时，不宜进行作业。

（4）若需在相对空气湿度大于 80%的天气下进行带电作业时，应采用具有防潮性能的绝缘工具。

（5）本次作业工作前应向调度明确：若线路跳闸，不经联系不得强送电。

（6）杆塔上电工与带电体的安全距离不得小于 1.8m，等电位人员在导线上与邻相安全距离不得小于 2.5m。等电位电工进入电场前人体裸露部分与带电体的有效距离不得小于 0.3m。

（7）绝缘绳和绝缘软梯的有效绝缘长度不得小于 1.8m，绝缘操作杆的有效绝缘长度不得小于 2.1m。

（8）等电位电工应穿戴全套屏蔽服、导电鞋，且各部分应连接良好。屏蔽服内不得贴身穿着化纤类衣服。

（9）塔上电工宜穿导电鞋，以防感应电的伤害。

（10）等电位作业人员进出电位时，应向工作负责人申请，得到同意后方可进行。

（11）等电位电工从绝缘软梯登上导线后，必须先系挂好安全带才能解开防坠后备保护绳，脱离电位前必须系好防坠后备保护绳后，再解开安全带向负责人申请下绝缘软梯。

（12）等电位电工登绝缘软梯必须有绝缘防坠保护绳。等电位电工登绝缘软梯前，应与地面电工配合试冲击防坠保护绳的牢固情况，地面电工防坠保护绳控制方式应合理、可靠。

（13）地面绝缘工具应放置在防潮苫布上，作业人员均应戴清洁干燥手套，摇（检）测绝缘电阻值不得小于 700mΩ（电极宽 2cm，极间距 2cm）。

（14）在杆塔或导线上作业过程中如遇设备突然停电，作业人员应视设备仍然带电。

（15）塔上电工登杆塔前，应对登高工具和安全带进行检查和冲击试验，全体作业人员必须戴安全帽。

（16）上、下杆塔或在杆塔上移位时，作业人员必须攀抓牢固构件，且双手不得持带任何器材。

（17）杆塔上作业时不得失去安全带的保护。

（18）绝缘工具使用前应用干净毛巾进行表面清洁处理，使用绝缘工具应戴清洁、干燥的手套，以防绝缘工具受潮和污染。收工或转移作业点，应将绝缘工具装在工具袋内。

（19）地面电工严禁在作业点垂直下方逗留，塔上电工应防止高空落物，使用的工具、材料应用绳索传递，不得乱扔。

（20）作业人员在杆塔上作业期间，工作监护人应对作业人员进行不间断监护，且不得从事其他工作。

五、220kV 输电线路等电位结合双头液压工具法带电开断挡中损伤导线重接

1. 作业方法
等电位结合双头液压工具法。

2. 适用范围
适用于 220kV 线路开断挡中损伤导线重接工作。

3. 人员组合

本作业项目分两个工作面，工作人员至少 14 人。其中开断重接工作面：工作负责人（监护人）1 人，等电位电工 2 人，地面电工 4 人；耐张跳线松出工作面：工作负责人（监护人）1 人，等电位电工 1～2 人，杆上电工 2 人，地面电工 2 人。

4. 工器具配备

220kV 等电位结合双头液压工具法带电开断挡中损伤导线重接工器具配备一览表见表 3-18。所需材料有相应规格导线的钳压管或液压管；若跳线为压接式时，采用耐张串加绝缘子方式，备跳线重新制作所需的相应规格导线 8m 和相应等级绝缘子若干片。

表 3-18　　　　　**220kV 等电位结合双头液压工具法带电开断挡中**

损伤导线重接工器具配备一览表

序号	工器具名称		规格、型号	数量	备　注
1		绝缘传递绳	SCJS–14	3 根	传递用
2		绝缘滑车	1t、0.5t	若干	
3		H 形绝缘竖梯或绝缘独脚扒杆		2 副	挡中导线压接用
4		绝缘转向硬梯		2 副	配水泥杆固定座
5	绝缘工具	高强度后备保护绝缘绳	ϕ30mm 以上	2 根	约 2m 长
6		绝缘 4–4 滑车	ϕ14mm 绝缘绳	1 根	耐张串摘挂导线用
7		绝缘 2–2 滑车	ϕ12mm 绝缘绳	1 根	旋转绝缘梯用
8		绝缘操作杆		1 根	
9		瓷质绝缘子检测装置	220kV 等级	1 只	瓷质绝缘子用
10		绝缘转向硬梯控制拉绳	ϕ12mm 绝缘绳	2 根	
11		手动液压钳或液压器		1 台	导线开断重接用
12		双头液压紧线工具		1 套	开断导线收紧用
13	金属工具	ϕ30mm 多股软铜载流线		2 根	配紧固夹具
14		相应导线型号紧线器		3 只	
15		液压断线钳		1 把	开断导线用
16		安全带		7 根	备用 1 根
17	个人防护用具	屏蔽服		4 套	
18		安全帽		14 顶	
19		导电鞋		3 双	备用 1 双
20		兆欧表	5000V	1 块	电极宽 2cm，极间距 2cm
21	辅助安全用具	万用表		1 块	检测屏蔽服连接导通用
22		防潮苫布	3m×3m	2 块	

注　瓷质绝缘子检测装置包括分布电压检测仪、绝缘电阻检测仪和火花间隙装置等。采用火花间隙装置测零时，每次检测前应用专用塞尺按 DL 415 要求测量放电间隙尺寸。

5. 作业程序

按照本次作业现场勘察后编写的现场作业指导书。

（1）工作前工作负责人向调度申请，内容为：本人为工作负责人×××，×年×月×日需 220kV ××线路上带电开断重接损伤导线作业，本次作业按《国家电网公司电力安全工作规程（电力线路部分）》第 8.1.7 条要求，确定是否停用线路重合闸装置，若遇线路跳闸，不经联系，不得强送。得到调度许可，核对线路双重名称和杆塔号。

（2）全体工作成员列队，工作负责人现场宣读工作票、交工作任务、安全措施和技术措施；查（问）看作业人员精神状况、着装情况和工器具是否完好齐全。确认危险点和预防措施，明确作业分工以及安全注意事项。

（3）地面电工采用兆欧表检测绝缘工具的绝缘电阻，检查液压工具等工器具是否完好灵活，屏蔽服不得有破损、洞孔和毛刺状等缺陷，随后组装好绝缘 4-4 滑车组。

（4）塔上电工携带绝缘传递绳登塔至横担处，系挂好安全带，将绝缘滑车及绝缘传递绳悬挂在适当的位置。

（5）若是盘形瓷质绝缘子时，地面电工将瓷质绝缘子检测装置及绝缘操作杆组装好后传递给塔上电工，塔上电工检测复核所要更换绝缘子串的零值绝缘子，当同串（13 片）零值绝缘子达到 5 片时（结构高度 146mm），应立即停止检测，并结束本次带电作业工作。

（6）塔头电工与地面电工相互配合，将绝缘转向硬梯在杆塔上安装好，并在地面冲击试验绝缘转向硬梯悬挂固定是否良好。

（7）等电位人员穿着全套屏蔽服（包括帽、衣裤、手套、袜和导电鞋），必要时，屏蔽服内穿阻燃内衣。地面电工负责检查袜裤、裤衣、袖和手套的连接是否完好，用万用表测试袜、裤、衣、手套等连接导通情况。

（8）等电位电工登杆塔至绝缘转向硬梯处，坐上绝缘转向硬梯顺线路方向至绝缘转向硬梯最外端，系挂好安全带副保险绳，工作负责人巡查后指挥将绝缘转向硬梯转向工作相导线附近，等电位电工向工作负责人申请进入等电位，得到工作负责人同意后，快速抓住进入带电体，随后系挂好安全带。

（9）塔上电工与地面电工相互配合，将横担固定工具、绝缘 4-4 滑车组、导线紧线器及导线保护绝缘绳等传递至工作位置。

（10）塔头电工与等电位相互配合将横担固定工具、绝缘 4-4 滑车组、导线紧线器安装好并稍收紧导线，安装好导线保护绝缘绳。

（11）挡中带电开断导线工作面的地面电工将 H 形绝缘竖梯或绝缘独脚扒杆组立固定完毕（在开始组立时可临时抽耐张杆工作面的地面电工帮忙，组立后帮忙人员回原工作面准备工作），两个等电位电工屏蔽服穿着后检查和检测完好，在挡中工作面负责人的监护下，登上导线下方 0.6m 左右处，系好副保险后向工作负责人申请进入等电位，得到工作负责人同意后，快速抓住进入带电体，随后系挂好安全带。

（12）挡中 H 形绝缘竖梯或绝缘独脚扒杆上等电位电工安装好导线紧线器和液压双头丝杠，导线后备保护绳，收紧液压双头紧线丝杠，使导线稍受力松弛。等电位电工手抓液压双头丝杠冲击检查无误后，安装固定好多股软铜载流线。

（13）耐张杆塔上电工收紧绝缘 4-4 滑车组，使绝缘子串松弛。等电位电工手抓绝缘滑车组冲击检查无误后，拆除碗头处的锁紧销，将绝缘子串与碗头脱离。

（14）绝缘转向硬梯等电位电工安装工作相跳线处的多股软铜载流线，检查完好后，拆开跳线并沟线夹或引流板。

（15）挡中导线开断工作面等电位电工开断导线损伤处导线，两个工作面负责人相互联系，挡中液压双头丝杠收紧导线，耐张杆塔处绝缘 4-4 滑车组徐徐放出导线，松、紧导线工作中，两工作面应确保两副多股软铜载流线连接完好。

（16）挡中工作面等电位电工收紧导线至直线接续管长度后，绝缘转向硬梯上等电位电工和地面电工相互配合，对已开断导线进行清洗，穿入接续管后进行空中压接，尺寸检查完好后拆除液压双头丝杠、多股软铜载流线等，按进入程序的相反程序退出电位下梯，拆除 H 形绝缘竖梯或绝缘独脚扒杆等整理挡中带电作业现场。

（17）等电位电工和塔上电工相互配合，收紧调整紧线丝杠，恢复绝缘子串导线侧的碗头挂板连接，并安好锁紧销。

（18）耐张杆塔上电工和等电位电工配合，收紧调整导线弛度至原弛度，按放出导线尺寸在耐张绝缘子串加绝缘子或重新制作耐张跳线，连接后耐张绝缘子串，使绝缘子串恢复完全受力状态，等电位电工和塔上电工检查并冲击新绝缘子串的安装受力情况，安装好跳线并沟线夹和引流板后，拆除多股软铜载流线。

（19）耐张杆塔上电工和等电位电工配合，拆除导线保护绳及绝缘 4-4 滑车组并传至地面。

（20）等电位电工解开安全带腰带，向工作负责人申请脱离电位，耐张杆塔工作负责人指挥绝缘转向硬梯脱离电位后，等电位电工解开安全带副保险后沿绝缘硬梯退至杆塔上。并下杆塔至地面。

（21）耐张杆塔上电工和地面电工相互配合，将绝缘转向硬梯拆除并下传至地面。

（22）塔上电工检查确认塔上无遗留工具后，汇报工作负责人，得到同意后系背绝缘传递绳下塔。

（23）两个工作面地面电工整理所用工器具和清理现场，工作负责人清点工器具。

（24）工作负责人向调度汇报，内容为：本人为工作负责人×××，220kV ××线路带电开断损伤导线重接工作已结束，杆塔上人员已撤离，杆塔、导线上无遗留物，线路设备已恢复原状。

6. 安全措施及注意事项

（1）若在海拔 1000m 以上线路上带电作业时，应根据作业区不同海拔高度，修正各类空气间隙、绝缘工具的安全距离和长度、绝缘子片数等，经本单位主管生产领导（总工程师）批准后执行。

（2）本次作业应经现场勘察并编制带电开断导线重接及跳线调整的现场作业指导书，经本单位技术负责人或主管生产负责人批准后执行。

（3）作业应在良好天气下进行。如遇雷电（听见雷声、看见闪电）、雪雹、雨雾时不得进行带电作业。风力大于 5 级（10m/s）时，不宜进行作业。

（4）若需在相对空气湿度大于 80%的天气下进行带电作业时，应采用具有防潮性能的绝缘工具。

（5）本次作业工作前应向调度明确：若线路跳闸，不经联系不得强送电。

（6）杆塔上电工与带电体的安全距离不得小于 1.8m，等电位人员在导线上与邻相安全距离不得小于 2.5m。等电位电工进入电场前人体裸露部分与带电体的有效距离不得小于0.3m。

（7）绝缘绳和绝缘软梯的有效绝缘长度不得小于 1.8m，绝缘操作杆的有效绝缘长度不得小于 2.1m。

（8）等电位电工应穿戴全套屏蔽服、导电鞋，且各部分应连接良好。屏蔽服内不得贴身穿着化纤类衣服。

（9）ϕ30mm 多股软铜载流线即短接线的截面要满足线路负荷电流的要求。特制的载流线夹具，应能保证负荷电流转移到临时引流线上时夹具接点不致发热。

（10）采用消弧绳来作业线路时，其电容电流应控制在 3A 及以下。地面电工两个消弧绳操作应听从工作负责人的统一指挥，拉、合消弧绳要快速、果断。ϕ30mm 多股软铜载流线或耐张跳线中间的控制绳要防止提升中摆动，控制安全距离。

（11）地面电工控制绝缘转向硬梯进入、退出电场应配合默契，防止绝缘转向硬梯晃动而造成等电位电工紧张。

（12）等电位电工进出电位、拆、装载流线、耐张跳线等，应向工作负责人申请，得到同意后方可进行。

（13）耐张跳线引流板应清洗干净、涂上导电脂，按螺栓规格拧紧扭矩值。

（14）地面绝缘工具应放置在防潮苫布上，作业人员均应戴清洁干燥手套，摇（检）测绝缘电阻值不得小于 700mΩ（电极宽 2cm，极间距 2cm）。

（15）在杆塔上作业过程中如遇设备突然停电，作业人员应视设备仍然带电。

（16）塔上电工登杆塔前，应对登高工具和安全带进行检查和冲击试验，全体作业人员必须戴安全帽。

（17）上、下杆塔或在杆塔上移位时，作业人员必须攀抓牢固构件，且双手不得持带任何器材。

（18）杆塔上作业时不得失去安全带的保护。

（19）绝缘工具使用前应用干净毛巾进行表面清洁处理，使用绝缘工具应戴清洁、干燥的手套，以防绝缘工具受潮和污染。收工或转移作业点，应将绝缘工具装在工具袋内。

（20）地面电工严禁在作业点垂直下方逗留，塔上电工应防止高空落物，使用的工具、材料应用绳索传递，不得乱扔。

（21）作业人员在杆塔上作业期间，工作监护人应对作业人员进行不间断监护，且不得从事其他工作。

六、220kV 输电线路地电位与等电位结合法带电更换耐张跳线引流线

1. 作业方法

地电位与等电位结合法。

2. 适用范围

适用于 220kV 线路更换压接型耐张跳线引流线工作。

3. 人员组合

本作业项目工作人员共计 10 人。其中工作负责人（监护人）1 人，塔上电工 2 人，等电位电工 2 人，地面电工 5 人。

4. 工器具配备

220kV 地电位与等电位结合法带电更换耐张跳线引流线工器具配备一览表见表 3-19。所需材料有大截面导线若干米，相应规格的耐张线夹引流板、导电脂、钢丝刷等。

表 3-19　220kV 地电位与等电位结合法带电更换耐张跳线引流线工器具配备一览表

序号	工器具名称		规格、型号	数量	备　注
1	绝缘工具	绝缘传递绳	$\phi 10mm$	3 根	视作业杆塔高度而定
2		绝缘滑车	0.5t	3 只	
3		绝缘硬梯		2 副	
4		绝缘 2-2 滑车组		2 个	配滑车组绳索
5		硬梯控制绝缘绳索	$\phi 10mm$	4 根	视作业杆塔高度而定
6		绝缘操作杆	220kV	1 根	
7	金属工具	$\phi 30mm$ 多股软铜载流线	3 根一副	1 根	两端带特制夹具
8		预控式扭矩扳手		2 把	紧固金具螺栓用
9		消弧绳		2 根	在 3A 电容电流时采用
10		绝缘硬梯塔身固定装置		2 套	混凝土杆时另一种
11		消弧绳滑车		2 只	
12		100t 导线液压机		1 台	配相应规格的导线模具
13	个人防护用具	安全带		5 根	备用 1 根
14		屏蔽服		3 套	备用 1 套
15		导电鞋		5 双	备用 1 双
16		安全帽		10 顶	
17	辅助安全用具	防潮苫布	3m×3m	2 块	
18		万用表		1 块	检测屏蔽服连接导通用
19		兆欧表	5000V	1 块	电极宽 2cm，极间距 2cm
20		工具袋		3 只	
21		脚扣		4 副	混凝土杆用

5. 作业程序

按照本次作业现场勘察后编写的现场作业指导书。

（1）工作前工作负责人向调度申请，内容为：本人为工作负责人×××，×年×月×

日需 220kV ××线路上带电更换大截面压接型耐张跳线作业，本次作业按《国家电网公司电力安全工作规程（电力线路部分）》第 8.1.7 条要求，确定是否停用线路重合闸装置，若遇线路跳闸，不经联系，不得强送。得到调度许可，核对线路双重名称和杆塔号。

（2）全体工作成员列队，工作负责人现场宣读工作票、交工作任务、安全措施和技术措施；查（问）看作业人员精神状况、着装情况和工器具是否完好齐全。确认危险点和预防措施，明确作业分工以及安全注意事项。

（3）地面电工采用兆欧表检测绝缘工具的绝缘电阻，检查扭矩扳手、ϕ30mm 多股软铜载流线、消弧绳、导线液压机等工器具是否完好灵活，屏蔽服不得有破损、洞孔和毛刺状等缺陷。

（4）等电位电工穿着全套屏蔽服（包括帽、衣裤、手套、袜和导电鞋），必要时，屏蔽服内穿阻燃内衣。地面电工负责检查袜裤、裤衣、袖和手套的连接是否完好，用万用表测试袜、裤、衣、手套等连接导通情况。

（5）塔上 1 号电工携带绝缘传递绳登塔至工作位置，系挂好安全带，将绝缘滑车悬挂在适当的位置，塔上 2 号电工随后上塔。

（6）地面电工组装绝缘硬梯的绝缘 2-2 滑车组等。

（7）地面电工将绝缘硬梯、绝缘硬梯固定装置、绝缘 2-2 滑车组等依次传递上，两个等电位电工上塔。

（8）塔上 1 号电工登至横担以上，系挂好 2-2 滑车组，塔上 2 号电工在工作位置安装硬梯固定装置，两个等电位电工帮助安装旋转绝缘硬梯。

（9）地面电工控制好绝缘硬梯控制绳索并冲击绝缘硬梯安装情况。

（10）等电位 1 号电工登上绝缘硬梯骑坐好，经工作负责人同意后，等电位 1 号电工沿顺线路骑移至绝缘硬梯头部，系挂好安全带。

（11）地面电工在工作负责人的指挥下，使绝缘硬梯及等电位 1 号电工进入耐张跳线一侧的电场。随后等电位 2 号电工同样在地面电工配合下进入另一端跳线引流板处电场。

（12）两个等电位电工坐在两侧耐张线夹处的绝缘硬梯上，地面电工将消弧绳、消弧滑车等传递上去，两等电位电工安装好消弧滑车等。

（13）地面电工将两消弧引线绑扎在临时 ϕ30mm 多股软铜载流线两端，在工作负责人监护下，两消弧绳平稳提升 ϕ30mm 多股软铜载流线，一地面电工在临时 ϕ30mm 多股软铜载流线中间绑控制留绳，随 ϕ30mm 多股软铜载流线提升，控制提升过程中 ϕ30mm 多股软铜载流线摆动对塔（混凝土）身的安全距离。

（14）软铜消弧绳离带电导线 0.4m 左右时，两提升绳听从工作负责人的统一指挥，快速拉消弧绳使 ϕ30mm 多股软铜载流线进入电场。

（15）两个等电位电工分别将 ϕ30mm 多股软铜载流线特制夹具夹在耐张杆的两侧导线上，经检查安装螺栓扭矩值完好后汇报给工作负责人。

（16）地面电工按丈量的尺寸在地面压接好大截面导线的跳线，报经工作负责人同意后，两等电位电工松开耐张两侧引流板螺栓，用消弧绳将跳线两端绑扎好，在地面电工的配合下，听从工作负责人统一指挥将旧导线跳线脱离电场传递至地面。

（17）在地面电工的配合下，传递上新制作的大截面跳线，涂上导电脂后，拧紧螺栓扭矩值至相应螺栓规格的标准扭矩值。

（18）两等电位电工各自检查跳线引流板安装情况后，经工作负责人同意后拆除 ϕ30mm 多股软铜载流线。

（19）两等电位电工在地面电工的配合下，将 ϕ30mm 多股软铜载流线、钢丝刷、扭矩扳手、导电脂等工具依次传递至地面。

（20）经工作负责人同意后，两等电位电工地面电工配合下依次脱离电场至顺线路方向。

（21）两等电位电工分别沿绝缘硬梯骑退回到塔身处，解开安全带等分别下塔回到地面。

（22）塔上两个电工与地面电工配合将绝缘硬梯、绝缘 2–2 滑车组等工具依次传递至地面，塔上 2 号电工背绝缘传递绳先行下塔。

（23）塔上 1 号电工检查塔上无遗留物，经工作负责人同意后携带绝缘传递绳下塔。

（24）地面电工整理所有工器具和清理现场，工作负责人清点工器具。

（25）工作负责人向调度汇报，内容为：本人为工作负责人×××，220kV ××线路带电开断损伤导线重接工作已结束，杆塔上人员已撤离，杆塔、导线上无遗留物，线路设备已恢复原状。

6. 安全措施及注意事项

（1）若在海拔 1000m 以上线路上带电作业时，应根据作业区不同海拔高度，修正各类空气间隙、绝缘工具的安全距离和长度、绝缘子片数等，经本单位主管生产领导（总工程师）批准后执行。

（2）本次作业应经现场勘察并编制带电更换压接型耐张大截面跳线的现场作业指导书，经本单位技术负责人或主管生产负责人批准后执行。

（3）作业应在良好天气下进行。如遇雷电（听见雷声、看见闪电）、雪雹、雨雾时不得进行带电作业。风力大于 5 级（10m/s）时，不宜进行作业。

（4）若需在相对空气湿度大于 80% 的天气下进行带电作业时，应采用具有防潮性能的绝缘工具。

（5）本次作业工作前应向调度明确：若线路跳闸，不经联系不得强送电。

（6）杆塔上电工与带电体的安全距离不得小于 1.8m。等电位人员转移电位时人体裸露部分与带电体应保证 0.3m。

（7）绝缘绳和绝缘硬梯的有效绝缘长度不得小于 1.8m，绝缘操作杆的有效绝缘长度不得小于 2.1m。等电位电工进入电场时与带电体的最小组合间隙不得小于 2.1m。

（8）等电位电工应穿戴全套屏蔽服、导电鞋，且各部分应连接良好。屏蔽服内不得贴身穿着化纤类衣服。

（9）杆塔上电工宜穿导电鞋，以防感应电的伤害。

（10）ϕ30mm 多股软铜载流线即短接线的截面要满足线路负荷电流的要求。特制的载流线夹具，应能保证负荷电流转移到临时引流线上时夹具接点不致发热。

（11）采用消弧绳拉开作业线路时，其电容电流应控制在 3A 及以下。地面电工两个消弧绳操作应听从工作负责人的统一指挥，拉、合消弧绳要快速、果断。ϕ30mm 多股软铜载流线或耐张跳线中间的控制绳要防止提升中摆动，控制安全距离。

（12）地面电工控制绝缘硬梯进入、退出电场应配合默契，防止绝缘硬梯晃动而造成等电位电工紧张。

（13）等电位电工进出电位、拆、装载流线、耐张跳线等，应向工作负责人申请，得到同意后方可进行。

（14）耐张跳线引流板应清洗干净、涂上导电脂，按螺栓规格拧紧扭矩值。

（15）地面绝缘工具应放置在防潮苫布上，作业人员均应戴清洁干燥手套，摇（检）测绝缘电阻值不得小于 700mΩ（电极宽 2cm，极间距 2cm）。

（16）在杆塔上作业过程中如遇设备突然停电，作业人员应视设备仍然带电。

（17）塔上电工登杆塔前，应对登高工具和安全带进行检查和冲击试验，全体作业人员必须戴安全帽。

（18）上、下杆塔或在杆塔上移位时，作业人员必须攀抓牢固构件，且双手不得持带任何器材。

（19）杆塔上作业时不得失去安全带的保护。

（20）绝缘工具使用前应用干净毛巾进行表面清洁处理，使用绝缘工具应戴清洁、干燥的手套，以防绝缘工具受潮和污染。收工或转移作业点，应将绝缘工具装在工具袋内。

（21）地面电工严禁在作业点垂直下方逗留，塔上电工应防止高空落物，使用的工具、材料应用绳索传递，不得乱扔。

（22）作业人员在杆塔上作业期间，工作监护人应对作业人员进行不间断监护，且不得从事其他工作。

第五节 220kV 检 测

一、220kV 输电线路地电位结合分布电压法带电检测劣质瓷质绝缘子

1. 作业方法

地电位结合分布电压法。

2. 适用范围

适用于 220kV 输电线路瓷质绝缘子的劣质检测工作。

3. 人员组合

本项目工作人员共计 3 人。其中工作负责人（兼监护人）1 人，塔上电工 1 人，地面电工 1 人。

4. 工器具配备

220kV 地电位结合分布电压法带电检测劣质瓷质绝缘子工器具配备一览表见表 3-20。

表 3-20　220kV 地电位结合分布电压法带电检测劣质瓷质绝缘子工器具配备一览表

序号	工器具名称		规格、型号	数量	备　注
1	绝缘工具	绝缘传递绳	SCJS−φ10mm	1 根	视作业杆塔高度而定
2		绝缘滑车	0.5t	1 只	
3		绝缘操作杆	φ30mm×2.8mm	1 根	

序号	工器具名称		规格、型号	数量	备 注
4	金属工具	瓷质绝缘子检测装置		1 套	瓷质绝缘子用
5	个人防护用具	安全带		2 根	备用 1 根
6		导电鞋		1 双	
7		安全帽		3 顶	
8	辅助安全用具	脚扣		1 副	混凝土杆用
9		兆欧表	5000V	1 块	电极宽 2cm,极间距 2cm
10		防潮苫布	2m×4m	2 块	
11		工具袋		2 只	装绝缘工具用

注 瓷质绝缘子检测装置包括：分布电压检测仪、绝缘电阻检测仪和火花间隙装置等。采用火花间隙装置测零时，每次检测前应用专用塞尺按 DL 415 要求测量放电间隙尺寸。

5. 作业程序

按照本次作业现场勘察后编写的现场作业指导书。

（1）工作前工作负责人向调度申请，内容为：本人为工作负责人×××，×年×月×日需 220kV ××线路上带电检测劣质瓷质绝缘子，本次作业按《国家电网公司电力安全工作规程（电力线路部分）》第 8.1.7 条要求，确定是否停用线路重合闸装置，若遇线路跳闸，不经联系，不得强送。得到调度许可，核对线路双重名称和杆塔号。

（2）全体工作成员列队，工作负责人现场宣读工作票、交工作任务、安全措施和技术措施；查（问）看作业人员精神状况、着装情况和工器具是否完好齐全。确认危险点和预防措施，明确作业分工以及安全注意事项。

（3）地面电工采用兆欧表绝缘工具的绝缘电阻，检查工具、检测仪、电池、火花间隙是否完好齐全和标准，塔上电工宜穿导电鞋。

（4）塔上电工携带绝缘传递绳登塔至横担处，系扣好安全带，将绝缘滑车及绝缘传递绳悬挂在适当的位置。

（5）地面电工将绝缘子检测装置及绝缘操作杆组装好后传递给塔上电工，塔上电工检测绝缘子串的零值绝缘子，当同串（13 片）零值绝缘子达到 5 片（结构高度 146mm）时应立即停止检测，并结束本次带电作业工作。

（6）塔上电工手持绝缘操作杆从导线侧向横担侧逐片检测绝缘子的分布电压值或电阻值。

（7）塔上电工每检测 1 片，报告一次，地面电工逐片记录，对照标准分布电压值判定是否低值或零值。

（8）按相同的方法对其他两相绝缘子进行检测。

（9）三相绝缘子检测完毕，塔上电工与地面电工配合，将瓷质绝缘子检测仪及绝缘操作杆传递至地面。

（10）塔上电工检查确认塔上无遗留工具后，汇报工作负责人，得到同意后系背绝缘传递绳下塔。

（11）地面电工整理所用工器具和清理现场，工作负责人清点工器具。

（12）工作负责人向调度汇报。内容为：本人为工作负责人×××，220kV ××线路带电检测劣值瓷质绝缘子工作已结束，杆塔上人员已撤离，杆塔、导线上无遗留物，线路设备仍为原状。

6. 安全措施及注意事项

（1）若在海拔 1000m 以上线路上带电作业时，应根据作业区不同海拔高度，修正各类空气间隙、绝缘工具的安全距离和长度、绝缘子片数等，经本单位主管生产领导（总工程师）批准后执行。

（2）本次作业应编制带电检测劣质瓷质绝缘子现场作业指导书，经本单位技术负责人或主管生产负责人批准后执行。

（3）作业应在良好天气下进行。如遇雷电（听见雷声、看见闪电）、雪雹、雨雾时不得进行带电作业。风力大于 5 级（10m/s）时，不宜进行作业。

（4）若需在相对空气湿度大于 80% 的天气下进行带电作业时，应采用具有防潮性能的绝缘工具。

（5）本次作业工作前应向调度明确：若线路跳闸，不经联系不得强送电。

（6）作业过程中，杆塔上电工与带电体的安全距离不小于 1.8m。

（7）绝缘传递绳的绝缘长度不小于 1.8m，绝缘操作杆的有效绝缘长度不小于 2.1m。

（8）作业前应检查瓷质绝缘子检测仪的电池电量，确认探针安装牢固和火花间隙间距符合标准要求。

（9）地面绝缘工具应放置在绝缘苫布上，作业人员均应戴清洁干燥手套，摇测绝缘电阻值不得小于 700mΩ（极宽 2cm，极间距 2cm）。

（10）检侧中当同一串中的劣质绝缘子达到 5 片时［绝缘子串片数超过 13 片（结构高度 146mm）时可相应增加］，应立即停止检侧。

（11）检测绝缘子必须从高压侧向横担侧逐片检测，并记录后与标准值判定是否低零值。

（12）塔上电工宜穿导电鞋，以防感应电的伤害。

（13）在杆塔上作业过程中如遇设备突然停电，作业人员应视设备仍然带电。

（14）塔上电工登杆塔前，应对登高工具和绝缘安全带进行检查和冲击试验，全体作业人员必须戴安全帽。

（15）杆塔上作业时不得失去安全带的保护。

（16）地面电工严禁在作业点垂直下方逗留，塔上电工应防止高空落物，使用的工具、材料应用绳索传递，不得乱扔。

（17）塔上作业期间，工作监护人严格监护，且不得从事其他工作。

二、220kV 输电线路地电位法带电检测复合绝缘子憎水性

1. 作业方法

地电位法。

2. 适用范围

适用于 220kV 输电线路硅橡胶复合绝缘子憎水性检测工作。

3. 人员组合

本作业项目工作人员共计 4 人。其中工作负责人（兼监护人）1 人，塔上电工 2 人，地面电工 1 人。

4. 工器具配备

220kV 地电位法带电检测复合绝缘子憎水性工器具配备一览表见表 3-21。

表 3-21　　220kV 地电位法带电检测复合绝缘子憎水性工器具配备一览表

序号	工器具名称		规格、型号	数量	备　注
1	绝缘工具	便携式电动喷水装置		1 套	检测憎水性装置
2		绝缘滑车	0.5t	1 只	
3		绝缘传递绳	ϕ10mm	1 根	视作业高度而定
4	个人防护工具	安全带		2 根	
5		安全帽		4 顶	
6		导电鞋		2 双	
7	辅助安全工具	兆欧表	5000V	1 块	电极宽 2cm，极间距 2cm
8		防潮苫布	3m×3m	1 块	
9		数码照相机	800 万像素	1 台	
10		计算机	便携式	1 台	带专用分析软件
11		脚扣			混凝土杆用

5. 作业程序

按照本次作业现场勘察后编写的现场作业指导书。

（1）工作前工作负责人向调度申请。内容为：本人为工作负责人×××，需在 220kV ××线路上带电检测复合绝缘子憎水性工作，本次作业按《国家电网公司电力安全工作规程（电力线路部分）》第 8.1.7 条要求，确定是否停用线路重合闸装置，若遇线路跳闸，不经联系，不得强送。得到调度许可后，核对线路双重名称和杆号。

（2）全体工作成员列队，工作负责人现场宣读工作票、交工作任务、安全措施和技术措施；查（问）看作业人员精神状况、着装情况和工器具是否完好齐全。确认危险点和预防措施，明确作业分工以及安全注意事项。

（3）地面电工检测绝缘工具的绝缘电阻是否符合要求，调节好喷嘴喷射角。

（4）塔上 1 号电工携带绝缘传递绳登塔至横担处，系扣好安全带，将绝缘滑车及绝缘传递绳悬挂在适当的位置。

（5）地面电工将便携式电动喷水装置与绝缘操作杆组装好后，用绝缘传递绳传递给塔上 1 号电工。

（6）塔上 2 号电工携带数码照相机，登塔至适当的位置。

（7）杆上两名电工在横担或靠近横担处各自选择适当的位置（便于喷水和数码照相）。

（8）塔上 1 号电工调节喷淋的方向，使其与待检测的复合绝缘子伞裙尽可能垂直，使便携式电动喷淋装置的喷嘴距复合绝缘子伞裙约 25cm 的位置。

（9）塔上 1 号电工开始对需检测的复合绝缘子伞裙表面喷淋，时间持续 20～30s，喷射频率为 1 次/s。

（10）塔上 2 号电工在喷淋结束 30s 内完成照片的拍摄及观察水珠的变化情况，判断水珠的迁移性。

（11）按相同的方法进行其他两相的复合绝缘子喷淋检测。

（12）三相复合绝缘子检测完毕，塔上 1 号电工与地面电工配合，将便携式电动喷水装置及绝缘操作杆传递至地面。

（13）塔上 2 号电工携带数码照相机下杆至地面。

（14）塔上 1 号电工检查确认塔上无遗留工具后，汇报工作负责人，得到同意后系背绝缘传递绳下塔。

（15）地面电工整理所用工器具和清理现场，工作负责人清点工器具。

（16）用 UBS 数据线将计算机与数码照相机连接，将拍摄到的图片导入计算机，并通过专用的憎水性分析软件进行憎水性状态的分析判断，存储判断结果，记录检测时的背景信息。

（17）工作负责人向调度汇报。内容为：本人为工作负责人×××，220kV ××线路带电检测绝缘子憎水性工作已结束，杆塔上人员已撤离，杆塔、导线上无遗留物，线路设备仍为原状。

6. 安全措施及注意事项

（1）若在海拔 1000m 以上线路上带电作业时，应根据作业区不同海拔高度，修正各类空气间隙、绝缘工具的安全距离和长度、绝缘子片数等，经本单位主管生产领导（总工程师）批准后执行。

（2）本次作业应经现场勘察并编制带电检测复合绝缘子憎水性现场作业指导书，经本单位技术负责人或主管生产负责人批准后执行。

（3）作业应在良好天气下进行。如遇雷电（听见雷声、看见闪电）、雪雹、雨雾时不得进行带电作业。风力大于 5 级（10m/s）时，不宜进行作业。

（4）若需在相对空气湿度大于 80%的天气下进行带电作业时，应采用具有防潮性能的绝缘工具。

（5）本次作业工作前应向调度明确：若线路跳闸，不经联系不得强送电。

（6）作业过程中，杆塔上电工与带电体的安全距离不小于 1.8m。

（7）绝缘传递绳的绝缘长度不小于 1.8m，绝缘操作杆的有效绝缘长度不小于 2.1m。

（8）作业前应对携式电动喷淋装置的绝缘操作杆和数码照相机的电池电量进行检查。

（9）喷淋装置内储存的水应是去离子水，其电导率不得大于 10μs/cm。

（10）喷淋装置喷出的水应呈微小雾粒状，不得有水珠出现。

（11）带电对复合绝缘子憎水性检测，尽可能选择横担侧的 1～3 个伞裙进行喷淋，便于操作和观测。

（12）图片取样工作人员，拍摄时防止抖动的现象出现，避免图像模糊。

（13）地面绝缘工具应放置在绝缘苫布上，作业人员均应戴清洁干燥手套，摇测绝缘电阻值不得小于 700MΩ（极宽 2cm，极间距 2cm）。

（14）塔上电工宜穿导电鞋，以防感应电的伤害。

（15）绝缘工具使用前应用干净毛巾进行表面清洁处理。使用绝缘工具应戴清洁、干燥的手套，以防绝缘工具受潮和污染。收工或转移作业点时，应将绝缘工具装在工具袋内。

（16）在杆塔上作业过程中如遇设备突然停电，作业人员应视设备仍然带电。

（17）塔上电工登杆塔前，应对登高工具和安全带进行检查和冲击试验，全体作业人员必须戴安全帽。

（18）上、下杆塔或在杆塔上移位时，作业人员必须攀抓牢固构件，且双手不得持带任何器材。

（19）杆塔上作业时不得失去安全带的保护。

（20）塔上作业期间，工作监护人严格监护，且不得从事其他工作。

三、220kV 输电线路地电位法带电检测累积附盐密度

1. 作业方法

地电位法。

2. 适用范围

适用于 220kV 线路悬垂绝缘子整串更换（检测累结盐密、灰密）。

3. 人员组合

本作业项目工作人员共计 7 人。其中工作负责人（监护人）1 人，塔上电工 2 人，地面电工 3 人，盐密清洗技术人员 1 人。

4. 工器具配备

220kV 地电位法带电检测累积附盐密度工器具配备一览表见表 3-22。所需材料有相应等级的盘形绝缘子、纯净水等。

表 3-22　　　　220kV 地电位法带电检测累积附盐密度工器具配备一览表

序号	工器具名称		规格、型号	数量	备　　注
1	绝缘工具	绝缘传递绳	∅10mm	1 根	视作业杆塔高度而定
2		绝缘 4-4 滑车组	3t	1 个	配滑车组绳索
3		绝缘滑车	0.5t	1 只	
4		绝缘绳套	∅20mm	1 只	
5		绝缘传递绳	∅10mm	1 根	视作业高度而定
6		绝缘操作杆	220kV	1 根	
7	金属工具	滑车组横担固定器		1 只	
8		瓷质绝缘子检测仪		1 台	瓷质绝缘子用

续表

序号	工器具名称		规格、型号	数量	备　注
9	个人防护用具	安全带		3 根	备用 1 根
10		导电鞋		3 双	备用 1 双
11		安全帽		7 顶	
12	辅助安全用具	数字式电导仪		1 块	
13		清洗测量盐密工具			烧杯、量筒、卡口托盘、毛刷、脸盆等
14		灰密测试工具			漏斗、滤纸、干燥器或干燥箱、电子天秤等
15		兆欧表	5000V	1 块	电极宽 2cm，极间距 2cm
16		防潮苫布	3m×3m	1 块	
17		工具袋		2 只	装绝缘工具用

注　1. 每片测量应将测量烧杯、量筒、毛刷、卡口托盘、脸盆和操作员工的手等清洗干净。

　　2. 可用带标签的封口塑料袋将过滤物带回室内烘干测量（提前秤出带标签塑料袋重量）。

　　3. 瓷质绝缘子检测装置包括：分布电压检测仪、绝缘电阻检测仪和火花间隙装置等。采用火花间隙装置测零时，每次检测前应用专用塞尺按 DL 415 要求测量放电间隙尺寸。

5. 作业程序

按照本次作业现场勘察后编写的现场作业指导书。

（1）工作前工作负责人向调度申请。内容为：本人为工作负责人×××，需在 220kV ×× 线路上带电检测绝缘子串累积附盐密度工作，本次作业按《国家电网公司电力安全工作规程（电力线路部分）》第 8.1.7 条要求，确定是否停用线路重合闸装置，若遇线路跳闸，不经联系，不得强送。得到调度许可后，核对线路双重名称和杆号。

（2）全体工作成员列队，工作负责人现场宣读工作票、交工作任务、安全措施和技术措施；查（问）看作业人员精神状况、着装情况和工器具是否完好齐全。确认危险点和预防措施，明确作业分工以及安全注意事项。

（3）工作人员采用兆欧表摇测绝缘工具的绝缘电阻，检查绝缘 4-4 滑车组、测量盐密和灰密的量具等工具是否完好、齐全和清洁。

（4）塔上电工宜穿导电鞋。

（5）塔上 1 号电工携带绝缘传递绳登塔至横担处，系挂好安全带，将绝缘滑车和绝缘传递绳在作业横担适当位置安装好。塔上 2 号电工随后登塔。

（6）若是盘形瓷质绝缘子串，地面电工将瓷质绝缘子检测仪及绝缘操作杆组装好后用绝缘传递绳传递给塔上 2 号电工，2 号电工复测所需更换绝缘子串的零值绝缘子，当发现同串中（13 片）零值绝缘子达到 5 片时（结构高度 146mm），应立即停止检测，并停止本次带电作业工作。

（7）地面电工传递绝缘 4-4 滑车组，塔上 1 号电工在横担头绝缘子串挂点安装滑车组横担固定器。

（8）塔上 2 号电工配合挂好绝缘 4-4 滑车组导线侧挂钩和导线后备保护绳，导线后备保护绳的保护裕度（长度）应控制合理，地面电工收紧绝缘 4-4 滑车组。

（9）塔上 2 号电工用绝缘操作杆冲击检查，报经工作负责人同意后，2 号电工取出导线侧碗头 W 销，脱开碗头与球头的连接。

（10）塔上 1 号电工用绝缘传递绳将横担侧第 2 片绝缘子绑扎好，取出横担侧球头与钢帽间的 W 销。

（11）地面电工与塔上电工配合松下绝缘子串至地面。

（12）地面盐密检测员工小心将横担侧第 2 片、中间 6 片、导线侧第 2 片地换下。地面电工将备用的相应等级新绝缘子更换上。

（13）地面电工用绝缘传递绳绑扎组装好的绝缘子串上。

（14）经工作负责人同意后，地面电工拉紧提升绝缘传递绳。将组装好的绝缘子串传递至塔上 1 号电工工作位置，1 号电工恢复新绝缘子与球头挂环的连接，并复位锁紧销。

（15）地面电工提拉绝缘 4-4 滑车组，与塔上 2 号电工配合，恢复导线侧碗头与绝缘子钢脚的连接，并装好碗头挂板上的 W 销。

（16）经 2 号电工检查无误后，报经工作负责人同意，地面电工与塔上电工配合拆除全部作业工具并传递下塔。

（17）塔上电工检查确认塔上无遗留工具后，汇报工作负责人得到同意后背绝缘传递绳下塔。

（18）地面电工整理所用工器具和清理现场，工作负责人清点工器具。

（19）工作负责人向调度汇报。内容为：本人为工作负责人×××，220kV ××线路上带电更换绝缘子检测附盐密度工作已结束，杆塔上人员已撤离，杆塔、导线上无遗留物，线路设备已恢复原样。

（20）盐密检测人员按照图 2-1 的任意种清洗方法进行清洗，测量前应准备好足够的纯净水，清洗绝缘子用水量为 $0.2mL/cm^2$，具体用水量按绝缘子表面积正比例换算，但不应小于 100mL。

（21）按照国家电网防污闪的规定，附盐密值测量的清洗范围：除钢脚及不易清扫的最里面一圈瓷裙以外的全部瓷表面。如图 2-2 所示。

（22）污液电导率换算成等值附盐密值可参照国家电网防污闪专业《污液电导率换算成绝缘子串等值附盐密的计算方法》中确定的方法进行。

（23）检测人员用带标签编号已称重的滤纸对污秽液进行过滤，将过滤物（含滤纸装入带标签的封口塑料袋中，填写对应线路名称、相序、片数等标记。

（24）检测人员按照国家电网公司《电力系统污区分级与外绝缘选择标准》附录 A 等值附盐密度和灰密度的测量方法室内进行灰密测量和计算。

6. 安全措施及注意事项

（1）若在海拔 1000m 以上线路上带电作业时，应根据作业区不同海拔高度，修正各类空气间隙、绝缘工具的安全距离和长度、绝缘子片数等，经本单位主管生产领导（总工程师）批准后执行。

（2）本次作业应经现场勘察并编制带电更换悬垂整串绝缘子及运行绝缘子累积附盐密度清洗、测量的作业指导书，经本单位技术负责人或主管生产负责人批准后执行。

（3）作业应在良好天气下进行。如遇雷电（听见雷声、看见闪电）、雪雹、雨雾时不得进行带电作业。风力大于 5 级（10m/s）时，不宜进行作业。

（4）若需在相对空气湿度大于 80%的天气下进行带电作业时，应采用具有防潮性能的绝缘工具。

（5）本次作业工作前应向调度明确：若线路跳闸，不经联系不得强送电。

（6）作业过程中，杆塔上电工与带电体的安全距离不小于 1.8m。

（7）绝缘传递绳的绝缘长度不小于 1.8m，绝缘操作杆的有效绝缘长度不小于 2.1m。

（8）地面绝缘工具应放在防潮苫布上，作业人员应戴清洁干燥手套，摇测绝缘电阻值不小于 700MΩ（极宽 2cm，极间距 2cm）。

（9）塔上电工宜穿导电鞋，以防感应电的伤害。

（10）对盘形瓷质绝缘子，作业中扣除人体短接和零值（自爆）绝缘子片数后，良好绝缘子片数不少于 9 片（结构高度 146mm）。

（11）所使用的器具必须安装可靠，工具受力后应判断其可靠性。

（12）绝缘工具使用前应用干净毛巾进行表面清洁处理，使用绝缘工具应戴清洁、干燥的手套，以防绝缘工具受潮和污染。收工或转移作业点时，应将绝缘工具装在工具袋内。

（13）在杆塔上作业过程中如遇设备突然停电，作业人员应视设备仍然带电。

（14）塔上电工登杆塔前，应对登高工具和安全带进行检查和冲击试验，全体作业人员必须戴安全帽。

（15）上、下杆塔或在杆塔上移位时，作业人员必须攀抓牢固构件，且双手不得持带任何器材。

（16）杆塔上作业时不得失去安全带的保护。

（17）地面电工严禁在作业点垂直下方逗留，塔上电工应防止高空落物，使用的工具、材料应用绳索传递，不得乱扔。

（18）作业人员在杆塔上作业期间，工作监护人应对作业人员进行不间断监护，且不得从事其他工作。

（19）每片清洗测量前，检测人员应将测量的烧杯、量筒、毛刷、卡口托盘、脸盆和操作员工的手等清洗干净。

（20）绝缘子的附盐密值测量清洗范围：除钢脚及不易清扫的最里面一圈瓷裙以外的全部瓷表面。

（21）清洗绝缘子用水量为 0.2mL/cm²，具体用水量按绝缘子表面积正比例换算，但不应小于 100mL。

第六节　220kV 特殊或大型带电作业项目

一、220kV 输电线路地电位法带电杆塔上补装塔材

1. 作业方法

地电位法。

2. 适用范围

适用于 220kV 输电线路带电杆塔上补装塔材（邻近导线或导线以上）。

3. 人员组合

本作业项目工作人员共计 6 人。其中工作负责人（监护人）1 人，杆上电工 2 人，地面电工 3 人。

4. 工器具配备

220kV 地电位法带电杆塔上补装塔材工器具配备一览表见表 3-23。所需材料有相应等级的盘形绝缘子、纯净水等。

表 3-23　　　　　　　　220kV 地电位法带电杆塔上补装塔材工器具配备一览表

序号	工器具名称		规格	数量	备　　注
1	绝缘工具	绝缘滑车	0.5t	1 只	
2		绝缘传递绳	ϕ14m	1 根	视作业高度而定
3	金属工具	尖头扳手		4 把	
4		钎子		2 把	
5		扭矩扳手		2 把	紧固塔材螺栓用
6	个人防护用具	安全带		3 根	备用 1 根
7		安全帽		6 顶	
8		导电鞋		2 双	必要时穿
9	辅助安全用具	防潮布	3m×3m	1 块	
10		脚扣		1 副	混凝土杆用
11		兆欧表	5kV	1 块	电极宽 2cm，极间距 2cm
12		工具袋		1 只	装绝缘工具用

5. 作业程序

按照本次作业现场勘察后编写的现场作业指导书。

（1）工作前工作负责人向调度申请。内容为：本人为工作负责人×××，需在 220kV ××线路上带电补装塔材工作，本次作业按《国家电网公司电力安全工作规程（电力线路部分）》第 8.1.7 条要求，确定是否停用线路重合闸装置，若遇线路跳闸，不经联系，不得强送。得到调度许可后，核对线路双重名称和杆号。

（2）全体工作成员列队，工作负责人现场宣读工作票、交工作任务、安全措施和技术措施；查（问）看作业人员精神状况、着装情况和工器具是否完好齐全。确认危险点和预防措施，明确作业分工以及安全注意事项。

（3）塔上电工宜穿导电鞋。

（4）杆上电工携带绝缘传递绳登塔至需更换补装塔材处，系扣好安全带，将绝缘滑车及绝缘传递绳悬挂在适当的位置。

（5）地面电工将需要补装的塔材传递到合适位置。

（6）杆上 2 名电工配合将新塔材一端用钎子固定在安装处，先在一端进行螺栓连接。安装完毕后再安装另外一端。

（7）将连接螺栓联接紧固。并用扭矩扳手检验是否达到螺栓的扭矩要求。

（8）杆上电工绝缘传递绳，检查确认塔上无遗留工具后，汇报工作负责人，得到同意后系背绝缘传递绳下塔。

（9）地面电工整理所用工器具和清理现场，工作负责人清点工器具。

（10）工作负责人向许可汇报。内容为：本人为工作负责人×××，220kV ××线路带电补装塔材工作已结束。杆塔上人员已撤离，杆塔、导线上无遗留物，铁塔塔材已恢复原样。

6. 安全措施及注意事项

（1）若在海拔 1000m 以上线路上带电作业时，应根据作业区不同海拔高度，修正各类空气间隙、绝缘工具的安全距离和长度、绝缘子片数等，经本单位主管生产领导（总工程师）批准后执行。

（2）本次作业应经现场勘察并编制带电更换铁塔斜材的现场作业指导书，经本单位技术负责人或主管生产负责人批准后执行。

（3）作业应在良好天气下进行。如遇雷电（听见雷声、看见闪电）、雪雹、雨雾时不得进行带电作业。风力大于 5 级（10m/s）时，不宜进行作业。

（4）若需在相对空气湿度大于 80% 的天气下进行带电作业时，应采用具有防潮性能的绝缘工具。

（5）本次作业工作前应向调度明确：若线路跳闸，不经联系不得强送电。

（6）作业过程中，杆塔上电工与带电体的安全距离不小于 1.8m。

（7）塔上作业安全带必须高挂低用。

（8）地面绝缘工具应放在防潮苫布上，作业人员应戴清洁干燥手套，摇测绝缘电阻值不小于 700MΩ（极宽 2cm，极间距 2cm）。

（9）更换塔材穿越导线时，杆上电工必须控制塔材与导线间的距离不小于 3m。

（10）在杆塔上作业过程中如遇设备突然停电，作业人员应视设备仍然带电。

（11）塔上电工登杆塔前，应对登高工具和安全带进行检查和冲击试验，全体作业人员必须戴安全帽。

（12）上、下杆塔或在杆塔上移位时，作业人员必须攀抓牢固构件，且双手不得持带任何器材。

（13）塔上作业时不得失去安全带的保护。

（14）塔材螺栓扭矩值必须符合相应规格螺栓的标准扭矩值。

（15）地面电工严禁在作业点垂直下方逗留，塔上电工应防止高空落物，使用的工具、材料应用绳索传递，不得乱扔。

（16）作业人员在杆塔上作业期间，工作监护人应对作业人员进行不间断监护，且不得从事其他工作。

二、220kV 输电线路地电位法带电更换杆塔拉线

1. 作业方法
地电位法。

2. 适用范围
适用于 220kV 输电线路导拉、地拉的更换工作。

3. 人员组合
本作业项目工作人员共计 5 人。其中工作负责人（监护人）1 人，杆上电工 1 人，地面电工 3 人。

4. 工器具配备
220kV 地电位法带电更换杆塔拉线工器具配备一览表见表 3-24。

表 3-24　　　　　　220kV 地电位法带电更换杆塔拉线工器具配备一览表

序号	工器具名称		规格	数量	备　注
1	绝缘工具	绝缘滑车	0.5t	1 只	
2		绝缘传递绳	ϕ14mm	1 根	视作业高度而定
3	金属工具	双钩紧线器	2t	1 只	
4		钢丝绳	ϕ11	1 根	视作业高度而定
5		钢质卡线器		1 个	钢绞线紧线器
6	个人防护用具	安全带		2 根	备用 1 根
7		安全帽		5 顶	
8		导电鞋		1 双	必要时穿着
9	辅助安全用具	防潮布	3m×3m	1 块	
10		脚扣		1 副	混凝土杆用
11		兆欧表	5kV	1 块	电极宽 2cm，极间距 2cm
12		工具袋		1 只	装绝缘工具用

5. 作业程序
按照本次作业现场勘察后编写的现场作业指导书。

（1）工作前工作负责人向调度申请。内容为：本人为工作负责人×××，需在 220kV ×× 线路上带电更换杆塔拉线，本次作业按《国家电网公司电力安全工作规程（电力线路部分）》第 8.1.7 条要求，确定是否停用线路重合闸装置，若遇线路跳闸，不经联系，不得强送。得到调度许可后，核对线路双重名称和杆号。

（2）全体工作成员列队，工作负责人现场宣读工作票、交工作任务、安全措施和技术措施；查（问）看作业人员精神状况、着装情况和工器具是否完好齐全。确认危险点和预防措施，明确作业分工以及安全注意事项。

（3）地面电工检测绝缘工具的绝缘电阻是否符合要求。塔上电工宜穿导电鞋。

（4）杆上电工携带绝缘传递绳登塔至拉线挂点处，系扣好安全带，将绝缘滑车及绝缘传递绳悬挂在适当的位置。

（5）塔上电工沿塔身提升临时拉线并安装好上端，地面另一电工控制好传递的临时拉线。

（6）地面电工将临时拉线收紧在应换拉线的拉线棒上（或临时地锚上）。

（7）临时拉线受力后，地面电工先拆除需更换拉线 UT 形线夹，使旧杆塔拉线顺线路靠近杆身，杆上电工拆除拉线上端楔形线夹，用绝缘传递绳将拉线沿杆身松落至地面。

（8）与上述程序相反，恢复新拉线的连接。

（9）杆上电工拆除临时拉线及工具，检查确认塔上无遗留工具后，汇报工作负责人，得到同意后系背绝缘传递绳下塔。

（10）地面电工整理所用工器具和清理现场，工作负责人清点工器具。

（11）工作负责人向调度汇报。内容为：本人为工作负责人×××，220kV ××线路带电更换杆塔拉线工作已结束，杆塔上人员已撤离，杆塔、导线上无遗留物，杆塔拉线已恢复原样。

6. 安全措施及注意事项

（1）若在海拔 1000m 以上线路上带电作业时，应根据作业区不同海拔高度，修正各类空气间隙、绝缘工具的安全距离和长度、绝缘子片数等，经本单位主管生产领导（总工程师）批准后执行。

（2）本次作业应经现场勘察并编制带电更换杆塔拉线的现场作业指导书，经本单位技术负责人或主管生产负责人批准后执行。

（3）作业应在良好天气下进行。如遇雷电（听见雷声、看见闪电）、雪雹、雨雾时不得进行带电作业。风力大于 5 级（10m/s）时，不宜进行作业。

（4）若需在相对空气湿度大于 80%的天气下进行带电作业时，应采用具有防潮性能的绝缘工具。

（5）本次作业工作前应向调度明确：若线路跳闸，不经联系不得强送电。

（6）作业过程中，杆塔上电工与带电体的安全距离不小于 1.8m。

（7）临时拉线确认固定牢靠后方可拆除旧杆塔拉线，严禁采用大剪刀突然剪断拉线的方法。

（8）新、旧拉线吊上及松下必须有专人严格用尾绳控制其摆动，要与带电体保持 2.5m 安全距离。

（9）地面绝缘工具应放在防潮苫布上，作业人员应戴清洁干燥手套，摇测绝缘电阻值不小于 700MΩ（电极宽 2cm，极间距 2cm）。

（10）塔上电工宜穿导电鞋，以防感应电的伤害。

（11）绝缘工具使用前应用干净毛巾进行表面清洁处理。使用绝缘工具应戴清洁、干燥的手套，以防绝缘工具受潮和污染。收工或转移作业点时，应将绝缘工具装在工具袋内。

（12）在杆塔上作业过程中如遇设备突然停电，作业人员应视设备仍然带电。

（13）塔上电工登杆塔前，应对登高工具和安全带进行检查和冲击试验，全体作业人员

必须戴安全帽。

（14）上、下杆塔或在杆塔上移位时，作业人员必须攀抓牢固构件，且双手不得持带任何器材。

（15）塔上作业时不得失去安全带的保护。

（16）拉线螺栓扭矩值必须符合相应规格螺栓的标准扭矩值。

（17）地面电工严禁在作业点垂直下方逗留，塔上电工应防止高空落物，使用的工具、材料应用绳索传递，不得乱扔。

（18）作业人员在杆塔上作业期间，工作监护人应对作业人员进行不间断监护，且不得从事其他工作。

三、220kV 输电线路地电位法带电更换直线塔中、下段主材或混凝土杆中、下段

1. 作业方法

地电位法。

2. 适用范围

适用于 220kV 输电线路直线塔中、下段主材或混凝土杆中、下段的更换工作。

3. 人员组合

本作业项目工作人员共计 20 人。其中工作负责人（监护人）1 人，杆上电工 2 人，地面电工 11 人，辅助工 6 人（混凝土杆配气焊工）。

4. 工器具配备

220kV 地电位法带电更换直线塔中、下段主材或混凝土杆中、下段工器具配备一览表见表 3-25。

表 3-25　　　　　　　220kV 地电位法带电更换直线塔中、下段主材或
混凝土杆中、下段工器具配备一览表

序号	工器具名称		规格	数量	备　注
1	绝缘工具	绝缘滑车	1.0t	1 只	
2		绝缘传递绳	SCJS-14	1 根	视作业杆塔高度而定
3	金属工具	链条滑车	5t	2 套	
4		双钩紧线器	3t	2 只	
5		地锚		若干	
6		钢丝绳	$\phi11$	6 根	独脚扒杆临时缆绳和混凝土杆
7		钢丝套	$\phi14$	若干	
8		专用抱箍		1 副	混凝土用
9		独脚铁抱杆	5t	1 根	独脚抱杆视作业高度而定
10		发电一电焊机	GW75	1 台	混凝土用

续表

序号	工器具名称		规格	数量	备 注
11	金属工具	氧气瓶		1 瓶	铁塔或混凝土用
12		乙炔瓶		1 瓶	铁塔或混凝土用
13		焊枪		1 把	铁塔或混凝土用
14		扭矩扳手		2 把	铁塔用
15		尖扳手		2 把	铁塔用
16		锄头、铁锹		若干	混凝土用
17	个人防护用具	安全带（带二防）		2 根	备用 1 根
18		安全帽		20 顶	
19		脚扣		2 副	混凝土杆用
20	辅助安全用具	兆欧表	2.5kV 及以上	1 块	电极宽 2cm，极间距 2cm
21		工具袋		1 只	装绝缘工具用
22		防潮苫布	3m×3m	1 块	
23		道木	4m	2 根	布置独脚扒杆用

5. 作业程序

按照本次作业现场勘察后编写的现场作业指导书。

（1）工作前工作负责人向调度申请。内容为：本人为工作负责人×××，需在 220kV ×× 线路上带电更换直线塔下段主材或混凝土中段或下段，本次作业按《国家电网公司电力安全工作规程（电力线路部分）》第 8.1.7 条要求，确定是否停用线路重合闸装置，若遇线路跳闸，不经联系，不得强送。得到调度许可后，核对线路双重名称和杆号。

（2）全体工作成员列队，工作负责人现场宣读工作票、交工作任务、安全措施和技术措施；查（问）看作业人员精神状况、着装情况和工器具是否完好齐全。确认危险点和预防措施，明确作业分工以及安全注意事项。

（3）工作人员在地面用兆欧表检测绝缘工具的绝缘电阻，检查链条滑车、双钩紧线器等工具是否完好。

（4）若是混凝土杆，将道木横放在更换混凝土杆根部，将独脚铁扒杆布置在道木上，利用原杆起立独脚铁扒杆，固定好扒杆根部绊脚；用双钩拉紧使独脚扒杆受力平衡。

（5）组装独脚扒杆头专用抱箍及导链，专用抱箍套在被更换电杆上段（或钢丝套吊住上段主材），二者同心。在被更换杆适当位置（杆段、主材 2/3 高度）绑好吊点绳，用链条滑车固定吊住。

（6）工作负责人检查无误后，地面电工调松永久拉线下把 U 形螺丝，放松约 80mm（若 U 形螺丝已经到头无法继续放松，可加 U 形环调整，更换完后再去掉 U 形环）。

（7）若混凝土杆需挖开杆根露出底盘，并在不更换杆的杆根外侧挖深约 0.8m 左右。

（8）用链条滑车吊紧被更换杆上段主材（杆段），若混凝土杆需将被更换的整根电杆向上吊离底盘 50mm 左右，主材只需链条滑车受力即可，防止起吊过程中链条滑车失控下滑，混凝土杆吊起后稳定一段时间（5min），检查各部件受力情况。

（9）塔上电工松拆包角铁螺栓。若混凝土杆需进行高空切割钢板抱箍焊口。焊工及操作人员站在设立的梯子上切割焊口。待焊口完全切断后，缓慢松另一副链条滑车将被更换的杆段放至地面后拉出。

（10）用松放的链条滑车将新换的下段慢慢吊起，通过新换杆段上部的控制绳调整新换杆段方位，调直整根电杆，调好焊缝，进行正式焊接（主材则直接进行安装更换）。

（11）焊缝冷却后，对焊口进行防腐处理。

（12）经检查无误后，杆上电工拆除独脚扒杆上部的起吊链条滑车，利用主材放独脚扒杆，检查确认塔上无遗留物后，汇报工作负责人，得到同意后系携带绝缘传递绳下塔。

（13）地面电工及辅助电工调整好永久拉线，回填混凝土杆根部夯实杆根基础。

（14）地面电工整理所用工器具和清理现场，工作负责人清点工器具。

（15）工作负责人向调度汇报。内容为：本人为工作负责人×××，220kV ××线路带电更换直线塔或混凝土杆中或下段工作已结束，杆塔上人员已撤离，杆塔上无遗留物，线路设备已恢复原状。

6. 安全措施及注意事项

（1）若在海拔 1000m 以上线路上带电作业时，应根据作业区不同海拔高度，修正各类空气间隙、绝缘工具的安全距离和长度、绝缘子片数等，经本单位主管生产领导（总工程师）批准后执行。

（2）本次作业应经现场勘察并编制带电更换直线塔下段主材或混凝土杆中下段的现场作业指导书，经本单位技术负责人或主管生产负责人批准后执行。

（3）作业应在良好天气下进行。如遇雷电（听见雷声、看见闪电）、雪雹、雨雾时不得进行带电作业。风力大于 5 级（10m/s）时，不宜进行作业。

（4）若需在相对空气湿度大于 80%的天气下进行带电作业时，应采用具有防潮性能的绝缘工具。

（5）本次作业工作前应向调度明确：若线路跳闸，不经联系不得强送电。

（6）作业过程中，杆塔上电工与带电体的安全距离不小于 1.8m。

（7）扒杆及金属工具离带电体的安全距离不小于 2.5m。

（8）地面绝缘工具应放置在防潮苫布上，作业人员均应戴清洁干燥手套，摇测绝缘电阻值不得小于 700MΩ（电极宽 2cm，极间距 2cm）。

（9）地绝缘工具使用前应用干净毛巾进行表面清洁处理，作业人员使用绝缘工具应戴清洁、干燥的手套，以防绝缘工具受潮和污染，收工或转移作业点，应将绝缘工具装在工具袋内。

（10）登高电工上杆塔前，应对登高工具和安全带进行检查和冲击试验，全体作业人员必须戴安全帽。

（11）上、下杆塔或在杆塔上移位时，作业人员必须攀抓牢固构件，且双手不得持带任何器材。

（12）杆塔上作业不得失去安全带的保护。

（13）地面电工严禁在作业点垂直下方逗留，杆塔上电工应防止高空落物，使用的工具、材料应用绳索传递，不得乱扔。

（14）由于混凝土杆制造的误差，不同批量生产的混凝土杆长度可能相差 50mm，因此应提前测量被换杆下段长度，再选择合适的新混凝土杆。若新杆较长，可修割焊口调整。若新杆较短，需在杆下加垫永久的圆垫块钢板，或重新调整底盘高度。控制更换前后实际误差在 15mm 以内。

（15）起吊过程中注意观察杆身始终保持垂直，发现倾斜现象及时调整。

（16）切割焊口时，应在焊口两端缠上吸水性较强的棉纱或海绵洒上凉水降温，防止温度过高炸裂混凝土杆。新焊口焊接使用电焊焊接。

（17）独脚扒杆下的道木应放置平整，起吊链条滑车不得提升过高。

（18）做好各项准备工作，尽量缩短杆段吊起时间，尤其是切割完至焊接完的时间。抱杆脚必须用两根钢丝绳连接以防抱杆顺线路方向滑沉，钢丝绳不能妨碍杆根处立杆操作。

（19）独脚扒杆临时缆绳应由有经验的员工看守。

（20）作业人员在杆塔上作业期间，工作监护人应对作业人员进行不间断监护，且不得从事其他工作。

四、220kV 输电线路等电位、地电位结合消弧绳法带电开断或接通空载线路

1. 作业方法

等电位、地电位结合消弧绳法。

2. 适用范围

适用于 220kV 输电线路（线路长度小于 10km）断开和接通空载线路的工作。

3. 人员组合

本作业项目工作人员共计 7 人。其中工作负责（监护）人 1 人，等电位电工 1 人，塔上电工 1 人，地面电工 4 人。

4. 工器具配备

220kV 等电位、地电位结合消弧绳法带电开断或接通空载线路工器具配备一览表见表 3-26。

表 3-26　　　　220kV 等电位、地电位结合消弧绳法带电开断或
接通空载线路工器具配备一览表

序号	工器具名称		规格	数量	备　注
1	绝缘工具	绝缘转臂梯		1 副	
2		消弧绳		1 根	3A 电容电流及以下
3		绝缘撑杆	220kV	1 根	
4		绝缘保护绳	SCJS–10	1 根	
5		绝缘滑车	1.0t	1 只	
6		绝缘传递绳	SCJS–14	1 根	传递用

续表

序号	工器具名称		规格	数量	备　注
7	金属工具	消弧滑车		1 只	
8		绝缘硬梯塔身固定器		1 只	
9	个人防护用具	屏蔽服	C 型	1 套	等电位电工用
10		导电鞋		2 双	
11		安全带（带二防）		2 根	备用 1 根
12		安全帽		7 顶	
13	辅助安全用具	万用表		1 块	检测屏蔽服连接导通用
14		兆欧表（或绝缘工具测试仪）	5kV	1 块	极宽 2cm，极间距 2cm
15		防潮苫布	2m×4m	1 块	
16		脚扣		2 副	混凝土杆用

5. 作业程序

按照本次作业现场勘察后编写的现场作业指导书。

（1）工作前工作负责人向调度申请。内容为：本人为工作负责人×××，需在 220kV ×× 线路上带电断开或接通空载线路，本次作业按《国家电网公司电力安全工作规程（电力线路部分）》第 8.1.7 条要求，确定是否停用线路重合闸装置，若遇线路跳闸，不经联系，不得强送。得到调度许可后，核对线路双重名称和杆号。

（2）全体工作成员列队，工作负责人现场宣读工作票、交工作任务、安全措施和技术措施；查（问）看作业人员精神状况、着装情况和工器具是否完好齐全。确认危险点和预防措施，明确作业分工以及安全注意事项。

（3）地面电工检测绝缘工具的绝缘电阻是否符合要求，检查主要工器具、材料是否齐全完好，屏蔽服不得有破损、洞孔和毛刺状等缺陷。

（4）塔上电工携带绝缘传递绳登杆至横担处，系扣好安全带，将绝缘滑车及绝缘传递绳悬挂在适当位置。

（5）等电位电工穿着全套屏蔽服（包括帽、衣裤、手套、袜和导电鞋），必要时，屏蔽服内穿阻燃内衣。地面电工负责检查袜裤、裤衣、袖和手套的连接是否完好，用万用表测试袜、裤、衣、手套等连接导通情况。

（6）塔上电工与地面电工配合，将绝缘转臂梯拉上。

（7）等电位电工登杆至跳线下 0.5m 处水平位置。

（8）塔上电工与等电位电工配合在横担下方与跳线水平位置顺线路方向安装绝缘转臂梯，并利用梯头部的绝缘绳在横担上将转向绝缘硬梯两端升平固定好。

（9）等电位电工沿梯采用坐骑式前进到梯前端，挂好安全小带后，向工作负责人申请等电位，得到工作负责人同意后，在地面电工配合下用两根临时拉线将绝缘硬梯转至横线路方向，等电位电工进入电场，抓住带电体，并系扣好安全带，地面电工固定临时拉线。

（10）等电位电工挂好消弧滑车，将消弧绳通过消弧滑车连接在引流线上，并系好控制拉绳。

（11）地面电工拉紧消弧绳使其与电源侧导线可靠接触，等电位电工拆开引线线夹（跳线连接金具）后，向工作负责人申请脱离电位，许可后应快速脱离电位，由地面电工同时拉控制绳、松消弧绳，使引流线迅速脱离开。

（12）等电位电工按上述程序再次进入强电场处理引流线回头。

（13）工作完成后要恢复时，即重新接通空载线路时，按上述相反程序进行。

（14）等电位作业人员向工作负责人申请脱离电位，许可后应快速脱离电位，拆除工具及保护措施。

（15）塔上电工检查确认塔上无遗留工具后，汇报工作负责人，得到同意后系背绝缘传递绳下塔。

（16）地面电工整理所用工器具和清理现场，工作负责人清点工器具。

（17）负责人向调度汇报。内容为：本人为工作负责人×××，220kV ××线路带电断开和接通空载线路工作已结束，杆塔上人员已撤离，杆塔、导线上无遗留物，线路设备已恢复原样。

6. 安全措施及注意事项

（1）若在海拔 1000m 以上线路上带电作业时，应根据作业区不同海拔高度，修正各类空气间隙、绝缘工具的安全距离和长度、绝缘子片数等，经本单位主管生产领导（总工程师）批准后执行。

（2）本次作业应经现场勘察并编制带电开断或接通空载线路的现场作业指导书，经本单位技术负责人或主管生产负责人批准后执行。

（3）作业应在良好天气下进行。如遇雷电（听见雷声、看见闪电）、雪雹、雨雾时不得进行带电作业。风力大于 5 级（10m/s）时，不宜进行作业。

（4）若需在相对空气湿度大于 80% 的天气下进行带电作业时，应采用具有防潮性能的绝缘工具。

（5）本次作业工作前应向调度明确：若线路跳闸，不经联系不得强送电。

（6）作业过程中，杆塔上电工与带电体的安全距离不小于 1.8m。等电位电工进入电场时的组合间隙不得小于2.1m。在进入电位过程中其人体裸露部分与带电体应保持0.3m的距离。

（7）绝缘承力工具的绝缘长度不小于1.8m，绝缘撑杆的有效绝缘长度不得小于2.1m。

（8）传递非绝缘器物时一定要与导线保持安全距离不得小于1.8m。

（9）地面工具应放置在绝缘苫布上，作业人员均应戴清洁干燥手套，摇测绝缘电阻值不得小于 700MΩ（极宽 2cm，极间距 2cm）。

（10）断接空载线路时，应按照线路长度计算电容电流的大小，然后确定采用消弧方式。见式(2-1)。

（11）等电位电工严禁用屏蔽服断接空载线路。

（12）断开空载线路时应有明显断开点。且等电位电工应离开 4m 以上，并戴护目镜。

（13）接通空载线路前，应查明线路无接地。绝缘良好线路上无人工作，相位正确等情况。在操作消弧绳接通回路前，等电位作业电工应离开断口处4m以上。

（14）在跳线处断接引流线时，必须用绝缘撑杆稳住。防止跳线摆动，造成对横担及拉线闪络。

（15）使用消弧绳索断开空载线路的电容电流应以 3A 为限，超过此值时应选择消弧能力与空载线路电容电流相适应的断接工具。

（16）等电位电工应穿戴全套屏蔽服、导电鞋，且各部分应连接良好。屏蔽服内不得贴身穿着化纤类衣服。

（17）所有使用的器具必须安装可靠，工具受力后应冲击、检查判断其可靠性。

（18）绝缘工具使用前。使用绝缘工具应戴清洁、干燥的手套，以防绝缘工具受潮和污染。收工或转移作业点时，应将绝缘工具装在工具袋内。

（19）上、下杆塔或在杆塔上移位时，作业人员必须攀抓牢固构件，且双手不得持带任何器材。

（20）塔上作业时不得失去安全带的保护。

（21）在杆塔上作业过程中如遇设备突然停电，作业人员应视设备仍然带电。

（22）塔上电工杆塔前，应对登高工具和安全带进行检查和冲击试验，全体作业人员必须戴安全帽。

（23）地面电工严禁在作业点垂直下方逗留，塔上电工应防止高空落物，使用的工具、材料应用绳索传递，不得乱扔。

（24）作业人员在杆塔上作业期间，工作监护人应对作业人员进行不间断监护，且不得从事其他工作。

五、220kV 输电线路等电位、地电位结合法带电调整导线弧垂或分裂导线间距

1. 作业方法

等电位、地电位结合法。

2. 适用范围

适用于 220kV 输电线路调整弛度（螺栓型耐张线夹）的工作。

3. 人员组合

本作业项目工作人员共计 13～15 人（视耐张段长度而定）。其中工作负责（监护）人 1 人，杆（塔）上作业电工 6～8 人，直线杆（塔）6 人（3 人/基）。

4. 工器具配备

220kV 等电位、地电位结合法带电调整导线弧垂或分裂导线间距工器具配备一览表见表 3-27。

表 3-27　　　　　　220kV 等电位、地电位结合法带电调整导线弧垂或
分裂导线间距工器具配备一览表

序号	工器具名称		规格	数量	备　注
1	绝缘工具	绝缘滑车	1.0t	6 只	视现场情况确定数量
2		绝缘传递绳	SCJS-14	6 根	
3		保护间隙		2 套	

续表

序号	工器具名称		规格	数量	备　注
4	绝缘工具	绝缘平台		2套	视现场情况确定数量
5		绝缘小绳	SCJS-12	2根	
6		保护绳	SCJS-25	2根	
7		3-3绝缘滑车组	2t	6个	
8		绝缘放线滑车		4只	
9		绝缘操作杆		4根	
10	金属工具	瓷质绝缘子后卡		1只	视现场情况确定数量
11		丝杠		2只	
12		液压断线器		1台	
13		导线夹头		2个	
14		角钢桩		4根	
15		大锤		4把	
16		等电位梯		2套	
17	个人防护用具	屏蔽服	C型		根据作业人员确定
18		导电鞋			
19		安全带（带二防）			
20		安全帽			
21		导电鞋			
22	辅助安全用具	万用表		1块	检测屏蔽服连接导通用
23		兆欧表（或绝缘工具测试仪）	5kV	1块	电极宽2cm，极间距2cm
24		防潮苫布	2m×4m	若干	
25		对讲机			视现场情况确定数量
26		脚扣			混凝土杆用

5. 作业程序

按照本次作业现场勘察后编写的现场作业指导书。

（1）工作前工作负责人向调度申请。内容为：本人为工作负责人×××，需在220kV××线路上带电调整弛度，本次作业按《国家电网公司电力安全工作规程（电力线路部分）》第8.1.7条要求，确定是否停用线路重合闸装置，若遇线路跳闸，不经联系，不得强送。得到调度许可后，核对线路双重名称和杆号。

（2）全体工作成员列队，工作负责人现场宣读工作票、交工作任务、安全措施和技术措施；查（问）看作业人员精神状况、着装情况和工器具是否完好齐全。确认危险点和预

防措施，明确作业分工以及安全注意事项。

（3）地面电工检测绝缘工具的绝缘电阻是否符合要求，检查主要工器具、材料是否齐全完好，屏蔽服不得有破损、洞孔和毛刺状等缺陷。

（4）地面工作人员检查导线对地距离以及交叉跨越情况，计算确定导线收紧长度。

（5）等电位电工穿着全套屏蔽服（包括帽、衣裤、手套、袜和导电鞋），必要时，屏蔽服内穿阻燃内衣。地面电工负责检查袜裤、裤衣、袖和手套的连接是否完好，用万用表测试袜、裤、衣、手套等连接导通情况。

（6）各杆塔按等电位更换防振锤和线夹的方法拆除耐张段内每基直线杆上的防振锤和悬垂线夹，并将导线移入放线滑车内。

（7）在耐张杆（塔）上将导线收紧至需要长度，弛度观察档电工校核导线弛度，使其符合设计要求。

（8）耐张杆等电位作业人员卡好耐张线夹。

（9）等电位调整引流线，剪去多余导线。

（10）将所有直线杆（塔）上导线恢复原来位置，卡好直线线夹和防振锤，拆除工具。

（11）按同样方法调整其他两相。

（12）塔上电工检查确认塔上无遗留工具后，汇报工作负责人，得到同意后系背绝缘传递绳下塔。

（13）地面电工整理所用工器具和清理现场，工作负责人清点工器具。

（14）负责人向调度汇报。内容为：本人为工作负责人×××，220kV ××线路带电调整弛度工作已结束，杆塔上人员已撤离，杆塔、导线上无遗留物，线路设备已恢复原状。

6. 安全措施及注意事项

（1）若在海拔 1000m 以上线路上带电作业时，应根据作业区不同海拔高度，修正各类空气间隙、绝缘工具的安全距离和长度、绝缘子片数等，经本单位主管生产领导（总工程师）批准后执行。

（2）本次作业应经现场勘察并编制带电调整弧垂的现场作业指导书，经本单位技术负责人或主管生产负责人批准后执行。

（3）作业应在良好天气下进行。如遇雷电（听见雷声、看见闪电）、雪雹、雨雾时不得进行带电作业。风力大于 5 级（10m/s）时，不宜进行作业。

（4）若需在相对空气湿度大于 80%的天气下进行带电作业时，应采用具有防潮性能的绝缘工具。

（5）本次作业工作前应向调度明确：若线路跳闸，不经联系不得强送电。

（6）作业过程中，塔上电工与带电体的安全距离不小于 1.8m。等电位电工进入电场时的组合间隙不得小于 2.1m。

（7）作业过程中，塔上电工与带电体的安全距离不小于 1.8m。等电位电工进入电场时的组合间隙不得小于 2.1m。

（8）收紧导线时速度要平稳，防止过牵引。单滑车要封口。

（9）收紧导线时每基直线杆（塔）要有专人看守，监视滑车转动情况。

（10）更换线夹、防振锤、调整耐张线夹及剪去多余导线均应按相应等电位作业要求进行。

（11）要分工明确，统一指挥，统一信号，通信联络要可靠。

（12）临时分流线要与设备负荷电流相适应。

（13）作业过程要保证带电体对交叉跨越距离满足要求。

（14）等电位电工应穿戴全套屏蔽服、导电鞋，且各部分应连接良好。屏蔽服内不得贴身穿着化纤类衣服。

（15）地面工具应放置在绝缘苫布上，作业人员均应戴清洁干燥手套，摇测绝缘电阻值不得小于 700MΩ（极宽 2cm，极间距 2cm）。

（16）所用工具机械强度要符合《国家电网公司电力安全生产规程》规定。所有使用的器具必须安装可靠，工具受力后应冲击、检查判断其可靠性。

（17）绝缘工具使用前应用干净毛巾进行表面清洁处理。使用绝缘工具应戴清洁、干燥的手套，以防绝缘工具受潮和污染。收工或转移作业点时，应将绝缘工具装在工具袋内。

（18）上、下杆塔或在杆塔上移位时，作业人员必须攀抓牢固构件，且双手不得持带任何器材。

（19）杆塔上作业时不得失去安全带的保护。

（20）在杆塔上作业过程中如遇设备突然停电，作业人员应视设备仍然带电。

（21）塔上电工杆塔前，应对登高工具和安全带进行检查和冲击试验，全体作业人员必须戴安全帽。

（22）地面电工严禁在作业点垂直下方逗留，塔上电工应防止高空落物，使用的工具、材料应用绳索传递，不得乱扔。

（23）作业人员在杆塔上作业期间，工作监护人应对作业人员进行不间断监护，且不得从事其他工作。

六、220kV 输电线路地电位法带电水冲洗绝缘子

1. 作业方法

地电位法。

2. 适用范围

适用于 220kV 输电线路绝缘子带电水冲洗的工作。

3. 人员组合

本项工作工作人员共计 5 人。其中工作负责（监护）人 1 人，操作水泵电工 1 人，塔上电工 1 人，地面电工 2 人。

4. 工器具配备

220kV 地电位法带电水冲洗绝缘子工器具配备一览表见表 3-28。

表 3-28 220kV 地电位法带电水冲洗绝缘子工器具配备一览表

序号	工器具名称		规格、型号	数量	备 注
1	绝缘工具	绝缘滑车	1.0t	1 只	
2		绝缘传递绳	SCJS–16	1 根	传递用
3		绝缘操作杆		1 根	

续表

序号	工器具名称		规格、型号	数量	备　注
4	金属工具	瓷质绝缘子检测装置		1 套	瓷质绝缘子用
5		大锤		1 把	
6	个人防护用具	安全带（带二防）		1 根	备用 1 根
7		安全帽		5 顶	
8		导电鞋		1 双	
9	辅助安全用具	防潮苫布	3m×3m	1 块	
10		兆欧表（或绝缘工具测试仪）	5000V	1 块	极宽 2cm，极间距 2cm
11		万用表		1 块	
12		脚扣		2 副	混凝土杆用
13		储水容器		4 个	
14		水泵	带压力表	1 台	
15		引水管	$\phi10mm×50m$	1 根	
16		水枪		1 把	
17		接地线	$25mm^2$	2 根	
18		接地棒	$\phi16mm×1m$	1 根	
19		水电阻率测量仪		1 台	

注　瓷质绝缘子检测装置包括：分布电压检测仪、绝缘电阻检测仪和火花间隙装置等。采用火花间隙装置测零时，每次检测前应用专用塞尺按 DL 415 要求测量放电间隙尺寸。

5. 作业程序

按照本次作业现场勘察后编写的现场作业指导书。

（1）工作前工作负责人向调度申请。内容为：本人为工作负责人×××，需在 220kV ××线路上带电水冲洗绝缘子，本次作业按《国家电网公司电力安全工作规程（电力线路部分）》第 8.1.7 条要求，确定是否停用线路重合闸装置，若遇线路跳闸，不经联系，不得强送。得到调度许可后，核对线路双重名称和杆号。

（2）全体工作成员列队，工作负责人现场宣读工作票、交工作任务、安全措施和技术措施；查（问）看作业人员精神状况、着装情况和工器具是否完好齐全。确认危险点和预防措施，明确作业分工以及安全注意事项。

（3）地面电工检测绝缘工具的绝缘电阻是否符合要求，对主要工器具、材料进行检查。

（4）塔上电工携带绝缘传递绳登塔至横担处，系扣好安全带，将绝缘滑车及绝缘传递绳悬挂在适当的位置。

（5）塔上电工与地面电工配合采用绝缘子检测装置对绝缘子进行复测。当发现同串中（13 片）零值绝缘子达到 5 片时（结构高度 146mm），应立即停止检测，并停止本次带电作业工作。

（6）地面电工从水枪出口处测量水电阻（水电阻率为 1500Ω·cm），合格后地面电工利用绝缘传递绳将水枪送至杆上，杆上作业人员将水枪接地，操作水泵人员将机器接地。

（7）操作水泵电工将水泵起动，塔上电工待水柱压强达到要求时（在 45° 仰角喷射时，呈直柱状态的水柱长度不得小于 1.8m），开始从导线侧第一片绝缘子依次向横担侧冲洗。如果是双串绝缘子应同步交替冲洗。

（8）依次程序冲洗另两相。

（9）塔上电工检查确认塔上无遗留工具后，汇报工作负责人，得到同意后系背绝缘传递绳下塔。

（10）地面电工整理所用工器具和清理现场，工作负责人清点工器具。

（11）工作负责人向调度汇报。内容为：本人为工作负责人×××，220kV ××线路带电水冲洗绝缘子工作已结束，杆塔上人员已撤离，杆塔、导线上无遗留物，线路设备仍为原状。

6. 安全措施及注意事项

（1）若在海拔 1000m 以上线路上带电作业时，应根据作业区不同海拔高度，修正各类空气间隙、绝缘工具的安全距离和长度、绝缘子片数等，经本单位主管生产领导（总工程师）批准后执行。

（2）本次作业应经现场勘察并编制带电水冲洗（绝缘子串）的现场作业指导书，经本单位技术负责人或主管生产负责人批准后执行。

（3）作业应在良好天气下进行。如遇雷电（听见雷声、看见闪电）、雪雹、雨雾时不得进行带电作业。风力大于 5 级（10m/s）时，不宜进行作业。

（4）若需在相对空气湿度大于 80% 的天气下进行带电作业时，应采用具有防潮性能的绝缘工具。

（5）本次作业工作前应向调度明确：若线路跳闸，不经联系，不得强送电。

（6）作业过程中，杆塔上电工与带电体的安全距离不小于 1.8m。

（7）绝缘承力工具的绝缘长度不小于 1.8m。

（8）地面绝缘工具应放置在绝缘苦布上，作业人员均应戴清洁干燥手套，摇测绝缘电阻值不得小于 700MΩ（极宽 2cm，极间距 2cm）。

（9）水柱压强达不到要求时，水柱不得指向带电体。

（10）水冲洗时，杆上作业人员双手不得超过水枪手握部分。

（11）冲洗用水电阻率、水枪必须符合 GB L–14545–1993 的规定要求。

（12）带电水冲洗作业前应掌握绝缘子的脏污情况，当盐密值大于《国家电网公司电力安全工作规程（电力线路部分）》表 11 临界盐密值的规定，一般不宜进行水冲洗，否则，应增大水电阻率来补救。

（13）每次冲洗前，都应用合格的水阻表测量水电阻率，应从水枪出口处取水样进行测量。如用储水容器盛水，则每个储水容器的水都应测量水电阻率。

（14）冲洗悬垂绝缘子串、耐张绝缘子串时，应从导线侧向横担侧依次冲洗。并从下向上冲洗。

（15）冲洗绝缘子时，应注意风向，必须先冲下风侧，后冲上风侧，对于上、下层布置的绝缘子应先冲下层，后冲上层。还要注意冲洗角度，严防临近绝缘子在溅射的水雾中发生闪络。

（16）带电水冲洗应注意选择合适的冲洗方法，应防止被冲洗设备表面出现污水线。当被冲绝缘子未冲洗干净时，水枪切勿强行离开，以免造成闪络。

（17）带电水冲洗前要检测绝缘子是否良好。有零值及低值的绝缘子及瓷质绝缘子有裂纹时，一般不可冲洗。

（18）所有使用的器具必须安装可靠，工具受力后应冲击、检查判断其可靠性。

（19）绝缘工具使用前应用干净毛巾进行表面清洁处理。使用绝缘工具应戴清洁、干燥的手套，以防绝缘工具受潮和污染。收工或转移作业点时，应将绝缘工具装在工具袋内。

（20）上、下杆塔或在杆塔上移位时，作业人员必须攀抓牢固构件，且双手不得持带任何器材。

（21）杆塔上作业时不得失去安全带的保护。

（22）在杆塔上作业过程中如遇设备突然停电，作业人员应视设备仍然带电。

（23）塔上电工杆塔前，应对登高工具和安全带进行检查和冲击试验，全体作业人员必须戴安全帽。

（24）作业人员在杆塔上作业期间，工作监护人应对作业人员进行不间断监护，且不得从事其他工作。

七、220kV 输电线路地电位法带电整体升高单回路直线塔

1. 作业方法

地电位法。

2. 适用范围

220kV 单回路直线铁塔带电原地升高 3m。

3. 人员组合

本作业项目工作人员共计 18 人。其中工作负责人（监护人）1 人，塔上电工 2 人，地面电工 15 人。

4. 工器具配备

220kV 地电位法单回路直线塔带电整体升高工器具配备一览表见表 3-29。

表 3-29　　　　**220kV 地电位法单回路直线塔带电整体升高工器具配备一览表**

序号	工具名称		规格、型号	数量	备　　注
1	绝缘工具	蚕丝绳	$\phi45mm\times40m$	2 根	控制铁塔横线路方向用
2		绝缘传递绳	$\phi16mm$	1 根	
3	起重工具	人字扒杆	钢扒杆	$9m^2$ 副	起吊铁塔用
4		4-4 起吊滑轮组	10t	2 组	
5		卷扬机	5t	1 台	

续表

序号	工具名称		规格、型号	数量	备　注
6	起重工具	滑车	单门 5t	1 只	起吊铁塔用
7		滑车	单门 3t	2 只	
8		地锚	2t	5 只	
9		钢线卸扣	10t	4 只	
10		钢线卸扣	5t	6 只	
11		钢线卡子	Y5-15	4 只	
12	防铁塔倾斜工具	4-4 滑车组	3t	2 组	稳定铁塔用和观测铁塔倾斜
13		绞磨	2t	2 台	
14		钢绞线卡线器	2t	4 只	
15		双钩紧线器	2t	4 只	
16		地锚	2t	4 只	
17		钢线卸扣	3t	6 只	
18		钢线卡子	Y4-12	8 只	
19		经纬仪	J3	1 台	
20	个人防护用具	安全带	附带保险绳	3 根	备用 1 根
21		安全帽		18 顶	
22	辅助安全用具	兆欧表	5000V	1 块	电极宽2cm,极间距2cm
23		防潮苦布	2m×3m	1 块	
24		工具袋		2 只	装绝缘工具用

5. 作业程序

按照本次作业现场勘察后编写的现场作业指导书。

（1）工作前工作负责人向调度申请。内容为：本人为工作负责人×××，需在 220kV ××线路上××号塔进行带电升高铁塔，本次作业按《国家电网公司电力安全工作规程（电力线路部分）》第 8.1.7 条要求，确定是否停用线路重合闸装置，若遇线路跳闸，不经联系，不得强送。得到调度许可后，核对线路双重名称和杆号。

（2）全体工作成员列队，工作负责人现场宣读工作票、交工作任务、安全措施和技术措施；查（问）看作业人员精神状况、着装情况和工器具是否完好齐全。确认危险点和预防措施，明确作业分工以及安全注意事项。

（3）地面电工采用兆欧表检测绝缘工具的绝缘电阻，检查工器具是否完好齐全。

（4）塔上电工携带绝缘传递绳登塔至铁塔架空地线处，系挂好安全带及保险绳，将传递绳的滑车挂在适当位置。

（5）用卡线器与双钩紧线器进行架空地线双向固定，防止铁塔顺线路方向倾斜。

（6）塔上电工与地面电工配合，用 $\phi45mm$ 蚕丝绳并联后与 2t 滑车组、绞磨、地锚组成铁塔横向控制绳，防止铁塔横线路方向的倾斜。随后塔上电工下塔。

（7）地面电工在铁塔对应两角上组装两副人字扒杆及起吊滑轮组，在铁塔主材连接处安装吊点组合卡具，将滑轮组动滑车的挂钩固定在组合卡具上。

（8）收紧起吊滑车组钢丝绳尾绳，将两组滑车组尾绳经过平衡滑车合成为总牵引绳后引向卷扬机。

（9）启动卷扬机收紧总牵引绳，待起吊滑车组受力后卷扬机暂时停止启动，地面电工拆除铁塔地脚螺栓。

（10）启动卷扬机，待铁塔底脚离开基础时停止牵引，地面电工检查人字扒杆，横绳及其他承力工具的受力情况，无异常后方可继续起吊。

（11）铁塔在起吊过程中，横线路方向的偏移用经纬仪观察，顺线路方向偏移可用线锤观察，以利于及时进行调整。

（12）待铁塔吊起离地面高度大于连接段高度时停止牵引，地面电工将横线路两侧横绳及总牵引钢丝绳牢固固定。

（13）在原铁塔底部组装铁塔接高段，组装完毕后复核铁塔接高段底部尺寸。

（14）接高段底部尺寸正确，启动卷扬机放松总牵引钢丝绳将铁塔底脚缓慢地就位。

（15）地面电工用经纬仪观测铁塔横向及顺线路方向倾斜值，现场负责人指挥进行铁塔倾斜纠正后固定铁塔地脚螺栓。

（16）地面电工拆除铁塔提升设备。

（17）塔上电工登塔至铁塔架空地线处，系挂好安全带及保险绳，拆除架空地线固定工具并将工具返回地面。

（18）塔上电工检查地线悬垂线夹位置，如果悬垂线夹偏离挂点超过运行标准则进行纠正。

（19）塔上电工与地面电工配合拆除铁塔横向控制绳，将控制绳返回地面。

（20）塔上电工检查确认塔上无遗留工具后，汇报工作负责人，得到同意后携带绝缘传递绳下塔。

（21）地面电工整理所有工器具和清理现场，工作负责人清点工器具。

（22）工作负责人向调度汇报恢复线路重合闸。内容为：本人为工作负责人×××，220kV ××线路上××号塔带电升高工作已结束，杆塔上人员已撤离，杆塔、导线上无遗留物，线路设备已恢复原样。

6. 安全措施及注意事项

（1）若在海拔 1000m 以上线路上带电作业时，应根据作业区不同海拔高度，修正各类空气间隙、绝缘工具的安全距离和长度、绝缘子片数等，经本单位主管生产领导（总工程师）批准后执行。

（2）本次作业应经现场勘察并编制带电整体升高直线塔的现场作业指导书，经本单位技术负责人或主管生产负责人批准后执行。

（3）作业应在良好天气下进行。如遇雷电（听见雷声、看见闪电）、雪雹、雨雾时不得进行带电作业。风力大于 5 级（10m/s）时，不宜进行作业。

（4）若需在相对空气湿度大于 80% 的天气下进行带电作业时，应采用具有防潮性能的绝缘工具。

（5）本次作业工作前应向调度明确：若线路跳闸，不经联系不得强送电。

（6）如果是绝缘架空地线时，应视为带电体，在没有采用专用接地线短接前，塔上电工对其保持安全距离 0.4m，工作前应先将地线可靠接地后作业人员才能直接触碰。

（7）杆塔上电工与带电体的安全距离不得小于 1.8m。

（8）绝缘绳和绝缘软梯的有效绝缘长度不得小于 1.8m，绝缘操作杆的有效绝缘长度不得小于 2.1m。

（9）绝缘绳索在地面应放置在防潮苫布上。使用绝缘工具人员应带清洁干燥的手套，使用前应进行绝缘电阻测试，摇测绝缘电阻值不小于 700MΩ（电极宽 2cm，极间距 2cm）。

（10）起吊铁塔的人字扒杆脚底部用 ϕ14mm 钢丝绳锁联牢固，防止人字扒杆脚受力后发生位移。

（11）根据铁塔导地线等总重量和铁塔升高过程中导地线增加的附加荷重，进行受力分析，并按受力计算值选配起重工器具。

（12）作业前应根据耐张段长度和铁塔升高的高度，计算导地线弛度变化值，如果铁塔升高将引起导地线弛度的变化超过运行标准，则不宜采用该法则来升高杆塔。

（13）所有使用的器具必须安装可靠，工具受力后应冲击、检查判断其可靠性。

（14）绝缘工具使用前应用干净毛巾进行表面清洁处理。使用绝缘工具应戴清洁、干燥的手套，以防绝缘工具受潮和污染。收工或转移作业点时，应将绝缘工具装在工具袋内。

（15）上、下杆塔或在杆塔上移位时，作业人员必须攀抓牢固构件，且双手不得持带任何器材。

（16）杆塔上作业时不得失去安全带的保护。

（17）在杆塔上作业过程中如遇设备突然停电，作业人员应视设备仍然带电。

（18）塔上电工杆塔前，应对登高工具和安全带进行检查和冲击试验，全体作业人员必须戴安全帽。

（19）地面电工严禁在作业点垂直下方逗留，塔上电工应防止高空落物，使用的工具、材料应用绳索传递，不得乱扔。

（20）作业人员在杆塔上作业期间，工作监护人应对作业人员进行不间断监护，且不得从事其他工作。

八、220kV 输电线路等电位、地电位配合法带电整体移动顺线路单回路直线塔

1. 作业方法

等电位、地电位配合法。

2. 适用范围

220kV 单回路直线铁塔带电顺线路方向移动。

3. 人员组合

本作业项目工作人员共计 22 人。其中工作负责人（监护人）1 人，等电位电工 2 人（交替操作），塔上电工 2 人，地面电工 17 人。

4. 工器具配备

220kV 等电位、地电位配合法带电整体移动顺线路单回路直线塔工器具配备一览表见表 3-30。

表 3-30　　　**220kV 等电位、地电位配合法带电整体移动顺线路**
单回路直线塔工器具配备一览表

序号	工器具名称		规格、型号	数量	备　注
1	绝缘工具	蚕丝绳	ϕ45mm×40m	2 根	控制铁塔横线方向
2		绝缘传递绳	ϕ16mm	1 根	
3		绝缘提线器	2t	1 只	
4		绝缘平梯	4.5m	1 副	
5		高强度绝缘绳	2t	3 根	导线后备保护绳
6		绝缘操作杆	220kV	1 根	
7	防护用具	安全带		5 根	备用 1 根
8		屏蔽服		2 套	
9		安全帽		22 顶	
10		导电鞋		2 双	
11	控制铁塔倾斜工具	瓷质绝缘子检测仪		1 台	瓷质绝缘子用
12		钢丝绳	ϕ13.0×40m	2 根	控制铁塔顺线方向
13		4–4 滑车组	3t	4 组	
14		单门滑车	2t	4 只	
15		地锚	2t	8 只	稳定铁塔用
16		绞磨	2t	4 台	
17		钢绳卸扣	3t	4 只	
18		钢绳卸扣	5t	8 只	
19		钢线卡子	Y4–12	4 只	
20	牵引工具	卷扬机	3t	1 台	
21		钢丝绳	ϕ19.5×15m	2 根	
22		钢丝绳套	ϕ24.0×3m	1 根	组合铁塔牵引结点
23		滑车	单门 5t	1 只	
24		滑车	单门 3t	2 只	
25		钢丝绳	ϕ19.5×40m	1 根	牵引绳
26		4–4 滑车组	5t	1 组	牵引滑车组
27		地锚	2t	3 只	
28		钢绳卸扣	5t	10 只	

序号	工器具名称		规格、型号	数量	备　注
29	牵引工具	道轨	铁路钢轨	现场确定	
30		道木		现场确定	
31		钢线卡子	Y6-20	5只	
32	观测工具	经纬仪	J3	1台	观测铁塔倾斜度
33		塔尺		1把	
34	辅助安全用具	兆欧表	5000V	1块	
35		防潮苫布	3m×5m	1块	
36		工具袋		2只	装绝缘工具用

5. 作业程序

按照本次作业现场勘察后编写的现场作业指导书。

（1）工作前工作负责人向调度申请。内容为：本人为工作负责人×××，需在220kV××线路上××号塔进行带电移动铁塔，本次作业按《国家电网公司电力安全工作规程（电力线路部分）》第8.1.7条要求，确定是否停用线路重合闸装置，若遇线路跳闸，不经联系，不得强送。得到调度许可后，核对线路双重名称和杆号。

（2）全体工作成员列队，工作负责人现场宣读工作票、交工作任务、安全措施和技术措施；查（问）看作业人员精神状况、着装情况和工器具是否完好齐全。确认危险点和预防措施，明确作业分工以及安全注意事项。

（3）地面电工采用兆欧表与表面电阻测试杆检测绝缘平梯及绳索的绝缘电阻，检查工器具是否齐全完好，屏蔽服不得有破损、洞孔和毛刺状等缺陷。

（4）塔上电工携带绝缘传递绳登塔至铁塔架空地线处，系挂好安全带及保险绳，将绝缘传递绳的滑车挂在适当位置。

（5）塔上电工拆除地线悬垂线夹（若是绝缘地线时，塔上电工在另一电工的监护下，采用专用接地线在大、小号侧相邻杆塔上将地线可靠接地），将架空地线放在滑车中并加装防止地线脱落的保险钢丝套。

（6）塔上电工转移至铁塔横担端头，在地面电工配合下，用φ45mm蚕丝绳并联后与2t滑车组、绞磨、地锚组合铁塔横向控制绳。

（7）塔上电工转移至塔身与塔头交界处，在地面电工配合下安装顺线路方向控制绳。

（8）两名塔上电工转移到导线横担适当位置，系挂好安全带及保险绳，将绝缘传递绳挂到导线横担上。

（9）地面电工将绝缘的提线器及导线保险绳传递给塔上电工，塔上电工在导线上方安装提线器及导线保险绳。

（10）塔上电工转移到导线悬挂点附近，系挂好安全带及保险绳。地面电工将绝缘平梯传递给上塔，塔上电工将平梯前端挂在导线直线线夹附近，将后端牢固地固定在塔身上。一名塔上电工转移到横担上提线器附近准备提升导线。

（11）等电位电工（包括帽、衣裤、手套、袜和导电鞋），必要时，屏蔽服内穿阻燃内衣。地面电工负责检查袜裤、裤衣、袖和手套的连接是否完好，用万用表测试袜、裤、衣、手套等连接导通情况。

（12）等电位电工登塔并登上绝缘平梯，将安全带挂在平梯上，塔上电工配合将等电位电工的安全保险绳挂在导线横担上。

（13）等电位电工沿平梯缓慢地向导线侧移动，在离导线 0.6m 处左右停止移动，向工作负责人申请等电位，在得到工作负责人同意后，快速抓住带电体进入等电位状态。

（14）等电位电工将安全带转移到导线上。横担上电工转动提线器丝杠提升导线，待导线重力全部转移到提线器上后停止提升导线。

（15）等电位电工拆除导线直线线夹及护线条，将悬垂线夹、护线条通过绝缘传递绳传递到地面。

（16）地面电工将导线滑车传递给等电位电工，等电位电工将滑车套在导线上，挂钩与绝缘子串相连接。

（17）横担上电工放松丝杠，将导线重力全部转移到导线滑车上，拆除导线提线器，保留导线保险绳。

（18）等电位电工拆除导线两侧防振锤并通过绝缘传递绳传递到地面。

（19）等电位电工将安全带转移到绝缘平梯上，手抓导线，身体其他部位离开带电体 0.6m 处左右停止移动，然后向工作负责人申请脱离电位，在许可后应快速脱离电位，然后缓慢移动至铁塔塔身。

（20）塔上电工拆除绝缘平梯，将平梯转移到其他操作相，其他工作相挂导线滑车方法同以上所述一致。待三相导线滑车挂好后，塔上电工拆除绝缘平梯并将平梯传递到地面，并下塔返回地面。

（21）移动铁塔前工作，加固铁塔根部。绕铁塔底脚上方 0.5m 处用四根 ϕ140mm 左右圆木绑扎，以免在牵引铁塔过程中底部尺寸发生变化。

（22）新、老铁塔基础之间事先应进行土地平整、夯实，铺好部分道轨（铁路钢轨）。

（23）地面电工按分工将十字控制绳适当收紧，拆除铁塔所有底脚螺帽。

（24）地面电工收紧横线路方向一侧控制绳，适当放松另一侧控制绳，此时铁塔单侧受力，另一侧塔脚悬浮，拆除悬浮一侧铁塔底脚板，更换成带滚轮的底脚板。

（25）在该底脚板下方安装道轨，底脚板下方道轨与原先安装好的通向新基础的道轨进行连接，保证先后道轨平整牢固。

（26）放松底脚受力侧控制绳，让安装好滚轮的底脚平稳地坐落在道轨上。

（27）按照以上方法在另一侧安装带有滚轮的底脚和铺设道轨，并将底脚坐落在道轨上。

（28）在铁塔第一横隔面与第三横隔面主材上安装拖引铁塔钢丝绳，在铁塔拖引方向适当位置安装卷扬机。拖引钢丝经平衡滑车合成一根总拖引绳，总拖引绳与拖引滑车组相联结，拖引滑车组尾绳引向卷扬机。

（29）现场准备布置结束后，现场负责人确认各控制绳、卷扬机操作人员就位，指挥启动卷扬机，铁塔开始移位。

（30）铁塔顺轨道拖引到新基础上方后卷扬机停止牵引，开始铁塔底脚就位操作。

（31）现场工作负责人对铁塔指挥就位、固定。

（32）工作负责人指挥铁塔横向一侧控制绳操作人员收紧控制绳，另一侧控制绳适当放松，让铁塔单侧受力。

（33）地面电工拆除一侧悬浮塔腿的底脚滚轮及下方道轨，安装铁塔底脚板。

（34）现场负责人指挥受力侧拉线缓慢放松，一侧底脚就位，地面电工套上底脚螺母（不要拧紧）。

（35）现场负责人指挥收紧另一侧控制绳，让反向塔脚悬浮。地面电工照以上方法操作，铁塔底脚全部就位。

（36）用经纬仪检查铁塔横线路及顺线路方向倾斜度，如倾斜度超出运行标准，现场负责人指挥纠正。

（37）地面电工拧紧四条腿基础螺栓固定铁塔。

（38）地面电工在塔上电工的配合下拆除十字控制绳、固定在塔上的拖引钢丝绳及铁塔底部加固圆木。

（39）塔上电工拆除地线滑车，安装地线直线线夹，然后拆除地线保险钢丝套。

（40）塔上电工和等电位电工重新上塔，进行导线附件安装。

（41）地电位电工在导线的平面附近安装绝缘平梯，等电位电工与导线等电位。

（42）地面电工分别用绝缘传递绳传递护线条、直线线夹给等电位电工，等电位电工安装护线条及直线线夹。

（43）地面电工用绝缘传递绳传递绝缘提线器给横担上电工，横担上电工安装提线器并将导线重力过渡到提线器上。

（44）等电位电工拆除导线滑车，用绝缘传递绳把滑车传递到地面。

（45）等电位电工把导线直线线夹固定在绝缘子串上，将直线线夹移动至绝缘子的垂直线上，拧紧直线线夹 U 形螺栓。

（46）地电位电工用绝缘传递绳传递导线防振锤给等电位电工，等电位电工安装好防振锤按照要求退出等电位状态。

（47）地电位电工转移绝缘工具至其他操作相，等电位电工与地电位电工配合用同样方法完成其余两相导线挂点的恢复工作。

（48）塔上电工检查确认塔上无遗留工具后，汇报工作负责人，得到同意后携带绝缘传递绳下塔。

（49）地面电工整理所有工器具和清理现场，工作负责人清点工器具。

（50）工作负责人向调度汇报。内容为：本人为工作负责人×××，220kV ××线路上××号塔带电移位工作已结束，杆塔上人员已撤离，杆塔、导线上无遗留物，线路设备已恢复原样。

6. 安全措施及注意事项

（1）若在海拔 1000m 以上线路上带电作业时，应根据作业区不同海拔高度，修正各类空气间隙、绝缘工具的安全距离和长度、绝缘子片数等，经本单位主管生产领导（总工程师）批准后执行。

（2）本次作业应经现场勘察并编制带电顺线路移动直线塔的现场作业指导书，经本单位技术负责人或主管生产负责人批准后执行。

（3）作业应在良好天气下进行。如遇雷电（听见雷声、看见闪电）、雪雹、雨雾时不得进行带电作业。风力大于 5 级（10m/s）时，不宜进行作业。

（4）若需在相对空气湿度大于 80％的天气下进行带电作业时，应采用具有防潮性能的绝缘工具。

（5）本次作业工作前应向调度明确：若线路跳闸，不经联系不得强送电。

（6）如果是绝缘架空地线时，应视为带电体，在没有采用专用接地线短接前，塔上电工对其保持安全距离 0.4m，工作前应先将地线可靠接地后作业人员才能直接触碰。

（7）杆塔上电工与带电体的安全距离不得小于 1.8m，等电位人员在导线上与邻相安全距离不得小于 2.5m。沿绝缘梯进入电场时的最小组合间隙不小于 2.1m；作业转移电位时人体裸露部分与带电体最小距离 0.3m。

（8）绝缘绳和绝缘软梯的有效绝缘长度不得小于 1.8m，绝缘操作杆的有效绝缘长度不得小于 2.1m。

（9）对于盘形瓷质绝缘子，工作中扣除短接和零值（自爆）绝缘子片数后，良好绝缘子个数不少于 9 片（结构高度 146mm）。

（10）绝缘工具在地面应放置在防潮苫布上。操作绝缘工具人员应带清洁干燥的手套，使用前应进行绝缘电阻测试，摇测绝缘电阻值不小于 700MΩ（电极宽 2cm，极间距 2cm）。

（11）作业前应根据耐张段长度和铁塔升移位距离计算导地线弧度变化值，如果铁塔移位将引起导地线弧度变化超过运行标准，则不宜采用该法进行铁塔移位。

（12）所有使用的器具必须安装可靠，工具受力后应冲击、检查判断其可靠性。

（13）新绝缘子应用干净毛巾进行表面清洁处理，摇测绝缘电阻值应大于 500MΩ。

（14）绝缘工具使用前应用干净毛巾进行表面清洁处理。使用绝缘工具应戴清洁、干燥的手套，以防绝缘工具受潮和污染。收工或转移作业点时，应将绝缘工具装在工具袋内。

（15）上、下杆塔或在杆塔上移位时，作业人员必须攀抓牢固构件，且双手不得持带任何器材。

（16）杆塔上作业时不得失去安全带的保护。

（17）在杆塔上作业过程中如遇设备突然停电，作业人员应视设备仍然带电。

（18）塔上电工杆塔前，应对登高工具和安全带进行检查和冲击试验，全体作业人员必须戴安全帽。

（19）地面电工严禁在作业点垂直下方逗留，塔上电工应防止高空落物，使用的工具、材料应用绳索传递，不得乱扔。

（20）作业人员在杆塔上作业期间，工作监护人应对作业人员进行不间断监护，且不得从事其他工作。

第四章

330kV 输电线路带电作业操作方法

第一节 330kV 直线绝缘子串

一、330kV 输电线路地电位丝杠紧线杆法带电更换直线串横担侧单片绝缘子

1. 作业方法

地电位丝杠紧线杆法。

2. 适用范围

适用于 330kV 线路直线串横担侧第 1 片绝缘子的更换（双串）。

3. 人员组合

本作业项目工作人员共计 4 人。其中工作负责人（监护人）1 人，塔上电工 2 人，地面电工 1 人。

4. 工器具配备

330kV 地电位丝杠紧线杆法带电更换直线串横担侧单片绝缘子工器具配备一览表见表 4-1。

表 4-1　　　　　330kV 地电位丝杠紧线杆法带电更换直线串横担侧
单片绝缘子工器具配备一览表

序号	工器具名称		规格、型号	数量	备　注
1	绝缘工具	绝缘传递绳	$\phi 10mm$	1 根	视作业杆塔高度而定
2		绝缘小吊绳	$\phi 6mm$	1 根	协助吊绝缘杆头部
3		绝缘滑车	0.5t	1 只	
4		高强度绝缘绳	$\phi 32mm$		导线后备保护绳
5		绝缘操作杆	330kV	1 根	*
6		绝缘拉板及丝杠卡具等		1 副	
7	金属工具	取瓶器		1 只	*
8		取销器		1 只	*
9		瓷质绝缘子检测装置		1 套	瓷质绝缘子用
10	个人防护用具	安全带		3 根	备用 1 根

续表

序号	工器具名称		规格、型号	数量	备　注
11	个人防护用具	导电鞋		3 双	备用 1 双
12		静电防护服		3 套	备用 1 套
13		安全帽		4 顶	
14	辅助安全用具	兆欧表	5000V	1 块	电极宽 2cm, 极间距 2cm
15		对讲机		2 部	
16		防潮苫布	3m×3m	1 块	
17		工具袋		2 只	装绝缘工具用

*　绝缘操作杆头部若有万用接头，则一根绝缘操作杆可多用途。

注　瓷质绝缘子检测装置包括：分布电压检测仪、绝缘电阻检测仪和火花间隙装置等。采用火花间隙装置测零时，每次检测前应用专用塞尺按 DL 415 要求测量放电间隙尺寸。

5. 作业程序

按照本次作业现场勘察后编写的现场作业指导书。

（1）工作负责人向电网调度员申请开工，内容为：本人为工作负责人×××，×年×月×日需在 330kV ××线路上更换劣质绝缘子作业，本次作业按《国家电网公司电力安全工作规程（电力线路部分）》第 8.1.7 条要求，确定是否停用线路重合闸装置，若遇线路跳闸，不经联系，不得强送。得到调度许可，核对线路双重名称和杆号。

（2）全体工作成员列队，工作负责人现场宣读工作票、交工作任务、安全措施和技术措施；查（问）看作业人员精神状况、着装情况和工器具是否完好齐全。确认危险点和预防措施，明确作业分工以及安全注意事项。

（3）地面电工采用兆欧表与表面电阻测试杆检测绝缘平梯及绳索的绝缘电阻，检查工器具是否齐全完好，屏蔽服不得有破损、洞孔和毛刺状等缺陷。

（4）塔上电工穿着静电防护服、导电鞋。塔上 1 号电工携带绝缘传递绳登塔至横担处，系挂好安全带，将绝缘滑车和绝缘传递绳在作业横担适当位置安装好。

（5）对于盘形瓷质绝缘子，作业前应用绝缘子检测装置对绝缘子进行复测。当发现同串中（19 片）零值绝缘子达到 4 片时（结构高度 146mm），应立即停止检测，并停止本次带电作业工作。

（6）地面电工将紧线丝杆、卡具传递到工作位置。塔上 1 号电工在横担头和第 3 片绝缘子串安装好卡具、紧线丝杠。安装好导线后备保护绳，导线后备保护绳的保护裕度（长度）应控制合理。

（7）塔上 1 号电工收紧紧线丝杆，使横担侧第 1～3 片绝缘子松弛，手抓紧线丝杆冲击检查无误后，报告工作负责人同意后，拆除被更换绝缘子上下锁紧销，拆除被更换的绝缘子。

（8）塔上 2 号电工用绝缘传递绳系好劣质绝缘子。

（9）地面电工操作绝缘传递绳将旧绝缘子放下，传递绳另一侧将新绝缘子跟随至工作位置，注意控制好空中上、下两片绝缘子的位置，防止发生相互碰撞。

（10）塔上 1 号电工换上新绝缘子，并复位上下锁紧销。

（11）塔上电工检查完好后，征得工作负责人同意后逆顺序拆除塔上卡具、导线后备保护绳等全部工具并传递下塔。

（12）塔上 1 号电工检查确认塔上无遗留物后，汇报工作负责人得到同意后背绝缘传递绳平稳下塔。

（13）地面电工整理所用工器具和清理现场，工作负责人清点工器具。

（14）工作负责人向调度汇报。内容为：本人为工作负责人×××，在 330kV ××线路上更换劣质绝缘子工作已结束，杆塔上人员已撤离，杆塔、导线上无遗留物，线路设备已恢复原样。

6. 安全措施及注意事项

（1）若在海拔 1000m 以上线路上带电作业时，应根据作业区不同海拔高度，修正各类空气间隙、绝缘工具的安全距离和长度、绝缘子片数等，经本单位主管生产领导（总工程师）批准后执行。

（2）本次作业应经现场勘察并编制带电更换耐张横担侧绝缘子的现场作业指导书，经本单位技术负责人或主管生产负责人批准后执行。

（3）作业应在良好天气下进行。如遇雷电（听见雷声、看见闪电）、雪雹、雨雾时不得进行带电作业。风力大于 5 级（10m/s）时，不宜进行作业。

（4）若需在相对空气湿度大于 80% 的天气下进行带电作业时，应采用具有防潮性能的绝缘工具。

（5）本次作业工作前应向调度明确：若线路跳闸，不经联系不得强送电。

（6）杆塔上电工与带电体的安全距离不小于 2.20m。

（7）绝缘传递绳的安全长度不小于 2.8m。绝缘操作杆的有效绝缘长度不小于 3.1m。

（8）地面绝缘工具应放在防潮苫布上，作业人员应戴清洁干燥手套，摇测绝缘电阻值不小于 700MΩ（电极宽 2cm，极间距 2cm）。

（9）塔上电工必须穿着静电防护服、导电鞋，摘开绝缘子串时塔上电工严禁裸手操作，防止电击伤害。

（10）使用的工具、绝缘子上下起吊应用绝缘传递绳，金属工具在起吊传递过程中必须距带电体 1.5m 以外，再传递给操作人员。

（11）对于盘形瓷质绝缘子，工作中扣除短接和零值（自爆）绝缘子片数后，良好绝缘子个数不少于 16 片（结构高度 146mm）。

（12）所使用的工器具必须安装可靠，工器具受力后应检查判断其可靠性。

（13）作业时必须有导线防脱落的后备保护措施。

（14）绝缘工具使用前应用干净毛巾进行表面清洁处理，使用绝缘工具应戴清洁、干燥的手套，以防绝缘工具受潮和污染。收工或转移作业点，应将绝缘工具装在工具袋内。

（15）新绝缘子应用干净毛巾进行表面清洁处理，瓷质绝缘子的绝缘电阻值应大于 500MΩ。

（16）在杆塔上作业过程中如遇设备突然停电，作业人员应视设备仍然带电。

（17）塔上电工登杆塔前，应对登高工具和安全带等进行检查和冲击试验，全体作业人员必须戴安全帽。

（18）上、下杆塔或在杆塔上移位时，作业人员必须攀抓牢固构件，且双手不得持带任何工器具。

（19）杆塔上作业时不得失去安全带的保护。

（20）地面电工严禁在作业点垂直下方逗留，塔上电工应防止高空落物，使用的工具、材料应用绳索传递，不得乱扔。

（21）作业人员在杆塔上作业期间，工作监护人应对作业人员进行不间断监护，且不得从事其他工作。

二、330kV 输电线路地电位与等电位配合法带电更换直线串导线侧单片绝缘子

1. 作业方法
地电位与等电位配合法。

2. 适用范围
适用于 330kV 直线单串导线侧第一片绝缘子更换。

3. 人员组合
本作业项目工作人员共 5 人。其中工作负责人（监护人）1 人，等电位电工 1 人，塔上电工 1 人，地面电工 2 人。

4. 工器具配备
330kV 地电位与等电位配合法带电更换直线串导线侧单片绝缘子工器具配备一览表见表 4-2。

表 4-2　　　　　330kV 地电位与等电位配合法带电更换直线串导线
侧单片绝缘子工器具配备一览表

序号	工器具名称		规格、型号	数量	备　注
1	绝缘工具	绝缘传递绳	$\phi10mm$	1 根	视作业杆塔高度而定
2		绝缘软梯		1 副	视作业杆塔高度而定
3		绝缘滑车	0.5t	1 只	
4		高强度绝缘绳	$\phi32mm$	1 根	导线后备保护绳
5		绝缘操作杆	330kV	1 根	
6	金属工具	导线提线器		2 只	
7		短双头丝杆		2 只	
8		闭式卡（上卡）		1 只	
9		瓷质绝缘子检测装置		1 套	瓷质绝缘子用
10	个人防护用具	高强度绝缘防坠保护绳	$\phi12mm$	1 根	
11		屏蔽服		1 套	等电位电工
12		静电防护服		2 套	塔上电工（备用 1 套）
13		导电鞋		3 双	备用 1 双
14		安全带		3 根	备用 1 根
15		安全帽		5 顶	

序号	工器具名称		规格、型号	数量	备　　注
16	辅助安全用具	兆欧表	5000V	1块	电极宽 2cm，极间距 2cm
17		万用表		1块	检测屏蔽服连接导通用
18		防潮苫布	3m×3m	1块	
19		对讲机		2部	
20		工具袋		2只	装绝缘工具用

注 瓷质绝缘子检测装置包括：分布电压检测仪、绝缘电阻检测仪和火花间隙装置等。采用火花间隙装置测零时，每次检测前应用专用塞尺按 DL 415 要求测量放电间隙尺寸。

5. 作业程序

按照本次作业现场勘察后编写的现场作业指导书。

（1）工作负责人向电网调度员申请开工，内容为：本人为工作负责人×××，×年×月×日需在 330kV ××线路上更换绝缘子作业，本次作业按《国家电网公司电力安全工作规程（电力线路部分）》第 8.1.7 条要求，确定是否停用线路重合闸装置，若遇线路跳闸，不经联系，不得强送。得到调度许可，核对线路双重名称和杆号。

（2）全体工作成员列队，工作负责人现场宣读工作票、交工作任务、安全措施和技术措施；查（问）看作业人员精神状况、着装情况和工器具是否完好齐全。确认危险点和预防措施，明确作业分工以及安全注意事项。

（3）地面电工采用兆欧表与表面电阻测试杆检测绝缘平梯及绳的绝缘电阻，检查工器具是否齐全完好，屏蔽服不得有破损、洞孔和毛刺状等缺陷。

（4）等电位电工穿着全套屏蔽服（包括帽、衣裤、手套、袜和导电鞋），必要时，屏蔽服内穿阻燃内衣。地面电工负责检查袜裤、裤衣、袖和手套的连接是否完好，用万用表测试袜、裤、衣、手套等连接导通情况。

（5）塔上电工必须穿着静电防护服、导电鞋。

（6）塔上电工携带绝缘传递绳登塔至横担处，系挂好安全带，将绝缘滑车和绝缘传递绳在作业横担适当位置安装好。

（7）对于盘形瓷质绝缘子，工作前应用瓷质绝缘子检测装置对绝缘子进行复测。当发现同串中（19 片）零值绝缘子达到 4 片时（结构高度 146mm），应立即停止检测，并停止本次带电作业工作。

（8）地面电工传递绝缘软梯和绝缘防坠落绳，塔上电工在距绝缘子串吊点水平距离大于 1.5m 处安装绝缘软梯。

（9）等电位电工系好高强度防坠落绳，塔上电工拉紧高强度绝缘防坠落保护绳配合等电位电工沿绝缘软梯进入电场。

（10）等电位电工沿绝缘软梯下到头部或手与上子导线平行位置，报告工作负责人，得到工作负责人许可后，塔上电工利用绝缘保护绳摆动绝缘软梯配合等电位电工进入电场。

（11）等电位电工进入等电位后，先将安全带系在上子导线上，随后安装绝缘防坠落保护绳。

（12）地面电工将导线提线器、绝缘子上卡、双头丝杆传递到工作位置，等电位电工在导线侧第 3 片绝缘子和分裂导线上安装好绝缘子更换工具。

（13）地面电工将导线绝缘后备保护绳传递到工作位置。塔上电工和等电位电工配合将导线后备保绳可靠的安装在导线和横担之间，导线后备保护绳的保护裕度（长度）应控制合理。

（14）等电位电工收紧双头丝杆，使导线侧第 1～3 片绝缘子松弛，等电位电工手抓双头丝杆冲击检查无误后，报经工作负责人同意后，拆除被更换绝缘子上下锁紧销，更换绝缘子。

（15）等电位电工用绝缘传递绳系好劣质绝缘子。

（16）地面两电工相互配合操作绝缘传递绳，将旧绝缘子放下，同时将新绝缘子提升至工作位置，防止绝缘子在空中发生相互碰撞。

（17）等电位电工换上新绝缘子，并复位、检查上下锁紧销。

（18）经检查完好后，报经工作负责人同意后，按逆顺序拆除全部工具并传递至地面。

（19）塔上电工检查确认塔上无遗留物后，汇报工作负责人得到同意后背绝缘传递绳平稳下塔。

（20）地面电工整理所用工器具和清理现场，工作负责人清点工器具。

（21）工作负责人向调度汇报。内容为：本人为工作负责人×××，330kV ××线路上带电更换绝缘子工作已结束，杆塔上人员已撤离，杆塔、导线上无遗留物，线路设备已恢复原状。

6. 安全措施及注意事项

（1）若在海拔 1000m 以上线路上带电作业时，应根据作业区不同海拔高度，修正各类空气间隙、绝缘工具的安全距离和长度、绝缘子片数等，经本单位主管生产领导（总工程师）批准后执行。

（2）本次作业应经现场勘察并编制带电更换劣质绝缘子的现场作业指导书，经本单位技术负责人或主管生产负责人批准后执行。

（3）作业应在良好天气下进行。如遇雷电（听见雷声、看见闪电）、雪雹、雨雾时不得进行带电作业。风力大于 5 级（10m/s）时，不宜进行作业。

（4）若需在相对空气湿度大于 80% 的天气下进行带电作业时，应采用具有防潮性能的绝缘工具。

（5）本次作业工作前应向调度明确：若线路跳闸，不经联系不得强送电。

（6）杆塔上电工与带电体的安全距离不小于 2.2m。作业中等电位人员头部不得超过悬垂串 2 片绝缘子，等电位人员转移电位时人体裸露部分与带电体应保证 0.4m。

（7）绝缘传递绳和绝缘软梯的安全长度不小于 2.8m。绝缘操作杆的有效绝缘长度不小于 3.1m。

（8）等电位电工在进入电位过程中其组合间隙不小于 3.1m。

（9）地面绝缘工具应放在防潮苫布上，作业人员应戴清洁干燥手套，摇测绝缘电阻值不小于 700MΩ（电极宽 2cm，极间距 2cm）。

（10）等电位电工应穿戴全套屏蔽服、导电鞋，且各部分应连接良好。屏蔽服内不得贴身穿着化纤类衣服。

（11）塔上电工必须穿着静电防护服、导电鞋，以防感应电的伤害。

（12）绝缘软梯必须安装可靠，等电位电工在进入电位前应进行冲击，判断其可靠性。

（13）本次作业方式必须有导线防脱落的后备保护措施。

（14）使用的工具、绝缘子上下起吊应用绝缘传递绳，金属工具在起吊传递过程中必须距带电体1.5m以外，再传递给操作人员。

（15）所使用的工器具必须安装可靠，工器具受力后应进行冲击、检查判断其可靠性。

（16）对于盘形瓷质绝缘子，工作中扣除短接和零值（自爆）绝缘子片数后，良好绝缘子个数不少于16片（结构高度146mm）。

（17）新绝缘子应用干净毛巾进行表面清洁处理，瓷质绝缘子的绝缘电阻值应大于500MΩ。

（18）等电位电工从绝缘软梯登上导线后，必须先系挂好安全带才能解开防坠后备保护绳，脱离电位前必须系好防坠后备保护绳后，再解开安全带向负责人申请下绝缘软梯。

（19）在杆塔上作业过程中如遇设备突然停电，作业人员应视设备仍然带电。

（20）塔上电工上杆塔前，对登高工具和安全带等进行检查和冲击试验，全体作业人员必须戴安全帽。

（21）绝缘工具使用前应用干净毛巾进行表面清洁处理。使用绝缘工具应戴清洁、干燥的手套，以防受潮和污染绝缘工具，收工或转移作业点时，应将绝缘工具装在工具袋内。

（22）上、下杆塔或在杆塔上移位时，作业人员必须攀抓牢固构件，且双手不得持带任何工器具。

（23）杆塔上作业时不得失去安全带的保护。

（24）地面电工严禁在作业点垂直下方逗留，塔上电工应防止高空落物，使用的工具、材料应用绳索传递，不得乱扔。

（25）作业人员在杆塔上作业期间，工作监护人应对作业人员进行不间断监护，且不得从事其他工作。

三、330kV 输电线路地电位丝杠紧线杆法带电更换直线串单片绝缘子

1. 作业方法

地电位丝杠紧线杆法。

2. 适用范围

适用于330kV直线串任意单片绝缘子的更换工作（单串）。

3. 人员组合

本作业项目工作人员共计5人。其中工作负责人（监护人）1人，塔上电工2人，地面电工2人。

4. 工器具配备

330kV地电位丝杠紧线杆法带电更换直线串单片绝缘子工器具配备一览表见表4-3。所需材料有相应规格的盘形绝缘子等。

表 4-3   330kV 地电位丝杠紧线杆法带电更换直线串单片绝缘子工器具配备一览表

序号	工器具名称		规格、型号	数量	备注
1	绝缘工具	绝缘传递绳	ϕ10mm	1 根	视作业杆塔高度而定
2		绝缘小吊绳	ϕ6mm	1 根	协助吊绝缘杆头部
3		绝缘滑车	0.5t	1 只	
4		高强度绝缘绳	ϕ32mm	1 根	导线备用保护
5		绝缘操作杆	330kV	1 根	*
6		绝缘拉板及丝杠卡具等		1 副	
7	金属工具	取瓶器		1 只	*
8		取销器		1 只	*
9		瓷质绝缘子检测装置		1 套	瓷质绝缘子用
10	个人防护用具	安全带		3 根	备用 1 根
11		导电鞋		3 双	备用 1 双
12		静电防护静		2 套	
13		安全帽		5 顶	
14	辅助安全用具	兆欧表	5000V	1 块	电极宽2cm,极间距2cm
15		对讲机		2 部	
16		防潮苫布	3m×3m	1 块	
17		工具袋		2 只	装绝缘工具用

*   绝缘操作杆头部若有万用接头,则一根绝缘操作杆可多用途。

注   瓷质绝缘子检测装置包括:分布电压检测仪、绝缘电阻检测仪和火花间隙装置等。采用火花间隙装置测零时,每次检测前应用专用塞尺按 DL 415 要求测量放电间隙尺寸。

5. 作业程序

按照本次作业现场勘察后编写的现场作业指导书。

(1)工作负责人向电网调度员申请开工,内容为:本人为工作负责人×××,×年×月×日需在 330kV ××线路上更换绝缘子作业,本次作业按《国家电网公司电力安全工作规程(电力线路部分)》第 8.1.7 条要求,确定是否停用线路重合闸装置,若遇线路跳闸,不经联系,不得强送。得到调度许可,核对线路双重名称和杆号。

(2)全体工作成员列队,工作负责人现场宣读工作票、交工作任务、安全措施和技术措施;查(问)看作业人员精神状况、着装情况和工器具是否完好齐全。确认危险点和预防措施,明确作业分工以及安全注意事项。

(3)地面电工采用兆欧表与表面电阻测试杆检测绝缘平梯及绳索的绝缘电阻,检查工器具是否齐全完好,屏蔽服不得有破损、洞孔和毛刺状等缺陷。

（4）塔上电工必须穿着静电防护服、导电鞋。

（5）塔上 1 号电工携带绝缘传递绳登塔至工作位置，系挂好安全带，将绝缘滑车及绝缘传递绳在作业横担适当位置安装好，2 号电工随后登塔。

（6）对于盘形瓷质绝缘子，工作前应用瓷质绝缘子检测装置对绝缘子进行复测。当发现同串中（19 片）零值绝缘子达到 4 片时（结构高度 146mm），应立即停止检测，并停止本次带电作业工作。

（7）地面电工传递上导线后备保护绳，塔上 1 号电工安装好导线后备保护绳，导线后备保护绳的保护裕度（长度）应控制合理。

（8）地面电工组装好绝缘拉板、卡具和丝杠，吊至塔上，塔上 1 号电工与 2 号电工配合将紧线杆卡具安装在横担第一片绝缘子和需更换绝缘子的下一片绝缘子位置。

（9）塔上 1 号电工收紧卡具、丝杠，2 号电工用绝缘操作杆转动绝缘子调整钢帽大口方向。

（10）塔上 2 号电工使用绝缘操作杆冲击卡具无误后，报经工作负责人同意，2 号电工使用绝缘操作杆推出需更换绝缘子上下端锁紧销，1 号电工提住绝缘绳配合 2 号电工用取瓶器将劣质绝缘子取出。

（11）塔上 1 号电工使用绝缘小吊绳将绝缘操作杆上的更换绝缘子提上横担，与地面电工配合使用绝缘传递绳将更换的劣质绝缘子吊下地面，将新绝缘子吊上横担。

（12）塔上 1 号电工将新绝缘子固定在取瓶器绝缘操作杆上，2 号电工与 1 号电工配合将新绝缘子安装回原先位置。

（13）塔上 1 号电工松卡具、丝杠使绝缘子串处于受力状态，2 号电工恢复锁紧销。

（14）新绝缘子串安装无误，经工作负责人同意后，塔上 1 号电工拆除卡具、丝杠和绝缘拉板及导线保护绳，将工器具依次传递至地面。

（15）塔上电工检查塔上无遗留物，经工作负责人同意后携带绝缘传递绳下塔。

（16）地面电工整理工器具和清理现场，工作负责人清点工器具。

（17）工作负责人向调度汇报。内容为：本人为工作负责人×××，330kV ××线路带电更换绝缘子工作已结束，杆塔上人员已撤离，杆塔、导线上无遗留物，线路设备已恢复原状。

6. 安全措施及注意事项

（1）若在海拔 1000m 以上线路上带电作业时，应根据作业区不同海拔高度，修正各类空气间隙、绝缘工具的安全距离和长度、绝缘子片数等，经本单位主管生产领导（总工程师）批准后执行。

（2）本次作业应经现场勘察并编制带电更换悬垂串任意片绝缘子的现场作业指导书，经本单位技术负责人或主管生产负责人批准后执行。

（3）作业应在良好天气下进行。如遇雷电（听见雷声、看见闪电）、雪雹、雨雾时不得进行带电作业。风力大于 5 级（10m/s）时，不宜进行作业。

（4）若需在相对空气湿度大于 80% 的天气下进行带电作业时，应采用具有防潮性能的绝缘工具。

（5）本次作业工作前应向调度明确：若线路跳闸，不经联系不得强送电。

（6）杆塔上电工与带电体的安全距离不小于 2.2m。

（7）绝缘操作杆的有效绝缘长度不得小于 3.1m，绝缘绳有效绝缘长度不得小于 2.8m。

（8）对于盘形瓷质绝缘子，工作中扣除短接和零值（自爆）绝缘子片数后，良好绝缘子个数不少于 16 片（结构高度 146mm）。

（9）地面绝缘工具应放置在防潮苫布上，作业人员均应戴清洁干燥手套，摇测绝缘电阻值不得小于 700MΩ（电极宽 2cm，极间距 2cm）。

（10）绝缘工具使用前应用干净毛巾进行表面清洁处理，使用绝缘工具应戴清洁、干燥的手套，以防绝缘工具受潮和污染。收工或转移作业点，应将绝缘工具装在工具袋内。

（11）塔上电工必须穿着静电防护服、导电鞋，以防感应电的伤害。

（12）作业时必须有导线防脱落的后备保护措施。

（13）对于盘形瓷质绝缘子，工作中扣除短接和零值（自爆）绝缘子片数后，良好绝缘子个数不少于 16 片（结构高度 146mm）。

（14）新绝缘子应用干净毛巾进行表面清洁处理，瓷质绝缘子的绝缘电阻值应大于 500MΩ。

（15）在杆塔上作业过程中如遇设备突然停电，作业人员应视设备仍然带电。

（16）塔上电工登杆塔前，应对登高工具和安全带等进行检查和冲击试验，全体作业人员必须戴安全帽。

（17）上、下杆塔或在杆塔上移位时，作业人员必须攀抓牢固构件，且双手不得持带任何工器具。

（18）杆塔上作业时不得失去安全带的保护。

（19）地面电工严禁在作业点垂直下方逗留，塔上电工应防止高空落物，使用的工具、材料应用绳索传递，不得乱扔。

（20）作业人员在杆塔上作业期间，工作监护人应对作业人员进行不间断监护，且不得从事其他工作。

四、330kV 输电线路地电位与等电位结合丝杠紧线杆法带电更换直线双联任意整串绝缘子

1. 作业方法

地电位与等电位结合丝杠紧线杆法。

2. 适用范围

适用于 330kV 线路直线双联整串绝缘子的更换工作（中相需稍变换一下操作顺序）。

3. 人员组合

本作业项目工作人员共计 7 人。其中工作负责人（监护人）1 人，等电位电工 1 人，塔上电工 1 人，地面电工 4 人。

4. 工器具配备

330kV 地电位与等电位结合丝杠紧线杆法带电更换直线双联任意整串绝缘子工器具配备一览表见表 4-4。所需材料有相应规格的盘形绝缘子若干等。

表 4-4 **330kV 地电位与等电位结合丝杠紧线杆法带电更换直线**

双联任意整串绝缘子工器具配备一览表

序号	工器具名称		规格、型号	数量	备 注
1	绝缘工具	绝缘传递绳	φ10mm	1 根	视作业杆塔高度而定
2		高强度绝缘防坠保护绳	φ12mm	1 根	视作业杆塔高度而定
3		绝缘滑车	0.5t	1 只	
4		绝缘软梯		1 副	视作业杆塔高度而定
5		高强度绝缘绳	φ32mm	1 根	导线后备保护
6		绝缘操作杆	330kV 等级	1 根	
7		绝缘绳	φ18mm	1 根	传递绝缘子串用
8		绝缘拉板		1 只	
9	金属工具	卡具		1 只	
10		瓷质绝缘子检测装置		1 套	瓷质绝缘子用
11	个人防护用具	安全带		3 根	备用 1 根
12		导电鞋		3 双	备用 1 双
13		屏蔽服		2 套	等电位电工（备用 1 套）
14		静电防护静		1 套	塔上电工穿
15		安全帽		7 顶	
16	辅助安全用具	兆欧表	5000V	1 块	电极宽 2cm，极间距 2cm
17		对讲机		2 部	
18		万用表		1 块	检测屏蔽服连接导通用
19		防潮苫布	3m×3m	1 块	
20		起重工器具		1 套	
21		工具袋		2 只	装绝缘工具用

注 瓷质绝缘子检测装置包括：分布电压检测仪、绝缘电阻检测仪和火花间隙装置等。采用火花间隙装置测零时，每次检测前应用专用塞尺按 DL 415 要求测量放电间隙尺寸。

5. 作业程序

按照本次作业现场勘察后编写的现场作业指导书。

（1）工作负责人向电网调度员申请开工，内容为：本人为工作负责人×××，×年×月×日需在 330kV ××线路上更换绝缘子作业，本次作业按《国家电网公司电力安全工作规程（电力线路部分）》第 8.1.7 条要求，确定是否停用线路重合闸装置，若遇线路跳闸，不经联系，不得强送。得到调度许可，核对线路双重名称和杆号。

（2）全体工作成员列队，工作负责人现场宣读工作票、交工作任务、安全措施和技术措施；查（问）看作业人员精神状况、着装情况和工器具是否完好齐全。确认危险点和预

防措施，明确作业分工以及安全注意事项。

（3）地面电工采用兆欧表与表面电阻测试杆检测绝缘平梯及绳索的绝缘电阻，检查工器具是否齐全完好，屏蔽服不得有破损、洞孔和毛刺状等缺陷。

（4）塔上电工必须穿着静电防护服、导电鞋。

（5）塔上 1 号电工携带绝缘传递绳登塔至工作位置，系挂好安全带，将绝缘滑车及绝缘传递绳在作业横担适当位置安装好，2 号电工随后登塔。

（6）塔上电工携带绝缘传递绳登塔至横担处，系挂好安全带，将绝缘滑车及绝缘传递绳悬挂在适当的位置。

（7）对于盘形瓷质绝缘子，作业前应用瓷质绝缘子检测装置对绝缘子进行复测。当发现同串中（19 片）零值绝缘子达到 4 片时（结构高度 146mm），应立即停止检测，并停止本次带电作业工作。

（8）塔上电工与地面电工相互配合，将高强度防坠保护绳、绝缘软梯吊挂在横担上，并在地面对绝缘软梯进行冲击试验。

（9）地面电工控制绝缘软梯尾部，等电位电工系好高强度防坠保护绳，地面电工控制好绝缘防坠保护绳的另一端。等电位电工攀登绝缘软梯至导线下方 0.8m 处左右，系挂好安全带，向工作负责人申请进入电位，经同意后快速进入高电位。

（10）塔上电工与地面电工相互配合，依次将卡具、导线后备保护绳、绝缘拉板传递至工作位置。

（11）塔上电工与等电位电工相互配合将卡具、绝缘拉板组装好，并安装好导线后备保护绳，导线后备保护绳的保护裕度（长度）应控制合理。

（12）塔上电工收紧紧线丝杠，使绝缘子串松弛。等电位电工手抓绝缘拉板冲击检查无误后，报经工作负责人同意后拆除碗头处的锁紧销，将绝缘子串与碗头脱开。

（13）塔上电工将绝缘吊绳拴在盘形绝缘子串横担下方的第 2 片和第 3 片之间（复合绝缘子相同位置）。

（14）塔上电工拔除横担球头连接处的绝缘子锁紧销，地面电工收紧绝缘吊绳将绝缘子提升，塔上电工将绝缘子串与横担侧球头挂环摘开。

（15）地面电工使用起重工具将整串绝缘子放下，将新绝缘子串吊上。

（16）塔上电工和地面电工相互配合，恢复新绝缘子串横担侧球头挂环的连接，并安好锁紧销。

（17）等电位电工和塔上电工相互配合，调整紧线丝杠，恢复绝缘子串导线侧的碗头挂板连接，并安好锁紧销。

（18）塔上电工放松紧线丝杠，使绝缘子串完全恢复受力状态，同时检查绝缘子串各部件连接情况。

（19）塔上电工拆除导线保护绳及卡具、紧线丝杠、绝缘拉板、绝缘吊绳等并传递至地面。

（20）等电位电工检查导线侧无异常后，向工作负责人申请脱离电位，许可后快速脱离电位，等电位电工解开安全带后下至地面，解开绝缘防坠保护绳。

（21）塔上电工和地面电工相互配合，将绝缘软梯、绝缘防坠保护绳传递至地面。

（22）塔上电工检查塔上无遗留物，经工作负责人同意后携带绝缘传递绳下塔。

（23）地面电工整理工器具和清理现场，工作负责人清点工器具。

（24）工作负责人向调度汇报。内容为：本人为工作负责人×××，330kV ××线路带电更换绝缘子工作已结束，杆塔上人员已撤离，杆塔、导线上无遗留物，线路设备已恢复原状。

6. 安全措施及注意事项

（1）若在海拔 1000m 以上线路上带电作业时，应根据作业区不同海拔高度，修正各类空气间隙、绝缘工具的安全距离和长度、绝缘子片数等，经本单位主管生产领导（总工程师）批准后执行。

（2）本次作业应经现场勘察并编制带电更换悬垂整串绝缘子的现场作业指导书，经本单位技术负责人或主管生产负责人批准后执行。

（3）作业应在良好天气下进行。如遇雷电（听见雷声、看见闪电）、雪雹、雨雾时不得进行带电作业。风力大于 5 级（10m/s）时，不宜进行作业。

（4）若需在相对空气湿度大于 80%的天气下进行带电作业时，应采用具有防潮性能的绝缘工具。

（5）本次作业工作前应向调度明确：若线路跳闸，不经联系不得强送电。

（6）杆塔上电工与带电体的安全距离不小于 2.2m。作业中等电位人员头部不得超过悬垂串 2 片绝缘子，等电位人员转移电位时人体裸露部分与带电体应保证 0.4m。

（7）绝缘绳和绝缘拉板的有效绝缘长度不得小于 2.8m，绝缘操作杆有效绝缘长度不得小于 3.1m。

（8）对于盘形瓷质绝缘子，作业中扣除人体短接和零值（自爆）绝缘子片数后，良好绝缘子不得少于 16 片（结构高度 146mm）。

（9）导线侧绝缘子串未摘开前，严禁塔上电工徒手无安全措施摘开横担侧绝缘子串连接，以防止电击伤人。

（10）地面绝缘工具应放置在防潮苫布上，作业人员均应戴清洁干燥手套，摇测绝缘电阻值不得小于 700MΩ（电极宽 2cm，极间距 2cm）。

（11）等电位电工应穿戴全套屏蔽服（包括帽、衣裤、手套、袜和导电鞋），且各部分应连接良好。屏蔽服内不得贴身穿化纤类衣服。

（12）塔上电工必须穿着静电防护服、导电鞋，以防感应电的伤害。

（13）绝缘工具使用前应用干净毛巾进行表面清洁处理，使用绝缘工具应戴清洁、干燥的手套，以防绝缘工具受潮和污染。收工或转移作业点，应将绝缘工具装在工具袋内。

（14）新复合绝缘子必须检查并按说明书安装好均压环，若是盘形绝缘子应用干净毛巾进行表面清洁处理，瓷质绝缘子的绝缘电阻值不小于 500MΩ。

（15）等电位电工从绝缘软梯登上导线后，必须先系挂好安全带才能解开防坠后备保护绳，脱离电位前必须系好防坠后备保护绳后，再解开安全带向负责人申请下绝缘软梯。

（16）在杆塔上作业过程中如遇设备突然停电，作业人员应视设备仍然带电。

（17）塔上电工杆塔前，对登高工具和安全带等进行检查和冲击试验，全体作业人员必须戴安全帽。

（18）上、下杆塔或在杆塔上移位时，作业人员必须攀抓牢固构件，且双手不得持带任何工器具。

（19）杆塔上作业时不得失去安全带的保护。

（20）地面电工严禁在作业点垂直下方逗留，塔上电工应防止高空落物，使用的工具、材料应用绳索传递，不得乱扔。

（21）作业人员在杆塔上作业期间，工作监护人应对作业人员进行不间断监护，且不得从事其他工作。

五、330kV 输电线路地电位与等电位配合丝杠紧线杆法带电更换直线 V 形任意整串绝缘子

1. 作业方法

地电位与等电位配合丝杠紧线杆法。

2. 适用范围

适用于 330kV 直线 V 串的整串绝缘子的更换。

3. 人员组合

本作业项目工作人员共计 7 人。其中工作负责人（监护人）1 人，等电位电工 1 人，塔上电工 2 人，地面电工 3 人。

4. 工器具配备

330kV 地电位与等电位配合丝杠紧线杆法带电更换直线 V 形任意整串绝缘子工器具配备一览表见表 4-5。

表 4-5　　　330kV 地电位与等电位配合丝杠紧线杆法带电更换直线 V 形
任意整串绝缘子工器具配备一览表

序号	工器具名称		规格、型号	数量	备　注
1	绝缘工具	绝缘传递绳	ϕ10mm	1 根	视工作杆塔高度而定
2		绝缘软梯	9m	1 副	
3		绝缘滑车	0.5t	1 只	
4		绝缘滑车	1t	1 只	
5		绝缘吊杆	ϕ32mm	1 根	
6		高强度绝缘绳	ϕ32mm	1 根	导线防坠落后备保护
7		绝缘托瓶架		1 副	
8		绝缘操作杆		1 根	
9		绝缘千斤		2 根	
10		绝缘传递绝缘子串绳	ϕ18mm	1 根	视工作杆塔高度而定
11	金属工具	V 串导线卡		1 只	
12		导线侧联板卡具		1 副	
13		机动绞磨		1 台	

续表

序号	工器具名称		规格、型号	数量	备注
14	金属工具	专用横担卡具		1 只	
15		瓷质绝缘子检测装置		1 套	瓷质绝缘子用
16	个人防护用具	高强度绝缘防坠落保护绳	φ14mm	3 根	视工作杆塔高度而定
17		静电防护服		2 套	塔上电工穿
18		导电鞋		4 双	备用 1 双
19		安全带		4 根	备用 1 根
20		屏蔽服		2 套	等电位电工穿（备用 1 套）
21		安全帽		7 顶	
22	辅助安全工具	万用表		1 块	检测屏蔽服连接导通用
23		兆欧表	5000V	1 块	电极宽 2cm，极间距 2cm
24		防潮苫布	2m×4m	1 块	
25		对讲机		2 部	
26		工具袋		2 只	装绝缘工具用

注 瓷质绝缘子检测装置包括：分布电压检测仪、绝缘电阻检测仪和火花间隙装置等。采用火花间隙装置测零时，每次检测前应用专用塞尺按 DL 415 要求测量放电间隙尺寸。

5. 作业程序

按照本次作业现场勘察后编写的现场作业指导书。

（1）工作负责人向电网调度员申请开工，内容为：本人为工作负责人×××，×年×月×日需在 330kV ××线路上更换绝缘子作业，本次作业按《国家电网公司电力安全工作规程（电力线路部分）》第 8.1.7 条要求，确定是否停用线路重合闸装置，若遇线路跳闸，不经联系，不得强送。得到调度许可，核对线路双重名称和杆号。

（2）全体工作成员列队，工作负责人现场宣读工作票、交工作任务、安全措施和技术措施；查（问）看作业人员精神状况、着装情况和工器具是否完好齐全。确认危险点和预防措施，明确作业分工以及安全注意事项。

（3）地面电工采用兆欧表与表面电阻测试杆检测绝缘平梯及绳索的绝缘电阻，检查工器具是否齐全完好，屏蔽服不得有破损、洞孔和毛刺状等缺陷。

（4）地面电工正确布置施工现场，合理放置机动绞磨。

（5）等电位电工穿着全套屏蔽服（包括帽、衣裤、手套、袜和导电鞋），必要时，屏蔽服内穿阻燃内衣。地面电工负责检查袜裤、裤衣、袖和手套的连接是否完好，用万用表测试袜、裤、衣、手套等连接导通情况。

（6）塔上电工必须穿着静电防护服、导电鞋。

（7）塔上 1 号电工携带绝缘传递绳登塔至横担处，系挂好安全带，将绝缘滑车和绝缘传递绳在作业横担适当位置安装好。等电位电工、塔上 2 号电工随后登塔。

（8）对于盘形瓷质绝缘子，作业前应用绝缘子检测装置对绝缘子进行复测。当发现同串中（19 片）零值绝缘子达到 4 片时（结构高度 146mm），应立即停止检测，并停止本次带电作业工作。

（9）地面电工传递绝缘软梯和绝缘防坠落保护绳，塔上 1 号电工在距导线正上方水平距离大于 1.5m 处横担上安装绝缘软梯。

（10）等电位电工系好绝缘防坠保护绳，地面电工控制防坠保护绳配合等电位电工沿绝缘软梯进入。

（11）等电位电工沿绝缘软梯下到头部或手与上子导线平行位置，报告工作负责人，得到工作负责人许可后，塔上电工利用绝缘保护绳摆动绝缘软梯配合等电位电工进入等电位。

（12）等电位电工进入等电位后，先将安全带系在上子导线上，随后拆除绝缘防坠落保护绳。

（13）地面电工将专用横担卡具、绝缘吊杆、V 串导线钩、联板卡具分别传递给塔上 1 号、2 号电工和等电位电工工作位置，塔上 1 号、2 号电工和等电位电工配合将绝缘子更换工具安装在被更换侧三角联板和导线上。

（14）地面电工将导线绝缘后备保护绳传递到工作位置。塔上 1 号、2 号电工和等电位电工配合将导线后备保护绳可靠的安装在导线和横担或塔身之间，导线后备保护绳控制裕度（长度）适当，确保更换卡具失灵后带电导线与塔身的安全距离。

（15）地面电工将绝缘磨绳、绝缘子串尾绳分别传递给塔上 1 号电工和等电位电工。

（16）塔上 1 号电工将绝缘磨绳安装在横担上，等电位电工将绝缘子串尾绳安装在导线侧第 1 片绝缘子上。

（17）塔上 2 号电工收紧 V 串导线卡具丝杆，使更换串绝缘子松弛，等电位电工手抓 V 串导线卡具试冲击检查无误后，拆除碗头螺栓与导线联板的连接。

（18）塔上 2 号电工将磨绳绑扎在第 3 片绝缘子，地面电工拉紧绝缘托瓶架绝缘绳，塔上 2 号电工拔掉球头挂环与第 1 片绝缘子处的锁紧销，脱开球头耳环与第 1 片绝缘子处的连接，地面电工松绝缘托瓶架绳使绝缘子串摆至自然垂直。

（19）地面电工缓松机动绞磨，另一地面电工拉好绝缘子串尾绳，配合将绝缘子串放至地面。

（20）地面电工将绝缘磨绳和绝缘子串尾绳分别转移到新绝缘子串上。

（21）地面电工起动机动绞磨。将新绝缘子串传递至塔上电工 2 号工作位置，塔上 2 号电工恢复新绝缘子与球头挂环的连接，并复位锁紧销。

（22）地面电工与等电位电工配合将绝缘子串拉至导线处并恢复碗头挂板与联板处的连接，等电位电工装好碗头螺栓上的开口销。

（23）等电位电工检查确认导线上连接完好后，经工作负责人同意后，塔上电工和等电位电工配合拆除全部更换工具并传递至地面，报经工作负责人同意后，等电位电工退出电位，与塔上 2 号电工下塔。

（24）塔上 1 号电工检查确认塔上无遗留物后，汇报工作负责人得到同意后背绝缘传递绳下塔。

（25）地面电工整理所用工器具和清理现场，工作负责人清点工器具。

（26）工作负责人向调度汇报。内容为：本人为工作负责人×××，330kV ××线路更换绝缘子串工作已结束，杆塔人员已撤离，杆塔、导线上无遗留物，线路设备已恢复原状。

6. 安全措施及注意事项

（1）若在海拔 1000m 以上线路上带电作业时，应根据作业区不同海拔高度，修正各类空气间隙、绝缘工具的安全距离和长度、绝缘子片数等，经本单位主管生产领导（总工程师）批准后执行。

（2）本次作业应经现场勘察并编制带电更换直线 V 串的整串绝缘子的现场作业指导书，经本单位技术负责人或主管生产负责人批准后执行。

（3）作业应在良好天气下进行。如遇雷电（听见雷声、看见闪电）、雪雹、雨雾时不得进行带电作业。风力大于 5 级（10m/s）时，不宜进行作业。

（4）若需在相对空气湿度大于 80% 的天气下进行带电作业时，应采用具有防潮性能的绝缘工具。

（5）本次作业工作前应向调度明确：若线路跳闸，不经联系不得强送电。

（6）杆塔上电工与带电体的安全距离不小于 2.2m。等电位电工转移电位时严禁对等电位电工头部或手充放电，作业中等电位人员头部或手不得超过第 2 片绝缘子，人体裸露部分与带电体的有效距离不得小于 0.4m。

（7）绝缘传递绳和绝缘软梯的安全长度不小于 2.8m。绝缘操作杆的有效绝缘长度不小于 3.1m。

（8）等电位电工在进入电位过程中其组合间隙不小于 3.1m。

（9）地面绝缘工具应放在防潮苫布上，作业人员应戴清洁干燥手套，摇测绝缘工具电阻值不小于 700MΩ（电极宽 2cm，极间距 2cm）。

（10）等电位电工应穿戴全套屏蔽服（包括帽、衣裤、手套、袜和导电鞋），且各部分应连接良好。屏蔽服内不得贴身穿着化纤类衣服。

（11）塔上电工必须穿着静电防护服、导电鞋，以防感应电的伤害。

（12）绝缘软梯必须安装可靠，等电位电工在进入电位前应试冲击判断其可靠性，并有防坠落保护绳。

（13）对于盘形瓷质绝缘子，工作中扣除短接和零值（自爆）绝缘子片数后，良好绝缘子个数不少于 16 片（结构高度 146mm）。

（14）新复合绝缘子必须检查并按说明书安装好均压环，若是盘形绝缘子应用干净毛巾进行表面清洁处理，瓷质绝缘子摇测的绝缘电阻值应大于 500MΩ。

（15）使用的工具、绝缘子上下起吊应用绝缘传递绳，金属工具在起吊传递过程中必须距带电体 1.5m 以外，再传递给操作人员。

（16）所有使用的器具必须安装可靠，工具受力后应冲击、检查判断其可靠性。

（17）作业时必须有导线防脱落和防偏移的后备保护措施，塔身与导线的防偏移保护绳控制裕度（长度）应适当，以防更换卡具发生意外后使带电导线移动至塔身安全距离不够而跳闸。

（18）摘开 V 串绝缘子前，必须详细检查联板卡具、绝缘吊杆、V 串导线钩、联板卡具等受力部件是否正常良好，经检查后认为无问题后方可摘开、更换 V 绝缘子串。

（19）利用机动绞磨起吊绝缘子串时，绞磨应放置平稳。磨绳在磨盘上应绕有足够的圈数，绞磨尾绳必须由有带电作业经验的电工控制，随时拉紧，不可疏忽放松。

（20）绝缘工具使用前应用干净毛巾进行表面清洁处理。使用绝缘工具应戴清洁、干燥的手套，以防绝缘工具受潮和污染。收工或转移作业点时，应将绝缘工具装在工具袋内。

（21）等电位电工从绝缘软梯登上导线后，必须先系挂好安全带才能解开防坠后备保护绳，脱离电位前必须系好防坠后备保护绳后，再解开安全带向负责人申请下软梯。

（22）在杆塔上作业过程中如遇设备突然停电，作业人员应视设备仍然带电。

（23）塔上电工登杆塔前，应对登高工具和安全带等进行检查和冲击试验，全体作业人员必须戴安全帽。

（24）上、下杆塔或在杆塔上移位时，作业人员必须攀抓牢固构件，且双手不得持带任何工器具。

（25）杆塔上作业时不得失去安全带的保护。

（26）地面电工严禁在作业点垂直下方逗留，塔上电工应防止高空落物，使用的工具、材料应用绳索传递，不得乱扔。

（27）作业人员在杆塔上作业期间，工作监护人应对作业人员进行不间断监护，且不得从事其他工作。

六、330kV 输电线路地电位结合绝缘子清扫工具法带电清扫绝缘子

1. 作业方法

地电位结合绝缘子清扫工具法。

2. 适用范围

适用于 330kV 输电线路绝缘子清扫。

3. 人员组合

本作业项目工作人员共计 4 人。其中工作负责人 1 人（监护人），塔上电工 2 人，地面电工 1 人。

4. 工器具配备

330kV 地电位结合绝缘子清扫工具法带电清扫绝缘子工器具配备一览表见表 4-6。

表 4-6　330kV 地电位结合绝缘子清扫工具法带电清扫绝缘子工器具配备一览表

序号	工器具名称		规格、型号	数量	备　注
1	绝缘工具	绝缘绳套	SCJS–22	1 只	
2		绝缘测零杆	330kV	1 根	
3		绝缘传递绳	SCJS–14	1 根	长度视塔高而定
4		绝缘子清扫工具	330kV	1 套	
5	金属工具	绝缘子检测装置		1 套	
6		瓷质绝缘子检测装置		1 套	瓷质绝缘子用

续表

序号	工器具名称		规格、型号	数量	备 注
7		安全带		2根	
8	个人防护用具	屏蔽服		1套	直接操作电工穿
9		静电防护服		1套	塔上电工穿
10		导电鞋		2双	
11		安全帽		4顶	
12	辅助安全工具	兆欧表	5000V	1块	电极宽2cm，极间距2cm
13		防潮苫布	2m×4m	1块	
14		工具袋		2只	装绝缘工具用

注 瓷质绝缘子检测装置包括：分布电压检测仪、绝缘电阻检测仪和火花间隙装置等。采用火花间隙装置测零时，每次检测前应用专用塞尺按 DL 415 要求测量放电间隙尺寸。

5. 作业程序

按照本次作业现场勘察后编写的现场作业指导书。

（1）工作负责人向电网调度员申请开工，内容为：本人为工作负责人×××，×年×月×日需在 330kV ××线路上带电清扫绝缘子串，本次作业按《国家电网公司电力安全工作规程（电力线路部分）》第 8.1.7 条要求，确定是否停用线路重合闸装置，若遇线路跳闸，不经联系，不得强送。得到调度许可，核对线路双重名称和杆号。

（2）全体工作成员列队，工作负责人现场宣读工作票、交工作任务、安全措施和技术措施；查（问）看作业人员精神状况、着装情况和工器具是否完好齐全。确认危险点和预防措施，明确作业分工以及安全注意事项。

（3）地面电工采用兆欧表检测绝缘工具的绝缘电阻，检查工具是否完好灵活。

（4）塔上 1 号电工穿着屏蔽服、导电鞋，2 号电工穿着静电防护服、导电鞋。

（5）塔上 1 号电工带绝缘传递绳登至横担合适位置，系、挂好安全带，将绝缘滑车及绝缘传递绳悬挂在适当位置。

（6）地面电工传递上专用绝缘子清扫工具和测零杆，塔上 1 号电工与塔上 2 号电工配合，1 号电工安装好清扫工具。

（7）对于盘形瓷质绝缘子，工作前应用瓷质绝缘子检测装置对绝缘子进行复测。当发现同串中（19 片）零值绝缘子达到 4 片时（结构高度 146mm），应立即停止检测，并停止本次带电作业工作。

（8）塔上两电工相互配合自上而下，（如是双串应同步交替进行）对绝缘子串进行清扫。

（9）清扫完毕后，拆除工具并传递至塔下，塔上 1 号电工检查塔上无遗留物后，汇报工作负责人，得到同意后背绝缘传递绳平稳下塔。

（10）地面电工整理所有工器具和清理现场，工作负责人清点工器具。

（11）工作负责人向调度汇报。内容为：本人为工作负责人×××，330kV ××线路带电清扫绝缘子串工作已结束，杆塔上人员已撤离，杆塔、导线上无遗留物，线路设备仍为原状。

6. 安全措施及注意事项

（1）若在海拔 1000m 以上线路上带电作业时，应根据作业区不同海拔高度，修正各类空气间隙、绝缘工具的安全距离和长度、绝缘子片数等，经本单位主管生产领导（总工程师）批准后执行。

（2）本次作业应经现场勘察并编制带电清扫悬垂串绝缘子的现场作业指导书，经本单位技术负责人或主管生产负责人批准后执行。

（3）作业应在良好天气下进行。如遇雷电（听见雷声、看见闪电）、雪雹、雨雾时不得进行带电作业。风力大于 5 级（10m/s）时，不宜进行作业。

（4）若需在相对空气湿度大于 80%的天气下进行带电作业时，应采用具有防潮性能的绝缘工具。

（5）本次作业工作前应向调度明确：若线路跳闸，不经联系不得强送电。

（6）杆塔上电工与带电体的安全距离不小于 2.2m。

（7）绝缘操作杆的有效长度不小于 2.8m。

（8）对于盘形瓷质绝缘子，工作中扣除短接和零值（自爆）绝缘子片数后，良好绝缘子个数不少于 16 片（结构高度 146mm）。

（9）地面绝缘工具应放置在防潮苫布上，作业人员均应戴清洁干燥手套，摇测绝缘电阻值不得小于 700MΩ（电极宽 2cm，极间距 2cm）。

（10）绝缘工具使用前应用干净毛巾进行表面清洁处理，使用绝缘工具应戴清洁、干燥的手套，以防绝缘工具受潮和污染。收工或转移作业点，应将绝缘工具装在工具袋内。

（11）在杆塔上作业过程中如遇设备突然停电，作业人员应视设备仍然带电。

（12）塔上电工上杆塔前，应对登高工具和安全带进行检查和冲击试验，全体作业人员必须戴安全帽。

（13）上、下杆塔或在杆塔上移位时，作业人员必须攀抓牢固构件，且双手不得持带任何器材。

（14）杆塔上作业不得失去安全带的保护。

（15）地面电工严禁在作业点垂直下方逗留，塔上电工应防止高空落物，使用的工具、材料应用绳索传递，不得乱扔。

（16）作业人员在杆塔上作业期间，工作监护人应对作业人员进行不间断监护，且不得从事其他工作。

第二节　330kV 耐张绝缘子串

一、330kV 输电线路地电位与等电位配合卡具紧线杆法带电更换耐张双联单串绝缘子

1. 作业方法

地电位与等电位配合卡具紧线杆法。

2. 适用范围

适用于 330kV 线路耐张双串任一整串绝缘子的更换工作。

3. 人员组合

本作业项目工作人员共计 7 人。其中工作负责人（监护人）1 人，等电位电工 1 人，塔上电工 1 人，地面电工 4 人。

4. 工器具配备

330kV 地电位与等电位配合卡具紧线杆法带电更换耐张双联单串绝缘子工器具配备一览表见表 4-7。所需材料有相应规格的盘形绝缘子等。

表 4-7　　　　330kV 地电位与等电位配合卡具紧线杆法带电更换
耐张双联单串绝缘子工器具配备一览表

序号	工器具名称		规格、型号	数量	备　注
1	绝缘工具	绝缘传递绳	ϕ10mm	2 根	视作业杆塔高度而定
2		绝缘单滑车	0.5t	2 只	
3		绝缘操作杆	330kV	1 根	
4		高强度绝缘防坠落绳		1 根	视作业杆塔高度而定
5		绝缘拉板（棒）		1 只	
6		绝缘软梯	9m	1 副	
7		绝缘托瓶架	330kV	1 副	
8	金属工具	耐张联板卡具		1 套	
9		瓷质绝缘子检测装置		1 套	瓷质绝缘子用
10		手摇绞磨		1 台	
11	个人防护用具	安全带		3 根	备用 1 根
12		导电鞋		3 双	备用 1 双
13		屏蔽服		2 套	等电位电工（备用 1 套）
14		静电防护服		1 套	塔上电工穿着
15		安全帽		7 顶	
16	辅助安全用具	兆欧表	5000V	1 块	电极宽 2cm，极间距 2cm
17		对讲机		2 部	
18		万用表		1 块	检测屏蔽服连接导通用
19		工具袋		2 只	装绝缘工具用
20		防潮苫布	3m×3m	1 块	

注　瓷质绝缘子检测装置包括：分布电压检测仪、绝缘电阻检测仪和火花间隙装置等。采用火花间隙装置测零时，每次检测前应用专用塞尺按 DL 415 要求测量放电间隙尺寸。

5. 作业程序

按照本次作业现场勘察后编写的现场作业指导书。

（1）工作负责人向电网调度员申请开工，内容为：本人为工作负责人×××，×年×月×日需在 330kV ××线路上带电更换绝缘子，本次作业按《国家电网公司电力安全工作规程（电力线路部分）》第 8.1.7 条要求，确定是否停用线路重合闸装置，若遇线路跳闸，不经联系，不得强送。得到调度许可，核对线路双重名称和杆号。

（2）全体工作成员列队，工作负责人现场宣读工作票、交工作任务、安全措施和技术措施；查（问）看作业人员精神状况、着装情况和工器具是否完好齐全。确认危险点和预防措施，明确作业分工以及安全注意事项。

（3）工作人员用兆欧表检测绝缘工具的绝缘电阻，检查卡具等工器具是否完好灵活，屏蔽服（静电防护服）不得有破损、洞孔或毛刺状等缺陷。

（4）等电位电工穿着全套屏蔽服（包括帽、衣裤、手套、袜和导电鞋），必要时，屏蔽服内穿阻燃内衣，地面电工负责检查袜裤、裤衣、袖和手套的连接是否完好，用万用表测试袜、裤、衣、手套等连接导通情况。

（5）塔上电工必须穿着静电防护服、导电鞋。

（6）塔上电工携带绝缘传递绳、滑车登杆塔至架空地线顶架处，将安全带系在铁塔上，挂好单滑车。

（7）塔上电工拆除绝缘子串更换侧的地线防振锤，地面电工传递上绝缘软梯，塔上电工在架空地线上挂好绝缘软梯。若是绝缘架空地线时，需专人监护下用专用接地线短接后，才能挂绝缘软梯。

（8）若是盘形瓷质绝缘子时，作业前应用瓷质绝缘子检测装置对绝缘子进行复测。当发现同串中（19 片）零值绝缘子达到 4 片时（结构高度 146mm），应立即停止检测，并停止本次带电作业工作。

（9）等电位电工登杆塔至导线横担位置，系好防坠后备保护绳后，向工作负责人申请登上绝缘软梯，地面电工控制好防坠保护绳。塔上电工放出绝缘软梯滑向导线耐张线夹处，地面电工控制绳配合等电位电工进入带电体。

（10）等电位电工扣好安全带后，地面电工将耐张卡具、绝缘拉板（棒）、绝缘托瓶架依次吊给塔上电工、等电位电工。

（11）塔上电工、等电位电工配合连接耐张大刀卡或弯板卡具、绝缘拉板（棒）及安装绝缘托瓶架。

（12）塔上电工收紧卡具，使绝缘子串脱离受力状态，并对卡具、绝缘拉板做冲击检查。

（13）报经工作负责人同意后，等电位电工取出导线端锁紧销，取下导线端碗头，使绝缘子串与导线脱离。

（14）等电位电工与地面电工配合放松导线端绝缘托瓶架绝缘绳，使绝缘托瓶架和绝缘子串垂直向下。

（15）塔上电工将绝缘子绑好，地面电工将绝缘传递绳缠绕三至四圈在绞磨滚筒上，摇动绞磨使绝缘子串上端脱离受力状态。塔上电工摘掉横担端锁紧销。

（16）地面电工用绞磨将劣质绝缘子串传递至地面，将新绝缘子串绑好并传递上杆塔。

（17）塔上电工将新绝缘子串与横担侧球头挂环连接，安上锁紧销，解开绝缘传递绳。

（18）等电位电工与地面电工配合用绝缘绳将绝缘托瓶架恢复原状，提升绝缘托瓶架和绝缘子串与导线水平，将绝缘子串与导线端碗头连接，装上锁紧销。

（19）塔上电工缓松丝杠，使绝缘子串恢复受力状态，检查金具连接情况。报经工作负责人同意后，与等电位电工配合将耐张卡具、绝缘拉板拆除，在地面电工配合下依次传递至地面。

（20）塔上电工在架空地线顶架处与等电位电工、配合，按进入电场的方法返回至横担并下塔。

（21）塔上电工恢复架空地线防振锤后，检查杆塔、导线上无遗留物，经工作负责人同意后携带绝缘传递绳下杆塔。

（22）地面电工整理所有工器具和清理现场，工作负责人清点工器具。

（23）工作负责人向调度汇报。内容为：本人为工作负责人×××，330kV ××线路带电更换绝缘子工作已结束，杆塔上人员已撤离，杆塔、导线上无遗留物，线路设备已恢复原状。

6. 安全措施及注意事项

（1）若在海拔 1000m 以上线路上带电作业时，应根据作业区不同海拔高度，修正各类空气间隙、绝缘工具的安全距离和长度、绝缘子片数等，经本单位主管生产领导（总工程师）批准后执行。

（2）本次作业应经现场勘察并编制带电更换耐张双联单串绝缘子的现场作业指导书，经本单位技术负责人或主管生产负责人批准后执行。

（3）作业应在良好天气下进行。如遇雷电（听见雷声、看见闪电）、雪雹、雨雾时不得进行带电作业。风力大于 5 级（10m/s）时，不宜进行作业。

（4）若需在相对空气湿度大于 80%的天气下进行带电作业时，应采用具有防潮性能的绝缘工具。

（5）本次作业工作前应向调度明确：若线路跳闸，不经联系不得强送电。

（6）杆塔上电工与带电体的安全距离不小于 2.2m。等电位人员沿绝缘子串进入电场时，其组合间隙不得小于 3.1m。作业中等电位人员手不得超过水平串 2 片绝缘子，等电位人员转移电位时人体裸露部分与带电体应保证 0.4m。

（7）绝缘绳和绝缘拉板的有效绝缘长度不得小于 2.8m，绝缘操作杆有效绝缘长度不得小于 3.1m。

（8）对于盘形瓷质绝缘子，扣除人体短接和零值（自爆）绝缘子片数后，良好绝缘子不得少于 16 片（结构高度 146mm）。

（9）对于导线垂直排列的杆塔，塔上操作人员应注意保证与上相导线的安全距离不小于 2.2m，必要时应增设塔上监护人。等电位作业人员与邻相的安全距离不得小于 3.5m。安全距离不满足要求时，不能采用此作业方法。

（10）地面绝缘工具应放置在防潮苫布上，作业人员均应戴清洁干燥手套，摇测绝缘电阻值不得小于 700MΩ（电极宽 2cm，极间距 2cm）。

（11）绝缘工具使用前应用干净毛巾进行表面清洁处理，使用绝缘工具应戴清洁、干燥

的手套，以防绝缘工具受潮和污染。收工或转移作业点，应将绝缘工具装在工具袋内。

（12）等电位电工应穿戴全套屏蔽服（包括帽、衣裤、手套、袜和导电鞋），且各部分应连接良好。屏蔽服内不得贴身穿化纤类衣服。

（13）塔上电工必须穿着静电防护服、导电鞋，以防感应电的伤害。

（14）等电位电工从绝缘软梯登上导线后，必须先系挂好安全带才能解开防坠后备保护绳，脱离电位前必须系好防坠后备保护绳后，再解开安全带向负责人申请下软梯。

（15）若是绝缘架空地线时，需增加塔上电工，并严格按绝缘架空地线为带电体的操作方法，履行塔上电工在另一电工的监护下，用专用接地线将绝缘地线短接接地。

（16）新复合绝缘子必须检查并按说明书安装好均压环，若是盘形绝缘子应用干净毛巾进行表面清洁处理，瓷质绝缘子摇测的绝缘电阻值应大于 500MΩ。

（17）在杆塔上作业过程中如遇设备突然停电，作业人员应视设备仍然带电。

（18）塔上电工登杆塔前，应对登高工具和安全带等进行检查和冲击试验，全体作业人员必须戴安全帽。

（19）上、下杆塔或在杆塔上移位时，作业人员必须攀抓牢固构件，且双手不得持带任何工器具。

（20）杆塔上作业时不得失去安全带的保护。

（21）地面电工严禁在作业点垂直下方逗留，塔上电工应防止高空落物，使用的工具、材料应用绳索传递，不得乱扔。

（22）作业人员在杆塔上作业期间，工作监护人应对作业人员进行不间断监护，且不得从事其他工作。

二、330kV 输电线路地电位与等电位配合卡具法带电更换耐张双联单片绝缘子

1. 作业方法

地电位与等电位配合卡具法（沿绝缘子串进入）。

2. 适用范围

适用于 330kV 线路耐张杆塔双联串任意片绝缘子的更换。

3. 人员组合

本作业项目工作人员共计 3 人。其中工作负责人（监护人）1 人，等电位电工 1 人，地面电工 1 人。

4. 工器具配备

330kV 地电位与等电位配合卡具法带电更换耐张双联单片绝缘子工器具配备一览表见表 4-8。所需材料有相应规格的盘形绝缘子等。

表 4-8　　　　330kV 地电位与等电位配合卡具法带电更换耐张
双联单片绝缘子工器具配备一览表

序号	工器具名称		规格、型号	数量	备　注
1	绝缘工具	绝缘传递绳	∅10mm	1 根	视作业杆塔高度而定
2		绝缘单滑车	0.5t	1 只	

续表

序号	工器具名称		规格、型号	数量	备　注
3	绝缘工具	绝缘操作杆	330kV	1根	
4		高强度绝缘绳	φ12mm	1根	等电位工防坠落保护用
5	金属工具	耐张单片卡具		1只	选用单片卡
6		瓷质绝缘子检测装置		1套	瓷质绝缘子用
7	个人防护用具	安全带		2根	备用1根
8		导电鞋		2双	备用1双
9		屏蔽服		1套	
10		安全帽		3顶	
11	辅助安全用具	兆欧表	5000V	1块	电极宽2cm,极间距2cm
12		万用表		1块	检测屏蔽服连接导通用
13		防潮苫布	3m×3m	1块	
14		工具袋		2只	装绝缘工具用

注　瓷质绝缘子检测装置包括：分布电压检测仪、绝缘电阻检测仪和火花间隙装置等。采用火花间隙装置测零时，每次检测前应用专用塞尺按 DL 415 要求测量放电间隙尺寸。

5. 作业程序

按照本次作业现场勘察后编写的现场作业指导书。

（1）工作负责人向电网调度员申请开工，内容为：本人为工作负责人×××，×年×月×日需在330kV ××线路上带电更换绝缘子工作，本次作业按《国家电网公司电力安全工作规程（电力线路部分）》第 8.1.7 条要求，确定是否停用线路重合闸装置，若遇线路跳闸，不经联系，不得强送。得到调度许可，核对线路双重名称和杆号。

（2）全体工作成员列队，工作负责人现场宣读工作票、交工作任务、安全措施和技术措施；查（问）看作业人员精神状况、着装情况和工器具是否完好齐全。确认危险点和预防措施，明确作业分工以及安全注意事项。

（3）工作人员用兆欧表检测绝缘工具的绝缘电阻，检查卡具等工器具是否完好灵活，屏蔽服（静电防护服）不得有破损、洞孔或毛刺状等缺陷。

（4）等电位电工穿着全套屏蔽服（包括帽、衣裤、手套、袜和导电鞋），必要时，屏蔽服内穿阻燃内衣，地面电工负责检查袜裤、裤衣、袖和手套的连接是否完好，用万用表测试袜、裤、衣、手套等连接导通情况。

（5）等电位电工携带绝缘传递绳滑车登杆塔至导线横担处，将安全带系在横担上，挂好单滑车。

（6）若是瓷质绝缘子时，作业前应用瓷质绝缘子检测装置对绝缘子进行复测。当发现同串中（19 片）零值绝缘子达到 4 片时（结构高度 146mm），应立即停止检测，并停止本次带电作业工作。

（7）等电位电工检查金具连接情况后，系好高强度防坠落绳，向工作负责人申请沿绝缘子串进入电位，经同意后将绝缘安全带较宽松地系在其中一串绝缘子上。采用跨二短三方法进入至工作位置，挂好传递绳滑车。如图 4-1 所示。

（8）地面电工将卡具传递给等电位电工。

（9）等电位电工在需要更换的绝缘子两端安装卡具。

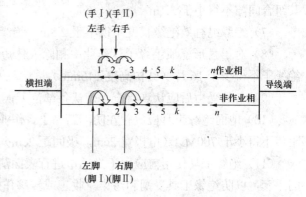

图 4-1　等电位电工沿耐张绝缘子串跨二短三移动示意图

（10）等电位电工收紧卡具，使需换的劣质绝缘子呈微受力状态，冲击检查卡具受力情况。

（11）报经工作负责人同意后，等电位电工取出应换绝缘子两端的锁紧销，摘换劣质绝缘子。

（12）等电位电工与地面电工配合将劣质绝缘子松下，将新绝缘子吊给等电位电工。

（13）等电位电工将新绝缘子与绝缘子串联接，安上锁紧销。

（14）等电位电工放松耐张卡具，使绝缘子串恢复受力状态，检查金具连接情况后，报经工作负责人同意后拆除卡具，在地面电工配合下传递至地面。

（15）等电位电工按进入电位时方式沿绝缘子串采用跨二短三的方法返回至横担。

（16）等电位电工传递工具至塔下，检查塔上无遗留物后，经工作负责人同意后携带绝缘传递绳滑车下杆塔。

（17）地面电工整理所有工器具和清理现场，工作负责人清点工器具。

（18）工作负责人向调度汇报。内容为：本人为工作负责人×××，330kV ××线路带电更换绝缘子工作已结束，杆塔上人员已撤离，杆塔、导线上无遗留物，线路设备已恢复原状。

6. 安全措施及注意事项

（1）若在海拔 1000m 以上线路上带电作业时，应根据作业区不同海拔高度，修正各类空气间隙、绝缘工具的安全距离和长度、绝缘子片数等，经本单位主管生产领导（总工程师）批准后执行。

（2）本次作业应经现场勘察并编制带电更换耐张双联任意片绝缘子的现场作业指导书，经本单位技术负责人或主管生产负责人批准后执行。

（3）作业应在良好天气下进行。如遇雷电（听见雷声、看见闪电）、雪雹、雨雾时不得进行带电作业。风力大于 5 级（10m/s）时，不宜进行作业。

（4）若需在相对空气湿度大于 80%的天气下进行带电作业时，应采用具有防潮性能的绝缘工具。

（5）本次作业工作前应向调度明确：若线路跳闸，不经联系不得强送电。

（6）杆塔上电工与带电体的安全距离不小于 2.2m。等电位人员沿绝缘子串进入电场时，

267

其组合间隙不得小于 3.1m。

（7）绝缘绳有效绝缘长度不得小于 2.8m，绝缘操作杆的有效绝缘长度不得小于 3.1m。

（8）对于盘形瓷质绝缘子，作业中扣除人体短接和零值（自爆）绝缘子片数后，良好绝缘子不得少于 16 片（结构高度 146mm）。

（9）卡具受力后应认真检查，确认各部位无误后方可脱落瓷瓶。

（10）地面绝缘工具应放置在防潮苫布上，作业人员均应戴清洁干燥手套，摇测绝缘电阻值不得小于 700MΩ（电极宽 2cm，极间距 2cm）。

（11）绝缘工具使用前应用干净毛巾进行表面清洁处理，使用绝缘工具应戴清洁、干燥的手套，以防绝缘工具受潮和污染。收工或转移作业点，应将绝缘工具装在工具袋内。

（12）等电位电工应穿戴全套屏蔽服（包括帽、衣裤、手套、袜和导电鞋），且各部分应连接良好。屏蔽服内不得贴身穿着化纤类衣服。

（13）等电位作业人员进出电位时，应向工作负责人进行申请，得到同意后方可进行。采用跨二短三方法作业手脚应同步，行进过程中严禁短接 3 片以上绝缘子。

（14）等电位电工作业中不得将安全带系在被更换绝缘子串上。

（15）新绝缘子应用干净毛巾进行表面清洁处理，瓷质绝缘子绝缘电阻值应大于 500MΩ。

（16）在杆塔上作业过程中如遇设备突然停电，作业人员应视设备仍然带电。

（17）塔上电工登杆塔前，应对登高工具和安全带等进行检查和冲击试验，全体作业人员必须戴安全帽。

（18）上、下杆塔或在杆塔上移位时，作业人员必须攀抓牢固构件，且双手不得持带任何工器具。

（19）杆塔上作业时不得失去安全带的保护。

（20）地面电工严禁在作业点垂直下方逗留，塔上电工应防止高空落物，使用的工具、材料应用绳索传递，不得乱扔。

（21）作业人员在杆塔上作业期间，工作监护人应对作业人员进行不间断监护，且不得从事其他工作。

三、330kV 输电线路地电位与等电位配合卡具法带电更换耐张导线端单片绝缘子

1. 作业方法

地电位与等电位配合卡具法。

2. 适用范围

适用于 330kV 线路耐张杆塔双联串更换导线端单片绝缘子。

3. 人员组合

本作业项目工作人员共计 3 人。其中工作负责人（监护人）1 人，等电位电工 1 人，地面电工 1 人。

4. 工器具配备

330kV 地电位与等电位配合卡具法带电更换耐张导线端单片绝缘子工器具配备一览表见表 4-9。所需材料有相应规格的盘形绝缘子等。

表 4-9　　　　　　　330kV 地电位与等电位配合卡具法带电更换耐张
导线端单片绝缘子工器具配备一览表

序号	工器具名称		规格、型号	数量	备　注
1	绝缘工具	绝缘传递绳	ϕ10mm	1 根	视作业杆塔高度而定
2		绝缘单滑车	0.5t	1 只	
3		高强度绝缘防坠落绳	ϕ12mm	1 根	视作业杆塔高度而定
4		绝缘操作杆	330kV	1 根	
5	金属工具	耐张单片卡具		1 只	选用端部卡
6		瓷质绝缘子检测装置		1 套	瓷质绝缘子用
7	个人防护用具	安全带		2 根	备用 1 根
8		导电鞋		2 双	备用 1 双
9		屏蔽服		1 套	
10		静电防护服		1 套	备用
11		安全帽		3 顶	
12	辅助安全用具	兆欧表	5000V	1 块	电极宽 2cm，极间距 2cm
13		万用表		1 块	检测屏蔽服连接导通用
14		防潮苫布	3m×3m	1 块	
15		工具袋		2 只	装绝缘工具用

注　瓷质绝缘子检测装置包括：分布电压检测仪、绝缘电阻检测仪和火花间隙装置等。采用火花间隙装置测零时，每次检测前应用专用塞尺按 DL 415 要求测量放电间隙尺寸。

5. 作业程序

按照本次作业现场勘察后编写的现场作业指导书。

（1）工作负责人向电网调度员申请开工，内容为：本人为工作负责人×××，×年×月×日需在 330kV ××线路上带电更换绝缘子工作，本次作业按《国家电网公司电力安全工作规程（电力线路部分）》第 8.1.7 条要求，确定是否停用线路重合闸装置，若遇线路跳闸，不经联系，不得强送。得到调度许可，核对线路双重名称和杆号。

（2）全体工作成员列队，工作负责人现场宣读工作票、交工作任务、安全措施和技术措施；查（问）看作业人员精神状况、着装情况和工器具是否完好齐全。确认危险点和预防措施，明确作业分工以及安全注意事项。

（3）工作人员用兆欧表检测绝缘工具的绝缘电阻，检查卡具等工器具是否完好灵活，屏蔽服（静电防护服）不得有破损、洞孔或毛刺状等缺陷。

（4）等电位电工穿着全套屏蔽服（包括帽、衣裤、手套、袜和导电鞋），必要时，屏蔽服内穿阻燃内衣，地面电工负责检查袜裤、裤衣、袖和手套的连接是否完好，用万用表测试袜、裤、衣、手套等连接导通情况。

（5）等电位电工携带绝缘传递绳滑车登杆塔至导线横担处，将安全带系在横担上，挂好单滑车。

（6）若是瓷质绝缘子时，作业前应用瓷质绝缘子检测装置对绝缘子进行复测。当发现同串中（19 片）零值绝缘子达到 4 片时（结构高度 146mm），应立即停止检测，并停止本次带电作业工作。

（7）等电位电工检查金具连接情况后，系好高强度防坠落绳，向工作负责人申请沿绝缘子串进入电位，经同意后将安全带较宽松地系在其中一串绝缘子上。采用跨二短三方法进入至工作位置，挂好传递绳滑车。如图 4-1 所示。

（8）地面电工将卡具传递给等电位电工。

（9）等电位电工在需要更换的绝缘子两端安装卡具。

（10）等电位电工收紧卡具，使需换的劣质绝缘子呈微受力状态，冲击检查卡具受力情况。

（11）报经工作负责人同意后，等电位电工取出应换绝缘子两端的锁紧销，摘换劣质绝缘子。

（12）等电位电工与地面电工配合将劣质绝缘子松下，将新绝缘子吊给等电位电工。

（13）等电位电工将新绝缘子与绝缘子串联接，安上锁紧销。

（14）等电位电工缓松耐张卡具，使绝缘子串恢复受力状态，检查金具连接情况后，报经工作负责人同意后拆除卡具，在地面电工配合下传递至地面。

（15）等电位电工按进入电位时方式沿绝缘子串采用跨二短三的方法返回至横担。

（16）塔上电工检查塔上无遗留物，经工作负责人同意后携带绝缘传递绳滑车下杆塔。

（17）地面电工整理所有工器具和清理现场，工作负责人清点工器具。

（18）工作负责人向调度汇报。内容为：本人为工作负责人×××，330kV ××线路带电更换绝缘子工作已结束，杆塔上人员已撤离，杆塔、导线上无遗留物，线路设备已恢复原状。

6. 安全措施及注意事项

（1）若在海拔 1000m 以上线路上带电作业时，应根据作业区不同海拔高度，修正各类空气间隙、绝缘工具的安全距离和长度、绝缘子片数等，经本单位主管生产领导（总工程师）批准后执行。

（2）本次作业应经现场勘察并编制带电更换耐张导线端绝缘子的现场作业指导书，经本单位技术负责人或主管生产负责人批准后执行。

（3）作业应在良好天气下进行。如遇雷电（听见雷声、看见闪电）、雪雹、雨雾时不得进行带电作业。风力大于 5 级（10m/s）时，不宜进行作业。

（4）若需在相对空气湿度大于 80%的天气下进行带电作业时，应采用具有防潮性能的绝缘工具。

（5）本次作业工作前应向调度明确：若线路跳闸，不经联系不得强送电。

（6）杆塔上电工与带电体的安全距离不小于 2.2m。等电位人员沿绝缘子串进入电场时，其组合间隙不得小于 3.1m。

（7）绝缘绳有效绝缘长度不得小于 2.8m，绝缘操作杆的有效绝缘长度不得小于 3.1m。

（8）对于盘形瓷质绝缘子，作业中扣除人体短接和零值（自爆）绝缘子片数后，良好绝缘子不得少于 16 片（结构高度 146mm）。

（9）卡具受力后应认真检查，确认各部位无误后方可脱落绝缘子。

（10）地面绝缘工具应放置在防潮苫布上，作业人员均应戴清洁干燥手套，摇测绝缘电阻值不得小于 700MΩ（电极宽 2cm，极间距 2cm）。

（11）绝缘工具使用前应用干净毛巾进行表面清洁处理，使用绝缘工具应戴清洁、干燥的手套，以防绝缘工具受潮和污染。收工或转移作业点，应将绝缘工具装在工具袋内。

（12）等电位电工应穿戴全套屏蔽服（包括帽、衣裤、手套、袜和导电鞋），且各部分应连接良好。屏蔽服内不得贴身穿着化纤类衣服。

（13）等电位作业人员进出电位时，应向工作负责人进行申请，得到同意后方可进行。采用跨二短三方法作业手脚应同步，行进过程中严禁短接 3 片以上绝缘子。

（14）等电位电工作业中不得将安全带系在被更换绝缘子串上。

（15）新绝缘子应用干净毛巾进行表面清洁处理，瓷质绝缘子绝缘电阻值应大于500MΩ。

（16）在杆塔上作业过程中如遇设备突然停电，作业人员应视设备仍然带电。

（17）塔上电工登杆塔前，应对登高工具和安全带等进行检查和冲击试验，全体作业人员必须戴安全帽。

（18）上、下杆塔或在杆塔上移位时，作业人员必须攀抓牢固构件，且双手不得持带任何工器具。

（19）杆塔上作业时不得失去安全带的保护。

（20）地面电工严禁在作业点垂直下方逗留，塔上电工应防止高空落物，使用的工具、材料应用绳索传递，不得乱扔。

（21）作业人员在杆塔上作业期间，工作监护人应对作业人员进行不间断监护，且不得从事其他工作。

四、330kV 输电线路地电位卡具法带电更换耐张横担侧第 1 片绝缘子

1. 作业方法

地电位卡具法。

2. 适用范围

适用于 330kV 耐张横担端部单片绝缘子的更换工作。

3. 人员组合

本作业项目工作人员共计 3 人。其中工作负责人（监护人）1 人，塔上电工 1 人，地面电工 1 人。

4. 工器具配备

330kV 地电位卡具法带电更换耐张横担侧第 1 片绝缘子工器具配备一览表见表 4-10。所需材料有相应规格的盘形绝缘子等。

表 4-10 330kV 地电位卡具法带电更换耐张横担侧第 1 片绝缘子工器具配备一览表

序号	工器具名称		规格、型号	数量	备 注
1	绝缘工具	绝缘传递绳	φ10mm	1 根	视作业杆塔高度而定
2		绝缘单滑车	0.5t	1 只	
3		绝缘操作杆	330kV	1 根	
4	金属工具	耐张端部卡具		1 只	选用端部卡
5		瓷质绝缘子检测装置		1 套	瓷质绝缘子用
6	个人防护用具	安全带		2 根	备用 1 根
7		导电鞋		2 双	备用 1 双
8		静电防护服或屏蔽服		1 套	
9		安全帽		3 顶	
10	辅助安全用具	兆欧表	5000V	1 块	电极宽 2cm，极间距 2cm
11		防潮苫布	3m×3m	1 块	
12		对讲机		2 部	
13		工具袋		2 只	装绝缘工具用

注 瓷质绝缘子检测装置包括：分布电压检测仪、绝缘电阻检测仪和火花间隙装置等。采用火花间隙装置测零时，每次检测前应用专用塞尺按 DL 415 要求测量放电间隙尺寸。

5. 作业程序

按照本次作业现场勘察后编写的现场作业指导书。

（1）工作负责人向电网调度员申请开工，内容为：本人为工作负责人×××，×年×月×日需在 330kV ××线路上带电更换绝缘子工作，本次作业按《国家电网公司电力安全工作规程（电力线路部分）》第 8.1.7 条要求，确定是否停用线路重合闸装置，若遇线路跳闸，不经联系，不得强送。得到调度许可，核对线路双重名称和杆号。

（2）全体工作成员列队，工作负责人现场宣读工作票、交工作任务、安全措施和技术措施；查（问）看作业人员精神状况、着装情况和工器具是否完好齐全。确认危险点和预防措施，明确作业分工以及安全注意事项。

（3）工作人员用兆欧表检测绝缘工具的绝缘电阻，检查卡具等工器具是否完好灵活，屏蔽服（静电防护服）不得有破损、洞孔或毛刺状等缺陷。

（4）等电位电工穿着全套屏蔽服（包括帽、衣裤、手套、袜和导电鞋），必要时，屏蔽服内穿阻燃内衣，地面电工负责检查袜裤、裤衣、袖和手套的连接是否完好，用万用表测试袜、裤、衣、手套等连接导通情况。

（5）等电位电工携带绝缘传递绳滑车登杆塔至导线横担处，将安全带系在横担上，挂好单滑车。

（6）若是瓷质绝缘子时，作业前应用瓷质绝缘子检测装置对绝缘子进行复测。当发现同串中（19 片）零值绝缘子达到 4 片时（结构高度 146mm），应立即停止检测，并停止本次带电作业工作。

（7）地面电工将卡具传递给塔上电工。

（8）塔上电工在横担侧安装卡具。

（9）塔上电工收紧卡具，使需换的劣质绝缘子呈微受力状态，冲击检查卡具受力情况。

（10）报经工作负责人同意后，塔上电工取出应换绝缘子两端的锁紧销，摘开并取出应换的劣质绝缘子。

（11）塔上电工与地面电工配合将劣质绝缘子绑好传递至地面，将新绝缘子绑好并传递给塔上电工。

（12）塔上电工将新绝缘子与绝缘子串联接，安上锁紧销。

（13）塔上电工松动耐张卡具，使绝缘子恢复受力状态，检查金具连接情况后报经工作负责人同意并拆除卡具，在地面电工配合下传递至地面。

（14）塔上电工检查塔上无遗留物，经工作负责人同意后携带绝缘传递绳滑车下杆塔。

（15）地面电工整理所有工器具和清理现场，工作负责人清点工器具。

（16）工作负责人向调度汇报。内容为：本人为工作负责人×××，330kV ××线路带电更换绝缘子工作已结束，杆塔上人员已撤离，杆塔、导线上无遗留物，线路设备已恢复原状。

6. 安全措施及注意事项

（1）若在海拔 1000m 以上线路上带电作业时，应根据作业区不同海拔高度，修正各类空气间隙、绝缘工具的安全距离和长度、绝缘子片数等，经本单位主管生产领导（总工程师）批准后执行。

（2）本次作业应经现场勘察并编制带电更换耐张横担侧绝缘子的现场作业指导书，经本单位技术负责人或主管生产负责人批准后执行。

（3）作业应在良好天气下进行。如遇雷电（听见雷声、看见闪电）、雪雹、雨雾时不得进行带电作业。风力大于 5 级（10m/s）时，不宜进行作业。

（4）若需在相对空气湿度大于 80%的天气下进行带电作业时，应采用具有防潮性能的绝缘工具。

（5）本次作业工作前应向调度明确：若线路跳闸，不经联系不得强送电。

（6）杆塔上电工与带电体的安全距离不小于 2.2m。

（7）绝缘绳有效绝缘长度不得小于 2.8m，绝缘操作杆的有效绝缘长度不得小于 3.1m。

（8）对于盘形瓷质绝缘子，作业中扣除人体短接和零值（自爆）绝缘子片数后，良好绝缘子不得少于 16 片（结构高度 146mm）。

（9）卡具受力后应认真检查，确认各部位无误后方可脱落绝缘子。严禁塔上电工徒手无安全措施摘开横担侧绝缘子串连接，以防止电击伤人。

（10）地面绝缘工具应放置在防潮苫布上，作业人员均应戴清洁干燥手套，摇测绝缘电阻值不得小于 700MΩ（电极宽 2cm，极间距 2cm）。

（11）绝缘工具使用前应用干净毛巾进行表面清洁处理，使用绝缘工具应戴清洁、干燥的手套，以防绝缘工具受潮和污染。收工或转移作业点，应将绝缘工具装在工具袋内。

（12）新绝缘子应用干净毛巾进行表面清洁处理，瓷质绝缘子的绝缘电阻值应大于500MΩ。

（13）塔上电工必须穿着静电防护服、导电鞋，以防感应电的伤害。

（14）上、下杆塔或在杆塔上移位时，作业人员必须攀抓牢固构件，且双手不得持带任何工器具。

（15）杆塔上作业时不得失去安全带的保护。

（16）在杆塔上作业过程中如遇设备突然停电，作业人员应视设备仍然带电。

（17）塔上电工登杆塔前，应对登高工具和安全带等进行检查和冲击试验，全体作业人员必须戴安全帽。

（18）地面电工严禁在作业点垂直下方逗留，塔上电工应防止高空落物，使用的工具、材料应用绳索传递，不得从塔上向地面乱扔。

（19）作业人员在杆塔上作业期间，工作监护人应对作业人员进行不间断监护，且不得从事其他任何工作。

第三节　330kV 金具及附件

一、330kV 输电线路地电位法带电更换绝缘架空地线防振锤

1. 作业方法

地电位法。

2. 适用范围

适用于 330kV 线路绝缘架空地线防振锤更换作业。

3. 人员组合

本项目作业人员共计 4 人。其中工作负责人 1 人，塔上电工 2 人，地面电工 1 人。

4. 工器具配备

330kV 地电位法带电更换绝缘架空地线防振锤工器具配备一览表见表 4-11。

表 4-11　　330kV 地电位法带电更换绝缘架空地线防振锤工器具配备一览表

序号	工器具名称		规格、型号	数量	备　　注
1	绝缘工具	绝缘传递绳	∅10mm	2 根	视作业杆塔高度而定
2		绝缘滑车	0.5t	1 只	
3	金属工具	带绝缘手柄专用接地线		2 根	绝缘架空地线用
4		扭矩扳手		1 把	
5	个人防护用具	屏蔽服		1 套	塔上直接操作电工穿
6		静电防护服		2 套	备用 1 套
7		导电鞋		3 双	备用 1 双

续表

序号	工器具名称		规格、型号	数量	备 注
8	个人防护用具	安全带		3 根	备用 1 根
9		安全帽		4 顶	
10	辅助安全用具	兆欧表	5000V	1 块	电极宽 2cm，极间距 2cm
11		防潮苫布	3m×3m	1 块	
12		对讲机		2 部	
13		工具袋		2 只	装绝缘工具用

5. 作业程序

按照本次作业现场勘察后编写的现场作业指导书。

（1）工作负责人向电网调度员申请开工，内容为：本人为工作负责人×××，×年×月×日需在 330kV ××线路上带电更换绝缘架空地线防振锤工作，本次作业按《国家电网公司电力安全工作规程（电力线路部分）》第 8.1.7 条要求，确定是否停用线路重合闸装置，若遇线路跳闸，不经联系，不得强送。得到调度许可，核对线路双重名称和杆号。

（2）全体工作成员列队，工作负责人现场宣读工作票、交工作任务、安全措施和技术措施；查（问）看作业人员精神状况、着装情况和工器具是否完好齐全。确认危险点和预防措施，明确作业分工以及安全注意事项。

（3）工作人员采用兆欧表检测绝缘工具的绝缘电阻，检查其他工具是否完好、齐全、合格，无损伤、变形、失灵现象、屏蔽服（静电防护服）不得有破损、洞孔或毛刺状等缺陷。

（4）塔上 1 号电工可穿着屏蔽服、导电鞋。塔上 2 号电工必须穿着静电防护服、导电鞋。

（5）塔上 1 号电工携带绝缘传递绳登塔至地线顶架处，系挂好安全带，将绝缘滑车和绝缘传递绳在作业横担适当位置安装好。

（6）地面电工传递绝缘架空地线专用接地线至塔上 1 号电工作业位置。

（7）塔上 1 号电工在塔上 2 号电工监护下，在无作业任务侧挂好绝缘地线专用接地线。

（8）塔上 1 号电工报经工作负责人同意后，拆除需更换的地线防振锤。

（9）塔上 2 号电工与地面电工配合用绝缘传递绳将旧防振锤传递下，同时新防振锤跟随至工作位置，塔上 1 号电工在旧防振锤处安装上新防振锤，按相应规格螺栓拧紧防振锤螺栓扭矩值。

（10）塔上 1 号电工检查新安装的防振锤无误后，报经工作负责人同意后拆除更换工具和绝缘架空地线专用接地线并传递至塔下后，塔上电工下塔。

（11）塔上电工检查确认塔上无遗留物后，汇报工作负责人得到同意后背绝缘传递绳下塔。

（12）地面电工整理所用工器具和清理现场，工作负责人清点工器具。

（13）工作负责人向调度汇报。内容为：本人为工作负责人×××，在 330kV ××线路上更换绝缘架空地线防振锤工作已结束，杆塔上人员已撤离，杆塔、地线上无遗留物，线路设备已恢复原状。

6. 安全措施及注意事项

（1）若在海拔 1000m 以上线路上带电作业时，应根据作业区不同海拔高度，修正各类空气间隙、绝缘工具的安全距离和长度、绝缘子片数等，经本单位主管生产领导（总工程师）批准后执行。

（2）本次作业应经现场勘察并编制带电更换绝缘架空地线防振锤现场作业指导书，经本单位技术负责人或主管生产负责人批准后执行。

（3）作业应在良好天气下进行。如遇雷电（听见雷声、看见闪电）、雪雹、雨雾时不得进行带电作业。风力大于 5 级（10m/s）时，不宜进行作业。

（4）若需在相对空气湿度大于 80% 的天气下进行带电作业时，应采用具有防潮性能的绝缘工具。

（5）本次作业工作前应向调度明确：若线路跳闸，不经联系不得强送电。

（6）杆塔上电工与带电体的安全距离不小于 2.2m。

（7）绝缘架空地线为带电体，未采用专用接地线短接前，塔上电工与绝缘架空地线的安全距离不得小于 0.4m。

（8）塔上 1 号电工可穿着屏蔽服、导电鞋；塔上 2 号电工必须穿戴静电防护服、导电鞋。

（9）塔上电工挂、拆绝缘地线专用接地线时，应向工作负责人报告，得到同意并在塔上另一电工的严格监护下方可挂、拆接地线。

（10）地面绝缘工具应放在防潮苫布上，作业人员应戴清洁干燥手套，摇测绝缘电阻值不小于 700MΩ（电极宽 2cm，极间距 2cm）。

（11）绝缘工具使用前应用干净毛巾进行表面清洁处理，使用绝缘工具应戴清洁、干燥的手套，以防绝缘工具受潮和污染。收工或转移作业点时，应将绝缘工具装在工具袋内。

（12）作业人员应严格按安规挂、拆接地线的规定进行，严禁裸手直接触及绝缘架空地线，防止感应电伤害。

（13）在杆塔上作业过程中如遇设备突然停电，作业人员应视设备仍然带电。

（14）塔上电工登杆塔前，应对登高工具和安全带等进行检查和冲击试验，全体作业人员必须戴安全帽。

（15）上、下杆塔或在杆塔上移位时，作业人员必须攀抓牢固构件，且双手不得持带任何工器具。

（16）杆塔上作业时不得失去安全带的保护。

（17）地面电工严禁在作业点垂直下方逗留，塔上电工应防止高空落物，使用的工具、材料应用绳索传递，不得乱扔。

（18）作业人员在杆塔上作业期间，工作监护人应对作业人员进行不间断监护，且不得从事其他工作。

二、330kV 输电线路地电位与等电位配合绝缘软梯作业法带电更换导线直线线夹

1. 作业方法

地电位与等电位配合绝缘软梯作业法。

2. 适用范围

适用于 330kV 线路导线直线线夹的更换。

3. 人员组合

本作业项目工作人员共计 5 人。其中工作负责人（监护人）1 人，塔上电工 1 人，等电位电工 1 人，地面电工 2 人。

4. 工器具配备

330kV 地电位与等电位配合绝缘软梯作业法带电更换导线直线线夹工器具配备一览表见表 4-12。

表 4-12　　330kV 地电位与等电位配合绝缘软梯作业法带电更换
导线直线线夹工器具配备一览表

序号	工器具名称		规格、型号	数量	备　注
1	绝缘工具	绝缘传递绳	ϕ10mm	2 根	视作业杆塔高度而定
2		高强度绝缘绳	ϕ12mm	1 根	等电位工防坠保护绳
3		绝缘滑车	0.5t	2 只	
4		绝缘软梯		1 副	视作业杆塔高度而定
5		高强度绝缘绳	ϕ32mm		导线后备保护绳
6		绝缘操作杆	330kV	1 根	
7		绝缘紧线杆	ϕ32mm	1 根	
8	金属工具	卡具		1 只	
9		跟头滑车		1 只	
10		瓷质绝缘子检测装置		1 套	瓷质绝缘子用
11		三齿耙（操作头）		1 个	
12	个人防护用具	安全带		3 根	备用 1 根
13		导电鞋		2 双	备用 1 双
14		屏蔽服		2 套	等电位工用（备用 1 套）
15		静电防护服		1 套	塔上电工穿
16		安全帽		5 顶	
17	辅助安全用具	防潮苫布	3m×3m	1 块	
18		万用表		1 块	检测屏蔽服连接导通用
19		对讲机		2 部	
20		兆欧表	5000V	1 块	电极宽 2cm，极间距 2cm
21		工具袋		2 只	装绝缘工具用

注　瓷质绝缘子检测装置包括：分布电压检测仪、绝缘电阻检测仪和火花间隙装置等。采用火花间隙装置测零时，每次检测前应用专用塞尺按 DL 415 要求测量放电间隙尺寸。

5. 作业程序

按照本次作业现场勘察后编写的现场作业指导书。

（1）工作负责人向电网调度员申请开工，内容为：本人为工作负责人×××，×年×月×日需在330kV ××线路上带电更换直线线夹工作，本次作业按《国家电网公司电力安全工作规程（电力线路部分）》第8.1.7条要求，确定是否停用线路重合闸装置，若遇线路跳闸，不经联系，不得强送。得到调度许可，核对线路双重名称和杆号。

（2）全体工作成员列队，工作负责人现场宣读工作票、交工作任务、安全措施和技术措施；查（问）看作业人员精神状况、着装情况和工器具是否完好齐全。确认危险点和预防措施，明确作业分工以及安全注意事项。

（3）工作人员用兆欧表检测绝缘工具电阻值，检查绝缘软梯、软梯架和紧线杆、卡具等是否完好灵活，屏蔽服（静电防护服）不得有破损、洞孔或毛刺状等缺陷。

（4）等电位电工穿着全套屏蔽服（包括帽、衣裤、手套、袜和导电鞋），必要时，屏蔽服内穿阻燃内衣，地面电工负责检查袜裤、裤衣、袖和手套的连接是否完好，用万用表测试袜、裤、衣、手套等连接导通情况。

（5）塔上电工必须穿着静电防护服、导电鞋。

（6）若是瓷质绝缘子时，作业前应用瓷质绝缘子检测装置对绝缘子进行复测。当发现同串中（19片）零值绝缘子达到4片时（结构高度146mm），应立即停止检测，并停止本次带电作业工作。

（7）塔上电工携带绝缘传递绳登塔至工作位置，系挂好安全带，将绝缘滑车悬挂在适当的位置。

（8）地面电工将绝缘操作杆、跟头滑车、高强度防坠保护绳依次吊至塔上。

（9）塔上电工使用绝缘操作杆将跟头滑车挂在导线上。

（10）地面电工将另一根绝缘传递滑车挂在绝缘软梯头部，地面电工将绝缘软梯传递上在横担头挂好，并冲击试验后控制好。

（11）地面电工控制绝缘软梯尾部，等电位电工系好绝缘防坠保护绳，另一地面电工控制好防坠保护绳的另一端。等电位电工攀登绝缘软梯距电位0.8m处，向工作负责人申请进入电位，经同意后快速进入等电位，系挂好安全带后才能解开防坠后备保护绳。

（12）塔上电工与等电位电工配合安装好绝缘紧线杆、卡具、丝杠和导线后备保护绳等。导线后备保护绳的保护裕度（长度）应控制合理。

（13）塔上电工收紧丝杠，使绝缘子串松弛。等电位电工手抓绝缘拉板冲击检查无误后，报经工作负责人同意后拆除碗头处的锁紧销，将绝缘子串与碗头脱离。

（14）等电位电工拆除需更换的直线线夹，与地面电工配合将损坏的直线线夹吊下，将新悬垂线夹传递上安装完毕。

（15）经工作负责人同意后，塔上电工和等电位电工拆除绝缘紧线杆和卡具等，与地面电工配合传递下地面。

（16）等电位电工向工作负责人申请脱离电位，经同意后快速脱离电位后下软梯至地面。

（17）塔上电工和地面电工配合，将绝缘软梯拆除并传递至地面。

（18）塔上电工与地面电工配合将绝缘操作杆等依次传递至地面。

（19）塔上电工检查塔上无遗留物，经工作负责人同意后携带绝缘传递绳下塔。

（20）地面电工整理所用工器具和清理现场，工作负责人清点工器具。

（21）工作负责人向调度汇报。内容为：本人为工作负责人×××，330kV ××线路带电更换直线线夹工作已结束，杆塔上人员已撤离，杆塔、导线上无遗留物，线路设备已恢复原状。

6. 安全措施及注意事项

（1）若在海拔 1000m 以上线路上带电作业时，应根据作业区不同海拔高度，修正各类空气间隙、绝缘工具的安全距离和长度、绝缘子片数等，经本单位主管生产领导（总工程师）批准后执行。

（2）本次作业应经现场勘察并编制带电更换导线直线线夹的现场作业指导书，经本单位技术负责人或主管生产负责人批准后执行。

（3）作业应在良好天气下进行。如遇雷电（听见雷声、看见闪电）、雪雹、雨雾时不得进行带电作业。风力大于 5 级（10m/s）时，不宜进行作业。

（4）若需在相对空气湿度大于 80% 的天气下进行带电作业时，应采用具有防潮性能的绝缘工具。

（5）本次作业工作前应向调度明确：若线路跳闸，不经联系不得强送电。

（6）杆塔上电工与带电体的安全距离不小于 2.2m。作业中等电位人员头部不得超过直线串 2 片绝缘子，等电位人员转移电位时人体裸露部分与带电体应保证 0.4m。

（7）绝缘绳有效绝缘长度不得小于 2.8m，绝缘操作杆的有效绝缘长度不得小于 3.1m。

（8）等电位电工应穿戴全套屏蔽服（包括帽、衣裤、手套、袜和导电鞋），且各部分应连接良好。屏蔽服内不得贴身穿着化纤类衣服。

（9）塔上电工必须穿着静电防护服、导电鞋，以防感应电的伤害。

（10）对于盘形瓷质绝缘子，作业中扣除人体短接和零值（自爆）绝缘子片数后，良好绝缘子不得少于 16 片（结构高度 146mm）。

（11）卡具受力后应认真检查，确认各部位无误后方可脱落绝缘子。

（12）等电位电工从绝缘软梯登上导线后，必须先系挂好安全带才能解开防坠后备保护绳，脱离电位前必须系好防坠后备保护绳后，再解开安全带向负责人申请下软梯。

（13）地面绝缘工具应放置在防潮苫布上，作业人员均应戴清洁干燥手套，摇测绝缘电阻值不得小于 700MΩ（电极宽 2cm，极间距 2cm）。

（14）绝缘工具使用前应用干净毛巾进行表面清洁处理，使用绝缘工具应戴清洁、干燥的手套，以防绝缘工具受潮和污染。收工或转移作业点，应将绝缘工具装在工具袋内。

（15）上、下杆塔或在杆塔上移位时，作业人员必须攀抓牢固构件，且双手不得持带任何工器具。

（16）杆塔上作业时不得失去安全带的保护。

（17）在杆塔上作业过程中如遇设备突然停电，作业人员应视设备仍然带电。

（18）塔上电工登杆塔前，应对登高工具和安全带等进行检查和冲击试验，全体作业人员必须戴安全帽。

（19）地面电工严禁在作业点垂直下方逗留，塔上电工应防止高空落物，使用的工具、

材料应用绳索传递，不得乱扔。

（20）作业人员在杆塔上作业期间，工作监护人应对作业人员进行不间断监护，且不得从事其他工作。

三、330kV 输电线路地电位与等电位相结合沿绝缘子串进入电场法带电检修处理耐张跳线引流板缺陷

1. 作业方法

地电位与等电位相结合沿绝缘子串进入电场法。

2. 适用范围

适用于 330kV 线路耐张塔跳线引流板发热消缺工作（也可硬梯法进入）。

3. 人员组合

本作业项目工作人员共计 5 人。其中工作负责人（监护人）1 人，塔上电工 1 人，等电位电工 1 人，地面电工 2 人。

4. 工器具配备

330kV 地电位与等电位相结合沿绝缘子串进入电场法带电检修处理耐张跳线引流板缺陷工器具配备一览表见表 4-13。所需材料有相应规格跳线引流板螺栓、导电脂、钢丝刷等。

表 4-13　　330kV 地电位与等电位相结合沿绝缘子串进入电场法带电检修处理
耐张跳线引流板缺陷工器具配备一览表

序号	工器具名称		规格、型号	数量	备　注
1	绝缘工具	绝缘传递绳	φ10mm	2 根	视作业杆塔高度而定
2		绝缘滑车	0.5t	2 只	
3		绝缘硬梯	330kV	1 副	
4		2-2 绝缘滑车组	φ12mm	1 组	滑车绳
5		绝缘绳	φ12mm	2 根	硬梯控制绳
6		绝缘操作杆	330kV	1 根	
7	金属工具	φ30mm 多股软铜载流线		1 根	带两端夹具
8		扭矩扳手		1 把	紧固引流板螺栓用
9		瓷质绝缘子检测装置		1 套	瓷质绝缘子用
10	个人防护用具	安全带		3 根	备用 1 根
11		高强度绝缘防坠保护绳	φ12mm	1 根	
12		屏蔽服		1 套	等电位电工
13		静电防护服		2 套	备用 1 套
14		导电鞋		3 双	备用 1 双
15		安全帽		5 顶	

续表

序号	工器具名称		规格、型号	数量	备 注
16	辅助安全用具	防潮苫布	3m×3m	1 块	
17		万用表		1 块	检测屏蔽服连接导通用
18		兆欧表	5000V	1 块	电极宽 2cm，极间距 2cm
19		对讲机		2 部	
20		工具袋		2 只	装绝缘工具用

注 瓷质绝缘子检测装置包括：分布电压检测仪、绝缘电阻检测仪和火花间隙装置等。采用火花间隙装置测零时，每次检测前应用专用塞尺按 DL 415 要求测量放电间隙尺寸。

5. 作业程序

按照本次作业现场勘察后编写的现场作业指导书。

（1）工作负责人向电网调度员申请开工，内容为：本人为工作负责人×××，×年×月×日需在 330kV ××线路上带电进行导线消缺工作，本次作业按《国家电网公司电力安全工作规程（电力线路部分）》第 8.1.7 条要求，确定是否停用线路重合闸装置，若遇线路跳闸，不经联系，不得强送。得到调度许可，核对线路双重名称和杆号。

（2）全体工作成员列队，工作负责人现场宣读工作票、交工作任务、安全措施和技术措施；查（问）看作业人员精神状况、着装情况和工器具是否完好齐全。确认危险点和预防措施，明确作业分工以及安全注意事项。

（3）工作人员用兆欧表检测绝缘工具的绝缘电阻，检查扭矩扳手、ϕ30mm 多股软铜载流线等工器具是否完好灵活，屏蔽服（静电防护服）不得有破损、洞孔或毛刺状等缺陷。

（4）等电位电工穿着全套屏蔽服（包括帽、衣裤、手套、袜和导电鞋），必要时，屏蔽服内穿阻燃内衣，地面电工负责检查袜裤、裤衣、袖和手套的连接是否完好，用万用表测试袜、裤、衣、手套等连接导通情况。

（5）塔上电工穿着静电防护服、导电鞋。携带绝缘传递绳登塔至工作位置，系挂好安全带，将绝缘滑车悬挂在适当的位置。

（6）地面电工将绝缘操作杆、高强度防坠保护绳依次吊至塔上。

（7）若是瓷质绝缘子时，作业前应用瓷质绝缘子检测装置对绝缘子进行复测。当发现同串中（19 片）零值绝缘子达到 4 片时（结构高度 146mm），应立即停止检测，并停止本次带电作业工作。

（8）等电位电工登塔至横担处，系好高强度防坠保护绳。

（9）等电位电工向工作负责人申请沿绝缘子串进入电位，经同意后将绝缘安全带较宽松地系在其中一串绝缘子上。

（10）等电位电工采用跨二短三方式沿绝缘子串进入电场（如图 4-1 所示）。

（11）等电位电工坐在耐张线夹分裂导线下导线或绝缘软梯头上，地面电工配合将 ϕ30mm 多股软铜载流线、钢丝刷、扭矩扳手、导电脂等传递上去。

（12）等电位电工检查引流板因发热而损坏（氧化物）或是否光、毛面连接及测试引流板温度情况，并用扭矩扳手检测耐张引流板螺栓扭矩值并报工作负责人。

（13）若需拆开引流板时，首先在该子导线两端安装好ϕ30mm 多股软铜载流线，夹具连接完好及扭矩值符合要求。

（14）等电位电工打开引流板，用钢丝刷清除干净氧化物，涂上导电脂后（或更换旧引流板螺栓），拧紧螺栓扭矩值至相应螺栓规格的标准扭矩值。

（15）等电位电工检查引流板安装情况后，经工作负责人同意后拆除ϕ30mm 多股软铜载流线。

（16）等电位电工和地面电工配合，将ϕ30mm 多股软铜载流线、钢丝刷、扭矩扳手、导电脂等工具传递至地面。

（17）等电位电工经工作负责人同意采用跨二短三方式沿绝缘子串方式退回横担上并下塔。

（18）塔上电工与地面电工配合将绝缘操作杆、防坠保护绳等工具依次传递至地面。

（19）塔上电工检查塔上无遗留物，经工作负责人同意后携带绝缘传递绳下塔。

（20）地面电工整理所有工器具和清理现场，工作负责人清点工器具。

（21）工作负责人向调度汇报。内容为：本人为工作负责人×××，330kV ××线路带电导线消缺工作已结束，杆塔上人员已撤离，杆塔、导线上无遗留物，线路设备已恢复原状。

6. 安全措施及注意事项

（1）若在海拔 1000m 以上线路上带电作业时，应根据作业区不同海拔高度，修正各类空气间隙、绝缘工具的安全距离和长度、绝缘子片数等，经本单位主管生产领导（总工程师）批准后执行。

（2）本次作业应经现场勘察并编制带电检修处理耐张跳线引流板缺陷的现场作业指导书，经本单位技术负责人或主管生产负责人批准后执行。

（3）作业应在良好天气下进行。如遇雷电（听见雷声、看见闪电）、雪雹、雨雾时不得进行带电作业。风力大于 5 级（10m/s）时，不宜进行作业。

（4）若需在相对空气湿度大于 80%的天气下进行带电作业时，应采用具有防潮性能的绝缘工具。

（5）本次作业工作前应向调度明确：若线路跳闸，不经联系不得强送电。

（6）杆塔上电工与带电体的安全距离不小于 2.2m。等电位人员沿绝缘子串进入电场时，其组合间隙不得小于 3.1m。

（7）绝缘绳和绝缘软梯的有效绝缘长度不得小于 2.8m，绝缘操作杆有效绝缘长度不得小于 3.1m。

（8）等电位电工应穿戴全套屏蔽服、导电鞋，且各部分应连接良好。屏蔽服内不得贴身穿着化纤类衣服。

（9）塔上电工必须穿着静电防护服、导电鞋，以防感应电的伤害。

（10）对于盘形瓷质绝缘子，作业中扣除人体短接和零值（自爆）绝缘子片数后，良好绝缘子不得少于 16 片（结构高度 146mm）。

（11）现场使用的工具在使用前和使用后必须详细检查，是否有损坏、变形和失灵等问题。

（12）等电位作业人员进出电位时，应向工作负责人申请，得到同意后方可进行。采用跨二短三方法作业手脚应同步，行进过程中严禁短接 3 片以上绝缘子。

（13）地面绝缘工具应放置在防潮苫布上，作业人员均应戴清洁干燥手套，摇测绝缘电阻值不得小于 700MΩ（电极宽 2cm，极间距 2cm）。

（14）绝缘工具使用前应用干净毛巾进行表面清洁处理，使用绝缘工具应戴清洁、干燥的手套，以防绝缘工具受潮和污染。收工或转移作业点，应将绝缘工具装在工具袋内。

（15）上、下杆塔或在杆塔上移位时，作业人员必须攀抓牢固构件，且双手不得持带任何工器具。

（16）杆塔上作业时不得失去安全带的保护。

（17）在杆塔上作业过程中如遇设备突然停电，作业人员应视设备仍然带电。

（18）塔上电工登杆塔前，应对登高工具和安全带等进行检查和冲击试验，全体作业人员必须戴安全帽。

（19）地面电工严禁在作业点垂直下方逗留，塔上电工应防止高空落物，使用的工具、材料应用绳索传递，不得乱扔。

（20）作业人员在杆塔上作业期间，工作监护人应对作业人员进行不间断监护，且不得从事其他工作。

四、330kV 输电线路地电位与等电位配合绝缘软梯、飞车法带电更换导线间隔棒

1. 作业方法

地电位与等电位配合绝缘软梯、飞车法。

2. 适用范围

适用于 330kV 线路间隔棒更换工作（耐张可采用沿绝缘子串或架空地线上挂绝缘软梯法进入导线电位）。

3. 人员组合

本作业项目工作人员共计 6 人。其中工作负责人（监护人）1 人，塔上电工 1 人，等电位电工 1 人，地面电工 3 人。

4. 工器具配备

330kV 地电位与等电位配合绝缘软梯、飞车法带电更换导线间隔棒工器具配备一览表见表 4-14。所需材料有相应规格的间隔棒等。

表 4-14　　　　330kV 地电位与等电位配合绝缘软梯、飞车法带电更换
导线间隔棒工器具配备一览表

序号	工器具名称		规格、型号	数量	备　注
1	绝缘工具	绝缘传递绳	φ10mm	4 根	视作业杆塔高度而定
2		绝缘防坠保护绳	φ12mm	1 根	视作业杆塔高度而定
3		绝缘滑车	0.5t	2 只	

序号	工器具名称		规格、型号	数量	备 注
4	绝缘工具	绝缘软梯		1 副	含软梯头
5		绝缘操作杆	330kV	1 根	
6	金属工具	跟头滑车		1 只	
7		三齿耙（操作头）		1 个	
8		双线飞车		1 台	
9	个人防护用具	安全带		3 根	备用 1 根
10		导电鞋		3 双	备用 1 双
11		屏蔽服		1 套	等电位电工
12		静电防护服		2 套	塔上电工（备用 1 套）
13		安全帽		6 顶	
14	辅助安全用具	防潮苫布	3m×3m	1 块	
15		万用表		1 块	检测屏蔽服连接导通用
16		对讲机		2 部	
17		工具袋		2 只	装绝缘工具用
18		兆欧表	5000V	1 块	电极宽 2cm，极间距 2cm

注 表格内的工器具系按直线塔配置；若耐张塔采用沿绝缘子串跨二短三法进入还需增加工具和检测绝缘子串低零值。

5. 作业程序

按照本次作业现场勘察后编写的现场作业指导书。

（1）工作负责人向电网调度员申请开工，内容为：本人为工作负责人×××，×年×月×日需在 330kV ××线路上带电更换导线间隔棒工作，本次作业按《国家电网公司电力安全工作规程（电力线路部分）》第 8.1.7 条要求，确定是否停用线路重合闸装置，若遇线路跳闸，不经联系，不得强送。得到调度许可，核对线路双重名称和杆号。

（2）全体工作成员列队，工作负责人现场宣读工作票、交工作任务、安全措施和技术措施；查（问）看作业人员精神状况、着装情况和工器具是否完好齐全。确认危险点和预防措施，明确作业分工以及安全注意事项。

（3）工作人员用兆欧表检测绝缘工具电阻值，检查绝缘软梯、软梯头、飞车是否完好灵活，屏蔽服（静电防护服）不得有破损、洞孔或毛刺状等缺陷。

（4）等电位电工穿着全套屏蔽服（包括帽、衣裤、手套、袜和导电鞋），必要时，屏蔽服内穿阻燃内衣，地面电工负责检查袜裤、裤衣、袖和手套的连接是否完好，用万用表测试袜、裤、衣、手套等连接导通情况。

（5）塔上电工必须穿着静电防护服、导电鞋。

（6）塔上电工携带绝缘传递绳登塔至工作位置，系挂好安全带，将绝缘滑车悬挂在适当的位置。

（7）地面电工将绝缘操作杆、跟头滑车、高强度防坠保护绳依次吊至塔上。

（8）塔上电工使用绝缘操作杆将跟头滑车挂在导线上。

（9）地面电工将另一根绝缘传递绳及滑车挂在软梯头部，地面电工将绝缘软梯吊至导线上挂好，并冲击试验后控制好。

（10）地面电工控制软梯尾部，等电位电工系好高强度防坠保护绳，地面电工控制好防坠保护绳的另一端。等电位电工攀登软梯距电位 0.8m 处，向工作负责人申请进入电位，经同意后快速进入电场。

（11）等电位电工上至导线，系挂好安全带后解开防坠后备保护绳，与地面电工配合吊上飞车挂在导线上并封口。

（12）等电位电工坐上飞车，经工作负责人同意，在地面电工配合下骑向工作位置。

（13）等电位电工拆除需更换的间隔棒，与地面电工配合将损坏间隔棒吊下，将新间隔棒吊上进行安装。

（14）安装完毕后在地面电工配合下返回软梯处。

（15）等电位电工上至导线，系挂好安全带，与地面电工配合将飞车拆除传递至地面。

（16）等电位电工在脱离电位前向系好防坠后备保护绳再解开安全带，经工作负责人同意后脱离电位，沿绝缘软梯下至地面。

（17）塔上电工和地面电工配合，将绝缘软梯拆除传递至地面。

（18）塔上电工使用绝缘操作杆取下跟头滑车，与地面电工配合将跟头滑车、绝缘操作杆、防坠保护绳依次传递至地面。

（19）塔上电工检查塔上无遗留物，经工作负责人同意后携带绝缘传递绳下塔。

（20）地面电工整理所用工器具和清理现场，工作负责人清点工器具。

（21）工作负责人向调度汇报。内容为：本人为工作负责人×××，330kV ××线路带电更换间隔棒工作已结束，杆塔上人员已撤离，杆塔、导线上无遗留物，线路设备已恢复原状。

6. 安全措施及注意事项

（1）若在海拔 1000m 以上线路上带电作业时，应根据作业区不同海拔高度，修正各类空气间隙、绝缘工具的安全距离和长度、绝缘子片数等，经本单位主管生产领导（总工程师）批准后执行。

（2）本次作业应经现场勘察并编制带电更换导线间隔棒的现场作业指导书，经本单位技术负责人或主管生产负责人批准后执行。

（3）作业应在良好天气下进行。如遇雷电（听见雷声、看见闪电）、雪雹、雨雾时不得进行带电作业。风力大于 5 级（10m/s）时，不宜进行作业。

（4）若需在相对空气湿度大于 80%的天气下进行带电作业时，应采用具有防潮性能的绝缘工具。

（5）本次作业工作前应向调度明确：若线路跳闸，不经联系，不得强送电。

（6）杆塔上电工与带电体的安全距离不小于 2.2m。等电位人员若采用沿绝缘子串进入电场时，组合间隙不得小于 3.1m，等电位人员转移电位时人体裸露部分与带电体应保证 0.4m。

（7）绝缘绳和绝缘软梯的有效绝缘长度不得小于 2.8m，绝缘操作杆有效绝缘长度不得小于 3.1m。

（8）等电位电工应穿戴全套屏蔽服（包括帽、衣裤、手套、袜和导电鞋），且各部分应连接良好。屏蔽服内不得贴身穿化纤类衣服。

（9）塔上电工必须穿着静电防护服、导电鞋，以防感应电的伤害。

（10）若沿耐张绝缘子串进入时，对于盘形瓷质绝缘子，作业中扣除人体短接和零值（自爆）绝缘子片数后，良好绝缘子不得少于 16 片（结构高度 146mm）。

（11）导线上的等电位电工、飞车等应保持对交叉跨越的下方其他线路 3.2m 及以上安全距离。

（12）地面绝缘工具应放置在防潮苫布上，作业人员均应戴清洁干燥手套，摇测绝缘电阻值不得小于 700MΩ（电极宽 2cm，极间距 2cm）。

（13）绝缘工具使用前应用干净毛巾进行表面清洁处理，使用绝缘工具应戴清洁、干燥的手套，以防绝缘工具受潮和污染。收工或转移作业点，应将绝缘工具装在工具袋内。

（14）等电位电工从绝缘软梯登上导线后，必须先系挂好安全带才能解开防坠后备保护绳，脱离电位前必须系好防坠后备保护绳后，再解开安全带向负责人申请下软梯。

（15）上、下杆塔或在杆塔上移位时，作业人员必须攀抓牢固构件，且双手不得持带任何工器具。

（16）杆塔上作业时不得失去安全带的保护。

（17）在杆塔上作业过程中如遇设备突然停电，作业人员应视设备仍然带电。

（18）塔上电工登杆塔前，应对登高工具和安全带等进行检查和冲击试验，全体作业人员必须戴安全帽。

（19）地面电工严禁在作业点垂直下方逗留，塔上电工应防止高空落物，使用的工具、材料应用绳索传递，不得乱扔。

（20）作业人员在杆塔上作业期间，工作监护人应对作业人员进行不间断监护，且不得从事其他工作。

第四节　330kV 导、地线

一、330kV 输电线路专用接地线短接绝缘架空地线后飞车出线作业法带电修补绝缘架空地线

1. 作业方法

专用接地线短接绝缘架空地线后飞车出线作业法。

2. 适用范围

适用于 330kV 线路绝缘架空地线或架空地线。

3. 人员组合

本作业项目工作人员共计 4 人。其中工作负责人（监护人）1 人，飞车出线电工 1 人，塔上电工 1 人，地面电工 1 人。

4. 工器具配备

330kV 专用接地线短接绝缘架空地线后飞车出线作业法带电修补绝缘架空地线工器具配备一览表见表 4-15。所需材料有相应规格的间隔棒等。

表 4-15　　　330kV 专用接地线短接绝缘架空地线后飞车出线作业法
带电修补绝缘架空地线工器具配备一览表

序号	工器具名称		规格、型号	数量	备　注
1	绝缘工具	绝缘传递绳	φ10mm	1 根	视作业杆塔高度而定
2		绝缘控制绳	φ12mm	1 根	视作业范围而定
3		绝缘滑车	0.5t	2 只	
4	金属工具	地线飞车		1 台	
5		绝缘地线专用接地线		2 根	带绝缘手柄
6	个人防护用具	高强度绝缘防坠保护绳	φ12mm	1 根	
7		屏蔽服		1 套	出线电工穿
8		静电防护服		2 套	备用 1 套
9		导电鞋		3 双	备用 1 双
10		安全带		3 根	备用 1 根
11		安全帽		4 顶	
12	辅助安全用具	万用表		1 块	检测屏蔽服连接导通用
13		兆欧表	5000V	1 块	电极宽 2cm，极间距 2cm
14		防潮苫布	3m×3m	1 块	
15		对讲机		2 部	
16		工具袋		2 只	装绝缘工具用

5. 作业程序

按照本次作业现场勘察后编写的现场作业指导书。

（1）工作负责人向电网调度员申请开工，内容为：本人为工作负责人×××，×年×月×日需在 330kV ××线路上带电补修架空地线工作，本次作业按《国家电网公司电力安全工作规程（电力线路部分）》第 8.1.7 条要求，确定是否停用线路重合闸装置，若遇线路跳闸，不经联系，不得强送。得到调度许可，核对线路双重名称和杆号。

（2）全体工作成员列队，工作负责人现场宣读工作票、交工作任务、安全措施和技术措施；查（问）看作业人员精神状况、着装情况和工器具是否完好齐全。确认危险点和预

防措施，明确作业分工以及安全注意事项。

（3）工作人员采用兆欧表绝缘工具的绝缘电阻，检查飞车等工具是否完好齐全、屏蔽服（静电防护服）不得有破损、洞孔或毛刺状等缺陷。

（4）出地线电工可穿全套屏蔽服、导电鞋。塔上电工必须穿着静电防护服、导电鞋。

（5）塔上电工带传递绳登塔至地线支架、安装传递绳滑车做起吊准备，飞车出线电工上塔。

（6）地面电工传递绝缘地线专用接地棒和地线飞车，塔上电工在出线检修电工的监护下，在不工作侧将绝缘架空地线可靠接地，随后拆除工作侧绝缘地线的防振锤，与出线电工配合安装地线飞车并系好飞车控制绳。

（7）塔上电工收紧飞车控制绳配合出线电工登上飞车，地面电工传递上预绞丝给出线电工。

（8）塔上电工松飞车控制绳配合出线飞车电工骑向作业点进行架空地线修补工作，如架空地线损伤点距地线支架较远时飞车应由地面电工在地面控制。

（9）飞车出线电工进入作业点后检查绝缘架空地线损伤情况，报告工作负责人后，进行修补工作。

（10）补修完成后，报经工作负责人同意后，塔上电工配合出线电工退出作业点返回地线支架。

（11）塔上电工和出线电工拆除塔上的全部工具，安装好绝缘地线防振锤，在出线电工的监护下，塔上电工拆除绝缘地线专用接地线并传递至地面。出线操作电工随后下塔。

（12）塔上电工检查确认塔上无遗留物后，向工作负责人汇报，得到工作负责人同意后背绝缘传递绳平稳下塔。

（13）地面电工整理所用工器具和清理现场，工作负责人清点工器具。

（14）工作负责人向调度汇报。内容为：本人为工作负责人×××，330kV ××线路上带电补修架空地线工作已结束，杆塔上人员已撤离，杆塔、导线上无遗留物，线路设备已恢复原样。

6. 安全措施及注意事项

（1）若在海拔 1000m 以上线路上带电作业时，应根据作业区不同海拔高度，修正各类空气间隙、绝缘工具的安全距离和长度、绝缘子片数等，经本单位主管生产领导（总工程师）批准后执行。

（2）本次作业应经现场勘察并编制带电补修绝缘架空地线的现场作业指导书，经本单位技术负责人或主管生产负责人批准后执行。

（3）作业应在良好天气下进行。如遇雷电（听见雷声、看见闪电）、雪雹、雨雾时不得进行带电作业。风力大于 5 级（10m/s）时，不宜进行作业。

（4）若需在相对空气湿度大于 80%的天气下进行带电作业时，应采用具有防潮性能的绝缘工具。

（5）本次作业工作前应向调度明确：若线路跳闸，不经联系不得强送电。

（6）绝缘传递绳的安全长度不小于 2.8m。绝缘架空地线应视为带电体，未用专用接地线短接前，塔上电工应保持对绝缘架空地线安全距离 0.4m 以上。

（7）飞车出线补修架空地线（OPGW 或良导体）作业，应按损伤程度、出线人员荷载等进行架空地线强度、弧垂等验算。

（8）飞车出线作业中应保持出线员工、飞车等对下方带电导线 2.7m 安全距离以上。

（9）地面绝缘工具应放在防潮苫布上，作业人员应戴清洁干燥手套，摇测绝缘电阻值不小于 700MΩ（电极宽 2cm，极间距 2cm）。

（10）飞车等工具在使用前和使用后必须详细检查，是否有损坏、变形和失灵等问题。

（11）出线操作电工可穿全套屏蔽服、导电鞋。塔上电工必须穿着静电防护服、导电鞋。屏蔽服不能作为接地线用。

（12）进入绝缘架空地线作业前，塔上电工在另一塔上电工的监护下，将绝缘架空地线可靠接地。

（13）挂设的绝缘架空地线专用接地线上源源不断地流有感应电流，作业人员应严格按安规挂、拆接地线的规定进行，且裸手不得碰触铜接地线。

（14）绝缘工具使用前应用干净毛巾进行表面清洁处理。使用绝缘工具应戴清洁、干燥的手套，以防绝缘工具受潮和污染。收工或转移作业点时，应将绝缘工具装在工具袋内。

（15）在杆塔上作业过程中如遇设备突然停电，作业人员应视设备仍然带电。

（16）塔上电工登杆塔前，应对登高工具和安全带等进行检查和冲击试验，全体作业人员必须戴安全帽。

（17）上、下杆塔或在杆塔上移位时，作业人员必须攀抓牢固构件，且双手不得持带任何工器具。

（18）杆塔上作业时不得失去安全带的保护。

（19）地面电工严禁在作业点垂直下方逗留，塔上电工应防止高空落物，使用的工具、材料应用绳索传递，不得乱扔。

（20）作业人员在杆塔上作业期间，工作监护人应对作业人员进行不间断监护，且不得从事其他工作。

二、330kV 输电线路地电位与等电位相结合绝缘软梯法带电修补导线

1. 作业方法
地电位与等电位相结合绝缘软梯法。

2. 适用范围
适用于 330kV 线路导线上消缺工作（耐张塔可采用沿绝缘子串或架空地线上挂设绝缘软梯进出电位法）。

3. 人员组合
本作业项目工作人员共计 5 人。其中工作负责人（监护人）1 人，塔上电工 1 人，等电位电工 1 人，地面电工 2 人。

4. 工器具配备
330kV 地电位与等电位相结合绝缘软梯法带电修补导线工器具配备一览表见表 4-16。相应规格的预绞式补修条、铝股等。

表 4-16 330kV 地电位与等电位相结合绝缘软梯法带电修补导线工器具配备一览表

序号	工器具名称		规格、型号	数量	备 注
1	绝缘工具	绝缘传递绳	φ10mm	2 根	视作业杆塔高度而定
2		高强度绝缘绳	φ12mm	1 根	等电位工防坠落保护用
3		绝缘滑车	0.5t	2 只	
4		绝缘软梯		1 副	视作业杆塔高度而定
5		绝缘操作杆	330kV	1 根	
6	金属工具	跟头滑车		1 只	
7		三齿耙（操作头）		1 个	
8		瓷质绝缘子检测装置		1 套	瓷质绝缘子用
9	个人防护用具	安全带		3 根	备用 1 根
10		导电鞋		3 双	备用 1 双
11		屏蔽服		1 套	等电位电工用
12		静电防护服或屏蔽服		2 套	塔上电工（备用 1 套）
13	辅助安全用具	防潮苫布	3m×3m	1 块	
14		万用表		1 块	检测屏蔽服连接导通用
15		兆欧表	5000V	1 块	电极宽 2cm，极间距 2cm
16		工具袋		2 只	装绝缘工具用
17		对讲机		2 部	

注 1. 配备的工器具为直线塔；若耐张塔采用沿绝缘子串跨二短三法进入还需增加工具和绝缘子检测装置并对耐张绝缘子串检测低零值绝缘子。

　　2. 瓷质绝缘子检测装置包括：分布电压检测仪、绝缘电阻检测仪和火花间隙装置等。采用火花间隙装置测零时，每次检测前应用专用塞尺按 DL 415 要求测量放电间隙尺寸。

5. 作业程序

按照本次作业现场勘察后编写的现场作业指导书。

（1）工作负责人向电网调度员申请开工，内容为：本人为工作负责人×××，×年×月×日需在 330kV ××线路上带电导线消缺工作，本次作业按《国家电网公司电力安全工作规程（电力线路部分）》第 8.1.7 条要求，确定是否停用线路重合闸装置，若遇线路跳闸，不经联系，不得强送。得到调度许可，核对线路双重名称和杆号。

（2）全体工作成员列队，工作负责人现场宣读工作票、交工作任务、安全措施和技术措施；查（问）看作业人员精神状况、着装情况和工器具是否完好齐全。确认危险点和预防措施，明确作业分工以及安全注意事项。

（3）工作人员用兆欧表检测绝缘工具电阻值，检查绝缘软梯、软梯头等是否完好灵活，屏蔽服（静电防护服）不得有破损、洞孔或毛刺状等缺陷。

（4）等电位电工穿着全套屏蔽服（包括帽、衣裤、手套、袜和导电鞋），必要时，屏蔽服内穿阻燃内衣。地面电工负责检查袜裤、裤衣、袖和手套的连接是否完好，用万用表测试袜、裤、衣、手套等连接导通情况。

（5）塔上电工必须穿着静电防护服、导电鞋。

（6）塔上电工携带绝缘传递绳登塔至工作位置，系挂好安全带，将绝缘滑车悬挂在适当的位置。

（7）地面电工将绝缘操作杆、跟头滑车、高强度防坠保护绳依次吊至塔上。

（8）塔上电工使用绝缘操作杆将跟头滑车挂在导线上。

（9）地面电工将另一根绝缘传递绳滑车挂在软梯头部，地面电工将绝缘软梯吊至导线上挂好，并冲击试验后控制好。

（10）地面电工控制软梯尾部，等电位电工系好高强度防坠保护绳，地面电工控制好防坠保护绳的另一端。等电位电工攀登软梯距电位 0.8m 处，向工作负责人申请进入电位，经同意后快速进入电场。

（11）等电位电工在导线上先系挂好安全带后才能解开防坠后备保护绳，在地面电工配合下移动至工作位置。

（12）等电位电工检查导线损伤情况并报工作负责人。

（13）地面电工配合将所需材料如预绞丝补修条等传递上去。

（14）等电位电工用钢丝刷清除干净氧化物，涂上导电脂后，对准损伤中心点将预绞丝补修条安装好。

（15）等电位电工检查补修条中心位置及缠绕均匀，两端对齐等安装情况后，报告工作负责人。

（16）若导线损伤面积为铝总面积的 25%以上时，也可采用预绞式接续条、全张力预绞式接续条等进行补修，具体按 DL/T 1069《输电线路导地线补修导则》要求执行。

（17）消缺完毕后在地面电工配合下返回至软梯处。

（18）等电位电工经工作负责人同意后脱离电位，沿软梯下至地面。

（19）塔上电工和地面电工配合，将绝缘软梯拆除并传递至地面。

（20）塔上电工使用绝缘操作杆取下跟头滑车，与地面电工配合将跟头滑车、绝缘操作杆、防坠保护绳等依次拆除并传递至地面。

（21）塔上电工检查塔上无遗留物，经工作负责人同意后携带绝缘传递绳下塔。

（22）地面电工整理所用工器具和清理现场。工作负责人清点工器具。

（23）工作负责人向调度汇报。内容为：本人为工作负责人×××，330kV ××线路带电更换带电导线消缺工作已结束，杆塔上人员已撤离，杆塔、导线上无遗留物，线路设备已恢复原状。

6. 安全措施及注意事项

（1）若在海拔 1000m 以上线路上带电作业时，应根据作业区不同海拔高度，修正各类空气间隙、绝缘工具的安全距离和长度、绝缘子片数等，经本单位主管生产领导（总工程师）批准后执行。

（2）本次作业应经现场勘察并编制带电修补导线的现场作业指导书，经本单位技术负责人或主管生产负责人批准后执行。

（3）作业应在良好天气下进行。如遇雷电（听见雷声、看见闪电）、雪雹、雨雾时不得进行带电作业。风力大于 5 级（10m/s）时，不宜进行作业。

（4）若需在相对空气湿度大于 80% 的天气下进行带电作业时，应采用具有防潮性能的绝缘工具。

（5）本次作业工作前应向调度明确：若线路跳闸，不经联系不得强送电。

（6）杆塔上电工与带电体的安全距离不小于 2.2m。等电位人员若采用沿绝缘子串进入电场时，组合间隙不得小于 3.1m，等电位人员转移电位时人体裸露部分与带电体应保证 0.4m。

（7）绝缘绳和绝缘软梯的有效绝缘长度不得小于 2.8m，绝缘操作杆的有效绝缘长度不得小于 3.1m。

（8）等电位电工应穿戴全套屏蔽服（包括帽、衣裤、手套、袜和导电鞋），且各部分应连接良好。屏蔽服内不得贴身穿着化纤类衣服。

（9）塔上电工必须穿着静电防护服、导电鞋，以防感应电的伤害。

（10）等电位电工从绝缘软梯登上导线后，必须先系挂好安全带才能解开防坠后备保护绳，脱离电位前必须系好防坠后备保护绳后，再解开安全带向负责人申请下绝缘软梯。

（11）等电位电工及飞车等对交叉跨越的下方其他线路应保持对其 3.2m 及以上安全距离。

（12）地面绝缘工具应放置在防潮苫布上，作业人员均应戴清洁干燥手套，摇测绝缘电阻值不得小于 700MΩ（电极宽 2cm，极间距 2cm）。

（13）绝缘工具使用前应用干净毛巾进行表面清洁处理，使用绝缘工具应戴清洁、干燥的手套，以防绝缘工具受潮和污染。收工或转移作业点，应将绝缘工具装在工具袋内。

（14）上、下杆塔或在杆塔上移位时，作业人员必须攀抓牢固构件，且双手不得持带任何工器具。

（15）杆塔上作业时不得失去安全带的保护。

（16）在杆塔上作业过程中如遇设备突然停电，作业人员应视设备仍然带电。

（17）塔上电工登杆塔前，应对登高工具和安全带等进行检查和冲击试验，全体作业人员必须戴安全帽。

（18）地面电工严禁在作业点垂直下方逗留，塔上电工应防止高空落物，使用的工具、材料应用绳索传递，不得乱扔。

（19）对于盘形瓷质绝缘子，若采用沿绝缘子串进入作业时，扣除人体短接和零值（自爆）绝缘子片数后，良好绝缘子不得少于 16 片（结构高度 146mm）。

（20）作业人员在杆塔上作业期间，工作监护人应对作业人员进行不间断监护，且不得从事其他工作。

三、330kV 输电线路等电位沿耐张绝缘子串进入作业法带电修补导线

1. 作业方法

等电位沿耐张绝缘子串进入作业法。

2. 适用范围

适用于 330kV 耐张塔进入电场补修导线、更换间隔棒等作业。

3. 人员组合

本作业项目工作人员共计 4 人。其中工作负责人（监护人）1 人，等电位电工 1 人，塔上电工 1 人；地面电工 1 人。

4. 工器具配备

330kV 等电位沿耐张绝缘子串进入作业法带电修补导线工器具配备一览表见表 4-17。相应规格的预绞式补修条、铝股等。

表 4-17　330kV 等电位沿耐张绝缘子串进入作业法带电修补导线工器具配备一览表

序号	工器具名称		规格、型号	数量	备　注
1	绝缘工具	绝缘传递绳	ϕ10mm	2 根	视作业杆塔高度而定
2		绝缘滑车	0.5t	2 只	
3		绝缘绳套	ϕ20mm	2 只	
4		绝缘操作杆	330kV	1 根	
5	金属工具	扭矩扳手		1 把	紧固间隔棒用
6		瓷质绝缘子检测装置		1 套	瓷质绝缘子用
7	个人防护用具	安全带		3 根	备用 1 根
8		高强度绝缘绳	ϕ12mm	1 根	等电位工防坠落保护用
9		屏蔽服		1 套	等电位电工
10		静电防护服		2 套	备用 1 套
11		导电鞋		3 双	备用 1 双
12		安全帽		4 顶	
13	辅助安全用具	防潮苫布	3m×3m	1 块	
14		万用表		1 块	检测屏蔽服连接导通用
15		兆欧表	5000V	1 块	电极宽 2cm，极间距 2cm
16		对讲机		2 部	
17		工具袋		2 只	装绝缘工具用

注　瓷质绝缘子检测装置包括：分布电压检测仪、绝缘电阻检测仪和火花间隙装置等。采用火花间隙装置测零时，每次检测前应用专用塞尺按 DL 415 要求测量放电间隙尺寸。

5. 作业程序

按照本次作业现场勘察后编写的现场作业指导书。

（1）工作负责人向电网调度员申请开工，内容为：本人为工作负责人×××，×年×月×日需在 330kV ××线路上带电进行导线消缺工作，本次作业按《国家电网公司电力安全工作规程（电力线路部分）》第 8.1.7 条要求，确定是否停用线路重合闸装置，若遇线路跳闸，不经联系，不得强送。得到调度许可，核对线路双重名称和杆号。

（2）全体工作成员列队，工作负责人现场宣读工作票、交工作任务、安全措施和技术措施；查（问）看作业人员精神状况、着装情况和工器具是否完好齐全。确认危险点和预防措施，明确作业分工以及安全注意事项。

（3）工作人员用兆欧表检测绝缘工具的绝缘电阻，检查工器具是否齐全完好，屏蔽服（静电防护服）不得有破损、洞孔或毛刺状等缺陷。

（4）等电位电工穿着全套屏蔽服（包括帽、衣裤、手套、袜和导电鞋）。必要时，屏蔽服内穿阻燃内衣。地面电工负责检查袜裤、裤衣、袖和手套的连接是否完好，用万用表测试袜、裤、衣、手套等连接导通情况。

（5）塔上电工穿着静电防护服、导电鞋，携带绝缘传递绳登塔至工作位置，系挂好安全带，将绝缘滑车悬挂在适当的位置。

（6）地面电工将绝缘操作杆、高强度防坠保护绳依次吊至塔上。

（7）若是瓷质绝缘子时，作业前应用绝缘子检测装置对绝缘子进行复测。当发现同串中（19 片）零值绝缘子达到 4 片时（结构高度 146mm），应立即停止检测，并停止本次带电作业工作。

（8）等电位电工登塔至横担处，系好高强度防坠保护绳。

（9）等电位电工向工作负责人申请沿绝缘子串进入电位，经同意后将绝缘安全带较宽松地系在其中一串绝缘子上。

（10）等电位电工采用跨二短三方式沿绝缘子串进入电场（如图 4-1 所示）。

（11）等电位电工走线至工作位置，检查导线损伤情况并报工作负责人。

（12）地面电工配合将预绞丝补修条等传递给等电位电工。

（13）等电位电工用钢丝刷清除干净氧化物，涂上导电脂后，对准损伤中心点将预绞丝补修条安装好。

（14）等电位电工检查补修条中心位置及缠绕均匀，两端对齐等安装情况后，报告工作负责人。

（15）若导线损伤面积为铝总面积的 25%以上时可采用预绞式接续条、全张力预绞式接续条补修等，具体按 DL/T 1069《输电线路导地线补修导则》要求补修。

（16）经工作负责人同意后，等电位电工走线退回绝缘子串处。

（17）等电位电工经工作负责人同意采用跨二短三方式沿绝缘子串方式退回横担上并下塔。

（18）塔上电工与地面电工配合将绝缘操作杆、防坠保护绳等工具依次传递至地面。

（19）塔上电工检查塔上无遗留物，经工作负责人同意后携带绝缘传递绳下塔。

（20）地面电工整理所有工器具和清理现场，工作负责人清点工器具。

（21）工作负责人向调度汇报。内容为：本人为工作负责人×××，330kV ××线路带电导线消缺工作已结束，杆塔上人员已撤离，杆塔、导线上无遗留物，线路设备已恢复原状。

6. 安全措施及注意事项

（1）若在海拔 1000m 以上线路上带电作业时，应根据作业区不同海拔高度，修正各类空气间隙、绝缘工具的安全距离和长度、绝缘子片数等，经本单位主管生产领导（总工程师）批准后执行。

（2）本次作业应经现场勘察并编制带电补修导线的现场作业指导书，经本单位技术负责人或主管生产负责人批准后执行。

（3）作业应在良好天气下进行。如遇雷电（听见雷声、看见闪电）、雪雹、雨雾时不得进行带电作业。风力大于 5 级（10m/s）时，不宜进行作业。

（4）若需在相对空气湿度大于 80%的天气下进行带电作业时，应采用具有防潮性能的绝缘工具。

（5）本次作业工作前应向调度明确：若线路跳闸，不经联系不得强送电。

（6）杆塔上电工与带电体的安全距离不小于 2.2m。

（7）绝缘传递绳和绝缘软梯的安全长度不小于 2.8m。

（8）等电位电工在进入电位过程中其组合间隙不小于 3.1m。人体裸露部分与带电体的有效距离不得小于 0.4m。

（9）等电位电工作业中应保持对被跨越的下方其他电力线路、通信线和建筑物的安全距离 3.2m 以上。

（10）地面绝缘工具应放在防潮苫布上，作业人员应戴清洁干燥手套，摇测绝缘电阻值不小于 700MΩ（电极宽 2cm，极间距 2cm）。

（11）现场使用的工具在使用前和使用后必须详细检查，是否有损坏、变形和失灵等问题。

（12）等电位电工应穿戴全套屏蔽服（包括帽、衣裤、手套、袜和导电鞋），且各部分应连接良好。屏蔽服内不得贴身穿化纤类衣服。

（13）塔上电工必须穿着静电防护服、导电鞋，以防感应电的伤害。

（14）对于盘形瓷质绝缘子，作业中扣除人体短接和零值（自爆）绝缘子片数后，良好绝缘子不得少于 16 片（结构高度 146mm）。

（15）等电位作业人员进出电位时，应向工作负责人申请，得到同意后方可进行。采用跨二短三方法作业手脚应同步，行进过程中严禁短接 3 片以上绝缘子。

（16）使用的工具、金具上下传递应用绝缘传递绳，金属工具在起吊时必须距带电体大于 1.5m，到达工作位置后再传移给操作电工。

（17）绝缘工具使用前应用干净毛巾进行表面清洁处理。使用绝缘工具应戴清洁、干燥的手套，以防绝缘工具受潮和污染。收工或转移作业点时，应将绝缘工具装在工具袋内。

（18）在杆塔上作业过程中如遇设备突然停电，作业人员应视设备仍然带电。

（19）塔上电工登杆塔前，应对登高工具和安全带等进行检查和冲击试验，全体作业人员必须戴安全帽。

（20）上、下杆塔或在杆塔上移位时，作业人员必须攀抓牢固构件，且双手不得持带任何工器具、器材。

（21）杆塔上作业时不得失去安全带的保护。

（22）地面电工严禁在作业点垂直下方逗留，塔上电工应防止高空落物，使用的工具、材料应用绳索传递，不得乱扔。

（23）作业人员在杆塔上作业期间，工作监护人应对作业人员进行不间断监护，且不得从事其他工作。

第五节 330kV 检 测

一、330kV 输电线路地电位法带电检测低、零值瓷质绝缘子

1. 作业方法

地电位法。

2. 适用范围

适用于 330kV 线路带电检测低、零值瓷质绝缘子工作。

3. 人员组合

本作业项目工作人员共计 2 人。其中工作负责人（监护人）1 人，塔上电工 1 人。

4. 工器具配备

330kV 地电位法带电检测低、零值瓷质绝缘子工器具配备一览表见表 4-18。

表 4-18 330kV 地电位法带电检测低、零值瓷质绝缘子工器具配备一览表

序号	工器具名称		规格、型号	数量	备 注
1	绝缘工具	绝缘操作杆	330kV	1 根	
2		绝缘传递绳	$\phi10mm$	1 根	配绝缘滑车
3	金属工具	瓷质绝缘子检测装置		1 套	瓷质绝缘子用
4		安全带		2 根	备用 1 根
5	个人防护用具	导电鞋		2 双	备用 1 双
6		静电防护服		1 套	
7		安全帽		2 顶	
8		防潮苫布	2m×2m	1 块	
9	辅助安全用具	兆欧表	5000V	1 块	电极宽 2cm，极间距 2cm
10		工具袋		1 只	装绝缘工具用
11		对讲机		2 部	

注 瓷质绝缘子检测装置包括：分布电压检测仪、绝缘电阻检测仪和火花间隙装置等。采用火花间隙装置测零时，每次检测前应用专用塞尺按 DL 415 要求测量放电间隙尺寸。

5. 作业程序

按照本次作业现场勘察后编写的现场作业指导书。

（1）工作负责人向电网调度员申请开工，内容为：本人为工作负责人×××，×年×月×日需在 330kV ××线路上带电检测绝缘子工作，本次作业按《国家电网公司电力安全工作规程（电力线路部分）》第 8.1.7 条要求，确定是否停用线路重合闸装置，若遇线路跳

闸，不经联系，不得强送。得到调度许可，核对线路双重名称和杆号。

（2）全体工作成员列队，工作负责人现场宣读工作票、交工作任务、安全措施和技术措施；查（问）看作业人员精神状况、着装情况和工器具是否完好齐全。确认危险点和预防措施，明确作业分工以及安全注意事项。

（3）工作人员用兆欧表检测绝缘操作杆的绝缘电阻，用干净毛巾擦拭、检查工器具，静电防护服不得有破损、洞孔和毛刺状缺陷。

（4）工作人员将分布电压（绝缘电阻）检测器安装在绝缘操作杆上。

（5）塔上电工必须穿着静电防护服、导电鞋。

（6）塔上电工携带绝缘操作杆登杆塔至工作位置，系挂好安全带。

（7）塔上电工从靠导线侧第一片绝缘子开始，逐片进行检测，塔下负责人记录各片分布电压（绝缘电阻）值。

（8）在检测瓷绝缘子过程中，当发现同串中（19 片）零值绝缘子达到 4 片时（结构高度 146mm），应立即停止检测，并停止本次带电作业工作。

（9）检测出低于该片标准分布电压值时，应再次检测确证。

（10）塔上电工依次检测其他相绝缘子。

（11）检测工作结束，塔上电工检查塔上无遗留物，经工作监护人同意后携带绝缘操作杆下塔。

（12）工作人员整理工具和清理现场，工作负责人清点工器具。

（13）工作负责人向调度汇报。内容为：本人为工作负责人×××，330kV ××线路带电检测绝缘子工作已结束，杆塔上人员已撤离，杆塔、导线上无遗留物，线路设备仍为原状。

6. 安全措施及注意事项

（1）若在海拔 1000m 以上线路上带电作业时，应根据作业区不同海拔高度，修正各类空气间隙、绝缘工具的安全距离和长度、绝缘子片数等，经本单位主管生产领导（总工程师）批准后执行。

（2）本次作业应经现场勘察并编制带电检测瓷绝缘子的现场作业指导书，经本单位技术负责人或主管生产负责人批准后执行。

（3）作业应在良好天气下进行。如遇雷电（听见雷声、看见闪电）、雪雹、雨雾时不得进行带电作业。风力大于 5 级（10m/s）时，不宜进行作业。

（4）若需在相对空气湿度大于 80%的天气下进行带电作业时，应采用具有防潮性能的绝缘工具。

（5）本次作业工作前应向调度明确：若线路跳闸，不经联系不得强送电。

（6）杆塔上电工与带电体的安全距离不小于 2.2m。

（7）绝缘操作杆的有效绝缘长度不得小于 3.1m。

（8）塔上电工必须穿着静电防护服、导电鞋，以防感应电的伤害。

（9）对于盘形瓷质绝缘子，作业中扣除人体短接和零值（自爆）绝缘子片数后，良好绝缘子不得少于 16 片（结构高度 146mm）。

（10）地面绝缘工具应放置在防潮苫布上，作业人员均应戴清洁干燥手套，摇测绝缘电阻值不得小于700MΩ（电极宽2cm，极间距2cm）。

（11）绝缘工具使用前应用干净毛巾进行表面清洁处理，使用绝缘工具应戴清洁、干燥的手套，以防绝缘工具受潮和污染。收工或转移作业点，应将绝缘工具装在工具袋内。

（12）上、下杆塔或在杆塔上移位时，作业人员必须攀抓牢固构件，且双手不得持带任何工器具。

（13）杆塔上作业时不得失去安全带的保护。

（14）在杆塔上作业过程中如遇设备突然停电，作业人员应视设备仍然带电。

（15）塔上电工登杆塔前，应对登高工具和安全带等进行检查和冲击试验，全体作业人员必须戴安全帽。

（16）地面电工严禁在作业点垂直下方逗留，塔上电工应防止高空落物，使用的工具、材料应用绳索传递，不得乱扔。

（17）作业人员在杆塔上作业期间，工作监护人应对作业人员进行不间断监护，且不得从事其他工作。

二、330kV 输电线路地电位法带电检测复合绝缘子憎水性

1. 作业方法

地电位法。

2. 适用范围

适用于330kV输电线路硅橡胶复合绝缘子检测工作。

3. 人员组合

本作业项目工作人员共计4人。其中工作负责人（兼监护人）1人，塔上电工2人，地面电工1人。

4. 工器具配备

330kV地电位法带电检测复合绝缘子憎水性工器具配备一览表见表4-19。

表 4-19　　　　330kV 地电位法带电检测复合绝缘子憎水性工器具配备一览表

序号	工器具名称		规格、型号	数量	备　注
1	绝缘工具	便携式电动喷水装置		1套	憎水性检测仪
2		绝缘滑车	0.5t	1只	传递用
3		绝缘传递绳	φ10mm	1根	视作业杆塔高度而定
4	个人防护工具	安全带		2根	
5		安全帽		4顶	
6		静电防护服		2套	塔上电工用
7		导电鞋		2双	
8	辅助安全工具	防潮苫布	3m×3m	1块	
9		兆欧表	5000V	1块	电极宽2cm,极间距2cm

续表

序号	工器具名称		规格、型号	数量	备　注
10	辅助安全工具	对讲机		2 部	
11		数码照相机	800 万像素	1 部	
12		计算机	便携式	1 台	带专用分析软件

5. 作业程序

按照本次作业现场勘察后编写的现场作业指导书。

（1）工作负责人向电网调度员申请开工，内容为：本人为工作负责人×××，×年×月×日需在 330kV ××线路上带电检测复合绝缘子憎水性工作，本次作业按《国家电网公司电力安全工作规程（电力线路部分）》第 8.1.7 条要求，确定是否停用线路重合闸装置，若遇线路跳闸，不经联系，不得强送。得到调度许可，核对线路双重名称和杆号。

（2）全体工作成员列队，工作负责人现场宣读工作票、交工作任务、安全措施和技术措施；查（问）看作业人员精神状况、着装情况和工器具是否完好齐全。确认危险点和预防措施，明确作业分工以及安全注意事项。

（3）地面电工检测绝缘工具的绝缘电阻是否符合要求，调节好喷嘴喷射角，检查静电防护服有否破损、洞孔和毛刺等缺陷。

（4）塔上电工穿着全套静电防护服、导电鞋。塔上 1 号塔上电工携带绝缘传递绳登塔至横担处，系挂好安全带，将绝缘滑车及绝缘传递绳悬挂在适当的位置。

（5）地面电工将便携式电动喷水装置与绝缘操作杆组装好后，用绝缘传递绳传递给塔上 1 号电工。

（6）塔上 2 号塔上电工携带数码照相机，登塔至适当的位置。

（7）杆上两名电工在横担或靠近横担处各自选择适当的位置（便于喷水和数码照相）。

（8）塔上 1 号塔上电工调节喷淋的方向，使其与待检测的复合绝缘子伞裙尽可能垂直，使便携式电动喷淋装置的喷嘴距复合绝缘子伞裙约 25cm 的位置。

（9）塔上 1 号塔上电工开始对需检测的复合绝缘子伞裙表面喷淋，时间持续 20～30s，喷射频率为 1 次/s。

（10）塔上 2 号塔上电工在喷淋结束 30s 内完成照片的拍摄及观察水珠的变化情况，判断水珠的憎水迁移性。

（11）按相同的方法进行其他两相的复合绝缘子喷淋检测。

（12）三相复合绝缘子检测完毕，塔上 1 号电工与地面电工配合，将便携式电动喷水装置及绝缘操作杆传递至地面。

（13）塔上 2 号电工携带数码照相机下杆至地面。

（14）塔上 1 号电工检查确认塔上无遗留物后，汇报工作负责人，得到同意后系背绝缘传递绳下塔。

（15）地面电工整理所用工器具和清理现场，工作负责人清点工器具。

（16）用 UBS 数据线将计算机与数码照相机连接，将拍摄到的图片导入计算机，并通过专用的憎水性分析软件进行憎水性状态的分析判断，存储判断结果，记录检测时的背景信息。

（17）工作负责人向调度汇报。内容为：本人为工作负责人×××，330kV ××线路带电检测复合绝缘子憎水性工作已结束，杆塔上人员已撤离，杆塔、导线上无遗留物，线路仍为原状。

6. 安全措施及注意事项

（1）若在海拔 1000m 以上线路上带电作业时，应根据作业区不同海拔高度，修正各类空气间隙、绝缘工具的安全距离和长度、绝缘子片数等，经本单位主管生产领导（总工程师）批准后执行。

（2）本次作业应经现场勘察并编制带电检测低零值绝缘子的现场作业指导书，经本单位技术负责人或主管生产负责人批准后执行。

（3）作业应在良好天气下进行。如遇雷电（听见雷声、看见闪电）、雪雹、雨雾时不得进行带电作业。风力大于 5 级（10m/s）时，不宜进行作业。

（4）由于是带电检测硅橡胶憎水性作业，若相对空气湿度大于 80%时，硅橡胶伞裙已潮湿，因此要求在连续天气晴朗后才能检测。

（5）本次作业工作前应向调度明确：若线路跳闸后，不经联系不得强送电。

（6）杆塔上电工与带电体的安全距离不小于 2.2m。

（7）绝缘操作杆的有效长度不小于 3.1m。

（8）作业前应对携式电动喷淋装置的绝缘操作杆和数码照相机的电池电量进行检查。

（9）喷淋装置内储存的水应是去离子水，其电导率不得大于 10μs/cm。

（10）喷淋装置喷出的水应呈微小雾粒状，不得有水珠出现。

（11）带电对复合绝缘子憎水性检测，尽可能选择横担侧的 1～3 个伞裙进行喷淋，便于操作和观测。

（12）图片取样工作人员，拍摄时防止抖动的现象出现，避免图像模糊。

（13）地面绝缘工具应放在防潮苫布上，作业人员应戴清洁干燥手套，摇测绝缘电阻值不小于 700MΩ（电极宽 2cm，极间距 2cm）。

（14）塔上电工必须穿着静电防护服、导电鞋，以防感应电的伤害。

（15）绝缘工具使用前应用干净毛巾进行表面清洁处理。使用绝缘工具应戴清洁、干燥的手套，以防绝缘工具受潮和污染。收工或转移作业点时，应将所有绝缘工具装在工具袋内。

（16）在杆塔上作业过程中如遇设备突然停电，作业人员应视设备仍然带电。

（17）塔上电工登杆塔前，应对登高工具和安全带等进行检查和冲击试验，全体作业人员必须戴安全帽。

（18）上、下杆塔或在杆塔上移位时，作业人员必须攀抓牢固构件，且双手不得持带任何工器具。

（19）杆塔上作业时不得失去安全带的保护。

（20）作业人员在杆塔上作业期间，工作监护人应对作业人员进行不间断监护，且不得从事其他工作。

三、330kV 输电线路地电位与等电位配合作业法带电检测盘形绝缘子累积附盐密度

1. 作业方法

地电位与等电位配合作业法。

2. 适用范围

适用于 330kV 线路悬垂双联串绝缘子任意串更换（检测累结盐密、灰密）。

3. 人员组合

本作业项目工作人员共计 7 人。其中工作负责人（监护人）1 人，等电位电工 1 人，塔上电工 1 人，地面电工 3 人，盐密清洗技术人员 1 人。

4. 工器具配备

330kV 地电位与等电位配合作业法带电检测盘形绝缘子累积附盐密度工器具配备一览表见表 4-20。所需材料有相应等级的盘形绝缘子、纯净水或去离子水等。

表 4-20　　330kV 地电位与等电位配合作业法带电检测盘形绝缘子
累积附盐密度工器具配备一览表

序号	工器具名称		规格、型号	数量	备注
1	绝缘工具	绝缘传递绳	ϕ10mm	1 根	视作业杆塔高度而定
2		绝缘软梯		1 副	含软梯头
3		绝缘滑车	0.5t	1 只	传递用
4		绝缘滑车	1t	1 只	
5		绝缘紧线杆	ϕ32mm	2 根	
6		绝缘绳	ϕ18mm	1 根	提升绝缘子串用
7		绝缘操作杆	330kV	1 根	
8	金属工具	导线提线器		2 个	
9		平面丝杆		2 只	
10		专用接头		2 个	
11		机动绞磨		1 台	
12		钢丝千斤		4 根	
13		瓷质绝缘子检测装置		1 套	瓷质绝缘子用
14	个人防护用具	高强度绝缘防坠保护绳	ϕ12mm	1 根	等电位工防坠落保护
15		屏蔽服		1 套	等电位电工
16		静电防护服		2 套	备用 1 套
17		导电鞋		3 双	备用 1 双
18		安全带		3 根	备用 1 根
19		安全帽		7 顶	

序号	工器具名称		规格、型号	数量	备 注
20		数字式电导仪		1 部	
21		清洗测量盐密工具			烧杯、量筒、卡口托盘、毛刷、脸盆等
22		灰密测试工具			漏斗、滤纸、干燥器或干燥箱、电子天秤等
23	辅助安全用具	万用表		1 块	检测屏蔽服连接导通用
24		兆欧表	5000V	1 块	电极宽 2cm, 极间距 2cm
25		防潮苫布	3m×3m	1 块	
26		对讲机		2 部	
27		工具袋		2 只	装绝缘工具用
28		带标签的封口塑料袋		5 个	

注 1. 每片测量应将测量烧杯、量筒、毛刷、卡口托盘、脸盆和操作员工的手等清洗干净。

2. 可用带标签的封口塑料袋将过滤物带回室内烘干测量（提前秤出带标签塑料袋重量）。

3. 瓷质绝缘子检测装置包括：分布电压检测仪、绝缘电阻检测仪和火花间隙装置等。采用火花间隙装置测零时，每次检测前应用专用塞尺按 DL 415 要求测量放电间隙尺寸。

5. 作业程序

按照本次作业现场勘察后编写的现场作业指导书。

（1）工作负责人向电网调度员申请开工，内容为：本人为工作负责人×××，×年×月×日需在 330kV ××线路上带电检测绝缘子串累积等值盐密、灰密检测作业，本次作业按《国家电网公司电力安全工作规程（电力线路部分）》第 8.1.7 条要求，确定是否停用线路重合闸装置，若遇线路跳闸，不经联系，不得强送。得到调度许可，核对线路双重名称和杆号。

（2）全体工作成员列队，工作负责人现场宣读工作票、交工作任务、安全措施和技术措施；查（问）看作业人员精神状况、着装情况和工器具是否完好齐全。确认危险点和预防措施，明确作业分工以及安全注意事项。

（3）工作人员采用兆欧表摇测绝缘工具的绝缘电阻，检查丝杆、卡具等工具是否完好齐全、屏蔽服（静电防护服）不得有破损、洞孔或毛刺状等缺陷。

（4）地面电工正确布置施工现场，合理放置机动绞磨。

（5）等电位电工穿着全套屏蔽服（包括帽、衣裤、手套、袜和导电鞋）。必要时，屏蔽服内穿阻燃内衣。地面电工负责检查袜裤、裤衣、袖和手套的连接是否完好，用万用表测试袜、裤、衣、手套等连接导通情况。

（6）塔上电工必须穿着静电防护服、导电鞋。

（7）塔上电工携带绝缘传递绳登塔至横担处，系挂好安全带，将绝缘滑车和绝缘传递绳在作业横担适当位置安装好。等电位电工随后登塔。

（8）若是瓷绝缘子时，作业前应用绝缘子检测装置对绝缘子进行复测。当发现同串中

（19 片）零值绝缘子达到 4 片时（结构高度 146mm），应立即停止检测，并停止本次带电作业工作。

（9）地面电工传递绝缘软梯和绝缘防坠落绳，塔上电工在横担绝缘子串挂点附近约 1.5m 处悬挂绝缘软梯。

（10）等电位电工系好绝缘防坠落保护绳，地面电工对绝缘软梯进行冲击无问题后控制防坠保护绳配合等电位电工沿绝缘软梯进入等电位。

（11）等电位电工沿绝缘软梯下到头部或手与上子导线平行位置，通知工作负责人，得到工作负责人许可后，地面电工利用绝缘软梯尾绳配合等电位电工进入电场。

（12）等电位电工进入电场后，首先把安全带系在上子导线上，然而才能拆除防坠绝缘保护绳进行其他检修作业。

（13）地面电工将平面丝杆传递到横担侧工作位置，塔上电工将平面丝杆安装在横担头上。

（14）地面电工将整套绝缘吊杆、导线提线器传递到工作位置，等电位电工与塔上电工配合将绝缘子更换工具安装在被更换的绝缘子串两侧。

（15）地面电工将绝缘磨绳、绝缘子串尾绳分别传递给等电位电工与塔上电工。

（16）塔上电工将绝缘磨绳安装在横担和第 3 片绝缘子上，等电位电工将绝缘子串控制尾绳安装在导线侧第 1 片绝缘子上。

（17）塔上电工收紧平面丝杆，使绝缘子松弛，等电位电工手抓导线提线器冲击检查无误后，报经工作负责人同意后，塔上电工与等电位电工配合取出碗头螺栓。

（18）地面电工收紧提升绝缘子串的绝缘磨绳，塔上电工拔掉球头挂环与第 1 片绝缘子处的锁紧销，脱开球头挂环与第 1 片绝缘子处的连接。

（19）地面电工松机动绞磨，同时配合拉好绝缘子串尾绳，将绝缘子串放至地面。

（20）盐密清洗测量员工将横担侧第 2 片、串中间第 10 片、导线侧第 2 片绝缘子换下，地面电工将备用的相应等级新绝缘子更换上。

（21）地面电工将绝缘磨绳和绝缘子串尾绳分别转移到组装好的绝缘子串上。

（22）地面电工启动机动绞磨。将组装好的绝缘子串传递至塔上电工工作位置，塔上电工恢复新绝缘子与球头挂环的连接，并复位锁紧销。

（23）地面电工松出磨绳，使新绝缘子自然垂直，等电位电工恢复碗头挂板与联板处的连接，并装好碗头螺栓上的开口销。

（24）经检查无误后，报经工作负责人同意，塔上电工松开平面丝杆，地面电工与等电位电工、塔上电工配合拆除全部作业工具。

（25）等电位电工与塔上电工配合拆除塔上全部作业工具并传递下塔。

（26）等电位电工检查确认导线上无遗留物后，汇报工作负责人，得到同意后等电位电工退出电位。

（27）塔上电工检查确认塔上无遗留物后，汇报工作负责人得到同意后背绝缘传递绳下塔。

（28）地面电工整理所用工器具和清理现场，工作负责人清点工器具。

（29）工作负责人向调度汇报。内容为：本人为工作负责人×××，330kV ××线路上带电更换绝缘子检测附盐密度工作已结束，杆塔上人员已撤离，杆塔、导线上无遗留物，线路设备已恢复原状。

（30）盐密检测人员按图 2-1 的任意种清洗方法进行清洗，测量前应准备好足够的纯净水，清洗绝缘子用水量为 $0.2mL/cm^2$，具体用水量按绝缘子表面积正比例换算，但不应小于 100mL。

（31）按照国网防污闪的规定，附盐密值测量的清洗范围：除钢脚及不易清扫的最里面一圈瓷裙以外的全部瓷表面，如图 2-2 所示。

（32）污液电导率换算成等值附盐密值可参照国电防污闪专业《污液电导率换算成绝缘子串等值附盐密的计算方法》中确定的方法进行。

（33）检测人员用带标签编号已称重的滤纸对污秽液进行过滤，将过滤物（含滤纸装入带标签的封口塑料袋中，填写对应线路名称、相序、片数等标记。

（34）检测人员按照国网公司《电力系统污区分级与外绝缘选择标准》附录 A 等值附盐密度和灰密度的测量方法室内进行灰密测量和计算。

6. 安全措施及注意事项

（1）若在海拔 1000m 以上线路上带电作业时，应根据作业区不同海拔高度，修正各类空气间隙、绝缘工具的安全距离和长度、绝缘子片数等，经本单位主管生产领导（总工程师）批准后执行。

（2）本次作业应经现场勘察并编制带电更换直线整串绝缘子的现场作业指导书，同时编制运行绝缘子累积附盐密度清洗、测量的作业指导书，经本单位技术负责人或主管生产负责人批准后执行。

（3）作业应在良好天气下进行。如遇雷电（听见雷声、看见闪电）、雪雹、雨雾时不得进行带电作业。风力大于 5 级（10m/s）时，不宜进行作业。

（4）由于是带电检测硅橡胶憎水性作业，若相对空气湿度大于 80%时，硅橡胶伞裙已潮湿，因此要求在连续天气晴朗后才能检测。

（5）本次作业工作前应向调度明确：若线路跳闸后，不经联系不得强送电。

（6）杆塔上电工与带电体的安全距离不小于 2.2m。

（7）绝缘传递绳和绝缘软梯的有效绝缘长度不小于 2.8m。绝缘操作杆有效长度不小于 3.1m。

（8）等电位电工在进入电位过程中其组合间隙不小于 3.1m。

（9）等电位电工转移电位时严禁对等电位电工头部或手充放电，作业中等电位人员头部或手不得超过第 3 片绝缘子，人体裸露部分与带电体的有效距离不得小于 0.4m。

（10）等电位电工应穿戴全套屏蔽服（包括帽、衣裤、手套、袜和导电鞋），且各部分应连接良好。屏蔽服内不得贴身穿着化纤类衣服。

（11）塔上电工必须穿着静电防护服、导电鞋，以防感应电的伤害。

（12）对于盘形瓷质绝缘子，作业中扣除人体短接和零值（自爆）绝缘子片数后，良好绝缘子不得少于 16 片（结构高度 146mm）。

（13）绝缘软梯必须安装可靠，等电位电工在进入电位前应试冲击判断其可靠性。

（14）使用的工具、绝缘子上下起吊应用绝缘传递绳，金属工具在起吊传递过程中必须距带电体 1.5m 以外，再传递给操作人员。

（15）地面绝缘工具应放在防潮苫布上，作业人员应戴清洁干燥手套，摇测绝缘电阻值

不小于 700MΩ（电极宽 2cm，极间距 2cm）。

（16）等电位电工从绝缘软梯登上导线后，必须先系挂好安全带才能解开防坠后备保护绳，脱离电位前必须系好防坠后备保护绳后，再解开安全带向负责人申请下软梯。

（17）所使用的的工器具必须安装可靠，工器具受力后应判断其可靠性。

（18）利用机动绞磨起吊绝缘子串时，绞磨应放置平稳。磨绳在磨盘上应绕有足够的圈数，绞磨尾绳必须由有带电作业经验的电工控制，随时拉紧，不可疏忽放松。

（19）绝缘工具使用前应用干净毛巾进行表面清洁处理，使用绝缘工具应戴清洁、干燥的手套，以防绝缘工具受潮和污染。收工或转移作业点时，应将绝缘工具装在工具袋内。

（20）在杆塔上作业过程中如遇设备突然停电，作业人员应视设备仍然带电。

（21）塔上电工登杆塔前，应对登高工具和安全带等进行检查和冲击试验，全体作业人员必须戴安全帽。

（22）上、下杆塔或在杆塔上移位时，作业人员必须攀抓牢固构件，且双手不得持带任何工器具。

（23）杆塔上作业时不得失去安全带的保护。

（24）地面电工严禁在作业点垂直下方逗留，塔上电工应防止高空落物，使用的工具、材料应用绳索传递，不得乱扔。

（25）作业人员在杆塔上作业期间，工作监护人应对作业人员进行不间断监护，且不得从事其他工作。

（26）每片清洗测量前，检测人员应将测量的烧杯、量筒、毛刷、卡口托盘、脸盆和操作员工的手等清洗干净。

（27）绝缘子的附盐密值测量清洗范围：除钢脚及不易清扫的最里面一圈瓷裙以外的全部瓷表面。

（28）清洗绝缘子用水量为 0.2mL/cm^2，具体用水量按绝缘子表面积正比例换算，但不应小于 100mL。

第六节　330kV 特殊或大型带电作业项目

一、330kV 输电线路地电位法带电杆塔上补装塔材

1. 作业方法

地电位法。

2. 适用范围

适用于 330kV 输电线路铁塔补装斜材工作　（平行或超过带电导线以上）。

3. 人员组合

本作业项目工作人员共计 5 人。其中工作负责人（监护人）1 人，塔上电工 2 人，地面电工 2 人。

4. 工器具配备

330kV 地电位法带电杆塔上补装塔材工器具配备一览表见表 4-21。

表 4-21 330kV 地电位法带电杆塔上补装塔材工器具配备一览表

序号	工器具名称		规格	数量	备 注
1	绝缘工具	绝缘滑车	0.5t	2 只	传递用
2		绝缘传递绳	φ10mm	2 根	长度视作业高度而定
3	金属工具	扭矩扳手		2 把	紧固螺栓用
4		尖扳手		2 把	
5		钢丝套	φ11mm	2 只	备用
6		双钩	1t	1 把	备用
7	个人防护用具	安全带		3 根	备用 1 根
8		安全帽		5 顶	
9		静电防护服		3 套	备用 1 套
10		导电鞋		3 双	备用 1 双
11	辅助安全用具	防潮苫布	3m×3m	1 块	
12		兆欧表	5000V	1 块	电极宽 2cm，极间距 2cm
13		工具袋		1 只	装绝缘工具用

5. 作业程序

按照本次作业现场勘察后编写的现场作业指导书。

（1）工作负责人向电网调度员申请开工，内容为：本人为工作负责人×××，×年×月×日需在 330kV ××线路上带电更换铁塔斜材，本次作业按《国家电网公司电力安全工作规程（电力线路部分）》第 8.1.7 条要求，确定是否停用线路重合闸装置，若遇线路跳闸，不经联系，不得强送。得到调度许可，核对线路双重名称和杆号。

（2）全体工作成员列队，工作负责人现场宣读工作票、交工作任务、安全措施和技术措施；查（问）看作业人员精神状况、着装情况和工器具是否完好齐全。确认危险点和预防措施，明确作业分工以及安全注意事项。

（3）地面电工用兆欧表检测绝缘工具的绝缘电阻是否符合要求。

（4）塔上电工穿着静电防护服、导电鞋。杆上 1 号、2 号电工携带绝缘传递绳登塔至需更换塔材处，系挂好安全带，将绝缘滑车及绝缘传递绳悬挂在适当的位置。

（5）若属于斜材被盗缺材时，地面电工传递上需更换的新斜材。

（6）两塔上电工将新更换的斜材用螺栓套上，若有变形斜材套不上时，地面电工传递上钢丝套和双钩进行调整。

（7）塔上两电工使用尖头扳手安装好斜材，采用扭矩扳手按相应规格螺栓的扭距值紧固。

（8）若属于斜材损伤、弯曲更换时，塔上电工先拆除损伤或弯曲材，用传递绳吊下，按上述更换程序进行。

（9）杆上电工拆除更换工具，检查确认塔上无遗留物后，汇报工作负责人，得到同意后系背绝缘传递绳下塔。

（10）地面电工整理所用工器具，工作负责人清点工器具。

（11）工作负责人向调度汇报。内容为：本人为工作负责人×××，330kV ××线路带电更换铁塔斜材工作已结束，杆塔上人员已撤离，杆塔、导线上无遗留物，铁塔塔材等已恢复原样。

6. 安全措施及注意事项

（1）若在海拔 1000m 以上线路上带电作业时，应根据作业区不同海拔高度，修正各类空气间隙、绝缘工具的安全距离和长度、绝缘子片数等，经本单位主管生产领导（总工程师）批准后执行。

（2）本次作业应经现场勘察并编制带电更换铁塔斜材的现场作业指导书，经本单位技术负责人或主管生产负责人批准后执行。

（3）作业应在良好天气下进行。如遇雷电（听见雷声、看见闪电）、雪雹、雨雾时不得进行带电作业。风力大于 5 级（10m/s）时，不宜进行作业。

（4）若需在相对空气湿度大于 80%的天气下进行带电作业时，应采用具有防潮性能的绝缘工具。

（5）本次作业不需申请停用线路重合闸装置，但工作前应向调度明确线路跳闸后，不经联系不得强送电的要求。

（6）杆塔上电工与带电体的安全距离不小于 2.2m。

（7）绝缘传递绳的有效绝缘长度不小于 2.8m。

（8）地面绝缘工具应放在防潮苫布上，作业人员应戴清洁干燥手套，摇测绝缘电阻值不小于 700MΩ（电极宽 2cm，极间距 2cm）。

（9）绝缘工具使用前应用干净毛巾进行表面清洁处理。使用绝缘工具应戴清洁、干燥的手套，以防绝缘工具受潮和污染。收工或转移作业点时，应将绝缘工具装在工具袋内。

（10）在杆塔上作业过程中如遇设备突然停电，作业人员应视设备仍然带电。

（11）塔上电工登杆塔前，应对登高工具和安全带等进行检查和冲击试验，全体作业人员必须戴安全帽。

（12）上下杆塔或在杆塔上移位时，作业人员必须攀抓牢固构件，且双手不得持带任何工器具。

（13）杆塔上作业时不得失去安全带的保护。

（14）塔上电工作业中安全带必须高挂低用，螺栓扭矩值必须符合相应规格螺栓的标准扭矩值。

（15）地面电工严禁在作业点垂直下方逗留，塔上电工应防止高空落物，使用的工具、材料应用绳索传递，不得乱扔。

（16）作业人员在杆塔上作业期间，工作监护人应对作业人员进行不间断监护，且不得从事其他工作。

二、330kV 输电线路地电位法带电更换杆塔拉线

1. 作业方法

地电位法。

2. 适用范围

适用于 330kV 输电线路导线拉线的更换工作。

3. 人员组合

本作业项目工作人员共计 5 人。其中工作负责人（监护人）1 人，杆上电工 1 人，地面电工 3 人。

4. 工器具配备

330kV 地电位法带电更换杆塔拉线工器具配备一览表见表 4-22。所需材料有相应规格的镀锌钢绞线及金具。

表 4-22　　　　330kV 地电位法带电更换杆塔拉线工器具配备一览表

序号	工器具名称		规格、型号	数量	备　注
1	绝缘工具	绝缘滑车	0.5t	1 只	
2		绝缘传递绳	SCJS-14	1 根	视作业杆塔高度而定
3	金属工具	双钩紧线器	2t	1 个	
4		钢丝绳	ϕ11mm	1 根	
5		小铁锤	1.5 磅	1 把	
6		钢质卡线器		1 只	钢绞线紧线器
7	个人防护用具	安全带（带二防）		1 根	备用 1 根
8		静电防护服		1 套	
9		导电鞋		2 双	备用 1 双
10		安全帽		5 顶	
11	辅助安全用具	防潮毡布	3m×3m	1 块	
12		兆欧表（或绝缘工具测试仪）	5000V	1 块	电极宽 2cm，极间距 2cm

5. 作业程序

按照本次作业现场勘察后编写的现场作业指导书。

（1）工作负责人向电网调度员申请开工，内容为：本人为工作负责人×××，×年×月×日需在 330kV ××线路上带电更换杆塔拉线，本次作业按《国家电网公司电力安全工作规程（电力线路部分）》第 8.1.7 条要求，确定是否停用线路重合闸装置，若遇线路跳闸，不经联系，不得强送。得到调度许可，核对线路双重名称和杆号。

（2）全体工作成员列队，工作负责人现场宣读工作票、交工作任务、安全措施和技术措施；查（问）看作业人员精神状况、着装情况和工器具是否完好齐全。确认危险点和预防措施，明确作业分工以及安全注意事项。

（3）地面电工检测绝缘工具的绝缘电阻是否符合要求，检查工器具是否齐全完好、静电防护服不得有破损、洞孔和毛刺状等缺陷。

（4）杆塔上电工穿着静电防护服、导电鞋，携带绝缘传递绳登塔至拉线挂点处，系好安全带，将绝缘滑车及绝缘传递绳悬挂在适当的位置。

（5）地面电工沿杆身将临时拉线起吊至拉线位置，杆上电工将临时拉线上端安装好。

（6）地面电工将临时拉线收紧在应换拉线的拉线棒上。（或临时地锚上）。

（7）临时拉线受力后，经检查安装完好后，报经工作负责人同意后，地面电工先拆除需更换拉线 UT 型线夹，将旧拉线顺线路使之靠近杆根，杆上电工拆除拉线上端楔型线夹，用绝缘传递绳将拉线沿杆身松落至地面。

（8）与上述程序相反，恢复新拉线的连接并调整好拉线受力状况。

（9）杆上电工拆除临时拉线及工具，检查确认塔上无遗留物后，汇报工作负责人，得到同意后系背绝缘传递绳平稳下塔。

（10）地面电工整理所用工器具和清理现场，工作负责人清点工器具。

（11）工作负责人向调度汇报。内容为：本人为工作负责人×××，330kV ××线路带电更换杆塔拉线工作已结束，杆塔上人员已撤离，杆塔上无遗留物，线路设备已恢复原样。

6. 安全措施及注意事项

（1）若在海拔 1000m 以上线路上带电作业时，应根据作业区不同海拔高度，修正各类空气间隙、绝缘工具的安全距离和长度、绝缘子片数等，经本单位主管生产领导（总工程师）批准后执行。

（2）本次作业应经现场勘察并编制带电更换杆塔拉线的现场作业指导书，经本单位技术负责人或主管生产负责人批准后执行。

（3）作业应在良好天气下进行。如遇雷电（听见雷声、看见闪电）、雪雹、雨雾时不得进行带电作业。风力大于 5 级（10m/s）时，不宜进行作业。

（4）若需在相对空气湿度大于 80% 的天气下进行带电作业时，应采用具有防潮性能的绝缘工具。

（5）本次作业不需申请停用线路重合闸装置，但工作前应向调度明确线路跳闸后，不经联系不得强送电的要求。

（6）杆塔上电工穿着静电防护服、导电鞋，以防感应电的伤害。塔上电工保持与带电体的安全距离不小于 2.8m。

（7）钢绞线或临时钢丝绳对导线的安全距离不小于 3.1m。

（8）地面绝缘工具应放置在防潮苫布上，作业人员均应戴清洁干燥手套，摇测绝缘电阻值不得小于 $700M\Omega$（电极宽 2cm，极间距 2cm）。

（9）绝缘工具使用前应用干净毛巾进行表面清洁处理，使用绝缘工具应戴清洁、干燥的手套，以防绝缘工具受潮和污染，收工或转移作业点，应将绝缘工具装在工具袋内。

（10）塔上电工上杆塔前，应对脚钉、安全带等进行检查和冲击试验，全体作业人员必须戴安全帽。

（11）上、下杆塔或在杆塔上移位时，作业人员必须攀抓牢固构件，且双手不得持带任何器材。

（12）杆塔上作业不得失去安全带的保护。

（13）地面电工严禁在作业点垂直下方逗留，塔上电工应防止高空落物，使用的工具、材料应用绳索传递，不得乱扔。

（14）临时拉线确认固定牢靠后方可拆除旧拉线，严禁采用大剪刀突然剪断拉线的方法。杆塔上有人时不得调整拉线。

（15）新、旧拉线吊上及松下必须有专人严格用尾绳控制其摆动，要与导线保持足够安全距离。

（16）塔上作业期间，工作监护人严格监护，且不得从事其他工作。

三、330kV 输电线路地电位法带电杆塔防腐刷漆

1. 作业方法

地电位法。

2. 适用范围

适用于 330kV 铁塔锈蚀铁塔防腐刷漆（平行导线或超过导线以上）。

3. 人员组合

本作业项目工作人员共计 4 人。其中工作负责人（监护人）1 人，塔上电工 2 人，地面电工 1 人。

4. 工器具配备

330kV 地电位法带电杆塔防腐刷漆工器具配备一览表见表 4-23。

表 4-23　　　　　330kV 地电位法带电杆塔防腐刷漆工器具配备一览表

序号	工器具名称		规格、型号	数量	备注
1	个人防护工具	静电防护服		3 套	备用 1 套
2		导电鞋		3 双	备用 1 双
3		安全带		3 根	备用 1 根
4		安全帽		4 顶	
5	辅助安全用具	兆欧表	5000V	1 块	电极宽 2cm，极间距 2cm
6		防潮苫布	3m×3m	1 块	
7		可拆装的绝缘子防护罩	ϕ450mm	2 个	装在横担侧绝缘子表面
8		工具袋		2 只	装绝缘工具用

5. 作业程序

按照本次作业现场勘察后编写的现场作业指导书。

（1）工作负责人向电网调度员申请开工，内容为：本人为工作负责人×××，×年×月×日需在 330kV ××线路上铁塔防腐刷漆作业，本次作业按《国家电网公司电力安全工作规程（电力线路部分）》第 8.1.7 条要求，确定是否停用线路重合闸装置，若遇线路跳闸，不经联系，不得强送。得到调度许可，核对线路双重名称和杆号。

（2）全体工作成员列队，工作负责人现场宣读工作票、交工作任务、安全措施和技术措施；查（问）看作业人员精神状况、着装情况和工器具是否完好齐全。确认危险点和预

防措施，明确作业分工以及安全注意事项。

（3）工作人员采用兆欧表绝缘工具的绝缘电阻，检查工具是否完好齐全、静电防护服不得有破损、洞孔和毛刺状等缺陷。

（4）塔上电工必须穿着静电防护服、导电鞋。

（5）塔上 1 号电工佩戴绝缘子防护罩登塔至横担绝缘子串悬挂处，系挂好安全带后，报工作负责人同意后，将绝缘子防护罩安装在横担侧第 1 片绝缘子上。

（6）塔上 2 号电工携带铁铲等除锈工具登塔至塔顶。

（7）塔上两电工除锈至下横担。

（8）除锈完成后，地面电工携带小桶油漆登塔送油漆。

（9）塔上两电工刷防护漆、再刷面漆。

（10）地面电工登塔将绝缘子防护罩拿下地面。

（11）塔上电工从上往下刷漆退回至塔脚；

（12）地面电工整理所用工器具和清理现场，工作负责人清点工器具。

（13）工作负责人向调度汇报。内容为：本人为工作负责人×××，330kV ××线路上铁塔塔材除锈刷漆工作已结束，杆塔上人员已撤离，杆塔、导线上无遗留物，线路设备仍为原样。

6. 安全措施及注意事项

（1）若在海拔 1000m 以上线路上带电作业时，应根据作业区不同海拔高度，修正各类空气间隙、绝缘工具的安全距离和长度、绝缘子片数等，经本单位主管生产领导（总工程师）批准后执行。

（2）本次作业应经现场勘察并编制带电除锈刷漆的现场作业指导书，经本单位技术负责人或主管生产负责人批准后执行。

（3）作业应在良好天气下进行。如遇雷电（听见雷声、看见闪电）、雪雹、雨雾时不得进行带电作业。风力大于 5 级（10m/s）时，不宜进行作业。

（4）若需在相对空气湿度大于 80%的天气下进行带电作业时，应采用具有防潮性能的绝缘工具。

（5）本次作业不需申请停用线路重合闸装置，但工作前应向调度明确线路跳闸后，不经联系不得强送电的要求。

（6）杆塔上电工与带电体的安全距离不小于 2.2m。

（7）绝缘安全带绳索的安全长度不小于 2.8m。

（8）地面绝缘工具应放在防潮苫布上，作业人员应戴清洁干燥手套，摇测绝缘电阻值不小于 700MΩ（电极宽 2cm，极间距 2cm）。

（9）塔上电工必须穿着静电防护服、导电鞋，以防感应电的伤害。

（10）横担侧绝缘子串第 1 片上必须安装有大盘径的防护罩，防止油漆撒落在绝缘子伞盘表面。

（11）绝缘工具使用前应用干净毛巾进行表面清洁处理。使用绝缘工具应戴清洁、干燥的手套，以防绝缘工具受潮和污染。收工或转移作业点时，应将绝缘工具装在工具袋内。

（12）在杆塔上作业过程中如遇设备突然停电，作业人员应视设备仍然带电。

（13）塔上电工登杆塔前，应对登高工具和安全带等进行检查和冲击试验，全体作业人员必须戴安全帽。

（14）上、下杆塔或在杆塔上移位时，作业人员必须攀抓牢固构件，且双手不得持带任何工器具。

（15）杆塔上作业时不得失去安全带的保护。

（16）塔上电工应防止高空落物，使用的工具、材料应用绳索传递，不得乱扔。

（17）作业人员在杆塔上作业期间，工作监护人应对作业人员进行不间断监护，且不得从事其他工作。

第五章

500kV 输电线路带电作业操作方法

第一节 500kV 直线绝缘子串

一、500kV 输电线路地电位法带电更换直线串横担侧单片绝缘子

1. 作业方法

地电位法。

2. 适用范围

适用于 500kV 直线双串横担侧第 1 片绝缘子更换。

3. 人员组合

本作业项目工作人员共计 4 人。其中工作负责人（监护人）1 人，塔上电工 1 人，地面电工 2 人。

4. 工器具配备

500kV 地电位法带电更换直线串横担侧单片绝缘子工器具配备一览表见表 5-1。

表 5-1　　500kV 地电位法带电更换直线串横担侧单片绝缘子工器具配备一览表

序号	工器具名称		规格、型号	数量	备　注
1	绝缘工具	绝缘传递绳	ϕ10mm	1 根	视工作杆塔高度而定
2		绝缘滑车	0.5t	1 只	
3		绝缘操作杆	500kV	1 根	
4	金属工具	单头丝杠		2 只	
5		绝缘子下卡		1 只	
6		瓷质绝缘子检测装置		1 套	瓷质绝缘子用
7	个人防护用具	高强度绝缘保护绳	SCJS-ϕ14mm×9m	1 根	防坠落保护用
8		静电防护服		2 套	备用 1 套
9		导电鞋		2 双	备用 1 双
10		安全带		2 根	备用 1 根
11		安全帽		4 顶	

续表

序号	工器具名称		规格、型号	数量	备注
12		保护间隙		1 副	备用
13	辅助安全工具	兆欧表	5000V	1 块	电极宽 2cm，极间距 2cm
14		防潮苫布	2m×4m	1 块	
15		对讲机		2 部	
16		工具袋		2 只	装绝缘工具用

注 1. 若要挂保护间隙，还需增加工器具。

2. 瓷质绝缘子检测装置包括：分布电压检测仪、绝缘电阻检测仪和火花间隙装置等。采用火花间隙装置测零时，每次检测前应用专用塞尺按 DL 415 要求测量放电间隙尺寸。

5. 作业程序

按照本次作业现场勘察后编写的现场作业指导书。

（1）工作负责人向电网调度申请开工，内容为：本人为工作负责人×××，×年×月×日需在 500kV ××线路上更换劣质绝缘子作业，本次作业按《国家电网公司电力安全工作规程（电力线路部分）》第 8.1.7 条要求，确定是否停用线路重合闸装置，若遇线路跳闸，不经联系，不得强送。得到调度许可，核对线路双重名称和杆塔号。

（2）全体工作成员列队，工作负责人现场宣读工作票、交工作任务、安全措施和技术措施；查（问）看作业人员精神状况、着装情况和工器具是否完好齐全。确认危险点和预防措施，明确作业分工以及安全注意事项。

（3）地面电工采用兆欧表摇测绝缘工具的绝缘电阻，检查丝杠、卡具等工具是否完好齐全，静电防护服不得有破损、洞孔和毛刺状等缺陷。

（4）塔上电工必须穿着静电防护服、导电鞋。

（5）塔上电工携带绝缘传递绳登塔至横担处，系挂好安全带，将绝缘滑车和绝缘传递绳在作业横担适当位置安装好。

（6）若是盘形瓷质绝缘子时，地面电工将绝缘子检测装置及绝缘操作杆组装好后传递给塔上电工，塔上电工检测复核所要更换绝缘子串的零值绝缘子，当同串（28 片）零值绝缘子达到 6 片时（结构高度 155mm），应立即停止检测，并结束本次带电作业工作。

（7）地面电工将丝杠、卡具传递到工作位置。塔上电工将打开的卡具先将横担侧第 1 片绝缘子钢帽卡住，手扶丝杠将卡具卡在第 3 片绝缘子，安装好卡具松紧提线系统。

（8）塔上电工收紧紧线丝杠，使横担侧第 1～3 片绝缘子松弛，塔上电工手抓丝杆冲击检查无误后，报经工作负责人同意后，拆除被更换绝缘子上下锁紧销，摘开被更换的绝缘子。

（9）塔上电工使用绝缘传递绳系好劣质绝缘子。

（10）地面两电工以新旧绝缘子交替法，将新盘形绝缘子传递至横担。注意控制好空中上、下两串绝缘子的位置，防止发生相互碰撞。

（11）塔上电工换上新盘形绝缘子，并复位上下锁紧销。

（12）经检查完好后，报经工作负责人同意后，按逆顺序拆除全部工具并传递至地面。

（13）塔上电工检查确认塔上无遗留物，报经工作负责人同意后携带绝缘传递绳下塔。

（14）地面电工整理所用工器具和清理现场和清理现场，工作负责人清点工器具。

（15）工作负责人向调度汇报。内容为：本人为工作负责人×××，500kV ××线路上带电更换绝缘子工作已结束，杆塔上作业人员已撤离，杆塔、导线上无遗留物，线路设备已恢复原状。

6. 安全措施及注意事项

（1）若在海拔 1000m 以上线路上带电作业时，应根据作业区不同海拔高度，修正各类空气间隙、绝缘工具的安全距离和长度、绝缘子片数等，经本单位主管生产领导（总工程师）批准后执行。

（2）本次作业应经现场勘察并编制带电更换绝缘子的现场作业指导书，经本单位技术负责人或主管生产负责人批准后执行。

（3）作业应在良好天气下进行。如遇雷电（听见雷声、看见闪电）、雪雹、雨雾时不得进行带电作业。风力大于 5 级（10m/s）时，不宜进行作业。

（4）若需在相对空气湿度大于 80% 的天气下进行带电作业时，应采用具有防潮性能的绝缘工具。

（5）本次作业不需申请停用线路重合闸装置，但工作前应向调度明确线路跳闸后，不经联系不得强送电的要求。

（6）杆塔上电工与带电体的安全距离在作业塔海拔高度 500m 以下时不小于 3.2m；海拔高度 500m 以上时不小于 3.4m。

（7）绝缘传递绳的有效绝缘长度不小于 3.7m。绝缘操作杆的有效绝缘长度不小于 4.0m。

（8）地面绝缘工具应放在防潮苫布上，作业人员应戴清洁干燥手套，摇测绝缘电阻值不小于 700MΩ（电极宽 2cm、极间距 2cm）。

（9）塔上电工必须穿着静电防护服、导电鞋，以防感应电的伤害。

（10）对盘形瓷质绝缘子，作业中扣除人体短接和零值（自爆）绝缘子片数后，良好绝缘子片数不少于 23 片（结构高度 155mm）。

（11）使用的工具、绝缘子上下起吊应用绝缘传递绳，金属工具在起吊传递过程中必须距带电体 1.5m 以外，再传递给操作人员。

（12）所有使用的器具必须安装可靠，工具受力后应冲击、检查判断其可靠性。

（13）新盘形绝缘子应用干净毛巾进行表面清洁处理，瓷质绝缘子的绝缘电阻值应大于 500MΩ。

（14）地面绝缘工具应放置在防潮苫布上，绝缘工具使用前应用干净毛巾进行表面清洁处理，使用绝缘工具应戴清洁、干燥的手套，以防绝缘工具受潮和污染，收工或转移作业点时，应将绝缘工具装在工具袋内。

（15）上、下杆塔或在杆塔上移位时，作业人员必须攀抓牢固构件，且双手不得持带任何器材。

（16）杆塔上作业时，不得失去安全带的保护。

（17）在杆塔上作业过程中如遇设备突然停电，作业人员应视设备仍然带电。

（18）作业人员登杆塔前，对登高工具和安全带进行检查和冲击试验，全体作业人员必须戴安全帽。

（19）地面电工严禁在作业点垂直下方逗留，塔上电工应防止高空落物，使用的工具、材料应用绳索传递，不得乱扔。

（20）若作业塔上不能保持人身对带电体 3.2m（3.4m）安全距离时，应采用在相邻塔的工作相加装保护间隙，保护间隙安装前的距离应大于 2.5m，安装、调试后的距离为 1.3m。两电极必须可靠固定在绝缘杆上，横担侧的电极尾线不留裕度，加装保护间隙的人员应穿全套合格的屏蔽服。

（21）作业人员在杆塔上作业期间，工作监护人应对作业人员进行不间断监护，且不得从事其他工作。

二、500kV 输电线路地电位与等电位配合作业法带电更换直线串导线侧单片绝缘子

1. 作业方法

地电位与等电位配合作业法。

2. 适用范围

适用于 500kV 直线单串导线侧第 1 片绝缘子更换。

3. 人员组合

本作业项目工作人员共计 5 人。其中工作负责人（监护人）1 人，等电位电工 1 人，塔上电工 1 人，地面电工 2 人。

4. 工器具配备

500kV 地电位与等电位配合作业法带电更换直线串导线侧单片绝缘子工器具配备一览表见表 5-2。

表 5-2 　　　　　**500kV 地电位与等电位配合作业法带电更换直线**

串导线侧单片绝缘子工器具配备一览表

序号	工器具名称		规格、型号	数量	备　注
1	绝缘工具	绝缘传递绳	SCJS–ϕ10mm	1 根	视作业杆塔高度而定
2		绝缘软梯		1 副	
3		绝缘滑车	0.5t	1 只	
4		高强度绝缘绳	SCJS–ϕ32mm×9m	1 根	导线后备保护绳
5		绝缘操作杆	500kV	1 根	
6	金属工具	四线提线器		2 只	
7		短双头丝杆		2 只	
8		闭式卡（上卡）		1 只	
9		瓷质绝缘子检测装置		1 套	瓷质绝缘子用
10		保护间隙		1 副	备用

序号	工器具名称		规格、型号	数量	备　注
11		高强度绝缘保护绳	SCJS-ϕ14mm×9m	1 根	防坠落用
12		屏蔽服		1 套	等电位电工穿
13	个人防护用具	静电防护服		2 套	塔上电工（备用 1 套）
14		导电鞋		3 双	备用 1 双
15		安全带		3 根	备用 1 根
16		安全帽		5 顶	
17		万用表		1 块	检测屏蔽服连接导通用
18	辅助安全用具	兆欧表	5000V	1 块	电极宽 2cm，极间距 2cm
19		防潮苫布	2m×4m	1 块	
20		对讲机		2 部	
21		工具袋		2 只	装绝缘工具用

注　瓷质绝缘子检测装置包括：分布电压检测仪、绝缘电阻检测仪和火花间隙装置等。采用火花间隙装置测零时，每次检测前应用专用塞尺按 DL 415 要求测量放电间隙尺寸。

5. 作业程序

按照本次作业现场勘察后编写的现场作业指导书。

（1）工作负责人向电网调度申请开工，内容为：本人为工作负责人×××，×年×月×日需在 500kV ××线路上更换绝缘子作业，本次作业按《国家电网公司电力安全工作规程（电力线路部分）》第 8.1.7 条要求，确定是否停用线路重合闸装置，若遇线路跳闸，不经联系，不得强送。得到调度许可，核对线路双重名称和杆塔号。

（2）全体工作成员列队，工作负责人现场宣读工作票、交工作任务、安全措施和技术措施；查（问）看作业人员精神状况、着装情况和工器具是否完好齐全。确认危险点和预防措施，明确作业分工以及安全注意事项。

（3）地面电工采用兆欧表摇测绝缘工具的绝缘电阻，检查丝杠、卡具等工具是否完好齐全、屏蔽服（静电防护服）不得有破损、洞孔和毛刺状等缺陷。

（4）等电位电工穿着全套屏蔽服（包括帽、衣裤、手套、袜和导电鞋），必要时，屏蔽服内穿阻燃内衣。地面电工负责检查袜裤、裤衣、袖和手套的连接是否完好，用万用表测试袜、裤、衣、手套等连接导通情况。

（5）塔上电工穿着静电防护服、导电鞋，携带绝缘传递绳登塔至横担处，系挂好安全带，将绝缘滑车和绝缘传递绳在作业横担适当位置安装好。

（6）若是盘形瓷质绝缘子时，地面电工将绝缘子检测装置及绝缘操作杆组装好后传递给塔上电工，塔上电工检测复核所要更换绝缘子串的零值绝缘子，当同串（28 片）零值绝缘子达到 6 片时（结构高度 155mm），应立即停止检测，并结束本次带电作业工作。

（7）地面电工传递绝缘软梯和绝缘防坠落绳，塔上电工在距绝缘子串吊点水平距离大于 1.5m 处安装绝缘软梯。

（8）等电位电工系好高强度防坠保护绳，塔上电工控制防坠落绳配合等电位电工沿绝缘软梯下行。

（9）等电位电工沿绝缘软梯下到头部或手与上子导线平行位置，报告工作负责人，得到工作负责人许可后，塔上电工利用绝缘防坠落保护绳摆动绝缘软梯配合等电位电工进入等电位。

（10）等电位电工进入等电位后，不能将安全带系在上子导线上，在高强度绝缘保护绳的保护下进行其他检修作业。

（11）地面电工将四线提线器、闭式卡（上卡）、双头丝杠传递到工作位置，等电位电工在导线侧第 3 片绝缘子和分裂导线上安装好绝缘子更换工具。

（12）地面电工将导线绝缘后备保护绳传递到工作位置。塔上电工和等电位电工配合将导线后备保绳可靠的安装在导线和横担之间，导线后备保护绳的保护裕度（长度）应控制合理。

（13）等电位电工收紧丝杠，使导线侧第 1 至 3 片绝缘子松弛，等电位电工手抓丝杠冲击检查无误后，报经工作负责人同意后，拆除被更换绝缘子上下锁紧销，更换绝缘子。

（14）等电位电工用绝缘传递绳系好劣质绝缘子。

（15）地面两电工以新旧绝缘子交替法，将新盘形绝缘子拉至导线平行位置。注意控制好空中上、下两串绝缘子的位置，防止发生相互碰撞。

（16）等电位电工换上新盘形绝缘子，并复位上下锁紧销。

（17）经检查完好后，报经工作负责人同意后，按逆顺序拆除全部工具并传递至地面。

（18）等电位电工检查确认线上无遗留物后，向工作负责人汇报，得到同意后退出电位。

（19）塔上电工检查确认塔上无遗留物，报经工作负责人得到同意后携带绝缘传递绳下塔。

（20）地面电工整理所用工器具和清理现场，工作负责人清点工器具。

（21）工作负责人向调度汇报。内容为：本人为工作负责人×××，500kV ××线路上带电更换绝缘子工作已结束，杆塔上作业人员已撤离，杆塔、线上无遗留物，线路设备已恢复原状。

6. 安全措施及注意事项

（1）若在海拔 1000m 以上线路上带电作业时，应根据作业区不同海拔高度，修正各类空气间隙、绝缘工具的安全距离和长度、绝缘子片数等，经本单位主管生产领导（总工程师）批准后执行。

（2）本次作业应经现场勘察并编制带电更换劣化绝缘子的现场作业指导书，经本单位技术负责人或主管生产负责人批准后执行。

（3）作业应在良好天气下进行。如遇雷电（听见雷声、看见闪电）、雪雹、雨雾时不得进行带电作业。风力大于 5 级（10m/s）时，不宜进行作业。

（4）若需在相对空气湿度大于 80% 的天气下进行带电作业时，应采用具有防潮性能的绝缘工具。

（5）本次作业不需申请停用线路重合闸装置，但工作前应向调度明确线路跳闸后，不经联系不得强送电的要求。

（6）杆塔上电工与带电体的安全距离在作业塔海拔高度 500m 以下时不小于 3.2m；海拔高度 500m 以上时不小于 3.4m。

（7）绝缘传递绳的有效绝缘长度不小于 3.7m。绝缘操作杆的有效绝缘长度不小于 4.0m。

（8）沿绝缘软梯进入强电场时，作业人员与接地体和带电体之间的组合间隙不得小于 4.0m。其人体裸露部分与带电体的有效距离不得小于 0.4m。

（9）等电位电工转移电位时严禁对等电位电工头部充放电，作业中等电位人员头部不得超过第 4 片绝缘子。

（10）对盘形瓷质绝缘子，作业中扣除人体短接和零值（自爆）绝缘子片数后，良好绝缘子片数不少于 23 片（结构高度 155mm）。

（11）等电位电工应穿戴全套屏蔽服、导电鞋，且各部分应连接良好。屏蔽服内不得贴身穿着化纤类衣服。

（12）塔上电工必须穿着静电防护服、导电鞋，以防感应电的伤害。

（13）地面绝缘工具应放在防潮苫布上，作业人员应戴清洁干燥手套，摇测绝缘电阻值不小于 700MΩ（电极宽 2cm、极间距 2cm）。

（14）新盘形绝缘子应用干净毛巾进行表面清洁处理，瓷质绝缘子的绝缘电阻值不小于 500MΩ。

（15）本作业方式必须有导线防脱落的后备保护措施。

（16）使用的工具、绝缘子上下起吊应用绝缘传递绳，金属工具在起吊传递过程中必须距带电体 1.5m 以外，到达作业位置后，先同电位后，再传递给操作人员。

（17）所使用的器具必须安装可靠，工具受力后应冲击、检查判断其可靠性。

（18）软梯必须安装可靠，等电位电工在进入电位前应试冲击判断其可靠性。

（19）等电位电工利用绝缘软梯进入等电位后，必须先系挂好安全带才能解开防坠后备保护绳，脱离电位前必须系好防坠后备保护绳，再解开安全带向负责人申请退出等电位。

（20）等电位电工登软梯前，应与塔上电工配合试冲击防坠保护绳的牢固情况，塔上电工防坠保护绳控制方式应合理、可靠。

（21）在杆塔上作业过程中如遇设备突然停电，作业人员应视设备仍然带电。

（22）作业人员登杆塔前，应对登高工具和安全带进行检查和冲击试验，全体作业人员必须戴安全帽。

（23）地面绝缘工具应放置在防潮苫布上，绝缘工具使用前应用干净毛巾进行表面清洁处理。使用绝缘工具应戴清洁、干燥的手套，以防绝缘工具受潮和污染，收工或转移作业点时，应将绝缘工具装在工具袋内。

（24）若作业塔上不能保持人身对带电体 3.2m（3.4m）安全距离时，应在相邻塔的工作相加装保护间隙，保护间隙安装前的距离应大于 2.5m，安装、调试后的距离为 1.3m。两电极必须可靠固定在绝缘杆上，横担侧的电极尾线不留裕度，加装保护间隙的人员应穿全套合格的屏蔽服。

（25）上、下杆塔或在杆塔上移位时，作业人员必须攀抓牢固构件，且双手不得持带任

何器材。

（26）杆塔上作业时，不得失去安全带的保护。

（27）地面电工严禁在作业点垂直下方逗留，塔上电工应防止高空落物，使用的工具、材料应用绝缘绳索传递，不得乱扔。

（28）作业人员在杆塔上作业期间，工作监护人应对作业人员进行不间断监护，且不得从事其他工作。

三、500kV 输电线路地电位与等电位配合紧线杆插板式作业法带电更换直线串任意单片绝缘子

1. 作业方法

地电位与等电位配合紧线杆插板式作业法。

2. 适用范围

适用于 500kV 直线单串任意单片绝缘子的更换。

3. 人员组合

本作业项目工作人员共计 6 人。其中工作负责人（监护人）1 人，等电位电工 1 人，塔上电工 1 人，地面电工 3 人。

4. 工器具配备

500kV 地电位与等电位配合紧线杆插板式作业法带电更换直线串任意单片绝缘子工器具配备一览表见表 5-3。

表 5-3　　　　　　　500kV 地电位与等电位配合紧线杆插板式作业法带电

更换直线串任意单片绝缘子工器具配备一览表

序号	工器具名称		规格、型号	数量	备　注
1	绝缘工具	绝缘传递绳	SCJS-ϕ10mm	1 根	视作业杆塔高度而定
2		绝缘软梯	SCJS-ϕ14mm×9m	1 副	
3		绝缘滑车	0.5t	1 只	
4		绝缘吊杆	ϕ32mm	2 根	
5		绝缘磨绳	SCJS-ϕ18mm	1 根	视作业杆塔高度而定
6		3-3 绝缘滑车组		1 组	配绝缘绳索
7		绝缘操作杆	500kV	1 根	
8		托瓶架（插板）			
9	金属工具	四线提线器		2 只	
10		平面丝杠		2 只	
11		横担专用卡具		2 只	卡具分别单独固定
12		三脚架		1 个	
13		瓷质绝缘子检测装置		1 套	瓷质绝缘子用
14		保护间隙		1 副	备用

续表

序号	工器具名称		规格、型号	数量	备　注
15	个人防护用具	高强度绝缘绳	SCJS–ϕ14mm×9m	2 根	等电位工防坠保护用
16		屏蔽服		1 套	等电位电工
17		静电防护服		2 套	备用 1 套
18		导电鞋		4 双	备用 1 双
19		绝缘安全带		4 根	备用 1 根
20		安全帽		6 顶	
21	辅助安全用具	万用表		1 块	检测屏蔽服连接导通用
22		兆欧表	5000V	1 块	电极宽 2cm，极间距 2cm
23		防潮苫布	2m×4m	1 块	
24		对讲机		2 部	
25		工具袋		2 只	装绝缘工具用

注　1. 采用双导线四线提线钩且横担侧固定器各自单独时，可不用导线后备保护绳。

　　2. 瓷质绝缘子检测装置包括：分布电压检测仪、绝缘电阻检测仪和火花间隙装置等。采用火花间隙装置测零时，每次检测前应用专用塞尺按 DL 415 要求测量放电间隙尺寸。

5. 作业程序

按照本次作业现场勘察后编写的现场作业指导书。

（1）工作负责人向电网调度申请开工，内容为：本人为工作负责人×××，×年×月×日需在 500kV ××线路上更换绝缘子作业，本次作业按《国家电网公司电力安全工作规程（电力线路部分）》第 8.1.7 条要求，确定是否停用线路重合闸装置，若遇线路跳闸，不经联系，不得强送。得到调度许可，核对线路双重名称和杆塔号。

（2）全体工作成员列队，工作负责人现场宣读工作票、交工作任务、安全措施和技术措施；查（问）看作业人员精神状况、着装情况和工器具是否完好齐全。确认危险点和预防措施，明确作业分工以及安全注意事项。

（3）地面电工采用兆欧表摇测绝缘工具的绝缘电阻，检查丝杠、卡具等工具是否完好齐全、屏蔽服（静电防护服）不得有破损、洞孔和毛刺状等缺陷。

（4）等电位电工穿着全套屏蔽服（包括帽、衣裤、手套、袜和导电鞋），必要时，屏蔽服内穿阻燃内衣。地面电工负责检查袜裤、裤衣、袖和手套的连接是否完好，用万用表测试袜、裤、衣、手套等连接导通情况。

（5）塔上电工穿着静电防护服、导电鞋，携带绝缘传递绳登塔至横担处，系挂好安全带，将绝缘滑车和绝缘传递绳在作业横担适当位置安装好。

（6）若是盘形瓷质绝缘子时，地面电工将绝缘子检测装置及绝缘操作杆组装好后传递给塔上电工，塔上电工检测复核所要更换绝缘子串的零值绝缘子，当同串（28 片）零值绝

缘子达到 6 片时（结构高度 155mm），应立即停止检测，并结束本次带电作业工作。

（7）地面电工配合将三脚架传递到工作位置，塔上电工与等电位电工配合安装在横担头上。

（8）地面电工传递绝缘软梯和绝缘防坠落保护绳，塔上电工在距绝缘子串吊点水平距离大于 1.5m 处安装绝缘软梯。

（9）等电位电工系好绝缘防坠落绳，塔上电工控制防坠落绳配合等电位电工沿绝缘软梯下行。

（10）等电位电工沿绝缘软梯下到头部或手与上子导线平行位置，报告工作负责人，得到工作负责人许可后，塔上电工利用绝缘防坠落保护绳摆动绝缘软梯配合等电位电工进入等电位。

（11）等电位电工进入等电位后，不能将安全带系在上子导线上，在高强度绝缘保护绳的保护下进行其他检修作业。

（12）地面电工将横担固定器、平面丝杠、整套绝缘吊杆、四线提线器传递到工作位置，等电位电工与塔上电工配合将绝缘子更换工具安装在被更换的绝缘子串两侧。

（13）地面电工将 3-3 滑车组、绝缘子串尾绳分别传递给等电位电工和塔上电工。

（14）塔上电工将 3-3 滑车组安装在三脚架和横担侧第 3 片绝缘子，等电位电工将绝缘子串尾绳安装在导线侧第 1 片绝缘子。

（15）地面电工将托瓶架（插板）传递到导线侧工作位置，等电位电工将其安装在两根上子导线上。

（16）塔上电工同时均匀收紧两平面丝杠，使绝缘子松弛，等电位电工手抓四线提线器冲击检查无误后，报经工作负责人同意后，等电位电工配合取出碗头螺栓。

（17）地面电工收紧提升绝缘子 3-3 滑车组，塔上电工拔掉球头耳环与第 1 片绝缘子处的锁紧销，脱开球头耳环与第 1 片绝缘子处的连接。

（18）地面电工松绝缘 3-3 滑车组，同时配合拉好绝缘子串尾绳，将绝缘子串徐徐下放至需更换的劣质绝缘子附近，等电位电工将托瓶架（插板）插托在被更换绝缘子的下 1 片。

（19）等电位电工拆除需更换的劣化绝缘子上、下锁紧销，换下零劣质绝缘子。

（20）地面电工将新盘形绝缘子传递给等电位电工，等电位电工换上新盘形绝缘子，并复位新盘形绝缘子上、下锁紧销。

（21）地面电工收紧绝缘 3-3 滑车组同时配合拉好绝缘子串尾绳，将绝缘子串传递至横担工作位置，塔上电工恢复球头耳环与第 1 片绝缘子处的连接，并复位新盘形绝缘子上的锁紧销。

（22）地面电工松绝缘 3-3 滑车组，使绝缘子串自然垂直，等电位电工恢复碗头挂板与联板处的连接，并装好碗头螺栓上的开口销。

（23）经检查无误后，报经工作负责人同意，塔上电工松出平面丝杠，地面电工与塔上电工和等电位电工配合拆除全部作业工具。

（24）等电位电工检查确认导线上无遗留物后，向工作负责人汇报，得到同意后等电位电工退出电位。

（25）等电位电工与塔上电工配合拆除塔上全部作业工具并传递下塔。

（26）塔上电工检查确认塔上无遗留物，报经工作负责人得到同意后携带绝缘传递绳下塔。

（27）地面电工整理所用工器具和清理现场，工作负责人清点工器具。

（28）工作负责人向调度汇报。内容为：本人为工作负责人×××，500kV ××线路上带电更换绝缘子工作已结束，杆塔上作业人员已撤离，杆塔、导线上无遗留物，线路设备已恢复原状。

6. 安全措施及注意事项

（1）若在海拔 1000m 以上线路上带电作业时，应根据作业区不同海拔高度，修正各类空气间隙、绝缘工具的安全距离和长度、绝缘子片数等，经本单位主管生产领导（总工程师）批准后执行。

（2）本次作业应经现场勘察并编制带电更换劣化绝缘子的现场作业指导书，经本单位技术负责人或主管生产负责人批准后执行。

（3）作业应在良好天气下进行。如遇雷电（听见雷声、看见闪电）、雪雹、雨雾时不得进行带电作业。风力大于 5 级（10m/s）时，不宜进行作业。

（4）若需在相对空气湿度大于 80% 的天气下进行带电作业时，应采用具有防潮性能的绝缘工具。

（5）本次作业不需申请停用线路重合闸装置，但工作前应向调度明确线路跳闸后，不经联系不得强送电的要求。

（6）杆塔上电工与带电体的安全距离在作业塔海拔高度 500m 以下时不小于 3.2m；海拔高度 500m 以上时不小于 3.4m。

（7）绝缘传递绳的有效绝缘长度不小于 3.7m。绝缘操作杆的有效绝缘长度不小于 4.0m。

（8）沿绝缘软梯进入强电场时，作业人员与接地体和带电体之间的组合间隙不得小于 4.0m。其人体裸露部分与带电体的有效距离不得小于 0.4m。

（9）等电位电工转移电位时严禁对等电位电工头部充放电，作业中等电位人员头部不得超过第 4 片绝缘子。

（10）对盘形瓷质绝缘子，作业中扣除人体短接和零值（自爆）绝缘子片数后，良好绝缘子片数不少于 23 片（结构高度 155mm）。

（11）等电位电工应穿戴全套屏蔽服、导电鞋，且各部分应连接良好。屏蔽服内不得贴身穿着化纤类衣服。

（12）塔上电工必须穿着静电防护服、导电鞋，以防感应电的伤害。

（13）地面绝缘工具应放在防潮苫布上，作业人员应戴清洁干燥手套，摇测绝缘电阻值不小于 700MΩ（电极宽 2cm，极间距 2cm）。

（14）新盘形绝缘子应用干净毛巾进行表面清洁处理，瓷质绝缘子的绝缘电阻值不小于 500MΩ。

（15）本作业方式必须有导线防脱落的后备保护措施。

（16）使用的工具、绝缘子上下起吊应用绝缘传递绳，金属工具在起吊传递过程中必须距带电体 1.5m 以外，到达作业位置后，先同电位后，再传递给操作人员。

（17）所使用的器具必须安装可靠，工具受力后应冲击、检查判断其可靠性。

（18）三脚架必须安装牢固，地面电工利用绝缘 3-3 滑车组起吊和放松绝缘子串时，3-3 滑车组尾绳必须牢固可靠。

（19）等电位电工从绝缘软梯登上导线后，必须先系挂好安全带才能解开防坠后备保护绳，脱离电位前必须系好防坠后备保护绳后，再解开安全带向负责人申请下软梯。

（20）等电位电工登软梯前，应与地面电工配合试冲击防坠保护绳的牢固情况，地面电工防坠保护绳控制方式应合理、可靠。

（21）地面绝缘工具应放置在防潮苫布上，绝缘工具使用前应用干净毛巾进行表面清洁处理。使用绝缘工具应戴清洁、干燥的手套，以防绝缘工具受潮和污染，收工或转移作业点时，应将绝缘工具装在工具袋内。

（22）在杆塔上作业过程中如遇设备突然停电，作业人员应视设备仍然带电。

（23）作业人员登杆塔前，应对登高工具和安全带进行检查和冲击试验，全体作业人员必须戴安全帽。

（24）若作业塔上不能保持人身对带电体 3.2m（3.4m）安全距离时，应在相邻塔的工作相加装保护间隙，保护间隙安装前的距离应大于 2.5m，安装、调试后的距离为 1.3m。两电极必须可靠固定在绝缘杆上，横担侧的电极尾线不留裕度，加装保护间隙的人员应穿全套合格的屏蔽服。

（25）上、下杆塔或在杆塔上移位时，作业人员必须攀抓牢固构件，且双手不得持带任何器材。

（26）杆塔上作业时，不得失去安全带的保护。

（27）地面电工严禁在作业点垂直下方逗留，塔上电工应防止高空落物，使用的工具、材料应用绳索传递，不得乱扔。

（28）作业人员在杆塔上作业期间，工作监护人应对作业人员进行不间断监护，且不得从事其他工作。

四、500kV 输电线路地电位与等电位配合丝杠紧线杆作业法带电更换直线整串绝缘子

1. 作业方法

地电位与等电位配合丝杠紧线杆作业法。

2. 适用范围

适用于 500kV 直线整串绝缘子的更换（单 I 串）。

3. 人员组合

本作业项目工作人员共计 6 人。其中工作负责人（监护人）1 人，等电位电工 1 人，塔上电工 1 人，地面配合电工 3 人。

4. 工器具配备

500kV 地电位与等电位配合丝杠紧线杆作业法带电更换直线整串绝缘子工器具配备一览表见表 5-4。

表 5-4　　　　　**500kV 地电位与等电位配合丝杠紧线杆作业法带电**

更换直线整串绝缘子工器具配备一览表

序号	工器具名称		规格、型号	数量	备　注
1	绝缘工具	绝缘传递绳	SCJS−ϕ10mm	1 根	视作业杆塔高度而定
2		绝缘软梯	SCJS−ϕ14mm×9m	1 副	
3		绝缘滑车	0.5t	1 只	
4		绝缘滑车	1t	1 只	
5		绝缘吊杆	ϕ32mm	2 根	
6		绝缘绳	SCJS−ϕ18mm	1 根	提升绝缘子串用
7		绝缘操作杆	500kV	1 根	
8	金属工具	四线提线器		2 只	
9		平面丝杆		2 只	
10		横担专用卡具		2 只	卡具分别单独固定
11		机动绞磨		1 台	
12		钢丝千斤		4 根	
13		瓷质绝缘子检测装置		1 套	瓷质绝缘子用
14		保护间隙		1 副	备用
15	个人防护用具	高强度绝缘保护绳	SCJS−ϕ14mm×9m	1 根	防坠落保护
16		屏蔽服		1 套	等电位电工
17		静电防护服		2 套	备用 1 套
18		导电鞋		3 双	备用 1 双
19		安全带		3 根	备用 1 根
20		安全帽		6 顶	
21	辅助安全用具	万用表		1 块	检测屏蔽服连接导通用
22		兆欧表	5000V	1 块	电极宽 2cm，极间距 2cm
23		防潮苫布	2m×4m	4 块	
24		对讲机		2 部	
25		工具袋		3 只	装绝缘工具用

注　1. 采用双导线四线提线钩且横担侧固定器各自单独时，可不用导线后备保护绳。

　　2. 瓷质绝缘子检测装置包括：分布电压检测仪、绝缘电阻检测仪和火花间隙装置等。采用火花间隙
　　　装置测零时，每次检测前应用专用塞尺按 DL 415 要求测量放电间隙尺寸。

5. 作业程序

按照本次作业现场勘察后编写的现场作业指导书。

（1）工作负责人向电网调度申请开工，内容为：本人为工作负责人×××，×年×月×日需在 500kV ××线路上更换绝缘子作业，本次作业按《国家电网公司电力安全工作规程（电力线路部分）》第 8.1.7 条要求，确定是否停用线路重合闸装置，若遇线路跳闸，不经联系，不得强送。得到调度许可，核对线路双重名称和杆塔号。

（2）全体工作成员列队，工作负责人现场宣读工作票、交工作任务、安全措施和技术措施；查（问）看作业人员精神状况、着装情况和工器具是否完好齐全。确认危险点和预防措施，明确作业分工以及安全注意事项。

（3）地面电工采用兆欧表摇测绝缘工具的绝缘电阻，检查丝杠、卡具等工具是否完好齐全、屏蔽服（静电防护服）不得有破损、洞孔和毛刺状等缺陷。

（4）地面电工正确布置施工现场，合理放置机动绞磨。

（5）等电位电工穿着全套屏蔽服（包括帽、衣裤、手套、袜和导电鞋），必要时，屏蔽服内穿阻燃内衣，地面电工负责检查袜裤、裤衣、袖和手套的连接是否完好，用万用表测试袜、裤、衣、手套等连接导通情况。

（6）塔上电工穿着静电防护服、导电鞋，携带绝缘传递绳登塔至横担处，系挂好安全带，将绝缘滑车和绝缘传递绳在作业横担适当位置安装好。等电位电工随后登塔。

（7）若是盘形瓷质绝缘子时，地面电工将绝缘子检测装置及绝缘操作杆组装好后传递给塔上电工，塔上电工检测复核所要更换绝缘子串的零值绝缘子，当同串（28 片）零值绝缘子达到 6 片时应立即停止检测，并结束本次带电作业工作。（结构高度 155mm）。

（8）地面电工传递绝缘软梯和绝缘防坠落绳，塔上电工在距绝缘子串吊点水平距离大于 1.5m 处安装绝缘软梯。

（9）等电位电工系好绝缘防坠落保护绳，塔上电工控制防坠保护绳配合等电位电工沿绝缘软梯下行。

（10）等电位电工沿绝缘软梯下到头部或手与上子导线平行位置，报告工作负责人，得到工作负责人许可后，塔上电工利用绝缘防坠落保护绳摆动绝缘软梯配合等电位电工进入等电位。

（11）等电位电工进入等电位后，不能将安全带系在上子导线上，在高强度绝缘保护绳的保护下进行其他检修作业。

（12）地面电工将横担固定器、平面丝杠、绝缘吊杆、四线提线器传递到工作位置，等电位电工与塔上电工配合将绝缘子更换工具安装在被更换的绝缘子串两侧。

（13）地面电工将绝缘磨绳、绝缘子串尾绳分别传递给塔上电工与等电位电工。

（14）塔上电工将绝缘磨绳安装在横担和第 3 片绝缘子上，等电位电工将绝缘子串尾绳安装在导线侧第 1 片绝缘子上。

（15）塔上电工同时均匀收紧两平面丝杠，使绝缘子松弛，等电位电工手抓四线提线器冲击检查无误后，报经工作负责人同意后，塔上电工与等电位电工配合取出碗头螺栓。

（16）地面电工收紧提升绝缘子串的绝缘磨绳，塔上电工拔掉球头挂环与第 1 片绝缘子处的锁紧销，脱开球头耳环与第 1 片绝缘子处的连接。

（17）地面电工松机动绞磨，同时配合拉好绝缘子串尾绳，将绝缘子串放至地面。

（18）地面电工将绝缘磨绳和绝缘子串尾绳分别转移到新盘形绝缘子串上。

（19）地面电工启动机动绞磨。将新盘形绝缘子串传递至塔上电工工作位置，塔上电工恢复新盘形绝缘子与横担侧球头挂环的连接，并复位锁紧销。

（20）地面电工松出磨绳，使新盘形绝缘子自然垂直，等电位电工恢复碗头挂板与联板处的连接，并装好碗头螺栓上的开口销。

（21）经检查无误后，报经工作负责人同意，塔上电工松出平面丝杠，地面电工与等电位电工、塔上电工配合拆开导线侧作业工具。

（22）等电位电工检查确认导线上无遗留物后，向工作负责人汇报，得到同意后等电位电工按进入电场的逆顺序退出电位。

（23）等电位电工与塔上电工配合拆除塔上全部作业工具并传递下塔。

（24）塔上电工检查确认塔上无遗留物，报经工作负责人得到同意后携带绝缘传递绳下塔。

（25）地面电工整理所用工器具和清理现场，工作负责人清点工器具。

（26）工作负责人向调度汇报。内容为：本人为工作负责人×××，500kV ××线路上带电更换绝缘子工作已结束，杆塔上作业人员已撤离，杆塔上、线上无遗留物，线路设备已恢复原状。

6. 安全措施及注意事项

（1）若在海拔 1000m 以上线路上带电作业时，应根据作业区不同海拔高度，修正各类空气间隙、绝缘工具的安全距离和长度、绝缘子片数等，经本单位主管生产领导（总工程师）批准后执行。

（2）本次作业应经现场勘察并编制带电更换直线整串绝缘子的现场作业指导书，经本单位技术负责人或主管生产负责人批准后执行。

（3）作业应在良好天气下进行。如遇雷电（听见雷声、看见闪电）、雪雹、雨雾时不得进行带电作业。风力大于 5 级（10m/s）时，不宜进行作业。

（4）若需在相对空气湿度大于 80% 的天气下进行带电作业时，应采用具有防潮性能的绝缘工具。

（5）本次作业不需申请停用线路重合闸装置，但工作前应向调度明确线路跳闸后，不经联系不得强送电的要求。

（6）杆塔上电工与带电体的安全距离在作业塔海拔高度 500m 以下时不小于 3.2m；海拔高度 500m 以上时不小于 3.4m。

（7）绝缘传递绳的有效绝缘长度不小于 3.7m。绝缘操作杆的有效绝缘长度不小于 4.0m。

（8）沿绝缘软梯进入强电场时，作业人员与接地体和带电体之间的组合间隙不得小于 4.0m。其人体裸露部分与带电体的有效距离不得小于 0.4m。

（9）等电位电工转移电位时严禁对等电位电工头部充放电，作业中等电位人员头部不得超过第 4 片绝缘子。

（10）等电位电工应穿戴全套屏蔽服、导电鞋，且各部分应连接良好。屏蔽服内不得贴身穿着化纤类衣服。

（11）塔上电工必须穿着静电防护服、导电鞋，以防感应电的伤害。

（12）对盘形瓷质绝缘子，作业中扣除人体短接和零值（自爆）绝缘子片数后，良好绝缘子片数不少于 23 片（结构高度 155mm）。

（13）地面绝缘工具应放在防潮苫布上，作业人员应戴清洁干燥手套，摇测绝缘电阻值不小于 700MΩ（电极宽 2cm，极间距 2cm）。

（14）新复合绝缘子必须检查并按说明书安装好均压环，若是盘形绝缘子应用干净毛巾进行表面清洁处理，瓷质绝缘子的绝缘电阻值不小于 500MΩ。

（15）使用的工具、绝缘子上下起吊应用绝缘传递绳，金属工具在起吊传递过程中必须距带电体 1.5m 以外，再传递给操作人员。

（16）软梯必须安装可靠，等电位电工在进入电位前应试冲击判断其可靠性。

（17）所使用的器具必须安装可靠，工具受力后应冲击、检查判断其可靠性。

（18）等电位电工从绝缘软梯登上导线后，必须先系挂好安全带才能解开防坠后备保护绳，脱离电位前必须系好防坠后备保护绳后，再解开安全带向负责人申请下软梯。

（19）等电位电工登软梯前，应与地面电工配合试冲击防坠保护绳的牢固情况，地面电工防坠保护绳控制方式应合理、可靠。

（20）利用机动绞磨起吊绝缘子串时，绞磨应放置平稳。磨绳在磨盘上应绕有足够的圈数，绞磨尾绳必须由有带电作业经验的电工控制，随时拉紧。

（21）地面绝缘工具应放置在防潮苫布上，绝缘工具使用前应用干净毛巾进行表面清洁处理。使用绝缘工具应戴清洁、干燥的手套，以防绝缘工具受潮和污染，收工或转移作业点时，应将绝缘工具装在工具袋内。

（22）若作业塔上不能保持人身对带电体 3.2m（3.4m）安全距离时，应在相邻塔的工作相加装保护间隙，保护间隙安装前的距离应大于 2.5m，安装、调试后的距离为 1.3m。两电极必须可靠固定在绝缘杆上，横担侧的电极尾线不留裕度，加装保护间隙的人员应穿全套合格的屏蔽服。

（23）在杆塔上作业过程中如遇设备突然停电，作业人员应视设备仍然带电。

（24）塔上电工登杆塔前，应对登高工具和安全带进行检查和冲击试验，全体作业人员必须戴安全帽。

（25）上、下杆塔或在杆塔上移位时，作业人员必须攀抓牢固构件，且双手不得持带任何器材。

（26）杆塔上作业时，不得失去安全带的保护。

（27）地面电工严禁在作业点垂直下方逗留，塔上电工应防止高空落物，使用的工具、材料应用绳索传递，不得乱扔。

（28）作业人员在杆塔上作业期间，工作监护人应对作业人员进行不间断监护，且不得从事其他工作。

五、500kV 输电线路地电位与等电位配合丝杠紧线杆作业法带电更换直线小转角整串绝缘子

1. 作业方法

地电位与等电位配合丝杠紧线杆作业法。

2. 适用范围

适用于 500kV 直线小转角整串绝缘子的更换（单 I 串）。

3. 人员组合

本作业项目工作人员共计 7 人。其中工作负责人（监护人）1 人，等电位电工 2 人，塔上电工 1 人，地面电工 3 人。

4. 工器具配备

500kV 地电位与等电位配合丝杠紧线杆作业法带电更换直线小转角整串绝缘子工器具配备一览表见表 5-5。

表 5-5　　　　　　　500kV 地电位与等电位配合丝杠紧线杆作业法带电

更换直线小转角整串绝缘子工器具配备一览表

序号	工具名称		规格、型号	数量	备　注
1	绝缘工具	绝缘传递绳	SCJS−ϕ10mm	1 根	视工作杆塔高度而定
2		绝缘软梯	ϕ14mm×9m	1 副	
3		绝缘滑车	0.5t	1 只	
4		绝缘滑车	1t	1 只	
5		高强度导线保护绳	SCJS−ϕ32mm×10m	1 根	导线防坠落后备保护
6		绝缘提线吊杆	ϕ32mm	2 根	
7		绝缘操作杆		1 根	
8		绝缘磨绳	SCJS−ϕ18mm	1 根	视工作杆塔高度而定
9	金属工具	小转角导线四钩卡		2 个	
10		机动绞磨	2t	1 台	
11		横担专用卡具		2 只	卡具分别单独固定
12		钢丝千斤		4 根	
13		瓷质绝缘子检测装置		1 套	瓷质绝缘子用
14	个人防护用具	高强度绝缘保护绳	SCJS−ϕ14mm×9m	3 根	防坠落保护用
15		静电防护服		2 套	备用 1 套
16		导电鞋		4 双	备用 1 双
17		安全带		4 根	备用 1 根
18		屏蔽服		2 套	等电位工穿
19		安全帽		7 顶	
20	辅助安全工具	保护间隙		1 副	备用
21		万用表		1 块	测量屏蔽服连接导通用
22		兆欧表	5000V	1 块	电极宽 2cm，极间距 2cm

序号	工具名称		规格、型号	数量	备　注
23	辅助安全工具	防潮苫布	2m×4m	3块	
24		对讲机		2部	
25		工具袋		2只	装绝缘工具用

注　1. 采用双导线四线提线钩且横担侧固定器各自单独时，可不用导线后备保护绳。

　　2. 瓷质绝缘子检测装置包括：分布电压检测仪、绝缘电阻检测仪和火花间隙装置等。采用火花间隙装置测零时，每次检测前应用专用塞尺按 DL 415 要求测量放电间隙尺寸。

5. 作业程序

按照本次作业现场勘察后编写的现场作业指导书。

（1）工作负责人向电网调度申请开工，内容为：本人为工作负责人×××，×年×月×日需在 500kV ××线路上更换绝缘子作业，本次作业按《国家电网公司电力安全工作规程（电力线路部分）》第 8.1.7 条要求，确定是否停用线路重合闸装置，若遇线路跳闸，不经联系，不得强送。得到调度许可，核对线路双重名称和杆塔号。

（2）全体工作成员列队，工作负责人现场宣读工作票、交工作任务、安全措施和技术措施；查（问）看作业人员精神状况、着装情况和工器具是否完好齐全。确认危险点和预防措施，明确作业分工以及安全注意事项。

（3）地面电工采用兆欧表摇测绝缘工具的绝缘电阻，检查丝杠、卡具等工具是否完好齐全、屏蔽服（静电防护服）不得有破损、洞孔和毛刺状等缺陷。

（4）地面电工正确布置施工现场，合理放置机动绞磨。

（5）等电位电工穿着全套屏蔽服（包括帽、衣裤、手套、袜和导电鞋），必要时，屏蔽服内穿阻燃内衣，地面电工负责检查袜裤、裤衣、袖和手套的连接是否完好，用万用表测试袜、裤、衣、手套等连接导通情况。

（6）塔上电工必须穿着静电防护服、导电鞋。

（7）等电位 2 号电工携带绝缘传递绳登塔至横担处，系挂好安全带，将绝缘滑车和绝缘传递绳在作业横担适当位置安装好。1 号等电位电工、塔上电工随后登塔。

（8）若是盘形瓷质绝缘子时，地面电工将绝缘子检测装置及绝缘操作杆组装好后传递给塔上电工，塔上电工检测复核所要更换绝缘子串的零值绝缘子，当同串（28 片）零值绝缘子达到 6 片时应立即停止检测，并结束本次带电作业工作。（结构高度 155mm）。

（9）地面电工传递绝缘软梯和绝缘保护绳，等电位 2 号电工在距绝缘子串吊点水平距离大于 1.5m 处安装绝缘软梯。

（10）等电位 1 号电工系好绝缘保护绳，等电位 2 号电工拉紧绝缘保护绳配合等电位 1 号电工沿绝缘软梯进入等电位。

（11）等电位 1 号电工沿绝缘软梯下到头部或手与上子导线平行位置，报告工作负责人，得到工作负责人许可后，2 号电工利用绝缘保护绳摆动绝缘软梯配合等电位 1 号电工进入等电位。

（12）等电位 1 号电工进入等电位后，不能将安全带系在上子导线上，在高强度绝缘保护绳的保护下进行其他检修作业。随后等电位 2 号电工进入等电位，仍采用在高强度绝缘保护绳的保护下进行其他检修作业。

（13）地面电工将两套专用接头、绝缘吊杆、小转角四钓卡分别传递到等电位电工 1 号电工、塔上电工和等电位 2 号电工工作位置，塔上电工配合将绝缘子更换工具安装在绝缘子串的两侧。

（14）地面电工将绝缘磨绳、绝缘子串尾绳分别传递给等电位 1 号电工、塔上电工。

（15）塔上电工将绝缘磨绳安装在横担和第 3 片绝缘子上，等电位 1 号电工将绝缘子串尾绳安装在导线侧第 1 片绝缘子上。

（16）等电位 1、2 号电工收紧小转角导线四钓卡丝杠，使绝缘子松弛，等电位电工手抓小转角四钓卡冲击检查无误后，等电位 1 号电工拆除碗头螺栓与四联板的连接。

（17）地面电工收紧机动绞磨的绝缘磨绳，塔上电工拔掉球头挂环与第 1 片绝缘子处的锁紧销，脱开球头耳环与第 1 片绝缘子处的连接。

（18）地面电工松机动绞磨，另一地面电工拉好绝缘子串尾绳，配合将绝缘子串放至地面。

（19）地面电工将绝缘磨绳和绝缘子串尾绳分别转移到新盘形绝缘子串上。

（20）地面电工启动机动绞磨。将新盘形绝缘子串传递至塔上电工工作位置，塔上电工恢复新盘形绝缘子与球头挂环的连接，并复位锁紧销。

（21）地面电工松出磨绳，使新盘形绝缘子自然垂直，等电位 1、2 号电工配合恢复碗头挂板与联板处的连接，并装好碗头螺栓上的开口销。

（22）等电位 1、2 号电工松出小转角导线四钓卡丝杠，地面电工与等电位 1、2 号、塔上电工配合拆除更换卡具等工具。

（23）等电位 1 号电工检查确认导线上无遗留物，向工作负责人汇报，得到工作负责人同意后等电位 1、2 号电工按进入电场的逆顺序退出电位。

（24）塔上电工和等电位电工配合拆除塔上全部工具并传递下塔，随后等电位 1、2 号电工下塔。

（25）塔上电工检查确认塔上无遗留物，报经工作负责人同意后携带绝缘传递绳下塔。

（26）地面电工整理所用工器具和清理现场，工作负责人清点工器具。

（27）工作负责人向调度汇报。内容为：本人为工作负责人×××，500kV ××线路更换绝缘子串工作已结束，杆塔上作业人员已撤离，杆塔、导线上无遗留物，线路设备已恢复原状。

6. 安全措施及注意事项

（1）若在海拔 1000m 以上线路上带电作业时，应根据作业区不同海拔高度，修正各类空气间隙、绝缘工具的安全距离和长度、绝缘子片数等，经本单位主管生产领导（总工程师）批准后执行。

（2）本次作业应经现场勘察并编制带电更换直线小转角直线整串绝缘子的现场作业指导书，经本单位技术负责人或主管生产负责人批准后执行。

（3）作业应在良好天气下进行。如遇雷电（听见雷声、看见闪电）、雪雹、雨雾时不得进行带电作业。风力大于 5 级（10m/s）时，不宜进行作业。

（4）若需在相对空气湿度大于 80%的天气下进行带电作业时，应采用具有防潮性能的绝缘工具。

（5）本次作业不需申请停用线路重合闸装置，但工作前应向调度明确线路跳闸后，不经联系不得强送电的要求。

（6）杆塔上电工与带电体的安全距离在作业塔海拔高度 500m 以下时不小于 3.2m；海拔高度 500m 以上时不小于 3.4m。

（7）绝缘传递绳的有效绝缘长度不小于 3.7m。绝缘操作杆的有效绝缘长度不小于 4.0m。

（8）沿绝缘软梯进入强电场时，作业人员与接地体和带电体之间的组合间隙不得小于 4.0m。其人体裸露部分与带电体的有效距离不得小于 0.4m。

（9）等电位电工转移电位时严禁对等电位电工头部充放电，作业中等电位人员头部不得超过第 4 片绝缘子。

（10）若是盘形瓷质绝缘子，作业中扣除人体短接和零值（自爆）绝缘子片数后，良好绝缘子片数不少于 23 片（结构高度 155mm）。

（11）等电位电工应穿戴全套屏蔽服、导电鞋，且各部分应连接良好。屏蔽服内不得贴身穿着化纤类衣服。

（12）塔上电工必须穿着静电防护服、导电鞋，以防感应电的伤害。

（13）地面绝缘工器具应放在防潮苫布上，作业人员应戴清洁干燥手套，摇测绝缘电阻值不小于 700MΩ（电极宽 2cm，极间距 2cm）。

（14）新复合绝缘子必须检查并按说明书安装好均压环，若是盘形绝缘子应用干净毛巾进行表面清洁处理，瓷质绝缘子应摇测绝缘电阻值不小于 500MΩ。

（15）使用的工具、绝缘子上下起吊应用绝缘传递绳，金属工具在起吊传递过程中必须距带电体 1.5m 以外，再传递给操作人员。

（16）软梯必须安装可靠，等电位电工在进入电位前应试冲击判断其可靠性。

（17）所有使用的工器具必须安装可靠，工具受力后应冲击、检查判断其可靠性。

（18）等电位电工从绝缘软梯登上导线后，必须先系挂好安全带才能解开高强度绝缘防坠保护绳，脱离电位前必须系好高强度绝缘防坠保护绳后，再解开安全带向负责人申请退出等电位。

（19）等电位电工登软梯前，应与塔上电工配合试冲击防坠保护绳的牢固情况，塔上电工防坠保护绳控制方式应合理、可靠。

（20）利用机动绞磨起吊绝缘子串时，绞磨应放置平稳。磨绳在磨盘上应绕有足够的圈数，绞磨尾绳必须由有带电作业经验的电工控制，随时拉紧。

（21）地面绝缘工具应放置在防潮苫布上，绝缘工具使用前应用干净毛巾进行表面清洁处理。使用绝缘工具应戴清洁、干燥的手套，以防绝缘工具受潮和污染，收工或转移作业点时，应将绝缘工具装在工具袋内。

（22）在杆塔上作业过程中如遇设备突然停电，作业人员应视设备仍然带电。

（23）塔上电工登杆塔前，应对登高工具和安全带进行检查和冲击试验，全体作业人员必须戴安全帽。

（24）若作业塔上不能保持人身对带电体 3.2m（3.4m）安全距离时，应在相邻塔的工作相加装保护间隙，保护间隙安装前的距离应大于 2.5m，安装、调试后的距离为 1.3m。两电极必须可靠固定在绝缘杆上，横担侧的电极尾线不留裕度，加装保护间隙的人员应穿全套合格的屏蔽服。

（25）上、下杆塔或在杆塔上移位时，作业人员必须攀抓牢固构件，且双手不得持带任何器材。

（26）杆塔上作业时，不得失去安全带的保护。

（27）地面电工严禁在作业点垂直下方逗留，塔上电工应防止高空落物，使用的工具、材料应用绳索传递，不得乱扔。

（28）作业人员在杆塔上作业期间，工作监护人应对作业人员进行不间断监护，且不得从事其他工作。

六、500kV 输电线路地电位与等电位配合丝杠紧线杆作业法带电更换直线 V 形任意整串绝缘子

1. 作业方法

地电位与等电位配合丝杠紧线杆作业法。

2. 适用范围

适用于 500kV 直线 V 形任意整串绝缘子的更换。

3. 人员组合

本作业项目工作人员共计 7 人。其中工作负责人（监护人）1 人，等电位电工 1 人，塔上电工 2 人，地面电工 3 人。

4. 工器具配备

500kV 地电位与等电位配合丝杠紧线杆作业法带电更换直线 V 形任意整串绝缘子工器具配备一览表见表 5-6。

表 5-6　　　　　500kV 地电位与等电位配合丝杠紧线杆作业法带电更换
直线 V 形任意整串绝缘子工器具配备一览表

序号	工器具名称		规格、型号	数量	备　　注
1	绝缘工具	绝缘传递绳	SCJS-ϕ10mm	1 根	视工作杆塔高度而定
2		绝缘软梯	ϕ14mm×9m	1 副	
3		绝缘滑车	0.5t	1 只	
4		绝缘滑车	1t	1 只	
5		绝缘吊杆	ϕ32mm	1 根	
6		高强度绝缘绳	SCJS-ϕ32mm×10m	1 根	导线防坠落后备保护
7		绝缘托瓶架		1 副	
8		绝缘操作杆		1 根	
9		绝缘千斤		2 根	
10		绝缘磨绳	SCJS-ϕ18mm	1 根	视工作杆塔高度而定

序号	工器具名称		规格、型号	数量	备 注
11		V串导线四钩卡		1个	
12		导线侧联板卡具		1只	
13	金属工具	机动绞磨		1台	
14		专用横担卡具		1只	
15		瓷质绝缘子检测装置		1套	瓷质绝缘子用
16		高强度绝缘保护绳	SCJS-ϕ14mm×9m	3根	防坠落保护
17		静电防护服		2套	
18	个人防护用具	导电鞋		4双	备用1双
19		安全带		4根	备用1根
20		屏蔽服		2套	备用1套
21		安全帽		7顶	
22		保护间隙		1副	备用
23		万用表		1块	测量屏蔽服连接导通用
24	辅助安全工具	兆欧表	5000V	1块	电极宽 2cm，极间距 2cm
25		防潮苫布	2m×4m	2块	
26		对讲机		2部	
27		工具袋		3只	装绝缘工具用

注 1. 若要挂保护间隙，还需增加工器具。

　　2. 瓷质绝缘子检测装置包括：分布电压检测仪、绝缘电阻检测仪和火花间隙装置等。采用火花间隙装置测零时，每次检测前应用专用塞尺按 DL 415 要求测量放电间隙尺寸。

5. 作业程序

按照本次作业现场勘察后编写的现场作业指导书。

（1）工作负责人向电网调度申请开工，内容为：本人为工作负责人×××，×年×月×日需在 500kV ××线路上更换绝缘子作业，本次作业按《国家电网公司电力安全工作规程（电力线路部分）》第 8.1.7 条要求，确定是否停用线路重合闸装置，若遇线路跳闸，不经联系，不得强送。得到调度许可，核对线路双重名称和杆塔号。

（2）全体工作成员列队，工作负责人现场宣读工作票、交工作任务、安全措施和技术措施；查（问）看作业人员精神状况、着装情况和工器具是否完好齐全。确认危险点和预防措施，明确作业分工以及安全注意事项。

（3）地面电工采用兆欧表摇测绝缘工具的绝缘电阻，检查丝杠、卡具等工具是否完好齐全、屏蔽服（静电防护服）不得有破损、洞孔和毛刺状等缺陷。

（4）地面电工正确布置施工现场，合理放置机动绞磨。

（5）等电位电工穿着全套屏蔽服（包括帽、衣裤、手套、袜和导电鞋），必要时，屏蔽服内穿阻燃内衣，地面电工负责检查袜裤、裤衣、袖和手套的连接是否完好，用万用表测试袜、裤、衣、手套等连接导通情况。

（6）塔上电工必须穿着静电防护服、导电鞋。

（7）塔上 1 号电工携带绝缘传递绳登塔至横担处，系挂好安全带，将绝缘滑车和绝缘传递绳在作业横担适当位置安装好，塔上 2 号电工随后登塔。

（8）若是盘形瓷质绝缘子时，地面电工将绝缘子检测装置及绝缘操作杆组装好后传递给塔上电工，塔上电工检测复核所要更换绝缘子串的零值绝缘子，当同串（28 片）零值绝缘子达到 6 片时应立即停止检测，并结束本次带电作业工作。（结构高度 155mm）。

（9）等电位电工登塔至塔身与下曲背连接处，地面电工传递软梯头及绝缘软梯至下子导线位置，等电位电工控制好绝缘软梯与地面电工配合将软梯安装在单根子导线上。

（10）地面电工传递高强度绝缘保护绳给塔上 1 号电工，塔上 1 号电工将绝缘保护绳放至等电位电工，等电位电工打好高强度绝缘保护绳。

（11）等电位电工由下曲背连接处上绝缘软梯站好，地面电工慢慢松绝缘传递绳，让软梯头及绝缘软梯沿下子导线向外滑至距塔身大于 1.5m 处。

（12）塔上 1 号电工拉紧绝缘防坠落保护绳，配合等电位电工沿软梯上到头部距下子导线 500mm 位置后停下，通知工作负责人，得到工作负责人许可后等电位电工进入电位。

（13）等电位电工进入等电位后，不能将安全带系在上子导线上，在高强度绝缘保护绳的保护下进行其他检修作业。

（14）地面电工将专用横担卡具、绝缘吊杆、V 串导线四钩卡、联板卡具分别传递给塔上 1 号、2 号电工和等电位电工工作位置，塔上 1、2 号电工和等电位电工配合将绝缘子更换工具安装在被更换侧三角联板和导线上。

（15）地面电工将导线绝缘后备保护绳传递到工作位置。塔上 1、2 号电工和等电位电工配合将导线后备保护可靠的安装在导线和横担或塔身之间，且塔身、导线后备保护绳控制裕度（长度）适当，确保更换卡具失灵后带电导线与塔身的安全距离。

（16）地面电工将绝缘磨绳、绝缘子串尾绳分别传递给塔上 1 号电工和等电位电工。

（17）塔上 1 号电工将绝缘磨绳安装在横担上，等电位电工将绝缘子串尾绳安装在导线侧第 1 片绝缘子上。

（18）塔上 2 号电工收紧 V 串四钩卡丝杆，使更换串绝缘子松弛，等电位电工手抓 V 串四钩卡冲击检查无误后，拆除碗头螺栓与四联板的连接。

（19）塔上 2 号电工将磨绳绑扎在第 3 片绝缘子，地面电工拉紧托瓶架绝缘绳，塔上 2 号电工拔掉球头挂环与第 1 片绝缘子处的锁紧销，脱开球头耳环与第 1 片绝缘子处的连接，地面电工松托瓶架绳使绝缘子串摆至自然垂直。

（20）地面电工松机动绞磨，另一地面电工拉好绝缘子串尾绳，配合将绝缘子串放至地面。

（21）地面电工将绝缘磨绳和绝缘子串尾绳分别转移到新盘形绝缘子串上。

（22）地面电工启动机动绞磨。将新盘形绝缘子串传递至塔上电工 2 号工作位置，塔上 2 号电工恢复新盘形绝缘子与球头挂环的连接，并复位锁紧销。

（23）地面电工与等电位电工配合将绝缘子串拉至导线处并恢复碗头挂板与联板处的连接，等电位电工装好碗头螺栓上的开口销。

（24）等电位电工检查确认导线上连接完好后，经工作负责人同意后，塔上电工和等电位电工配合拆除全部更换工具并传递下塔。

（25）等电位电工检查确认导线上无遗留物后，向工作负责人汇报，得到工作负责人同意后等电位电工退出电位，与塔上 2 号电工下塔。

（26）塔上 1 号电工检查确认塔上无遗留物，报经工作负责人得到同意后携带绝缘传递绳下塔。

（27）地面电工整理所用工器具和清理现场，工作负责人清点工器具。

（28）工作负责人向调度汇报。内容为：本人为工作负责人×××，500kV ××线路更换绝缘子串工作已结束，杆塔上作业人员已撤离，杆塔、导线上无遗留物，线路设备已恢复原状。

6. 安全措施及注意事项

（1）若在海拔 1000m 以上线路上带电作业时，应根据作业区不同海拔高度，修正各类空气间隙、绝缘工具的安全距离和长度、绝缘子片数等，经本单位主管生产领导（总工程师）批准后执行。

（2）本次作业应经现场勘察并编制带电更换悬垂 V 串的整串绝缘子的现场作业指导书，经本单位技术负责人或主管生产负责人批准后执行。

（3）作业应在良好天气下进行。如遇雷电（听见雷声、看见闪电）、雪雹、雨雾时不得进行带电作业。风力大于 5 级（10m/s）时，不宜进行作业。

（4）若需在相对空气湿度大于 80% 的天气下进行带电作业时，应采用具有防潮性能的绝缘工具。

（5）本次作业不需申请停用线路重合闸装置，但工作前应向调度明确线路跳闸后，不经联系不得强送电的要求。

（6）杆塔上电工与带电体的安全距离在作业塔海拔高度 500m 以下时不小于 3.2m；海拔高度 500m 以上时不小于 3.4m。

（7）绝缘传递绳的有效绝缘长度不小于 3.7m。绝缘操作杆的有效绝缘长度不小于 4.0m。

（8）沿绝缘软梯进入强电场时，作业人员与接地体和带电体之间的组合间隙不得小于 4.0m。其人体裸露部分与带电体的有效距离不得小于 0.4m。

（9）等电位电工转移电位时严禁对等电位电工头部充放电，作业中等电位人员头部不得超过第 4 片绝缘子。

（10）等电位电工应穿戴全套屏蔽服、导电鞋，且各部分应连接良好。屏蔽服内不得贴身穿着化纤类衣服。

（11）塔上电工必须穿着静电防护服、导电鞋，以防感应电的伤害。

（12）地面绝缘工具应放在防潮苫布上，作业人员应戴清洁干燥手套，摇测绝缘电阻值不小于 700MΩ（电极宽 2cm，极间距 2cm）。

（13）若是盘形瓷质绝缘子，作业中扣除人体短接和零值（自爆）绝缘子片数后，良好绝缘子片数不少于 23 片（结构高度 155mm）。

（14）新复合绝缘子必须检查并按说明书安装好均压环，若是盘形绝缘子应用干净毛巾

进行表面清洁处理，瓷质绝缘子的绝缘电阻值不小于 500MΩ。

（15）使用的工具、绝缘子上下起吊应用绝缘传递绳，金属工具在起吊传递过程中必须距带电体 1.5m 以外，再传递给操作人员。

（16）软梯必须安装可靠，等电位电工在进入电位前应试冲击判断其可靠性，并有高强度绝缘保护绳作后备保护。

（17）所有使用的工器具必须安装可靠，工具受力后应冲击、检查判断其可靠性。

（18）等电位电工从绝缘软梯登上导线后，必须先系挂好安全带才能解开防坠后备保护绳，脱离电位前必须系好防坠后备保护绳后，才能解开安全带，并向负责人申请后才能退出等电位。

（19）等电位电工登软梯前，应与塔上电工配合试冲击绝缘防坠保护绳的牢固情况，塔上电工高强度绝缘保护绳控制方式应合理、可靠。

（20）作业时必须有导线防脱落和防偏移的后备保护措施，塔身与导线的防偏移保护绳应控制适当。

（21）摘开 V 串绝缘子前，必须详细检查联板卡具、绝缘吊杆、V 串四钩卡、联板卡具等受力部件是否正常良好，经检查后认为无问题后方可摘开、更换 V 绝缘子串。

（22）利用机动绞磨起吊绝缘子串时，绞磨应放置平稳。磨绳在磨盘上应绕有足够的圈数，绞磨尾绳必须由有带电作业经验的电工控制，随时拉紧。

（23）绝缘工具使用前应用干净毛巾进行表面清洁处理。使用绝缘工具应戴清洁、干燥的手套，以防绝缘工具受潮和污染，收工或转移作业点时，应将绝缘工具装在工具袋内。

（24）在杆塔上作业过程中如遇设备突然停电，作业人员应视设备仍然带电。

（25）塔上电工登杆塔前，应对登高工具和安全带进行检查和冲击试验，全体作业人员必须戴安全帽。

（26）若作业塔上不能保持人身对带电体 3.2m（3.4m）安全距离时，应在相邻塔的工作相加装保护间隙，保护间隙安装前的距离应大于 2.5m，安装、调试后的距离为 1.3m。两电极必须可靠固定在绝缘杆上，横担侧的电极尾线不留裕度，加装保护间隙的人员应穿全套合格的屏蔽服。

（27）上、下杆塔或在杆塔上移位时，作业人员必须攀抓牢固构件，且双手不得持带任何器材。

（28）杆塔上作业时，不得失去安全带的保护。

（29）地面电工严禁在作业点垂直下方逗留，塔上电工应防止高空落物，使用的工具、材料应用绳索传递，不得乱扔。

（30）作业人员在杆塔上作业期间，工作监护人应对作业人员进行不间断监护，且不得从事其他工作。

七、500kV 输电线路地电位与等电位配合丝杠紧线杆作业法带电更换直线 L 形整串绝缘子

1. 作业方法
地电位与等电位配合丝杠紧线杆作业法。

2. 适用范围

适用于 500kV 直线 L 形整串绝缘子的更换。

3. 人员组合

本作业项目工作人员共计 7 人。其中工作负责人（监护人）1 人，等电位电工 1 人，塔上电工 2 人，地面电工 3 人。

4. 工器具配备

500kV 地电位与等电位配合丝杠紧线杆作业法带电更换直线 L 形整串绝缘子工器具配备一览表见表 5-7。

表 5-7　　　　　　　　　500kV 地电位与等电位配合丝杠紧线杆作业法带电
更换直线 L 形整串绝缘子工器具配备一览表

序号	工器具名称		规格、型号	数量	备　注
1	绝缘工具	绝缘传递绳	SCJS-ϕ10mm	1 根	视工作杆塔高度而定
2		绝缘软梯	ϕ14mm×9m	1 副	
3		绝缘滑车	0.5t	1 只	
4		绝缘滑车	1t	1 只	
5		绝缘吊杆	ϕ32mm	1 根	
6		高强度绝缘绳	SCJS-ϕ32mm×8m	1 根	导线防坠落保护
7		操作杆		1 根	
8		绝缘传递绝缘子串绳	SCJS-ϕ18mm	1 根	视工作杆塔高度而定
9	金属工具	L 串导线四钩卡		1 个	
10		机动绞磨		1 台	
11		专用横担卡具		1 只	或塔身挂点卡具
12		瓷质绝缘子检测装置		1 套	瓷质绝缘子用
13	个人防护用具	高强度绝缘保护绳	SCJS-ϕ14mm×9m	1 根	防坠落保护
14		静电防护服		2 套	塔上电工
15		导电鞋		4 双	备用 1 双
16		安全带		4 根	备用 1 根
17		屏蔽服		2 套	备用 1 套
18		安全帽		7 顶	
19	辅助安全工具	保护间隙		1 副	备用
20		万用表		1 块	测量屏蔽服连接导通用
21		兆欧表	5000V	1 块	电极宽 2cm，极间距 2cm
22		防潮苫布	2m×4m	4 块	
23		对讲机		2 部	
24		工具袋		3 只	装绝缘工具用

注　1. 若要挂保护间隙，还需增加工器具。

　　2. 瓷质绝缘子检测装置包括：分布电压检测仪、绝缘电阻检测仪和火花间隙装置等。采用火花间隙装置测零时，每次检测前应用专用塞尺按 DL 415 要求测量放电间隙尺寸。

5. 作业程序

按照本次作业现场勘察后编写的现场作业指导书。

（1）工作负责人向电网调度申请开工，内容为：本人为工作负责人×××，×年×月×日需在 500kV ××线路上更换绝缘子作业，本次作业按《国家电网公司电力安全工作规程（电力线路部分）》第 8.1.7 条要求，确定是否停用线路重合闸装置，若遇线路跳闸，不经联系，不得强送。得到调度许可，核对线路双重名称和杆塔号。

（2）全体工作成员列队，工作负责人现场宣读工作票、交工作任务、安全措施和技术措施；查（问）看作业人员精神状况、着装情况和工器具是否完好齐全。确认危险点和预防措施，明确作业分工以及安全注意事项。

（3）地面电工采用兆欧表摇测绝缘工具的绝缘电阻，检查丝杠、卡具等工具是否完好齐全、屏蔽服（静电防护服）不得有破损、洞孔和毛刺状等缺陷。

（4）地面电工正确布置施工现场，合理放置机动绞磨。

（5）等电位电工穿着全套屏蔽服（包括帽、衣裤、手套、袜和导电鞋），必要时，屏蔽服内穿阻燃内衣，地面电工负责检查袜裤、裤衣、袖和手套的连接是否完好，用万用表测试袜、裤、衣、手套等连接导通情况。

（6）塔上电工必须穿着静电防护服、导电鞋。

（7）塔上 1 号电工携带绝缘传递绳登塔至横担处，系挂好安全带，将绝缘滑车和绝缘传递绳在作业横担适当位置安装好，塔上 2 号电工随后登塔。

（8）若是盘形瓷质绝缘子时，地面电工将绝缘子检测装置及绝缘操作杆组装好后传递给塔上电工，塔上电工检测复核所要更换绝缘子串的零值绝缘子，当同串（28 片）零值绝缘子达到 6 片时应立即停止检测，并结束本次带电作业工作。（结构高度 155mm）。

（9）等电位电工登塔至塔身与下曲背连接处，地面电工传递软梯头及绝缘软梯至下子导线位置，等电位电工控制好绝缘软梯与地面电工配合将软梯安装在单根子导线上。

（10）地面电工传递高强度绝缘保护绳给塔上 1 号电工，塔上 1 号电工将绝缘保护绳放至等电位电工，等电位电工打好高强度绝缘保护绳。

（11）等电位电工由下曲背连接处上绝缘软梯站好，地面电工慢慢松绝缘传递绳，让软梯头及绝缘软梯沿下子导线向外滑至距塔身大于 1.5m 处。

（12）塔上 1 号电工拉紧绝缘防坠落保护绳，配合等电位电工沿软梯上到头部距下子导线 500mm 位置后停下，通知工作负责人，得到工作负责人许可后等电位电工进入电位。

（13）等电位电工进入等电位后，不能将安全带系在上子导线上，在高强度绝缘保护绳的保护下进行其他检修作业。

（14）地面电工将专用横担卡具、绝缘吊杆、L 串四钓卡分别传递给塔上 2 号电工和等电位电工工作位置，塔上 2 号电工和等电位电工配合将更换提线工具安装在被更换侧绝缘子串联板和导线上。

（15）地面电工将导线绝缘后备保护绳传递到工作位置。塔上 1 号、2 号电工和等电位电工配合将导线后备保护可靠的安装在导线和横担或塔身之间，导线后备保护绳控制裕度（长度）适当，确保更换卡具失灵后带电导线与塔身的安全距离。

（16）地面电工将绝缘磨绳、绝缘子串尾绳分别传递给塔上 2 号电工和等电位电工。

（17）塔上 2 号电工将绝缘磨绳安装在横担上，等电位电工将绝缘子串尾绳安装在导线侧第 1 片绝缘子上。

（18）塔上 1 号电工收紧 L 串四钩卡丝杠，使更换串绝缘子松弛，等电位电工手抓 V 串四钩卡冲击检查无误后，拆除碗头螺栓与导线联板的连接。

（19）塔上 2 号电工将磨绳绑扎在第 3 片绝缘子，地面电工收紧机动绞磨的绝缘磨绳，塔上 2 号电工拔掉球头挂环与第 1 片绝缘子处的锁紧销，脱开球头耳环与第 1 片绝缘子处的连接。

（20）地面电工松机动绞磨，另一地面电工拉好绝缘子串尾绳，配合将绝缘子串放至地面。

（21）地面电工将绝缘磨绳和绝缘子串尾绳分别转移到新盘形绝缘子串上。

（22）地面电工启动机动绞磨。将新盘形绝缘子串传递至塔上 2 号电工工作位置，塔上 2 号电工恢复新盘形绝缘子与球头挂环的连接，并复位锁紧销。

（23）地面电工与等电位电工配合将绝缘子串拉至导线处并恢复碗头挂板与联板处的连接，等电位电工装好碗头螺栓上的开口销。

（24）等电位电工检查确认导线上连接完好后，报经工作负责人同意后，塔上电工和等电位电工配合拆除全部更换工具并传递下塔。

（25）等电位电工检查确认导线上无遗留物后，向工作负责人汇报，得到工作负责人同意后，等电位电工退出电位和塔上 2 号电工下塔。

（26）塔上 1 号电工检查确认塔上无遗留物后，报经工作负责人得到同意后携带绝缘传递绳下塔。

（27）地面电工整理所用工器具和清理现场，工作负责人清点工器具。

（28）工作负责人向调度汇报。内容为：本人为工作负责人×××，500kV ××线路更换绝缘子串工作已结束，杆塔上作业人员已撤离，杆塔上、线上无遗留物，线路设备已恢复原状。

6. 安全措施及注意事项

（1）若在海拔 1000m 以上线路上带电作业时，应根据作业区不同海拔高度，修正各类空气间隙、绝缘工具的安全距离和长度、绝缘子片数等，经本单位主管生产领导（总工程师）批准后执行。

（2）本次作业应经现场勘察并编制带电更换直线 L 串的整串绝缘子的现场作业指导书，经本单位技术负责人或主管生产负责人批准后执行。

（3）作业应在良好天气下进行。如遇雷电（听见雷声、看见闪电）、雪雹、雨雾时不得进行带电作业。风力大于 5 级（10m/s）时，不宜进行作业。

（4）若需在相对空气湿度大于 80%的天气下进行带电作业时，应采用具有防潮性能的绝缘工具。

（5）本次作业不需申请停用线路重合闸装置，但工作前应向调度明确线路跳闸后，不经联系不得强送电的要求。

（6）杆塔上电工与带电体的安全距离在作业塔海拔高度 500m 以下时不小于 3.2m；海拔高度 500m 以上时不小于 3.4m。

（7）绝缘传递绳的有效绝缘长度不小于 3.7m。绝缘操作杆的有效绝缘长度不小于 4.0m。

（8）沿绝缘软梯进入强电场时，作业人员与接地体和带电体之间的组合间隙不得小于 4.0m。其人体裸露部分与带电体的有效距离不得小于 0.4m。

（9）等电位电工转移电位时严禁对等电位电工头部充放电，作业中等电位人员头部不得超过第 4 片绝缘子。

（10）地面绝缘工具应放在防潮苫布上，作业人员应戴清洁干燥手套，摇测绝缘电阻值不小于 700MΩ（电极宽 2cm，极间距 2cm）。

（11）等电位电工应穿戴全套屏蔽服、导电鞋，且各部分应连接良好。屏蔽服内不得穿着化纤类衣服。

（12）塔上电工必须穿着静电防护服、导电鞋，以防感应电的伤害。

（13）新复合绝缘子必须检查并按说明书安装好均压环，若是盘形绝缘子应用干净毛巾进行表面清洁处理，瓷质绝缘子应摇测，其绝缘电阻值不小于 500MΩ。

（14）使用的工具、绝缘子上下起吊应用绝缘传递绳，金属工具在起吊传递过程中必须距带电体 1.5m 以外，再传递给操作人员。

（15）绝缘软梯必须安装可靠，等电位电工在进入电位前应试冲击判断其可靠性，并有防坠落绝缘保护绳。

（16）等电位电工从绝缘软梯登上导线后，必须先系挂好安全带才能解开防坠绝缘保护绳，脱离电位前必须系好防坠绝缘保护绳后，再解开安全带经工作负责人后退出等电位。

（17）等电位电工登软梯前，应与塔上电工配合试冲击防坠绝缘保护绳的牢固情况，塔上电工防坠绝缘保护绳控制方式应合理、可靠。

（18）所有使用的工具必须安装可靠，工具受力后应冲击、检查判断其可靠性。

（19）作业时必须有导线防脱落和防偏移的后备保护措施，塔身与导线的防偏移保护绳应控制适当。

（20）利用机动绞磨起吊绝缘子串时，绞磨应放置平稳。磨绳在磨盘上应绕有足够的圈数，绞磨尾绳必须由有带电作业经验的电工控制，随时拉紧，不可疏忽放松。

（21）绝缘工具使用前应用干净毛巾进行表面清洁处理。使用绝缘工具应戴清洁、干燥的手套，以防绝缘工具受潮和污染，收工或转移作业点时，应将绝缘工具装在工具袋内。

（22）在杆塔上作业过程中如遇设备突然停电，作业人员应视设备仍然带电。

（23）塔上电工登杆塔前，应对登高工具和安全带进行检查和冲击试验，全体作业人员必须戴安全帽。

（24）若作业塔上不能保持人身对带电体 3.2m（3.4m）安全距离时，应在相邻塔的工作相加装保护间隙，保护间隙安装前的距离应大于 2.5m，安装、调试后的距离为 1.3m。两电极必须可靠固定在绝缘杆上，横担侧的电极尾线不留裕度，加装保护间隙的人员应穿全套合格的屏蔽服。

（25）上、下杆塔或在杆塔上移位时，作业人员必须攀抓牢固构件，且双手不得持带任何器材。

（26）杆塔上作业时，不得失去安全带的保护。

（27）地面电工严禁在作业点垂直下方逗留，塔上电工应防止高空落物，使用的工具、

材料应用绳索传递，不得乱扔。

（28）作业人员在杆塔上作业期间，工作监护人应对作业人员进行不间断监护，且不得从事其他工作。

八、500kV 输电线路地电位与等电位配合紧线杆托瓶架作业法带电更换直线串任意单片绝缘子

1. 作业方法

地电位与等电位配合紧线杆托瓶架作业法。

2. 适用范围

适用于 500kV 直线单串任意单片绝缘子的更换。

3. 人员组合

本作业项目工作人员共计 7 人。其中工作负责人（监护人）1 人，等电位电工 1 人，塔上电工 2 人，地面电工 3 人。

4. 工器具配备

500kV 地电位与等电位配合紧线杆托瓶架作业法带电更换直线串任意单片绝缘子工器具配备一览表见表 5-8。

表 5-8　　　　　　　**500kV 地电位与等电位配合紧线杆托瓶架作业法带电**
更换直线串任意单片绝缘子工器具配备一览表

序号	工具名称		规格、型号	数量	备　注
1		绝缘传递绳	SCJS-ϕ14mm	1 根	视作业杆塔高度而定
2		绝缘滑车	0.5t	1 只	
3		绝缘吊杆	ϕ32mm	2 根	
4	绝缘工具	2-2 滑车组绝缘绳	SCJS-ϕ14mm	1 根	视作业杆塔高度而定
5		2-2 绝缘滑车组		1 组	配绝缘绳索
6		绝缘操作杆	500kV	1 根	
7		托瓶架		1 副	
8		四线提线器		2 只	
9		平面丝杠		2 只	
10	金属工具	横担专用卡具		2 只	卡具分别单独固定
11		专用吊篮		1 套	
12		瓷质绝缘子检测装置		1 套	瓷质绝缘子用
13		保护间隙		1 副	备用
14	个人防护用具	高强度绝缘防坠保护绳	SCJS-ϕ14mm×9m	2 根	
15		屏蔽服		1 套	等电位电工

序号	工具名称		规格、型号	数量	备注
16	个人防护用具	静电防护服		2 套	备用 1 套
17		导电鞋		4 双	备用 1 双
18		安全带		4 根	备用 1 根
19		安全帽		6 顶	
20	辅助安全用具	风速仪风向仪		1 块	
21		湿度表		1 块	
22		万用表		1 块	测量屏蔽服导通用
23		兆欧表	5000V	1 块	电极宽 2cm，极间距 2cm
24		防潮苫布	2m×4m	1 块	
25		对讲机		2 部	
26		工具袋		2 只	装绝缘工具用

注　1. 采用双导线四线提线钩且横担侧固定器各自单独时，可不用导线后备保护绳。

　　2. 瓷质绝缘子检测装置包括：分布电压、绝缘电阻检测仪和火花间隙装置等。采用火花间隙装置测零时，每次检测前应用专用塞尺按 DL 415 要求测量放电间隙尺寸。

5. 作业程序

按照本次作业现场勘察后编写的现场作业指导书。

（1）工作负责人向电网调度申请开工，内容为：本人为工作负责人×××，×年×月×日需在 500kV ××线路上更换绝缘子作业，本次作业按《国家电网公司电力安全工作规程（电力线路部分）》第 8.1.7 条要求，确定是否停用线路重合闸装置，若遇线路跳闸，不经联系，不得强送。得到调度许可，核对线路双重名称和杆塔号。

（2）全体工作成员列队，工作负责人现场宣读工作票、交工作任务、安全措施和技术措施；查（问）看作业人员精神状况、着装情况和工器具是否完好齐全。确认危险点和预防措施，明确作业分工以及安全注意事项。

（3）地面电工采用兆欧表摇测绝缘工具的绝缘电阻，检查丝杠、卡具等工具是否完好齐全、屏蔽服不得破损、金属纤维断丝等缺陷。

（4）等电位电工穿着全套屏蔽服、导电鞋，屏蔽服内必要时穿着阻燃内衣。地面电工负责检查袜裤、裤衣、袖和手套的连接是否完好，用万用表测试袜、裤、衣、手套等导通情况。

（5）塔上电工携带绝缘传递绳登塔至横担处，系挂好安全带，将绝缘滑车和绝缘传递绳在作业横担适当位置安装好。

（6）若是盘形瓷质绝缘子时，地面电工将绝缘子检测装置及绝缘操作杆组装好后吊给塔上电工，塔上电工检测复核所要更换绝缘子串的零值绝缘子，当同串（28 片）零值绝缘子达到 6 片时应立即停止检测，并结束工作（结构高度 155mm）。

（7）地面电工配合将 2-2 滑车组、吊篮及吊篮轨迹控制绳递到工作位置，塔上 2 号电工与等电位电工配合，将 2-2 滑车组、吊篮安装在距绝缘子串吊点大于绝缘子串长横担上平面合适位置，将吊篮轨迹控制绳安装绝缘子串挂点附近合适位置。

（8）地面电工收紧 2-2 滑车组，等电位电工系好绝缘防坠落绳，进入专用吊篮。

（9）地面电工放松 2-2 滑车组，配合等电位电工进入等电位。

（10）地面电工将横担固定器、平面丝杠、整套绝缘吊杆、四线提线器传递到工作位置，由塔上 1 号电工将绝缘子更换工具安装在被更换的绝缘子串两侧。

（11）地面电工传递绝缘托瓶架，塔上 1 号电工将托瓶架安装在绝缘子串挂点附近，托瓶架开口方向对准 2-2 滑车组。

（12）等电位电工系好托瓶架导线侧端部点绳，将 2-2 滑车组与托瓶架导线侧端部点绳可靠连接。

（13）塔上 1 号电工同时均匀收紧两平面丝杠，使绝缘子松弛，等电位电工手抓四线提线器冲击检查无误，报经工作负责人同意后。

（14）等电位电工取出导线侧第 1 片绝缘子上的锁紧销，脱开绝缘子串。

（15）地面电工收紧 2-2 滑车组，将绝缘子串拉至杆塔横担平行位置。

（16）地面电工传递绝缘子至横担作业点附近，塔上 2 号电工拆除需更换的劣化绝缘子上、下锁紧销，换下零劣质绝缘子。

（17）塔上 2 号电工换上新绝缘子，并复位新绝缘子上、下锁紧销。

（18）地面电工松放 2-2 滑车组，将绝缘子串放至自然垂直位置。

（19）等电位电工恢复导线侧绝缘子串的连接。将 2-2 滑车组转移至专用吊篮上。配合塔上 1 号电工拆除托瓶架。

（20）等电位电工检查绝缘子串连接无误，报经工作负责人同意后。塔上电工松出平面丝杠，地面电工与塔上电工和等电位电工配合拆除全部作业工具。

（21）等电位电工检查确认导线上无遗留物后，向工作负责人汇报，得到同意后等电位电工作退出电位的准备。

（22）地面电工收紧 2-2 滑车组配合等电位电工进入专用吊篮，地面电工继续收紧 2-2 滑车组配合等电位电工退出电位并返回横担。

（23）等电位电工与塔上电工配合拆除塔上全部作业工具并传递下塔。

（24）塔上电工检查确认塔上无遗留物，报经工作负责人得到同意后携带绝缘传递绳下塔。

（25）地面电工整理所用工器具，工作负责人（监护人）清点工器具。

（26）工作负责人向调度汇报。内容为：本人为工作负责人×××，500kV ××线路上带电更换绝缘子工作已结束，杆塔上作业人员已撤离，杆塔、导线上无遗留物，线路设备已恢复原状。

6. 安全措施及注意事项

（1）若在海拔 1000m 以上线路上带电作业时，应根据作业区不同海拔高度，修正各类空气间隙、绝缘工具的安全距离和长度、绝缘子片数等，经本单位主管生产领导（总工程师）批准后执行。

（2）本次作业应经现场勘察并编制带电更换劣化绝缘子的现场作业指导书，经本单位技术负责人或主管生产负责人批准后执行。

（3）作业应在良好天气下进行。如遇雷电（听见雷声、看见闪电）、雪雹、雨雾时不得进行带电作业。风力大于 5 级（10m/s）时，不宜进行作业。

（4）若需在相对空气湿度大于 80%的天气下进行带电作业时，应采用具有防潮性能的绝缘工具。

（5）本次作业不需申请停用线路重合闸装置，但工作前应向调度明确线路跳闸后，不经联系不得强送电的要求。

（6）杆塔上电工与带电体的安全距离在作业塔海拔高度 500m 以下时不小于 3.2m；海拔高度 500m 以上时不小于 3.4m。

（7）绝缘传递绳的有效绝缘长度不小于 3.7m。绝缘操作杆的有效绝缘长度不小于 4.0m。

（8）利用吊篮进入强电场时，2–2 滑车组尾绳必须牢固可靠，作业人员与接地体和带电体之间的组合间隙不得小于 4.0m。其人体裸露部分与带电体的有效距离不得小于 0.4m。

（9）等电位电工转移电位时严禁对等电位电工头部充放电，作业中等电位人员头部不得超过第 4 片绝缘子。

（10）等电位电工应穿戴全套屏蔽服（包括帽、衣裤、手套、袜和导电鞋），且各部分应连接良好。屏蔽服内不得贴身穿着化纤类衣服。塔上电工必须穿着静电防护服、导电鞋。

（11）地面绝缘工具应放在防潮苫布上，作业人员应戴清洁干燥手套，摇测绝缘电阻值不小于 700MΩ（电极宽 2cm，极间距 2cm）。

（12）对盘形瓷质绝缘子，作业中扣除人体短接和零值（自爆）绝缘子片数后，良好绝缘子片数不少于 23 片（结构高度 155mm）。

（13）新绝缘子应用干净毛巾进行表面清洁处理，瓷质绝缘子应摇测，其绝缘电阻值大于 500MΩ。

（14）使用的工具、绝缘子上下起吊应用绝缘传递绳，金属工具在起吊传递过程中必须距带电体 1.5 米以外，到达同电位后再传递给操作人员。

（15）吊篮必须安装可靠，等电位电工在进入电位前应试冲击判断其可靠性。

（16）所有使用的器具必须安装可靠，工具受力后应冲击、检查判断其可靠性。

（17）地面电工利用绝缘 2–2 滑车组和托瓶架起吊和放松绝缘子串时，2–2 滑车组尾绳必须牢固可靠。

（18）等电位电工从吊篮梯登上导线后，必须先系挂好安全带才能解开防坠后备保护绳，脱离电位前必须系好防坠后备保护绳后，再解开安全带向负责人申请进入专用吊篮。

（19）等电位电工进入专用吊篮前，地面电工应收紧，2–2 滑车组尾绳，塔上电工防坠保护绳控制方式应合理、可靠。

（20）地面绝缘工具应放置在防潮苫布上，绝缘工器具使用前应用干净毛巾进行表面清洁处理。使用绝缘工具应戴清洁、干燥的手套，防止受潮和污染，收工或转移作业点时，应将绝缘绳、软梯等装在工具袋内。

（21）在杆塔上作业过程中如遇设备突然停电，作业人员应视设备仍然带电。

（22）塔上电工杆塔前，应对安全带等进行检查和冲击试验，全体作业人员必须戴安全帽。

（23）若作业塔上不能保持人身对带电体 3.2m（3.4m）安全距离时，应在相邻塔的工作相加装保护间隙，安装前保护间隙距离为 2.8m，安装后保护间隙距离为 1.3m。两电极必须可靠固定在绝缘杆上，横担侧的电极尾线不留裕度，加装保护间隙的人员应穿全套合格的屏蔽服。

（24）上下杆塔或在杆塔上移位时，作业人员必须攀抓牢固构件，且双手不得持带任何器材。

（25）杆塔上作业时，不得失去安全带的保护。

（26）地面电工严禁在作业点垂直下方逗留，塔上电工应防止高空落物，使用的工具、材料应用绳索传递，不得乱扔。

（27）作业期间，工作监护人应对作业人员进行不间断监护，不得从事其他工作。

第二节　500kV 耐张绝缘子串

一、500kV 输电线路地电位法带电更换耐张横担侧第 1 片绝缘子

1. 作业方法

地电位法。

2. 适用范围

适用于 500kV 双联耐张横担侧第 1 片绝缘子的更换。

3. 人员组合

本作业项目工作人员共计 4 人。其中工作负责人（监护人）1 人，塔上电工 1 人，地面电工 2 人。

4. 工器具配备

500kV 地电位法带电更换耐张横担侧第 1 片绝缘子工器具配备一览表见表 5-9。

表 5-9　　500kV 地电位法带电更换耐张横担侧第 1 片绝缘子工器具配备一览表

序号	工器具名称		规格、型号	数量	备　　注
1	绝缘工具	绝缘传递绳	SCJS-φ10mm	1 根	视作业杆塔高度而定
2		绝缘滑车	0.5t	1 只	
3		绝缘操作杆	500kV	1 根	
4	金属工具	翼形卡前卡	500kV	1 只	适用绝缘子型号、吨位
5		双头丝杆		2 只	
6		闭式卡下卡		1 只	
7		专用接头		2 个	
8		瓷质绝缘子检测装置		1 套	瓷质绝缘子用

续表

序号	工器具名称		规格、型号	数量	备　注
9	个人防护用具	静电防护服		2 套	备用 1 套
10		导电鞋		2 双	备用 1 双
11		安全帽		4 顶	
12		安全带		2 根	备用 1 根
13	辅助安全用具	兆欧表		1 块	电极宽 2cm，极间距 2cm
14		对讲机		2 部	
15		防潮苫布	2m×4m	2 块	
16		工具袋		2 只	装绝缘工具用

注　瓷质绝缘子检测装置包括：分布电压检测仪、绝缘电阻检测仪和火花间隙装置等。采用火花间隙装置测零时，每次检测前应用专用塞尺按 DL 415 要求测量放电间隙尺寸。

5. 作业程序

按照本次作业现场勘察后编写的现场作业指导书。

（1）工作负责人向电网调度申请开工，内容为：本人为工作负责人×××，×年×月×日需在 500kV ××线路上更换劣化绝缘子作业，本次作业按《国家电网公司电力安全工作规程（电力线路部分）》第 8.1.7 条要求，确定是否停用线路重合闸装置，若遇线路跳闸，不经联系，不得强送。得到调度许可，核对线路双重名称和杆塔号。

（2）全体工作成员列队，工作负责人现场宣读工作票、交工作任务、安全措施和技术措施；查（问）看作业人员精神状况、着装情况和工器具是否完好齐全。确认危险点和预防措施，明确作业分工以及安全注意事项。

（3）地面电工采用兆欧表摇测绝缘工具的绝缘电阻，检查丝杠、卡具等工具是否完好齐全、屏蔽服（静电防护服）不得有破损、洞孔和毛刺状等缺陷。

（4）塔上电工必须穿着静电防护服、导电鞋。

（5）塔上电工携带绝缘传递绳登塔至横担处，系挂好安全带，将绝缘滑车和绝缘传递绳在作业横担适当位置安装好。

（6）若是盘形瓷质绝缘子时，地面电工将绝缘子检测装置及绝缘操作杆组装好后传递给塔上电工，塔上电工检测复核所要更换绝缘子串的零值绝缘子，当同串（28 片）零值绝缘子达到 6 片时应立即停止检测，并结束本次带电作业工作（结构高度 170mm）。

（7）地面电工传递翼形卡前卡、双头丝杠、闭式卡下卡至塔上电工作业位置。

（8）塔上电工先利用牵引板安装翼形卡后卡，后将闭式卡下卡安装在横担侧第 4 片绝缘子上，并连接双头丝杆。

（9）塔上电工收双头丝杠，使之稍受力后，检查各受力点有无异常情况。

（10）报经工作负责人同意后，塔上电工取出被换绝缘子的上、下锁紧销，继续收双头丝杠，直至取出绝缘子。

（11）塔上电工用绝缘传递绳系好劣质绝缘子。

（12）地面电工以新旧绝缘子交替法，将新盘形绝缘子拉至横担上作业位置。注意控制好空中上、下两串绝缘子的位置，防止发生相互碰撞。

（13）塔上电工换上新盘形绝缘子，并复位上、下锁紧销，1 号电工松双头丝杠，检查新盘形绝缘子安装无误后，报经工作负责人同意后拆除更换工具并传递至地面。

（14）杆塔上电工检查确认塔上无遗留物后，报经工作负责人同意后携带绝缘传递绳下塔。

（15）地面电工整理所用工器具和清理现场，工作负责人清点工器具。

（16）工作负责人向调度汇报。内容为：本人为工作负责人×××，500kV ××线路上更换劣质绝缘子作业工作已结束，杆塔上作业人员已撤离，杆塔、导线上无遗留物，线路设备已恢复原状。

6. 安全措施及注意事项

（1）若在海拔 1000m 以上线路上带电作业时，应根据作业区不同海拔高度，修正各类空气间隙、绝缘工具的安全距离和长度、绝缘子片数等，经本单位主管生产领导（总工程师）批准后执行。

（2）本次作业应经现场勘察并编制带电更换劣质绝缘子的现场作业指导书，经本单位技术负责人或主管生产负责人批准后执行。

（3）作业应在良好天气下进行。如遇雷电（听见雷声、看见闪电）、雪雹、雨雾时不得进行带电作业。风力大于 5 级（10m/s）时，不宜进行作业。

（4）若需在相对空气湿度大于 80%的天气下进行带电作业时，应采用具有防潮性能的绝缘工具。

（5）本次作业不需申请停用线路重合闸装置，但工作前应向调度明确线路跳闸后，不经联系不得强送电的要求。

（6）杆塔上电工与带电体的安全距离在作业塔海拔高度 500m 以下时不小于 3.2m；海拔高度 500m 以上时不小于 3.4m。

（7）绝缘传递绳的有效绝缘长度不小于 3.7m。绝缘操作杆的有效绝缘长度不小于 4.0m。

（8）若是盘形瓷质绝缘子，作业中扣除人体短接和零值（自爆）绝缘子片数后，良好绝缘子个数不少于 23 片（结构高度 170mm）。

（9）塔上电工应穿着静电防护服、导电鞋，以防感应电的伤害。

（10）塔上电工先安装后卡，在前卡短接第 4 片绝缘子后，方可去安装前卡。绝缘承力工具受力后，须经检查确认，在脱开绝缘子前，应报经工作负责人同意后方可进行。

（11）地面绝缘工具应放在防潮苫布上，作业人员应戴清洁干燥手套，摇测绝缘电阻值不小于 700MΩ（电极宽 2cm，极间距 2cm）。

（12）新盘形绝缘子应用干净毛巾进行表面清洁处理，瓷质绝缘子的绝缘电阻值应大于 500MΩ。

（13）绝缘工具使用前应用干净毛巾进行表面清洁处理。使用绝缘工具应戴清洁、干燥的手套，以防绝缘工具受潮和污染，收工或转移作业点时，应将绝缘工具装在工具袋内。

（14）在杆塔上作业过程中如遇设备突然停电，作业人员应视设备仍然带电。

（15）塔上电工登杆塔前，应对登高工具和安全带进行检查和冲击试验，全体作业人员

必须戴安全帽。

（16）若作业塔上不能保持人身对带电体 3.2m（3.4m）安全距离时，应在相邻塔的工作相加装保护间隙，保护间隙安装前的距离应大于 2.5m，安装、调试后的距离为 1.3m。两电极必须可靠固定在绝缘杆上，横担侧的电极尾线不留裕度，加装保护间隙的人员应穿全套合格的屏蔽服。

（17）上、下杆塔或在杆塔上移位时，作业人员必须攀抓牢固构件，且双手不得持带任何器材。

（18）杆塔上作业时，不得失去安全带的保护。

（19）地面电工严禁在作业点垂直下方逗留，塔上电工应防止高空落物，使用的工具、材料应用绳索传递，不得乱扔。

（20）作业人员在杆塔上作业期间，工作监护人应对作业人员进行不间断监护，且不得从事其他工作。

二、500kV 输电线路地电位与等电位配合作业法带电更换耐张串导线端单片绝缘子

1. 作业方法

地电位与等电位配合作业法。

2. 适用范围

适用于 500kV 双联耐张串导线端绝缘子的更换。

3. 人员组合

本作业项目工作人员共计 5 人。其中工作负责人（监护人）1 人，等电位电工 1 人，塔上电工 1 人，地面电工 2 人。

4. 工器具配备

500kV 地电位与等电位配合作业法带电更换耐张串导线端单片绝缘子工器具配备一览表见表 5-10。

表 5-10　　　　500kV 地电位与等电位配合作业法带电更换耐张
串导线端单片绝缘子工器具配备一览表

序号	工器具名称		规格、型号	数量	备　注
1	绝缘工具	绝缘传递绳	SCJS-ϕ10mm	2 根	视作业杆塔高度而定
2		绝缘软梯	SCJS-ϕ14mm×9m	1 副	
3		绝缘滑车	0.5t	1 只	
4		绝缘操作杆	500kV	1 根	
5	金属工具	翼形卡后卡		1 只	
6		双头丝杆		2 只	
7		闭丝卡上卡		1 只	
8		专用接头		2 个	
9		瓷质绝缘子检测装置		1 套	瓷质绝缘子用
10		保护间隙		1 副	备用

序号	工器具名称		规格、型号	数量	备　注
11		高强度绝缘保护绳	SCJS-ϕ14mm×9m	1根	防坠落保护
12	个人防护用具	屏蔽服		1套	等电位电工
13		静电防护服		2套	备用1套
14		导电鞋		3双	备用1双
15		安全带		3根	备用1根
16		安全帽		5顶	
17	辅助安全用具	兆欧表	5000V	1块	电极宽 2cm，极间距2cm
18		万用表		1块	测量屏蔽服连接导通用
19		防潮苫布	2m×4m	1块	
20		对讲机		2部	
21		架空地线专用接地线		1根	若绝缘架空地线用
22		工具袋		2只	装绝缘工具用

注 瓷质绝缘子检测装置包括：分布电压检测仪、绝缘电阻检测仪和火花间隙装置等。采用火花间隙装置测零时，每次检测前应用专用塞尺按 DL 415 要求测量放电间隙尺寸。

5. 作业程序

按照本次作业现场勘察后编写的现场作业指导书。

（1）工作负责人向电网调度申请开工，内容为：本人为工作负责人×××，×年×月×日需在 500kV ××线路上更换绝缘子作业，本次作业按《国家电网公司电力安全工作规程（电力线路部分）》第 8.1.7 条要求，确定是否停用线路重合闸装置，若遇线路跳闸，不经联系，不得强送。得到调度许可，核对线路双重名称和杆塔号。

（2）全体工作成员列队，工作负责人现场宣读工作票、交工作任务、安全措施和技术措施；查（问）看作业人员精神状况、着装情况和工器具是否完好齐全。确认危险点和预防措施，明确作业分工以及安全注意事项。

（3）地面电工采用兆欧表摇测绝缘工具的绝缘电阻，检查丝杠、卡具等工具是否完好齐全、屏蔽服（静电防护服）不得有破损、洞孔和毛刺状等缺陷。

（4）等电位电工穿着全套屏蔽服（包括帽、衣裤、手套、袜和导电鞋），必要时，屏蔽服内穿阻燃内衣。地面电工负责检查袜裤、裤衣、袖和手套的连接是否完好，用万用表测试袜、裤、衣、手套等连接导通情况。

（5）塔上电工穿着静电防护服、导电鞋，带绝缘传递绳登塔至地线支架处，系挂好安全带，将绝缘滑车和绝缘传递绳在作业地线支架适当位置安装好。

（6）等电位电工携带绝缘传递绳登塔至横担处，系挂好安全带。

（7）若是盘形瓷质绝缘子时，地面电工将绝缘子检测装置及绝缘操作杆组装好后传递给塔上电工，塔上电工检测复核所要更换绝缘子串的零值绝缘子，当同串（28 片）零值绝

缘子达到 6 片时应立即停止检测，并结束本次带电作业工作（结构高度 170mm）。

（8）地面电工传递上架空地线专用接地线、绝缘软梯，绝缘软梯头上安装好软梯控制绳。

（9）塔上电工在等电位电工的监护下，在不工作侧将绝缘架空地线可靠接地，随后拆除工作侧绝缘地线的防振锤，然后将软梯头可靠安装在绝缘架空地线上。

（10）等电位电工系好绝缘防坠落绝缘绳，带上绝缘传递绳，在横担处上软梯站好，塔上电工利用软梯头控制绳将绝缘软梯沿绝缘架空地线滑至耐张线夹平行处，报经工作负责人同意后，地面电工利用绝缘软梯尾绳摆动绝缘软梯将等电位电工送入电场。

（11）地面电工将传递闭式卡上卡、翼形卡后卡、双头丝杠至等电位电工作业位置。

（12）等电位电工将安装翼形卡后卡安装在导线侧联板上，闭式卡上卡安装在导线侧第 4 片绝缘子上，并连接好双头丝杠。

（13）等电位电工收双头丝杠，使之稍稍受力后，试冲击检查各受力点有无异常情况。

（14）报经工作负责人同意后，等电位电工取出被换绝缘子的上、下锁紧销，继续收双头丝杠，直至取出绝缘子。

（15）等电位电工用绝缘传递绳系好劣质绝缘子。

（16）地面电工以新旧绝缘子交替法，将新盘形绝缘子拉至横担上挂好。注意控制好空中上、下两绝缘子的位置，防止发生相互碰撞。

（17）等电位电工换上新盘形绝缘子，复位上、下锁紧销，随后松双头丝杆，检查新盘形绝缘子安装无误，报经工作负责人同意后拆除工具并传递至地面。

（18）等电位电工检查确认导线上无遗留物后，报经工作负责人同意后携带绝缘传递绳登上绝缘软梯站稳。

（19）经工作负责人同意后，地面电工拉好绝缘软梯尾绳配合等电位电工脱离电位。

（20）塔上电工在地线顶架处利用绝缘软梯控制绳将绝缘软梯沿绝缘架空地线拉至横担处。

（21）塔上电工与地面电工配合拆除全部工具，并恢复地线防振锤的安装。

（22）在等电位电工的监护下，塔上电工拆除绝缘地线专用接地线。随后两作业电工下塔。

（23）塔上电工检查确认塔上无遗留工具后，向工作负责人汇报，得到工作负责人同意后背绝缘传递绳下塔。

（24）地面电工整理所用工器具和清理现场，工作负责人清点工器具。

（25）工作负责人向调度汇报。内容为：本人为工作负责人×××，500kV ××线路上带电更换绝缘子工作已结束，杆塔上作业人员已撤离，杆塔、导线上无遗留物，线路设备已恢复原状。

6. 安全措施及注意事项

（1）若在海拔 1000m 以上线路上带电作业时，应根据作业区不同海拔高度，修正各类空气间隙、绝缘工具的安全距离和长度、绝缘子片数等，经本单位主管生产领导（总工程师）批准后执行。

（2）本次作业应经现场勘察并编制带电更换耐张导线侧绝缘子的现场作业指导书，经本单位技术负责人或主管生产负责人批准后执行。

（3）作业应在良好天气下进行。如遇雷电（听见雷声、看见闪电）、雪雹、雨雾时不得进行带电作业。风力大于 5 级（10m/s）时，不宜进行作业。

（4）若需在相对空气湿度大于 80%的天气下进行带电作业时，应采用具有防潮性能的绝缘工具。

（5）本次作业不需申请停用线路重合闸装置，但工作前应向调度明确线路跳闸后，不经联系不得强送电的要求。

（6）杆塔上电工与带电体的安全距离在作业塔海拔高度 500m 以下时不小于 3.2m；海拔高度 500m 以上时不小于 3.4m。

（7）绝缘传递绳的有效绝缘长度不小于 3.7m。绝缘操作杆的有效绝缘长度不小于 4.0m。

（8）沿绝缘软梯进入强电场时，作业人员与接地体和带电体之间的组合间隙不得小于 4.0m。其人体裸露部分与带电体的有效距离不得小于 0.4m。

（9）等电位电工转移电位时严禁对等电位电工头部充放电，作业中等电位人员头部不得超过第 4 片绝缘子。

（10）地面绝缘工具应放在防潮苫布上，作业人员应戴清洁干燥手套，摇测绝缘电阻值不小于 700MΩ（电极宽 2cm，极间距 2cm）。

（11）若是盘形瓷质绝缘子，作业中扣除人体短接和零值（自爆）绝缘子片数后，良好绝缘子片数不少于 5 片（结构高度 170mm）。

（12）现场使用的工具在使用前和使用后必须详细检查，是否有损坏、变形和失灵等问题。

（13）等电位电工应穿戴全套屏蔽服、导电鞋，且各部分应连接良好。屏蔽服内不得贴身穿着化纤类衣服。

（14）塔上电工必须穿着静电防护服、导电鞋，以防感应电的伤害。

（15）利用绝缘架空地线悬挂绝缘软梯作业前，应将绝缘架空地线可靠接地。等电位电工应严格监护塔上电工挂、拆绝缘架空地线专用接地线。

（16）挂设的绝缘架空地线专用接地线上源源不断地流有感应电流，作业人员应严格按安规挂、拆接地线的规定进行，且裸手不得碰触铜接地线。

（17）等电位电工从绝缘软梯登上导线后，必须先系挂好安全带，脱离电位前必须系好高强度绝缘保护绳后，再解开安全带前应报经负责人同意。

（18）等电位电工登软梯前，应与地面电工配合试冲击防坠保护绳的牢固情况，地面电工高强度绝缘保护绳控制方式应合理、可靠。

（19）使用的工具、瓷瓶上下传递应用绝缘传递绳，卡具、绝缘子传递时不得与耐张串碰撞。

（20）所有使用的器具必须安装可靠，工具受力后应冲击、检查判断其可靠性。

（21）新盘形绝缘子应用干净毛巾进行表面清洁处理，瓷质绝缘子的绝缘电阻值应大于 500MΩ。

（22）绝缘工具使用前应用干净毛巾进行表面清洁处理，使用绝缘工具应戴清洁、干燥的手套，以防绝缘工具受潮和污染，收工或转移作业点时，应将绝缘工具装在工具袋内。

（23）在杆塔上作业过程中如遇设备突然停电，作业人员应视设备仍然带电。

（24）塔上电工登杆塔前，应对登高工具和安全带进行检查和冲击试验，全体作业人员必须戴安全帽。

（25）若作业塔上不能保持人身对带电体 3.2m（3.4m）安全距离时，应在相邻塔的工作相加装保护间隙，保护间隙安装前的距离应大于 2.5m，安装、调试后的距离为 1.3m。两电极必须可靠固定在绝缘杆上，横担侧的电极尾线不留裕度，加装保护间隙的人员应穿全套合格的屏蔽服。

（26）上、下杆塔或在杆塔上移位时，作业人员必须攀抓牢固构件，且双手不得持带任何器材。

（27）杆塔上作业时，不得失去安全带的保护。

（28）地面电工严禁在作业点垂直下方逗留，塔上电工应防止高空落物，使用的工具、材料应用绳索传递，不得乱扔。

（29）作业人员在杆塔上作业期间，工作监护人应对作业人员进行不间断监护，且不得从事其他工作。

三、500kV 输电线路沿耐张绝缘子串自由式进入等电位作业法带电更换耐张双联串任意单片绝缘子

1. 作业方法

沿耐张绝缘子串自由式进入等电位作业法。

2. 适用范围

适用于 500kV 双联耐张任意单片绝缘子更换。

3. 人员组合

本作业项目工作人员共计 4 人。其中工作负责人（监护人）1 人，等电位电工 1 人，地面电工 2 人。

4. 工器具配备

500kV 沿耐张绝缘子串自由式进入等电位作业法带电更换耐张双联串任意单片绝缘子工器具配备一览表见表 5-11。

表 5-11　　　　500kV 沿耐张绝缘子串自由式进入等电位作业法带电
更换耐张双联串任意单片绝缘子工器具配备一览表

序号	工器具名称		规格、型号	数量	备　注
1	绝缘工具	绝缘传递绳	SCJS-ϕ10mm	1 根	视作业杆塔高度而定
2		绝缘滑车	0.5t	1 只	
3		绝缘操作杆	500kV	1 根	若瓷质绝缘子用
4	金属工具	闭式卡		1 只	
5		双头丝杠		2 只	
6		瓷质绝缘子检测装置		1 套	瓷质绝缘子用
7		保护间隙		1 副	备用

序号	工器具名称		规格、型号	数量	备　注
8		高强度绝缘保护绳	SCJS-ϕ14mm×9m	1根	防坠落保护
9	个人防护用具	屏蔽服		1套	等电位电工
10		静电防护服		1套	备用
11		导电鞋		2双	备用1双
12		安全带		2根	备用1根
13		安全帽		4顶	
14	辅助安全用具	兆欧表	5000V	1块	电极宽2cm，极间距2cm
15		万用表		1块	测量屏蔽服连接导通用
16		防潮苫布	2m×4m	1块	
17		工具袋		2只	装绝缘工具用

注　瓷质绝缘子检测装置包括：分布电压检测仪、绝缘电阻检测仪和火花间隙装置等。采用火花间隙装置测零时，每次检测前应用专用塞尺按 DL 415 要求测量放电间隙尺寸。

5. 作业程序

按照本次作业现场勘察后编写的现场作业指导书。

（1）工作负责人向电网调度申请开工，内容为：本人为工作负责人×××，×年×月×日需在 500kV ××线路上更换绝缘子作业，本次作业按《国家电网公司电力安全工作规程（电力线路部分）》第 8.1.7 条要求，确定是否停用线路重合闸装置，若遇线路跳闸，不经联系，不得强送。得到调度许可，核对线路双重名称和杆塔号。

（2）全体工作成员列队，工作负责人现场宣读工作票、交工作任务、安全措施和技术措施；查（问）看作业人员精神状况、着装情况和工器具是否完好齐全。确认危险点和预防措施，明确作业分工以及安全注意事项。

（3）地面电工采用兆欧表摇测绝缘工具的绝缘电阻，检查丝杠、卡具等工具是否完好齐全、屏蔽服（静电防护服）不得有破损、洞孔和毛刺状等缺陷。

（4）等电位电工穿着全套屏蔽服（包括帽、衣裤、手套、袜和导电鞋），必要时，屏蔽服内穿阻燃内衣。地面电工负责检查袜裤、裤衣、袖和手套的连接是否完好，用万用表测试袜、裤、衣、手套等连接导通情况。

（5）等电位电工携带绝缘传递绳登塔至横担处，系挂好安全带，将绝缘滑车和绝缘传递绳在作业横担适当位置安装好。

（6）若是盘形瓷质绝缘子时，地面电工将绝缘子检测装置及绝缘操作杆组装好后传递给塔上电工，塔上电工检测复核所要更换绝缘子串的零值绝缘子，当同串（28 片）零值绝缘子达到 6 片时应立即停止检测，并结束本次带电作业工作（结构高度 170mm）。

（7）等电位电工系好高强度绝缘保护绳，带好绝缘传递绳，报经工作负责人同意后，沿绝缘子串进入作业点，进入电位时双手抓扶一串，双脚采另一串，采用跨二短三方法平行移动进到工作位置（如图 2-1 所示）。

（8）地面电工用绝缘传递绳将闭式卡、双头丝杠传递至等电位电工作业位置。

（9）等电位电工将闭式卡、双头丝杠安装在被更换绝缘子的两侧，并连接好双头丝杠。

（10）等电位电工收双头丝杠，使之稍稍受力后，冲击试验检查各受力点有无异常情况。

（11）报经工作负责人同意后，等电位电工取出被换绝缘子的上、下锁紧销，继续收双头丝杆，直至取出绝缘子。

（12）等电位电工用绝缘传递绳系好劣质绝缘子。

（13）地面电工以新旧绝缘子交替法，将新盘形绝缘子拉至横担上挂好。注意控制好空中上、下两绝缘子的位置，防止发生相互碰撞。

（14）等电位电工换上新盘形绝缘子，复位上、下锁紧销，1 号电工松双头丝杠，检查新盘形绝缘子安装无误后，报经工作负责人同意后拆除工具并传递至地面。

（15）等电位电工检查确认绝缘子串上无遗留物，报经工作负责人同意后携带绝缘传递绳沿绝缘子串退回横担侧。

（16）等电位电工检查确认塔上无遗留物，报经工作负责人同意后携带绝缘传递绳下塔。

（17）地面电工整理所用工器具和清理现场，工作负责人清点工器具。

（18）工作负责人向调度汇报。内容为：本人为工作负责人×××，500kV ××线路上更换绝缘子工作已结束，杆塔上作业人员已撤离，杆塔、导线上无遗留物，线路设备已恢复原样。

6. 安全措施及注意事项

（1）若在海拔 1000m 以上线路上带电作业时，应根据作业区不同海拔高度，修正各类空气间隙、绝缘工具的安全距离和长度、绝缘子片数等，经本单位主管生产领导（总工程师）批准后执行。

（2）本次作业应经现场勘察并编制带电更换耐张串任意片绝缘子的现场作业指导书，经本单位技术负责人或主管生产负责人批准后执行。

（3）作业应在良好天气下进行。如遇雷电（听见雷声、看见闪电）、雪雹、雨雾时不得进行带电作业。风力大于 5 级（10m/s）时，不宜进行作业。

（4）若需在相对空气湿度大于 80%的天气下进行带电作业时，应采用具有防潮性能的绝缘工具。

（5）本次作业不需申请停用线路重合闸装置，但工作前应向调度明确线路跳闸后，不经联系不得强送电的要求。

（6）杆塔上电工与带电体的安全距离在作业塔海拔高度 500m 以下时不小于 3.2m；海拔高度 500m 以上时不小于 3.4m。

（7）绝缘传递绳的有效绝缘长度不小于 3.7m。绝缘操作杆的有效绝缘长度不小于 4.0m。

（8）沿绝缘软梯进入强电场时，作业人员与接地体和带电体之间的组合间隙不得小于 4.0m。其人体裸露部分与带电体的有效距离不得小于 0.4m。

（9）地面绝缘工具应放在防潮苫布上，作业人员应戴清洁干燥手套，摇测绝缘电阻值不小于 700MΩ（电极宽 2cm，极间距 2cm）。

（10）现场使用的工具在使用前和使用后必须详细检查，是否有损坏、变形和失灵等问题。

（11）等电位电工应穿戴全套屏蔽服、导电鞋，且各部分应连接良好。屏蔽服内不得贴身穿着化纤类衣服。

（12）采用自由作业法进入电位时，扣除人体短接和劣化（自爆）绝缘子，其良好绝缘子不得少于 23 片（结构高度 170mm）。

（13）使用的工具、绝缘子上下传递应用绝缘传递绳，卡具、绝缘子传递时不得与耐张串碰撞。

（14）所有使用的器具必须安装可靠，工具受力后应冲击、检查判断其可靠性。

（15）新盘形绝缘子应用干净毛巾进行表面清洁处理，瓷质绝缘子的绝缘电阻值应大于500MΩ。

（16）绝缘工具使用前应用干净毛巾进行表面清洁处理。使用绝缘工具应戴清洁、干燥的手套，以防绝缘工具受潮和污染，收工或转移作业点时，应将绝缘工具装在工具袋内。

（17）在杆塔上作业过程中如遇设备突然停电，作业人员应视设备仍然带电。

（18）塔上电工登杆塔前，对登高工具和安全带进行检查和冲击试验，全体作业人员必须戴安全帽。

（19）若作业塔上不能保持人身对带电体 3.2m（3.4m）安全距离时，应在相邻塔的工作相加装保护间隙，保护间隙安装前的距离应大于 2.5m，安装、调试后的距离为 1.3m。两电极必须可靠固定在绝缘杆上，横担侧的电极尾线不留裕度，加装保护间隙的人员应穿全套合格的屏蔽服。

（20）上、下杆塔或在杆塔上移位时，作业人员必须攀抓牢固构件，且双手不得持带任何器材。

（21）杆塔上作业时，不得失去安全带的保护。

（22）地面电工严禁在作业点垂直下方逗留，塔上电工应防止高空落物，使用的工具、材料应用绳索传递，不得乱扔。

（23）作业人员在杆塔上作业期间，工作监护人应对作业人员进行不间断监护，且不得从事其他工作。

四、500kV 输电线路等电位与地电位配合丝杠紧线杆法带电更换耐张双联任意整串绝缘子

1. 作业方法

等电位与地电位配合丝杠紧线杆法。

2. 适用范围

适用于 500kV 双联耐张串更换任意整串绝缘子。

3. 人员组合

本作业项目工作人员共计 8 人。其中工作负责人（监护人）1 人，等电位电工 1 人，塔上电工 2 人，地面电工 4 人。

4. 工器具配备

500kV 等电位与地电位配合丝杠紧线杠法带电更换耐张双联任意整串绝缘子工器具配备一览表见表 5-12。

表 5-12　　　　　**500kV 等电位与地电位配合丝杠紧线杠法带电更换**

耐张双联任意整串绝缘子工器具配备一览表

序号	工器具名称		规格、型号	数量	备　注
1	绝缘工具	绝缘传递绳	SCJS−ϕ10mm	2 根	视作业杆塔高度而定
2		绝缘软梯	SCJS−ϕ14mm×15m	1 副	
3		绝缘滑车	0.5t	1 只	
4		绝缘拉杆	ϕ32mm	1 根	
5		绝缘磨绳	ϕ18mm	1 根	视作业杆塔高度而定
6		绝缘滑车	1t	1 只	
7		绝缘操作杆	500kV	1 根	
8	金属工具	YK50 翼形卡		1 套	
9		支撑滑车		1 只	
10		软梯挂头		1 个	
11		张力转移器		1 套	
12		小闭式卡		1 只	
13		机动绞磨		1 台	
14		钢丝千斤		4 根	
15		专用接头		2 个	
16		瓷质绝缘子检测装置		1 套	瓷质绝缘子用
17		保护间隙		1 副	备用
18	个人防护用具	高强度绝缘保护绳	SCJS−ϕ14mm×9m	2 根	防坠落保护
19		屏蔽服		1 套	等电位电工
20		静电防护服		3 套	备用 1 套
21		导电鞋		4 双	备用 1 双
22		安全带		4 根	备用 1 根
23		安全帽		8 顶	
24	辅助安全用具	兆欧表	5000V	1 块	电极宽 2cm，极间距 2cm
25		万用表		1 块	测量屏蔽服连接导通用
26		防潮苫布	2m×4m	2 块	
27		专用接地线		1 副	绝缘架空地线用
28		对讲机		2 部	
29		工具袋		2 只	装绝缘工具用

注　瓷质绝缘子检测装置包括：分布电压检测仪、绝缘电阻检测仪和火花间隙装置等。采用火花间隙装置测零时，每次检测前应用专用塞尺按 DL 415 要求测量放电间隙尺寸。

5. 作业程序

按照本次作业现场勘察后编写的现场作业指导书。

（1）工作负责人向电网调度申请开工，内容为：本人为工作负责人×××，×年×月×日需在500kV ××线路上更换劣化绝缘子作业，本次作业按《国家电网公司电力安全工作规程（电力线路部分）》第8.1.7条要求，确定是否停用线路重合闸装置，若遇线路跳闸，不经联系，不得强送。得到调度许可，核对线路双重名称和杆塔号。

（2）全体工作成员列队，工作负责人现场宣读工作票、交工作任务、安全措施和技术措施；查（问）看作业人员精神状况、着装情况和工器具是否完好齐全。确认危险点和预防措施，明确作业分工以及安全注意事项。

（3）地面电工采用兆欧表摇测绝缘工具的绝缘电阻，检查丝杠、卡具等工具是否完好齐全、屏蔽服（静电防护服）不得有破损、洞孔和毛刺状等缺陷。

（4）等电位电工穿着全套屏蔽服（包括帽、衣裤、手套、袜和导电鞋），必要时，屏蔽服内穿阻燃内衣。地面电工负责检查袜裤、裤衣、袖和手套的连接是否完好，用万用表测试袜、裤、衣、手套等连接导通情况。

（5）塔上电工必须穿着静电防护服、导电鞋。

（6）塔上1号电工携带绝缘传递绳登塔至横担处，系挂好安全带，将绝缘滑车和绝缘传递绳在作业横担适当位置安装好。

（7）若是盘形瓷质绝缘子，地面电工将绝缘子检测装置及绝缘操作杆组装好后传递给塔上电工，塔上电工检测复核所要更换绝缘子串的零值绝缘子，当同串（28片）零值绝缘子达到6片时应立即停止检测，并结束本次带电作业工作（结构高度170mm）。

（8）塔上2号电工带绝缘传递绳登塔至地线支架处，系挂好安全带，将绝缘滑车和绝缘传递绳在作业地线支架适当位置安装好。

（9）地面电工利用绝缘传递绳将绝缘架空地线专用接地线、绝缘软梯等传递至上地线支架作业位置，软梯头上安装好绝缘软梯控制绳。

（10）塔上2号电工在塔上1号电工的监护下，在不工作侧将绝缘架空地线可靠接地，拆除工作侧地线防振锤，然后将软梯头可靠安装在绝缘架空地线上。

（11）等电位电工系好高强度绝缘保护绳，带上传递绳，在横担处登上绝缘软梯站好，塔上2号电工在地线支架处利用软梯头控制绳将绝缘软梯沿绝缘架空地线滑至耐张线夹出口处，地面电工控制绝缘软梯尾绳摆动绝缘软梯将等电位电工送入等电位。

（12）地面电工传递翼形卡前卡至塔上1号电工作业位置。

（13）塔上1号电工将安装翼形卡前卡安装在横担侧牵引板上。

（14）地面电工起吊翼形卡后卡至等电位电工作业位置。

（15）等电位电工将均压环安装槽钢与三角联板连接处靠绝缘子串侧的两个紧固螺栓拆除，装上翼形卡后卡。

（16）地面电工配合分别传递绝缘拉杆至等电位电工、塔上1号电工作业位置，由等电位电工、塔上1号电工配合安装翼形卡前、后卡之间。

（17）地面电工控制绝缘反束绳，由等电位电工、塔上1号电工配合安装横担侧施工预留孔和导线侧三角处的U形环上，等电位电工将绝缘反束绳的端部打在导线侧第3片绝缘子上。

（18）地面电工地面起吊张力转移器和小闭式卡至横担位置，由塔上 1、2 号电工配合安装在横担和第 1 片绝缘子上。

（19）地面电工传递绝缘子串尾绳至等电位电工作业位置，由等电位电工安装在导线侧第 1 片绝缘子上。

（20）地面电工地面传递上绝缘磨绳，由塔上 1 号电工安装在不更换一侧的牵引板上，绝缘磨绳的端部打在横担侧被更换绝缘子串的第 3 片绝缘子上。

（21）塔上 1 号电工操作翼形卡具上的丝杆，使绝缘拉杆稍稍受力后，检查各受力点无异常情况后，继续收紧丝杆直至绝缘子串与绝缘拉杆间的弧垂 300mm 左右。

（22）塔上 2 号电工收紧张力转移器，配合塔上 1 号电工拆开平行板与球头挂环之间的连接，塔上 2 号电工松张力转移器使绝缘子串与绝缘拉杆间的弧垂大于 500mm。

（23）地面电工先将反束绳缠绕上绞磨，拉好绞磨尾绳，启动绞磨收紧绝缘反束绳使之受力，配合等电位电工脱开碗头挂板与三角联板的连接螺栓。

（24）地面电工拉好绝缘子串尾绳，逐渐松机动绞磨的绝缘磨绳，使绝缘子串旋转至自然垂直。

（25）地面电工换上绝缘磨绳，拉好绞磨尾绳，启动绞磨提升绝缘子串，配合塔上 1 号电工脱开张力转移器，地面电工配合将旧绝缘子串放至地面。

（26）地面电工配合起吊新盘形绝缘子串至横担作业位置，塔上 1 号电工在绝缘子串第 1 片绝缘子上安装好张力转移器。

（27）地面电工松出绝缘磨绳换上绝缘反束绳，拉好绞磨尾绳，控制好绝缘子串尾绳，将绝缘子串拉至等电位电工作业位置，配合等电位电工恢复碗头挂板与三角联板的连接。

（28）等电位电工和塔上电工检查绝缘子串安装无误后，报经工作负责人同意后，塔上 1 号电工松翼形卡丝杆，等电位电工与塔上电工配合拆除全部紧线工具并传递下塔。

（29）等电位电工检查确认导线上无遗留工具后，向工作负责人汇报，得到工作负责人同意后携带绝缘传递绳登上绝缘软梯站稳。

（30）地面电工拉好绝缘软梯尾绳，报经工作负责人同意后等电位电工退出等电位。

（31）塔上 1 号电工利用绝缘软梯控制绳将绝缘软梯沿绝缘架空地线拉至横担处，等电位电工随后下塔。

（32）塔上 2 号电工与地面电工配合拆除全部工具传递下塔，并恢复地线防振锤的安装。

（33）塔上 1 号电工在塔上 2 号电工的严格监护下拆除绝缘架空地线专用接地线。

（34）塔上 1 号电工检查确认塔上无遗留物后，报经工作负责人同意后携带绝缘传递绳下塔。

（35）地面电工整理所用工器具和清理现场，工作负责人清点工器具。

（36）工作负责人向调度汇报。内容为：本人为工作负责人×××，500kV ××线路上更换劣质绝缘子工作已结束，杆塔上作业人员已撤离，杆塔、导线上无遗留物，线路设备已恢复原状。

6. 安全措施及注意事项

（1）若在海拔 1000m 以上线路上带电作业时，应根据作业区不同海拔高度，修正各类空气间隙、绝缘工具的安全距离和长度、绝缘子片数等，经本单位主管生产领导（总工程师）批准后执行。

（2）本次作业应经现场勘察并编制带电更换劣质绝缘子串的现场作业指导书，经本单位技术负责人或主管生产负责人批准后执行。

（3）作业应在良好天气下进行。如遇雷电（听见雷声、看见闪电）、雪雹、雨雾时不得进行带电作业。风力大于 5 级（10m/s）时，不宜进行作业。

（4）若需在相对空气湿度大于 80% 的天气下进行带电作业时，应采用具有防潮性能的绝缘工具。

（5）本次作业不需申请停用线路重合闸装置，但工作前应向调度明确线路跳闸后，不经联系不得强送电的要求。

（6）杆塔上电工与带电体的安全距离在作业塔海拔高度 500m 以下时不小于 3.2m；海拔高度 500m 以上时不小于 3.4m。

（7）绝缘传递绳的有效绝缘长度不小于 3.7m。绝缘操作杆的有效绝缘长度不小于 4.0m。

（8）沿绝缘软梯进入强电场时，作业人员与接地体和带电体之间的组合间隙不得小于 4.0m。其人体裸露部分与带电体的有效距离不得小于 0.4m。

（9）等电位电工转移电位时严禁对等电位电工头部充放电，作业中等电位人员头部不得超过第 4 片绝缘子。

（10）绝缘架空地线应视为带电体，塔上电工对绝缘架空地线的安全距离不得小于 0.4m。

（11）利用绝缘架空地线悬挂绝缘软梯作业前，应将绝缘架空地线可靠接地。塔上另一电工严格监护塔上 1 号电工挂、拆绝缘架空地线专用接地线。

（12）挂设的绝缘架空地线专用接地线上源源不断地流有感应电流，作业人员应严格按安规挂、拆接地线的规定进行，且裸手不得碰触铜接地线。

（13）若是盘形瓷质绝缘子，作业中扣除人体短接和零值（自爆）绝缘子片数后，良好绝缘子个数不少于 23 片（结构高度 170mm）。

（14）地面绝缘工具应放在防潮苫布上，作业人员应戴清洁干燥手套，摇测绝缘电阻值不小于 700MΩ（电极宽 2cm，极间距 2cm）。

（15）现场使用的工器具在使用前和使用后必须详细检查，是否有损坏、变形和失灵等问题。

（16）等电位电工应穿戴全套屏蔽服、导电鞋，且各部分应连接良好。屏蔽服内不得贴身穿着化纤类衣服。

（17）塔上电工必须穿着静电防护服、导电鞋，以防感应电的伤害。

（18）等电位电工从绝缘软梯登上导线后，必须先系挂好安全带才能解开防坠后备保护绳，脱离电位前必须系好防坠后备保护绳后，再解开安全带向负责人申请下软梯。

（19）等电位电工登软梯前，应与地面电工配合试冲击防坠保护绳的牢固情况，地面电工防坠保护绳控制方式应合理、可靠。

（20）利用机动绞磨起吊绝缘子串时，绞磨应放置平稳。磨绳应在磨盘上绕有足够的圈数，绞磨尾绳由有带电作业经验的电工控制，随时拉紧。

（21）地面电工利用机动绞磨起吊和松放绝缘子串时，绝缘子串尾绳必须牢固可靠。

（22）使用的工具、瓷瓶上下传递应用绝缘传递绳，金属工具在起吊传递过程中必须距带电体 1.5m 以外，到达工作位置后应先等电位，再传移给操作电工。

（23）所有使用的器具必须安装可靠，工具受力后应冲击、检查判断其可靠性。

（24）新复合绝缘子必须检查并按说明书安装好均压环，若是盘形绝缘子应用干净毛巾进行表面清洁处理，瓷质绝缘子应摇测，其绝缘电阻值不小于 500MΩ。

（25）绝缘工具使用前应用干净毛巾进行表面清洁处理。使用绝缘工具应戴清洁、干燥的手套，以防绝缘工具受潮和污染，收工或转移作业点时，应将绝缘工具装在工具袋内。

（26）在杆塔上作业过程中如遇设备突然停电，作业人员应视设备仍然带电。

（27）塔上电工登杆塔前，对登高工具和安全带进行检查和冲击试验，全体作业人员必须戴安全帽。

（28）若作业塔上不能保持人身对带电体 3.2m（3.4m）安全距离时，应在相邻塔的工作相加装保护间隙，保护间隙安装前的距离应大于 2.5m，安装、调试后的距离为 1.3m。两电极必须可靠固定在绝缘杆上，横担侧的电极尾线不留裕度，加装保护间隙的人员应穿全套合格的屏蔽服。

（29）上、下杆塔或在杆塔上移位时，作业人员必须攀抓牢固构件，且双手不得持带任何器材。

（30）杆塔上作业时，不得失去安全带的保护。

（31）地面电工严禁在作业点垂直下方逗留，塔上电工应防止高空落物，使用的工具、材料应用绳索传递，不得乱扔。

（32）作业人员在杆塔上作业期间，工作监护人应对作业人员进行不间断监护，且不得从事其他工作。

第三节　500kV 金具及附件

一、500kV 输电线路地电位法带电更换绝缘架空地线防振锤

1. 作业方法

地电位法。

2. 适用范围

适用于 500kV 线路绝缘架空地线防振锤更换作业。

3. 人员组合

本作业项目工作人员共计 4 人。其中工作负责人 1 人，塔上电工 2 人，地面电工 1 人。

4. 工器具配备

500kV 地电位法带电更换绝缘架空地线防振锤工器具配备一览表见表 5-13。

表 5-13　　　500kV 地电位法带电更换绝缘架空地线防振锤工器具配备一览表

序号	工器具名称		规格、型号	数量	备　注
1	绝缘工具	绝缘传递绳	SCJS-φ10mm	2 根	视作业杆塔高度而定
2		绝缘滑车	0.5t	1 只	
3	金属工具	带绝缘手柄专用接地线		2 根	绝缘架空地线用
4		扭矩扳手		1 把	紧固防振锤螺栓用
5	个人防护用具	屏蔽服		1 套	直接操作的塔上电工穿
6		静电防护服		2 套	备用 1 套
7		导电鞋		3 双	备用 1 双
8		安全带		3 根	备用 1 根
9		安全帽		4 顶	
10	辅助安全用具	兆欧表	5000V	1 块	电极宽 2cm，极间距 2cm
11		防潮苫布	2m×4m	1 块	
12		对讲机		2 部	
13		工具袋		2 只	装绝缘工具用

5. 作业程序

按照本次作业现场勘察后编写的现场作业指导书。

（1）工作负责人向电网调度申请开工，内容为：本人为工作负责人×××，×年×月×日需在 500kV ××线路上更换绝缘架空地线防振锤作业，本次作业按《国家电网公司电力安全工作规程（电力线路部分）》第 8.1.7 条要求，确定是否停用线路重合闸装置，若遇线路跳闸，不经联系，不得强送。得到调度许可，核对线路双重名称和杆塔号。

（2）全体工作成员列队，工作负责人现场宣读工作票、交工作任务、安全措施和技术措施；查（问）看作业人员精神状况、着装情况和工器具是否完好齐全。确认危险点和预防措施，明确作业分工以及安全注意事项。

（3）地面电工采用兆欧表检测绝缘工具的绝缘电阻，检查其他工具是否完好、齐全、合格，无损伤、变形、失灵现象、屏蔽服（静电防护服）不得有破损、洞孔和毛刺状等缺陷。

（4）塔上直接操作电工穿着全套屏蔽服、导电鞋，塔上电工必须穿着静电防护服、导电鞋。

（5）塔上电工携带绝缘传递绳登塔至地线顶架处，系挂好安全带，将绝缘滑车和绝缘传递绳在作业横担适当位置安装好。

（6）地面电工传递绝缘架空地线专用接地线至塔上电工作业位置。

（7）塔上 1 号电工在 2 号电工监护下在无作业侧挂好绝缘地线专用接地线。

（8）塔上 1 号电工报经工作负责人同意后，拆除需更换的地线防振锤。

（9）塔上电工与地面电工配合用绝缘传递绳用绝缘传递绳将旧防振锤传递下，同时新防振锤跟随至工作位置，塔上 1 号电工在旧防振锤处安装上新防振锤，拧紧防振锤螺栓规格的螺栓扭矩值合格。

（10）塔上电工检查新安装的防振锤无误后，报经工作负责人同意后拆除更换工具并传递下塔。

（11）塔上 1 号电工在 2 号电工的监护下，拆除绝缘架空地线的专用接地线。

（12）塔上 1 号电工检查确认塔上无遗留工具后，汇报工作负责人得到同意后背绝缘传递绳下塔。

（13）地面电工整理所用工器具和清理现场，工作负责人清点工器具。

（14）工作负责人向调度汇报。内容为：本人为工作负责人×××，在 500kV ××线路上更换绝缘架空地线防振锤工作已结束，杆塔上作业人员已撤离，杆塔、导线上无遗留物，线路设备已恢复原状。

6. 安全措施及注意事项

（1）若在海拔 1000m 以上线路上带电作业时，应根据作业区不同海拔高度，修正各类空气间隙、绝缘工具的安全距离和长度、绝缘子片数等，经本单位主管生产领导（总工程师）批准后执行。

（2）本次作业应经现场勘察并编制带电更换绝缘架空地线防振锤现场作业指导书，经本单位技术负责人或主管生产负责人批准后执行。

（3）作业应在良好天气下进行。如遇雷电（听见雷声、看见闪电）、雪雹、雨雾时不得进行带电作业。风力大于 5 级（10m/s）时，不宜进行作业。

（4）若需在相对空气湿度大于 80% 的天气下进行带电作业时，应采用具有防潮性能的绝缘工具。

（5）本次作业不需申请停用线路重合闸装置，但工作前应向调度明确线路跳闸后，不经联系不得强送电的要求。

（6）杆塔上电工与带电体的安全距离在作业塔海拔高度 500m 以下时不小于 3.2m；海拔高度 500m 以上时不小于 3.4m。

（7）绝缘传递绳和有效绝缘长度不小于 3.7m。

（8）绝缘架空地线应视为带电体，塔上电工与绝缘架空地线的安全距离不得小于 0.4m。

（9）塔上直接操作电工穿全套屏蔽服、导电鞋；塔上电工必须穿戴静电防护服、导电鞋。严禁裸手直接绝缘架空地线，防止感应电伤害。

（10）塔上电工挂、拆绝缘地线专用接地线时，应向工作负责人报告，得到同意并在严格监护下方可作业。

（11）挂设的绝缘架空地线专用接地线上源源不断地流有感应电流，作业人员应严格按安规挂、拆接地线的规定进行，且裸手不得碰触铜接地线。

（12）地面绝缘工具应放在防潮苫布上，作业人员应戴清洁干燥手套，摇测绝缘电阻值不小于 700MΩ（电极宽 2cm，极间距 2cm）。

（13）绝缘工具使用前应用干净毛巾进行表面清洁处理，使用绝缘工具应戴清洁、干燥

的手套，以防绝缘工具受潮和污染，收工或转移作业点时，应将绝缘工具装在工具袋内。

（14）在杆塔上作业过程中如遇设备突然停电，作业人员应视设备仍然带电。

（15）塔上电工登杆塔前，对登高工具和安全带进行检查和冲击试验，全体作业人员必须戴安全帽。

（16）上、下杆塔或在杆塔上移位时，作业人员必须攀抓牢固构件，且双手不得持带任何器材。

（17）杆塔上作业时，不得失去安全带的保护。

（18）地面电工严禁在作业点垂直下方逗留，塔上电工应防止高空落物，使用的工具、材料应用绳索传递，不得乱扔。

（19）作业人员在杆塔上作业期间，工作监护人应对作业人员进行不间断监护，且不得从事其他工作。

二、500kV 输电线路地电位法带电更换直线单联绝缘子串横担侧金具

1. 作业方法
地电位法。

2. 适用范围
适用于 500kV 直线单联绝缘子串横担侧金具更换。

3. 人员组合
本作业项目工作人员共计 4 人。其中工作负责人（监护人）1 人，塔上电工 2 人，地面配合电工 1 人。

4. 工器具配备
500kV 地电位法带电更换直线单联绝缘子串横担侧金具工器具配备一览表见表 5-14。

表 5-14　　　　　　　　500kV 地电位法带电更换直线单联绝缘子
串横担侧金具工器具配备一览表

序号	工器具名称		规格、型号	数量	备　注
1	绝缘工具	绝缘传递绳	SCJS−ϕ10mm	1 根	视作业杆塔高度而定
2		绝缘滑车	0.5t	1 只	
3		绝缘操作杆	500kV	1 根	
4	金属工具	平面丝杠		2 只	
5		闭式卡下卡		1 只	
6		保护间隙		1 副	备用
7		瓷质绝缘子检测装置		1 套	瓷质绝缘子用
8	个人防护用具	屏蔽服		1 套	塔上更换主操作手穿
9		静电防护服		2 套	备用 1 套
10		导电鞋		3 双	备用 1 双
11		安全带		3 根	备用 1 根

续表

序号	工器具名称		规格、型号	数量	备　注
12	个人防护用具	安全帽		4 顶	
13		兆欧表	5000V	1 块	电极宽 2cm，极间距 2cm
14	辅助安全工具	防潮苫布	2m×4m	1 块	
15		对讲机		2 部	
16		工具袋		2 只	装绝缘工具用

注　瓷质绝缘子检测装置包括：分布电压检测仪、绝缘电阻检测仪和火花间隙装置等。采用火花间隙装置测零时，每次检测前应用专用塞尺按 DL 415 要求测量放电间隙尺寸。

5. 作业程序

按照本次作业现场勘察后编写的现场作业指导书。

（1）工作负责人向电网调度申请开工，内容为：本人为工作负责人×××，×年×月×日需在 500kV ××线路上更换金具作业，本次作业按《国家电网公司电力安全工作规程（电力线路部分）》第 8.1.7 条要求，确定是否停用线路重合闸装置，若遇线路跳闸，不经联系，不得强送。得到调度许可，核对线路双重名称和杆塔号。

（2）全体工作成员列队，工作负责人现场宣读工作票、交工作任务、安全措施和技术措施；查（问）看作业人员精神状况、着装情况和工器具是否完好齐全。确认危险点和预防措施，明确作业分工以及安全注意事项。

（3）地面电工采用兆欧表摇测绝缘工具的绝缘电阻，检查丝杆、卡具等工具是否完好齐全、屏蔽服（静电防护服）不得有破损、洞孔和毛刺状等缺陷。

（4）塔上 1 号电工穿着屏蔽服、导电鞋，塔上 2 号电工必须穿着静电防护服、导电鞋。

（5）塔上 2 号电工携带绝缘传递绳登塔至横担处，系挂好安全带，将绝缘滑车和绝缘传递绳在作业横担适当位置安装好。

（6）若是盘形瓷质绝缘子时，地面电工将绝缘子检测装置及绝缘操作杆组装好后传递给塔上电工，塔上电工检测复核所要更换绝缘子串的零值绝缘子，当同串（28 片）零值绝缘子达到 6 片时应立即停止检测，并结束本次带电作业工作（结构高度 155mm）。

（7）地面电工传递平面丝杠、闭式卡下卡、导线后备保护绳至塔上 1 号电工作业位置。

（8）塔上 2 号电工挂好导线后备保护绳，导线后备保护绳的保护裕度（长度）应控制合理。1 号电工利用横担吊点背靠背角铁安装平面丝杠，闭式卡下卡安装在横担侧第 2 片绝缘子上。

（9）塔上 1 号电工收平面丝杠，使之稍稍受力后，检查各受力点有无异常情况。

（10）经工作负责人同意后取出横担侧绝缘子锁紧销，继续收双头丝杠，直至取出连接金具。

（11）塔上 1 号电工系好旧连接金具。

（12）地面电工相互配合操作绝缘传递绳，将旧金具放下，同时新连接金具跟随至工作位置，1 号电工换上新连接金具，并复位第 1 片绝缘子上的锁紧销。

（13）塔上 1 号电工经检查完好，报经工作负责人同意后，松双头丝杠拆除工具。2 号电工拆除导线后备保护绳并传递至地面。

（14）塔上 1 号电工检查确认塔上无遗留物，报经工作负责人得到同意后携带绝缘传递绳下塔。

（15）地面电工整理所用工器具和清理现场，工作负责人清点工器具。

（16）工作负责人向调度汇报。内容为：本人为工作负责人×××，500kV ××线路上更换金具工作已结束，杆塔上作业人员已撤离，杆塔、导线上无遗留物，线路设备已恢复原状。

6. 安全措施及注意事项

（1）若在海拔 1000m 以上线路上带电作业时，应根据作业区不同海拔高度，修正各类空气间隙、绝缘工具的安全距离和长度、绝缘子片数等，经本单位主管生产领导（总工程师）批准后执行。

（2）本次作业应经现场勘察并编制带电更换绝缘子串挂点金具现场作业指导书，经本单位技术负责人或主管生产负责人批准后执行。

（3）作业应在良好天气下进行。如遇雷电（听见雷声、看见闪电）、雪雹、雨雾时不得进行带电作业。风力大于 5 级（10m/s）时，不宜进行作业。

（4）若需在相对空气湿度大于 80% 的天气下进行带电作业时，应采用具有防潮性能的绝缘工具。

（5）本次作业不需申请停用线路重合闸装置，但工作前应向调度明确线路跳闸后，不经联系不得强送电的要求。

（6）杆塔上电工与带电体的安全距离在作业塔海拔高度 500m 以下时不小于 3.2m；海拔高度 500m 以上时不小于 3.4m。

（7）绝缘传递绳和绝缘软梯的有效绝缘长度不小于 3.7m。绝缘操作杆的有效绝缘长度不小于 4.0m。

（8）作业中塔上作业电工短接绝缘子不得超过第 4 片绝缘子。

（9）地面绝缘工具应放在防潮苫布上，作业人员应戴清洁干燥手套，摇测绝缘电阻值不小于 700MΩ（电极宽 2cm，极间距 2cm）。

（10）塔上 1 号电工应穿着屏蔽服、导电鞋，塔上 2 号电工穿着静电防护服、导电鞋，以防感应电的伤害。

（11）使用的工具、金具上下传递应用绝缘传递绳。

（12）所有使用的工器具必须安装可靠，工具受力后应冲击、检查判断其可靠性。

（13）作业时必须有导线防脱落的后备保护措施。

（14）绝缘工具使用前应用干净毛巾进行表面清洁处理。使用绝缘工具应戴清洁、干燥的手套，以防绝缘工具受潮和污染，收工或转移作业点时，应将绝缘工具装在工具袋内。

（15）在杆塔上作业过程中如遇设备突然停电，作业人员应视设备仍然带电。

（16）塔上电工登杆塔前，对登高工具和安全带进行检查和冲击试验，全体作业人员必须戴安全帽。

（17）若作业塔上不能保持人身对带电体 3.2m（3.4m）安全距离时，应在相邻塔的工作相加装保护间隙，保护间隙安装前的距离应大于 2.5m，安装、调试后的距离为 1.3m。两电极必须可靠固定在绝缘杆上，横担侧的电极尾线不留裕度，加装保护间隙的人员应穿全套合格的屏蔽服。

（18）上、下杆塔或在杆塔上移位时，作业人员必须攀抓牢固构件，且双手不得持带任何器材。

（19）杆塔上作业时，不得失去安全带的保护。

（20）地面电工严禁在作业点垂直下方活动，塔上电工应防止高空落物，使用的工具、材料应用绳索传递，不得乱扔。

（21）作业人员在杆塔上作业期间，工作监护人应对作业人员进行不间断监护，且不得从事其他工作。

三、500kV 输电线路地电位与等电位配合作业法带电更换直线串导线侧金具

1. 作业方法

地电位与等电位配合作业法。

2. 适用范围

适用于 500kV 直线单联串导线侧金具更换。

3. 人员组合

本作业项目工作人员共计 5 人。其中工作负责人（监护人）1 人，等电位电工 1 人，塔上电工 1 人，地面配合电工 2 人。

4. 工器具配备

500kV 地电位与等电位配合作业法带电更换直线串导线侧金具工器具配备一览表见表5-15。

表 5-15 　　　　　　　　　500kV 地电位与等电位配合作业法带电更换
直线串导线侧金具工器具配备一览表

序号	工器具名称		规格、型号	数量	备　注
1	绝缘工具	绝缘传递绳	SCJS−ϕ10mm	1 根	视作业杆塔高度而定
2		绝缘软梯	SCJS−ϕ14mm×9m	1 副	
3		绝缘滑车	0.5t	1 只	
4		高强度绝缘绳	SCJS−ϕ32mm×8m	1 根	导线后备保护绳
5		绝缘操作杆	500kV	1 根	瓷质绝缘子测零值用
6	金属工具	四线提线器		2 只	
7		闭式卡上卡		1 只	
8		短双头丝杆		2 只	
9		保护间隙		1 副	备用
10		瓷质绝缘子检测装置		1 套	瓷质绝缘子用

续表

序号	工器具名称		规格、型号	数量	备 注
11		高强度绝缘保护绳	SCJS−ϕ14mm×9m	1 根	防坠落保护
12		屏蔽服		1 套	等电位电工用
13	个人防护用具	静电防护服		2 套	备用 1 套
14		导电鞋		3 双	备用 1 双
15		安全带		3 根	备用 1 根
16		安全帽		5 顶	
17		防潮苫布	2m×4m	1 块	
18		万用表		1 块	测量屏蔽服连接导通用
19	辅助安全用具	兆欧表	5000V	1 块	电极宽 2cm，极间距 2cm
20		对讲机		2 部	
21		工具袋		2 只	装绝缘工具用

注 瓷质绝缘子检测装置包括：分布电压检测仪、绝缘电阻检测仪和火花间隙装置等。采用火花间隙装置测零时，每次检测前应用专用塞尺按 DL 415 要求测量放电间隙尺寸。

5. 作业程序

按照本次作业现场勘察后编写的现场作业指导书。

（1）工作负责人向电网调度申请开工，内容为：本人为工作负责人×××，×年×月×日需在 500kV ××线路上更换绝缘子悬挂金具作业，本次作业按《国家电网公司电力安全工作规程（电力线路部分）》第 8.1.7 条要求，确定是否停用线路重合闸装置，若遇线路跳闸，不经联系，不得强送。得到调度许可，核对线路双重名称和杆塔号。

（2）全体工作成员列队，工作负责人现场宣读工作票、交工作任务、安全措施和技术措施；查（问）看作业人员精神状况、着装情况和工器具是否完好齐全。确认危险点和预防措施，明确作业分工以及安全注意事项。

（3）地面电工采用兆欧表摇测绝缘工具的绝缘电阻，检查丝杆、卡具等工具是否完好齐全、屏蔽服（静电防护服）不得有破损、洞孔和毛刺状等缺陷。

（4）等电位电工穿着全套屏蔽服、导电鞋，必要时，屏蔽服内穿阻燃内衣。地面电工负责检查袜裤、裤衣、袖和手套的连接是否完好，用万用表测试袜、裤、衣、手套等连接导通情况。

（5）塔上电工必须穿着静电防护服、导电鞋，携带绝缘传递绳登塔至横担处，系挂好安全带，将绝缘滑车和绝缘传递绳在作业横担适当位置安装好。

（6）若是盘形瓷质绝缘子时，地面电工将绝缘子检测装置及绝缘操作杆组装好后传递给塔上电工，塔上电工检测复核所要更换绝缘子串的零值绝缘子，当同串（28 片）零值绝缘子达到 6 片时应立即停止检测，并结束本次带电作业工作（结构高度 155mm）。

（7）地面电工传递绝缘软梯和导线后备保护绳，塔上电工在距绝缘子串吊点水平距离大于 1.5m 处安装绝缘软梯。

（8）等电位电工系好防坠保护绳，塔上电工控制防坠保护绳有效，配合等电位电工沿绝缘软梯进入电场。。

（9）等电位电工沿绝缘软梯下到头部或手与上子导线平行位置，报告工作负责人，得到工作负责人许可后，塔上电工利用绝缘保护绳摆动绝缘软梯配合等电位电工进入电场。

（10）等电位电工进入带电导线后，首先把安全带系在上子导线上，然而才能拆除绝缘保护绳进行其他检修作业。

（11）地面电工将四线提线器、绝缘子上卡、双头丝杠传递给等电位电工，在导线侧第 3 片绝缘子和分裂导线上安装好更换卡具。

（12）地面电工将导线绝缘后备保护绳传递给塔上电工，塔上电工和等电位电工配合将导线后备保护绳可靠的安装在导线和横担之间，导线保护绳的长度应控制合理。

（13）等电位电工收紧双头丝杠，使导线侧金具松弛，等电位电工手抓紧线丝杠冲击检查无误后，报经工作负责人同意后拆除被更换金具。

（14）等电位电工系好旧金具。

（15）地面两电工以新旧金具交替法，将新金具拉至横担上挂好。注意控制好空中上、下新旧金具的位置，防止发生相互碰撞。

（16）等电位电工换上新金具，检查新金具的安装情况完好后，报经工作负责人同意后，按逆顺序拆除全部更换工具并传递下塔。

（17）经工作负责人同意后，塔上电工与等电位电工配合退出等电位，等电位电工下塔。

（18）塔上电工检查确认塔上无遗留物，报经工作负责人得到同意后携带绝缘传递绳下塔。

（19）地面电工整理所用工器具和清理现场，工作负责人清点工器具。

（20）工作负责人向调度汇报。内容为：本人为工作负责人×××，500kV ××线路上更换金具工作已结束，杆塔上作业人员已撤离，杆塔、导线上无遗留物，线路设备已恢复原状。

6. 安全措施及注意事项

（1）若在海拔 1000m 以上线路上带电作业时，应根据作业区不同海拔高度，修正各类空气间隙、绝缘工具的安全距离和长度、绝缘子片数等，经本单位主管生产领导（总工程师）批准后执行。

（2）本次作业应经现场勘察并编制带电更换悬垂单联绝缘子串导线侧连接金具现场作业指导书，经本单位技术负责人或主管生产负责人批准后执行。

（3）作业应在良好天气下进行。如遇雷电（听见雷声、看见闪电）、雪雹、雨雾时不得进行带电作业。风力大于 5 级（10m/s）时，不宜进行作业。

（4）若需在相对空气湿度大于 80%的天气下进行带电作业时，应采用具有防潮性能的绝缘工具。

（5）本次作业不需申请停用线路重合闸装置，但工作前应向调度明确线路跳闸后，不经联系不得强送电的要求。

（6）杆塔上电工与带电体的安全距离在作业塔海拔高度 500m 以下时不小于 3.2m；海拔高度 500m 以上时不小于 3.4m。

（7）绝缘传递绳和绝缘软梯的有效绝缘长度不小于3.7m。绝缘操作杆的有效绝缘长度不小于4.0m。

（8）沿绝缘软梯进入强电场时，作业人员与接地体和带电体之间的组合间隙不得小于4.0m。其人体裸露部分与带电体的有效距离不得小于0.4m。

（9）等电位电工转移电位时严禁对等电位电工头部充放电，作业中等电位人员头部不得超过第4片绝缘子。

（10）等电位电工从绝缘软梯登上导线后，必须先系挂好安全带才能解开防坠后备保护绳，脱离电位前必须系好防坠后备保护绳后，再解开安全带向负责人申请下软梯。

（11）地面绝缘工具应放在防潮苫布上，作业人员应戴清洁干燥手套，摇测绝缘电阻值不小于700MΩ（电极宽2cm，极间距2cm）。

（12）等电位电工应穿戴全套屏蔽服、导电鞋，且各部分应连接良好。屏蔽服内不得贴身穿着化纤类衣服。

（13）塔上电工必须穿着静电防护服、导电鞋，以防感应电的伤害。

（14）绝缘软梯必须安装可靠，等电位电工在进入电位前应试冲击判断其可靠性。

（15）等电位电工从绝缘软梯登上导线后，必须先系挂好安全带才能解开防坠后备保护绳，脱离电位前必须系好防坠后备保护绳后，再解开安全带向负责人申请下软梯。

（16）等电位电工登软梯前，应与地面电工配合试冲击防坠保护绳的牢固情况，地面电工防坠保护绳控制方式应合理、可靠。

（17）使用的工具、金具上下起吊应用绝缘传递绳，金属工具在起吊传递过程中必须距带电体1.5m以外，再传递给操作人员。

（18）所有使用的工器具必须安装可靠，工具受力后应冲击、检查判断其可靠性。

（19）本次作业必须有导线防脱落的后备保护措施。

（20）绝缘工具使用前应用干净毛巾进行表面清洁处理。使用绝缘工具应戴清洁、干燥的手套，以防绝缘工具受潮和污染，收工或转移作业点时，应将绝缘工具装在工具袋内。

（21）在杆塔上作业过程中如遇设备突然停电，作业人员应视设备仍然带电。

（22）塔上电工登杆塔前，对登高工具和安全带进行检查和冲击试验，全体作业人员必须戴安全帽。

（23）若作业塔上不能保持人身对带电体3.2m（3.4m）安全距离时，应在相邻塔的工作相加装保护间隙，保护间隙安装前的距离应大于2.5m，安装、调试后的距离为1.3m。两电极必须可靠固定在绝缘杆上，横担侧的电极尾线不留裕度，加装保护间隙的人员应穿全套合格的屏蔽服。

（24）上、下杆塔或在杆塔上移位时，作业人员必须攀抓牢固构件，且双手不得持带任何器材。

（25）杆塔上作业时，不得失去安全带的保护。

（26）地面电工严禁在作业点垂直下方逗留，塔上电工应防止高空落物，使用的工具、材料应用绳索传递，不得乱扔。

（27）作业人员在杆塔上作业期间，工作监护人应对作业人员进行不间断监护，且不得从事其他工作。

四、500kV 输电线路沿耐张绝缘子串自由式进入电场法带电检修耐张跳线引流板

1. 作业方法

沿耐张绝缘子串自由式进入电场法。

2. 适用范围

适用于 500kV 耐张双联串进行跳线引流板缺陷检修作业。

3. 人员组合

本作业项目工作人员共计 5 人。其中工作负责人（监护人）1 人，等电位电工 1 人，塔上电工 1 人，地面电工 2 人。

4. 工器具配备

500kV 沿耐张绝缘子串自由式进入电场法带电检修耐张跳线引流板工器具配备一览表见表 5-16。所需材料有相应规格跳线引流板螺栓、导电脂、钢丝刷等。

表 5-16　　　　　　　　**500kV 沿耐张绝缘子串自由式进入电场法带电**

检修耐张跳线引流板工器具配备一览表

序号	工器具名称		规格、型号	数量	备　注
1	绝缘工具	绝缘传递绳	SCJS−ϕ10mm	2 根	视作业杆塔高度而定
2		绝缘滑车	0.5t	2 只	
3		绝缘绳套	SCJS−ϕ20mm	2 只	
4		绝缘操作杆	500kV	1 根	
5	金属工具	ϕ30mm 多股软铜载流线		1 根	带两端夹具
6		扭矩扳手		1 把	紧固引流板螺栓用
7		保护间隙		1 副	备用
8		瓷质绝缘子检测装置		1 套	瓷质绝缘子用
9	个人防护用具	绝缘安全带		3 根	备用 1 根
10		高强度绝缘保护绳	SCJS−ϕ14mm×9m	1 根	防坠落保护
11		屏蔽服		1 套	等电位电工
12		静电防护服		2 套	备用 1 套
13		导电鞋		3 双	备用 1 双
14		安全帽		5 顶	
15	辅助安全用具	防潮苫布	2m×4m	1 块	
16		万用表		1 块	测量屏蔽服连接导通用
17		兆欧表	5000V	1 块	电极宽 2cm，极间距 2cm
18		对讲机		2 部	
19		工具袋		2 只	装绝缘工具用

注　瓷质绝缘子检测装置包括：分布电压检测仪、绝缘电阻检测仪和火花间隙装置等。采用火花间隙装置测零时，每次检测前应用专用塞尺按 DL 415 要求测量放电间隙尺寸。

5. 作业程序

按照本次作业现场勘察后编写的现场作业指导书。

（1）工作前工作负责人向电网调度员申请开工。内容为：本人为工作负责人×××，×年×月×日需在 500kV ××线路上带电进行导线消缺工作，本次作业按《国家电网公司电力安全工作规程（电力线路部分）》第 8.1.7 条要求，确定是否停用线路重合闸装置，若遇线路跳闸，不经联系，不得强送。得到调度许可，核对线路双重名称和杆塔号。

（2）全体工作成员列队，工作负责人现场宣读工作票、交工作任务、安全措施和技术措施；查（问）看作业人员精神状况、着装情况和工器具是否完好齐全。确认危险点和预防措施，明确作业分工以及安全注意事项。

（3）工作人员用兆欧表检测绝缘工具的绝缘电阻，检查扭矩扳手、$\phi 30$mm 多股软铜载流线等工器具是否完好灵活，屏蔽服（静电防护服）不得有破损、洞孔和毛刺状等缺陷。

（4）等电位电工穿着全套屏蔽服（包括帽、衣裤、手套、袜和导电鞋），必要时，屏蔽服内穿阻燃内衣。地面电工负责检查袜裤、裤衣、袖和手套的连接是否完好，用万用表测试袜、裤、衣、手套等连接导通情况。

（5）塔上电工穿着静电防护服、导电鞋，携带绝缘传递绳登塔至工作位置，系挂好安全带，将绝缘滑车悬挂在适当的位置。

（6）地面电工将绝缘操作杆、高强度防坠保护绳依次吊至塔上。

（7）若是盘形瓷质绝缘子时，地面电工将绝缘子检测装置及绝缘操作杆组装好后传递给塔上电工，塔上电工检测复核所要更换绝缘子串的零值绝缘子，当同串（28 片）零值绝缘子达到 6 片时应立即停止检测，并结束本次带电作业工作（结构高度 170mm）。

（8）等电位电工登塔至横担处，系好高强度防坠保护绳。

（9）等电位电工向工作负责人申请沿绝缘子串进入电位，经同意后将绝缘安全带较宽松地系在其中 1 串绝缘子上。

（10）等电位电工采用跨二短三方式沿绝缘子串进入电场（如图 4-1 所示）。

（11）等电位电工坐在耐张线夹分裂导线下导线或绝缘软梯头上，地面电工配合将$\phi 30$mm多股软铜载流线、钢丝刷、扭矩扳手、导电脂等传递上去。

（12）等电位电工检查引流板因发热而损坏（氧化物）或是否光、毛面连接及测试引流板温度情况，且用扭矩扳手检测螺栓扭矩值并报工作负责人。

（13）若需拆开引流板时，首先在该子导线两端安装好$\phi 30$mm 多股软铜载流线，夹具连接及扭矩值完好。

（14）等电位电工打开引流板，用钢丝刷清除干净氧化物，涂上导电脂后，拧紧螺栓扭矩值至相应螺栓规格的标准扭矩值。

（15）等电位电工检查引流板安装情况后，经工作负责人同意后拆除$\phi 30$mm 多股软铜载流线。

（16）等电位电工和地面电工配合，将$\phi 30$mm 多股软铜载流线、钢丝刷、扭矩扳手、导电脂等工具传递至地面。

（17）等电位电工经工作负责人同意采用跨二短三方式沿绝缘子串方式退回横担上并下塔。

（18）塔上电工与地面电工配合将绝缘操作杆、防坠保护绳等工具依次传递至地面。

（19）塔上电工检查塔上无遗留物，经工作负责人同意后携带绝缘传递绳下塔。

（20）地面电工整理所有工器具和清理现场，工作负责人清点工器具。

（21）工作负责人向调度汇报。内容为：本人为工作负责人×××，500kV ×× 线路带电导线消缺工作已结束，杆塔上作业人员已撤离，杆塔、导线上无遗留物，线路设备已恢复原状。

6. 安全措施及注意事项

（1）若在海拔 1000m 以上线路上带电作业时，应根据作业区不同海拔高度，修正各类空气间隙、绝缘工具的安全距离和长度、绝缘子片数等，经本单位主管生产领导（总工程师）批准后执行。

（2）本次作业应经现场勘察并编制带电检修耐张跳线引流板缺陷的现场作业指导书，经本单位技术负责人或主管生产负责人批准后执行。

（3）作业应在良好天气下进行。如遇雷电（听见雷声、看见闪电）、雪雹、雨雾时不得进行带电作业。风力大于 5 级（10m/s）时，不宜进行作业。

（4）若需在相对空气湿度大于 80%的天气下进行带电作业时，应采用具有防潮性能的绝缘工具。

（5）本次作业不需申请停用线路重合闸装置，但工作前应向调度明确线路跳闸后，不经联系不得强送电的要求。

（6）杆塔上电工与带电体的安全距离在作业塔海拔高度 500m 以下时不小于 3.2m；海拔高度 500m 以上时不小于 3.4m。

（7）绝缘传递绳和绝缘软梯的有效绝缘长度不小于 3.7m。绝缘操作杆的有效绝缘长度不小于 4.0m

（8）沿绝缘软梯进入强电场时，作业人员与接地体和带电体之间的组合间隙不得小于 4.0m。其人体裸露部分与带电体的有效距离不得小于 0.4m。

（9）等电位作业中等电位人员头部不得超过第 4 片绝缘子。

（10）地面绝缘工具应放在防潮苦布上，作业人员应戴清洁干燥手套，摇测绝缘电阻值不小于 700MΩ（电极宽 2cm，极间距 2cm）。

（11）现场使用的工具在使用前和使用后必须详细检查，是否有损坏、变形和失灵等问题。

（12）等电位电工应穿戴全套屏蔽服、导电鞋，且各部分应连接良好。屏蔽服内不得穿着化纤类衣服。

（13）塔上电工必须穿着静电防护服、导电鞋，以防感应电的伤害。

（14）耐张杆塔采用自由式方法进入电位时，作业中扣除人体短接和零值（自爆）绝缘子片数后，良好绝缘子不得小于 23 片（结构高度 170mm）。

（15）等电位作业人员进出电位时，应向工作负责人申请，得到同意后方可进行。采用跨二短三方法作业手脚应同步，行进过程中严禁短接 3 片以上绝缘子。

（16）使用的工具、金具上下传递应用绝缘传递绳，所有使用的器具必须安装可靠，工具受力后应冲击、检查判断其可靠性。

（17）绝缘工具使用前应用干净毛巾进行表面清洁处理。使用绝缘工具应戴清洁、干燥的手套,以防绝缘工具受潮和污染,收工或转移作业点时,应将绝缘工具装在工具袋内。

(18)在杆塔上作业过程中如遇设备突然停电,作业人员应视设备仍然带电。

(19)塔上电工登杆塔前,对登高工具和安全带进行检查和冲击试验,全体作业人员必须戴安全帽。

(20)若作业塔上不能保持人身对带电体 3.2m(3.4m)安全距离时,应在相邻塔的工作相加装保护间隙,保护间隙安装前的距离应大于 2.5m,安装、调试后的距离为 1.3m。两电极必须可靠固定在绝缘杆上,横担侧的电极尾线不留裕度,加装保护间隙的人员应穿全套合格的屏蔽服。

(21)上、下杆塔或在杆塔上移位时,作业人员必须攀抓牢固构件,且双手不得持带任何器材。

(22)杆塔上作业时,不得失去安全带的保护。

(23)地面电工严禁在作业点垂直下方逗留,塔上电工应防止高空落物,使用的工具、材料应用绳索传递,不得乱扔。

(24)作业人员在杆塔上作业期间,工作监护人应对作业人员进行不间断监护,且不得从事其他工作。

五、500kV 输电线路等电位直接作业法带电更换双联或四联耐张串导线侧金具

1. 作业方法

等电位直接作业法。

2. 适用范围

适用于 500kV 双联和四联耐张导线侧连接金具更换。

3. 人员组合

本作业项目工作人员共计 5 人。其中工作负责人(监护人)1 人,等电位电工 1 人,塔上电工 1 人,地面电工 2 人。

4. 工器具配备

500kV 等电位直接作业法带电更换双联或四联耐张串导线侧金具工器具配备一览表见表 5-17。

表 5-17　　　　　500kV 等电位直接作业法带电更换双联或四联

耐张串导线侧金具工器具配备一览表

序号	工器具名称		规格、型号	数量	备　注
1	绝缘工具	绝缘传递绳	SCJS−ϕ10mm	1 根	视作业杆塔高度而定
2		绝缘软梯	SCJS−ϕ14mm×15m	1 副	
3		绝缘滑车	0.5t	1 只	
4		绝缘滑车	1t	1 只	
5		绝缘吊杆	ϕ32mm	2 根	
6		绝缘操作杆	500kV	1 根	

续表

序号	工器具名称		规格、型号	数量	备　注
7	金属工具	导线夹头		2 个	
8		双头丝杠		2 只	
9		闭式卡上卡		1 只	
10		软梯挂头		1 个	
11		专用接头		4 个	
12		保护间隙		1 副	备用
13		瓷质绝缘子检测装置		1 套	瓷质绝缘子用
14	个人防护用具	高强度绝缘保护绳	SCJS−φ14mm×9m	1 根	防坠落保护
15		屏蔽服		1 套	等电位电工
16		静电防护服		3 套	备用 1 套
17		导电鞋		4 双	备用 1 双
18		安全带		4 根	备用 1 根
19		安全帽		5 顶	
20	辅助安全用具	兆欧表	5000V	1 块	电极宽 2cm，极间距 2cm
21		万用表		1 块	测量屏蔽服连接导通用
22		防潮苫布	2m×4m	2 块	
23		对讲机		2 部	
24		工具袋		2 只	装绝缘工具用

注　1. 若是绝缘架空地线时，应按绝缘架空地线上工作的安规要求配置工器具和作业法。
　　2. 瓷质绝缘子检测装置包括：分布电压检测仪、绝缘电阻检测仪和火花间隙装置等。采用火花间隙装置测零时，每次检测前应用专用塞尺按 DL 415 要求测量放电间隙尺寸。

5. 作业程序

按照本次作业现场勘察后编写的现场作业指导书。

（1）工作负责人向电网调度申请开工，内容为：本人为工作负责人×××，×年×月×日需在 500kV ××线路上更换耐张串导线侧金具作业，本次作业按《国家电网公司电力安全工作规程（电力线路部分）》第 8.1.7 条要求，确定是否停用线路重合闸装置，若遇线路跳闸，不经联系，不得强送。得到调度许可，核对线路双重名称和杆塔号。

（2）全体工作成员列队，工作负责人现场宣读工作票、交工作任务、安全措施和技术措施；查（问）看作业人员精神状况、着装情况和工器具是否完好齐全。确认危险点和预防措施，明确作业分工以及安全注意事项。

（3）地面电工采用兆欧表摇测绝缘工具的绝缘电阻，检查丝杠、卡具等工具是否完好齐全、屏蔽服（静电防护服）不得有破损、洞孔和毛刺状等缺陷。

（4）等电位电工穿着全套屏蔽服（包括帽、衣裤、手套、袜和导电鞋），必要时，屏蔽服内穿阻燃内衣。地面电工负责检查袜裤、裤衣、袖和手套的连接是否完好，用万用表测试袜、裤、衣、手套等连接导通情况。

（5）塔上电工必须穿着静电防护服、导电鞋，带绝缘传递绳登塔至地线支架处，系挂好安全带，将绝缘滑车和绝缘传递绳在作业地线支架适当位置安装好。

（6）地面电工地面配合起吊地线接地棒、软梯头及绝缘软梯至地线支架作业点，软梯头上安装好绝缘软梯控制绳。

（7）若是绝缘架空地线时，塔上电工应在等电位电工的严格监护下，在不工作侧将绝缘架空地线可靠接地，拆除工作侧地线防振锤，然后将软梯头可靠安装在绝缘架空地线上。

（8）等电位电工登塔至导线横担处，系好高强度绝缘保护绳，带上传递绳登上软梯站好。

（9）塔上电工在地线横担处利用软梯头控制绳将绝缘软梯沿绝缘架空地线滑至耐张线夹平行处，地面电工利用绝缘软梯尾绳摆动绝缘软梯将等电位电工送入等电位。

（10）地面电工将闭式卡上卡、导线夹头、双头丝杆传递给等电位电工。

（11）等电位电工在被更换侧第1片绝缘子和导线上安装卡具。

（12）等电位电工操作双头丝杠，使之稍稍受力后，冲击检查各受力点受力情况，无异常后报经工作负责人同意后，松开被换连接金具上的紧固螺栓。

（13）等电位电工继续收紧双头丝杠直至取出连接金具。

（14）地面电工相互配合操作绝缘传递绳，将旧连接金具传递至地面，新连接金具同时跟随至工作位置，等电位电工换上新连接金具。

（15）等电位电工检查新连接金具安装情况，无误后，报经工作负责人同意后，松紧双头丝杠，拆除更换工具并传递至地面。

（16）等电位电工检查确认导线上无遗留物，报经工作负责人同意后携带绝缘传递绳登上绝缘软梯站稳。

（17）地面电工拉好绝缘软梯尾绳，配合等电位电工脱离等电位。

（18）塔上电工在地线横担处利用绝缘软梯控制绳将绝缘软梯沿绝缘架空地线拉至导线横担处，等电位电工退回到导线横担上。

（19）塔上电工与地面电工配合拆除全部工具，恢复地线防振锤，若是绝缘架空地线时，塔上电工在等电位电工的严格监护下，拆除绝缘地线专用接地线。

（20）塔上电工检查确认塔上无遗留物，报经工作负责人同意后携带绝缘传递绳下塔。

（21）地面电工整理所用工器具和清理现场，工作负责人清点工器具。

（22）工作负责人向调度汇报。内容为：本人为工作负责人×××，500kV ××线路上更换导线侧金具工作已结束，杆塔上作业人员已撤离，杆塔、导线上无遗留物，线路设备已恢复原状。

6. 安全措施及注意事项

（1）若在海拔1000m以上线路上带电作业时，应根据作业区不同海拔高度，修正各类空气间隙、绝缘工具的安全距离和长度、绝缘子片数等，经本单位主管生产领导（总工程师）批准后执行。

（2）本次作业应经现场勘察并编制带电更换耐张导线侧连接金具现场作业指导书，经本单位技术负责人或主管生产负责人批准后执行。

（3）作业应在良好天气下进行。如遇雷电（听见雷声、看见闪电）、雪雹、雨雾时不得进行带电作业。风力大于 5 级（10m/s）时，不宜进行作业。

（4）若需在相对空气湿度大于 80%的天气下进行带电作业时，应采用具有防潮性能的绝缘工具。

（5）本次作业不需申请停用线路重合闸装置，但工作前应向调度明确线路跳闸后，不经联系不得强送电的要求。

（6）杆塔上电工与带电体的安全距离在作业塔海拔高度 500m 以下时不小于 3.2m；海拔高度 500m 以上时不小于 3.4m。

（7）绝缘传递绳和绝缘软梯的有效绝缘长度不小于 3.7m。绝缘操作杆的有效绝缘长度不小于 4.0m

（8）沿绝缘软梯进入强电场时，作业人员与接地体和带电体之间的组合间隙不得小于 4.0m。其人体裸露部分与带电体的有效距离不得小于 0.4m。

（9）等电位作业中等电位人员头部不得超过第 4 片绝缘子。

（10）地面绝缘工具应放在防潮苫布上，作业人员应戴清洁干燥手套，摇测绝缘电阻值不小于 700MΩ（电极宽 2cm，极间距 2cm）。

（11）现场使用的工具在使用前和使用后必须详细检查，是否有损坏、变形和失灵等问题。

（12）等电位电工应穿戴全套屏蔽服、导电鞋，且各部分应连接良好。屏蔽服内不得穿着化纤类衣服。

（13）塔上电工必须穿着静电防护服、导电鞋，以防感应电的伤害。

（14）利用绝缘架空地线悬挂绝缘软梯作业前，塔上电工应在另一电工的严格监护下将绝缘架空地线用专用接地线可靠接地。

（15）挂设的绝缘架空地线专用接地线上源源不断地流有感应电流，作业人员应严格按安规挂、拆接地线的规定进行，且裸手不得碰触铜接地线。

（16）使用的工具、金具上下传递应用绝缘传递绳，所有使用的工器具必须安装可靠，工具受力后应冲击、检查判断其可靠性。

（17）等电位电工从绝缘软梯登上导线后，必须先系挂好安全带才能解开高强度绝缘保护绳，脱离电位前必须系好高强度绝缘保护绳后，再解开安全带向负责人申请下软梯。

（18）等电位电工登软梯前，应与地面电工配合试冲击防坠保护绳的牢固情况，地面电工防坠保护绳控制方式应合理、可靠。

（19）绝缘工具使用前应用干净毛巾进行表面清洁处理。使用绝缘工具应戴清洁、干燥的手套，以防绝缘工具受潮和污染，收工或转移作业点时，应将绝缘工具装在工具袋内。

（20）在杆塔上作业过程中如遇设备突然停电，作业人员应视设备仍然带电。

（21）塔上电工登杆塔前，对登高工具和安全带进行检查和冲击试验，全体作业人员必须戴安全帽。

（22）若作业塔上不能保持人身对带电体 3.2m（3.4m）安全距离时，应在相邻塔的工作相加装保护间隙，保护间隙安装前的距离应大于 2.5m，安装、调试后的距离为 1.3m。两电极必须可靠固定在绝缘杆上，横担侧的电极尾线不留裕度，加装保护间隙的人员应穿全套合格的屏蔽服。

（23）上、下杆塔或在杆塔上移位时，作业人员必须攀抓牢固构件，且双手不得持带任何器材。

（24）杆塔上作业时，不得失去安全带的保护。

（25）地面电工严禁在作业点垂直下方逗留，塔上电工应防止高空落物，使用的工具、材料应用绳索传递，不得乱扔。

（26）作业人员在杆塔上作业期间，工作监护人应对作业人员进行不间断监护，且不得从事其他工作。

六、500kV 输电线路专用接地线短接作业法带电更换绝缘架空地线金具

1. 作业方法

专用接地线短接作业法。

2. 适用范围

适用于 500kV 架空地线金具更换作业。

3. 人员组合

本作业项目工作人员共计 5 人。其中工作负责人（监护人）1 人，塔上电工 2 人，地面电工 2 人。

4. 工器具配备

500kV 专用接地线短接作业法带电更换绝缘架空地线金具工器具配备一览表见表5-18。

表 5-18　　　　　　　　**500kV 专用接地线短接作业法带电更换**
绝缘架空地线金具工器具配备一览表

序号	工器具名称		规格、型号	数量	备　注
1	绝缘工具	绝缘传递绳	SCJS-ϕ10mm	2 根	视作业杆塔高度而定
2		绝缘滑车	0.5t	2 只	
3	金属工具	地线提线器		1 只	
4		地线飞车		1 台	若出线更换用
5		扭矩扳手		1 把	
6		绝缘地线专用接地线		1 根	绝缘架空地线用
7		高强度绝缘保护绳	SCJS-ϕ14mm×9m	1 根	防坠落保护
8	个人防护用具	屏蔽服		1 套	若出线更换时用
9		静电防护服		3 套	备用 1 套
10		导电鞋		3 双	备用 1 双
11		安全带		3 根	备用 1 根
12		安全帽		5 顶	

续表

序号	工器具名称		规格、型号	数量	备　注
13		兆欧表	5000V	1 块	电极宽 2cm，极间距 2cm
14	辅助安全用具	防潮苫布	2m×4m	2 块	
15		对讲机		2 部	
16		工具袋		2 只	装绝缘工具用

5. 作业程序

按照本次作业现场勘察后编写的现场作业指导书。

（1）工作负责人向电网调度申请开工，内容为：本人为工作负责人×××，×年×月×日需在 500kV ××线路上更换架空地线金具作业，本次作业按《国家电网公司电力安全工作规程（电力线路部分）》第 8.1.7 条要求，确定是否停用线路重合闸装置，若遇线路跳闸，不经联系，不得强送。得到调度许可，核对线路双重名称和杆塔号。

（2）全体工作成员列队，工作负责人现场宣读工作票、交待工作任务、安全措施和技术措施；查（问）看工作人员精神状况、着装情况和工器具是否完好齐全。确认危险点和预防措施，明确作业分工以及安全注意事项。

（3）地面电工采用兆欧表绝缘工具的绝缘电阻，检查飞车、软梯等工具是否完好齐全，屏蔽服（静电防护服）不得有破损、洞孔和毛刺状等缺陷。

（4）若是绝缘架空地线时，出线电工穿着全套屏蔽服、导电鞋，塔上电工必须穿着静电防护服、导电鞋。

（5）塔上 1 号电工携带绝缘传递绳登塔至地线横担处，系挂好安全带，将绝缘滑车和绝缘传递绳在作业地线支架适当位置安装好。

（6）若是绝缘架空地线时，塔上 1 号电工在 2 号电工的严格监护下，采用绝缘地线专用接地线将绝缘架空地线可靠接地后，在地线支架系好保护绳后，在地线上安装飞车准备。

（7）地面电工传递上地线飞车，1、2 号电工将地线飞车可靠安装在架空地线上，并系好飞车进出控制绳。

（8）出线电工登塔至地线支架处，系好防坠落保护绳后由 1 号电工配合进入地线飞车。

（9）塔上 1 号电工拉好控制绳，配合塔上 2 号（出线）电工进行地线阻尼线夹、交叉阻尼花边、地线防振锤等更换工作。

（10）出线电工乘飞车至需要恢复或更换的地线防振金具处，进行更换处理工作。

（11）地面电工利用将新的地线金具传递给出线电工，出线电工拆除旧地线防振金具，换上新地线防振金具。

（12）出线电工检查新更换的地线金具安装正确、螺栓扭矩值合格后，在塔上电工配合下回到至架空地线顶架处退回塔上。

（13）塔上电工逆顺序拆除塔上的全部工具并传递至地面，塔上 1 号电工在塔上 2 号电工的监护下，拆除绝缘架空地线专用接地线后，塔上 2 号电工下塔。

（14）塔上 1 号电工检查确认塔上无遗留工具后，报经工作负责人同意后背绝缘传递绳下塔。

（15）地面电工整理所用工器具和清理现场，工作负责人清点工器具。

（16）工作负责人向调度汇报。内容为：本人为工作负责人×××，500kV ××线路上更换地线金具工作已结束，杆塔上作业人员已撤离，杆塔、导线上无遗留物，线路设备已恢复原状。

6. 安全措施及注意事项

（1）若在海拔1000m以上线路上带电作业时，应根据作业区的实际海拔高度，计算修正各类空气间隙、绝缘工具的安全距离和长度等，经本单位主管生产领导（总工程师）批准后执行。

（2）本次作业应经现场勘察并编制带电更换架空地线金具现场作业指导书，经本单位技术负责人或主管生产负责人批准后执行。

（3）作业应在良好天气下进行。如遇雷电（听见雷声、看见闪电）、雪雹、雨雾时不得进行带电作业。风力大于5级（10m/s）时，不宜进行作业。

（4）若需在相对空气湿度大于80%的天气下进行带电作业时，应采用具有防潮性能的绝缘工具。

（5）本次作业前需向调度明确：若线路跳闸，不经联系不得强送电。

（6）杆塔上电工与带电体的安全距离在作业塔海拔高度500m以下时不小于3.2m；海拔高度500m以上时不小于3.4m。

（7）绝缘传递绳和绝缘软梯的安全长度不小于3.7m。若是绝缘架空地线时，应视为带电体，未挂接地线前，塔上作业人员对其保持安全距离0.4m以上。

（8）若需出绝缘架空地线作业，架空地线（OPGW或良导体）损伤截面和强度、弧垂等要经计算校核。

（9）若出线作业，应保持地线及人体对下方带电导线安全距离3.7m（3.9m）。

（10）若是绝缘架空地线，挂设飞车作业前塔上电工应在塔上另一电工的严格监护下将绝缘架空地线用专用接地线可靠接地。

（11）挂设的绝缘架空地线专用接地线上源源不断地流有感应电流，作业人员应严格按安规挂、拆接地线的规定进行，且裸手不得碰触铜接地线。

（12）地面绝缘工具应放在防潮苫布上，作业人员应戴清洁干燥手套，摇测绝缘电阻值不小于700MΩ（电极宽2cm，极间距2cm）。

（13）出线电工应穿戴全套屏蔽服、导电鞋，塔上电工必须穿着静电防护服、导电鞋，以防感应电的伤害。

（14）飞车等工具在使用前和使用后必须详细检查，是否有损坏、变形和失灵等问题。

（15）地线飞车必须安装可靠，飞车控制绳必须有专人负责，随时拉紧，地线飞车在行走过程中，防止飞车轮压伤作业电工。

（16）绝缘工具使用前应用干净毛巾进行表面清洁处理。使用绝缘工具应戴清洁、干燥的手套，以防绝缘工具受潮和污染，收工或转移作业点时，应将绝缘工具装在工具袋内。

（17）架空地线或OPGW光缆的截面必须大于GJ-50（LGJ-70/40）。两人同时上架空地线时，必须经工程技术人员验算合格并经总工批准。

（18）在杆塔上作业过程中如遇设备突然停电，作业人员应视设备仍然带电。

（19）塔上电工登杆塔前，应对登高工具和安全带进行检查和冲击试验，全体作业人员必须戴安全帽。

（20）上、下杆塔或在杆塔上移位时，作业人员必须攀抓牢固构件，且双手不得持带任何器材。

（21）杆塔上作业时，不得失去安全带的保护。

（22）地面电工严禁在作业点垂直下方逗留，塔上电工应防止高空落物，使用的工具、材料应用绳索传递，不得乱扔。

（23）作业人员在杆塔上作业期间，工作监护人应对作业人员进行不间断监护，且不得从事其他工作。

七、500kV 输电线路等电位直线作业法带电更换导线阻尼线夹或防振锤

1. 作业方法

等电位直接作业法。

2. 适用范围

适用于 500kV 所有大跨越导线防振金具更换。

3. 人员组合

本作业项目工作人员共计 5 人。其中工作负责人（监护人）1 人，等电位电工 1 人，塔上电工 1 人，地面电工 2 人。

4. 工器具配备

500kV 等电位直线作业法带电更换导线阻尼线夹或防振锤工器具配备一览表见表5-19。

表 5-19　　　　　　　　500kV 等电位直线作业法带电更换导线

阻尼线夹或防振锤工器具配备一览表

序号	工具名称		规格、型号	数量	备　注
1	绝缘工具	绝缘绳套	SCJS–ϕ24mm	1 只	
2		绝缘传递绳	SCJS–ϕ14mm	3 根	视工作杆塔高度而定
3		绝缘软梯	SCJS–ϕ14mm×9m	1 副	
4		绝缘滑车	0.5t	2 只	
5	金属工具	扭矩扳手		2 把	
6		瓷质绝缘子检测装置		1 套	瓷质绝缘子用
7	个人防护用具	高强度绝缘保护绳	SCJS–ϕ14mm×9m	2 根	防坠落保护
8		屏蔽服		1 套	
9		静电防护服		2 套	备用 1 套
10		导电鞋		3 双	
11		安全带		3 根	备用 1 根
12		安全帽		5 顶	

续表

序号	工具名称		规格、型号	数量	备　注
13	辅助安全用具	万用表		1块	测量屏蔽服连接导通用
14		兆欧表	5000V	1块	电极宽 2cm，极间距 2cm
15		防潮苦布	2m×4m	2块	
16		对讲机		2部	
17		工具袋		2只	装绝缘工具用

注 瓷质绝缘子检测装置包括：分布电压检测仪、绝缘电阻检测仪和火花间隙装置等。采用火花间隙装置测零时，每次检测前应用专用塞尺按 DL 415 要求测量放电间隙尺寸。

5. 作业程序

按照本次作业现场勘察后编写的现场作业指导书。

（1）工作负责人向电网调度申请开工，内容为：本人为工作负责人×××，×年×月×日需在 500kV ××线路上进入等电位作业，本次作业按《国家电网公司电力安全工作规程（电力线路部分）》第 8.1.7 条要求，确定是否停用线路重合闸装置，若遇线路跳闸，不经联系，不得强送。得到调度许可，核对线路双重名称和杆塔号。

（2）全体工作成员列队，工作负责人现场宣读工作票、交待工作任务、安全措施和技术措施；查（问）看工作人员精神状况、着装情况和工器具是否完好齐全。确认危险点和预防措施，明确作业分工以及安全注意事项。

（3）地面电工采用兆欧表绝缘工具的绝缘电阻，检查滑车等工具是否完好齐全、屏蔽服（静电防护服）不得有破损、洞孔和毛刺状等缺陷。

（4）等电位电工穿着全套屏蔽服（包括帽、衣裤、手套、袜和导电鞋），必要时，屏蔽服内穿阻燃内衣。地面电工负责检查袜裤、裤衣、袖和手套的连接是否完好，用万用表测试袜、裤、衣、手套等连接导通情况。

（5）塔上电工必须穿着静电防护服、导电鞋，携带绝缘传递绳登塔至横担处，系挂好安全带，将绝缘滑车和绝缘传递绳在作业横担适当位置安装好。

（6）塔上电工在作业点距绝缘子串水平距大于 1.5m 处安装软梯。

（7）塔上电工配合等电位电工沿软梯进入导线，塔上电工将绝缘绳一端给等电位电工，等电位电工带好绝缘绳走线至作业点，将绝缘绳在上子导线上系牢，2 号电工收紧绝缘绳。

（8）地面电工用另一根绝缘绳系好绝缘滑车，并将绝缘滑车到挂在以收紧的绝缘绳上，利用收紧的绝缘绳做索道进行传递。

（9）地面电工将新导线防振金具传递给等电位电工，等电位电工拆除旧导线防振金具，安装新导线防振金具。

（10）等电位电工检查新导线防振金具安装情况，无误后按逆顺序拆除全部工具，退出电位下塔。

（11）塔上电工检查确认塔上无遗留工具后，汇报工作负责人得到同意后背绝缘传递绳下塔。

（12）地面电工整理所用工器具和清理现场，工作负责人清点工器具。

（13）工作负责人向调度汇报。内容为：本人为工作负责人×××，500kV ××线路更换防振装置作业已结束，杆塔作业人员已撤离，杆塔、导线上无遗留物，线路设备已恢复原状。

6. 安全措施及注意事项

（1）若在海拔 1000m 以上线路上带电作业时，应根据作业区的实际海拔高度，计算修正各类空气间隙、绝缘工具的安全距离和长度等，经本单位主管生产领导（总工程师）批准后执行。

（2）本次作业应经现场勘察并编制带电更换防振装置的现场作业指导书，经本单位技术负责人或主管生产负责人批准后执行。

（3）作业应在良好天气下进行。如遇雷电（听见雷声、看见闪电）、雪雹、雨雾时不得进行带电作业。风力大于 5 级（10m/s）时，不宜进行作业。

（4）若需在相对空气湿度大于 80% 的天气下进行带电作业时，应采用具有防潮性能的绝缘工具。

（5）本次作业前需向调度明确：若线路跳闸，不经联系不得强送电。

（6）杆塔上电工与带电体的安全距离在作业塔海拔高度 500m 以下时不小于 3.2m；海拔高度 500m 以上时不小于 3.4m。

（7）绝缘传递绳和绝缘软梯的有效绝缘长度不小于 3.7m。绝缘操作杆的有效绝缘长度不小于 4.0m。

（8）沿绝缘软梯进入强电场时，作业人员与接地体和带电体之间的组合间隙不得小于 4.0m。其人体裸露部分与带电体的有效距离不得小于 0.4m。

（9）地面绝缘工具应放在防潮苫布上，作业人员应戴清洁干燥手套，摇测绝缘电阻值不小于 700MΩ（电极宽 2cm，极间距 2cm）。

（10）等电位电工应穿戴全套屏蔽服、导电鞋，且各部分应连接良好。屏蔽服内不得贴身穿着化纤类衣服。

（11）塔上电工必须穿着静电防护服、导电鞋，以防感应电的伤害。

（12）等电位电工在上、下软梯过程中，塔上位电工应随时收紧等电位电工的保护绳。

（13）等电位电工从绝缘软梯登上导线后，必须先系挂好安全带才能解开防坠后备保护绳，脱离电位前必须系好防坠后备保护绳后，再解开安全带向负责人申请下绝缘软梯。

（14）等电位电工登绝缘软梯前，应与地面电工配合试冲击防坠保护绳的牢固情况，地面电工防坠保护绳控制方式应合理、可靠。

（15）放线滑车必须安装可靠，导线阻尼线进入放线滑车方可拆开阻尼线线夹，导线阻尼线端部必须有绝缘传递绳可靠控制，导线阻尼线全部拆开进入放线滑车后，方可在线路外侧收导线阻尼线。

（16）收导线阻尼线时，要有防止导线阻尼线脱落滑出的保护措施。

（17）导线阻尼线控制要牢固可靠，导线阻尼线盘绕直径不大于 1000mm，在传递过程中距绝缘子串水平距离不得小于 1.5m，到达导线水平位置后，应先等电位然后再转移给等电位电工。

（18）所有使用的器具必须安装可靠，工具受力后应冲击、检查判断其可靠性。

（19）绝缘工具使用前应用干净毛巾进行表面清洁处理。使用绝缘工具应戴清洁、干燥的手套，以防绝缘工具受潮和污染，收工或转移作业点时，应将绝缘工具装在工具袋内。

（20）在杆塔上作业过程中如遇设备突然停电，作业人员应视设备仍然带电。

（21）塔上电工登杆塔前，应对登高工具和安全带进行检查和冲击试验，全体作业人员必须戴安全帽。

（22）若作业塔上不能保持人身对带电体 3.2m（3.4m）安全距离时，应在相邻塔的工作相加装保护间隙，保护间隙安装前的距离应大于 2.5m，安装、调试后的距离为 1.3m。两电极必须可靠固定在绝缘杆上，横担侧的电极尾线不留裕度，加装保护间隙的人员应穿全套合格的屏蔽服。

（23）上、下杆塔或在杆塔上移位时，作业人员必须攀抓牢固构件，且双手不得持带任何器材。

（24）杆塔上作业时，不得失去安全带的保护。

（25）地面电工严禁在作业点垂直下方逗留，塔上电工应防止高空落物，使用的工具、材料应用绳索传递，不得乱扔。

（26）作业人员在杆塔上作业期间，工作监护人应对作业人员进行不间断监护，且不得从事其他工作。

八、500kV 输电线路等电位软梯进入作业法带电更换导线间隔棒

1. 作业方法

等电位软梯进入作业法。

2. 适用范围

适用于 500kV 直线塔（耐张塔采用沿绝缘子串进入电场）。

3. 人员组合

本作业项目工作人员共计 4 人。其中工作负责人（监护人）1 人，等电位电工 1 人，塔上电工 1 人，地面电工 1 人。

4. 工器具配备

500kV 等电位软梯进入作业法带电更换导线间隔棒工器具配备一览表见表 5-20。

表 5-20　　500kV 等电位软梯进入作业法带电更换导线间隔棒工器具配备一览表

序号	工器具名称		规格、型号	数量	备　　注
1	绝缘工具	绝缘传递绳	SCJS–ϕ10mm	1 根	视作业杆塔高度而定
2		绝缘软梯	SCJS–ϕ14mm×9m	1 副	
3		绝缘滑车	0.5t	1 只	
4		绝缘滑车	1t	1 只	
5		绝缘操作杆	500kV	1 根	

续表

序号	工器具名称		规格、型号	数量	备　注
6	金属工具	扭矩扳手		1把	
7		软梯头		1个	
8	个人防护用具	高强度绝缘保护绳	SCJS-ϕ14mm×9m	1根	防坠落保护
9		屏蔽服		2套	备用1套
10		静电防护服		1套	塔上电工用
11		导电鞋		3双	备用1双
12		安全带		3根	备用1根
13		安全帽		4顶	
14	辅助安全用具	万用表		1块	测量屏蔽服连接导通用
15		兆欧表	5000V	1块	电极宽2cm，极间距2cm
16		防潮苫布	2m×4m	1块	
17		对讲机		2部	
18		工具袋		2只	装绝缘工具用

注　1. 若耐张塔采用沿绝缘子串跨二短三法进入电场时，应配置绝缘子零值检测仪。

　　2. 瓷质绝缘子检测装置包括：分布电压检测仪、绝缘电阻检测仪和火花间隙装置等。采用火花间隙装置测零时，每次检测前应用专用塞尺按 DL 415 要求测量放电间隙尺寸。

5. 作业程序

按照本次作业现场勘察后编写的现场作业指导书。

（1）工作负责人向电网调度申请开工，内容为：本人为工作负责人×××，×年×月×日需在 500kV ××线路上更换间隔棒作业，本次作业按《国家电网公司电力安全工作规程（电力线路部分）》第 8.1.7 条要求，确定是否停用线路重合闸装置，若遇线路跳闸，不经联系，不得强送。得到调度许可，核对线路双重名称和杆塔号。

（2）全体工作成员列队，工作负责人现场宣读工作票、交待工作任务、安全措施和技术措施；查（问）看工作人员精神状况、着装情况和工器具是否完好齐全。确认危险点和预防措施，明确作业分工以及安全注意事项。

（3）地面电工采用兆欧表绝缘工具的绝缘电阻，检查工具是否完好齐全、屏蔽服（静电防护服）不得有破损、洞孔和毛刺状等缺陷。

（4）等电位电工穿着全套屏蔽服（包括帽、衣裤、手套、袜和导电鞋），必要时，屏蔽服内穿阻燃内衣。地面电工负责检查袜裤、裤衣、袖和手套的连接是否完好，用万用表测试袜、裤、衣、手套等连接导通情况。

（5）塔上电工必须穿着静电防护服、导电鞋，带传递绳登塔至导线横担处，挂好绝缘传递绳。

（6）地面电工传递绝缘软梯和绝缘防坠落绳，塔上电工在距绝缘子串吊点水平距离大于 1.5m 处安装绝缘软梯。

（7）等电位电工系好高强度绝缘保护绳，塔上电工控高强度绝缘保护绳配合等电位电工沿绝缘软梯下行。

（8）等电位电工沿绝缘软梯下到头部或手与上子导线平行位置，报经工作负责人同意后，地面电工利用绝缘软梯尾绳配合等电位电工进入等电位。

（9）等电位电工登上导线并系挂好安全带后，解开高强度绝缘保护绳（随后可作绝缘传递绳用），携带绝缘传递绳走线至作业点。

（10）等电位电工拆除损坏的导线间隔棒并绑扎好，地面电工吊上新导线间隔棒。

（11）等电位电工安装好间隔棒，检查螺栓扭矩值合格后，报经工作负责人同意后退回绝缘软梯处。

（12）塔上电工控制好尾绳，等电位电工系好高强度绝缘保护绳，按进入时程序逆向退回杆塔身后下塔；

（13）塔上电工和地面电工配合全部作业工具并传递下塔。

（14）塔上电工检查确认塔上无遗留物，报经工作负责人同意后携带绝缘传递绳下塔。

（15）地面电工整理所用工器具和清理现场，工作负责人清点工器具。

（16）工作负责人向调度汇报。内容为：本人为工作负责人×××，500kV ××线路上更换导线间隔棒工作已结束，杆塔上作业人员已撤离，杆塔、导线上无遗留物，线路设备已恢复原状。

6. 安全措施及注意事项

（1）若在海拔 1000m 以上线路上带电作业时，应根据作业区的实际海拔高度，计算修正各类空气间隙、绝缘工具的安全距离和长度等，经本单位主管生产领导（总工程师）批准后执行。

（2）本次作业应经现场勘察并编制带电更换导线间隔棒的现场作业指导书，经本单位技术负责人或主管生产负责人批准后执行。

（3）作业应在良好天气下进行。如遇雷电（听见雷声、看见闪电）、雪雹、雨雾时不得进行带电作业。风力大于 5 级（10m/s）时，不宜进行作业。

（4）若需在相对空气湿度大于 80% 的天气下进行带电作业时，应采用具有防潮性能的绝缘工具。

（5）本次作业前需向调度明确：若线路跳闸，不经联系不得强送电。

（6）杆塔上电工与带电体的安全距离在作业塔海拔高度 500m 以下时不小于 3.2m；海拔高度 500m 以上时不小于 3.4m。

（7）绝缘传递绳和绝缘软梯的有效绝缘长度不小于 3.7m。

（8）沿绝缘软梯进入强电场时，作业人员与接地体和带电体之间的组合间隙不得小于 4.0m。其人体裸露部分与带电体的有效距离不得小于 0.4m。

（9）地面绝缘工具应放在防潮苫布上，作业人员应戴清洁干燥手套，摇测绝缘电阻值不小于 700MΩ（电极宽 2cm，极间距 2cm）。

（10）现场使用的工具在使用前和使用后必须详细检查，是否有损坏、变形和失灵等问题。

（11）等电位电工应穿戴全套屏蔽服、导电鞋，且各部分应连接良好。屏蔽服内不得贴身穿着化纤类衣服。

（12）塔上电工必须穿着静电防护服、导电鞋，以防感应电的伤害。

（13）等电位电工登绝缘软梯必须有高强度绝缘保护绳，塔上电工控制防坠保护绳方式合理。

（14）等电位电工从绝缘软梯登上导线后，必须先系挂好安全带才能解开高强度绝缘保护绳，脱离电位前必须系好高强度绝缘保护绳后，再解开安全带向负责人申请下软梯。

（15）等电位电工登软梯前，应试冲击检查绝缘软梯的安装情况，塔上电工高强度保护绳控制方式应合理、可靠。

（16）绝缘工具使用前应用干净毛巾进行表面清洁处理。使用绝缘工具应戴清洁、干燥的手套，以防绝缘工具受潮和污染，收工或转移作业点时，应将绝缘工具装在工具袋内。

（17）在杆塔上作业过程中如遇设备突然停电，作业人员应视设备仍然带电。

（18）塔上电工登杆塔前，应对登高工具和安全带进行检查和冲击试验，全体作业人员必须戴安全帽。

（19）上、下杆塔或在杆塔上移位时，作业人员必须攀抓牢固构件，且双手不得持带任何器材。

（20）杆塔上作业时，不得失去安全带的保护。

（21）地面电工严禁在作业点垂直下方活动，塔上电工应防止高空落物，使用的工具、材料应用绳索传递，不得乱扔。

（22）作业人员在杆塔上作业期间，工作监护人应对作业人员进行不间断监护，且不得从事其他工作。

（23）若在耐张塔采用沿绝缘子串跨二短三法进入电场时，需按相应方法配置工具和执行相应安全措施。

第四节　500kV 导、地线

一、500kV 输电线路专用接地线短接后飞车作业法带电修补架空地线

1. 作业方法

专用接地线短接后飞车作业法。

2. 适用范围

适用于 500kV 所有一般线路架空地线。

3. 人员组合

本作业项目工作人员共计 4 人。其中工作负责人（监护人）1 人，出线电工 1 人，塔上电工 1 人，地面电工 1 人。

4. 工器具配备

500kV 专用接地线短接后飞车作业法带电修补架空地线工器具配备一览表见表 5-21。

表 5-21 　　　　　　**500kV 专用接地线短接后飞车作业法带电修补架空地线工器具配备一览表**

序号	工器具名称		规格、型号	数量	备　注
1	绝缘工具	绝缘传递绳	SCJS-ϕ10mm	1 根	视作业杆塔高度而定
2		绝缘控制绳	SCJS-ϕ14mm×9m	1 根	视作业范围定
3		绝缘滑车	0.5t	2 只	
4	金属工具	地线飞车		1 台	
5		绝缘地线专用接地线		2 根	绝缘架空地线用
6	个人防护用具	高强度绝缘保护绳	SCJS-ϕ14mm×9m	1 根	防坠落保护
7		屏蔽服		1 套	出线电工穿
8		静电防护服		2 套	备用 1 套
9		导电鞋		3 双	备用 1 双
10		安全带		3 根	备用 1 根
11		安全帽		4 顶	
12	辅助安全用具	防潮苫布	2m×4m	1 块	
13		兆欧表	5000V	1 块	电极宽 2cm，极间距 2cm
14		对讲机		2 部	
15		工具袋		2 只	装绝缘工具用

5. 作业程序

按照本次作业现场勘察后编写的现场作业指导书。

（1）工作负责人向电网调度申请开工，内容为：本人为工作负责人×××，×年×月×日需在 500kV ××线路上带电补修架空地线工作，本次作业按《国家电网公司电力安全工作规程（电力线路部分）》第 8.1.7 条要求，确定是否停用线路重合闸装置，若遇线路跳闸，不经联系，不得强送。得到调度许可，核对线路双重名称和杆塔号。

（2）全体工作成员列队，工作负责人现场宣读工作票、交待工作任务、安全措施和技术措施；查（问）看工作人员精神状况、着装情况和工器具是否完好齐全。确认危险点和预防措施，明确作业分工以及安全注意事项。

（3）地面电工采用兆欧表绝缘工具的绝缘电阻，检查工具是否完好齐全，屏蔽服（静电防护服）不得有破损、洞孔和毛刺状等缺陷。

（4）出地线电工穿着全套屏蔽服、导电鞋，塔上电工必须穿着静电防护服、导电鞋。

（5）塔上电工带传递绳登塔至地线支架、安装传递绳滑车做起吊准备，飞车出线电工上塔。

（6）地面电工传递绝缘地线专用接地棒和地线飞车，塔上电工在出线检修电工的监护下，采用专用接地线在不工作侧将绝缘架空地线可靠接地，随后拆除工作侧绝缘地线的防振锤，安装地线飞车并系好飞车控制绳。

（7）塔上电工收紧飞车控制绳配合出线电工登上飞车，地面电工传递上预绞丝，出线电工携带上预绞丝。

（8）塔上电工松飞车控制绳配合出线飞车电工进入作业点进行架空地线修补工作，如架空地线损伤点距地线支架较远时飞车应由地面电工在地面控制。

（9）飞车出线电工进入作业点后检查绝缘架空地线损伤情况，报告工作负责人后，进行修补工作。

（10）补修完成后，报经工作负责人同意后，塔上电工配合出线电工退出作业点返回地线支架。

（11）塔上电工和出线电工拆除塔上的全部工具并传递下塔，恢复绝缘地线防振锤，在出线电工的监护下，塔上电工拆除绝缘地线专用接地线。出线操作电工随后下塔。

（12）塔上电工检查确认塔上无遗留物，报经工作负责人同意后携带绝缘传递绳下塔。

（13）地面电工整理所用工器具和清理现场，工作负责人清点工器具。

（14）工作负责人向调度汇报。内容为：本人为工作负责人×××，500kV ××线路上带电补修架空地线工作已结束，杆塔上作业人员已撤离，杆塔、导线上无遗留物，线路设备已恢复原状。

6. 安全措施及注意事项

（1）若在海拔 1000m 以上线路上带电作业时，应根据作业区的实际海拔高度，计算修正各类空气间隙、绝缘工具的安全距离和长度等，经本单位主管生产领导（总工程师）批准后执行。

（2）本次作业应经现场勘察并编制带电补修绝缘架空地线的现场作业指导书，经本单位技术负责人或主管生产负责人批准后执行。

（3）作业应在良好天气下进行。如遇雷电（听见雷声、看见闪电）、雪雹、雨雾时不得进行带电作业。风力大于 5 级（10m/s）时，不宜进行作业。

（4）若需在相对空气湿度大于 80% 的天气下进行带电作业时，应采用具有防潮性能的绝缘工具。

（5）本次作业前需向调度明确：若线路跳闸，不经联系不得强送电。

（6）绝缘传递绳的有效绝缘长度不小于 3.7m。若是绝缘架空地线时，应视为带电体，作业人员对其保持安全距离 0.4m 以上。

（7）飞车出线补修架空地线（OPGW 或良导体）作业，作业前工程技术人员应按损伤程度及出线荷载等对架空地线进行强度、弧垂等验算。

（8）飞车出线作业中应保持地线上作业人员或架空地线对下方带电导线 3.7m（3.9m）安全距离以上。

（9）地面绝缘工具应放在防潮苫布上，作业人员应戴清洁干燥手套，摇测绝缘电阻值不小于 700MΩ（电极宽 2cm，极间距 2cm）。

（10）飞车等工具在使用前和使用后必须详细检查，是否有损坏、变形和失灵等问题。

（11）出线电工应穿戴全套屏蔽服、导电鞋，塔上电工必须穿着静电防护服、导电鞋，以防感应电的伤害。屏蔽服不能作为接地线用。

（12）进入绝缘架空地线作业前应由塔上电工在另一电工的监护下，将绝缘架空地线可靠接地。

（13）挂设的绝缘架空地线专用接地线上源源不断地流有感应电流，作业人员应严格按安规挂、拆接地线的规定进行，且裸手不得碰触铜接地线。

（14）绝缘工具使用前应用干净毛巾进行表面清洁处理。使用绝缘工具应戴清洁、干燥的手套，以防绝缘工具受潮和污染，收工或转移作业点时，应将绝缘工具装在工具袋内。

（15）在杆塔上作业过程中如遇设备突然停电，作业人员应视设备仍然带电。

（16）塔上电工登杆塔前，应对登高工具和安全带进行检查和冲击试验，全体作业人员必须戴安全帽。

（17）上、下杆塔或在杆塔上移位时，作业人员必须攀抓牢固构件，且双手不得持带任何器材。

（18）杆塔上作业时，不得失去安全带的保护。。

（19）地面电工严禁在作业点垂直下方逗留，塔上电工应防止高空落物，使用的工具、材料应用绳索传递，不得乱扔。

（20）作业人员在杆塔上作业期间，工作监护人应对作业人员进行不间断监护，且不得从事其他工作。

二、500kV 输电线路等电位软梯进入作业法带电修补导线

1. 作业方法

等电位软梯进入作业法。

2. 适用范围

适用于 500kV 直线塔（耐张塔采用沿绝缘子串进入电场）。

3. 人员组合

本作业项目工作人员共计 4 人。其中工作负责人（监护人）1 人，等电位电工 1 人，塔上电工 1 人，地面电工 1 人。

4. 工器具配备

500kV 等电位软梯进入作业法带电修补导线工器具配备一览表见表 5-22。

表 5-22　　　500kV 等电位软梯进入作业法带电修补导线工器具配备一览表

序号	工器具名称		规格、型号	数量	备　注
1	绝缘工具	绝缘传递绳	SCJS-φ10mm	1 根	视作业杆塔高度而定
2		绝缘软梯	SCJS-φ14mm×9m	1 副	
3		绝缘滑车	0.5t	1 只	
4		绝缘滑车	1t	1 只	
5		绝缘操作杆	500kV	1 根	
6	金属工具	软梯跟头滑车		1 只	
7		金属软梯头		1 个	

续表

序号	工器具名称		规格、型号	数量	备 注
8		高强度绝缘保护绳	SCJS−ϕ14mm×9m	1 根	防坠落保护
9		屏蔽服		1 套	等电位电工穿
10	个人防护用具	静电防护服		1 套	塔上电工用
11		导电鞋		3 双	备用 1 双
12		安全带		3 根	备用 1 根
13		安全帽		4 顶	
14		万用表		1 块	测量屏蔽服连接导通用
15	辅助安全用具	兆欧表	5000V	1 块	电极宽 2cm，极间距 2cm
16		防潮苫布	2m×4m	1 块	
17		对讲机		2 部	
18		工具袋		2 只	装绝缘工具用

注 1. 若耐张塔采用沿绝缘子串跨二短三法进入电场时，应配置绝缘子零值检测仪。

2. 瓷质绝缘子检测装置包括：分布电压检测仪、绝缘电阻检测仪和火花间隙装置等。采用火花间隙装置测零时，每次检测前应用专用塞尺按 DL 415 要求测量放电间隙尺寸。

5. 作业程序

按照本次作业现场勘察后编写的现场作业指导书。

（1）工作负责人向电网调度申请开工，内容为：本人为工作负责人×××，×年×月×日需在 500kV ××线路上补修导线作业，本次作业按《国家电网公司电力安全工作规程（电力线路部分）》第 8.1.7 条要求，确定是否停用线路重合闸装置，若遇线路跳闸，不经联系，不得强送。得到调度许可，核对线路双重名称和杆塔号。

（2）全体工作成员列队，工作负责人现场宣读工作票、交待工作任务、安全措施和技术措施；查（问）看工作人员精神状况、着装情况和工器具是否完好齐全。确认危险点和预防措施，明确作业分工以及安全注意事项。

（3）地面电工采用兆欧表绝缘工具的绝缘电阻，检查工具是否完好齐全、屏蔽服（静电防护服）不得有破损、洞孔和毛刺状等缺陷。

（4）等电位电工穿着全套屏蔽服（包括帽、衣裤、手套、袜和导电鞋），必要时，屏蔽服内穿阻燃内衣。地面电工负责检查袜裤、裤衣、袖和手套的连接是否完好，用万用表测试袜、裤、衣、手套等连接导通情况。

（5）塔上电工必须穿着静电防护服、导电鞋。

（6）地面电工传递绝缘软梯和绝缘防坠落绳，塔上电工在距绝缘子串吊点水平距离大于 1.5m 处安装绝缘软梯。

（7）等电位电工系好绝缘防坠落保护绳，地面电工控制防坠保护绳配合等电位电工沿绝缘软梯下行。

（8）等电位电工沿绝缘软梯下到头部或手与上子导线平行位置，报经工作负责人同意后，地面电工摆动绝缘软梯尾绳配合等电位电工进入等电位。

（9）等电位电工登上导线并系挂好安全带后，解开高强度绝缘保护绳（随后可作绝缘传递绳用），携带绝缘传递绳走线至作业点。

（10）若导线在同一处擦伤深度不超过单股直径的 1/4，且截面积损伤部分不超过总导电部分截面积的 2%，可用不粗于 0 号细砂纸磨光表面棱刺。

（11）若导线在同一处损伤的程度使导线强度损失部分不超过总拉断力的 8.5%，且截面积损伤部分不超过总导电部分截面积的 12.5% 时，用补修管修补。

（12）采用补修管修补应将损伤处的线股先恢复原绞制状态，线股处理平整，补修管的中心应位于损伤最严重处，补修的范围应位于管内各 20mm。

（13）地面电工配合等电位电工将清洗好的补修管、装配好压模和机动液压泵的压钳吊至损伤导线处，等电位电工将导线连同补修管放入压接钳内，逐一对模压接。

（14）压接完成后，等电位电工用游标卡尺检验确认六边形的三个对边距符合下列标准：在同一模的六边形中，只允许其中有一个对边距达到公式 $S=0.866\times0.993D+0.2$（mm）的最大计算值。测量超过应查明原因，另行处理。最后铲除补修管的飞边毛刺，完成修补工作。

（15）若导线损伤面积为铝总面积的 25% 以上时，也可采用预绞式接续条、全张力预绞式接续条等进行补修，具体按 DL/T 1069《输电线路导地线补修导则》要求执行。

（16）等电位电工修补好导线后经检查合格，报经工作负责人同意后退回绝缘软梯处。

（17）塔上电工控制好尾绳，等电位电工系好防坠保护绳，解开安全带后按进入程序逆向退回塔身后下塔。

（18）塔上电工和地面电工配合拆除并传递下塔上的全部工具。

（19）塔上电工检查确认塔上无遗留物，报经工作负责人同意后携带绝缘传递绳下塔。

（20）地面电工整理所用工器具和清理现场，工作负责人清点工器具。

（21）工作负责人向调度汇报。内容为：本人为工作负责人×××，500kV ××线路上带电补修导线工作已结束，杆塔上作业人员已撤离，杆塔、导线上无遗留物，线路设备已恢复原状。

6. 安全措施及注意事项

（1）若在海拔 1000m 以上线路上带电作业时，应根据作业区的实际海拔高度，计算修正各类空气间隙、绝缘工具的安全距离和长度等，经本单位主管生产领导（总工程师）批准后执行。

（2）本次作业应经现场勘察并编制带电补修导线的现场作业指导书，经本单位技术负责人或主管生产负责人批准后执行。

（3）作业应在良好天气下进行。如遇雷电（听见雷声、看见闪电）、雪雹、雨雾时不得进行带电作业。风力大于 5 级（10m/s）时，不宜进行作业。

（4）若需在相对空气湿度大于 80% 的天气下进行带电作业时，应采用具有防潮性能的绝缘工具。

（5）本次作业前需向调度明确：若线路跳闸，不经联系不得强送电。

（6）杆塔上电工与带电体的安全距离在作业塔海拔高度 500m 以下时不小于 3.2m；海拔高度 500m 以上时不小于 3.4m。

（7）绝缘传递绳和绝缘软梯的有效绝缘长度不小于 3.7m。

（8）沿绝缘软梯进入强电场时，作业人员与接地体和带电体之间的组合间隙不得小于 4.0m。其人体裸露部分与带电体的有效距离不得小于 0.4m。

（9）等电位电工作业中应保持对被跨越下方的其他电力线路、通信线和建筑物保持安全距离 4.2m（4.4m）以上。

（10）地面绝缘工具应放在防潮苫布上，作业人员应戴清洁干燥手套，摇测绝缘电阻值不小于 700MΩ（电极宽 2cm，极间距 2cm）。

（11）现场使用的工具在使用前和使用后必须详细检查，是否有损坏、变形和失灵等问题。

（12）等电位电工应穿戴全套屏蔽服、导电鞋，且各部分应连接良好。屏蔽服内不得贴身穿着化纤类衣服。

（13）塔上电工必须穿着静电防护服、导电鞋，以防感应电的伤害。

（14）等电位电工登绝缘软梯必须有高强度绝缘保护绳。

（15）等电位电工从绝缘软梯登上导线后，必须先系挂好安全带才能解开高强度绝缘保护绳，脱离电位前必须系好高强度绝缘保护绳后，再解开安全带向负责人申请下软梯。

（16）等电位电工登软梯前，应试冲击检查防绝缘软梯的安装情况，塔上电工高强度绝缘保护绳控制方式应合理、可靠。

（17）绝缘工具使用前应用干净毛巾进行表面清洁处理。使用绝缘工具应戴清洁、干燥的手套，以防绝缘工具受潮和污染，收工或转移作业点时，应将绝缘工具装在工具袋内。

（18）在杆塔上作业过程中如遇设备突然停电，作业人员应视设备仍然带电。

（19）塔上电工登杆塔前，应对登高工具和安全带进行检查和冲击试验，全体作业人员必须戴安全帽。

（20）上、下杆塔或在杆塔上移位时，作业人员必须攀抓牢固构件，且双手不得持带任何器材。

（21）杆塔上作业时，不得失去安全带的保护。

（22）地面电工严禁在作业点垂直下方逗留，塔上电工应防止高空落物，使用的工具、材料应用绳索传递，不得乱扔。

（23）若导线损伤面积为铝总面积的 25% 以上时，也可采用预绞式接续条、全张力预绞式接续条等进行补修，具体按 DL/T 1069《输电线路导地线补修导则》要求执行。

（24）作业人员在杆塔上作业期间，工作监护人应对作业人员进行不间断监护，且不得从事其他工作。

（25）若在耐张塔采用沿绝缘子串跨二短三法进入电场时，需按其相应方法配置工具和执行相应的安全措施。

三、500kV 输电线路等电位沿耐张绝缘子串进入作业法带电修补导线

1. 作业方法

等电位沿耐张绝缘子串进入作业法。

2. 适用范围

适用于 500kV 耐张塔进入电场补修导线或间隔棒等作业。

3. 人员组合

本作业项目工作人员共计 4 人。其中工作负责人（监护人）1 人，等电位电工 1 人，塔上电工 1 人，地面电工 1 人。

4. 工器具配备

500kV 等电位沿耐张绝缘子串进入作业法带电修补导线工器具配备一览表见表 5-23。

表 5-23　　　　　　　　500kV 等电位沿耐张绝缘子串进入作业法
带电修补导线工器具配备一览表

序号	工器具名称		规格、型号	数量	备 注
1	绝缘工具	绝缘传递绳	SCJS-φ10mm	2 根	视作业杆塔高度而定
2		绝缘滑车	0.5t	2 只	
3		绝缘绳套	SCJS-φ20mm	2 只	
4		绝缘操作杆	500kV	1 根	
5	金属工具	扭矩扳手		1 把	紧固间隔棒用
6		瓷质绝缘子检测装置		1 套	瓷质绝缘子用
7	个人防护用具	安全带		3 根	备用 1 根
8		高强度绝缘保护绳	SCJS-φ14mm×9m	1 根	防坠落保护
9		屏蔽服		1 套	等电位电工
10		静电防护服		2 套	备用 1 套
11		导电鞋		3 双	备用 1 双
12		安全帽		4 顶	
13	辅助安全用具	防潮苫布	2m×4m	1 块	
14		万用表		1 块	测量屏蔽服连接导通用
15		兆欧表	5000V	1 块	电极宽 2cm，极间距 2cm
16		对讲机		2 台	
17		工具袋		2 只	装绝缘工具用

注　1. 按 DL/T 1069《架空输电线路导地线补修导则》要求进行。

　　2. 瓷质绝缘子检测装置包括：分布电压检测仪、绝缘电阻检测仪和火花间隙装置等。采用火花间隙装置测零时，每次检测前应用专用塞尺按 DL 415 要求测量放电间隙尺寸。

5. 作业程序

按照本次作业现场勘察后编写的现场作业指导书。

（1）工作前工作负责人向电网调度员申请开工。内容为：本人为工作负责人×××，×年×月×日需在 500kV ××线路上带电进行导线消缺工作，本次作业按《国家电网公司电力安全工作规程（电力线路部分）》第 8.1.7 条要求，确定是否停用线路重合闸装置，若遇线路跳闸，不经联系，不得强送。得到调度许可，核对线路双重名称和杆塔号。

（2）全体工作成员列队，工作负责人现场宣读工作票、交待工作任务、安全措施和技术措施；查（问）看作业人员精神状况、着装情况和工器具是否完好齐全。确认危险点和预防措施，明确作业分工以及安全注意事项。

（3）工作人员用兆欧表检测绝缘工具的绝缘电阻，检查工器具等是否齐全完好，屏蔽服（静电防护服）不得有破损、金属纤维断丝等缺陷。

（4）等电位电工穿着全套屏蔽服（包括帽、衣裤、手套、袜和导电鞋），必要时，屏蔽服内穿阻燃内衣。地面电工负责检查袜裤、裤衣、袖和手套的连接是否完好，用万用表测试袜、裤、衣、手套等连接导通情况。

（5）塔上电工穿着静电防护服、导电鞋，携带绝缘传递绳登塔至工作位置，系挂好安全带，将绝缘滑车悬挂在适当的位置。

（6）地面电工将绝缘操作杆、高强度防坠保护绳依次吊至塔上。

（7）若是盘形瓷质绝缘子时，地面电工将绝缘子检测装置及绝缘操作杆组装好后传递给塔上电工，塔上电工检测复核所要更换绝缘子串的零值绝缘子，当同串（28 片）零值绝缘子达到 6 片时应立即停止检测，并结束本次带电作业工作（结构高度 155mm）。

（8）等电位电工登塔至横担处，系好高强度绝缘保护绳。

（9）等电位电工沿绝缘子串进入电位，需经工作负责人同意，进入过程中应将绝缘安全带在其中一串绝缘子上。

（10）等电位电工采用跨二短三方式沿绝缘子串进入电场（如图 4-1 所示）。

（11）等电位电工走线至工作位置，地面电工配合将预绞式补修条等传递上去。

（12）等电位电工检查导线损伤情况并报工作负责人。

（13）等电位电工用钢丝刷清除干净氧化物，涂上导电脂后，对准损伤中心点将预绞式补修条安装好。

（14）等电位电工检查补修条中心位置及缠绕均匀，两端对齐等安装情况后，报告工作负责人。

（15）若导线损伤面积为铝总面积的 25%以上时可采用预绞式接续条、全张力预绞式接续条补修等，具体按 DL/T 1069《输电线路导地线补修导则》要求补修。

（16）经工作负责人同意后，等电位电工走线退回绝缘子串处。

（17）等电位电工经工作负责人同意采用跨二短三方式沿绝缘子串方式退回横担上并下塔。

（18）塔上电工与地面电工配合将绝缘操作杆、防坠保护绳等工具依次传递至地面。

（19）塔上电工检查塔上无遗留物，报经工作负责人同意后携带绝缘传递绳下塔。

（20）地面电工整理所有工器具和清理现场，工作负责人清点工器具。

（21）工作负责人向调度汇报。内容为：本人为工作负责人×××，500kV ×× 线路带电导线消缺工作已结束，杆塔上作业人员已撤离，杆塔上、导线上无遗留物，线路设备已恢复原状。

6. 安全措施及注意事项

（1）若在海拔 1000m 以上线路上带电作业时，应根据作业区的实际海拔高度，计算修正各类空气间隙、绝缘工具的安全距离和长度、绝缘子片数等，经本单位主管生产领导（总工程师）批准后执行。

（2）本次作业应经现场勘察并编制带电补修导线的现场作业指导书，经本单位技术负责人或主管生产负责人批准后执行。

（3）作业应在良好天气下进行。如遇雷电（听见雷声、看见闪电）、雪雹、雨雾时不得进行带电作业。风力大于 5 级（10m/s）时，不宜进行作业。

（4）若需在相对空气湿度大于 80% 的天气下进行带电作业时，应采用具有防潮性能的绝缘工具。

（5）本次作业前需向调度明确：若线路跳闸，不经联系不得强送电。

（6）杆塔上电工与带电体的安全距离在作业塔海拔高度 500m 以下时不小于 3.2m；海拔高度 500m 以上时不小于 3.4m。

（7）绝缘传递绳的有效绝缘长度不小于 3.7m。绝缘操作杆的有效绝缘长度不小于 4.0m

（8）沿绝缘子串进入强电场时，作业人员与接地体和带电体之间的组合间隙不得小于 4.0m。其人体裸露部分与带电体的有效距离不得小于 0.4m。

（9）等电位电工作业中应保持对被跨越下方的其他电力线路、通信线和建筑物的安全距离 4.2m（4.4m）以上。

（10）地面绝缘工具应放在防潮苫布上，作业人员应戴清洁干燥手套，摇测绝缘电阻值不小于 700MΩ（电极宽 2cm，极间距 2cm）。

（11）现场使用的工具在使用前和使用后必须详细检查，是否有损坏、变形和失灵等问题。

（12）等电位电工应穿戴全套屏蔽服、导电鞋，且各部分应连接良好。屏蔽服内不得贴身穿着化纤类衣服。

（13）塔上电工必须穿着静电防护服、导电鞋，以防感应电的伤害。

（14）耐张杆塔采用自由式方法进入电场时，作业中扣除人体短接和零值（自爆）绝缘子片数后，良好绝缘子不得小于 23 片（结构高度 155mm）。

（15）等电位作业人员进出电位时，应向工作负责人申请，得到同意后方可进行。采用跨二短三方法作业手脚应同步，行进过程中严禁短接 3 片以上绝缘子。

（16）使用的工具、金具上下传递应用绝缘传递绳，金属工具在起吊传递过程中必须距带电体 1.5m 以外，到达工作位置后再传移给操作电工。

（17）绝缘工具使用前应用干净毛巾进行表面清洁处理。使用绝缘工具应戴清洁、干燥的手套，以防绝缘工具受潮和污染，收工或转移作业点时，应将绝缘工具装在工具袋内。

（18）在杆塔上作业过程中如遇设备突然停电，作业人员应视设备仍然带电。

（19）塔上电工登杆塔前，应对登高工具和安全带进行检查和冲击试验，全体作业人员

必须戴安全帽。

（20）上、下杆塔或在杆塔上移位时，作业人员必须攀抓牢固构件，且双手不得持带任何器材。

（21）杆塔上作业时，不得失去安全带的保护。

（22）地面电工严禁在作业点垂直下方逗留，塔上电工应防止高空落物，使用的工具、材料应用绳索传递，不得乱扔。

（23）作业人员在杆塔上作业期间，工作监护人应对作业人员进行不间断监护，且不得从事其他工作。

四、500kV 输电线路等电位软梯进入作业法带电处理导线上漂浮物

1. 作业方法

等电位软梯进入作业法。

2. 适用范围

适用于 500kV 直线塔（若耐张塔采用沿绝缘子串进入电场）。

3. 人员组合

本作业项目工作人员共计 5 人。其中工作负责人（监护人）1 人，等电位电工 1 人，塔上电工 2 人，地面电工 1 人。

4. 工器具配备

500kV 等电位软梯进入作业法带电处理导线上漂浮物工器具配备一览表见表 5-24。

表 5-24　500kV 等电位软梯进入作业法带电处理导线上漂浮物工器具配备一览表

序号	工器具名称		规格、型号	数量	备　注
1	绝缘工具	绝缘传递绳	SCJS−ϕ10mm	1 根	视作业杆塔高度而定
2		绝缘软梯	SCJS−ϕ14mm×9m	1 副	视作业杆塔高度而定
3		绝缘滑车	0.5t	1 只	
4		绝缘滑车	1t	1 只	
5		绝缘操作杆	500kV	1 根	
6	金属工具	扭矩扳手		1 把	
7		软梯头		1 个	
8	个人防护用具	高强度绝缘保护绳	SCJS−ϕ14mm×9m	1 根	防坠落保护
9		屏蔽服		1 套	
10		静电防护服		3 套	备用 1 套
11		导电鞋		4 双	备用 1 双
12		安全带		4 根	备用 1 根
13		安全帽		5 顶	

续表

序号	工器具名称		规格、型号	数量	备　注
14	辅助安全用具	万用表		1块	测量屏蔽服导通用
15		兆欧表	5000V	1块	电极宽 2cm，极间距 2cm
16		防潮苫布	2m×4m	2块	
17		对讲机		2部	
18		工具袋		2只	装绝缘工具用

注 1. 若耐张塔采用沿绝缘子串跨二短三法进入电场时，应配置绝缘子零值检测仪。

2. 瓷质绝缘子检测装置包括：分布电压检测仪、绝缘电阻检测仪和火花间隙装置等。采用火花间隙装置测零时，每次检测前应用专用塞尺按 DL 415 要求测量放电间隙尺寸。

5. 作业程序

按照本次作业现场勘察后编写的现场作业指导书。

（1）工作负责人向电网调度申请开工，内容为：本人为工作负责人×××，×年×月×日需在 500kV ××线路上带电处理漂浮物作业，本次作业按《国家电网公司电力安全工作规程（电力线路部分）》第 8.1.7 条要求，确定是否停用线路重合闸装置，若遇线路跳闸，不经联系，不得强送。得到调度许可，核对线路双重名称和杆塔号。

（2）全体工作成员列队，工作负责人现场宣读工作票、交待工作任务、安全措施和技术措施；查（问）看工作人员精神状况、着装情况和工器具是否完好齐全。确认危险点和预防措施，明确作业分工以及安全注意事项。

（3）地面电工采用兆欧表绝缘工具的绝缘电阻，检查工具是否完好齐全、屏蔽服（静电防护服）不得有破损、洞孔和毛刺状等缺陷。

（4）等电位电工穿着全套屏蔽服（包括帽、衣裤、手套、袜和导电鞋），必要时，屏蔽服内穿阻燃内衣。地面电工负责检查袜裤、裤衣、袖和手套的连接是否完好，用万用表测试袜、裤、衣、手套等连接导通情况。

（5）塔上电工必须穿着静电防护服、导电鞋。

（6）塔上 1 号电工带传递绳登塔至导线横担处，挂好绝缘传递绳。

（7）地面电工传递绝缘软梯和绝缘防坠落绳，塔上电工在距绝缘子串吊点水平距离大于 1.5m 处安装绝缘软梯。

（8）等电位电工系好高强度绝缘保护绳，塔上电工控制高强度绝缘保护绳配合等电位电工沿绝缘软梯下行。

（9）等电位电工沿绝缘软梯下到头部或手与上子导线平行位置，报经工作负责人同意后，地面电工利用绝缘软梯尾绳摆动绝缘软梯配合等电位电工进入等电位。

（10）等电位电工登上导线并系挂好安全带后，解开高强度绝缘保护绳（随后可作绝缘传递绳用），携带绝缘传递绳走线至作业点。

（11）等电位电工拆除拆除缠绕在导线上的漂浮物。

（12）等电位电工检查导线有否损伤等情况后，经工作负责人同意后退回绝缘软梯处。

（13）塔上 2 号电工控制好尾绳，等电位电工系好高强度绝缘保护绳后，按进入程序逆向退回横担后下塔。

（14）塔上 1 号电工和地面电工配合拆除并传递下塔上的全部工具。

（15）塔上 1 号电工检查确认塔上无遗留物，报经工作负责人同意后携带绝缘传递绳下塔。

（16）地面电工整理所用工器具和清理现场，工作负责人清点工器具。

（17）工作负责人向调度汇报。内容为：本人为工作负责人×××，500kV ××线路上带电处理漂浮物工作已结束，杆塔上作业人员已撤离，杆塔、导线上无遗留物，线路设备仍为原状。

6. 安全措施及注意事项

（1）若在海拔 1000m 以上线路上带电作业时，应根据作业区的实际海拔高度，计算修正各类空气间隙、绝缘工具的安全距离和长度等，经本单位主管生产领导（总工程师）批准后执行。

（2）本次作业应经现场勘察并编制带电处理漂浮物的现场作业指导书，经本单位技术负责人或主管生产负责人批准后执行。

（3）作业应在良好天气下进行。如遇雷电（听见雷声、看见闪电）、雪雹、雨雾时不得进行带电作业。风力大于 5 级（10m/s）时，不宜进行作业。

（4）若需在相对空气湿度大于 80% 的天气下进行带电作业时，应采用具有防潮性能的绝缘工具。

（5）本次作业前需向调度明确：若线路跳闸，不经联系不得强送电。

（6）杆塔上电工与带电体的安全距离在作业塔海拔高度 500m 以下时不小于 3.2m；海拔高度 500m 以上时不小于 3.4m。

（7）绝缘传递绳和绝缘软梯的有效绝缘长度不小于 3.7m。绝缘操作杆的有效绝缘长度不小于 4.0m。

（8）沿绝缘软梯进入强电场时，作业人员与接地体和带电体之间的组合间隙不得小于 4.0m。其人体裸露部分与带电体的有效距离不得小于 0.4m。

（9）等电位电工作业中应保持对被跨越下方的其他电力线路、通信线和建筑物的安全距离 4.2（4.4）m 以上。

（10）地面绝缘工具应放在防潮苦布上，作业人员应戴清洁干燥手套，摇测绝缘电阻值不小于 700MΩ（电极宽 2cm，极间距 2cm）。

（11）等电位电工应穿戴全套屏蔽服、导电鞋，且各部分应连接良好。屏蔽服内不得贴身穿着化纤类衣服。

（12）塔上电工必须穿着静电防护服、导电鞋，以防感应电的伤害。

（13）等电位电工登绝缘软梯必须有绝缘防坠保护绳，地面电工控制防坠保护绳方式合理。

（14）等电位电工从绝缘软梯登上导线后，必须先系挂好安全带才能解开防坠后备保护绳，脱离电位前必须系好防坠后备保护绳后，再解开安全带向负责人申请下绝缘软梯。

（15）等电位电工登绝缘软梯前，应与地面电工配合试冲击防坠保护绳的牢固情况，地面电工防坠保护绳控制方式应合理、可靠。

（16）绝缘工具使用前应用干净毛巾进行表面清洁处理。使用绝缘工具应戴清洁、干燥的手套，以防绝缘工具受潮和污染，收工或转移作业点时，应将绝缘工具装在工具袋内。

（17）在杆塔上作业过程中如遇设备突然停电，作业人员应视设备仍然带电。

（18）塔上电工登杆塔前，应对登高工具和安全带进行检查和冲击试验，全体作业人员必须戴安全帽。

（19）上、下杆塔或在杆塔上移位时，作业人员必须攀抓牢固构件，且双手不得持带任何器材。

（20）杆塔上作业时，不得失去安全带的保护。

（21）地面电工严禁在作业点垂直下方逗留，塔上电工应防止高空落物，使用的工具、材料应用绳索传递，不得乱扔。

（22）作业人员在杆塔上作业期间，工作监护人应对作业人员进行不间断监护，且不得从事其他工作。

（23）若在耐张塔采用沿绝缘子串跨二短三法进入电场时，需按其相应方法配置工具和执行相应的安全措施。

第五节 500kV 检 测

一、500kV 输电线路地电位法带电检测低、零值瓷质绝缘子

1. 作业方法

地电位法。

2. 适用范围

适用于 500kV 直线串检测低、零值瓷质绝缘子。

3. 人员组合

本作业项目工作人员共计 4 人。其中工作负责人（监护人）1 人，塔上电工 2 人，地面电工 1 人。

4. 工器具配备

500kV 地电位法带电检测低、零值瓷质绝缘子工器具配备一览表见表 5-25。

表 5-25　　500kV 地电位法带电检测低、零值瓷质绝缘子工器具配备一览表

序号	工器具名称		规格、型号	数量	备 注
1	绝缘工具	绝缘传递绳	SCJS-ϕ10mm	1 根	视作业杆塔高度而定
2		绝缘滑车	0.5t	1 只	
3		绝缘操作杆	500kV	1 根	
4		绝缘绳	ϕ6mm	1 根	绑操作杆头部提升用
5	金属工具	瓷质绝缘子检测装置		1 套	瓷质绝缘子用

续表

序号	工器具名称		规格、型号	数量	备　注
6	个人防护用具	静电防护服		2 套	
7		导电鞋		2 双	
8		安全带		2 根	
9		安全帽		4 顶	
10	辅助安全用具	万用表		1 块	测量屏蔽服导通用
11		兆欧表	5000V	1 块	电极宽 2cm，极间距 2cm
12		防潮苫布	2m×4m	2 块	
13		对讲机		2 部	
14		工具袋		2 只	装绝缘工具用

注　瓷质绝缘子检测装置包括：分布电压检测仪、绝缘电阻检测仪和火花间隙装置等。采用火花间隙装置测零时，每次检测前应用专用塞尺按 DL 415 要求测量放电间隙尺寸。

5. 作业程序

按照本次作业现场勘察后编写的现场作业指导书。

（1）工作负责人向电网调度申请开工，内容为：本人为工作负责人×××，×年×月×日需在 500kV ××线路上带电检测低、零值绝缘子作业，本次作业按《国家电网公司电力安全工作规程（电力线路部分）》第 8.1.7 条要求，确定是否停用线路重合闸装置，若遇线路跳闸，不经联系，不得强送。得到调度许可，核对线路双重名称和杆塔号。

（2）全体工作成员列队，工作负责人现场宣读工作票、交待工作任务、安全措施和技术措施；查（问）看工作人员精神状况、着装情况和工器具是否完好齐全。确认危险点和预防措施，明确作业分工以及安全注意事项。

（3）地面电工采用兆欧表绝缘工具的绝缘电阻，检查工具、检测仪、电池、火花间隙是否完好齐全和标准，静电防护服不得有破损、洞孔和毛刺状等缺陷。

（4）塔上电工必须穿着静电防护服、导电鞋。

（5）塔上 1 号电工带传递绳登塔至导线横担处，挂好绝缘传递绳。

（6）地面电工将绝缘子检测装置及绝缘操作杆组装好后传递给塔上电工，塔上电工检测绝缘子串的零值绝缘子，当同串（28 片）零值绝缘子达到 6 片时应立即停止检测，并结束本次带电作业工作（结构高度 155mm）。

（7）塔上 2 号电工登塔至悬垂串导线平口处，塔上 1 号电工将细绝缘子绑扎在操作杆头部，在横担头帮助 2 号电工提住绝缘操作杆。

（8）塔上 2 号电工手持绝缘操作杆从导线侧向横担侧逐片检测绝缘子的分布电压值或电阻值。

（9）塔上 2 号电工每检测 1 片，报告一次，地面电工逐片记录，对照标准分布电压值判定是否低值或零值。

（10）塔上电工逐相检测完后，报经工作负责人同意后，塔上电工和地面电工配合拆除全部工具。

（11）塔上电工检查确认塔上无遗留工具后，报经工作负责人同意后携带绝缘传递绳下塔。

（12）地面电工整理所用工器具和清理现场，工作负责人清点工器具。

（13）工作负责人向调度汇报。内容为：本人为工作负责人×××，500kV ××线路上带电检测低、零值绝缘子工作已结束，杆塔上作业人员已撤离，杆塔、导线上无遗留物，线路设备仍为原状。

6. 安全措施及注意事项

（1）若在海拔 1000m 以上线路上带电作业时，应根据作业区的实际海拔高度，计算修正各类空气间隙、绝缘工具的安全距离和长度、绝缘子片数等，经本单位主管生产领导（总工程师）批准后执行。

（2）本次作业应经现场勘察并编制带电检测低零值绝缘子的现场作业指导书，经本单位技术负责人或主管生产负责人批准后执行。

（3）作业应在良好天气下进行。如遇雷电（听见雷声、看见闪电）、雪雹、雨雾时不得进行带电作业。风力大于 5 级（10m/s）时，不宜进行作业。

（4）由于是带电检测瓷质劣化绝缘子工作，当天气相对空气湿度大于 80%时，不得进行带电检测工作。

（5）本次作业前需向调度明确：若线路跳闸，不经联系不得强送电。

（6）杆塔上电工与带电体的安全距离在作业塔海拔高度 500m 以下时不小于 3.2m；海拔高度 500m 以上时不小于 3.4m。

（7）绝缘操作杆的有效绝缘长度不小于 3.7m。

（8）地面绝缘工具应放在防潮苫布上，作业人员应戴清洁干燥手套，摇测绝缘电阻值不小于 700MΩ（电极宽 2cm，极间距 2cm）。

（9）检测绝缘子必须从高压侧向横担侧逐片检测，并记录后与标准值判定是否低、零值。

（10）塔上电工必须穿着静电防护服、导电鞋，以防感应电的伤害。

（11）地面绝缘工具应放在防潮苫布上，绝缘工具使用前应用干净毛巾进行表面清洁处理。使用绝缘工具应戴清洁、干燥的手套，以防绝缘工具受潮和污染，收工或转移作业点时，应将绝缘工具装在工具袋内。

（12）在杆塔上作业过程中如遇设备突然停电，作业人员应视设备仍然带电，并停止检测。

（13）塔上电工登杆塔前，应对登高工具和安全带进行检查和冲击试验，全体作业人员必须戴安全帽。

（14）地面电工严禁在作业点垂直下方逗留，塔上电工应防止高空落物，使用的工具、材料应用绳索传递，不得乱扔。

（15）上、下杆塔或在杆塔上移位时，作业人员必须攀抓牢固构件，且双手不得持带任何器材。

（16）杆塔上作业时，不得失去安全带的保护。

（17）作业人员在杆塔上作业期间，工作监护人应对作业人员进行不间断监护，且不得从事其他工作。

二、500kV 输电线路地电位法带电检测复合绝缘子憎水性

1. 作业方法

地电位法。

2. 适用范围

适用于 500kV 输电线路硅橡胶复合绝缘子检测工作。

3. 人员组合

本作业项目工作人员共计 4 人。其中工作负责人（兼监护人）1 人，塔上电工 2 人，地面电工 1 人。

4. 工器具配备

500kV 地电位法带电检测复合绝缘子憎水性工器具配备一览表见表 5-26。

表 5-26　　　　500kV 地电位法带电检测复合绝缘子憎水性工器具配备一览表

序号	工器具名称		规格、型号	数量	备　　注
1	绝缘工具	绝缘传递绳	SCJS−φ10mm	1 根	视作业杆塔高度而定
2		绝缘滑车	0.5t	1 只	
3		绝缘操作杆	500kV	1 根	
4		绝缘绳	φ6mm	1 根	绑操作杆头部提升用
5	金属工具	瓷质绝缘子检测装置		1 套	瓷质绝缘子用
6	个人防护用具	静电防护服		2 套	
7		导电鞋		2 双	
8		安全带		2 根	
9		安全帽		4 顶	
10	辅助安全用具	万用表		1 块	测量屏蔽服导通用
11		兆欧表	5000V	1 块	电极宽 2cm，极间距 2cm
12		防潮苫布	2m×4m	2 块	
13		对讲机		2 部	
14		工具袋		2 只	装绝缘工具用

注　瓷质绝缘子检测装置包括：分布电压检测仪、绝缘电阻检测仪和火花间隙装置等。采用火花间隙装置测零时，每次检测前应用专用塞尺按 DL415 要求测量放电间隙尺寸。

5. 作业程序

按照本次作业现场勘察后编写的现场作业指导书。

（1）工作前工作负责人向调度申请。内容为：本人为工作负责人×××，需在 500kV ××线路上带电检测复合绝缘子憎水性，本次作业按《国家电网公司电力安全工作规程（电力线路部分）》第 8.1.7 条要求，确定是否停用线路重合闸装置，若遇线路跳闸，不经联系，不得强送。得到调度许可，核对线路双重名称和杆塔号。

（2）全体工作成员列队，工作负责人现场宣读工作票、交待工作任务、安全措施和技术措施；查（问）看作业人员精神状况、着装情况和工器具是否完好齐全。确认危险点和预防措施，明确作业分工以及安全措施及注意事项。

（3）地面电工检测绝缘工具的绝缘电阻是否符合要求，调节好喷嘴喷射角，检查静电防护服不得有破损、洞孔和毛刺状等缺陷。

（4）塔上电工必须穿着静电防护服、导电鞋。

（5）塔上 1 号塔上电工携带绝缘无极绳登塔至横担处，打好安全带，将绝缘滑车及绝缘无极绳悬挂在适当的位置。

（6）地面电工将便携式电动喷水装置与绝缘操作杆组装好后，用绝缘无极绳传递给塔上 1 号电工。

（7）塔上 2 号塔上电工携带数码照相机，登塔至适当的位置。

（8）杆上两名电工在横担或靠近横担处各自选择适当的位置（便于喷水和数码照相）。

（9）塔上 1 号塔上电工调节喷淋的方向，使其与待检测的复合绝缘子伞裙尽可能垂直，使便携式电动喷淋装置的喷嘴距复合绝缘子伞裙约 25cm 的位置。

（10）塔上 1 号塔上电工开始对需检测的复合绝缘子伞裙表面喷淋，时间持续 20～30s，喷射频率为 1 次/s。

（11）塔上 2 号塔上电工在喷淋结束 30s 内完成照片的拍摄及观察水珠的变化情况，判断水珠的迁移性。

（12）按相同的方法进行其他两相的复合绝缘子喷淋检测。

（13）三相复合绝缘子检测完毕，塔上 1 号电工与地面电工配合，将便携式电动喷水装置及绝缘操作杆传递至地面。

（14）塔上 2 号电工携带数码照相机下塔至地面。

（15）塔上 1 号电工检查确认塔上无遗留物，报经工作负责人同意后携带绝缘传递绳下塔。

（16）地面电工整理所用工器具和清理现场，工作负责人清点工器具。

（17）用 UBS 数据线将计算机与数码照相机连接，将拍摄到的图片导入计算机，并通过专用的憎水性分析软件进行憎水性状态的分析判断，存储判断结果，记录检测时的背景信息。

（18）工作负责人向调度汇报。内容为：本人为工作负责人×××，500kV ××线路带电检测复合绝缘子憎水性工作已结束，杆塔上作业人员已撤离，杆塔、绝缘子串上无遗留物，线路设备仍为原状。

6. 安全措施及注意事项

（1）若在海拔 1000m 以上线路上带电作业时，应根据作业区的实际海拔高度，计算修正各类空气间隙、绝缘工具的安全距离和长度等，经本企业总工程师（主管生产领导）批准后执行。

（2）本次作业应经现场勘察并编制带电检测复合绝缘子憎水性的现场作业指导书，经本单位技术负责人或主管生产负责人批准后执行。

（3）作业应在良好天气下进行。如遇雷电（听见雷声、看见闪电）、雪雹、雨雾时不得进行带电作业。风力大于 5 级（10m/s）时，不宜进行作业。

（4）由于是带电检测硅橡胶憎水性作业，若相对空气湿度大于 80% 时，硅橡胶伞裙已潮湿，因此要求在连续天气晴朗后才能检测。

（5）本次作业不需停用线路重合闸装置，但工作前应向调度明确线路跳闸后，不经联系不得强送电的要求。

（6）杆塔上电工与带电体的安全距离在作业塔海拔高度 500m 以下时不小于 3.2m；海拔高度 500m 以上时不小于 3.4m。

（7）绝缘传递绳有效绝缘长度不小于 3.7m。绝缘操作杆的有效绝缘长度不小于 4.0m。

（8）地面绝缘工具应放在防潮苫布上，作业人员应戴清洁干燥手套，摇测绝缘电阻值不小于 700MΩ（电极宽 2cm，极间距 2cm）。

（9）塔上电工必须穿着静电防护服、导电鞋，以防感应电的伤害。

（10）作业前应对携式电动喷淋装置的绝缘操作杆和数码照相机的电池电量进行检查。

（11）喷淋装置内储存的水应是去离子水，其电导率不得大于 10μs/cm。

（12）喷淋装置喷出的水应呈微小雾粒状，不得有水珠出现。

（13）带电对复合绝缘子憎水性检测，尽可能选择横担侧的 1~3 个伞裙进行喷淋，便于操作和观测。

（14）图片取样工作人员，拍摄时防止抖动的现象出现，避免图像模糊。

（15）地面绝缘工具应放在防潮苫布上，作业人员应戴清洁干燥手套，摇测绝缘电阻值不小于 700MΩ（电极宽 2cm，极间距 2cm）。

（16）绝缘工具使用前应用干净毛巾进行表面清洁处理。使用绝缘工具应戴清洁、干燥的手套，以防绝缘工具受潮和污染，收工或转移作业点时，应将绝缘工具装在工具袋内。

（17）在杆塔上作业过程中如遇设备突然停电，作业人员应视设备仍然带电。

（18）塔上电工登杆塔前，应对登高工具和安全带进行检查和冲击试验，全体作业人员必须戴安全帽。

（19）上、下杆塔或在杆塔上移位时，作业人员必须攀抓牢固构件，且双手不得持带任何器材。

（20）杆塔上作业时，不得失去安全带的保护。

（21）作业人员在杆塔上作业期间，工作监护人应对作业人员进行不间断监护，且不得从事其他工作。

三、500kV 输电线路地电位与等电位配合作业法带电检测绝缘子累积附盐密度

1. 作业方法

地电位与等电位配合作业法。

2. 适用范围

适用于 500kV 直线单串绝缘子整串更换（检测累积盐密、灰密）。

3. 人员组合

本作业项目工作人员共计 7 人。其中工作负责人（监护人）1 人，等电位电工 1 人，塔上电工 1 人，地面电工 3 人，盐密清洗技术人员 1 人。

4. 工器具配备

500kV 地电位与等电位配合作业法带电检测绝缘子累积附盐密度工器具配备一览表见表 5-27。

表 5-27　　　　500kV 地电位与等电位配合作业法带电检测
绝缘子累积附盐密度工器具配备一览表

序号	工具名称		规格、型号	数量	备　注
1	绝缘工具	绝缘传递绳	SCJS−ϕ10mm	1 根	视作业杆塔高度而定
2		绝缘软梯	SCJS−ϕ14mm×9m	1 副	
3		绝缘滑车	0.5t	1 只	
4		绝缘滑车	1t	1 只	
5		绝缘吊杆	ϕ32mm	1 根	
6		高强度绝缘绳	SCJS−ϕ32mm×8m	1 根	导线后备保护绳
7		绝缘绳	ϕ18mm	1 根	提升绝缘子串用
8		绝缘操作杆	500kV	1 根	
9	金属工具	四线提线器		1 只	
10		平面丝杠		1 只	
11		专用接头		1 个	
12		机动绞磨		1 台	
13		钢丝千斤		4 根	
14		瓷质绝缘子检测装置		1 套	瓷质绝缘子用
15	个人防护用具	高强度绝缘保护绳	SCJS−ϕ14mm×9m	1 根	防坠落保护
16		屏蔽服		1 套	等电位电工
17		静电防护服		2 套	备用 1 套
18		导电鞋		3 双	备用 1 双
19		安全带		3 根	备用 1 根
20		安全帽		7 顶	
21	辅助安全用具	数字式电导仪		1 块	
22		烧杯		1 个	清洗测量盐密工具
23		量筒		1 个	清洗测量盐密工具
24		卡口托盘		1 个	清洗测量盐密工具

续表

序号	工具名称		规格、型号	数量	备　注
25		毛刷		1 把	清洗测量盐密工具
26		脸盆		1 个	清洗测量盐密工具
27		万用表		1 块	测量屏蔽服导通用
28		兆欧表	5000V	1 块	电极宽 2cm，极间距 2cm
29	辅助安全用具	防潮苫布	2m×4m	1 块	
30		灰密测试工具			漏斗、滤纸、干燥器或干燥箱、电子天秤等
31		对讲机		2 部	
32		带标签的封口塑料袋		5 个	装灰密用
33		工具袋		2 只	装绝缘工具用

注　1. 每片测量应将测量烧杯、量筒、毛刷、卡口托盘、脸盆和操作员工的手等清洗干净。

2. 可用带标签的封口塑料袋将过滤物带回室内烘干测量（提前秤出带标签塑料袋重量）。

3. 瓷质绝缘子检测装置包括：分布电压检测仪、绝缘电阻检测仪和火花间隙装置等。采用火花间隙装置测零时，每次检测前应用专用塞尺按 DL 415 要求测量放电间隙尺寸。

5. 作业程序

按照本次作业现场勘察后编写的现场作业指导书。

（1）工作负责人向电网调度申请开工，内容为：本人为工作负责人×××，×年×月×日需在 500kV ××线路上带电检测绝缘子串累积附盐密度作业，本次作业按《国家电网公司电力安全工作规程（电力线路部分）》第 8.1.7 条要求，确定是否停用线路重合闸装置，若遇线路跳闸，不经联系，不得强送。得到调度许可，核对线路双重名称和杆塔号。

（2）全体工作成员列队，工作负责人现场宣读工作票、交待工作任务、安全措施和技术措施；查（问）看工作人员精神状况、着装情况和工器具是否完好齐全。确认危险点和预防措施，明确作业分工以及安全注意事项。

（3）地面电工采用兆欧表摇测绝缘工具的绝缘电阻，检查丝杠、卡具、测量盐密和灰密的量具等是否完好、齐全、清洁，屏蔽服（静电防护服）不得有破损、洞孔和毛刺状等缺陷。

（4）地面电工正确布置施工现场，合理放置机动绞磨。

（5）等电位电工穿着全套屏蔽服（包括帽、衣裤、手套、袜和导电鞋），必要时，屏蔽服内穿阻燃内衣。地面电工负责检查袜裤、裤衣、袖和手套的连接是否完好，用万用表测试袜、裤、衣、手套等连接导通情况。

（6）塔上电工必须穿着静电防护服、导电鞋，携带绝缘传递绳登塔至横担处，系挂好安全带，将绝缘滑车和绝缘传递绳在作业横担适当位置安装好。等电位电工随后登塔。

（7）若是盘形瓷质绝缘子时，地面电工将绝缘子检测装置及绝缘操作杆组装好后传递给塔上电工，塔上电工检测复核所要更换绝缘子串的零值绝缘子，当同串（28 片）零值绝

缘子达到 6 片时应立即停止检测，并结束本次带电作业工作（结构高度 155mm）。

（8）地面电工传递绝缘软梯和高强度绝缘保护绳，塔上电工在距绝缘子串吊点水平距离大于 1.5m 处安装绝缘软梯。

（9）等电位电工系好高强度绝缘保护绳，塔上电工控制高强度绝缘保护绳配合等电位电工沿绝缘软梯进入等电位。

（10）等电位电工沿绝缘软梯下到头部或手与上子导线平行位置，报经工作负责人，同意后，塔上电工利用绝缘保护绳摆动绝缘软梯配合等电位电工进入等电位。

（11）等电位电工进入电场后，不能将安全带系在上子导线上，在高强度绝缘保护绳的保护下进行其他检修作业。

（12）地面电工将导线绝缘后备保护绳传递到工作位置。塔上电工和等电位电工配合将导线后备保护可靠的安装在导线和横担之间，导线后备保护绳的保护裕度（长度）应控制合理。

（13）地面电工将平面丝杠传递到横担侧工作位置，塔上电工将平面丝杠安装在横担头上。

（14）地面电工将整套绝缘吊杆、四线提线器传递到工作位置，等电位电工与塔上电工配合将绝缘子更换工具安装在被更换的绝缘子串两侧。

（15）地面电工将绝缘磨绳、绝缘子串尾绳分别传递给等电位电工与塔上电工。

（16）塔上电工将绝缘磨绳安装在横担和第 3 片绝缘子上，等电位电工将绝缘子串控制尾绳安装在导线侧第 1 片绝缘子上。

（17）塔上电工同时均匀收紧两平面丝杠，使绝缘子松弛，等电位电工手抓四线提线器冲击检查无误后，报经工作负责人同意后，塔上电工与等电位电工配合取出碗头螺栓。

（18）地面电工收紧提升绝缘子串的绝缘磨绳，塔上电工拔掉球头挂环与第 1 片绝缘子处的锁紧销，脱开球头耳环与第 1 片绝缘子处的连接。

（19）地面电工松机动绞磨，同时配合拉好绝缘子串尾绳，将绝缘子串放至地面。

（20）盐密清洗测量员工将横担侧第 2 片、第 10 片、第 20 片、第 26 片小心地换下，地面电工将备用的相应等级新盘形绝缘子更换上。

（21）地面电工将绝缘磨绳和绝缘子串尾绳分别转移到组装好的绝缘子串上。

（22）地面电工启动机动绞磨。将组装好的绝缘子串传递至塔上电工工作位置，塔上电工恢复新盘形绝缘子与球头挂环的连接，并复位锁紧销。

（23）地面电工松出磨绳，使新盘形绝缘子自然垂直，等电位电工恢复碗头挂板与联板处的连接，并装好碗头螺栓上的开口销。

（24）经检查无误后，报经工作负责人同意，塔上电工松出平面丝杠，地面电工与等电位电工、塔上电工配合拆开导线侧全部作业工具。

（25）等电位电工检查确认导线上无遗留物，报经工作负责人同意后等电位电工退出电位。

（26）等电位电工与塔上电工配合拆除塔上全部作业工具并传递下塔。

（27）塔上电工检查确认塔上无遗留物，报经工作负责人同意后携带绝缘传递绳下塔。

（28）地面电工整理所用工器具和清理现场，工作负责人清点工器具。

（29）工作负责人向调度汇报。内容为：本人为工作负责人×××，500kV ××线路上带电更换绝缘子检测附盐密度工作已结束，杆塔上作业人员已撤离，杆塔、导线上无遗留物，线路设备已恢复原状。

（30）盐密检测人员按图 2-1 的任意种清洗方法进行清洗，测量前应准备好足够的纯净水，清洗绝缘子用水量为 $0.2mL/cm^2$，具体用水量按绝缘子表面积正比例换算，但不应小于 100mL。

（31）按照国网防污闪的规定，附盐密值测量的清洗范围：除钢脚及不易清扫的最里面一圈瓷裙以外的全部瓷表面，如图 2-2 所示。

（32）污液电导率换算成等值附盐密值可参照国电防污闪专业《污液电导率换算成绝缘子串等值附盐密的计算方法》中确定的方法进行。

（33）检测人员用带标签编号已称重的滤纸对污秽液进行过滤，将过滤物（含滤纸装入带标签的封口塑料袋中，填写对应线路名称、相序、片数等标记。

（34）检测人员按照国网公司《电力系统污区分级与外绝缘选择标准》附录 A 等值附盐密度和灰密度的测量方法室内进行灰密测量和计算。

6. 安全措施及注意事项

（1）若在海拔 1000m 以上线路上带电作业时，应根据作业区的实际海拔高度，计算修正各类空气间隙、绝缘工具的安全距离和长度、绝缘子片数等，经本单位主管生产领导（总工程师）批准后执行。

（2）本次作业应经现场勘察并编制带电更换绝缘子串的现场作业指导书，同时编制运行绝缘子累积附盐密度清洗、测量的作业指导书，经本单位技术负责人或主管生产负责人批准后执行。

（3）作业应在良好天气下进行。如遇雷电（听见雷声、看见闪电）、雪雹、雨雾时不得进行带电作业。风力大于 5 级（10m/s）时，不宜进行作业。

（4）若需在相对空气湿度大于 80% 的天气下进行带电作业时，应采用具有防潮性能的绝缘工具。

（5）本次作业前需向调度明确：若线路跳闸，不经联系不得强送电。

（6）杆塔上电工与带电体的安全距离在作业塔海拔高度 500m 以下时不小于 3.2m；海拔高度 500m 以上时不小于 3.4m。

（7）绝缘传递绳和绝缘软梯的有效绝缘长度不小于 3.7m。绝缘操作杆的有效绝缘长度不小于 4.0m。

（8）沿绝缘软梯进入强电场时，作业人员与接地体和带电体之间的组合间隙不得小于 4.0m。其人体裸露部分与带电体的有效距离不得小于 0.4m。

（9）等电位作业中等电位人员头部不得超过第 4 片绝缘子。

（10）地面绝缘工具应放在防潮苫布上，作业人员应戴清洁干燥手套，摇测绝缘电阻值不小于 700MΩ（电极宽 2cm，极间距 2cm）。

（11）等电位电工应穿戴全套屏蔽服、导电鞋，且各部分应连接良好。屏蔽服内不得贴身穿着化纤类衣服。

（12）塔上电工必须穿着静电防护服、导电鞋，以防感应电的伤害。

（13）对盘形瓷质绝缘子，作业中扣除人体短接和零值（自爆）绝缘子片数后，良好绝缘子片数不少于 23 片（结构高度 155mm）。

（14）软梯必须安装可靠，等电位电工在进入电位前应试冲击判断其可靠性。

（15）使用的工具、绝缘子上下起吊应用绝缘传递绳，金属工具在起吊传递过程中必须距带电体 1.5m 以外，再传递给操作人员。

（16）等电位电工从绝缘软梯登上导线后，必须先系挂好安全带才能解开防坠后备保护绳，脱离电位前必须系好防坠后备保护绳后，再解开安全带向负责人申请下软梯。

（17）等电位电工登软梯前，应与地面电工配合试冲击防坠保护绳的牢固情况，塔上电工高强度绝缘保护绳控制方式应合理、可靠。

（18）所使用的工器具必须安装可靠，工具受力后应冲击、检查判断其可靠性。更换绝缘子作业时必须有防止导线脱落的后备保护措施。

（19）利用机动绞磨起吊绝缘子串时，绞磨应放置平稳。磨绳在磨盘上应绕有 4～5 圈数，绞磨尾绳必须由有带电作业经验的电工控制，随时拉紧。

（20）绝缘工具使用前应用干净毛巾进行表面清洁处理。使用绝缘工具应戴清洁、干燥的手套，以防绝缘工具受潮和污染，收工或转移作业点时，应将绝缘工具装在工具袋内。

（21）在杆塔上作业过程中如遇设备突然停电，作业人员应视设备仍然带电。

（22）塔上电工登杆塔前，应对登高工具和安全带进行检查和冲击试验，全体作业人员必须戴安全帽。

（23）上、下杆塔或在杆塔上移位时，作业人员必须攀抓牢固构件，且双手不得持带任何器材。

（24）杆塔上作业时，不得失去安全带的保护。

（25）地面电工严禁在作业点垂直下方逗留，塔上电工应防止高空落物，使用的工具、材料应用绳索传递，不得乱扔。

（26）作业人员在杆塔上作业期间，工作监护人应对作业人员进行不间断监护，且不得从事其他工作。

（27）每片清洗测量前，检测人员应将测量的烧杯、量筒、毛刷、卡口托盘、脸盆和操作员工的手等清洗干净。

（28）绝缘子的附盐密值测量清洗范围：除钢脚及不易清扫的最里面一圈瓷裙以外的全部瓷表面。

（29）清洗绝缘子用水量为 0.2mL/cm²，具体用水量按绝缘子表面积正比例换算，但不应小于 100mL。

第六节　500kV 特殊或大型带电作业项目

一、500kV 输电线路地电位法带电杆塔上补装塔材

1. 作业方法

地电位法。

2. 适用范围

适用于 500kV 输电线路铁塔补装斜材工作（邻近导线或导线以上）。

3. 人员组合

本作业项目工作人员共计 5 人。其中工作负责人（监护人）1 人，杆上电工 2 人，地面电工 2 人。

4. 工器具配备

500kV 地电位法带电杆塔上补装塔材工器具配备一览表见表 5-28。

表 5-28　　　　　500kV 地电位法带电杆塔上补装塔材工器具配备一览表

序号	工器具名称		规格	数量	备　注
1	绝缘工具	绝缘滑车	0.5t	2 只	
2		绝缘传递绳	SCJS-ϕ10mm	2 根	长度视作业高度而定
3	金属工具	扭矩扳手		2 把	紧固塔材螺栓用
4		尖扳手		2 把	
5		钢丝套	ϕ11mm	2 只	备用
6		双钩	1t	1 副	备用
7	个人防护用具	安全带		3 根	备用 1 根
8		高强度绝缘保护绳	SCJS-14mm×9m	1 根	防坠落保护
9		安全帽		5 顶	
10		静电防护服		3 套	备用 1 套
11		导电鞋		3 双	备用 1 双
12	辅助安全用具	防潮苫布	2m×4m	1 块	
13		兆欧表	5000V	1 块	电极宽 2cm，极间距 2cm
14		工具袋		1 只	装绝缘工具用

5. 作业程序

按照本次作业现场勘察后编写的现场作业指导书。

（1）工作前工作负责人向调度申请。内容为：本人为工作负责人×××，需在 500kV××线路上带电更换铁塔斜材，本次作业按《国家电网公司电力安全工作规程（电力线路部分）》第 8.1.7 条要求，确定是否停用线路重合闸装置，若遇线路跳闸，不经联系，不得强送。得到调度许可，核对线路双重名称和杆塔号。

（2）全体工作成员列队，工作负责人现场宣读工作票、交待工作任务、安全措施和技术措施；查（问）看作业人员精神状况、着装情况和工器具是否完好齐全。确认危险点和预防措施，明确作业分工以及安全措施及注意事项。

（3）地面电工用兆欧表检测绝缘工具的绝缘电阻是否符合要求，检查静电防护服有否破损、洞孔和毛刺状等缺陷。

（4）塔上电工必须穿着静电防护服、导电鞋。

（5）杆上1、2号电工携带绝缘传递绳登塔至需更换斜材处，系挂好安全带，将绝缘滑车及绝缘传递绳悬挂在适当的位置。

（6）若属于斜材被盗缺材时，地面电工传递上需更换的新斜材。

（7）两塔上电工将新更换的斜材用螺栓套上，若有变形斜材套不上时，地面电工传递上钢丝套和双钩进行调整。

（8）塔上两电工使用尖头扳手安装好斜材，采用扭矩扳手按相应规格螺栓的扭矩值紧固。

（9）若属于斜材损伤、弯曲更换时，塔上电工先拆除损伤或弯曲材，用传递绳吊下，按上述更换程序进行。

（10）杆上电工拆除更换工具并传递下塔，检查确认塔上无遗留工具后，汇报工作负责人，得到同意后系背绝缘传递绳下塔。

（11）地面电工整理所用工器具和清理现场，工作负责人清点工器具。

（12）工作负责人向调度汇报。内容为：本人为工作负责人×××，500kV ××线路带电更换铁塔斜材工作已结束，杆塔上作业人员已撤离，杆塔上无遗留物，铁塔塔材已恢复原状。

6. 安全措施及注意事项

（1）若在海拔1000m以上线路上带电作业时，应根据作业区的实际海拔高度，计算修正各类空气间隙、绝缘工具的安全距离和长度等，经本单位主管生产领导（总工程师）批准后执行。

（2）本次作业应经现场勘察并编制带电更换铁塔斜材的现场作业指导书，经本单位技术负责人或主管生产负责人批准后执行。

（3）作业应在良好天气下进行。如遇雷电（听见雷声、看见闪电）、雪雹、雨雾时不得进行带电作业。风力大于5级（10m/s）时，不宜进行作业。

（4）若需在相对空气湿度大于80%的天气下进行带电作业时，应采用具有防潮性能的绝缘工具。

（5）本次作业前需向调度明确：若线路跳闸，不经联系不得强送电。

（6）杆塔上电工与带电体的安全距离在作业塔海拔高度500m以下时不小于3.2m；海拔高度500m以上时不小于3.4m。

（7）绝缘传递绳的有效绝缘长度不得小于3.7m。

（8）地面绝缘工具应放在防潮苫布上，作业人员应戴清洁干燥手套，摇测绝缘电阻值不小于700MΩ（电极宽2cm，极间距2cm）。

（9）塔上电工必须穿着静电防护服、导电鞋，以防感应电的伤害。

（10）绝缘工具使用前应用干净毛巾进行表面清洁处理。使用绝缘工具应戴清洁、干燥的手套，以防绝缘工具受潮和污染，收工或转移作业点时，应将绝缘工具装在工具袋内。

（11）在杆塔上作业过程中如遇设备突然停电，作业人员应视设备仍然带电。

（12）塔上电工登杆塔前，应对登高工具和安全带进行检查和冲击试验，全体作业人员必须戴安全帽。

（13）上、下杆塔或在杆塔上移位时，作业人员必须攀抓牢固构件，且双手不得持带任何器材。

（14）杆塔上作业时，不得失去安全带的保护。

（15）塔上电工安全带必须高挂低用，螺栓扭矩值必须符合相应规格螺栓的标准扭矩值。

（16）地面电工严禁在作业点垂直下方逗留，塔上电工应防止高空落物，使用的工具、材料应用绳索传递，不得乱扔。

（17）作业人员在杆塔上作业期间，工作监护人应对作业人员进行不间断监护，且不得从事其他工作。

二、500kV 输电线路地电位法带电杆塔防腐刷漆

1. 作业方法

地电位法。

2. 适用范围

适用于 500kV 铁塔锈蚀铁塔防腐刷漆（邻近导线或导线以上）。

3. 人员组合

本作业项目工作人员共计 4 人。其中工作负责人（监护人）1 人，塔上电工 2 人，地面电工 1 人。

4. 工器具配备

500kV 地电位法带电杆塔防腐刷漆工器具配备一览表见表 5-29。

表 5-29 　　　　　500kV 地电位法带电杆塔防腐刷漆工器具配备一览表

序号	工具名称		规格、型号	数量	备 注
1	个人防护工具	静电防护服		3 套	备用 1 套
2		导电鞋		3 双	备用 1 双
3		安全带		3 根	备用 1 根
4		安全帽		4 顶	
5	辅助安全用具	兆欧表	5000V	1 块	电极宽 2cm，极间距 2cm
6		防潮苫布	2m×4m	1 块	
7		可拆装的绝缘子防护罩	ϕ450mm	2 只	装在横担侧绝缘子表面
8		工具袋		2 只	装绝缘工具用

5. 作业程序

按照本次作业现场勘察后编写的现场作业指导书。

（1）工作负责人向电网调度申请开工，内容为：本人为工作负责人×××，×年×月×日需在 500kV ××线路上铁塔防腐刷漆作业，本次作业按《国家电网公司电力安全工作规程（电力线路部分）》第 8.1.7 条要求，确定是否停用线路重合闸装置，若遇线路跳闸，

不经联系,不得强送。得到调度许可,核对线路双重名称和杆塔号。

(2)全体工作成员列队,工作负责人现场宣读工作票、交待工作任务、安全措施和技术措施;查(问)看工作人员精神状况、着装情况和工器具是否完好齐全。确认危险点和预防措施,明确作业分工以及安全注意事项。

(3)地面电工采用兆欧表绝缘工具的绝缘电阻,检查工具是否完好齐全、静电防护服不得有破损、洞孔和毛刺状等缺陷。

(4)防腐作业电工必须穿着静电防护服、导电鞋。

(5)塔上 1 号电工佩戴绝缘子防护罩登塔至横担绝缘子串悬挂处,系挂好安全带后,报工作负责人同意后,将绝缘子防护罩安装在横担侧第 1 片绝缘子上。

(6)塔上 2 号电工携带铁铲等除锈工具登塔至塔顶。

(7)塔上两电工除锈至下横担。

(8)除锈完成后,地面电工携带小桶油漆登塔送油漆。

(9)塔上两电工刷防护漆、再刷面漆。

(10)地面电工登塔将绝缘子防护罩拿下地面。

(11)塔上电工从上往下刷漆退回至塔脚。

(12)地面电工整理所用工器具和清理现场,工作负责人清点工器具。

(13)工作负责人向调度汇报。内容为:本人为工作负责人×××,500kV ××线路铁塔除锈刷漆工作已结束,杆塔上作业人员已撤离,杆塔、导线上无遗留物,线路设备已恢复原状。

6. 安全措施及注意事项

(1)若在海拔 1000m 以上线路上带电作业时,应根据作业区的实际海拔高度,计算修正各类空气间隙、绝缘工具的安全距离和长度等,经本单位主管生产领导(总工程师)批准后执行。

(2)本次作业应经现场勘察并编制带电除锈刷漆的现场作业指导书,经本单位技术负责人或主管生产负责人批准后执行。

(3)作业应在良好天气下进行。如遇雷电(听见雷声、看见闪电)、雪雹、雨雾时不得进行带电作业。风力大于 5 级(10m/s)时,不宜进行作业。

(4)若需在相对空气湿度大于 80%的天气下进行带电作业时,应采用具有防潮性能的绝缘工具。

(5)本次作业前需向调度明确:若线路跳闸,不经联系不得强送电。

(6)杆塔上电工与带电体的安全距离在作业塔海拔高度 500m 以下时不小于 3.2m;海拔高度 500m 以上时不小于 3.4m。

(7)绝缘安全带绳索的有效绝缘长度不小于 3.7m。

(8)地面绝缘工具应放在防潮苫布上,作业人员应戴清洁干燥手套,摇测绝缘电阻值不小于 700MΩ(电极宽 2cm,极间距 2cm)。

(9)塔上电工必须穿着静电防护服、导电鞋,以防感应电的伤害。

(10)横担侧第 1 片绝缘子上必须安装有大盘径的防护罩,防止油漆撒落在绝缘子伞盘表面。

（11）绝缘工具使用前应用干净毛巾进行表面清洁处理。使用绝缘工具应戴清洁、干燥的手套，以防绝缘工具受潮和污染，收工或转移作业点时，应将绝缘工具装在工具袋内。

（12）在杆塔上作业过程中如遇设备突然停电，作业人员应视设备仍然带电。

（13）塔上电工登杆塔前，应对登高工具和安全带进行检查和冲击试验，全体作业人员必须戴安全帽。

（14）上、下杆塔或在杆塔上移位时，作业人员必须攀抓牢固构件，且双手不得持带任何器材。

（15）杆塔上作业时，不得失去安全带的保护。

（16）塔上电工安全带必须高挂低用，除锈、底漆、面漆等操作程序按作业指导书进行。

（17）地面电工严禁在作业点垂直下方逗留，塔上电工应防止高空落物，使用的工具、材料应用绳索传递，不得乱扔。

（18）作业人员在杆塔上作业期间，工作监护人应对作业人员进行不间断监护，且不得从事其他工作。

第六章

±500kV 输电线路带电作业操作方法

第一节　±500kV 直线绝缘子串

一、±500kV 输电线路地电位法带电更换直线串横担侧单片绝缘子

1. 作业方法

地电位法。

2. 适用范围

适用于±500kV 直线双串横担侧第 1 片绝缘子更换。

3. 人员组合

本作业项目工作人员共计 4 人。其中工作负责人（监护人）1 人，塔上电工 1 人，地面电工 2 人。

4. 工器具配备

±500kV 地电位法带电更换直线串横担侧单片绝缘子工器具配备一览表见表 6-1。

表 6-1　±500kV 地电位法带电更换直线串横担侧单片绝缘子工器具配备一览表

序号	工器具名称		规格、型号	数量	备　注
1	绝缘工具	绝缘传递绳	$\phi 10mm$	1 根	视工作杆塔高度而定
2		绝缘滑车	0.5t	1 只	
3		绝缘操作杆	500kV	1 根	
4	金属工具	单头丝杠		2 只	
5		绝缘子下卡		1 只	
6		瓷质绝缘子检测装置		1 套	瓷质绝缘子用
7	个人防护用具	高强度绝缘保护绳	SCJS−$\phi 14mm×9m$	1 根	防坠落保护用
8		静电防护服		2 套	备用 1 套
9		导电鞋		2 双	备用 1 双
10		安全带		2 根	备用 1 根
11		安全帽		4 顶	

续表

序号	工器具名称		规格、型号	数量	备　注
12	辅助安全工具	保护间隙		1 副	备用
13		兆欧表	5000V	1 块	电极宽 2cm，极间距 2cm
14		防潮苫布	2m×4m	1 块	
15		对讲机		2 部	
16		工具袋		2 只	装绝缘工具用

注 1. 若要挂保护间隙，还需增加工器具。

2. 瓷质绝缘子检测装置包括：分布电压检测仪、绝缘电阻检测仪和火花间隙装置等。采用火花间隙装置测零时，每次检测前应用专用塞尺按 DL 415 要求测量放电间隙尺寸。

5. 作业程序

按照本次作业现场勘察后编写的现场作业指导书。

（1）工作负责人向电网调度申请开工，内容为：本人为工作负责人×××，×年×月×日需在±500kV ××线路上更换劣质绝缘子作业，本次作业按《国家电网公司电力安全工作规程（电力线路部分）》第 8.1.7 条要求，确定是否停用线路自动再启动装置，若遇线路跳闸，不经联系，不得强送。得到调度许可，核对线路双重名称和杆塔号。

（2）全体工作成员列队，工作负责人现场宣读工作票、交待工作任务、安全措施和技术措施；查（问）看工作人员精神、着装情况和工器具是否完好齐全。确认危险点和预防措施，明确作业分工以及安全注意事项。

（3）地面电工采用兆欧表摇测绝缘工具的绝缘电阻，检查丝杆、卡具等工具是否完好齐全，静电防护服不得有破损、洞孔和毛刺状等缺陷。

（4）塔上电工必须穿着静电防护服、导电鞋。

（5）塔上电工携带绝缘传递绳登塔至横担处，系挂好安全带，将绝缘滑车和绝缘传递绳在作业横担适当位置安装好。

（6）若是盘形瓷质绝缘子时，地面电工将绝缘子检测装置及绝缘操作杆组装好后传递给塔上电工，塔上电工检测复核所要更换绝缘子串的零值绝缘子，当同串（34 片）零值绝缘子达到 13 片时应立即停止检测，并结束本次带电作业工作（结构高度 170mm）。

（7）地面电工将丝杆、卡具传递到工作位置。塔上电工将打开的卡具先将横担侧第 1 片绝缘子钢帽卡住，手扶丝杠将卡具卡在第 3 片绝缘子，安装好卡具松紧提线系统。

（8）塔上电工收紧紧线丝杆，使横担侧第 1～3 片绝缘子松弛，塔上电手抓紧线丝杆冲击检查无误后，报经工作负责人同意后，拆除被更换绝缘子上下锁紧销，脱开被更换的绝缘子。

（9）塔上电工使用绝缘传递绳系好劣质绝缘子。

（10）地面两电工以新旧绝缘子交替法，将新绝缘子拉至横担上挂好。注意控制好空中上、下两串绝缘子的位置，防止发生相互碰撞。

（11）塔上电工换上新绝缘子，并复位上下锁紧销。

（12）经检查完好后，报经工作负责人同意后，按逆顺序拆除全部工具并传递至地面。

（13）塔上电工检查确认塔上无遗留物，报经工作负责人同意后携带绝缘传递绳下塔。

（14）地面电工整理所用工器具和清理现场，工作负责人清点工器具。

（15）工作负责人向调度汇报。内容为：本人为工作负责人×××，±500kV ××线路上带电更换绝缘子工作已结束，杆塔上作业人员已撤离，杆塔上、导线上无遗留物，线路设备已恢复原状。

6. 安全措施及注意事项

（1）若在海拔1000m以上线路上带电作业时，应根据作业区的实际海拔高度，计算修正各类空气间隙、绝缘工具的安全距离和长度、绝缘子片数等，经本单位主管生产领导（总工程师）批准后执行。

（2）本次作业应经现场勘察并编制带电更换绝缘子的现场作业指导书，经本单位技术负责人或主管生产负责人批准后执行。

（3）作业应在良好天气下进行。如遇雷电（听见雷声、看见闪电）、雪雹、雨雾时不得进行带电作业。风力大于5级（10m/s）时，不宜进行作业。

（4）若需在相对空气湿度大于80%的天气下进行带电作业时，应采用具有防潮性能的绝缘工具。

（5）本次作业需向调度明确：若线路跳闸，不经联系，不得强送电。

（6）杆塔上电工与带电体的安全距离不小于3.4m。

（7）绝缘传递绳和绝缘软梯的有效绝缘长度不小于3.4m。绝缘操作杆的有效绝缘长度不小于3.7m。

（8）地面绝缘工具应放在防潮苫布上，作业人员应戴清洁干燥手套，摇测绝缘电阻值不小于700MΩ（电极宽2cm，极间距2cm）。

（9）塔上电工必须穿着静电防护服、导电鞋，以防感应电的伤害。

（10）对盘形瓷质绝缘子，作业中扣除人体短接和零值（自爆）绝缘子片数后，良好绝缘子片数不少于22片（结构高度170mm）。

（11）使用的工具、绝缘子上下起吊应用绝缘传递绳，金属工具在起吊时必须距带电体大于1.5m，再传递给操作人员。

（12）所有使用的工器具必须安装可靠，工具受力后应冲击、检查判断其可靠性。

（13）新绝缘子应用干净毛巾进行表面清洁处理，绝缘子的电阻值应大于500MΩ。

（14）地面绝缘工具应放置在防潮苫布上，绝缘工器具使用前。使用绝缘工具应戴清洁、干燥的手套，以防绝缘工具受潮和污染。收工或转移作业点时，应将绝缘工具装在工具袋内。

（15）上、下杆塔或在杆塔上移位时，作业人员必须攀抓牢固构件，且双手不得持带任何器材。

（16）杆塔上作业时不得失去安全带的保护。

（17）在杆塔上作业过程中如遇设备突然停电，作业人员应视设备仍然带电。

（18）塔上电工杆塔前，应对登高工具和安全带进行检查和冲击试验，全体作业人员必须戴安全帽。

（19）地面电工严禁在作业点垂直下方逗留，塔上电工应防止高空落物，使用的工具、材料应用绳索传递，不得乱扔。

（20）若作业塔上不能保持人身对带电体 3.4m 安全距离时，应采用在相邻塔的工作相加装保护间隙，保护间隙安装前的距离应大于 2.5m，安装、调试后的距离为 1.3m。两电极必须可靠固定在绝缘杆上，横担侧的电极尾线不留裕度，加装保护间隙的人员应穿全套合格的屏蔽服。

（21）作业人员在杆塔上作业期间，工作监护人应对作业人员进行不间断监护，且不得从事其他工作。

二、±500kV 输电线路地电位与等电位配合作业法带电更换直线串导线侧单片绝缘子

1. 作业方法
地电位与等电位配合作业法。

2. 适用范围
适用于 ±500kV 直线单串导线侧第 1 片绝缘子更换。

3. 人员组合
本作业项目工作人员共计 5 人。其中工作负责人（监护人）1 人，等电位电工 1 人，塔上电工 1 人，地面电工 2 人。

4. 工器具配备
±500kV 地电位与等电位配合作业法带电更换直线串导线侧单片绝缘子工器具配备一览表见表 6-2。

表 6-2 　　　　　　±500kV 地电位与等电位配合作业法带电更换直线
串导线侧单片绝缘子工器具配备一览表

序号	工器具名称		规格、型号	数量	备 注
1	绝缘工具	绝缘传递绳	SCJS−ϕ10mm	1 根	视作业杆塔高度而定
2		绝缘软梯	SCJS−ϕ14mm×9m	1 副	
3		绝缘滑车	0.5t	1 只	
4		高强度绝缘绳	ϕ32mm	1 根	导线后备保护绳
5		绝缘操作杆	500kV	1 根	
6	金属工具	四线提线器		2 只	
7		短双头丝杠		2 只	
8		闭式卡（上卡）		1 只	
9		瓷质绝缘子检测装置		1 套	瓷质绝缘子用
10		保护间隙		1 副	备用
11	个人防护用具	高强度绝缘保护绳	SCJS−ϕ14mm×9m	1 根	防坠落保护
12		屏蔽服		1 套	等电位电工

续表

序号	工器具名称		规格、型号	数量	备　注
13	个人防护用具	静电防护服		2套	塔上电工（备用1套）
14		导电鞋		3双	备用1双
15		安全带		3根	备用1根
16		安全帽		5顶	
17	辅助安全用具	万用表		1块	检测屏蔽服连接导通用
18		兆欧表	5000V	1块	电极宽2cm，极间距2cm
19		防潮苫布	2m×4m	1块	
20		对讲机		2部	
21		工具袋		2只	装绝缘工具用

注　1. 若要挂保护间隙，还需增加工器具。

2. 瓷质绝缘子检测装置包括：分布电压检测仪、绝缘电阻检测仪和火花间隙装置等。采用火花间隙装置测零时，每次检测前应用专用塞尺按DL 415要求测量放电间隙尺寸。

5. 作业程序

按照本次作业现场勘察后编写的现场作业指导书。

（1）工作负责人向电网调度申请开工，内容为：本人为工作负责人×××，×年×月×日需在±500kV ××线路上进行带电更换绝缘子作业，本次作业按《国家电网公司电力安全工作规程（电力线路部分）》第8.1.7条要求，确定是否停用线路自动再启动装置，若遇线路跳闸，不经联系，不得强送。得到调度许可，核对线路双重名称和杆塔号。

（2）全体工作成员列队，工作负责人现场宣读工作票、交待工作任务、安全措施和技术措施；查（问）看工作人员精神精神状况、着装情况和工器具是否完好齐全。确认危险点和预防措施，明确作业分工以及安全注意事项。

（3）地面电工采用兆欧表摇测绝缘工具的绝缘电阻，检查丝杠、卡具等工具是否完好齐全，屏蔽服不得有破损、洞孔和毛刺状等缺陷。

（4）等电位电工穿着全套屏蔽服（包括帽、衣裤、手套、袜和导电鞋），必要时，屏蔽服内穿阻燃内衣。地面电工负责检查袜裤、裤衣、袖和手套的连接是否完好，用万用表测试袜、裤、衣、手套等连接导通情况。

（5）塔上电工必须穿着静电防护服、导电鞋。

（6）塔上电工携带绝缘传递绳登塔至横担处，系挂好安全带，将绝缘滑车和绝缘传递绳在作业横担适当位置安装好。

（7）若是盘形瓷质绝缘子时，地面电工将绝缘子检测仪及绝缘操作杆组装好后传递给塔上电工，塔上电工检测复核所要更换绝缘子串的零值绝缘子，当同串（34片）零值绝缘子达到13片时应立即停止检测，并结束本次带电作业工作（结构高度170mm）。

（8）地面电工传递绝缘软梯和高强度绝缘保护绳，塔上电工在距绝缘子串吊点水平距离大于 1.5m 处安装绝缘软梯。

（9）等电位电工系好高强度防坠保护绳，塔上电工控制防坠落绳配合等电位电工沿绝缘软梯下行。

（10）等电位电工沿绝缘软梯下到头部或手与上子导线平行位置，报告工作负责人，得到工作负责人许可后，塔上电工利用绝缘防坠落保护绳摆动绝缘软梯配合等电位电工进入电场。

（11）等电位电工进入等电位后，不能将安全带系在上子导线上，在高强度绝缘保护绳的保护下进行其他检修作业。

（12）地面电工将四线提线器、闭式卡（上卡）、双头丝杠传递到工作位置，等电位电工在导线侧第 3 片绝缘子和分裂导线上安装好绝缘子更换工具。

（13）地面电工将导线绝缘后备保护绳传递到工作位置。塔上电工和等电位电工配合将导线后备保绳可靠的安装在导线和横担之间，导线后备保绳的保护裕度（长度）应控制合理。

（14）等电位电工收紧丝杠，使导线侧第 1～3 片绝缘子松弛，等电位电工手抓丝杠冲击检查无误后，报经工作负责人同意后，拆除被更换绝缘子上下锁紧销，更换绝缘子。

（15）等电位电工用绝缘传递绳系好劣质绝缘子。

（16）地面两电工以新旧绝缘子交替法，将新绝缘子拉至导线平行位置。注意控制好空中上、下两串绝缘子的位置，防止发生相互碰撞。

（17）等电位电工换上新绝缘子，并复位上下锁紧销。

（18）经检查完好后，报经工作负责人同意后，按逆顺序拆除全部工具并传递至地面。

（19）等电位电工检查确认线上无遗留物后，向工作负责人汇报，得到同意后退出电位。

（20）塔上电工检查确认塔上无遗留物，报经工作负责人得到同意后携带绝缘传递绳下塔。

（21）地面电工整理所用工器具和清理现场，工作负责人清点工器具。

（22）工作负责人向调度汇报。内容为：本人为工作负责人×××，±500kV ××线路上带电更换绝缘子工作已结束，杆塔上作业人员已撤离，杆塔、导线上无遗留物，线路设备已恢复原状。

6. 安全措施及注意事项

（1）若在海拔 1000m 以上线路上带电作业时，应根据作业区的实际海拔高度，计算修正各类空气间隙、绝缘工具的安全距离和长度、绝缘子片数等，经本单位主管生产领导（总工程师）批准后执行。

（2）本次作业应经现场勘察并编制带电更换劣化绝缘子的现场作业指导书，经本单位技术负责人或主管生产负责人批准后执行。

（3）作业应在良好天气下进行。如遇雷电（听见雷声、看见闪电）、雪雹、雨雾时不得进行带电作业。风力大于 5 级（10m/s）时，不宜进行作业。

（4）若需在相对空气湿度大于 80% 的天气下进行带电作业时，应采用具有防潮性能的绝缘工具。

（5）本次作业需向调度明确：若线路跳闸，不经联系不得强送电。

（6）杆塔上电工与直流带电体的安全作业距离不得小于 3.4m。等电位电工与接地构架之间安全作业距离不得小于 3.4m。

（7）绝缘传递绳和绝缘软梯的有效绝缘长度不小于 3.4m。绝缘操作杆的有效绝缘长度不小于 3.7m。

（8）等电位电工沿绝缘软梯进入强电场时，作业人员与接地体和带电体之间的组合间隙不得小于 3.8m。在进入电位过程中其人体裸露部分与带电体应保持 0.4m 的距离。

（9）等电位电工转移电位时严禁对等电位电工头部充放电，作业中等电位人员头部不得超过第 4 片绝缘子。

（10）等电位电工应穿戴全套屏蔽服、导电鞋，且各部分应连接良好。屏蔽服内不得贴身穿着化纤类衣服。

（11）塔上电工必须穿着静电防护服、导电鞋以防感应电的伤害。

（12）地面绝缘工具应放在防潮苫布上，作业人员应戴清洁干燥手套，摇测绝缘电阻值不小于 700MΩ（电极宽 2cm，极间距 2cm）。

（13）盘形绝缘子应用干净毛巾进行表面清洁处理，瓷质绝缘子的绝缘电阻值不小于 500MΩ。

（14）本作业方式必须有导线防脱落的后备保护措施。

（15）使用的工具、绝缘子上下起吊应用绝缘传递绳，金属工具在起吊传递过程中必须距带电体 1.5m 以外，到达作业位置后，先同电位后，再传递给操作人员。

（16）所使用的器具必须安装可靠，工具受力后应冲击、检查判断其可靠性。

（17）绝缘软梯必须安装可靠，等电位电工在进入电位前应试冲击判断其可靠性。

（18）等电位电工利用绝缘软梯进入等电位后，必须先系挂好安全带才能解开防坠后备保护绳，脱离电位前必须系好防坠后备保护绳，再解开安全带向负责人申请退出等电位。

（19）等电位电工登绝缘软梯前，应与塔上电工配合试冲击防坠保护绳的牢固情况，塔上电工防坠保护绳控制方式应合理、可靠。

（20）在杆塔上作业过程中如遇设备突然停电，作业人员应视设备仍然带电。

（21）塔上电工杆塔前，应对登高工具和安全带进行检查和冲击试验，全体作业人员必须戴安全帽。

（22）地面绝缘工具应放置在防潮苫布上，绝缘工具使用前应用干净毛巾进行表面清洁处理。使用绝缘工具应戴清洁、干燥的手套，以防绝缘工具受潮和污染。收工或转移作业点时，应将绝缘工具装在工具袋内。

（23）若作业塔上不能保持人身对带电体 3.4m 安全距离时，应在相邻塔的工作相加装保护间隙，保护间隙安装前的距离应大于 2.5m，安装、调试后的距离为 1.3m。两电极必须可靠固定在绝缘杆上，横担侧的电极尾线不留裕度，加装保护间隙的人员应穿全套合格的屏蔽服。

（24）上、下杆塔或在杆塔上移位时，作业人员必须攀抓牢固构件，且双手不得持带任何器材。

（25）杆塔上作业时不得失去安全带的保护。

（26）地面电工严禁在作业点垂直下方逗留，塔上电工应防止高空落物，使用的工具、材料应用绝缘绳索传递，不得乱扔。

（27）作业人员在杆塔上作业期间，工作监护人应对作业人员进行不间断监护，且不得从事其他工作。

三、±500kV 输电线路地电位与等电位配合紧线杆插板式作业法带电更换直线串任意单片绝缘子

1. 作业方法

地电位与等电位配合紧线杆插板式作业法。

2. 适用范围

适用于±500kV 直线单串任意单片绝缘子的更换。

3. 人员组合

本作业项目工作人员共计 6 人。其中工作负责人（监护人）1 人，等电位电工 1 人，塔上电工 1 人，地面电工 3 人。

4. 工器具配备

±500kV 地电位与等电位配合紧线杆插板式作业法带电更换直线串任意单片绝缘子工器具配备一览表见表 6-3。

表 6-3　　　　　　　**±500kV 地电位与等电位配合紧线杆插板式作业法带电**
更换直线串任意单片绝缘子工器具配备一览表

序号	工器具名称		规格、型号	数量	备　注
1	绝缘工具	绝缘传递绳	SCJS-ϕ10mm	1 根	视作业杆塔高度而定
2		绝缘软梯	SCJS-ϕ14mm×9m	1 副	
3		绝缘滑车	0.5t	1 只	
4		绝缘吊杆	ϕ32mm	2 根	
5		绝缘托瓶架（插板）		1 副	
6		绝缘磨绳	SCJS-ϕ18mm	1 根	视作业杆塔高度而定
7		3-3 绝缘滑车组		1 组	配绝缘绳索
8		绝缘操作杆	500kV	1 根	
9	金属工具	四线提线器		2 只	
10		平面丝杆		2 只	
11		横担专用卡具		2 只	卡具分别单独固定
12		三脚架		1 个	
13		瓷质绝缘子检测装置		1 套	瓷质绝缘子用
14		保护间隙		1 副	备用

序号	工器具名称		规格、型号	数量	备　注
15		高强度绝缘保护绳	SCJS−ϕ32mm×9m	2根	防坠落保护用
16	个人防护用具	屏蔽服		1套	等电位电工
17		静电防护服		2套	备用1套
18		导电鞋		4双	备用1双
19		安全带		4根	备用1根
20		安全帽		6顶	
21	辅助安全用具	万用表		1块	检测屏蔽服连接导通用
22		兆欧表	5000V	1块	电极宽2cm，极间距2cm
23		防潮苫布	2m×4m	1块	
24		对讲机		2部	
25		工具袋		2只	装绝缘工具用

注　1. 采用双导线四线提线钩且横担侧固定器各自单独时，可不采用导线后备保护绳。

　　2. 若要挂保护间隙，还需增加工器具。

　　3. 瓷质绝缘子检测装置包括：分布电压检测仪、绝缘电阻检测仪和火花间隙装置等。采用火花间隙装置测零时，每次检测前应用专用塞尺按DL 415要求测量放电间隙尺寸。

5. 作业程序

按照本次作业现场勘察后编写的现场作业指导书。

（1）工作负责人向电网调度申请开工，内容为：本人为工作负责人×××，×年×月×日需在±500kV ××线路上进行带电更换绝缘子作业，本次作业按《国家电网公司电力安全工作规程（电力线路部分）》第8.1.7条要求，确定是否停用线路自动再启动装置，若遇线路跳闸，不经联系，不得强送。得到调度许可，核对线路双重名称和杆塔号。

（2）全体工作成员列队，工作负责人现场宣读工作票、交待工作任务、安全措施和技术措施；查（问）看工作人员精神精神状况、着装情况和工器具是否完好齐全。确认危险点和预防措施，明确作业分工以及安全注意事项。

（3）地面电工采用兆欧表摇测绝缘工具的绝缘电阻，检查丝杆、卡具等工具是否完好齐全、屏蔽服（静电防护服）不得有破损、洞孔和毛刺状等缺陷。

（4）等电位电工穿着全套屏蔽服（包括帽、衣裤、手套、袜和导电鞋），必要时，屏蔽服内穿阻燃内衣。地面电工负责检查袜裤、裤衣、袖和手套的连接是否完好，用万用表测试袜、裤、衣、手套等连接导通情况。

（5）塔上电工穿着静电防护服、导电鞋，携带绝缘传递绳登塔至横担处，系挂好安全带，将绝缘滑车和绝缘传递绳在作业横担适当位置安装好。

（6）若是盘形瓷质绝缘子时，地面电工将绝缘子检测仪及绝缘操作杆组装好后传递给塔上电工，塔上电工检测复核所要更换绝缘子串的零值绝缘子，当同串（34 片）零值绝缘子达到 13 片时应立即停止检测，并结束本次带电作业工作（结构高度 170mm）。

（7）地面电工配合将三脚架传递到工作位置，塔上电工与等电位电工配合安装在横担头上。

（8）地面电工传递绝缘软梯和绝缘防坠落保护绳，塔上电工在距绝缘子串吊点水平距离大于 1.5m 处安装绝缘软梯。

（9）等电位电工系好绝缘防坠落绳，塔上电工控制防坠落绳配合等电位电工沿绝缘软梯下行。

（10）等电位电工沿绝缘软梯下到头部或手与上子导线平行位置，报告工作负责人，得到工作负责人许可后，塔上电工利用绝缘防坠落保护绳摆动绝缘软梯配合等电位电工进入电场。

（11）等电位电工进入等电位后，不能将安全带系在上子导线上，在高强度绝缘保护绳的保护下进行其他检修作业。

（12）地面电工将横担固定器、平面丝杠、整套绝缘吊杆、四线提线器传递到工作位置，等电位电工与塔上电工配合将绝缘子更换工具安装在被更换的绝缘子串两侧。

（13）地面电工将 3–3 滑车组、绝缘子串尾绳分别传递给等电位电工和塔上电工。

（14）塔上电工将 3–3 滑车组安装在三脚架和横担侧第 3 片绝缘子，等电位电工将绝缘子串尾绳安装在导线侧第 1 片绝缘子。

（15）地面电工将托瓶架（插板）传递到导线侧工作位置，等电位电工将其安装在两根上子导线上。

（16）塔上电工同时均匀收紧两平面丝杠，使绝缘子松弛，等电位电工手抓四线提线器冲击检查无误后，报经工作负责人同意后，等电位电工配合取出碗头螺栓。

（17）地面电工收紧提升绝缘子 3–3 滑车组，塔上电工拔掉球头耳环与第 1 片绝缘子处的锁紧销，脱开球头耳环与第 1 片绝缘子处的连接。

（18）地面电工松绝缘 3–3 滑车组，同时配合拉好绝缘子串尾绳，将绝缘子串徐徐下放至需更换的劣质绝缘子附近，等电位电工将绝缘托瓶架（插板）插托在被更换绝缘子的下 1 片。

（19）等电位电工拆除需更换的劣质绝缘子上、下锁紧销，换下零劣质绝缘子。

（20）地面电工将新绝缘子传递给等电位电工，等电位电工换上新绝缘子，并复位新绝缘子上、下锁紧销。

（21）地面电工收紧绝缘 3–3 滑车组同时配合拉好绝缘子串尾绳，将绝缘子串传递至横担工作位置，塔上电工恢复球头耳环与第 1 片绝缘子处的连接，并复位新绝缘子上的锁紧销。

（22）地面电工松绝缘 3–3 滑车组，使绝缘子串自然垂直，等电位电工恢复碗头挂板与联板处的连接，并装好碗头螺栓上的开口销。

（23）经检查无误后，报经工作负责人同意，塔上电工松出平面丝杠，地面电工与塔上电工和等电位电工配合拆除全部作业工具并传递下塔。

（24）等电位电工检查确认导线上无遗留物后，向工作负责人汇报，得到同意后等电位电工退出电位。

（25）等电位电工与塔上电工配合拆除塔上全部作业工具并传递下塔。

（26）塔上电工检查确认塔上无遗留物，报经工作负责人得到同意后携带绝缘传递绳下塔。

（27）地面电工整理所用工器具和清理现场，工作负责人清点工器具。

（28）工作负责人向调度汇报。内容为：本人为工作负责人×××，±500kV ××线路上带电更换绝缘子工作已结束，杆塔上作业人员已撤离，杆塔、导线上无遗留物，线路设备已恢复原状。

6. 安全措施及注意事项

（1）若在海拔 1000m 以上线路带电作业时，应根据作业区的实际海拔高度，计算修正各类空气间隙、绝缘工具的安全距离和长度、绝缘子片数等，经本单位主管生产领导（总工程师）批准后执行。

（2）本次作业应经现场勘察并编制带电更换劣化绝缘子的现场作业指导书，经本单位技术负责人或主管生产负责人批准后执行。

（3）作业应在良好天气下进行。如遇雷电（听见雷声、看见闪电）、雪雹、雨雾时不得进行带电作业。风力大于 5 级（10m/s）时，不宜进行作业。

（4）若需在相对空气湿度大于 80% 的天气下进行带电作业时，应采用具有防潮性能的绝缘工具。

（5）本次作业需向调度明确：若线路跳闸，不经联系，不得强送电。

（6）杆塔上电工与直流带电体的安全作业距离不得小于 3.4m。等电位电工与接地构架之间安全作业距离不得小于 3.4m。

（7）绝缘传递绳和绝缘软梯的有效绝缘长度不小于 3.4m。绝缘操作杆的有效绝缘长度不小于 3.7m。

（8）等电位电工沿绝缘软梯进入强电场时，作业人员与接地体和带电体之间的组合间隙不得小于 3.8m。在进入电位过程中其人体裸露部分与带电体应保持 0.4m 的距离。

（9）等电位电工转移电位时严禁对等电位电工头部或手充放电，作业中等电位人员头部或手不得超过第 4 片绝缘子。

（10）等电位电工应穿戴全套屏蔽服、导电鞋，且各部分应连接良好。屏蔽服内不得贴身穿着化纤类衣服。

（11）塔上电工必须穿着静电防护服、导电鞋，以防感应电的伤害。

（12）地面绝缘工具应放在防潮苫布上，作业人员应戴清洁干燥手套，摇测绝缘电阻值不小于 700MΩ（电极宽 2cm，极间距 2cm）。

（13）对盘形瓷质绝缘子，作业中扣除人体短接和零值（自爆）绝缘子片数后，良好绝缘子片数不少于 22 片（结构高度 170mm）。

（14）新绝缘子应用干净毛巾进行表面清洁处理，瓷质绝缘子的绝缘电阻值大于 500MΩ。

（15）使用的工具、绝缘子上下起吊应用绝缘传递绳，金属工具在起吊传递过程中必须距带电体 1.5m 以外，到达同电位后再传递给操作人员。

（16）绝缘软梯必须安装可靠，等电位电工在进入电位前应试冲击判断其可靠性。

（17）所有使用的器具必须安装可靠，工具受力后应冲击、检查判断其可靠性。

（18）三脚架必须安装牢固，地面电工利用绝缘 3-3 滑车组起吊和放松绝缘子串时，3-3 滑车组尾绳必须牢固可靠。

（19）等电位电工从绝缘软梯登上导线后，必须先系挂好安全带才能解开防坠后备保护绳，脱离电位前必须系好防坠后备保护绳后，再解开安全带向负责人申请下软梯。

（20）等电位电工登软梯前，应与地面电工配合试冲击防坠保护绳的牢固情况，地面电工防坠保护绳控制方式应合理、可靠。

（21）地面绝缘工具应放置在防潮苫布上，绝缘工具使用前应用干净毛巾进行表面清洁处理。使用绝缘工具应戴清洁、干燥的手套，以防绝缘工具受潮和污染。收工或转移作业点时，应将绝缘工具装在工具袋内。

（22）在杆塔上作业过程中如遇设备突然停电，作业人员应视设备仍然带电。

（23）塔上电工杆塔前，应对登高工具和安全带进行检查和冲击试验，全体作业人员必须戴安全帽。

（24）若作业塔上不能保持人身对带电体 3.4m 安全距离时，应在相邻塔的工作相加装保护间隙，保护间隙安装前的距离应大于 2.5m，安装、调试后的距离为 1.3m。两电极必须可靠固定在绝缘杆上，横担侧的电极尾线不留裕度，加装保护间隙的人员应穿全套合格的屏蔽服。

（25）上、下杆塔或在杆塔上移位时，作业人员必须攀抓牢固构件，且双手不得持带任何器材。

（26）塔上作业时不得失去安全带的保护。

（27）地面电工严禁在作业点垂直下方逗留，塔上电工应防止高空落物，使用的工具、材料应用绳索传递，不得乱扔。

（28）作业人员在杆塔上作业期间，工作监护人应对作业人员进行不间断监护，且不得从事其他工作。

四、±500kV 输电线路地电位与等电位配合丝杠紧线杆作业法带电更换直线整串绝缘子

1. 作业方法
地电位与等电位配合丝杠紧线杆作业法。

2. 适用范围
适用于 ±500kV 直线整串绝缘子的更换（单 I 串）。

3. 人员组合
本作业项目工作人员共计 6 人。其中工作负责人（监护人）1 人，等电位电工 1 人，塔上电工 1 人，地面配合电工 3 人。

4. 工器具配备
±500kV 地电位与等电位配合丝杠紧线杆作业法带电更换直线整串绝缘子工器具配备一览表见表 6-4。

表6-4 **±500kV地电位与等电位配合丝杠紧线杆作业法带电**
更换直线整串绝缘子工器具配备一览表

序号	工器具名称		规格、型号	数量	备 注
1	绝缘工具	绝缘传递绳	SCJS–ϕ10mm	1根	视作业杆塔高度而定
2		绝缘软梯	SCJS–ϕ14mm×9m	1副	
3		绝缘滑车	0.5t	1只	
4		绝缘滑车	1t	1只	
5		绝缘吊杆	ϕ32mm	2根	
6		绝缘绳	ϕ18mm	1根	提升绝缘子串用
7		绝缘操作杆	500kV	1根	
8	金属工具	四线提线器		2只	
9		平面丝杆		2只	
10		横担专用卡具		2只	卡具分别单独固定
11		机动绞磨		1台	
12		钢丝千斤		4根	
13		瓷质绝缘子检测装置		1套	瓷质绝缘子用
14		保护间隙		1副	备用
15	个人防护用具	高强度绝缘保护绳	SCJS–ϕ14mm×9m	1根	防坠落保护用
16		屏蔽服		1套	等电位电工
17		静电防护服		2套	备用1套
18		导电鞋		3双	备用1双
19		安全带		3根	备用1根
20		安全帽		6顶	
21	辅助安全用具	万用表		1块	检测屏蔽服连接导通用
22		兆欧表	5000V	1块	电极宽2cm，极间距2cm
23		防潮苫布	2m×4m	1块	
24		对讲机		2部	
25		工具袋		2只	装绝缘工具用

注 1. 采用双导线四线提线钩且横担侧固定器各自单独时，可不采用导线后备保护绳。

　　2. 若要挂保护间隙，还需增加工器具。

　　3. 瓷质绝缘子检测装置包括：分布电压检测仪、绝缘电阻检测仪和火花间隙装置等。采用火花间隙
　　　装置测零时，每次检测前应用专用塞尺按DL 415要求测量放电间隙尺寸。

5. 作业程序

按照本次作业现场勘察后编写的现场作业指导书。

（1）工作负责人向电网调度申请开工，内容为：本人为工作负责人×××，×年×月×日需在±500kV ××线路上带电更换绝缘子作业，本次作业按《国家电网公司电力安全工作规程（电力线路部分）》第 8.1.7 条要求，确定是否停用线路自动再启动装置，若遇线路跳闸，不经联系，不得强送。得到调度许可，核对线路双重名称和杆塔号。

（2）全体工作成员列队，工作负责人现场宣读工作票、交待工作任务、安全措施和技术措施；查（问）看工作人员精神状况、着装情况和工器具是否完好齐全。确认危险点和预防措施，明确作业分工以及安全注意事项。

（3）地面电工采用兆欧表摇测绝缘工具的绝缘电阻，检查丝杠、卡具等工具是否完好齐全、屏蔽服（静电防护服）不得有破损、洞孔和毛刺状等缺陷。

（4）地面电工正确布置施工现场，合理放置机动绞磨。

（5）等电位电工穿着全套屏蔽服（包括帽、衣裤、手套、袜和导电鞋），必要时，屏蔽服内穿阻燃内衣，地面电工负责检查袜裤、裤衣、袖和手套的连接是否完好，用万用表测试袜、裤、衣、手套等连接导通情况。

（6）塔上电工穿着静电防护服、导电鞋，携带绝缘传递绳登塔至横担处，系挂好安全带，将绝缘滑车和绝缘传递绳在作业横担适当位置安装好。等电位电工随后登塔。

（7）若是盘形瓷质绝缘子时，地面电工将绝缘子检测装置及绝缘操作杆组装好后传递给塔上电工，塔上电工检测复核所要更换绝缘子串的零值绝缘子，当同串（34 片）零值绝缘子达到 13 片时应立即停止检测，并结束本次带电作业工作（结构高度155mm）。

（8）地面电工传递绝缘软梯和绝缘防坠落绳，塔上电工在距绝缘子串吊点水平距离大于 1.5m 处安装绝缘软梯。

（9）等电位电工系好绝缘防坠落保护绳，塔上电工控制防坠保护绳配合等电位电工沿绝缘软梯下行。

（10）等电位电工沿绝缘软梯下到头部或手与上子导线平行位置，报告工作负责人，得到工作负责人许可后，塔上电工利用绝缘防坠落保护绳摆动绝缘软梯配合等电位电工进入电场。

（11）等电位电工进入等电位后，不能将安全带系在上子导线上，在高强度绝缘保护绳的保护下进行其他检修作业。

（12）地面电工将横担固定器、平面丝杠、绝缘吊杆、四线提线器传递到工作位置，等电位电工与塔上电工配合将绝缘子更换工具安装在被更换的绝缘子串两侧。

（13）地面电工将绝缘磨绳、绝缘子串尾绳分别传递给塔上电工与等电位电工。

（14）塔上电工将绝缘磨绳安装在横担和第 3 片绝缘子上，等电位电工将绝缘子串尾绳安装在导线侧第 1 片绝缘子上。

（15）塔上电工同时均匀收紧两平面丝杠，使绝缘子松弛，等电位电工手抓四线提线器冲击检查无误后，报经工作负责人同意后，塔上电工与等电位电工配合取出碗头螺栓。

（16）地面电工收紧提升绝缘子串的绝缘磨绳，塔上电工拔掉球头挂环与第 1 片绝缘子处的锁紧销，脱开球头耳环与第 1 片绝缘子处的连接。

（17）地面电工松机动绞磨，同时配合拉好绝缘子串尾绳，将绝缘子串放至地面。

（18）地面电工将绝缘磨绳和绝缘子串尾绳分别转移到新绝缘子串上。

（19）地面电工启动机动绞磨，将新绝缘子串传递至塔上电工工作位置，塔上电工恢复新绝缘子与横担侧球头挂环的连接，并复位锁紧销。

（20）地面电工松出磨绳，使新绝缘子自然垂直，等电位电工恢复碗头挂板与联板处的连接，并装好碗头螺栓上的开口销。

（21）经检查无误后，报经工作负责人同意，塔上电工松出平面丝杠，地面电工与等电位电工、塔上电工配合拆除全部作业工具并传递下塔。

（22）等电位电工检查确认导线上无遗留物后，向工作负责人汇报，得到同意后等电位电工按进入电场的逆顺序退出电位。

（23）等电位电工与塔上电工配合拆除塔上全部作业工具并传递下塔。

（24）塔上电工检查确认塔上无遗留物，报经工作负责人得到同意后携带绝缘传递绳下塔。

（25）地面电工整理所用工器具和清理现场，工作负责人清点工器具。

（26）工作负责人向调度汇报。内容为：本人为工作负责人×××，±500kV ××线路上带电更换绝缘子工作已结束，杆塔上作业人员已撤离，杆塔、线上无遗留物，线路设备已恢复原状。

6. 安全措施及注意事项

（1）若在海拔 1000m 以上线路带电作业时，应根据作业区的实际海拔高度，计算修正各类空气间隙、绝缘工具的安全距离和长度、绝缘子片数等，经本单位主管生产领导（总工程师）批准后执行。

（2）本次作业应经现场勘察并编制带电更换直线整串绝缘子的现场作业指导书，经本单位技术负责人或主管生产负责人批准后执行。

（3）作业应在良好天气下进行。如遇雷电（听见雷声、看见闪电）、雪雹、雨雾时不得进行带电作业。风力大于 5 级（10m/s）时，不宜进行作业。

（4）若需在相对空气湿度大于 80%的天气下进行带电作业时，应采用具有防潮性能的绝缘工具。

（5）本次作业需向调度明确：若线路跳闸，不经联系不得强送电。

（6）杆塔上电工与直流带电体的安全作业距离不得小于 3.4m。等电位电工与接地构架之间安全作业距离不得小于 3.4m。

（7）绝缘传递绳和绝缘软梯的有效绝缘长度不小于 3.4m。绝缘操作杆的有效绝缘长度不小于 3.7m。

（8）等电位电工沿绝缘软梯进入强电场时，作业人员与接地体和带电体之间的组合间隙不得小于 3.8m。在进入电位过程中其人体裸露部分与带电体应保持 0.4m 的距离。

（9）等电位电工转移电位时严禁对等电位电工头部充放电，作业中等电位人员头部不得超过第 4 片绝缘子。

（10）等电位电工应穿戴全套屏蔽服、导电鞋，且各部分应连接良好。屏蔽服内不得贴身穿着化纤类衣服。

（11）塔上电工必须穿着静电防护服、导电鞋，以防感应电的伤害。

（12）对盘形瓷质绝缘子，作业中扣除人体短接和零值（自爆）绝缘子片数后，良好绝缘子片数不少于 22 片（结构高度 170mm）。

（13）地面绝缘工具应放在防潮苫布上，作业人员应戴清洁干燥手套，摇测绝缘电阻值不小于 700MΩ（电极宽 2cm，极间距 2cm）。

（14）新复合绝缘子必须检查并按说明书安装好均压环，若是盘形绝缘子应用干净毛巾进行表面清洁处理，瓷质绝缘子的绝缘电阻值不小于 500MΩ。

（15）使用的工具、绝缘子上下起吊应用绝缘传递绳，金属工具在起吊传递过程中必须距带电体 1.5m 以外，再传递给操作人员。

（16）绝缘软梯必须安装可靠，等电位电工在进入电位前应试冲击判断其可靠性。

（17）所使用的器具必须安装可靠，工具受力后应冲击、检查判断其可靠性。

（18）等电位电工从绝缘软梯登上导线后，必须先系挂好安全带才能解开防坠后备保护绳，脱离电位前必须系好防坠后备保护绳后，再解开安全带向负责人申请下绝缘软梯。

（19）等电位电工登绝缘软梯前，应与地面电工配合试冲击防坠保护绳的牢固情况，地面电工防坠保护绳控制方式应合理、可靠。

（20）利用机动绞磨起吊绝缘子串时，绞磨应放置平稳。磨绳在磨盘上应绕有 4～5 圈数，绞磨尾绳必须由有带电作业经验的电工控制，随时拉紧。

（21）地面绝缘工具应放置在防潮苫布上，绝缘工具使用前应用干净毛巾进行表面清洁处理。使用绝缘工具应戴清洁、干燥的手套，以防绝缘工具受潮和污染。收工或转移作业点时，应将绝缘工具装在工具袋内。

（22）若作业塔上不能保持人身对带电体 3.4m 安全距离时，应在相邻塔的工作相加装保护间隙，保护间隙安装前的距离应大于 2.5m，安装、调试后的距离为 1.3m。两电极必须可靠固定在绝缘杆上，横担侧的电极尾线不留裕度，加装保护间隙的人员应穿全套合格的屏蔽服。

（23）在杆塔上作业过程中如遇设备突然停电，作业人员应视设备仍然带电。

（24）塔上电工登杆塔前，应对登高工具和安全带进行检查和冲击试验，全体作业人员必须戴安全帽。

（25）上、下杆塔或在杆塔上移位时，作业人员必须攀抓牢固构件，且双手不得持带任何器材。

（26）杆塔上作业时不得失去安全带的保护。

（27）地面电工严禁在作业点垂直下方逗留，塔上电工应防止高空落物，使用的工具、材料应用绳索传递，不得乱扔。

（28）作业人员在杆塔上作业期间，工作监护人应对作业人员进行不间断监护，且不得从事其他工作。

五、±500kV 输电线路地电位与等电位配合丝杠紧线杆法带电更换直线小转角整串绝缘子

1. 作业方法

地电位与等电位配合丝杠紧线杆法。

2. 适用范围

适用于±500kV 直线小转角整串绝缘子的更换（单Ⅰ串）。

3. 人员组合

本作业项目工作人员共计 7 人。其中工作负责人（监护人）1 人，等电位电工 2 人，塔上电工 1 人，地面电工 3 人。

4. 工器具配备

±500kV 地电位与等电位配合丝杠紧线杆法带电更换直线小转角整串绝缘子工器具配备一览表见表 6-5。

表 6-5 　　　　　**±500kV 地电位与等电位配合丝杠紧线杆法带电**
更换直线小转角整串绝缘子工器具配备一览表

序号	工器具名称		规格、型号	数量	备　注
1	绝缘工具	绝缘传递绳	SCJS–ϕ10mm	1 根	视工作杆塔高度而定
2		绝缘软梯	SCJS–ϕ14mm×9m	1 副	
3		绝缘滑车	0.5t	1 只	
4		绝缘滑车	1t	1 只	
5		高强度导线落保护绳	SCJS–ϕ32mm×9m	1 根	
6		绝缘提线吊杆	ϕ32mm	2 根	
7		操作杆		1 根	
8		绝缘磨绳	SCJS–ϕ18mm	1 根	视工作杆塔高度而定
9	金属工具	小转角导线四钩卡		2 个	
10		机动绞磨		1 台	
11		横担专用卡具		2 只	卡具分别单独固定
12		钢丝千斤		4 根	
13		瓷质绝缘子检测装置		1 套	瓷质绝缘子用
14	个人防护用具	高强度绝缘保护绳	SCJS–ϕ14mm×9m	3 根	防坠落保护用
15		静电防护服		2 套	备用 1 套
16		导电鞋		4 双	备用 1 双
17		安全带		4 根	备用 1 根
18		屏蔽服		2 套	
19		安全帽		7 顶	

续表

序号	工器具名称		规格、型号	数量	备　注
20		万用表		1块	检测屏蔽服连接导通用
21		保护间隙		1副	备用
22	辅助安全工具	兆欧表	5000V	1块	电极宽 2cm，极间距 2cm
23		防潮苫布	2m×4m	1块	
24		对讲机		2部	
25		工具袋		2只	装绝缘工具用

注　1. 采用双导线四线提线钩且横担侧固定器各自单独时，可不采用导线后备保护绳。

　　2. 若要挂保护间隙，还需增加工器具。

　　3. 瓷质绝缘子检测装置包括：分布电压检测仪、绝缘电阻检测仪和火花间隙装置等。采用火花间隙装置测零时，每次检测前应用专用塞尺按 DL 415 要求测量放电间隙尺寸。

5. 作业程序

按照本次作业现场勘察后编写的现场作业指导书。

（1）工作负责人向电网调度申请开工，内容为：本人为工作负责人×××，×年×月×日需在±500kV ××线路上带电更换绝缘子作业，本次作业按《国家电网公司电力安全工作规程（电力线路部分）》第 8.1.7 条要求，确定是否停用线路自动再启动装置，若遇线路跳闸，不经联系，不得强送。得到调度许可，核对线路双重名称和杆塔号。

（2）全体工作成员列队，工作负责人现场宣读工作票、交待工作任务、安全措施和技术措施；查（问）看工作人员精神状况、着装情况和工器具是否完好齐全。确认危险点和预防措施，明确作业分工以及安全注意事项。

（3）地面电工采用兆欧表摇测绝缘工具的绝缘电阻，检查丝杠、卡具等工具是否完好齐全、屏蔽服（静电防护服）不得有破损、洞孔和毛刺状等缺陷。

（4）地面电工正确布置施工现场，合理放置机动绞磨。

（5）等电位电工穿着全套屏蔽服（包括帽、衣裤、手套、袜和导电鞋），必要时，屏蔽服内穿阻燃内衣。地面电工负责检查袜裤、裤衣、袖和手套的连接是否完好，用万用表测试袜、裤、衣、手套等连接导通情况。

（6）塔上电工必须穿着静电防护服、导电鞋。

（7）等电位 2 号电工携带绝缘传递绳登塔至横担处，系挂好安全带，将绝缘滑车和绝缘传递绳在作业横担适当位置安装好。1 号等电位电工、塔上电工随后登塔。

（8）若是盘形瓷质绝缘子时，地面电工将绝缘子检测装置及绝缘操作杆组装好后传递给塔上电工，塔上电工检测复核所要更换绝缘子串的零值绝缘子，当同串（34 片）零值绝缘子达到 13 片时应立即停止检测，并结束本次带电作业工作（结构高度 170mm）。

（9）地面电工传递绝缘软梯和绝缘保护绳，等电位 2 号电工在距绝缘子串吊点水平距离大于 1.5m 处安装绝缘软梯。

（10）等电位 1 号电工系好绝缘保护绳，等电位 2 号电工拉紧绝缘保护绳配合等电位 1 号电工沿绝缘软梯进入等电位。

（11）等电位 1 号电工沿绝缘软梯下到头部或手与上子导线平行位置，报告工作负责人，得到工作负责人许可后，2 号电工利用绝缘保护绳摆动绝缘软梯配合等电位 1 号电工进入等电位。

（12）等电位 1 号电工进入等电位后，不能将安全带系在上子导线上，在高强度绝缘保护绳的保护下进行其他检修作业。随后等电位 2 号电工进入等电位，同样不能将安全带系在上子导线上，在高强度绝缘保护绳的保护下进行其他检修作业。

（13）地面电工将两套专用接头、绝缘吊杆、小转角四钓卡分别传递到等电位电工 1 号、塔上电工和等电位 2 号、塔上电工工作位置，塔上 3 号电工配合将绝缘子更换工具安装在绝缘子串的两侧。

（14）地面电工将绝缘磨绳、绝缘子串尾绳分别传递给等电位 1 号、塔上电工。

（15）塔上电工将绝缘磨绳安装在横担和第 3 片绝缘子上，等电位 1 号电工将绝缘子串尾绳安装在导线侧第 1 片绝缘子上。

（16）等电位 1 号、2 号电工收紧小转角导线四钓卡丝杠，使绝缘子松弛，等电位电工手抓小转角四钓卡冲击检查无误后，等电位 1 号电工拆除碗头螺栓与四联板的连接。

（17）地面电工收紧机动绞磨的绝缘磨绳，塔上电工拔掉球头挂环与第 1 片绝缘子处的锁紧销，脱开球头耳环与第 1 片绝缘子处的连接。

（18）地面电工松机动绞磨，另一地面电工拉好绝缘子串尾绳，配合将绝缘子串放至地面。

（19）地面电工将绝缘磨绳和绝缘子串尾绳分别转移到新绝缘子串上。

（20）地面电工启动机动绞磨。将新绝缘子串传递至塔上电工工作位置，塔上电工恢复新绝缘子与球头挂环的连接，并复位锁紧销。

（21）地面电工松出磨绳，使新绝缘子自然垂直，等电位 1 号、2 号电工配合恢复碗头挂板与联板处的连接，并装好碗头螺栓上的开口销。

（22）等电位 1 号、2 号电工松出小转角导线四钓卡丝杠，地面电工与等电位 1 号、2 号、塔上电工配合拆除更换卡具等工具并传递下塔。

（23）等电位 1 号电工检查确认导线上无遗留物，向工作负责人汇报，得到工作负责人同意后等电位 1 号、2 号电工按进入电场的逆顺序退出电位。

（24）塔上电工和等电位电工配合拆除塔上全部工具并传递下塔，随后等电位 1 号、2 号电工下塔。

（25）塔上电工检查确认塔上无遗留物，报经工作负责人同意后携带绝缘传递绳下塔。

（26）地面电工整理所用工器具和清理现场，工作负责人清点工器具。

（27）工作负责人向调度汇报。内容为：本人为工作负责人×××，±500kV ××线路更换绝缘子串工作已结束，杆塔上作业人员已撤离，杆塔、导线上无遗留物，线路设备已恢复原状。

6. 安全措施及注意事项

（1）若在海拔 1000m 以上线路带电作业时，应根据作业区的实际海拔高度，计算修正各类空气间隙、绝缘工具的安全距离和长度、绝缘子片数等，经本单位主管生产领导（总工程师）批准后执行。

（2）本次作业应经现场勘察并编制带电更换直线小转角整串绝缘子的现场作业指导书，经本单位技术负责人或主管生产负责人批准后执行。

（3）作业应在良好天气下进行。如遇雷电（听见雷声、看见闪电）、雪雹、雨雾时不得进行带电作业。风力大于 5 级（10m/s）时，不宜进行作业。

（4）若需在相对空气湿度大于 80% 的天气下进行带电作业时，应采用具有防潮性能的绝缘工具。

（5）本次作业需向调度明确：若线路跳闸，不经联系不得强送电。

（6）杆塔上电工与直流带电体的安全作业距离不得小于 3.4m。等电位电工与接地构架之间安全作业距离不得小于 3.4m。

（7）绝缘传递绳和绝缘软梯的有效绝缘长度不小于 3.4m。绝缘操作杆的有效绝缘长度不小于 3.7m。

（8）等电位电工沿绝缘软梯进入强电场时，作业人员与接地体和带电体之间的组合间隙不得小于 3.8m。在进入电位过程中其人体裸露部分与带电体应保持 0.4m 的距离。

（9）等电位电工转移电位时严禁对等电位电工头部充放电，作业中等电位人员头部不得超过第 4 片绝缘子。

（10）若是盘形瓷质绝缘子，作业中扣除人体短接和零值（自爆）绝缘子片数后，良好绝缘子片数不少于 22 片（结构高度 170mm）。

（11）等电位电工应穿戴全套屏蔽服、导电鞋，且各部分应连接良好。屏蔽服内不得贴身穿着化纤类衣服。

（12）塔上电工必须穿着静电防护服、导电鞋，以防感应电的伤害。

（13）地面绝缘工器具应放在防潮苫布上，作业人员应戴清洁干燥手套，摇测绝缘电阻值不小于 700MΩ（电极宽 2cm，极间距 2cm）。

（14）新复合绝缘子必须检查并按说明书安装好均压环，若是盘形绝缘子应用干净毛巾进行表面清洁处理，瓷质绝缘子的绝缘电阻值应不小于 500MΩ。

（15）使用的工具、绝缘子上下起吊应用绝缘传递绳，金属工具在起吊传递过程中必须距带电体 1.5m 以外，再传递给操作人员。

（16）绝缘软梯必须安装可靠，等电位电工在进入电位前应试冲击判断其可靠性。

（17）所有使用的工器具必须安装可靠，工具受力后应冲击、检查判断其可靠性。

（18）等电位电工从绝缘软梯登上导线后，必须先系挂好安全带才能解开高强度绝缘防坠保护绳，脱离电位前必须系好高强度绝缘防坠保护绳后，再解开安全带向负责人申请退出等电位。

（19）等电位电工登绝缘软梯前，应与塔上电工配合试冲击防坠保护绳的牢固情况，塔上电工防坠保护绳控制方式应合理、可靠。

（20）利用机动绞磨起吊绝缘子串时，绞磨应放置平稳。磨绳在磨盘上应绕有 4～5 圈数，绞磨尾绳必须由有带电作业经验的电工控制，随时拉紧。

（21）地面绝缘工具应放置在防潮苫布上，绝缘工具使用前应用干净毛巾进行表面清洁处理。使用绝缘工具应戴清洁、干燥的手套，以防绝缘工具受潮和污染。收工或转移作业点时，应将绝缘工具装在工具袋内。

（22）在杆塔上作业过程中如遇设备突然停电，作业人员应视设备仍然带电。

（23）塔上电工登杆塔前，应对登高工具和安全带进行检查和冲击试验，全体作业人员必须戴安全帽。

（24）若作业塔上不能保持人身对带电体 3.4m 安全距离时，应在相邻塔的工作相加装保护间隙，保护间隙安装前的距离应大于 2.5m，安装、调试后的距离为 1.3m。两电极必须可靠固定在绝缘杆上，横担侧的电极尾线不留裕度，加装保护间隙的人员应穿全套合格的屏蔽服。

（25）上、下杆塔或在杆塔上移位时，作业人员必须攀抓牢固构件，且双手不得持带任何器材。

（26）杆塔上作业时不得失去安全带的保护。

（27）地面电工严禁在作业点垂直下方逗留，塔上电工应防止高空落物，使用的工具、材料应用绳索传递，不得乱扔。

（28）作业人员在杆塔上作业期间，工作监护人应对作业人员进行不间断监护，且不得从事其他工作。

六、±500kV 输电线路地电位与等电位配合丝杠紧线杆法带电更换直线 V 形任意整串绝缘子

1. 作业方法

地电位与等电位配合丝杠紧线杆法。

2. 适用范围

适用于 ±500kV 悬垂 V 串的整串绝缘子的更换。

3. 人员组合

本作业项目工作人员共计 7 人。其中工作负责人（监护人）1 人，等电位电工 1 人，塔上电工 2 人，地面电工 3 人。

4. 工器具配备

±500kV 地电位与等电位配合丝杠紧线杆法带电更换直线 V 形任意整串绝缘子工器具配备一览表见表 6-6。

表 6-6　　　　±500kV 地电位与等电位配合丝杠紧线杆法带电更换
直线 V 形任意整串绝缘子工器具配备一览表

序号	工器具名称		规格、型号	数量	备　　注
1	绝缘工具	绝缘传递绳	SCJS−ϕ10mm	1 根	视工作杆塔高度而定
2		绝缘软梯	SCJS−ϕ14mm×9m	1 副	
3		绝缘滑车	0.5t	1 只	
4		绝缘滑车	1t	1 只	

续表

序号	工器具名称		规格、型号	数量	备　注
5	绝缘工具	绝缘吊杆	$\phi 32mm$	1 根	
6		高强度绝缘绳	SCJS–$\phi 32mm \times 8m$	1 根	导线防坠落后备保护
7		绝缘托瓶架		1 副	
8		绝缘操作杆		1 根	
9		绝缘千斤		2 根	
10		绝缘磨绳	SCJS–$\phi 18mm$	1 根	视工作杆塔高度而定
11	金属工具	V 形串导线四钩卡		1 个	
12		导线侧联板卡具		1 只	
13		机动绞磨		1 台	
14		专用横担卡具		1 只	
15		瓷质绝缘子检测装置		1 套	瓷质绝缘子用
16	个人防护用具	高强度绝缘保护绳	SCJS–$\phi 14mm \times 9m$	3 根	防坠落保护用
17		静电防护服		2 套	
18		导电鞋		4 双	备用 1 双
19		安全带		4 根	备用 1 根
20		屏蔽服		2 套	备用 1 套
21		安全帽		7 顶	
22	辅助安全工具	保护间隙		1 副	备用
23		万用表		1 块	检测屏蔽服连接导通用
24		兆欧表	5000V	1 块	电极宽 2cm，极间距 2cm
25		防潮苫布	$2m \times 4m$	2 块	
26		对讲机		2 部	
27		工具袋		2 只	装绝缘工具用

注　1. 若要挂保护间隙，还需增加工器具。

　　2. 瓷质绝缘子检测装置包括：分布电压检测仪、绝缘电阻检测仪和火花间隙装置等。采用火花间隙装置测零时，每次检测前应用专用塞尺按 DL 415 要求测量放电间隙尺寸。

5. 作业程序

按照本次作业现场勘察后编写的现场作业指导书。

（1）工作负责人向电网调度申请开工，内容为：本人为工作负责人×××，×年×月×日需在±500kV ××线路上带电更换绝缘子作业，本次作业按《国家电网公司电力安全工作规程（电力线路部分）》第 8.1.7 条要求，确定是否停用线路自动再启动装置，若遇线路跳闸，不经联系，不得强送。得到调度许可，核对线路双重名称和杆塔号。

（2）全体工作成员列队，工作负责人现场宣读工作票、交待工作任务、安全措施和技术措施；查（问）看工作人员精神状况、着装情况和工器具是否完好齐全。确认危险点和预防措施，明确作业分工以及安全注意事项。

（3）地面电工采用兆欧表摇测绝缘工具的绝缘电阻，检查丝杠、卡具等工具是否完好齐全、屏蔽服（静电防护服）不得有破损、洞孔和毛刺状等缺陷。

（4）地面电工正确布置施工现场，合理放置机动绞磨。

（5）等电位电工穿着全套屏蔽服（包括帽、衣裤、手套、袜和导电鞋），必要时，屏蔽服内穿阻燃内衣。地面电工负责检查袜裤、裤衣、袖和手套的连接是否完好，用万用表测试袜、裤、衣、手套等连接导通情况。

（6）塔上电工必须穿着静电防护服、导电鞋。

（7）塔上1号电工携带绝缘传递绳登塔至横担处，系挂好安全带，将绝缘滑车和绝缘传递绳在作业横担适当位置安装好，塔上2号电工随后登塔。

（8）若是盘形瓷质绝缘子时，地面电工将绝缘子检测装置及绝缘操作杆组装好后传递给塔上电工，塔上电工检测复核所要更换绝缘子串的零值绝缘子，当同串（34片）零值绝缘子达到13片时应立即停止检测，并结束本次带电作业工作（结构高度170mm）。

（9）等电位电工登塔至塔身与下曲背连接处，地面电工传递软梯头及绝缘软梯至下子导线位置，等电位电工控制好绝缘软梯与地面电工配合将软梯安装在单根子导线上。

（10）地面电工传递高强度绝缘保护绳给塔上1号电工，塔上1号电工将绝缘保护绳放至等电位电工，等电位电工打好高强度绝缘保护绳。

（11）等电位电工由下曲背连接处上绝缘软梯站好，地面电工慢慢松绝缘传递绳，让软梯头及绝缘软梯沿下子导线向外滑至距塔身大于1.5m处。

（12）塔上1号电工拉紧绝缘防坠落保护绳，配合等电位电工沿软梯上到头部距下子导线500mm位置后停下，通知工作负责人，得到工作负责人许可后等电位电工进入电位。

（13）等电位电工进入等电位后，不能将安全带系在上子导线上，在高强度绝缘保护绳的保护下进行其他检修作业。

（14）地面电工将专用横担卡具、绝缘吊杆、V串导线四钩卡、联板卡具分别传递给塔上1、2号电工和等电位电工工作位置，塔上1、2号电工和等电位电工配合将绝缘子更换工具安装在被更换侧三角联板和导线上。

（15）地面电工将导线绝缘后备保护绳传递到工作位置。塔上1、2号电工和等电位电工配合将导线后备保护可靠的安装在导线和横担或塔身之间，且塔身、导线后备保护绳控制裕度（长度）适当，确保更换卡具失灵后带电导线与塔身的安全距离。

（16）地面电工将绝缘磨绳、绝缘子串尾绳分别传递给塔上1号电工和等电位电工。

（17）塔上1号电工将绝缘磨绳安装在横担上，等电位电工将绝缘子串尾绳安装在导线侧第1片绝缘子上。

（18）塔上2号电工收紧V串四钩卡丝杠，使更换串绝缘子松弛，等电位电工手抓V串四钩卡冲击检查无误后，拆除碗头螺栓与四联板的连接。

（19）塔上2号电工将磨绳绑扎在第3片绝缘子，地面电工拉紧托瓶架绝缘绳，塔上2号电工拔掉球头挂环与第1片绝缘子处的锁紧销，脱开球头耳环与第1片绝缘子处的连接，地面电工松托瓶架绳使绝缘子串摆至自然垂直。

（20）地面电工松机动绞磨，另一地面电工拉好绝缘子串尾绳，配合将绝缘子串放至地面。

（21）地面电工将绝缘磨绳和绝缘子串尾绳分别转移到新绝缘子串上。

（22）地面电工启动机动绞磨。将新绝缘子串传递至塔上电工 2 号工作位置，塔上 2 号电工恢复新绝缘子与球头挂环的连接，并复位锁紧销。

（23）地面电工与等电位电工配合将绝缘子串拉至导线处并恢复碗头挂板与联板处的连接，等电位电工装好碗头螺栓上的开口销。

（24）等电位电工检查确认导线上连接完好后，经工作负责人同意后，塔上电工和等电位电工配合拆除全部更换工具并传递下塔。

（25）等电位电工检查确认导线上无遗留物后，向工作负责人汇报，得到工作负责人同意后等电位电工退出电位，与塔上 2 号电工下塔。

（26）塔上 1 号电工检查确认塔上无遗留物，报经工作负责人得到同意后携带绝缘传递绳下塔。

（27）地面电工整理所用工器具和清理现场，工作负责人清点工器具。

（28）工作负责人向调度汇报。内容为：本人为工作负责人×××，±500kV ××线路更换绝缘子串工作已结束，杆塔上作业人员已撤离，杆塔、导线上无遗留物，线路设备已恢复原状。

6. 安全措施及注意事项

（1）若在海拔 1000m 以上线路带电作业时，应根据作业区的实际海拔高度，计算修正各类空气间隙、绝缘工具的安全距离和长度、绝缘子片数等，经本单位主管生产领导（总工程师）批准后执行。

（2）本次作业应经现场勘察并编制带电更换直线 V 串的整串绝缘子的现场作业指导书，经本单位技术负责人或主管生产负责人批准后执行。

（3）作业应在良好天气下进行。如遇雷电（听见雷声、看见闪电）、雪雹、雨雾时不得进行带电作业。风力大于 5 级（10m/s）时，不宜进行作业。

（4）若需在相对空气湿度大于 80% 的天气下进行带电作业时，应采用具有防潮性能的绝缘工具。

（5）本次作业需向调度明确：若线路跳闸，不经联系，不得强送电。

（6）杆塔上电工与直流带电体的安全作业距离不得小于 3.4m。等电位电工与接地构架之间安全作业距离不得小于 3.4m。

（7）绝缘传递绳和绝缘软梯的有效绝缘长度不小于 3.4m。绝缘操作杆的有效绝缘长度不小于 3.7m。

（8）等电位电工沿绝缘软梯进入强电场时，作业人员与接地体和带电体之间的组合间隙不得小于 3.8m。在进入电位过程中其人体裸露部分与带电体应保持 0.4m 的距离。

（9）等电位电工转移电位时严禁对等电位电工头部充放电，作业中等电位人员头部不得超过第 4 片绝缘子。

（10）等电位电工应穿戴全套屏蔽服、导电鞋，且各部分应连接良好。屏蔽服内不得贴身穿着化纤类衣服。

（11）塔上电工必须穿着静电防护服、导电鞋，以防感应电的伤害。

（12）地面绝缘工具应放在防潮苦布上，作业人员应戴清洁干燥手套，摇测绝缘电阻值不小于700MΩ（电极宽2cm，极间距2cm）。

（13）若是盘形瓷质绝缘子，作业中扣除人体短接和零值（自爆）绝缘子片数后，良好绝缘子片数不少于22片（结构高度170mm）。

（14）新复合绝缘子必须检查并按说明书安装好均压环，若是盘形绝缘子应用干净毛巾进行表面清洁处理，瓷质绝缘子的绝缘电阻值应不小于500MΩ。

（15）使用的工具、绝缘子上下起吊应用绝缘传递绳，金属工具在起吊传递过程中必须距带电体1.5m以外，再传递给操作人员。

（16）绝缘软梯必须安装可靠，等电位电工在进入电位前应试冲击判断其可靠性，并有高强度绝缘保护绳作后备保护。

（17）所有使用的工器具必须安装可靠，工具受力后应冲击、检查判断其可靠性。

（18）等电位电工从绝缘软梯登上导线后，必须先系挂好安全带才能解开防坠后备保护绳，脱离电位前必须系好防坠后备保护绳后，才能解开安全带，并向负责人申请后才能退出等电位。

（19）等电位电工登绝缘软梯前，应与塔上电工配合试冲击绝缘防坠保护绳的牢固情况，塔上电工高强度绝缘保护绳控制方式应合理、可靠。

（20）作业时必须有导线防脱落和防偏移的后备保护措施，塔身与导线的防偏移保护绳应控制适当。

（21）摘开V形串绝缘子前，必须详细检查联板卡具、绝缘吊杆、V形串四钩卡、联板卡具等受力部件是否正常良好，经检查后认为无问题后方可摘开、更换V形绝缘子串。

（22）利用机动绞磨起吊绝缘子串时，绞磨应放置平稳。磨绳在磨盘上应绕有4～5圈数，绞磨尾绳必须由有带电作业经验的电工控制，随时拉紧。

（23）绝缘工具使用前应用干净毛巾进行表面清洁处理。使用绝缘工具应戴清洁、干燥的手套，以防绝缘工具受潮和污染。收工或转移作业点时，应将绝缘工具装在工具袋内。

（24）在杆塔上作业过程中如遇设备突然停电，作业人员应视设备仍然带电。

（25）塔上电工登杆塔前，应对登高工具和安全带进行检查和冲击试验，全体作业人员必须戴安全帽。

（26）若作业塔上不能保持人身对带电体3.2m（3.4m）安全距离时，应在相邻塔的工作相加装保护间隙，保护间隙安装前的距离应大于2.5m，安装、调试后的距离为1.3m。两电极必须可靠固定在绝缘杆上，横担侧的电极尾线不留裕度，加装保护间隙的人员应穿全套合格的屏蔽服。

（27）上、下杆塔或在杆塔上移位时，作业人员必须攀抓牢固构件，且双手不得持带任何器材。

（28）杆塔上作业时不得失去安全带的保护。

（29）地面电工严禁在作业点垂直下方逗留，塔上电工应防止高空落物，使用的工具、材料应用绳索传递，不得乱扔。

（30）作业人员在杆塔上作业期间，工作监护人应对作业人员进行不间断监护，且不得

从事其他工作。

第二节 ±500kV 耐张绝缘子串

一、±500kV 输电线路地电位法带电更换耐张横担侧第 1 片绝缘子

1. 作业方法

地电位法。

2. 适用范围

适用于 ±500kV 双联耐张横担侧第 1 片绝缘子的更换。

3. 人员组合

本作业项目工作人员共计 4 人。其中工作负责人（监护人）1 人，塔上电工 1 人，地面电工 2 人。

4. 工器具配备

±500kV 地电位法带电更换耐张横担侧第 1 片绝缘子工器具配备一览表见表 6-7。

表 6-7　±500kV 地电位法带电更换耐张横担侧第 1 片绝缘子工器具配备一览表

序号	工器具名称		规格、型号	数量	备　注
1	绝缘工具	绝缘传递绳	SCJS-ϕ10mm	1 根	视作业杆塔高度而定
2		绝缘滑车	0.5t	1 只	
3		绝缘操作杆	500kV	1 根	
4	金属工具	翼形卡前卡	500kV	1 只	适用绝缘子型号、吨位
5		双头丝杆		2 只	
6		闭式卡下卡		1 只	
7		专用接头		2 个	
8		瓷质绝缘子检测装置		1 套	瓷质绝缘子用
9	个人防护用具	静电防护服		2 套	备用 1 套
10		导电鞋		2 双	备用 1 双
11		安全帽		4 顶	
12		安全带		2 根	备用 1 根
13	辅助安全用具	兆欧表		1 块	电极宽 2cm，极间距 2cm
14		对讲机		2 部	
15		防潮苫布	2m×4m	2 块	
16		工具袋		2 只	装绝缘工具用

注　1. 若要挂保护间隙，还需增加工器具。

　　2. 瓷质绝缘子检测装置包括：分布电压检测仪、绝缘电阻检测仪和火花间隙装置等。采用火花间隙装置测零时，每次检测前应用专用塞尺按 DL 415 要求测量放电间隙尺寸。

5. 作业程序

按照本次作业现场勘察后编写的现场作业指导书。

（1）工作负责人向电网调度申请开工，内容为：本人为工作负责人×××，×年×月×日需在±500kV ××线路上进行劣质绝缘子更换作业，本次作业按《国家电网公司电力安全工作规程（电力线路部分）》第 8.1.7 条要求，确定是否停用线路自动再启动装置，若遇线路跳闸，不经联系，不得强送。得到调度许可，核对线路双重名称和杆塔号。

（2）全体工作成员列队，工作负责人现场宣读工作票、交待工作任务、安全措施和技术措施；查（问）看工作人员精神状况、着装情况和工器具是否完好齐全。确认危险点和预防措施，明确作业分工以及安全注意事项。

（3）地面电工采用兆欧表检测绝缘工具的绝缘电阻，检查丝杆、卡具等工具是否完好齐全、静电防护服不得有破损、洞孔和毛刺状等缺陷。

（4）塔上电工必须穿着静电防护服、导电鞋。

（5）塔上电工携带绝缘传递绳登塔至横担处，系挂好安全带，将绝缘滑车和绝缘传递绳在作业横担适当位置安装好。

（6）若是盘形瓷质绝缘子时，地面电工将绝缘子检测装置及绝缘操作杆组装好后传递给塔上电工，塔上电工检测复核所要更换绝缘子串的零值绝缘子，当同串（34 片）零值绝缘子达到 13 片时应立即停止检测，并结束本次带电作业工作（结构高度 170mm）。

（7）地面电工传递翼形卡前卡、双头丝杠、闭式卡下卡至塔上电工作业位置。

（8）塔上电工先利用牵引板安装翼形卡后卡，后将闭式卡下卡安装在横担侧第 4 片绝缘子上，并连接双头丝杠。

（9）塔上电工收双头丝杠，使之稍受力后，检查各受力点有无异常情况。

（10）报经工作负责人同意后，塔上电工取出被换绝缘子的上、下锁紧销，继续收双头丝杠，直至取出绝缘子。

（11）塔上电工用绝缘传递绳系好劣质绝缘子。

（12）地面电工以新旧绝缘子交替法，将新绝缘子拉至横担上作业位置。注意控制好空中上、下两绝缘子的位置，防止发生相互碰撞。

（13）塔上电工换上新绝缘子，并复位上、下锁紧销，1 号电工松双头丝杠，检查新绝缘子安装无误后，报经工作负责人同意后拆除更换工具并传递至地面。

（14）杆塔上电工检查确认塔上无遗留物后，报经工作负责人同意后携带绝缘传递绳下塔。

（15）地面电工整理所用工器具和清理现场，工作负责人清点工器具。

（16）工作负责人向调度汇报。内容为：本人为工作负责人×××，±500kV ××线路上更换劣质绝缘子作业工作已结束，杆塔上作业人员已撤离，杆塔、导线上无遗留物，线路设备已恢复原状。

6. 安全措施及注意事项

（1）若在海拔 1000m 以上线路带电作业时，应根据作业区的实际海拔高度，计算修正各类空气间隙、绝缘工具的安全距离和长度、绝缘子片数等，经本单位主管生产领导（总工程师）批准后执行。

（2）本次作业应经现场勘察并编制带电更换劣化绝缘子的现场作业指导书，经本单位技术负责人或主管生产负责人批准后执行。

（3）作业应在良好天气下进行。如遇雷电（听见雷声、看见闪电）、雪雹、雨雾时不得进行带电作业。风力大于 5 级（10m/s）时，不宜进行作业。

（4）若需在相对空气湿度大于 80% 的天气下进行带电作业时，应采用具有防潮性能的绝缘工具。

（5）本次作业需向调度明确：若线路跳闸，不经联系不得强送电。

（6）杆塔上电工与直流带电体的安全作业距离不得小于 3.4m。

（7）绝缘传递绳和绝缘软梯的有效绝缘长度不小于 3.4m。绝缘操作杆的有效绝缘长度不小于 3.7m。

（8）若是盘形瓷质绝缘子，作业中扣除人体短接和零值（自爆）绝缘子片数后，良好绝缘子个数不少于 22 片（结构高度 170mm）。

（9）塔上电工先安装后卡，在前卡短接第 4 片绝缘子后，方可去安装前卡。绝缘承力工具受力后，须经检查确认，在脱开绝缘子前，应报经工作负责人同意后方可进行。

（10）地面绝缘工具应放在防潮苫布上，作业人员应戴清洁干燥手套，摇测绝缘电阻值不小于 700MΩ（电极宽 2cm，极间距 2cm）。

（11）新绝缘子应用干净毛巾进行表面清洁处理，瓷质绝缘子的绝缘电阻值应大于 500MΩ。

（12）绝缘工具使用前应用干净毛巾进行表面清洁处理。使用绝缘工具应戴清洁、干燥的手套，以防绝缘工具受潮和污染。收工或转移作业点时，应将绝缘工具装在工具袋内。

（13）在杆塔上作业过程中如遇设备突然停电，作业人员应视设备仍然带电。

（14）塔上电工登杆塔前，应对登高工具和安全带进行检查和冲击试验，全体作业人员必须戴安全帽。

（15）若作业塔上不能保持人身对带电体 3.2m（3.4m）安全距离时，应在相邻塔的工作相加装保护间隙，保护间隙安装前的距离应大于 2.5m，安装、调试后的距离为 1.3m。两电极必须可靠固定在绝缘杆上，横担侧的电极尾线不留裕度，加装保护间隙的人员应穿全套合格的屏蔽服。

（16）上、下杆塔或在杆塔上移位时，作业人员必须攀抓牢固构件，且双手不得持带任何器材。

（17）杆塔上作业时不得失去安全带的保护。

（18）地面电工严禁在作业点垂直下方逗留，塔上电工应防止高空落物，使用的工具、材料应用绳索传递，不得乱扔。

（19）作业人员在杆塔上作业期间，工作监护人应对作业人员进行不间断监护，且不得从事其他工作。

二、±500kV 输电线路地电位与等电位配合作业法带电更换耐张串导线端单片绝缘子

1. 作业方法

地电位与等电位配合作业法。

2. 适用范围

适用于±500kV双联耐张串导线端绝缘子的更换。

3. 人员组合

本作业项目工作人员共计5人。其中工作负责人（监护人）1人，等电位电工1人，塔上电工1人，地面电工2人。

4. 工器具配备

±500kV地电位与等电位配合作业法带电更换耐张串导线端单片绝缘子工器具配备一览表见表6-8。

表6-8　　　　　　　　　　±500kV地电位与等电位配合作业法带电更换

耐张串导线端单片绝缘子工器具配备一览表

序号	工器具名称		规格、型号	数量	备　注
1	绝缘工具	绝缘传递绳	SCJS−φ10mm	2根	视作业杆塔高度而定
2		绝缘软梯	SCJS−φ14m×9m	1副	
3		绝缘滑车	0.5t	1只	
4		绝缘操作杆	500kV	1根	
5	金属工具	翼形卡后卡		1只	
6		双头丝杆		2只	
7		闭丝卡上卡		1只	
8		专用接地线		2根	绝缘架空地线用
9		瓷质绝缘子检测装置		1套	瓷质绝缘子用
10		保护间隙		1副	备用
11	个人防护用具	高强度绝缘保护绳	SCJS−φ14mm×9m	1根	防坠落保护用
12		屏蔽服		1套	等电位电工
13		静电防护服		2套	备用1套
14		导电鞋		3双	备用1双
15		安全带		3根	备用1根
16		安全帽		5顶	
17	辅助安全用具	兆欧表	5000V	1块	电极宽2cm，极间距2cm
18		万用表		1块	检测屏蔽服连接导通用
19		防潮苫布	2m×4m	1块	
20		对讲机		2部	
21		工具袋		2只	装绝缘工具用

注　1. 若要挂保护间隙，还需增加工器具。

　　2. 瓷质绝缘子检测装置包括：分布电压检测仪、绝缘电阻检测仪和火花间隙装置等。采用火花间隙装置测零时，每次检测前应用专用塞尺按DL 415要求测量放电间隙尺寸。

5. 作业程序

按照本次作业现场勘察后编写的现场作业指导书。

（1）工作负责人向电网调度申请开工，内容为：本人为工作负责人×××，×年×月×日需在±500kV ××线路上带电更换绝缘子作业，本次作业按《国家电网公司电力安全工作规程（电力线路部分）》第 8.1.7 条要求，确定是否停用线路自动再启动装置，若遇线路跳闸，不经联系，不得强送。得到调度许可，核对线路双重名称和杆塔号。

（2）全体工作成员列队，工作负责人现场宣读工作票、交待工作任务、安全措施和技术措施；查（问）看工作人员精神状况、着装情况和工器具是否完好齐全。确认危险点和预防措施，明确作业分工以及安全注意事项。

（3）地面电工采用兆欧表摇测绝缘工具的绝缘电阻，检查丝杆、卡具等工具是否完好齐全、屏蔽服（静电防护服）不得有破损、洞孔和毛刺状等缺陷。

（4）等电位电工穿着全套屏蔽服（包括帽、衣裤、手套、袜和导电鞋），必要时，屏蔽服内穿阻燃内衣。地面电工负责检查袜裤、裤衣、袖和手套的连接是否完好，用万用表测试袜、裤、衣、手套等连接导通情况。

（5）塔上电工穿着静电防护服、导电鞋，带绝缘传递绳登塔至地线支架处，系挂好安全带，将绝缘滑车和绝缘传递绳在作业地线支架适当位置安装好。

（6）等电位电工携带绝缘传递绳登塔至横担处，系挂好安全带。

（7）若是盘形瓷质绝缘子时，地面电工将绝缘子检测装置及绝缘操作杆组装好后传递给塔上电工，塔上电工检测复核所要更换绝缘子串的零值绝缘子，当同串（34 片）零值绝缘子达到 13 片时应立即停止检测，并结束本次带电作业工作（结构高度 170mm）。

（8）若是绝缘架空地线时，地面电工传递上架空地线专用接地线、绝缘软梯，绝缘软梯头上安装好软梯控制绳。

（9）塔上电工在等电位电工的监护下，在不工作侧将绝缘架空地线可靠接地，随后拆除工作侧绝缘地线的防振锤，然后将软梯头可靠安装在绝缘架空地线上。

（10）等电位电工系好绝缘防坠落绝缘绳，带上绝缘传递绳，在横担处上软梯站好，塔上电工利用软梯头控制绳将绝缘软梯沿绝缘架空地线滑至耐张线夹平行处，报经工作负责人同意后，地面电工利用绝缘软梯尾绳摆动绝缘软梯将等电位电工送入电场。

（11）地面电工将传递闭式卡上卡、翼形卡后卡、双头丝杠至等电位电工作业位置。

（12）等电位电工将安装翼形卡后卡安装在导线侧联板上，闭式卡上卡安装在导线侧第 4 片绝缘子上，并连接好双头丝杠。

（13）等电位电工收双头丝杠，使之稍稍受力后，试冲击检查各受力点有无异常情况。

（14）报经工作负责人同意后，等电位电工取出被换绝缘子的上、下锁紧销，继续收双头丝杠，直至取出绝缘子。

（15）等电位电工用绝缘传递绳系好劣质绝缘子。

（16）地面电工以新旧绝缘子串交替法，将新绝缘子串拉至横担上挂好。注意控制好空中上、下两绝缘子的位置，防止发生相互碰撞。

（17）等电位电工换上新绝缘子，复位上、下锁紧销，随后松双头丝杠，检查新绝缘子安装无误，报经工作负责人同意后拆除工具并传递至地面。

（18）等电位电工检查确认导线上无遗留物后，报经工作负责人同意后携带绝缘传递绳登上绝缘软梯站稳。

（19）经工作负责人同意后，地面电工拉好绝缘软梯尾绳配合等电位电工脱离电位。

（20）塔上电工在地线顶架处利用绝缘软梯控制绳将绝缘软梯沿绝缘架空地线拉至横担处。

（21）塔上电工与地面电工配合拆除全部工具，并恢复地线防振锤的安装。

（22）在等电位电工的监护下，塔上电工拆除绝缘地线专用接地线。随后两作业电工下塔。

（23）塔上电工检查确认塔上无遗留工具后，向工作负责人汇报，得到工作负责人同意后背绝缘传递绳平稳下塔。

（24）地面电工整理所用工器具和清理现场，工作负责人清点工器具。

（25）工作负责人向调度汇报。内容为：本人为工作负责人×××，±500kV ××线路上带电更换绝缘子工作已结束，杆塔上作业人员已撤离，杆塔、导线上无遗留物，线路设备已恢复原状。

6. 安全措施及注意事项

（1）若在海拔 1000m 以上线路上带电作业时，应根据作业区的实际海拔高度，计算修正各类空气间隙、绝缘工具的安全距离和长度、绝缘子片数等，经本单位主管生产领导（总工程师）批准后执行。

（2）本次作业应经现场勘察并编制带电更换耐张导线侧绝缘子的现场作业指导书，经本单位技术负责人或主管生产负责人批准后执行。

（3）作业应在良好天气下进行。如遇雷电（听见雷声、看见闪电）、雪雹、雨雾时不得进行带电作业。风力大于 5 级（10m/s）时，不宜进行作业。

（4）若需在相对空气湿度大于 80% 的天气下进行带电作业时，应采用具有防潮性能的绝缘工具。

（5）本次作业需向调度明确：若线路跳闸，不经联系不得强送电。

（6）杆塔上电工与直流带电体的安全作业距离不得小于 3.4m。等电位电工与接地构架之间安全作业距离不得小于 3.4m。

（7）绝缘传递绳和绝缘软梯的有效绝缘长度不小于 3.4m。绝缘操作杆的有效绝缘长度不小于 3.7m。

（8）等电位电工沿绝缘软梯进入强电场时，作业人员与接地体和带电体之间的组合间隙不得小于 3.8m。在进入电位过程中其人体裸露部分与带电体应保持 0.4m 的距离。

（9）在更换导线侧绝缘子作业中，等电位人员头部不得超过第 4 片绝缘子。

（10）地面绝缘工具应放在防潮苫布上，作业人员应戴清洁干燥手套，摇测绝缘电阻值不小于 700MΩ（电极宽 2cm，极间距 2cm）。

（11）若是盘形瓷质绝缘子，作业中扣除人体短接和零值（自爆）绝缘子片数后，良好绝缘子片数不少于 22 片（结构高度 170mm）。

（12）现场使用的工具在使用前和使用后必须详细检查，是否有损坏、变形和失灵等问题。

（13）等电位电工应穿戴全套屏蔽服、导电鞋，且各部分应连接良好。屏蔽服内不得贴身穿着化纤类衣服。

（14）塔上电工必须穿着静电防护服、导电鞋，以防感应电的伤害。

（15）利用绝缘架空地线悬挂绝缘软梯作业前，应将绝缘架空地线可靠接地。等电位电工应严格监护塔上电工挂、拆绝缘架空地线专用接地线。

（16）挂设的绝缘架空地线专用接地线上源源不断地流有感应电流，作业人员应严格按安规挂、拆接地线的规定进行，且裸手不得碰触铜接地线。

（17）等电位电工从绝缘软梯登上导线后，必须先系挂好安全带，脱离电位前必须系好高强度绝缘保护绳后，再解开安全带前应报经负责人同意。

（18）等电位电工登软梯前，应与地面电工配合试冲击防坠保护绳的牢固情况，地面电工高强度绝缘保护绳控制方式应合理、可靠。

（19）使用的工具、绝缘子上下传递应用绝缘传递绳，卡具、绝缘子传递时不得与耐张串碰撞。

（20）所有使用的器具必须安装可靠，工具受力后应冲击、检查判断其可靠性。

（21）新绝缘子应用干净毛巾进行表面清洁处理，瓷质绝缘子的绝缘电阻值应大于500MΩ。

（22）绝缘工具使用前应用干净毛巾进行表面清洁处理，使用绝缘工具应戴清洁、干燥的手套，以防绝缘工具受潮和污染。收工或转移作业点时，应将绝缘工具装在工具袋内。

（23）在杆塔上作业过程中如遇设备突然停电，作业人员应视设备仍然带电。

（24）塔上电工登杆塔前，应对登高工具和安全带进行检查和冲击试验，全体作业人员必须戴安全帽。

（25）若作业塔上不能保持人身对带电体 3.4m 安全距离时，应在相邻塔的工作相加装保护间隙，保护间隙安装前的距离应大于 2.5m，安装、调试后的距离为 1.3m。两电极必须可靠固定在绝缘杆上，横担侧的电极尾线不留裕度，加装保护间隙的人员应穿全套合格的屏蔽服。

（26）上、下杆塔或在杆塔上移位时，作业人员必须攀抓牢固构件，且双手不得持带任何器材。

（27）杆塔上作业时不得失去安全带的保护。

（28）地面电工严禁在作业点垂直下方逗留，塔上电工应防止高空落物，使用的工具、材料应用绳索传递，不得乱扔。

（29）作业人员在杆塔上作业期间，工作监护人应对作业人员进行不间断监护，且不得从事其他工作。

三、±500kV 输电线路沿耐张绝缘子串自由式进入等电位作业法带电更换耐张双联串任意单片绝缘子

1. 作业方法

沿耐张绝缘子串自由式进入等电位作业法。

2. 适用范围

适用于±500kV 双联耐张任意单片绝缘子更换。

3. 人员组合

本作业项目工作人员共计 4 人。其中工作负责人（监护人）1 人，等电位电工 1 人，地面电工 2 人。

4. 工器具配备

±500kV 沿耐张绝缘子串自由式进入等电位作业法带电更换耐张双联串任意单片绝缘子工器具配备一览表见表 6-9。

表 6-9 　　　　　±500kV 沿耐张绝缘子串自由式进入等电位作业法带电
更换耐张双联串任意单片绝缘子工器具配备一览表

序号	工器具名称		规格、型号	数量	备　注
1	绝缘工具	绝缘传递绳	SCJS−ϕ10mm	1 根	视作业杆塔高度而定
2		绝缘滑车	0.5t	1 只	
3		绝缘操作杆	500kV	1 根	瓷质绝缘子用
4	金属工具	闭式卡		1 只	
5		双头丝杆		2 只	
6		瓷质绝缘子检测装置		1 套	瓷质绝缘子用
7		保护间隙		1 副	备用
8	个人防护用具	高强度绝缘保护绳	SCJS−ϕ14mm×9m	1 根	防坠落保护用
9		屏蔽服		1 套	等电位电工
10		静电防护服		1 套	备用
11		导电鞋		2 双	备用 1 双
12		安全带		2 根	备用 1 根
13		安全帽		4 顶	
14	辅助安全用具	兆欧表	5000V	1 块	电极宽 2cm，极间距 2cm
15		万用表		1 块	检测屏蔽服连接导通用
16		防潮苫布	2m×4m	2 块	
17		工具袋		2 只	装绝缘工具用

注 1. 若要挂保护间隙，还需增加工器具。

　　2. 瓷质绝缘子检测装置包括：分布电压检测仪、绝缘电阻检测仪和火花间隙装置等。采用火花间隙装置测零时，每次检测前应用专用塞尺按 DL 415 要求测量放电间隙尺寸。

5. 作业程序

按照本次作业现场勘察后编写的现场作业指导书。

（1）工作负责人向电网调度申请开工，内容为：本人为工作负责人×××，×年×月×日需在±500kV ××线路上带电更换绝缘子作业，本次作业按《国家电网公司电力安全工作规程（电力线路部分）》第 8.1.7 条要求，确定是否停用线路自动再启动装置，若遇线路跳闸，不经联系，不得强送。得到调度许可，核对线路双重名称和杆塔号。

（2）全体工作成员列队，工作负责人现场宣读工作票、交待工作任务、安全措施和技术措施；查（问）看工作人员精神状况、着装情况和工器具是否完好齐全。确认危险点和预防措施，明确作业分工以及安全注意事项。

（3）地面电工采用兆欧表摇测绝缘工具的绝缘电阻，检查丝杠、卡具等工具是否完好齐全、屏蔽服不得有破损、洞孔和毛刺状等缺陷。

（4）等电位电工穿着全套屏蔽服（包括帽、衣裤、手套、袜和导电鞋），屏蔽服内必要时穿着阻燃内衣。地面电工负责检查袜裤、裤衣、袖和手套的连接是否完好，用万用表测试袜、裤、衣、手套等连接导通情况。

（5）等电位电工携带绝缘传递绳登塔至横担处，系挂好安全带，将绝缘滑车和绝缘传递绳在作业横担适当位置安装好。

（6）若是盘形瓷质绝缘子时，地面电工将瓷质绝缘子检测装置及绝缘操作杆组装好后传递给塔上电工，塔上电工检测复核所要更换绝缘子串的零值绝缘子，当同串（34 片）零值绝缘子达到 13 片时应立即停止检测，并结束本次带电作业工作（结构高度 170mm）。

（7）等电位电工系好高强度绝缘保护绳，带好绝缘传递绳，报经工作负责人同意后，沿绝缘子串进入作业点，进入电位时双手抓扶一串，双脚踩另一串，采用跨二短三方法平行移动进到工作位置（如图 4-1 所示）。

（8）地面电工用绝缘传递绳将闭式卡、双头丝杠传递至等电位电工作业位置。

（9）等电位电工将闭式卡、双头丝杠安装在被更换绝缘子的两侧，并连接好双头丝杠。

（10）等电位电工收双头丝杠，使之稍稍受力后，冲击试验检查各受力点有无异常情况。

（11）报经工作负责人同意后，等电位电工取出被换绝缘子的上、下锁紧销，继续收双头丝杆，直至取出绝缘子。

（12）等电位电工用绝缘传递绳系好劣质绝缘子。

（13）地面电工以新旧绝缘子串交替法，将新绝缘子串拉至横担上挂好。注意控制好空中上、下两绝缘子的位置，防止发生相互碰撞。

（14）等电位电工换上新绝缘子，复位上、下锁紧销，1 号电工松双头丝杠，检查新绝缘子安装无误后，报经工作负责人同意后拆除工具并传递至地面。

（15）等电位电工检查确认绝缘子串上无遗留物，报经经工作负责人同意后携带绝缘传递绳沿绝缘子串退回横担侧。

（16）等电位电工检查确认塔上无遗留物，报经工作负责人同意后携带绝缘传递绳下塔。

（17）地面电工整理所用工器具和清理现场，工作负责人清点工器具。

（18）工作负责人向调度汇报。内容为：本人为工作负责人×××，±500kV ××线路上更换绝缘子工作已结束，杆塔上作业人员已撤离，杆塔、导线上无遗留物，线路设备已恢复原样。

6. 安全措施及注意事项

（1）若在海拔1000m以上线路上带电作业时，应根据作业区的实际海拔高度，计算修正各类空气间隙、绝缘工具的安全距离和长度、绝缘子片数等，经本单位主管生产领导（总工程师）批准后执行。

（2）本次作业应经现场勘察并编制带电更换耐张串任意片绝缘子的现场作业指导书，经本单位技术负责人或主管生产负责人批准后执行。

（3）作业应在良好天气下进行。如遇雷电（听见雷声、看见闪电）、雪雹、雨雾时不得进行带电作业。风力大于5级（10m/s）时，不宜进行作业。

（4）若需在相对空气湿度大于80%的天气下进行带电作业时，应采用具有防潮性能的绝缘工具。

（5）本次作业需向调度明确：若线路跳闸，不经联系不得强送电。

（6）杆塔上电工与直流带电体的安全作业距离不得小于3.4m。等电位电工与接地构架之间安全作业距离不得小于3.4m。

（7）绝缘传递绳和绝缘软梯的有效绝缘长度不小于3.4m。绝缘操作杆的有效绝缘长度不小于3.7m。

（8）等电位电工沿绝缘软梯进入强电场时，作业人员与接地体和带电体之间的组合间隙不得小于3.8m。在进入电位过程中其人体裸露部分与带电体应保持0.4m的距离。

（9）地面绝缘工具应放在防潮苫布上，作业人员应戴清洁干燥手套，摇测绝缘电阻值不小于700MΩ（电极宽2cm，极间距2cm）。

（10）现场使用的工具在使用前和使用后必须详细检查，是否有损坏、变形和失灵等问题。

（11）等电位电工应穿戴全套屏蔽服、导电鞋，且各部分应连接良好。屏蔽服内不得贴身穿着化纤类衣服。

（12）采用自由作业法进入电位时，扣除人体短接和劣质（自爆）绝缘子，其良好绝缘子不得少于22片（结构高度170mm）。

（13）使用的工具、绝缘子上下传递应用绝缘传递绳，卡具、绝缘子传递时不得与耐张串碰撞。

（14）所有使用的器具必须安装可靠，工具受力后应冲击、检查判断其可靠性。

（15）新绝缘子应用干净毛巾进行表面清洁处理，瓷质绝缘子的绝缘电阻值应大于500MΩ。

（16）绝缘工具使用前应用干净毛巾进行表面清洁处理。使用绝缘工具应戴清洁、干燥的手套，以防绝缘工具受潮和污染。收工或转移作业点时，应将绝缘工具装在工具袋内。

（17）在杆塔上作业过程中如遇设备突然停电，作业人员应视设备仍然带电。

（18）塔上电工登杆塔前，应对登高工具和安全带进行检查和冲击试验，全体作业人员必须戴安全帽。

（19）若作业塔上不能保持人身对带电体3.4m安全距离时，应在相邻塔的工作相加装保护间隙，保护间隙安装前的距离应大于2.5m，安装、调试后的距离为1.3m。两电极必须可靠固定在绝缘杆上，横担侧的电极尾线不留裕度，加装保护间隙的人员应穿全套合格的屏蔽服。

（20）上、下杆塔或在杆塔上移位时，作业人员必须攀抓牢固构件，且双手不得持带任何器材。

（21）杆塔上作业时不得失去安全带的保护。

（22）地面电工严禁在作业点垂直下方逗留，塔上电工应防止高空落物，使用的工具、材料应用绳索传递，不得乱扔。

（23）作业人员在杆塔上作业期间，工作监护人应对作业人员进行不间断监护，且不得从事其他工作。

四、±500kV 输电线路等电位与地电位配合丝杠紧线杆法带电更换耐张双联整串绝缘子

1. 作业方法

等电位与地电位配合丝杠紧线杆法。

2. 适用范围

适用于±500kV 双联耐张串更换任意整串绝缘子。

3. 人员组合

本作业项目工作人员共计 8 人。其中工作负责人（监护人）1 人，等电位电工 1 人，塔上电工 2 人，地面电工 4 人。

4. 工器具配备

±500kV 等电位与地电位配合丝杠紧线杆法带电更换耐张双联整串绝缘子工器具配备一览表见表 6-10。

表 6-10　　　　±500kV 等电位与地电位配合丝杠紧线杆法带电
更换耐张双联整串绝缘子工器具配备一览表

序号	工器具名称		规格、型号	数量	备　注
1	绝缘工具	绝缘传递绳	SCJS-ϕ10mm	2 根	视作业杆塔高度而定
2		绝缘软梯	SCJS-ϕ14mm×9m	1 副	
3		绝缘滑车	0.5t	1 只	
4		绝缘拉杆	ϕ32mm	1 根	
5		绝缘磨绳	SCJS-ϕ18mm	1 根	视作业杆塔高度而定
6		绝缘滑车	1t	1 只	
7		绝缘操作杆	500kV	1 根	
8	金属工具	YK50 翼形卡		1 只	
9		支撑滑车		1 只	
10		软梯挂头		1 个	
11		张力转移器		1 套	
12		小闭式卡		1 只	

续表

序号	工器具名称		规格、型号	数量	备 注
13	金属工具	机动绞磨		1台	
14		钢丝千斤		4根	
15		专用接头		2个	
16		瓷质绝缘子检测装置		1套	瓷质绝缘子用
17		保护间隙		1副	备用
18	个人防护用具	高强度绝缘保护绳	SCJS−ϕ14mm×9m	2根	防坠落保护用
19		屏蔽服		1套	等电位电工
20		静电防护服		3套	备用1套
21		导电鞋		4双	备用1双
22		安全带		4根	备用1根
23		安全帽		8顶	
24	辅助安全用具	兆欧表	5000V	1块	电极宽2cm，极间距2cm
25		万用表		1块	检测屏蔽服连接导通用
26		防潮苫布	2m×4m	2块	
27		专用接地线		1根	绝缘架空地线用
28		对讲机		2部	
29		工具袋		2只	装绝缘工具用

注 1. 若要挂保护间隙，还需增加工器具。

　　2. 瓷质绝缘子检测装置包括：分布电压检测仪、绝缘电阻检测仪和火花间隙装置等。采用火花间隙装置测零时，每次检测前应用专用塞尺按 DL 415 要求测量放电间隙尺寸。

5. 作业程序

按照本次作业现场勘察后编写的现场作业指导书。

（1）工作负责人向电网调度申请开工，内容为：本人为工作负责人×××，×年×月×日需在±500kV ××线路上更换劣化绝缘子工作，本次作业按《国家电网公司电力安全工作规程（电力线路部分）》第 8.1.7 条要求，确定是否停用线路自动再启动装置，若遇线路跳闸，不经联系，不得强送。得到调度许可，核对线路双重名称和杆塔号。

（2）全体工作成员列队，工作负责人现场宣读工作票、交待工作任务、安全措施和技术措施；查（问）看工作人员精神状况、着装情况和工器具是否完好齐全。确认危险点和预防措施，明确作业分工以及安全注意事项。

（3）地面电工采用兆欧表摇测绝缘工具的绝缘电阻，检查丝杠、卡具等工具是否完好齐全、屏蔽服不得有破损、洞孔和毛刺状等缺陷。

（4）等电位电工穿着全套屏蔽服（包括帽、衣裤、手套、袜和导电鞋），必要时，屏蔽服内穿阻燃内衣。地面电工负责检查袜裤、裤衣、袖和手套的连接是否完好，用万用表测试袜、裤、衣、手套等连接导通情况。

（5）塔上电工必须穿着静电防护服、导电鞋。

（6）塔上 1 号电工携带绝缘传递绳登塔至横担处，系挂好安全带，将绝缘滑车和绝缘传递绳在作业横担适当位置安装好。

（7）若是盘形瓷质绝缘子时，地面电工将绝缘子检测装置及绝缘操作杆组装好后传递给塔上电工，塔上电工检测复核所要更换绝缘子串的零值绝缘子，当同串（34 片）零值绝缘子达到 13 片时应立即停止检测，并结束本次带电作业工作（结构高度 170mm）。

（8）塔上 2 号电工带绝缘传递绳登塔至地线支架处，系挂好安全带，将绝缘滑车和绝缘传递绳在作业地线支架适当位置安装好。

（9）若是绝缘架空地线时，地面电工利用绝缘传递绳将绝缘架空地线专用接地线、绝缘软梯等传递至上地线支架作业位置，软梯头上安装好绝缘软梯控制绳。

（10）塔上 2 号电工在塔上 1 号电工的监护下，在不工作侧将绝缘架空地线可靠接地，拆除工作侧地线防振锤，然后将软梯头可靠安装在绝缘架空地线上。塔上 1 号电工严格监护。

（11）等电位电工系好高强度绝缘保护绳，带上传递绳，在横担处登上绝缘软梯站好，塔上 2 号电工在地线支架处利用软梯头控制绳将绝缘软梯沿绝缘架空地线滑至耐张线夹出口处，地面电工控制绝缘软梯尾绳摆动绝缘软梯将等电位电工送入等电位。

（12）地面电工传递翼形卡前卡至塔上 1 号电工作业位置。

（13）塔上 1 号电工将安装翼形卡前卡安装在横担侧牵引板上。

（14）地面电工起吊翼形卡后卡至等电位电工作业位置。

（15）等电位电工将均压环安装槽钢与三角联板连接处靠绝缘子串侧的两个紧固螺栓拆除，装上翼形卡后卡。

（16）地面电工配合分别传递绝缘拉杆至等电位电工、塔上 1 号电工作业位置，由等电位电工、塔上 1 号电工配合安装翼形卡前、后卡之间。

（17）地面电工控制绝缘反束绳，由等电位电工、塔上 1 号电工配合安装横担侧施工预留孔和导线侧三角处的 U 形环上，等电位电工将绝缘反束绳的端部打在导线侧第 3 片绝缘子上。

（18）地面电工地面起吊张力转移器和小闭式卡至横担位置，由塔上 1、2 号电工配合安装在横担和第 1 片绝缘子上，

（19）地面电工传递绝缘子串尾绳至等电位电工作业位置，由等电位电工安装在导线侧第 1 片绝缘子上。

（20）地面电工地面传递上绝缘磨绳，由塔上 1 号电工安装在不更换一侧的牵引板上，绝缘磨绳的端部打在横担侧被更换绝缘子串的第 3 片绝缘子上。

（21）塔上 1 号电工操作翼形卡具上的丝杆，使绝缘拉杆稍稍受力后，检查各受力点无异常情况后，继续收紧丝杆直至绝缘子串与绝缘拉杆间的弧垂 300mm 左右。

（22）塔上 2 号电工收紧张力转移器，配合塔上 1 号电工拆开平行板与球头挂环之间的连接，塔上 2 号电工松张力转移器使绝缘子串与绝缘拉杆间的弧垂大于 500mm。

（23）地面电工先将反束绳缠绕上绞磨，拉好绞磨尾绳，启动绞磨收紧绝缘反束绳使之

受力，配合等电位电工脱开碗头挂板与三角联板的连接螺栓。

（24）地面电工拉好绝缘子串尾绳，逐渐松机动绞磨的绝缘磨绳，使绝缘子串旋转至自然垂直。

（25）地面电工换上绝缘磨绳，拉好绞磨尾绳，启动绞磨提升绝缘子串，配合塔上1号电工脱开张力转移器，地面电工配合将旧绝缘子串放至地面。

（26）地面电工配合起吊新绝缘子串至横担作业位置，塔上1号电工在绝缘子串第1片绝缘子上安装好张力转移器。

（27）地面电工松出绝缘磨绳换上绝缘反束绳，拉好绞磨尾绳，控制好绝缘子串尾绳，将绝缘子串拉至等电位电工工作位置，配合等电位电工恢复碗头挂板与三角联板的连接。

（28）等电位电工和塔上电工检查绝缘子串安装无误后，报经工作负责人同意后，塔上1号电工松翼形卡丝杆，等电位电工与塔上电工配合拆除全部紧线工具并传递下塔。

（29）等电位电工检查确认导线上无遗留工具后，向工作负责人汇报，得到工作负责人同意后携带绝缘传递绳登上绝缘软梯站稳。

（30）地面电工拉好绝缘软梯尾绳，报经工作负责人同意后等电位电工退出等电位。

（31）塔上1号电工利用绝缘软梯控制绳将绝缘软梯沿绝缘架空地线拉至横担处，等电位电工随后下塔。

（32）塔上2号电工与地面电工配合拆除全部工具并传递下塔，恢复地线防振锤的安装，塔上1号电工在塔上2号电工的监护下，拆除绝缘架空地线的专用接地线。

（33）塔上1号电工检查确认塔上无遗留物后，报经工作负责人同意后携带绝缘传递绳下塔。

（34）地面电工整理所用工器具和清理现场，工作负责人清点工器具。

（35）工作负责人向调度汇报。内容为：本人为工作负责人×××，±500kV ××线路上更换劣质绝缘子工作已结束，杆塔上作业人员已撤离，杆塔、导线上无遗留物，线路设备已恢复原状。

6. 安全措施及注意事项

（1）若在海拔1000m以上线路上带电作业时，应根据作业区的实际海拔高度，计算修正各类空气间隙、绝缘工具的安全距离和长度、绝缘子片数等，经本单位主管生产领导（总工程师）批准后执行。

（2）本次作业应经现场勘察并编制带电更换耐张劣质绝缘子串现场作业指导书，经本单位技术负责人或主管生产负责人批准后执行。

（3）作业应在良好天气下进行。如遇雷电（听见雷声、看见闪电）、雪雹、雨雾时不得进行带电作业。风力大于5级（10m/s）时，不宜进行作业。

（4）若需在相对空气湿度大于80%的天气下进行带电作业时，应采用具有防潮性能的绝缘工具。

（5）本次作业需向调度明确：若线路跳闸，不经联系不得强送电。

（6）杆塔上电工与直流带电体的安全作业距离不得小于3.4m。等电位电工与接地构架之间安全作业距离不得小于3.4m。

（7）绝缘传递绳和绝缘软梯的有效绝缘长度不小于3.4m。绝缘操作杆的有效绝缘长度不小于 3.7m。

（8）等电位电工沿绝缘软梯进入强电场时，作业人员与接地体和带电体之间的组合间隙不得小于 3.8m。在进入电位过程中其人体裸露部分与带电体应保持 0.4m 的距离。

（9）绝缘架空地线应视为带电体，塔上电工对绝缘架空地线的安全距离不得小于 0.4m。

（10）利用绝缘架空地线悬挂绝缘软梯作业前，应将绝缘架空地线可靠接地。塔上另一电工严格监护塔上 1 号电工挂、拆绝缘架空地线专用接地线。

（11）挂设的绝缘架空地线专用接地线上源源不断流有感应电流，作业人员应严格按安规挂、拆接地线的规定进行，且裸手不得碰触铜接地线。

（12）若是盘形瓷质绝缘子，作业中扣除人体短接和零值（自爆）绝缘子片数后，良好绝缘子个数不少于 22 片（结构高度 170mm）。

（13）地面绝缘工具应放在防潮苦布上，作业人员应戴清洁干燥手套，摇测绝缘电阻值不小于 700MΩ（电极宽 2cm，极间距 2cm）。

（14）现场使用的工器具在使用前和使用后必须详细检查，是否有损坏、变形和失灵等问题。

（15）等电位电工应穿戴全套屏蔽服、导电鞋，且各部分应连接良好。屏蔽服内不得贴身穿着化纤类衣服。

（16）塔上电工必须穿着静电防护服、导电鞋，以防感应电的伤害。

（17）等电位电工从绝缘软梯登上导线后，必须先系挂好安全带才能解开防坠后备保护绳，脱离电位前必须系好防坠后备保护绳后，再解开安全带向负责人申请下绝缘软梯。

（18）等电位电工登软梯前，应与地面电工配合试冲击防坠保护绳的牢固情况，地面电工防坠保护绳控制方式应合理、可靠。

（19）利用机动绞磨起吊绝缘子串时，绞磨应放置平稳。磨绳应在磨盘上绕有 4～5 圈数，绞磨尾绳由有带电作业经验的电工控制，随时拉紧。

（20）地面电工利用机动绞磨起吊和松放绝缘子串时，绝缘子串尾绳必须牢固可靠。

（21）使用的工具、瓷瓶上下传递应用绝缘传递绳，金属工具在起吊传递过程中必须距带电体 1.5m 以外，到达工作位置后应先等电位，再传移给操作电工。

（22）所有使用的器具必须安装可靠，工具受力后应冲击、检查判断其可靠性。

（23）新复合绝缘子必须检查并按说明书安装好均压环，若是盘形绝缘子应用干净毛巾进行表面清洁处理，瓷质绝缘子的绝缘电阻值不小于 500MΩ。

（24）绝缘工具使用前应用干净毛巾进行表面清洁处理。使用绝缘工具应戴清洁、干燥的手套，以防绝缘工具受潮和污染。收工或转移作业点时，应将绝缘工具装在工具袋内。

（25）在杆塔上作业过程中如遇设备突然停电，作业人员应视设备仍然带电。

（26）塔上电工登杆塔前，应对登高工具和安全带进行检查和冲击试验，全体作业人员必须戴安全帽。

（27）若作业塔上不能保持人身对带电体 3.2m（3.4m）安全距离时，应在相邻塔的工作相加装保护间隙，保护间隙安装前的距离应大于 2.5m，安装、调试后的距离为 1.3m。两电极必须可靠固定在绝缘杆上，横担侧的电极尾线不留裕度，加装保护间隙的人员应穿全套合格的屏蔽服。

（28）上、下杆塔或在杆塔上移位时，作业人员必须攀抓牢固构件，且双手不得持带任何器材。

（29）杆塔上作业时不得失去安全带的保护。

（30）地面电工严禁在作业点垂直下方逗留，塔上电工应防止高空落物，使用的工具、材料应用绳索传递，不得乱扔。

（31）作业人员在杆塔上作业期间，工作监护人应对作业人员进行不间断监护，且不得从事其他工作。

第三节 ±500kV 金具及附件

一、±500kV 输电线路地电位法带电更换架空地线防振锤

1. 作业方法

地电位法。

2. 适用范围

适用于 ±500kV 线路架空地线防振锤更换作业。

3. 人员组合

本作业项目工作人员共计 3 人。其中工作负责人 1 人，塔上电工 1 人，地面电工 1 人。

4. 工器具配备

±500kV 地电位法带电更换架空地线防振锤工器具配备一览表见表 6-11。

表 6-11　　±500kV 地电位法带电更换架空地线防振锤工器具配备一览表

序号	工器具名称		规格、型号	数量	备 注
1	绝缘工具	绝缘传递绳	SCJS−ϕ10mm	2 根	视作业杆塔高度而定
2		绝缘滑车	0.5t	1 只	
3		扭矩扳手		1 把	紧固防振锤螺栓用
4	个人防护用具	静电防护服		1 套	塔上电工穿
5		导电鞋		2 双	备用 1 双
6		安全带		2 根	备用 1 根
7		安全帽		3 顶	
8	辅助安全用具	兆欧表	5000V	1 块	电极宽 2cm，极间距 2cm
9		防潮苫布	2m×4m	1 块	
10		工具袋		2 只	装绝缘工具用

注　若是绝缘架空地线时，应增加塔上电工和工器具，视绝缘架空地线为带电体。

5. 作业程序

按照本次作业现场勘察后编写的现场作业指导书。

（1）工作负责人向局调度员申请开工后，内容为：本人为工作负责人×××，×年×月×日需在±500kV ××线路上更换架空地线防振锤作业，本次作业按《国家电网公司电力安全工作规程（电力线路部分）》第 8.1.7 条要求，确定是否停用线路自动再启动装置，若遇线路跳闸，不经联系，不得强送。得到调度许可，核对线路双重名称和杆塔号。

（2）全体工作成员列队，工作负责人现场宣读工作票、交待工作任务、安全措施和技术措施；查（问）看工作人员精神状况、着装情况和工器具是否完好齐全。确认危险点和预防措施，明确作业分工以及安全注意事项。

（3）地面电工采用兆欧表检测绝缘工具的绝缘电阻，检查其他工具是否完好、齐全、合格，无损伤、变形、失灵现象、静电防护服不得有破损、洞孔和毛刺状等缺陷。

（4）塔上电工必须穿着静电防护服、导电鞋。

（5）塔上电工携带绝缘传递绳登塔至地线顶架处，系挂好安全带，将绝缘滑车和绝缘传递绳在作业横担适当位置安装好。

（6）塔上电工报经工作负责人同意后，拆除需更换的地线防振锤。

（7）塔上电工与地面电工配合用绝缘传递绳用绝缘传递绳将旧防振锤传递下，同时新防振锤跟随至工作位置，塔上电工在旧防振锤处安装上新防振锤，用扭矩扳手拧紧防振锤螺栓规格的螺栓扭矩值合格。

（8）塔上电工检查新安装的防振锤无误，检查确认塔上无遗留工具后，报经工作负责人同意后拆除更换工具并下塔。

（9）地面电工整理所用工器具和清理现场，工作负责人清点工器具。

（10）工作负责人向调度汇报。内容为：本人为工作负责人×××，在±500kV ××线路上更换架空地线防振锤工作已结束，杆塔上作业人员已撤离，杆塔、导线上无遗留物，线路设备已恢复原状。

6. 安全措施及注意事项

（1）若在海拔 1000m 以上线路上带电作业时，应根据作业区的实际海拔高度，计算修正各类空气间隙、绝缘工具的安全距离和长度等，经本单位主管生产领导（总工程师）批准后执行。

（2）本次作业应经现场勘察并编制带电更换架空地线防振锤现场作业指导书，经本单位技术负责人或主管生产负责人批准后执行。

（3）作业应在良好天气下进行。如遇雷电（听见雷声、看见闪电）、雪雹、雨雾时不得进行带电作业。风力大于 5 级（10m/s）时，不宜进行作业。

（4）若需在相对空气湿度大于 80%的天气下进行带电作业时，应采用具有防潮性能的绝缘工具。

（5）本次作业需向调度明确：若线路跳闸，不经联系不得强送电。

（6）杆塔上电工与直流带电体的安全作业距离不得小于 3.4m。

（7）绝缘传递绳的有效绝缘长度不小于 3.4m。

（8）塔上电工必须穿戴静电防护服、导电鞋，以防感应电的伤害。

（9）地面绝缘工具应放在防潮苫布上，作业人员应戴清洁干燥手套，摇测绝缘电阻值不小于 700MΩ（电极宽 2cm，极间距 2cm）。

（10）绝缘工具使用前应用干净毛巾进行表面清洁处理，使用绝缘工具应戴清洁、干燥的手套，以防绝缘工具受潮和污染。收工或转移作业点时，应将绝缘工具装在工具袋内。

（11）在杆塔上作业过程中如遇设备突然停电，作业人员应视设备仍然带电。

（12）塔上电工登杆塔前，应对登高工具和安全带进行检查和冲击试验，全体作业人员必须戴安全帽。

（13）上、下杆塔或在杆塔上移位时，作业人员必须攀抓牢固构件，且双手不得持带任何器材。

（14）杆塔上作业时不得失去安全带的保护。

（15）地面电工严禁在作业点垂直下方逗留，塔上电工应防止高空落物，使用的工具、材料应用绳索传递，不得乱扔。

（16）作业人员在杆塔上作业期间，工作监护人应对作业人员进行不间断监护，且不得从事其他工作。

二、±500kV 输电线路地电位法带电更换直线单联绝缘子串横担侧金具

1. 作业方法

地电位法。

2. 适用范围

适用于±500kV 直线单联绝缘子串横担侧金具更换。

3. 人员组合

本作业项目工作人员共计 4 人。其中工作负责人（监护人）1 人，塔上电工 2 人，地面配合电工 1 人。

4. 工器具配备

±500kV 地电位法带电更换直线单联绝缘子串横担侧金具工器具配备一览表见表 6-12。

表 6-12　　　　　±500kV 地电位法带电更换直线单联绝缘子
串横担侧金具工器具配备一览表

序号	工器具名称		规格、型号	数量	备　注
1	绝缘工具	绝缘传递绳	SCJS-ϕ10mm	1 根	视作业杆塔高度而定
2		绝缘滑车	0.5t	1 只	
3		高强度绝缘绳	SCJS-ϕ32mm×8m	1 根	导线后备保护绳
4		绝缘操作杆	500kV	1 根	
5	金属工具	平面丝杆		2 根	
6		闭式卡下卡		1 只	
7		瓷质绝缘子检测装置		1 套	瓷质绝缘子用
8	个人防护用具	屏蔽服		1 套	塔上更换主操作手穿
9		静电防护服		1 套	

序号	工器具名称		规格、型号	数量	备 注
10	个人防护用具	导电鞋		2 双	
11		安全带		2 根	
12		安全帽		4 顶	
13	辅助安全用具	万用表		1 块	检测屏蔽服连接导通用
14		兆欧表	5000V	1 块	电极宽 2cm，极间距 2cm
15		防潮苫布	2m×4m	1 块	
16		对讲机		2 部	
17		工具袋		2 只	装绝缘工具用

注 瓷质绝缘子检测装置包括：分布电压检测仪、绝缘电阻检测仪和火花间隙装置等。采用火花间隙装置测零时，每次检测前应用专用塞尺按 DL 415 要求测量放电间隙尺寸。

5. 作业程序

按照本次作业现场勘察后编写的现场作业指导书。

（1）工作负责人向电网调度申请开工，内容为：本人为工作负责人×××，×年×月×日需在±500kV ××线路上进行更换导线金具作业，本次作业按《国家电网公司电力安全工作规程（电力线路部分）》第 8.1.7 条要求，确定是否停用线路自动再启动装置，若遇线路跳闸，不经联系，不得强送。得到调度许可，核对线路双重名称和杆塔号。

（2）全体工作成员列队，工作负责人现场宣读工作票、交待工作任务、安全措施和技术措施；查（问）看工作人员精神状况、着装情况和工器具是否完好齐全。确认危险点和预防措施，明确作业分工以及安全注意事项。

（3）地面电工采用兆欧表摇测绝缘工具的绝缘电阻，检查丝杆、卡具等工具是否完好齐全、屏蔽服（静电防护服）不得有破损、洞孔和毛刺状等缺陷。

（4）塔上 1 号电工穿着全套屏蔽服、导电鞋，塔上 2 号电工必须穿着静电防护服、导电鞋。

（5）塔上 2 号电工携带绝缘传递绳登塔至横担处，系挂好安全带，将绝缘滑车和绝缘传递绳在作业横担适当位置安装好。

（6）若是盘形瓷质绝缘子时，地面电工将瓷质绝缘子检测装置及绝缘操作杆组装好后传递给塔上电工，塔上电工检测复核所要更换绝缘子串的零值绝缘子，当同串（34 片）零值绝缘子达到 13 片时应立即停止检测，并结束本次带电作业工作（结构高度 170mm）。

（7）地面电工传递平面丝杠、闭式卡下卡、导线后备保护绳至塔上 1 号电工作业位置。

（8）塔上 2 号电工挂好导线后备保护绳，1 号电工利用横担吊点背靠背角铁安装平面丝杠，闭式卡下卡安装在横担侧第 2 片绝缘子上。

（9）塔上 1 号电工收平面丝杠，使之稍稍受力后，检查各受力点有无异常情况。

（10）经工作负责人同意后取出横担侧绝缘子锁紧销，继续收双头丝杠，直至取出连接金具。

（11）塔上 1 号电工系好旧连接金具。

（12）地面电工相互配合操作绝缘传递绳，将旧金具放下，同时新连接金具跟随至工作位置，1 号电工换上新连接金具，并复位第 1 片绝缘子上的锁紧销。

（13）塔上 1 号电工经检查完好，报经工作负责人同意后，松双头丝杠拆除工具。2 号电工拆除导线后备保护绳并传递至地面。

（14）塔上 1 号电工检查确认塔上无遗留物，报经工作负责人得到同意后携带绝缘传递绳下塔。

（15）地面电工整理所用工器具和清理现场，工作负责人清点工器具。

（16）工作负责人向调度汇报。内容为：本人为工作负责人×××，±500kV ××线路上更换金具工作已结束，杆塔上作业人员已撤离，杆塔、导线上无遗留物，线路设备已恢复原状。

6. 安全措施及注意事项

（1）若在海拔 1000m 以上线路上带电作业时，应根据作业区的实际海拔高度，计算修正各类空气间隙、绝缘工具的安全距离和长度等，经本单位主管生产领导（总工程师）批准后执行。

（2）本次作业应经现场勘察并编制带电更换导线挂点金具现场作业指导书，经本单位技术负责人或主管生产负责人批准后执行。

（3）作业应在良好天气下进行。如遇雷电（听见雷声、看见闪电）、雪雹、雨雾时不得进行带电作业。风力大于 5 级（10m/s）时，不宜进行作业。

（4）若需在相对空气湿度大于 80%的天气下进行带电作业时，应采用具有防潮性能的绝缘工具。

（5）本次作业需向调度明确：若线路跳闸，不经联系不得强送电。

（6）杆塔上电工与直流带电体的安全作业距离不得小于 3.4m。

（7）绝缘传递绳的有效绝缘长度不小于 3.4m。

（8）作业中塔上作业电工短接绝缘子不得超过第 4 片绝缘子。

（9）地面绝缘工具应放在防潮苫布上，作业人员应戴清洁干燥手套，摇测绝缘电阻值不小于 700MΩ（电极宽 2cm，极间距 2cm）。

（10）塔上 1 号电工必须穿着全套屏蔽服、导电鞋，塔上 2 号电工穿着静电防护服、导电鞋，以防感应电的伤害。

（11）使用的工具、金具上下传递应用绝缘传递绳，所有使用的工器具必须安装可靠，工具受力后应冲击、检查判断其可靠性。

（12）若是盘形绝缘子时，应用干净毛巾进行表面清洁处理，瓷质绝缘子的绝缘电阻值应不小于 500MΩ。

（13）作业时必须有导线防脱落的后备保护措施。

（14）绝缘工具使用前应用干净毛巾进行表面清洁处理。使用绝缘工具应戴清洁、干燥的手套，以防绝缘工具受潮和污染。收工或转移作业点时，应将绝缘工具装在工具袋内。

（15）在杆塔上作业过程中如遇设备突然停电，作业人员应视设备仍然带电。

（16）塔上电工登杆塔前，应对登高工具和安全带进行检查和冲击试验，全体作业人员

必须戴安全帽。

（17）若作业塔上不能保持人身对带电体 3.4m 安全距离时，应在相邻塔的工作相加装保护间隙，保护间隙安装前的距离应大于 2.5m，安装、调试后的距离为 1.3m。两电极必须可靠固定在绝缘杆上，横担侧的电极尾线不留裕度，加装保护间隙的人员应穿全套合格的屏蔽服。

（18）上、下杆塔或在杆塔上移位时，作业人员必须攀抓牢固构件，且双手不得持带任何器材。

（19）杆塔上作业时不得失去安全带的保护。

（20）地面电工严禁在作业点垂直下方活动，塔上电工应防止高空落物，使用的工具、材料应用绳索传递，不得乱扔。

（21）作业人员在杆塔上作业期间，工作监护人应对作业人员进行不间断监护，且不得从事其他工作。

三、±500kV 输电线路地电位与等电位配合法带电更换直线串导线侧金具

1. 作业方法

地电位与等电位配合法。

2. 适用范围

适用于 ±500kV 直线单联串导线侧金具更换。

3. 人员组合

本作业项目工作人员共计 5 人。其中工作负责人（监护人）1 人，等电位电工 1 人，塔上电工 1 人，地面配合电工 2 人。

4. 工器具配备

±500kV 地电位和等电位配合法带电更换直线串导线侧金具工器具配备一览表见表 6-13。

表 6-13　　　　　**±500kV 地电位和等电位配合法带电更换**

直线串导线侧金具工器具配备一览表

序号	工器具名称		规格、型号	数量	备　注
1	绝缘工具	绝缘传递绳	SCJS–ϕ10mm	1 根	视作业杆塔高度而定
2		绝缘软梯	SCJS–ϕ14mm×9m	1 副	
3		绝缘滑车	0.5t	1 只	
4		高强度绝缘绳	SCJS–ϕ32mm×8m	1 根	导线后备保护绳
5		绝缘操作杆	500kV	1 根	瓷质绝缘子测零值用
6	金属工具	四线提线器		2 只	
7		闭式卡上卡		1 只	
8		短双头丝杆		2 根	
9		瓷质绝缘子检测装置		1 套	瓷质绝缘子用

序号	工器具名称		规格、型号	数量	备　注
10	个人防护用具	高强度绝缘保护绳	SCJS–ϕ14mm×9m	1根	防坠落保护用
11		屏蔽服		1套	等电位电工
12		静电防护服		1套	塔上电工穿
13		导电鞋		2双	
14		安全带		2根	
15		安全帽		5顶	
16	辅助安全用具	防潮苫布	2m×4m	1块	
17		万用表		1块	检测屏蔽服连接导通用
18		兆欧表	5000V	1块	电极宽 2cm，极间距 2cm
19		对讲机		2部	
20		工具袋		2只	装绝缘工具用

注　瓷质绝缘子检测装置包括：分布电压检测仪、绝缘电阻检测仪和火花间隙装置等。采用火花间隙装置测零时，每次检测前应用专用塞尺按 DL 415 要求测量放电间隙尺寸。

5. 作业程序

按照本次作业现场勘察后编写的现场作业指导书。

（1）工作负责人向电网调度申请开工，内容为：本人为工作负责人×××，×年×月×日需在±500kV ××线路上更换导线侧悬挂金具作业，本次作业按《国家电网公司电力安全工作规程（电力线路部分）》第 8.1.7 条要求，确定是否停用线路自动再启动装置，若遇线路跳闸，不经联系，不得强送。得到调度许可，核对线路双重名称和杆塔号。

（2）全体工作成员列队，工作负责人现场宣读工作票、交待工作任务、安全措施和技术措施；查（问）看工作人员精神状况、着装情况和工器具是否完好齐全。确认危险点和预防措施，明确作业分工以及安全注意事项。

（3）地面电工采用兆欧表摇测绝缘工具的绝缘电阻，检查丝杠、卡具等工具是否完好齐全、屏蔽服（静电防护服）不得有破损、洞孔和毛刺状等缺陷。

（4）等电位电工穿着全套屏蔽服（包括帽、衣裤、手套、袜和导电鞋），必要时，屏蔽服内穿阻燃内衣。地面电工负责检查袜裤、裤衣、袖和手套的连接是否完好，用万用表测试袜、裤、衣、手套等连接导通情况。

（5）塔上电工穿着静电防护服、导电鞋，携带绝缘传递绳登塔至横担处，系挂好安全带，将绝缘滑车和绝缘传递绳在作业横担适当位置安装好。

（6）若是盘形瓷质绝缘子时，地面电工将绝缘子检测装置及绝缘操作杆组装好后传递给塔上电工，塔上电工检测复核所要更换绝缘子串的零值绝缘子，当同串（34 片）零值绝缘子达到 13 片时应立即停止检测，并结束本次带电作业工作（结构高度 170mm）。

（7）地面电工传递绝缘软梯和导线后备保护绳，塔上电工在距绝缘子串吊点水平距离大于 1.5m 处安装绝缘软梯。

（8）等电位电工系好防坠保护绳，塔上电工控制防坠保护绳有效，配合等电位电工沿绝缘软梯进入电场。

（9）等电位电工沿绝缘软梯下到头部或手与上子导线平行位置，报告工作负责人，得到工作负责人许可后，塔上电工利用绝缘保护绳摆动绝缘软梯配合等电位电工进入电场。

（10）等电位电工进入带电导线后，首先把安全带系在上子导线上，然而才能拆除绝缘保护绳进行其他检修作业。

（11）地面电工将四线提线器、绝缘子上卡、双头丝杠传递给等电位电工，在导线侧第 3 片绝缘子和分裂导线上安装好更换卡具。

（12）地面电工将导线绝缘后备保护绳传递给塔上电工，塔上电工和等电位电工配合将导线后备保护绳可靠的安装在导线和横担之间，导线保护绳的长度应控制合理。

（13）等电位电工收紧双头丝杠，使导线侧金具松弛，等电位电工手抓紧线丝杠冲击检查无误后，报经工作负责人同意后拆除被更换金具。

（14）等电位电工系好旧金具。

（15）地面两电工以新旧金具交替法，将新金具拉至横担上挂好。注意控制好空中上、下新旧金具的位置，防止发生相互碰撞。

（16）等电位电工换上新金具，检查新金具的安装情况完好后，报经工作负责人同意后，按逆顺序拆除全部更换工具并传递下塔。

（17）经工作负责人同意后，塔上电工与等电位电工配合退出等电位，等电位电工下塔。

（18）塔上电工检查确认塔上无遗留物，报经工作负责人得到同意后携带绝缘传递绳下塔。

（19）地面电工整理所用工器具和清理现场，工作负责人清点工器具。

（20）工作负责人向调度汇报。内容为：本人为工作负责人×××，需在 ±500kV ××线路上更换导线侧金具工作已结束，杆塔上作业人员已撤离，杆塔、导线上无遗留物，线路设备已恢复原状。

6. 安全措施及注意事项

（1）若在海拔 1000m 以上线路上带电作业时，应根据作业区的实际海拔高度，计算修正各类空气间隙、绝缘工具的安全距离和长度、绝缘子片数等，经本单位主管生产领导（总工程师）批准后执行。

（2）本次作业应经现场勘察并编制带电更换导线侧连接金具现场作业指导书，经本单位技术负责人或主管生产负责人批准后执行。

（3）作业应在良好天气下进行。如遇雷电（听见雷声、看见闪电）、雪雹、雨雾时不得进行带电作业。风力大于 5 级（10m/s）时，不宜进行作业。

（4）若需在相对空气湿度大于 80% 的天气下进行带电作业时，应采用具有防潮性能的绝缘工具。

（5）本次作业需向调度明确：若线路跳闸，不经联系不得强送电。

（6）杆塔上电工与直流带电体的安全作业距离不得小于 3.4m。等电位电工与接地构架之间安全作业距离不得小于 3.4m。

（7）绝缘传递绳和绝缘软梯的有效绝缘长度不小于 3.4m。绝缘操作杆的有效绝缘长度不小于 3.7m。

（8）等电位电工沿绝缘软梯进入强电场时，作业人员与接地体和带电体之间的组合间隙不得小于 3.8m。在进入电位过程中其人体裸露部分与带电体应保持 0.4m 的距离。

（9）更换导线侧金具作业中，等电位人员头部不得超过第 4 片绝缘子。

（10）等电位电工从绝缘软梯登上导线后，必须先系挂好安全带才能解开防坠后备保护绳，脱离电位前必须系好防坠后备保护绳后，再解开安全带向负责人申请下软梯。

（11）地面绝缘工具应放在防潮苫布上，作业人员应戴清洁干燥手套，摇测绝缘电阻值不小于 700MΩ（电极宽 2cm，极间距 2cm）。

（12）等电位电工应穿戴全套屏蔽服、导电鞋，且各部分应连接良好。屏蔽服内不得贴身穿着化纤类衣服。

（13）塔上电工必须穿着静电防护服、导电鞋，以防感应电的伤害。

（14）绝缘软梯必须安装可靠，等电位电工在进入电位前应试冲击判断其可靠性。

（15）等电位电工从绝缘软梯登上导线后，必须先系挂好安全带才能解开防坠后备保护绳，脱离电位前必须系好防坠后备保护绳后，再解开安全带向负责人申请下软梯。

（16）等电位电工登软梯前，应与地面电工配合试冲击防坠保护绳的牢固情况，地面电工防坠保护绳控制方式应合理、可靠。

（17）使用的工具、金具上下起吊应用绝缘传递绳，所有使用的工器具必须安装可靠，工具受力后应冲击、检查判断其可靠性。

（18）作业时必须有导线防脱落的后备保护措施。

（19）绝缘工具使用前应用干净毛巾进行表面清洁处理。使用绝缘工具应戴清洁、干燥的手套，以防绝缘工具受潮和污染。收工或转移作业点时，应将绝缘工具装在工具袋内。

（20）在杆塔上作业过程中如遇设备突然停电，作业人员应视设备仍然带电。

（21）塔上电工登杆塔前，应对登高工具和安全带进行检查和冲击试验，全体作业人员必须戴安全帽。

（22）若作业塔上不能保持人身对带电体 3.4m 安全距离时，应在相邻塔的工作相加装保护间隙，保护间隙安装前的距离应大于 2.5m，安装、调试后的距离为 1.3m。两电极必须可靠固定在绝缘杆上，横担侧的电极尾线不留裕度，加装保护间隙的人员应穿全套合格的屏蔽服。

（23）上、下杆塔或在杆塔上移位时，作业人员必须攀抓牢固构件，且双手不得持带任何器材。

（24）杆塔上作业时不得失去安全带的保护。

（25）地面电工严禁在作业点垂直下方逗留，塔上电工应防止高空落物，使用的工具、材料应用绳索传递，不得乱扔。

（26）作业人员在杆塔上作业期间，工作监护人应对作业人员进行不间断监护，且不得从事其他工作。

四、±500kV 输电线路沿耐张绝缘子串自由式进入电场法带电检修耐张跳线引流板

1. 作业方法

沿耐张绝缘子串自由式进入电场法。

2. 适用范围

适用于±500kV 耐张双联串进行跳线引流板缺陷检修作业。

3. 人员组合

本作业项目工作人员共计 5 人。其中工作负责人（监护人）1 人，等电位电工 1 人，塔上电工 1 人，地面电工 2 人。

4. 工器具配备

±500kV 沿耐张绝缘子串自由式进入电场法带电检修耐张跳线引流板工器具配备一览表见表 6-14。所需材料有相应规格跳线引流板螺栓、导电脂、钢丝刷等。

表 6-14 　　　　　±500kV 沿耐张绝缘子串自由式进入电场法带电

检修耐张跳线引流板工器具配备一览表

序号	工器具名称		规格、型号	数量	备　注
1	绝缘工具	绝缘传递绳	SCJS−ϕ10mm	2 根	视作业杆塔高度而定
2		绝缘滑车	0.5t	2 只	
3		绝缘绳套	SCJS−ϕ20mm	2 只	
4		绝缘操作杆	500kV	1 根	
5	金属工具	ϕ30mm 多股软铜载流线		1 根	带两端夹具
6		扭矩扳手		1 把	紧固引流板螺栓用
7		瓷质绝缘子检测仪		1 套	瓷质绝缘子用
8	个人防护用具	安全带		2 根	
9		高强度绝缘保护绳	SCJS−ϕ14mm×9m	1 根	防坠落保护用
10		屏蔽服		1 套	等电位电工
11		静电防护服		1 套	塔上电工穿
12		导电鞋		2 双	
13		安全帽		5 顶	
14	辅助安全用具	防潮苫布	2m×4m	1 块	
15		万用表		1 块	检测屏蔽服连接导通用
16		兆欧表	5000V	1 块	电极宽 2cm，极间距 2cm
17		对讲机		2 部	
18		工具袋		2 只	装绝缘工具用

注　瓷质绝缘子检测装置包括：分布电压检测仪、绝缘电阻检测仪和火花间隙装置等。采用火花间隙装置测零时，每次检测前应用专用塞尺按 DL 415 要求测量放电间隙尺寸。

5. 作业程序

按照本次作业现场勘察后编写的现场作业指导书。

（1）工作前工作负责人向电网调度员申请开工。内容为：本人为工作负责人×××，×年×月×日需在±500kV ××线路上带电进行导线消缺工作，本次作业按《国家电网公司电力安全工作规程（电力线路部分）》第 8.1.7 条要求，确定是否停用线路自动再启动装置，若遇线路跳闸，不经联系，不得强送。得到调度许可，核对线路双重名称和杆塔号。

（2）全体工作成员列队，工作负责人现场宣读工作票、交待工作任务、安全措施和技术措施；查（问）看作业人员精神状况、着装情况和工器具是否完好齐全。确认危险点和预防措施，明确作业分工以及安全注意事项。

（3）工作人员用兆欧表检测绝缘工具的绝缘电阻，检查扭矩扳手、$\phi30mm$ 多股软铜载流线等工器具是否完好灵活，屏蔽服（静电防护服）不得有破损、洞孔和毛刺状等缺陷。

（4）等电位电工穿着全套屏蔽服（包括帽、衣裤、手套、袜和导电鞋），必要时，屏蔽服内穿阻燃内衣。地面电工负责检查袜裤、裤衣、袖和手套的连接是否完好，用万用表测试袜、裤、衣、手套等连接导通情况。

（5）塔上电工穿着静电防护服、导电鞋，携带绝缘传递绳登塔至工作位置，系挂好安全带，将绝缘滑车悬挂在适当的位置。

（6）地面电工将绝缘操作杆、高强度防坠保护绳依次吊至塔上。

（7）若是盘形瓷质绝缘子时，地面电工将绝缘子检测装置及绝缘操作杆组装好后传递给塔上电工，塔上电工检测复核所要更换绝缘子串的零值绝缘子，当同串（34 片）零值绝缘子达到 13 片时应立即停止检测，并结束本次带电作业工作（结构高度 170mm）。

（8）等电位电工登塔至横担处，系好高强度防坠保护绳。

（9）等电位电工向工作负责人申请沿绝缘子串进入电位，经同意后将绝缘安全带较宽松地系在其中一串绝缘子上。

（10）等电位电工采用跨二短三方式沿绝缘子串进入电场（如图 4-1 所示）。

（11）等电位电工坐在耐张线夹分裂导线下导线或绝缘软梯头上，地面电工配合将 $\phi30mm$ 多股软铜载流线、钢丝刷、扭矩扳手、导电脂等传递上去。

（12）等电位电工检查引流板因发热而损坏（氧化物）或是否光、毛面连接及测试引流板温度情况，且用扭矩扳手检测螺栓扭矩值并报工作负责人。

（13）若需拆开引流板时，首先在该子导线两端安装好 $\phi30mm$ 多股软铜载流线，夹具连接及扭矩值完好。

（14）等电位电工打开引流板，用钢丝刷清除干净氧化物，涂上导电脂后，拧紧螺栓扭矩值至相应螺栓规格的标准扭矩值。

（15）等电位电工检查引流板安装情况后，经工作负责人同意后拆除 $\phi30mm$ 多股软铜载流线。

（16）等电位电工和地面电工配合，将 $\phi30mm$ 多股软铜载流线、钢丝刷、扭矩扳手、导电脂等工具传递至地面。

（17）等电位电工经工作负责人同意采用跨二短三方式沿绝缘子串方式退回横担上并下塔。

（18）塔上电工与地面电工配合将绝缘操作杆、防坠保护绳等工具依次传递至地面。

（19）塔上电工检查塔上无遗留物，经工作负责人同意后携带绝缘传递绳下塔。

（20）地面电工整理所有工器具和清理现场，工作负责人清点工器具。

（21）工作负责人向调度汇报。内容为：本人为工作负责人×××，±500kV ×× 线路带电导线消缺工作已结束，杆塔上作业人员已撤离，杆塔、导线上无遗留物，线路设备已恢复原状。

6. 安全措施及注意事项

（1）若在海拔 1000m 以上线路上带电作业时，应根据作业区的实际海拔高度，计算修正各类空气间隙、绝缘工具的安全距离和长度、绝缘子片数等，经本企业总工程师（主管生产领导）批准后执行。

（2）本次作业应经现场勘察并编制带电检修耐张跳线引流板缺陷的现场作业指导书，经本单位技术负责人或主管生产负责人批准后执行。

（3）作业应在良好天气下进行。如遇雷电（听见雷声、看见闪电）、雪雹、雨雾时不得进行带电作业。风力大于 5 级（10m/s）时，不宜进行作业。

（4）若需在相对空气湿度大于 80% 的天气下进行带电作业时，应采用具有防潮性能的绝缘工具。

（5）本次作业需向调度明确：若线路跳闸，不经联系不得强送电。

（6）杆塔上电工与直流带电体的安全作业距离不得小于 3.4m。等电位电工与接地构架之间安全作业距离不得小于 3.4m。

（7）绝缘传递绳和绝缘软梯的有效绝缘长度不小于 3.4m。绝缘操作杆的有效绝缘长度不小于 3.7m。

（8）等电位电工沿绝缘软梯进入强电场时，作业人员与接地体和带电体之间的组合间隙不得小于 3.8m。在进入电位过程中其人体裸露部分与带电体应保持 0.4m 的距离。

（9）地面绝缘工具应放在防潮苫布上，作业人员应戴清洁干燥手套，摇测绝缘电阻值不小于 700MΩ（电极宽 2cm，极间距 2cm）。

（10）现场使用的工具在使用前和使用后必须详细检查，是否有损坏、变形和失灵等问题。

（11）等电位电工应穿戴全套屏蔽服、导电鞋，且各部分应连接良好。屏蔽服内不得穿着化纤类衣服。

（12）塔上电工必须穿着静电防护服、导电鞋，以防感应电的伤害。

（13）耐张杆塔采用自由式方法作业时，作业中扣除人体短接和零值（自爆）绝缘子片数后，良好绝缘子不得小于 22 片（结构高度 170mm）。

（14）等电位作业人员进出电位时，应向工作负责人申请，得到同意后方可进行。采用跨二短三方法作业手脚应同步，行进过程中严禁短接 3 片以上绝缘子。

（15）使用的工具、金具上下传递应用绝缘传递绳，所有使用的器具必须安装可靠，工具受力后应冲击、检查判断其可靠性。

（16）绝缘工具使用前应用干净毛巾进行表面清洁处理。使用绝缘工具应戴清洁、干燥的手套，以防绝缘工具受潮和污染。收工或转移作业点时，应将绝缘工具装在工具袋内。

（17）在杆塔上作业过程中如遇设备突然停电，作业人员应视设备仍然带电。

（18）塔上电工登杆塔前，应对登高工具和安全带进行检查和冲击试验，全体作业人员必须戴安全帽。

（19）若作业塔上不能保持人身对带电体 3.4m 安全距离时，应在相邻塔的工作相加装保护间隙，保护间隙安装前的距离应大于 2.5m，安装、调试后的距离为 1.3m。两电极必须可靠固定在绝缘杆上，横担侧的电极尾线不留裕度，加装保护间隙的人员应穿全套合格的屏蔽服。

（20）上、下杆塔或在杆塔上移位时，作业人员必须攀抓牢固构件，且双手不得持带任何器材。

（21）杆塔上作业时不得失去安全带的保护。

（22）地面电工严禁在作业点垂直下方逗留，塔上电工应防止高空落物，使用的工具、材料应用绳索传递，不得乱扔。

（23）作业人员在杆塔上作业期间，工作监护人应对作业人员进行不间断监护，且不得从事其他工作。

五、±500kV 输电线路等电位直接作业法带电更换双联或四联耐张串导线侧金具

1. 作业方法
等电位直接作业法。

2. 适用范围
适用于 ±500kV 双联和联四耐张导线侧连接金具更换。

3. 人员组合
本作业项目工作人员共计 5 人。其中工作负责人（监护人）1 人，等电位电工 1 人，塔上电工 1 人，地面电工 2 人。

4. 工器具配备
±500kV 等电位直接作业法带电更换双联或四联耐张串导线侧金具工器具配备一览表见表 6-15。

表 6-15　　　　　　±500kV 等电位直接作业法带电更换双联或四联
耐张串导线侧金具工器具配备一览表

序号	工器具名称		规格、型号	数量	备　注
1		绝缘传递绳	SCJS−ϕ10mm	1 根	视作业杆塔高度而定
2		绝缘软梯	SCJS−ϕ14mm×15m	1 副	
3	绝缘工具	绝缘滑车	0.5t	1 只	
4		绝缘滑车	1t	1 只	
5		绝缘吊杆	ϕ32mm	2 根	
6		绝缘操作杆	500kV	1 根	

序号	工器具名称		规格、型号	数量	备　注
7	金属工具	导线夹头		2个	
8		双头丝杆		2根	
9		闭式卡上卡		1只	
10		软梯挂头		1个	
11		专用接地线		4根	
12		瓷质绝缘子检测装置		1套	瓷质绝缘子用
13	个人防护用具	高强度绝缘保护绳	SCJS-ϕ14mm×9m	1根	防坠落保护用
14		屏蔽服		1套	等电位电工
15		静电防护服		1套	塔上电工穿
16		导电鞋		2双	
17		安全带		2根	
18		安全帽		5顶	
19	辅助安全用具	兆欧表	5000V	1块	电极宽 2cm，极间距 2cm
20		万用表		1块	检测屏蔽服连接导通用
21		防潮苫布	2m×4m	1块	
22		对讲机		2部	
23		工具袋		2只	装绝缘工具用

注　瓷质绝缘子检测装置包括：分布电压检测仪、绝缘电阻检测仪和火花间隙装置等。采用火花间隙装置测零时，每次检测前应用专用塞尺按 DL 415 要求测量放电间隙尺寸。

5. 作业程序

按照本次作业现场勘察后编写的现场作业指导书。

（1）工作负责人向电网调度申请开工，内容为：本人为工作负责人×××，×年×月×日需在±500kV ××线路上更换耐张串导线侧金具作业，本次作业按《国家电网公司电力安全工作规程（电力线路部分）》第 8.1.7 条要求，确定是否停用线路自动再启动装置，若遇线路跳闸，不经联系，不得强送。得到调度许可，核对线路双重名称和杆塔号。

（2）全体工作成员列队，工作负责人现场宣读工作票、交待工作任务、安全措施和技术措施；查（问）看工作人员精神状况、着装情况和工器具是否完好齐全。确认危险点和预防措施，明确作业分工以及安全注意事项。

（3）地面电工采用兆欧表摇测绝缘工具的绝缘电阻，检查丝杆、卡具等工具是否完好齐全、屏蔽服（静电防护服）不得有破损、洞孔和毛刺状等缺陷。

（4）等电位电工穿着全套屏蔽服（包括帽、衣裤、手套、袜和导电鞋），必要时，屏蔽服内穿阻燃内衣。地面电工负责检查袜裤、裤衣、袖和手套的连接是否完好，用万用表测试袜、裤、衣、手套等连接导通情况。

（5）塔上电工穿着静电防护服、导电鞋，携带绝缘传递绳登塔至地线支架处，系挂好安全带，将绝缘滑车和绝缘传递绳在作业地线支架适当位置安装好。

（6）地面电工地面配合起吊地线接地线、软梯头及绝缘软梯至地线支架作业点，软梯头上安装好绝缘软梯控制绳。

（7）若是绝缘架空地线时，塔上电工应在等电位电工的严格监护下，在不工作侧将绝缘架空地线可靠接地，拆除工作侧地线防振锤，然后将软梯头可靠安装在绝缘架空地线上。

（8）等电位电工登塔至导线横担处，系好高强度绝缘保护绳，带上绝缘传递绳登上绝缘软梯站好。

（9）塔上电工在地线横担处利用软梯头控制绳将绝缘软梯沿绝缘架空地线滑至耐张线夹平行处，地面电工利用绝缘软梯尾绳摆动绝缘软梯将等电位电工送入等电位。

（10）地面电工将闭式卡上卡、导线夹头、双头丝杆传递给等电位电工。

（11）等电位电工在被更换侧第 1 片绝缘子和导线上安装卡具。

（12）等电位电工操作双头丝杠，使之稍稍受力后，冲击检查各受力点受力情况，无异常后报经工作负责人同意后，松开被换连接金具上的紧固螺栓。

（13）等电位电工继续收紧双头丝杠直至取出连接金具。

（14）地面电工相互配合操作绝缘传递绳，将旧连接金具传递至，新连接金具同时跟随至工作位置，等电位电工换上新连接金具。

（15）等电位电工检查新连接金具安装情况，无误后，报经工作负责人同意后，松紧双头丝杠，拆除更换工具并传递至地面。

（16）等电位电工检查确认导线上无遗留物，报经工作负责人同意后携带绝缘传递绳登上绝缘软梯站稳。

（17）地面电工拉好绝缘软梯尾绳，配合等电位电工脱离等电位。

（18）塔上电工在地线横担处利用绝缘软梯控制绳将绝缘软梯沿绝缘架空地线拉至导线横担处，等电位电工退回到导线横担上。

（19）塔上电工与地面电工配合拆除全部工具并传递下塔，恢复地线防振锤，若是绝缘架空地线时，塔上电工在等电位电工的严格监护下，拆除绝缘地线专用接地线。

（20）塔上电工检查确认塔上无遗留物，报经工作负责人同意后携带绝缘传递绳下塔。

（21）地面电工整理所用工器具和清理现场，工作负责人清点工器具。

（22）工作负责人向调度汇报。内容为：本人为工作负责人×××，±500kV ××线路上更换导线侧金具工作已结束，杆塔上作业人员已撤离，杆塔、导线上无遗留物，线路设备已恢复原状。

6. 安全措施及注意事项

（1）若在海拔 1000m 以上线路上带电作业时，应根据作业区的实际海拔高度，计算修正各类空气间隙、绝缘工具的安全距离和长度、绝缘子片数等，经本单位主管生产领导（总工程师）批准后执行。

（2）本次作业应经现场勘察并编制带电更换耐张导线侧连接金具现场作业指导书，经本单位技术负责人或主管生产负责人批准后执行。

（3）作业应在良好天气下进行。如遇雷电（听见雷声、看见闪电）、雪雹、雨雾时不得进行带电作业。风力大于 5 级（10m/s）时，不宜进行作业。

（4）若需在相对空气湿度大于 80%的天气下进行带电作业时，应采用具有防潮性能的绝缘工具。

（5）本次作业需向调度明确：若线路跳闸，不经联系不得强送电。

（6）杆塔上电工与直流带电体的安全作业距离不得小于 3.4m。等电位电工与接地构架之间安全作业距离不得小于 3.4m。

（7）绝缘传递绳和绝缘软梯的有效绝缘长度不小于 3.4m。绝缘操作杆的有效绝缘长度不小于 3.7m。

（8）等电位电工沿绝缘软梯进入强电场时，作业人员与接地体和带电体之间的组合间隙不得小于 3.8m。在进入电位过程中其人体裸露部分与带电体应保持 0.4m 的距离。

（9）地面绝缘工具应放在防潮苫布上，作业人员应戴清洁干燥手套，摇测绝缘电阻值不小于 700MΩ（电极宽 2cm，极间距 2cm）。

（10）现场使用的工具在使用前和使用后必须详细检查，是否有损坏、变形和失灵等问题。

（11）等电位电工应穿戴全套屏蔽服、导电鞋，且各部分应连接良好。屏蔽服内不得贴身穿着化纤类衣服。

（12）塔上电工必须穿着静电防护服、导电鞋，以防感应电的伤害。

（13）利用绝缘架空地线悬挂绝缘软梯作业前，塔上电工应在另一塔上电工的严格监护下将绝缘架空地线用专用接地线可靠接地。

（14）挂设的绝缘架空地线专用接地线上源源不断地流有感应电流，作业人员应严格按安规挂、拆接地线的规定进行，且裸手不得碰触铜接地线。

（15）使用的工具、金具上下传递应用绝缘传递绳，所有使用的工器具必须安装可靠，工具受力后应冲击、检查判断其可靠性。

（16）等电位电工从绝缘软梯登上导线后，必须先系挂好安全带才能解开高强度绝缘保护绳，脱离电位前必须系好高强度绝缘保护绳后，再解开安全带向负责人申请下绝缘软梯。

（17）等电位电工登软梯前，应与地面电工配合试冲击防坠保护绳的牢固情况，地面电工防坠保护绳控制方式应合理、可靠。

（18）绝缘工具使用前应用干净毛巾进行表面清洁处理。使用绝缘工具应戴清洁、干燥的手套，以防绝缘工具受潮和污染。收工或转移作业点时，应将绝缘工具装在工具袋内。

（19）在杆塔上作业过程中如遇设备突然停电，作业人员应视设备仍然带电。

（20）塔上电工登杆塔前，应对登高工具和安全带进行检查和冲击试验，全体作业人员必须戴安全帽。

（21）若作业塔上不能保持人身对带电体 3.4m 安全距离时，应在相邻塔的工作相加装保护间隙，保护间隙安装前的距离应大于 2.5m，安装、调试后的距离为 1.3m。两电极必须可靠固定在绝缘杆上，横担侧的电极尾线不留裕度，加装保护间隙的人员应穿全套合格的屏蔽服。

（22）上、下杆塔或在杆塔上移位时，作业人员必须攀抓牢固构件，且双手不得持带任

何器材。

（23）杆塔上作业时不得失去安全带的保护。

（24）地面电工严禁在作业点垂直下方逗留，塔上电工应防止高空落物，使用的工具、材料应用绳索传递，不得乱扔。

（25）作业人员在杆塔上作业期间，工作监护人应对作业人员进行不间断监护，且不得从事其他工作。

六、±500kV 输电线路专用接地线短接作业法带电更换架空地线金具

1. 作业方法

专用接地线短接作业法。

2. 适用范围

适用于±500kV 架空地线金具更换作业。

3. 人员组合

本作业项目工作人员共计 5 人。其中工作负责人（监护人）1 人，塔上电工 2 人，地面电工 2 人。

4. 工器具配备

±500kV 专用接地线短接作业法带电更换架空地线金具工器具配备一览表见表 6-16。

表 6-16 ±500kV 专用接地线短接作业法带电更换架空地线金具工器具配备一览表

序号	工器具名称		规格、型号	数量	备 注
1	绝缘工具	绝缘传递绳	SCJS−ϕ10mm	2 根	视作业杆塔高度而定
2		绝缘滑车	0.5t	2 只	
3	金属工具	地线提线器		1 只	
4		地线飞车		1 台	若出线更换用
5		专用接地线		2 根	绝缘架空地线用
6		扭矩扳手		1 把	紧固金具螺栓用
7	个人防护用具	高强度绝缘保护绳	SCJS−ϕ14mm×9m	1 根	防坠落保护用
8		屏蔽服		1 套	出线塔上电工穿
9		静电防护服		1 套	塔上电工穿
10		导电鞋		2 双	
11		安全带		2 根	
12		安全帽		5 顶	
13	辅助安全用具	兆欧表	5000V	1 块	电极宽 2cm，极间距 2cm
14		防潮苫布	2m×4m	1 块	
15		对讲机		2 部	
16		工具袋		2 只	装绝缘工具用

5. 作业程序

按照本次作业现场勘察后编写的现场作业指导书。

（1）工作负责人向电网调度申请开工，内容为：本人为工作负责人×××，×年×月×日需在±500kV ××线路上更换架空地线金具作业，本次作业按《国家电网公司电力安全工作规程（电力线路部分）》第 8.1.7 条要求，确定是否停用线路自动再启动装置，若遇线路跳闸，不经联系，不得强送。得到调度许可，核对线路双重名称和杆塔号。

（2）全体工作成员列队，工作负责人现场宣读工作票、交待工作任务、安全措施和技术措施；查（问）看工作人员精神状况、着装情况和工器具是否完好齐全。确认危险点和预防措施，明确作业分工以及安全注意事项。

（3）地面电工采用兆欧表绝缘工具的绝缘电阻，检查飞车、软梯等工具是否完好齐全，屏蔽服（静电防护服）不得有破损、洞孔和毛刺状等缺陷。

（4）若是绝缘架空地线时，出线电工穿着全套屏蔽服、导电鞋，塔上电工必须穿着静电防护服、导电鞋。

（5）塔上 1 号电工携带绝缘传递绳登塔至地线横担处，系挂好安全带，将绝缘滑车和绝缘传递绳在作业地线支架适当位置安装好。

（6）若是绝缘架空地线时，塔上 1 号电工在 2 号电工的严格监护下，采用绝缘地线专用接地线将绝缘架空地线可靠接地后，在地线支架系好保护绳后，在地线上安装飞车准备。

（7）地面电工传递上地线飞车，1 号、2 号电工将地线飞车可靠安装在架空地线上，并系好飞车进出控制绳。

（8）出线电工登塔至地线支架处，系好防坠落保护绳后由 1 号电工配合进入地线飞车。

（9）塔上 1 号电工拉好控制绳，配合出线电工进行地线阻尼线夹、交叉阻尼花边、地线防振锤等更换工作。

（10）出线电工乘飞车至需要恢复或更换的地线防振金具处，进行更换处理工作。

（11）地面电工利用将新的地线金具传递给出线电工，出线电工拆除旧地线防振金具，换上新地线防振金具。

（12）出线电工检查新更换的地线金具安装正确、扭矩值合格后，在塔上电工配合下回到至架空地线顶架处退回塔上。

（13）塔上电工逆顺序拆除塔上的全部工具并传递至地面，出线电工、塔上 2 号电工下塔。

（14）塔上 1 号电工检查确认塔上无遗留工具后，报经工作负责人同意后背绝缘传递绳平稳下塔。

（15）地面电工整理所用工器具和清理现场，工作负责人清点工器具。

（16）工作负责人向调度汇报。内容为：本人为工作负责人×××，±500kV ××线路上更换地线金具工作已结束，杆塔上作业人员已撤离，杆塔、导线上无遗留物，线路设备已恢复原状。

6. 安全措施及注意事项

（1）若在海拔 1000m 以上线路上带电作业时，应根据作业区的实际海拔高度，计算修正各类空气间隙、绝缘工具的安全距离和长度等，经本单位主管生产领导（总工程师）批准后执行。

（2）本次作业应经现场勘察并编制带电更换架空地线金具现场作业指导书，经本单位技术负责人或主管生产负责人批准后执行。

（3）作业应在良好天气下进行。如遇雷电（听见雷声、看见闪电）、雪雹、雨雾时不得进行带电作业。风力大于 5 级（10m/s）时，不宜进行作业。

（4）若需在相对空气湿度大于 80％的天气下进行带电作业时，应采用具有防潮性能的绝缘工具。

（5）本次作业需向调度明确：若线路跳闸，不经联系不得强送电。

（6）杆塔上电工与直流带电体的安全作业距离不得小于 3.4m。

（7）绝缘传递绳和的有效绝缘长度不小于 3.4m。若是绝缘架空地线时，保持安全距离 0.4m 以上。

（8）若出线作业，架空地线（OPGW 或良导体）损伤截面、强度和弧垂等要经计算校核。

（9）若出线作业，应保持地线及人体对下方带电导线的安全距离 3.9m 及以上。

（10）若是绝缘架空地线挂设飞车作业前，塔上电工应在塔上另一电工的严格监护下将绝缘架空地线用专用接地线可靠接地。

（11）挂设的绝缘架空地线专用接地线上源源不断地流有感应电流，作业人员应严格按安规挂、拆接地线的规定进行，且裸手不得碰触铜接地线。

（12）地面绝缘工具应放在防潮苫布上，作业人员应戴清洁干燥手套，摇测绝缘电阻值不小于 700MΩ（电极宽 2cm，极间距 2cm）。

（13）出线电工应穿戴全套屏蔽服、导电鞋，塔上电工必须穿着静电防护服、导电鞋，以防感应电的伤害。

（14）飞车等工具在使用前和使用后必须详细检查，是否有损坏、变形和失灵等问题。

（15）地线飞车必须安装可靠，飞车控制绳必须有专人负责，随时拉紧，地线飞车在行走过程中，防止飞车轮压伤作业电工。

（16）绝缘工具使用前应用干净毛巾进行表面清洁处理。使用绝缘工具应戴清洁、干燥的手套，以防绝缘工具受潮和污染。收工或转移作业点时，应将绝缘工具装在工具袋内。

（17）架空地线或 OPGW 光缆的截面必须大于 GJ-50（LGJ-70/40）。两人同时上架空地线时，必须验算地线强度、弧垂变化等技术参数并经总工程师批准。

（18）在杆塔上作业过程中如遇设备突然停电，作业人员应视设备仍然带电。

（19）塔上电工登杆塔前，应对登高工具和安全带进行检查和冲击试验，全体作业人员必须戴安全帽。

（20）上、下杆塔或在杆塔上移位时，作业人员必须攀抓牢固构件，且双手不得持带任何器材。

（21）杆塔上作业时不得失去安全带的保护。

（22）地面电工严禁在作业点垂直下方逗留，塔上电工应防止高空落物，使用的工具、材料应用绳索传递，不得乱扔。

（23）作业人员在杆塔上作业期间，工作监护人应对作业人员进行不间断监护，且不得

从事其他工作。

七、±500kV 输电线路等电位直接作业法带电更换导线阻尼线夹或防振锤

1. 作业方法

等电位直接作业法。

2. 适用范围

适用于±500kV 所有大跨越导线防振金具更换。

3. 人员组合

本作业项目工作人员共计 5 人。其中工作负责人（监护人）1 人，等电位电工 1 人，塔上电工 1 人，地面电工 2 人。

4. 工器具配备

±500kV 等电位直接作业法带电更换导线阻尼线夹或防振锤工器具配备一览表见表6-17。

表 6-17 **±500kV 等电位直接作业法带电更换导线阻尼线夹或防振锤工器具配备一览表**

序号	工器具名称		规格、型号	数量	备 注
1	绝缘工具	绝缘绳套	SCJS-ϕ24mm	1 只	
2		绝缘传递绳	SCJS-ϕ12mm	3 根	视工作杆塔高度而定
3		绝缘软梯	SCJS-ϕ14mm×9m	1 副	
4		绝缘滑车	0.5t	2 只	
5	金属工具	扭矩扳手		2 把	
6		金属软梯头		1 个	
7	个人防护用具	高强度绝缘保护绳	SCJS-ϕ14mm×9m	2 根	防坠落保护用
8		屏蔽服		1 套	等电位电工穿
9		静电防护服		1 套	塔上电工穿
10		导电鞋		3 双	
11		安全带		3 根	备用 1 根
12		安全帽		5 顶	
13	辅助安全用具	万用表		1 块	检测屏蔽服连接导通用
14		兆欧表	5000V	1 块	电极宽 2cm，极间距 2cm
15		防潮苫布	2m×4m	1 块	
16		对讲机		2 部	
17		工具袋		2 只	装绝缘工具用

注 若需在绝缘架空地线上挂绝缘软梯时，应增加工具和将绝缘地线短接后才能挂软梯。

5. 作业程序

按照本次作业现场勘察后编写的现场作业指导书。

（1）工作负责人向电网调度申请开工，内容为：本人为工作负责人×××，×年×月×日需在±500kV ××线路上进行检修金具作业，本次作业按《国家电网公司电力安全工作规程（电力线路部分）》第 8.1.7 条要求，确定是否停用线路自动再启动装置，若遇线路跳闸，不经联系，不得强送。得到调度许可，核对线路双重名称和杆塔号。

（2）全体工作成员列队，工作负责人现场宣读工作票、交待工作任务、安全措施和技术措施；查（问）看工作人员精神状况、着装情况和工器具是否完好齐全。确认危险点和预防措施，明确作业分工以及安全注意事项。

（3）地面电工采用兆欧表绝缘工具的绝缘电阻，检查滑车等工具是否完好齐全、屏蔽服（静电防护服）不得有破损、洞孔和毛刺状等缺陷。

（4）等电位电工穿着全套屏蔽服（包括帽、衣裤、手套、袜和导电鞋），必要时，屏蔽服内穿着阻 燃内衣。地面电工负责检查袜裤、裤衣、袖和手套的连接是否完好，用万用表测试袜、裤、衣、手套等连接导通情况。

（5）塔上电工穿着静电防护服、导电鞋，携带绝缘传递绳登塔至横担处，系挂好安全带，将绝缘滑车和绝缘传递绳在作业横担适当位置安装好。

（6）塔上电工在作业点距绝缘子串水平距大于 1.5m 处安装软梯。

（7）塔上电工配合等电位电工沿软梯进入导线，塔上电工将绝缘绳一端给等电位电工，等电位电工带好绝缘绳走线至作业点，将绝缘绳在上子导线上系牢，2 号电工收紧绝缘绳。

（8）地面电工用另一根绝缘绳系好绝缘滑车，并将绝缘滑车到挂在以收紧的绝缘绳上，利用收紧的绝缘绳做索道进行传递。

（9）地面电工将新导线防振金具传递给等电位电工，等电位电工拆除旧导线防振金具，安装新导线防振金具。

（10）等电位电工检查新导线防振金具安装情况，无误后按逆顺序拆除全部工具并传递下塔。等电位电工退出电位。

（11）塔上电工检查确认塔上无遗留工具后，汇报工作负责人得到同意后背绝缘传递绳平稳下塔。

（12）地面电工整理所用工器具和清理现场，工作负责人清点工器具。

（13）工作负责人向调度汇报。内容为：本人为工作负责人×××，±500kV ××线路更换防振装置作业已结束，杆塔作业人员已撤离，杆塔、导线上无遗留物，线路设备已恢复原状。

6. 安全措施及注意事项

（1）若在海拔 1000m 以上线路上带电作业时，应根据作业区的实际海拔高度，计算修正各类空气间隙、绝缘工具的安全距离和长度等，经本单位主管生产领导（总工程师）批准后执行。

（2）本次作业应经现场勘察并编制带电更换防振装置的现场作业指导书，经本单位技术负责人或主管生产负责人批准后执行。

（3）作业应在良好天气下进行。如遇雷电（听见雷声、看见闪电）、雪雹、雨雾时不得进行带电作业。风力大于 5 级（10m/s）时，不宜进行作业。

（4）若需在相对空气湿度大于 80%的天气下进行带电作业时，应采用具有防潮性能的绝缘工具。

（5）本次作业需向调度明确：若线路跳闸，不经联系不得强送电。

（6）杆塔上电工与直流带电体的安全作业距离不得小于 3.4m。等电位电工与接地构架之间安全作业距离不得小于 3.4m。

（7）绝缘传递绳和绝缘软梯的有效绝缘长度不小于 3.4m。绝缘操作杆的有效绝缘长度不小于 3.7m。

（8）等电位电工沿绝缘软梯进入强电场时，作业人员与接地体和带电体之间的组合间隙不得小于 3.8m。在进入电位过程中其人体裸露部分与带电体应保持 0.4m 的距离。

（9）地面绝缘工具应放在防潮苫布上，作业人员应戴清洁干燥手套，摇测绝缘电阻值不小于 700MΩ（电极宽 2cm，极间距 2cm）。

（10）等电位电工应穿戴全套屏蔽服、导电鞋，且各部分应连接良好。屏蔽服内不得贴身穿着化纤类衣服。

（11）塔上电工必须穿着静电防护服、导电鞋，以防感应电的伤害。

（12）等电位电工在上、下软梯过程中，塔上位电工应随时收紧等电位电工的保护绳。

（13）等电位电工从绝缘软梯登上导线后，必须先系挂好安全带才能解开防坠后备保护绳，脱离电位前必须系好防坠后备保护绳后，再解开安全带向负责人申请下软梯。

（14）等电位电工登软梯前，应与地面电工配合试冲击防坠保护绳的牢固情况，地面电工防坠保护绳控制方式应合理、可靠。

（15）放线滑车必须安装可靠，导线阻尼线进入放线滑车方可拆开阻尼线线夹，导线阻尼线端部必须有绝缘传递绳可靠控制，导线阻尼线全部拆开进入放线滑车后，方可在线路外侧收导线阻尼线。

（16）收导线阻尼线时，要有防止导线阻尼线脱落滑出的保护措施。

（17）导线阻尼线控制要牢固可靠，导线阻尼线盘绕直径不大于 1000mm，在传递过程中距绝缘子串水平距离不得小于 1.5m，到达导线水平位置后，应先等电位然后再转移给等电位电工。

（18）所有使用的器具必须安装可靠，工具受力后应冲击、检查判断其可靠性。

（19）绝缘工具使用前应用干净毛巾进行表面清洁处理。使用绝缘工具应戴清洁、干燥的手套，以防绝缘工具受潮和污染。收工或转移作业点时，应将绝缘工具装在工具袋内。

（20）在杆塔上作业过程中如遇设备突然停电，作业人员应视设备仍然带电。

（21）塔上电工登杆塔前，应对登高工具和安全带进行检查和冲击试验，全体作业人员必须戴安全帽。

（22）若作业塔上不能保持人身对带电体 3.4m 安全距离时，应在相邻塔的工作相加装保护间隙，保护间隙安装前的距离应大于 2.5m，安装、调试后的距离为 1.3m。两电极必须可靠固定在绝缘杆上，横担侧的电极尾线不留裕度，加装保护间隙的人员应穿全套合格的屏蔽服。

（23）上、下杆塔或在杆塔上移位时，作业人员必须攀抓牢固构件，且双手不得持带任何器材。

（24）杆塔上作业时不得失去安全带的保护。

（25）地面电工严禁在作业点垂直下方逗留，塔上电工应防止高空落物，使用的工具、材料应用绳索传递，不得乱扔。

（26）作业人员在杆塔上作业期间，工作监护人应对作业人员进行不间断监护，且不得从事其他工作。

八、±500kV 输电线路等电位软梯进入作业法带电更换导线间隔棒

1. 作业方法

等电位软梯进入作业法。

2. 适用范围

适用于±500kV 直线塔（耐张塔采用沿绝缘子串进入电场）。

3. 人员组合

本作业项目工作人员共计 4 人。其中工作负责人（监护人）1 人，等电位电工 1 人，塔上电工 1 人，地面电工 1 人。

4. 工器具配备

±500kV 等电位软梯进入作业法带电更换导线间隔棒工器具配备一览表见表 6-18。

表 6-18　　±500kV 等电位软梯进入作业法带电更换导线间隔棒工器具配备一览表

序号	工器具名称		规格、型号	数量	备　注
1	绝缘工具	绝缘传递绳	SCJS−ϕ10mm	1 根	视作业杆塔高度而定
2		绝缘软梯	SCJS−ϕ14mm×9m	1 副	
3		绝缘滑车	0.5t	1 只	
4		绝缘滑车	1t	1 只	
5		绝缘操作杆	500kV	1 根	
6	金属工具	扭矩扳手		1 把	紧固金具螺栓用
7		金属软梯头		1 个	
8	个人防护用具	高强度绝缘保护绳	SCJS−ϕ14mm×9m	1 根	防坠落保护用
9		屏蔽服		1 套	等电位电工穿
10		静电防护服		1 套	塔上电工穿
11		导电鞋		3 双	备用 1 双
12		安全带		3 根	备用 1 根
13		安全帽		4 顶	
14	辅助安全用具	万用表		1 块	检测屏蔽服连接导通用
15		兆欧表	5000V	1 块	电极宽 2cm，极间距 2cm
16		防潮苫布	2m×4m	1 块	
17		对讲机		2 部	
18		工具袋		2 只	装绝缘工具用

注　若沿耐张绝缘子串进入电场时，需增加绝缘子检测装置。

5. 作业程序

按照本次作业现场勘察后编写的现场作业指导书。

（1）工作负责人向电网调度申请开工，内容为：本人为工作负责人×××，×年×月×日需在±500kV ××线路上更换间隔棒作业，本次作业按《国家电网公司电力安全工作规程（电力线路部分）》第 8.1.7 条要求，确定是否停用线路自动再启动装置，若遇线路跳闸，不经联系，不得强送。得到调度许可，核对线路双重名称和杆塔号。

（2）全体工作成员列队，工作负责人现场宣读工作票、交待工作任务、安全措施和技术措施；查（问）看工作人员精神状况、着装情况和工器具是否完好齐全。确认危险点和预防措施，明确作业分工以及安全注意事项。

（3）地面电工采用兆欧表绝缘工具的绝缘电阻，检查工具是否完好齐全、屏蔽服（静电防护服）不得有破损、洞孔和毛刺状等缺陷。

（4）等电位电工穿着全套屏蔽服（包括帽、衣裤、手套、袜和导电鞋），必要时，屏蔽服内穿阻燃内衣。地面电工负责检查袜裤、裤衣、袖和手套的连接是否完好，用万用表测试袜、裤、衣、手套等连接导通情况。

（5）塔上电工穿着静电防护服、导电鞋，携带传递绳登塔至导线横担处，挂好绝缘传递绳。

（6）地面电工传递绝缘软梯和绝缘防坠落绳，塔上电工在距绝缘子串吊点水平距离大于 1.5m 处安装绝缘软梯。

（7）等电位电工系好高强度绝缘保护绳，塔上电工控高强度绝缘保护绳配合等电位电工沿绝缘软梯下行。

（8）等电位电工沿绝缘软梯下到头部或手与上子导线平行位置，报经工作负责人同意后，地面电工利用绝缘软梯尾绳配合等电位电工进入电场。

（9）等电位电工登上导线并系挂好安全带后，解开高强度绝缘保护绳（随后可作绝缘传递绳用），携带绝缘传递绳走线至作业点。

（10）等电位电工拆除损坏的导线间隔棒并绑扎好，地面电工吊上新导线间隔棒。

（11）等电位电工安装好间隔棒，检查螺栓扭矩值合格后，报经工作负责人同意后退回绝缘软梯处。

（12）塔上电工控制好尾绳，等电位电工系好高强度绝缘保护绳，按进入时程序逆向退回杆塔身后下塔；

（13）塔上电工和地面电工配合拆除全部作业工具并传递下塔。

（14）塔上电工检查确认塔上无遗留物，报经工作负责人同意后携带绝缘传递绳下塔。

（15）地面电工整理所用工器具和清理现场，工作负责人清点工器具。

（16）工作负责人向调度汇报。内容为：本人为工作负责人×××，±500kV ××线路上更换导线间隔棒工作已结束，杆塔上作业人员已撤离，杆塔、导线上无遗留物，线路设备已恢复原状。

6. 安全措施及注意事项

（1）若在海拔 1000m 以上线路上带电作业时，应根据作业区的实际海拔高度，计算修正各类空气间隙、绝缘工具的安全距离和长度等，经本单位主管生产领导（总工程师）批准后执行。

（2）本次作业应经现场勘察并编制带电更换导线间隔棒的现场作业指导书，经本单位技术负责人或主管生产负责人批准后执行。

（3）作业应在良好天气下进行。如遇雷电（听见雷声、看见闪电）、雪雹、雨雾时不得进行带电作业。风力大于 5 级（10m/s）时，不宜进行作业。

（4）若需在相对空气湿度大于 80%的天气下进行带电作业时，应采用具有防潮性能的绝缘工具。

（5）本次作业需向调度明确：若线路跳闸，不经联系不得强送电。

（6）杆塔上电工与直流带电体的安全作业距离不得小于 3.4m。等电位电工与接地构架之间安全作业距离不得小于 3.4m。

（7）绝缘传递绳和绝缘软梯的有效绝缘长度不小于 3.4m。绝缘操作杆的有效绝缘长度不小于 3.7m。

（8）等电位电工沿绝缘软梯进入强电场时，作业人员与接地体和带电体之间的组合间隙不得小于 3.8m。在进入电位过程中其人体裸露部分与带电体应保持 0.4m 的距离。

（9）地面绝缘工具应放在防潮苫布上，作业人员应戴清洁干燥手套，摇测绝缘电阻值不小于 700MΩ（电极宽 2cm，极间距 2cm）。

（10）现场使用的工具在使用前和使用后必须详细检查，是否有损坏、变形和失灵等问题。

（11）等电位电工应穿戴全套屏蔽服、导电鞋，且各部分应连接良好。屏蔽服内不得贴身穿着化纤类衣服。

（12）塔上电工必须穿着静电防护服、导电鞋，以防感应电的伤害。

（13）等电位电工登绝缘软梯必须有高强度绝缘保护绳，塔上电工控制防坠保护绳方式合理。

（14）等电位电工从绝缘软梯登上导线后，必须先系挂好安全带才能解开高强度绝缘保护绳，脱离电位前必须系好高强度绝缘保护绳后，再解开安全带向负责人申请下绝缘软梯。

（15）等电位电工登绝缘软梯前，应试冲击检查绝缘软梯的安装情况，塔上电工高强度保护绳控制方式应合理、可靠。

（16）绝缘工具使用前应用干净毛巾进行表面清洁处理。使用绝缘工具应戴清洁、干燥的手套，以防绝缘工具受潮和污染。收工或转移作业点时，应将绝缘工具装在工具袋内。

（17）在杆塔上作业过程中如遇设备突然停电，作业人员应视设备仍然带电。

（18）塔上电工登杆塔前，应对登高工具和安全带进行检查和冲击试验，全体作业人员必须戴安全帽。

（19）上、下杆塔或在杆塔上移位时，作业人员必须攀抓牢固构件，且双手不得持带任何器材。

（20）杆塔上作业时不得失去安全带的保护。

（21）地面电工严禁在作业点垂直下方活动，塔上电工应防止高空落物，使用的工具、材料应用绳索传递，不得乱扔。

（22）作业人员在杆塔上作业期间，工作监护人应对作业人员进行不间断监护，且不得

从事其他工作。

（23）若在耐张塔采用沿绝缘子串跨二短三法进入电场时，需按相应方法配置工具和执行相应安全措施。

第四节 ±500kV 导、地线

一、±500kV 输电线路飞车法带电修补架空地线

1. 作业方法

飞车法。

2. 适用范围

适用于 ±500kV 所有一般线路架空地线。

3. 人员组合

本作业项目工作人员共计 4 人。其中工作负责人（监护人）1 人，出线电工 1 人，塔上电工 1 人，地面电工 1 人。

4. 工器具配备

±500kV 飞车法带电修补架空地线工器具配备一览表见表 6-19。

表 6-19 　　　　±500kV 飞车法带电修补架空地线工器具配备一览表

序号	工器具名称		规格、型号	数量	备 注
1	绝缘工具	绝缘传递绳	SCJS−ϕ10mm	1 根	视作业杆塔高度而定
2		绝缘控制绳	SCJS−ϕ12mm	1 根	视作业范围而定
3		绝缘滑车	0.5t	2 只	
4	金属工具	地线飞车		1 台	
5	个人防护用具	高强度绝缘保护绳	SCJS−ϕ14mm×9m	1 根	防坠落保护用
6		屏蔽服		1 套	出线塔上电工穿
7		静电防护服		1 套	塔上电工穿
8		导电鞋		2 双	
9		安全带		2 根	
10		安全帽		4 顶	
11	辅助安全用具	兆欧表	5000V	1 块	电极宽 2cm，极间距 2cm
12		防潮苫布	2m×4m	1 块	
13		对讲机		2 部	
14		工具袋		2 只	装绝缘工具用

注　若是绝缘架空地线且悬挂软梯时，应视为带电体，采用专用接地线短接后才能作业。

5. 作业程序

按照本次作业现场勘察后编写的现场作业指导书。

（1）工作负责人向电网调度申请开工，内容为：本人为工作负责人×××，×年×月×日需在±500kV ××线路上带电补修架空地线工作，本次作业按《国家电网公司电力安全工作规程（电力线路部分）》第 8.1.7 条要求，确定是否停用线路自动再启动装置，若遇线路跳闸，不经联系，不得强送。得到调度许可，核对线路双重名称和杆塔号。

（2）全体工作成员列队，工作负责人现场宣读工作票、交待工作任务、安全措施和技术措施；查（问）看工作人员精神状况、着装情况和工器具是否完好齐全。确认危险点和预防措施，明确作业分工以及安全注意事项。

（3）地面电工采用兆欧表绝缘工具的绝缘电阻，检查工具是否完好齐全，屏蔽服（静电防护服）不得有破损、洞孔和毛刺状等缺陷。

（4）出地线电工穿着全套屏蔽服、导电鞋，塔上电工必须穿着静电防护服、导电鞋。

（5）塔上电工带传递绳登塔至地线支架、安装传递绳滑车做起吊准备，飞车出线电工上塔。

（6）若是绝缘架空地线时，地面电工传递绝缘地线专用接地棒和地线飞车，塔上电工在出线检修电工的监护下，在不工作侧将绝缘架空地线可靠接地，随后拆除工作侧绝缘地线的防振锤，安装地线飞车并系好飞车控制绳。

（7）塔上电工收紧飞车控制绳配合出线电工登上飞车，地面电工传递上预绞丝，出线电工携带上预绞丝。

（8）塔上电工松飞车控制绳配合出线飞车电工进入作业点进行架空地线修补工作，如架空地线损伤点距地线支架较远时飞车应由地面电工在地面控制。

（9）飞车出线电工进入作业点后检查绝缘架空地线损伤情况，报告工作负责人后，进行修补工作。

（10）补修完成后，报经工作负责人同意后，塔上电工配合出线电工退出作业点返回地线支架；

（11）塔上电工和出线电工拆除塔上的全部工具，安装好绝缘地线防振锤，若是绝缘架空地线时，在出线电工的监护下，塔上电工拆除绝缘地线专用接地线。出线操作电工随后下塔。

（12）塔上电工检查确认塔上无遗留物，报经工作负责人同意后携带绝缘传递绳下塔。

（13）地面电工整理所用工器具和清理现场，工作负责人清点工器具。

（14）工作负责人向调度汇报。内容为：本人为工作负责人×××，±500kV ××线路上带电补修架空地线工作已结束，杆塔上作业人员已撤离，杆塔、导线上无遗留物，线路设备已恢复原状。

6. 安全措施及注意事项

（1）若在海拔 1000m 以上线路上带电作业时，应根据作业区的实际海拔高度，计算修正各类空气间隙、绝缘工具的安全距离和长度等，经本单位主管生产领导（总工程师）批准后执行。

（2）本次作业应经现场勘察并编制带电补修架空地线的现场作业指导书，经本单位技术负责人或主管生产负责人批准后执行。

（3）作业应在良好天气下进行。如遇雷电（听见雷声、看见闪电）、雪雹、雨雾时不得进行带电作业。风力大于 5 级（10m/s）时，不宜进行作业。

（4）若需在相对空气湿度大于 80% 的天气下进行带电作业时，应采用具有防潮性能的绝缘工具。

（5）本次作业需向调度明确：若线路跳闸，不经联系不得强送电。

（6）绝缘传递绳有效绝缘长度不小于 3.4m。若是绝缘架空地线时，应视为带电体，未用专用接地线短接前，塔上电工应保持对其安全距离 0.4m 以上。

（7）飞车出线补修架空地线（OPGW 或良导体）作业，应事先按损伤程度和出线荷载等进行架空地线的强度、弧垂变化的验算。

（8）飞车出线作业中应保持地线及人体对下方的带电导线保持安全距离 3.9m 以上。

（9）地面绝缘工具应放在防潮苫布上，作业人员应戴清洁干燥手套，摇测绝缘电阻值不小于 700MΩ（电极宽 2cm，极间距 2cm）。

（10）飞车等工具在使用前和使用后必须详细检查，是否有损坏、变形和失灵等问题。

（11）出线电工应穿戴全套屏蔽服、导电鞋，塔上电工必须穿着静电防护服、导电鞋，以防感应电的伤害。屏蔽服不能作为接地线用。

（12）若是绝缘架空地线时，进入绝缘架空地线作业前应首先将绝缘架空地线可靠接地。

（13）挂设的绝缘架空地线专用接地线上源源不断地流有感应电流，作业人员应严格按安规挂、拆接地线的规定进行，且裸手不得碰触铜接地线。

（14）绝缘工具使用前应用干净毛巾进行表面清洁处理。使用绝缘工具应戴清洁、干燥的手套，以防绝缘工具受潮和污染。收工或转移作业点时，应将绝缘工具装在工具袋内。

（15）在杆塔上作业过程中如遇设备突然停电，作业人员应视设备仍然带电。

（16）塔上电工登杆塔前，应对登高工具和安全带进行检查和冲击试验，全体作业人员必须戴安全帽。

（17）上、下杆塔或在杆塔上移位时，作业人员必须攀抓牢固构件，且双手不得持带任何器材。

（18）杆塔上作业时不得失去安全带的保护。

（19）地面电工严禁在作业点垂直下方逗留，塔上电工应防止高空落物，使用的工具、材料应用绳索传递，不得乱扔。

（20）作业人员在杆塔上作业期间，工作监护人应对作业人员进行不间断监护，且不得从事其他工作。

二、±500kV 输电线路等电位软梯进入法带电修补导线

1. 作业方法

等电位软梯进入法。

2. 适用范围

适用于 ±500kV 直线塔（耐张塔采用沿绝缘子串进入电场）。

3. 人员组合

本作业项目工作人员共计 4 人。其中工作负责人（监护人）1 人，等电位电工 1 人，塔上电工 1 人，地面电工 1 人。

4. 工器具配备

±500kV 等电位软梯进入法带电修补导线工器具配备一览表见表 6-20。

表 6-20　　　　±500kV 等电位软梯进入法带电修补导线工器具配备一览表

序号	工器具名称		规格、型号	数量	备　注
1	绝缘工具	绝缘传递绳	SCJS-ϕ10mm	1 根	视作业杆塔高度而定
2		绝缘软梯	SCJS-ϕ14mm×9m	1 副	
3		绝缘滑车	0.5t	1 只	
4		绝缘滑车	1t	1 只	
5	金属工具	软梯头滑车		1 只	
6		金属软梯头		1 个	
7	个人防护用具	高强度绝缘保护绳	SCJS-ϕ14mm×9m	1 根	防坠落保护用
8		屏蔽服		1 套	等电位电工穿
9		静电防护服		1 套	塔上电工穿
10		导电鞋		2 双	
11		安全带		2 根	
12		安全帽		4 顶	
13	辅助安全用具	万用表		1 块	检测屏蔽服连接导通用
14		兆欧表	5000V	1 块	电极宽 2cm，极间距 2cm
15		防潮苫布	2m×4m	2 块	
16		对讲机		2 部	
17		工具袋		2 只	装绝缘工具用

注　若采用沿绝缘子串进入电场时，则应增加绝缘子检测仪并检测瓷质绝缘子低零值。

5. 作业程序

按照本次作业现场勘察后编写的现场作业指导书。

（1）工作负责人向电网调度申请开工，内容为：本人为工作负责人×××，×年×月×日需在±500kV ××线路上补修导线作业，本次作业按《国家电网公司电力安全工作规程（电力线路部分）》第 8.1.7 条要求，确定是否停用线路自动再启动装置，若遇线路跳闸，不经联系，不得强送。得到调度许可，核对线路双重名称和杆塔号。

（2）全体工作成员列队，工作负责人现场宣读工作票、交待工作任务、安全措施和技术措施；查（问）看工作人员精神状况、着装情况和工器具是否完好齐全。确认危险点和预防措施，明确作业分工以及安全注意事项。

（3）地面电工采用兆欧表绝缘工具的绝缘电阻，检查工具是否完好齐全、屏蔽服（静电防护服）不得有破损、洞孔和毛刺状等缺陷。

（4）等电位电工穿着全套屏蔽服（包括帽、衣裤、手套、袜和导电鞋），必要时，屏蔽服内穿阻燃内衣。地面电工负责检查袜裤、裤衣、袖和手套的连接是否完好，用万用表测试袜、裤、衣、手套等连接导通情况。

（5）塔上电工必须穿着静电防护服、导电鞋。

（6）地面电工传递绝缘软梯和绝缘防坠落绳，塔上电工在距绝缘子串吊点水平距离大于 1.5m 处安装绝缘软梯。

（7）等电位电工系好绝缘防坠落保护绳，地面电工控制防坠保护绳配合等电位电工沿绝缘软梯下行。

（8）等电位电工沿绝缘软梯下到头部或手与上子导线平行位置，报经工作负责人，同意后，地面电工摆动绝缘软梯尾绳配合等电位电工进入电场。

（9）等电位电工登上导线并系挂好安全带后，解开高强度绝缘保护绳（随后可作绝缘传递绳用），携带绝缘传递绳走线至作业点。

（10）若导线在同一处擦伤深度不超过单股直径的 1/4，且截面积损伤部分不超过总导电部分截面积的 2%，可用不粗于 0 号细砂纸磨光表面棱刺。

（11）若导线在同一处损伤的程度使导线强度损失部分不超过总拉断力的 8.5%，且截面积损伤部分不超过总导电部分截面积的 12.5%时，用补修管修补。

（12）采用补修管修补应将损伤处的线股先恢复原绞制状态，线股处理平整，补修管的中心应位于损伤最严重处，补修的范围应位于管内各 20mm。

（13）地面电工配合等电位电工将清洗好的补修管、装配好压模和机动液压泵的压钳吊至损伤导线处，等电位电工将导线连同补修管放入压接钳内，逐一对模压接。

（14）压接完成后，等电位电工用游标卡尺检验确认六边形的三个对边距符合下列标准：在同一模的六边形中，只允许其中有一个对边距达到公式 $S=0.866\times0.993D+0.2$（mm）的最大计算值。测量超过应查明原因，另行处理。最后铲除补修管的飞边毛刺，完成修补工作。

（15）若导线损伤面积为铝总面积的 25%以上时，也可采用预绞式接续条、全张力预绞式接续条等进行补修，具体按 DL/T 1069《输电线路导地线补修导则》要求执行。

（16）等电位电工修补好导线后经检查合格，报经工作负责人同意后退回绝缘软梯处。

（17）塔上电工控制好尾绳，等电位电工系好防坠保护绳，解开安全带后按进入程序逆向退回塔身后下塔；

（18）塔上电工和地面电工配合拆除并传递下塔上的全部工具。

（19）塔上电工检查确认塔上无遗留物，报经工作负责人同意后携带绝缘传递绳下塔。

（20）地面电工整理所用工器具和清理现场，工作负责人清点工器具。

（21）工作负责人向调度汇报。内容为：本人为工作负责人×××，±500kV ××线路上带电补修导线工作已结束，杆塔上作业人员已撤离，杆塔、导线上无遗留物，线路设备已恢复原状。

6. 安全措施及注意事项

（1）若在海拔 1000m 以上线路上带电作业时，应根据作业区的实际海拔高度，计算修正各类空气间隙、绝缘工具的安全距离和长度等，经本单位主管生产领导（总工程师）批准后执行。

（2）本次作业应经现场勘察并编制带电补修导线的现场作业指导书，经本单位技术负责人或主管生产负责人批准后执行。

（3）作业应在良好天气下进行。如遇雷电（听见雷声、看见闪电）、雪雹、雨雾时不得进行带电作业。风力大于 5 级（10m/s）时，不宜进行作业。

（4）若需在相对空气湿度大于 80% 的天气下进行带电作业时，应采用具有防潮性能的绝缘工具。

（5）本次作业需向调度明确：若线路跳闸，不经联系不得强送电。

（6）杆塔上电工与直流带电体的安全作业距离不得小于 3.4m。等电位电工与接地构架之间安全作业距离不得小于 3.4m。

（7）绝缘传递绳和绝缘软梯的有效绝缘长度不小于 3.4m。绝缘操作杆的有效绝缘长度不小于 3.7m。

（8）等电位电工沿绝缘软梯进入强电场时，作业人员与接地体和带电体之间的组合间隙不得小于 3.8m。在进入电位过程中其人体裸露部分与带电体应保持 0.4m 的距离。

（9）等电位电工作业中应保持对被跨越下方的其他电力线路、通信线和建筑物保持安全距离 4.4m 以上。

（10）地面绝缘工具应放在防潮苫布上，作业人员应戴清洁干燥手套，摇测绝缘电阻值不小于 700MΩ（电极宽 2cm，极间距 2cm）。

（11）现场使用的工具在使用前和使用后必须详细检查，是否有损坏、变形和失灵等问题。

（12）等电位电工应穿戴全套屏蔽服、导电鞋，且各部分应连接良好。屏蔽服内不得贴身穿着化纤类衣服。

（13）塔上电工必须穿着静电防护服、导电鞋，以防感应电的伤害。

（14）等电位电工登绝缘软梯必须有高强度绝缘保护绳。

（15）等电位电工从绝缘软梯登上导线后，必须先系挂好安全带才能解开高强度绝缘保护绳，脱离电位前必须系好高强度绝缘保护绳后，再解开安全带向负责人申请下绝缘软梯。

（16）等电位电工登绝缘软梯前，应试冲击检查防绝缘软梯的安装情况，塔上电工高强度绝缘保护绳控制方式应合理、可靠。

（17）绝缘工具使用前应用干净毛巾进行表面清洁处理。使用绝缘工具应戴清洁、干燥的手套，以防绝缘工具受潮和污染。收工或转移作业点时，应将绝缘工具装在工具袋内。

（18）在杆塔上作业过程中如遇设备突然停电，作业人员应视设备仍然带电。

（19）塔上电工登杆塔前，应对登高工具和安全带进行检查和冲击试验，全体作业人员必须戴安全帽。

（20）上、下杆塔或在杆塔上移位时，作业人员必须攀抓牢固构件，且双手不得持带任何器材。

（21）杆塔上作业时不得失去安全带的保护。

（22）地面电工严禁在作业点垂直下方逗留，塔上电工应防止高空落物，使用的工具、材料应用绳索传递，不得乱扔。

（23）作业人员在杆塔上作业期间，工作监护人应对作业人员进行不间断监护，且不得从事其他工作。

（24）若在耐张塔采用沿绝缘子串跨二短三法进入电场时，需按其相应方法配置工具和执行相应的安全措施。

（25）若导线损伤面积为铝总面积的 25% 以上时，也可采用预绞式接续条、全张力预绞式接续条等进行补修，具体按 DL/T 1069《输电线路导地线补修导则》要求执行。

三、±500kV 输电线路等电位沿耐张绝缘子串进入法带电修补导线

1. 作业方法

等电位沿耐张绝缘子串进入法。

2. 适用范围

适用于 ±500kV 耐张塔进入电场补修导线、更换间隔棒等作业。

3. 人员组合

本作业项目工作人员共计 4 人。其中工作负责人（监护人）1 人，等电位电工 1 人，塔上电工 1 人，地面电工 1 人。

4. 工器具配备

±500kV 等电位沿耐张绝缘子串进入法带电修补导线工器具配备一览表见表 6-21。

表 6-21　±500kV 等电位沿耐张绝缘子串进入法带电修补导线工器具配备一览表

序号	工器具名称		规格、型号	数量	备　注
1	绝缘工具	绝缘传递绳	SCJS−ϕ10mm	2 根	视作业杆塔高度而定
2		绝缘滑车	0.5t	2 个	
3		绝缘绳套	SCJS−ϕ20mm	2 只	
4		绝缘操作杆	500kV	1 根	
5	金属工具	扭矩扳手		1 把	紧固间隔棒用
6		瓷质绝缘子检测装置		1 套	瓷质绝缘子用
7	个人防护用具	安全带		3 根	备用 1 根
8		高强度绝缘保护绳	SCJS−ϕ14mm×9m	1 根	防坠落保护用
9		屏蔽服		1 套	等电位电工穿
10		静电防护服		1 套	塔上电工穿
11		导电鞋		2 双	
12		安全帽		4 顶	

续表

序号	工器具名称		规格、型号	数量	备 注
13		防潮苫布	2m×4m	1块	
14		万用表		1块	检测屏蔽服连接导通用
15	辅助安全用具	兆欧表	5000V	1块	电极宽 2cm，极间距 2cm
16		对讲机		2台	
17		工具袋		2只	装绝缘工具用

5. 作业程序

按照本次作业现场勘察后编写的现场作业指导书。

（1）工作前工作负责人向电网调度员申请开工。内容为：本人为工作负责人×××，×年×月×日需在±500kV ××线路上带电进行导线消缺工作，本次作业按《国家电网公司电力安全工作规程（电力线路部分）》第 8.1.7 条要求，确定是否停用线路自动再启动装置，若遇线路跳闸，不经联系，不得强送。得到调度许可，核对线路双重名称和杆塔号。

（2）全体工作成员列队，工作负责人现场宣读工作票、交待工作任务、安全措施和技术措施；查（问）看作业人员精神状况、着装情况和工器具是否完好齐全。确认危险点和预防措施，明确作业分工以及安全注意事项。

（3）工作人员用兆欧表检测绝缘工具的绝缘电阻，检查工器具等是否齐全完好，屏蔽服（静电防护服）不得有破损、洞孔和毛刺状等缺陷。

（4）等电位电工穿着全套屏蔽服（包括帽、衣裤、手套、袜和导电鞋），必要时，屏蔽服内穿阻燃内衣。地面电工负责检查袜裤、裤衣、袖和手套的连接是否完好，用万用表测试袜、裤、衣、手套等连接导通情况。

（5）塔上电工穿着静电防护服、导电鞋，携带绝缘传递绳登塔至工作位置，系挂好安全带，将绝缘滑车悬挂在适当的位置。

（6）地面电工将绝缘操作杆、高强度防坠保护绳依次吊至塔上。

（7）若是盘形瓷质绝缘子时，地面电工将绝缘子检测装置及绝缘操作杆组装好后传递给塔上电工，塔上电工检测复核所要更换绝缘子串的零值绝缘子，当同串（34 片）零值绝缘子达到 13 片时应立即停止检测，并结束本次带电作业工作（结构高度 170mm）。

（8）等电位电工登塔至横担处，系好高强度绝缘保护绳。

（9）等电位电工沿绝缘子串进入电位，需经工作负责人同意，进入过程中应将绝缘安全带在其中一串绝缘子上。

（10）等电位电工采用跨二短三方式沿绝缘子串进入电场（如图 4-1 所示）。

（11）等电位电工走线至工作位置，地面电工配合将预绞丝补修条等传递上去。

（12）等电位电工检查导线损伤情况并报工作负责人。

（13）等电位电工用钢丝刷清除干净氧化物，涂上导电脂后，对准损伤中心点将预绞丝补修条安装好。

（14）等电位电工检查补修条中心位置及缠绕均匀，两端对齐等安装情况后，报告工作负责人。

（15）若导线损伤面积为铝总面积的 25% 以上时，也可采用预绞式接续条、全张力预绞式接续条等进行补修，具体按 DL/T 1069《输电线路导地线补修导则》要求执行。

（16）经工作负责人同意后，等电位电工走线退回绝缘子串处。

（17）等电位电工经工作负责人同意采用跨二短三方式沿绝缘子串方式退回横担上并下塔。

（18）塔上电工与地面电工配合将绝缘操作杆、防坠保护绳等工具依次传递至地面。

（19）塔上电工检查塔上无遗留物，报经工作负责人同意后携带绝缘传递绳下塔。

（20）地面电工整理所有工器具和清理现场，工作负责人清点工器具。

（21）工作负责人向调度汇报。内容为：本人为工作负责人×××，±500kV ×× 线路带电导线消缺工作已结束，杆塔上作业人员已撤离，杆塔上、导线上无遗留物，线路设备已恢复原状。

6. 安全措施及注意事项

（1）若在海拔 1000m 以上线路上带电作业时，应根据作业区的实际海拔高度，计算修正各类空气间隙、绝缘工具的安全距离和长度、绝缘子片数等，经本单位主管生产领导（总工程师）批准后执行。

（2）本次作业应经现场勘察并编制带电补修导线的现场作业指导书，经本单位技术负责人或主管生产负责人批准后执行。

（3）作业应在良好天气下进行。如遇雷电（听见雷声、看见闪电）、雪雹、雨雾时不得进行带电作业。风力大于 5 级（10m/s）时，不宜进行作业。

（4）若需在相对空气湿度大于 80% 的天气下进行带电作业时，应采用具有防潮性能的绝缘工具。

（5）本次作业需向调度明确：若线路跳闸，不经联系，不得强送电。

（6）杆塔上电工与直流带电体的安全作业距离不得小于 3.4m。等电位电工与接地构架之间安全作业距离不得小于 3.4m。

（7）绝缘传递绳和绝缘软梯的有效绝缘长度不小于 3.4m。绝缘操作杆的有效绝缘长度不小于 3.7m。

（8）等电位电工沿绝缘子串进入强电场时，作业人员与接地体和带电体之间的组合间隙不得小于 3.8m。在进入电位过程中其人体裸露部分与带电体应保持 0.4m 的距离。

（9）等电位电工作业中应保持对被跨越下方的其他电力线路、通信线和建筑物保持安全距离 4.4m 以上。

（10）地面绝缘工具应放在防潮苫布上，作业人员应戴清洁干燥手套，摇测绝缘电阻值不小于 700MΩ（电极宽 2cm，极间距 2cm）。

（11）现场使用的工具在使用前和使用后必须详细检查，是否有损坏、变形和失灵等问题。

（12）等电位电工应穿戴全套屏蔽服、导电鞋，且各部分应连接良好。屏蔽服内不得贴身穿着化纤类衣服。

（13）塔上电工必须穿着静电防护服、导电鞋，以防感应电的伤害。

（14）耐张杆塔采用自由式方法作业时，作业中扣除人体短接和零值（自爆）绝缘子片数后，良好绝缘子不得小于22片（结构高度170mm）。

（15）等电位作业人员进出电位时，应向工作负责人申请，得到同意后方可进行。采用跨二短三方法作业手脚应同步，行进过程中严禁短接3片以上绝缘子。

（16）使用的工具、金具上下传递应用绝缘传递绳，金属工具在起吊传递过程中必须距带电体1.5m以外，到达工作位置后再传移给操作电工。

（17）绝缘工具使用前应用干净毛巾进行表面清洁处理。使用绝缘工具应戴清洁、干燥的手套，以防绝缘工具受潮和污染。收工或转移作业点时，应将绝缘工具装在工具袋内。

（18）在杆塔上作业过程中如遇设备突然停电，作业人员应视设备仍然带电。

（19）塔上电工登杆塔前，应对登高工具和安全带进行检查和冲击试验，全体作业人员必须戴安全帽。

（20）上、下杆塔或在杆塔上移位时，作业人员必须攀抓牢固构件，且双手不得持带任何器材。

（21）杆塔上作业时不得失去安全带的保护。

（22）地面电工严禁在作业点垂直下方逗留，塔上电工应防止高空落物，使用的工具、材料应用绳索传递，不得乱扔。

（23）若导线损伤面积为铝总面积的25%以上时，也可采用预绞式接续条、全张力预绞式接续条等进行补修，具体按DL/T 1069《输电线路导地线补修导则》要求执行。

（24）作业人员在杆塔上作业期间，工作监护人应对作业人员进行不间断监护，且不得从事其他工作。

四、±500kV 输电线路等电位软梯进入法带电处理导线上漂浮物

1. 作业方法

等电位软梯进入法。

2. 适用范围

适用于±500kV 直线塔（若耐张塔采用沿绝缘子串进入电场）。

3. 人员组合

本作业项目工作人员共计5人。其中工作负责人（监护人）1人，等电位电工1人，塔上电工2人，地面电工1人。

4. 工器具配备

±500kV 等电位软梯进入法带电处理导线上漂浮物工器具配备一览表见表6-22。

表6-22　±500kV 等电位软梯进入法带电处理导线上漂浮物工器具配备一览表

序号	工器具名称		规格、型号	数量	备　注
1	绝缘工具	绝缘传递绳	SCJS－ϕ10mm	1根	视作业杆塔高度而定
2		绝缘软梯	SCJS－ϕ14mm×9m	1副	视作业杆塔高度而定
3		绝缘滑车	0.5t	1只	

续表

序号	工器具名称		规格、型号	数量	备　注
4	绝缘工具	绝缘滑车	1t	1只	
5		绝缘操作杆	500kV	1根	
6	金属工具	扭矩扳手		1把	
7		软梯头		1个	
8	个人防护用具	高强度绝缘保护绳	SCJS−ϕ14mm×9m	1根	防坠落保护用
9		屏蔽服		1套	等电位电工穿
10		静电防护服		2套	塔上电工穿
11		导电鞋		3双	
12		安全带		3根	
13		安全帽		5顶	
14	辅助安全用具	万用表		1块	检测屏蔽服连接导通用
15		兆欧表	5000V	1块	电极宽 2cm，极间距 2cm
16		防潮苫布	2m×4m	1块	
17		对讲机		2部	
18		工具袋		2只	装绝缘工具用

5. 作业程序

按照本次作业现场勘察后编写的现场作业指导书。

（1）工作负责人向电网调度申请开工，内容为：本人为工作负责人×××，×年×月×日需在±500kV ××线路上带电处理漂浮物作业，本次作业按《国家电网公司电力安全工作规程（电力线路部分）》第 8.1.7 条要求，确定是否停用线路自动再启动装置，若遇线路跳闸，不经联系，不得强送。得到调度许可，核对线路双重名称和杆塔号。

（2）全体工作成员列队，工作负责人现场宣读工作票、交待工作任务、安全措施和技术措施；查（问）看工作人员精神状况、着装情况和工器具是否完好齐全。确认危险点和预防措施，明确作业分工以及安全注意事项。

（3）地面电工采用兆欧表绝缘工具的绝缘电阻，检查工具是否完好齐全、屏蔽服（静电防护服）不得有破损、洞孔和毛刺状等缺陷。

（4）等电位电工穿着全套屏蔽服（包括帽、衣裤、手套、袜和导电鞋），必要时，屏蔽服内穿阻燃内衣。地面电工负责检查袜裤、裤衣、袖和手套的连接是否完好，用万用表测试袜、裤、衣、手套等连接导通情况。

（5）塔上电工必须穿着静电防护服、导电鞋。

（6）塔上 1 号电工带传递绳登塔至导线横担处，挂好绝缘传递绳。

（7）地面电工传递绝缘软梯和绝缘防坠落绳，塔上电工在距绝缘子串吊点水平距离大于 1.5m 处安装绝缘软梯。

（8）等电位电工系好高强度绝缘保护绳，塔上电工控制高强度绝缘保护绳配合等电位电工沿绝缘软梯下行。

（9）等电位电工沿绝缘软梯下到头部或手与上子导线平行位置，报经工作负责人同意后，地面电工利用绝缘软梯尾绳摆动绝缘软梯配合等电位电工进入电场。

（10）等电位电工登上导线并系挂好安全带后，解开高强度绝缘保护绳（随后可作绝缘传递绳用），携带绝缘传递绳走线至作业点。

（11）等电位电工拆除拆除缠绕在导线上的漂浮物。

（12）等电位电工检查导线有否损伤等情况后，经工作负责人同意后退回绝缘软梯处。

（13）塔上 2 号电工控制好尾绳，等电位电工系好高强度绝缘保护绳后，按进入程序逆向退回横担后下塔。

（14）塔上 1 号电工和地面电工配合拆除并传递下塔上的全部工具。

（15）塔上 1 号电工检查确认塔上无遗留物，报经工作负责人同意后携带绝缘传递绳下塔。

（16）地面电工整理所用工器具和清理现场，工作负责人清点工器具。

（17）工作负责人向调度汇报。内容为：本人为工作负责人×××，±500kV ××线路上带电处理漂浮物工作已结束，杆塔上作业人员已撤离，杆塔、导线上无遗留物，线路设备已恢复原状。

6. 安全措施及注意事项

（1）若在海拔 1000m 以上线路上带电作业时，应根据作业区的实际海拔高度，计算修正各类空气间隙、绝缘工具的安全距离和长度等，经本单位主管生产领导（总工程师）批准后执行。

（2）本次作业应经现场勘察并编制带电处理漂浮物的现场作业指导书，经本单位技术负责人或主管生产负责人批准后执行。

（3）作业应在良好天气下进行。如遇雷电（听见雷声、看见闪电）、雪雹、雨雾时不得进行带电作业。风力大于 5 级（10m/s）时，不宜进行作业。

（4）若需在相对空气湿度大于 80% 的天气下进行带电作业时，应采用具有防潮性能的绝缘工具。

（5）本次作业需向调度明确：若线路跳闸，不经联系，不得强送电。

（6）杆塔上电工与直流带电体的安全作业距离不得小于 3.4m。等电位电工与接地构架之间安全作业距离不得小于 3.4m。

（7）绝缘传递绳和绝缘软梯的有效绝缘长度不小于 3.4m。绝缘操作杆的有效绝缘长度不小于 3.7m。

（8）等电位电工沿绝缘子串进入强电场时，作业人员与接地体和带电体之间的组合间隙不得小于 3.8m。在进入电位过程中其人体裸露部分与带电体应保持 0.4m 的距离。

（9）等电位电工作业中应保持对被跨越下方的其他电力线路、通信线和建筑物保持安全距离 4.4m 以上。

（10）地面绝缘工具应放在防潮苫布上，作业人员应戴清洁干燥手套，摇测绝缘电阻值

不小于 700MΩ（电极宽 2cm，极间距 2cm）。

（11）等电位电工应穿戴全套屏蔽服、导电鞋，且各部分应连接良好。屏蔽服内不得贴身穿着化纤类衣服。

（12）塔上电工必须穿着静电防护服、导电鞋，以防感应电的伤害。

（13）等电位电工登绝缘软梯必须有绝缘防坠保护绳，地面电工控制防坠保护绳方式合理。

（14）等电位电工从绝缘软梯登上导线后，必须先系挂好安全带才能解开防坠后备保护绳，脱离电位前必须系好防坠后备保护绳后，再解开安全带向负责人申请下软梯。

（15）等电位电工登软梯前，应与地面电工配合试冲击防坠保护绳的牢固情况，地面电工防坠保护绳控制方式应合理、可靠。

（16）绝缘工具使用前应用干净毛巾进行表面清洁处理。使用绝缘工具应戴清洁、干燥的手套，以防绝缘工具受潮和污染。收工或转移作业点时，应将绝缘工具装在工具袋内。

（17）在杆塔上作业过程中如遇设备突然停电，作业人员应视设备仍然带电。

（18）塔上电工登杆塔前，应对登高工具和安全带进行检查和冲击试验，全体作业人员必须戴安全帽。

（19）上、下杆塔或在杆塔上移位时，作业人员必须攀抓牢固构件，且双手不得持带任何器材。

（20）杆塔上作业时不得失去安全带的保护。

（21）地面电工严禁在作业点垂直下方逗留，塔上电工应防止高空落物，使用的工具、材料应用绳索传递，不得乱扔。

（22）作业人员在杆塔上作业期间，工作监护人应对作业人员进行不间断监护，且不得从事其他工作。

（23）若在耐张塔采用沿绝缘子串跨二短三法进入电场时，需按其相应方法配置工具和执行相应的安全措施。

第五节 ±500kV 检 测

一、±500kV 输电线路地电位法带电检测低、零值瓷质绝缘子

1. 作业方法

地电位法。

2. 适用范围

适用于 ±500kV 悬垂串检测低、零值瓷质绝缘子。

3. 人员组合

本作业项目工作人员共计 4 人。其中工作负责人（监护人）1 人，塔上电工 2 人，地面电工 1 人。

4. 工器具配备

±500kV 地电位法带电检测低、零值瓷质绝缘子工器具配备一览表见表 6-23。

表 6-23　　±500kV 地电位法带电检测低、零值瓷质绝缘子工器具配备一览表

序号	工器具名称		规格、型号	数量	备　　注
1	绝缘工具	绝缘传递绳	SCJS—ϕ10mm	1 根	视作业杆塔高度而定
2		绝缘滑车	0.5t	1 只	
3		绝缘操作杆	500kV	1 根	
4		绝缘绳	SCJS—ϕ6mm	1 根	绑操作杆头部提升用
5	金属工具	瓷质绝缘子检测装置		1 套	瓷质绝缘子用
6	个人防护用具	静电防护服		2 套	
7		导电鞋		2 双	
8		安全带		2 根	
9		安全帽		4 顶	
10	辅助安全用具	兆欧表	5000V	1 块	电极宽 2cm，极间距 2cm
11		防潮苫布	2m×4m	1 块	
12		对讲机		2 部	
13		工具袋		2 只	装绝缘工具用

注　瓷质绝缘子检测装置包括：分布电压检测仪、绝缘电阻检测仪和火花间隙装置等。采用火花间隙装置测零时，每次检测前应用专用塞尺按 DL 415 要求测量放电间隙尺寸。

5. 作业程序

按照本次作业现场勘察后编写的现场作业指导书。

（1）工作负责人向电网调度申请开工，内容为：本人为工作负责人×××，×年×月×日需在±500kV ××线路上带电检测低零值绝缘子作业，本次作业按《国家电网公司电力安全工作规程（电力线路部分）》第 8.1.7 条要求，确定是否停用线路自动再启动装置，若遇线路跳闸，不经联系，不得强送。得到调度许可，核对线路双重名称和杆塔号。

（2）全体工作成员列队，工作负责人现场宣读工作票、交待工作任务、安全措施和技术措施；查（问）看工作人员精神状况、着装情况和工器具是否完好齐全。确认危险点和预防措施，明确作业分工以及安全注意事项。

（3）地面电工采用兆欧表绝缘工具的绝缘电阻，检查工具、检测仪、电池、火花间隙是否完好齐全和标准，静电防护服不得有破损、洞孔和毛刺状等缺陷。

（4）塔上电工必须穿着静电防护服、导电鞋。

（5）塔上 1 号电工带传递绳登塔至导线横担处，挂好绝缘传递绳。

（6）地面电工将绝缘子检测装置及绝缘操作杆组装好后传递给塔上电工，塔上电工检测绝缘子串的零值绝缘子，当同串（34 片）零值绝缘子达到 13 片时应立即停止检测，并结束本次带电作业工作（结构高度 170mm）。

（7）塔上 2 号电工登塔至悬垂串导线平口处，塔上 1 号电工将细绝缘子绑扎在操作杆头部，在横担头帮助 2 号电工提住绝缘操作杆。

（8）塔上 2 号电工手持绝缘操作杆从导线侧向横担侧逐片检测绝缘子的分布电压值或电阻值。

（9）塔上 2 号电工每检测 1 片，报告一次，地面电工逐片记录，对照标准值判定是否低值或零值。

（10）塔上电工逐相检测完后，报经工作负责人同意后，塔上电工和地面电工配合拆除全部工具。

（11）塔上电工检查确认塔上无遗留工具后，报经工作负责人同意后携带绝缘传递绳下塔。

（12）地面电工整理所用工器具和清理现场，工作负责人清点工器具。

（13）工作负责人向调度汇报。内容为：本人为工作负责人×××，±500kV ××线路上带电检测低零值绝缘子工作已结束，杆塔上作业人员已撤离，杆塔、导线上无遗留物，绝缘子检测情况良好。

6. 安全措施及注意事项

（1）若在海拔 1000m 以上线路上带电作业时，应根据作业区的实际海拔高度，计算修正各类空气间隙、绝缘工具的安全距离和长度、绝缘子片数等，经本单位主管生产领导（总工程师）批准后执行。

（2）本次作业应经现场勘察并编制带电检测低零值绝缘子的现场作业指导书，经本单位技术负责人或主管生产负责人批准后执行。

（3）作业应在良好天气下进行。如遇雷电（听见雷声、看见闪电）、雪雹、雨雾时不得进行带电作业。风力大于 5 级（10m/s）时，不宜进行作业。

（4）由于是带电检测瓷质劣质绝缘子工作，当天气相对空气湿度湿度大于 80%时，不得进行带电检测工作。

（5）本次作业需向调度明确：若线路跳闸，不经联系，不得强送电。

（6）杆塔上电工与直流带电体的安全作业距离不得小于 3.4m。等电位电工与接地构架之间安全作业距离不得小于 3.4m。

（7）绝缘传递绳有效绝缘长度不小于 3.4m。绝缘操作杆的有效绝缘长度不小于 3.7m。

（8）地面绝缘工具应放在防潮苫布上，作业人员应戴清洁干燥手套，摇测绝缘电阻值不小于 700MΩ（电极宽 2cm，极间距 2cm）。

（9）检测绝缘子必须从高压侧向横担侧逐片检测，并记录后与标准值判定是否低零值。

（10）塔上电工必须穿着静电防护服、导电鞋，以防感应电的伤害。

（11）地面绝缘工具应放在防潮苫布上，绝缘工具使用前应用干净毛巾进行表面清洁处理。使用绝缘工具应戴清洁、干燥的手套，以防绝缘工具受潮和污染。收工或转移作业点时，应将绝缘工具装在工具袋内。

（12）在杆塔上作业过程中如遇设备突然停电，作业人员应视设备仍然带电，并停止检测。

（13）塔上电工登杆塔前，应对登高工具和安全带进行检查和冲击试验，全体作业人员必须戴安全帽。

（14）地面电工严禁在作业点垂直下方逗留，塔上电工应防止高空落物，使用的工具、

材料应用绳索传递，不得乱扔。

（15）上、下杆塔或在杆塔上移位时，作业人员必须攀抓牢固构件，且双手不得持带任何器材。

（16）杆塔上作业时不得失去安全带的保护。

（17）作业人员在杆塔上作业期间，工作监护人应对作业人员进行不间断监护，且不得从事其他工作。

二、±500kV 输电线路地电位法带电检测复合绝缘子憎水性

1. 作业方法

地电位法。

2. 适用范围

适用于±500kV 输电线路硅橡胶复合绝缘子检测工作。

3. 人员组合

本作业项目工作人员共计 4 人。其中工作负责人（兼监护人）1 人，塔上电工 2 人，地面电工 1 人。

4. 工器具配备

±500kV 地电位法带电检测复合绝缘子憎水性工器具配备一览表见表 6-24。

表 6-24　　　±500kV 地电位法带电检测复合绝缘子憎水性工器具配备一览表

序号	工器具名称		规格、型号	数量	备　注
1	绝缘工具	便携式电动喷水装置		1 套	憎水性检测仪
2		绝缘滑车	0.5t	1 只	
3		绝缘传递绳	SCJS−ϕ10mm	1 根	视作业杆塔高度而定
4	个人防护工具	安全带		2 根	
5		高强度绝缘保护绳	SCJS−ϕ14mm×9m	1 根	防坠落保护用
6		安全帽		4 顶	
7		静电防护服		2 套	塔上电工用
8		导电鞋		2 双	
9	辅助安全工具	兆欧表	5000V	1 块	电极宽 2cm，极间距 2cm
10		防潮苫布	2m×4m	1 块	
11		数码照相机	800 万像素	1 部	
12		计算机	便携式	1 台	带专用分析软件

5. 作业程序

按照本次作业现场勘察后编写的现场作业指导书。

（1）工作前工作负责人向调度申请。内容为：本人为工作负责人×××，需在±500kV

××线路上带电检测复合绝缘子憎水性，本次作业按《国家电网公司电力安全工作规程（电力线路部分）》第 8.1.7 条要求，确定是否停用线路自动再启动装置，若遇线路跳闸，不经联系，不得强送。得到调度许可，核对线路双重名称和杆塔号。

（2）全体工作成员列队，工作负责人现场宣读工作票、交待工作任务、安全措施和技术措施；查（问）看作业人员精神状况、着装情况和工器具是否完好齐全。确认危险点和预防措施，明确作业分工以及安全措施及注意事项。

（3）地面电工检测绝缘工具的绝缘电阻是否符合要求，调节好喷嘴喷射角，检查静电防护服不得有破损、洞孔和毛刺状等缺陷。

（4）塔上电工必须穿着静电防护服、导电鞋。

（5）塔上 1 号塔上电工携带绝缘无极绳登塔至横担处，系好安全带，将绝缘滑车及绝缘无极绳悬挂在适当的位置。

（6）地面电工将便携式电动喷水装置与绝缘操作杆组装好后，用绝缘无极绳传递给塔上 1 号电工。

（7）塔上 2 号塔上电工携带数码照相机，登塔至适当的位置。

（8）杆上两名电工在横担或靠近横担处各自选择适当的位置（便于喷水和数码照相）。

（9）塔上 1 号塔上电工调节喷淋的方向，使其与待检测的复合绝缘子伞裙尽可能垂直，使便携式电动喷淋装置的喷嘴距复合绝缘子伞裙约 25cm 的位置。

（10）塔上 1 号塔上电工开始对需检测的复合绝缘子伞裙表面喷淋，时间持续 20～30s，喷射频率为 1 次/s。

（11）塔上 2 号塔上电工在喷淋结束 30s 内完成照片的拍摄及观察水珠的变化情况，判断水珠的迁移性。

（12）按相同的方法进行其他两相的复合绝缘子喷淋检测。

（13）三相复合绝缘子检测完毕，塔上 1 号电工与地面电工配合，将便携式电动喷水装置及绝缘操作杆传递至地面。

（14）塔上 2 号电工携带数码照相机下杆至地面。

（15）塔上 1 号电工检查确认塔上无遗留物，报经工作负责人同意后携带绝缘传递绳下塔。

（16）地面电工整理所用工器具和清理现场，工作负责人清点工器具。

（17）用 UBS 数据线将计算机与数码照相机连接，将拍摄到的图片导入计算机，并通过专用的憎水性分析软件进行憎水性状态的分析判断，存储判断结果，记录检测时的背景信息。

（18）工作负责人向调度汇报。内容为：本人为工作负责人×××，±500kV ××线路带电检测复合绝缘子憎水性工作已结束，杆塔上作业人员已撤离，杆塔、绝缘子串上无遗留物，线路设备仍为原状。

6. 安全措施及注意事项

（1）若在海拔 1000m 以上线路上带电作业时，应根据作业区的实际海拔高度，计算修正各类空气间隙、绝缘工具的安全距离和长度等，经本企业总工程师（主管生产领导）批准后执行。

（2）本次作业应经现场勘察并编制带电检测复合绝缘子憎水性的现场作业指导书，经本单位技术负责人或主管生产负责人批准后执行。

（3）作业应在良好天气下进行。如遇雷电（听见雷声、看见闪电）、雪雹、雨雾时不得进行带电作业。风力大于 5 级（10m/s）时，不宜进行作业。

（4）由于是带电检测硅橡胶憎水性作业，若相对空气湿度大于 80%时，硅橡胶伞裙已潮湿，因此要求在连续天气晴朗后才能检测。

（5）本次作业不需停用线路重合闸装置，但工作前应向调度明确线路跳闸后，不经联系不得强送电的要求。

（6）杆塔上电工与直流带电体的安全作业距离不得小于 3.4m。等电位电工与接地构架之间安全作业距离不得小于 3.4m。

（7）绝缘传递绳有效绝缘长度不小于 3.4m。绝缘操作杆的有效绝缘长度不小于 3.7m。

（8）地面绝缘工具应放在防潮苫布上，作业人员应戴清洁干燥手套，摇测绝缘电阻值不小于 700MΩ（电极宽 2cm，极间距 2cm）。

（9）检测绝缘子必须从高压侧向横担侧逐片检测，并记录后与标准值判定是否低、零值。

（10）塔上电工必须穿着静电防护服、导电鞋，以防感应电的伤害。

（11）作业前应对携式电动喷淋装置的绝缘操作杆和数码照相机的电池电量进行检查。

（12）喷淋装置内储存的水应是去离子水，其电导率不得大于 10μs/cm。

（13）喷淋装置喷出的水应呈微小雾粒状，不得有水珠出现。

（14）带电对复合绝缘子憎水性检测，尽可能选择横担侧的 1～3 个伞裙进行喷淋，便于操作和观测。

（15）图片取样工作人员，拍摄时防止抖动的现象出现，避免图像模糊。

（16）地面绝缘工具应放在防潮苫布上，作业人员应戴清洁干燥手套，摇测绝缘电阻值不小于 700MΩ（电极宽 2cm，极间距 2cm）。

（17）绝缘工具使用前应用干净毛巾进行表面清洁处理。使用绝缘工具应戴清洁、干燥的手套，以防绝缘工具受潮和污染。收工或转移作业点时，应将绝缘工具装在工具袋内。

（18）在杆塔上作业过程中如遇设备突然停电，作业人员应视设备仍然带电。

（19）塔上电工登杆塔前，应对登高工具和安全带进行检查和冲击试验，全体作业人员必须戴安全帽。

（20）上、下杆塔或在杆塔上移位时，作业人员必须攀抓牢固构件，且双手不得持带任何器材。

（21）杆塔上作业时不得失去安全带的保护。

（22）作业人员在杆塔上作业期间，工作监护人应对作业人员进行不间断监护，且不得从事其他工作。

三、±500kV 输电线路地电位与等电位配合法带电检测绝缘子累积附盐密度

1. 作业方法

地电位与等电位配合法。

2. 适用范围

适用于±500kV 直线单串绝缘子整串更换（检测累积盐密、灰密）。

3. 人员组合

本作业项目工作人员共计 7 人。其中工作负责人（监护人）1 人，等电位电工 1 人，塔上电工 1 人，地面电工 3 人，盐密清洗技术人员 1 人。

4. 工器具配备

±500kV 地电位与等电位配合法带电检测绝缘子累积附盐密度工器具配备一览表见表6-25。所需材料有相应等级的盘形绝缘子、纯净水等。

表 6-25　　±500kV 地电位与等电位配合法带电检测
绝缘子累积附盐密度工器具配备一览表

序号	工器具名称		规格、型号	数量	备　注
1	绝缘工具	绝缘传递绳	SCJS-ϕ10mm	1 根	视作业杆塔高度而定
2		绝缘软梯	SCJS-ϕ14mm×9m	1 副	
3		绝缘滑车	0.5t	1 只	
4		绝缘滑车	1t	1 只	
5		绝缘吊杆	ϕ32mm	1 根	
6		高强度绝缘绳	SCJS-ϕ32mm×8m	1 根	导线后备保护绳
7		绝缘绳	ϕ18mm	1 根	提升绝缘子串用
8		绝缘操作杆	500kV	1 根	
9	金属工具	四线提线器		1 只	
10		平面丝杆		1 根	
11		专用接头		1 个	
12		机动绞磨		1 台	
13		钢丝千斤		4 根	
14		绝缘电阻值检测仪		1 台	盘形瓷质绝缘子用
15	个人防护用具	高强度绝缘保护绳	SCJS-ϕ14mm×9m	1 根	防坠落保护用
16		屏蔽服		1 套	等电位电工
17		静电防护服		2 套	备用 1 套
18		导电鞋		3 双	备用 1 双
19		安全带		3 根	备用 1 根
20		安全帽		7 顶	
21	辅助安全用具	数字式电导仪		1 台	
22		烧杯		1 个	清洗测量盐密工具
23		量筒		1 个	清洗测量盐密工具

序号	工器具名称		规格、型号	数量	备注
24		卡口托盘		1个	清洗测量盐密工具
25		毛刷		1把	清洗测量盐密工具
26		脸盆		1个	清洗测量盐密工具
27		万用表		1块	检测屏蔽服连接导通用
28	辅助安全用具	兆欧表	5000V	1块	电极宽 2cm，极间距 2cm
29		防潮苫布	2m×4m	1块	
30		灰密测试工具	漏斗、滤纸、干燥器或干燥箱、电子天秤等		
31		带标签的封口塑料袋		5个	装灰密用
32		对讲机		2部	
33		工具袋		2只	装绝缘工具用

注 1. 每片测量应将测量的烧杯、量筒、毛刷、卡口托盘、脸盆和操作员工的手等清洗干净。

2. 可用带标签的封口塑料袋将过滤物带回室内烘干测量（提前秤出带标签塑料袋重量）。

3. 瓷质绝缘子检测装置包括：分布电压检测仪、绝缘电阻检测仪和火花间隙装置等。采用火花间隙装置测零时，每次检测前应用专用塞尺按 DL 415 要求测量放电间隙尺寸。

5. 作业程序

按照本次作业现场勘察后编写的现场作业指导书。

（1）工作负责人向电网调度申请开工，内容为：本人为工作负责人×××，×年×月×日需在±500kV ××线路上带电检测绝缘子串累积附盐密度作业，本次作业按《国家电网公司电力安全工作规程（电力线路部分）》第 8.1.7 条要求，确定是否停用线路自动再启动装置，若遇线路跳闸，不经联系，不得强送。得到调度许可，核对线路双重名称和杆塔号。

（2）全体工作成员列队，工作负责人现场宣读工作票、交待工作任务、安全措施和技术措施；查（问）看工作人员精神状况、着装情况和工器具是否完好齐全。确认危险点和预防措施，明确作业分工以及安全注意事项。

（3）地面电工采用兆欧表摇测绝缘工具的绝缘电阻，检查丝杠、卡具等工具是否完好齐全、屏蔽服（静电防护服）不得有破损、洞孔和毛刺状等缺陷。

（4）地面电工正确布置施工现场，合理放置机动绞磨。

（5）等电位电工穿着全套屏蔽服（包括帽、衣裤、手套、袜和导电鞋），必要时，屏蔽服内穿阻燃内衣。地面电工负责检查袜裤、裤衣、袖和手套的连接是否完好，用万用表测试袜、裤、衣、手套等连接导通情况。

（6）塔上电工穿着静电防护服、导电鞋，携带绝缘传递绳登塔至横担处，系挂好安全带，将绝缘滑车和绝缘传递绳在作业横担适当位置安装好，等电位电工随后登塔。

（7）若是盘形瓷质绝缘子时，地面电工将绝缘子检测装置及绝缘操作杆组装好后传递给塔上电工，塔上电工检测复核所要更换绝缘子串的零值绝缘子，当同串（34 片）零值绝缘子达到 13 片时应立即停止检测，并结束本次带电作业工作（结构高度 170mm）。

（8）地面电工传递绝缘软梯和高强度绝缘保护绳，塔上电工在距绝缘子串吊点水平距离大于 1.5m 处安装绝缘软梯。

（9）等电位电工系好高强度绝缘保护绳，塔上电工控制高强度绝缘保护绳配合等电位电工沿绝缘软梯进入等电位。

（10）等电位电工沿绝缘软梯下到头部或手与上子导线平行位置，报经工作负责人，同意后，塔上电工利用绝缘保护绳摆动绝缘软梯配合等电位电工进入电场。

（11）等电位电工进入电场后，不能将安全带系在上子导线上，在高强度绝缘保护绳的保护下进行其他检修作业。

（12）地面电工将导线绝缘后备保护绳传递到工作位置。塔上电工和等电位电工配合将导线后备保护可靠的安装在导线和横担之间。

（13）地面电工将平面丝杠传递到横担侧工作位置，塔上电工将平面丝杠安装在横担头上。

（14）地面电工将整套绝缘吊杆、四线提线器传递到工作位置，等电位电工与塔上电工配合将绝缘子更换工具安装在被更换的绝缘子串两侧。

（15）地面电工将绝缘磨绳、绝缘子串尾绳分别传递给等电位电工与塔上电工。

（16）塔上电工将绝缘磨绳安装在横担和第 3 片绝缘子上，等电位电工将绝缘子串控制尾绳安装在导线侧第 1 片绝缘子上。

（17）塔上电工同时均匀收紧两平面丝杠，使绝缘子松弛，等电位电工手抓四线提线器冲击检查无误后，报经工作负责人同意后，塔上电工与等电位电工配合取出碗头螺栓。

（18）地面电工收紧提升绝缘子串的绝缘磨绳，塔上电工拔掉球头挂环与第 1 片绝缘子处的锁紧销，脱开球头挂环与第 1 片绝缘子处的连接。

（19）地面电工松机动绞磨，同时配合拉好绝缘子串尾绳，将绝缘子串放至地面。

（20）盐密清洗测量员工将横担侧第 2 片、第 10 片、第 20 片、第 26 片、第 32 片小心地换下，地面电工将备用的相应等级新绝缘子更换上。

（21）地面电工将绝缘磨绳和绝缘子串尾绳分别转移到组装好的绝缘子串上。

（22）地面电工启动机动绞磨。将组装好的绝缘子串传递至塔上电工工作位置，塔上电工恢复新绝缘子与球头挂环的连接，并复位锁紧销。

（23）地面电工松出磨绳，使新绝缘子自然垂直，等电位电工恢复碗头挂板与联板处的连接，并装好碗头螺栓上的开口销。

（24）经检查无误后，报经工作负责人同意，塔上电工松出平面丝杠，地面电工与等电位电工、塔上电工配合拆除全部作业工具并传递下塔。

（25）等电位电工检查确认导线上无遗留物，报经工作负责人同意后等电位电工退出电位。

（26）等电位电工与塔上电工配合拆除塔上全部作业工具并传递下塔。

（27）塔上电工检查确认塔上无遗留物，报经工作负责人同意后携带绝缘传递绳下塔。

（28）地面电工整理所用工器具和清理现场，工作负责人清点工器具。

（29）工作负责人向调度汇报。内容为：本人为工作负责人×××，±500kV ××线路上带电更换绝缘子检测附盐密度工作已结束，杆塔上作业人员已撤离，杆塔、导线上无遗留物，线路设备已恢复原状。

（30）盐密检测人员按图 2-1 的任意种清洗方法进行清洗，测量前应准备好足够的纯净水，清洗绝缘子用水量为 $0.2mL/cm^2$，具体用水量按绝缘子表面积正比例换算，但不应小于 100ml。

（31）照国网防污闪的规定，附盐密值测量的清洗范围：除钢脚及不易清扫的最里面一圈瓷裙以外的全部瓷表面，如图 2-2 所示。

（32）污液电导率换算成等值附盐密值可参照国电防污闪专业《污液电导率换算成绝缘子串等值附盐密的计算方法》中确定的方法进行。

（33）检测人员用带标签编号已称重的滤纸对污秽液进行过滤，将过滤物（含滤纸）装入带标签的封口塑料袋中，填写对应线路名称、相序、片数等标记。

（34）检测人员按照国网公司《电力系统污区分级与外绝缘选择标准》附录 A 等值附盐密度和灰密度的测量方法室内进行灰密测量和计算。

6. 安全措施及注意事项

（1）若在海拔 1000m 以上线路上带电作业时，应根据作业区的实际海拔高度，计算修正各类空气间隙、绝缘工具的安全距离和长度、绝缘子片数等，经本单位主管生产领导（总工程师）批准后执行。

（2）本次作业应经现场勘察并编制带电更换绝缘子串及运行绝缘子累积附盐密度清洗、测量的作业指导书，经本单位技术负责人或主管生产负责人批准后执行。

（3）作业应在良好天气下进行。如遇雷电（听见雷声、看见闪电）、雪雹、雨雾时不得进行带电作业。风力大于 5 级（10m/s）时，不宜进行作业。

（4）若需在相对空气湿度大于 80%的天气下进行带电作业时，应采用具有防潮性能的绝缘工具。

（5）本次作业需向调度明确：若线路跳闸，不经联系，不得强送电。

（6）杆塔上电工与直流带电体的安全作业距离不得小于 3.4m。等电位电工与接地构架之间安全作业距离不得小于 3.4m。

（7）绝缘传递绳和绝缘软梯的有效绝缘长度不小于 3.4m。绝缘操作杆的有效绝缘长度不小于 3.7m。

（8）等电位电工沿绝缘子串进入强电场时，作业人员与接地体和带电体之间的组合间隙不得小于 3.8m。在进入电位过程中其人体裸露部分与带电体应保持 0.4m 的距离。

（9）地面绝缘工具应放在防潮苫布上，作业人员应戴清洁干燥手套，摇测绝缘电阻值不小于 700MΩ（电极宽 2cm，极间距 2cm）。

（10）等电位电工应穿戴全套屏蔽服、导电鞋，且各部分应连接良好。屏蔽服内不得贴身穿着化纤类衣服。

（11）塔上电工必须穿着静电防护服、导电鞋，以防感应电的伤害。

（12）对盘形瓷质绝缘子，作业中扣除人体短接和零值（自爆）绝缘子片数后，良好绝缘子片数不少于 22 片（结构高度 170mm）。

（13）绝缘软梯必须安装可靠，等电位电工在进入电位前应试冲击判断其可靠性。

（14）使用的工具、绝缘子上下起吊应用绝缘传递绳，金属工具在起吊传递过程中必须距带电体 1.5m 以外，再传递给操作人员。

（15）等电位电工从绝缘软梯登上导线后，必须先系挂好安全带才能解开防坠后备保护绳，脱离电位前必须系好防坠后备保护绳后，再解开安全带向负责人申请下软梯。

（16）等电位电工登绝缘软梯前，应与地面电工配合试冲击防坠保护绳的牢固情况，塔上电工高强度绝缘保护绳控制方式应合理、可靠。

（17）所使用的工器具必须安装可靠，工具受力后应冲击、检查判断其可靠性。更换绝缘子作业时必须有防止导线脱落的后备保护措施。

（18）利用机动绞磨起吊绝缘子串时，绞磨应放置平稳。磨绳在磨盘上应绕有 4~5 圈数，绞磨尾绳必须由有带电作业经验的电工控制，随时拉紧。

（19）绝缘工具使用前应用干净毛巾进行表面清洁处理。使用绝缘工具应戴清洁、干燥的手套，以防绝缘工具受潮和污染。收工或转移作业点时，应将绝缘工具装在工具袋内。

（20）在杆塔上作业过程中如遇设备突然停电，作业人员应视设备仍然带电。

（21）塔上电工登杆塔前，应对登高工具和安全带进行检查和冲击试验，全体作业人员必须戴安全帽。

（22）上、下杆塔或在杆塔上移位时，作业人员必须攀抓牢固构件，且双手不得持带任何器材。

（23）杆塔上作业时不得失去安全带的保护。

（24）地面电工严禁在作业点垂直下方逗留，塔上电工应防止高空落物，使用的工具、材料应用绳索传递，不得乱扔。

（25）作业人员在杆塔上作业期间，工作监护人应对作业人员进行不间断监护，且不得从事其他工作。

（26）每片清洗测量前，检测人员应将测量的烧杯、量筒、毛刷、卡口托盘、脸盆和操作员工的手等清洗干净。

（27）绝缘子的附盐密值测量清洗范围：除钢脚及不易清扫的最里面一圈瓷裙以外的全部瓷表面。

（28）清洗绝缘子用水量为 0.2mL/cm^2，具体用水量按绝缘子表面积正比例换算，但不应小于 100mL。

第六节　±500kV 特殊或大型带电作业项目

一、±500kV 输电线路地电位法带电杆塔上补装塔材

1. 作业方法

地电位法。

2. 适用范围

适用于 ±500kV 输电线路铁塔补装斜材工作（邻近导线或导线以上）。

3. 人员组合

本作业项目工作人员共计 5 人。其中工作负责人（监护人）1 人，杆上电工 2 人，地面电工 2 人。

4. 工器具配备

±500kV 地电位法带电杆塔上补装塔材工器具配备一览表见表 6-26。

表 6-26　　　　　　±500kV 地电位法带电杆塔上补装塔材工器具配备一览表

序号	工器具名称		规格、型号	数量	备　注
1	绝缘工具	绝缘滑车	0.5t	2 只	
2		绝缘传递绳	SCJS-ϕ10mm	2 根	视作业高度而定
3	金属工具	扭矩扳手		2 把	紧固塔材螺栓用
4		尖头扳手		2 把	
5		钢丝套	ϕ11mm	2 只	备用
6		双钩	1t	1 个	备用
7	个人防护用具	安全带（带二防）		3 根	备用 1 根
8		安全帽		5 顶	
9		静电防护服		3 套	备用 1 套
10		导电鞋		3 双	备用 1 双
11	辅助安全用具	防潮苫布	2m×4m	1 块	
12		兆欧表	5000V	1 块	电极宽 2cm，极间距 2cm
13		工具袋		1 只	装绝缘工具用

5. 作业程序

按照本次作业现场勘察后编写的现场作业指导书。

（1）工作前工作负责人向调度申请。内容为：本人为工作负责人×××，需在 ±500kV ××线路上带电更换铁塔斜材，本次作业按《国家电网公司电力安全工作规程（电力线路部分）》第 8.1.7 条要求，确定是否停用线路自动再启动装置，若遇线路跳闸，不经联系，不得强送。得到调度许可，核对线路双重名称和杆塔号。

（2）全体工作成员列队，工作负责人现场宣读工作票、交待工作任务、安全措施和技术措施；查（问）看作业人员精神状况、着装情况和工器具是否完好齐全。确认危险点和预防措施，明确作业分工以及安全措施及注意事项。

（3）地面电工用兆欧表检测绝缘工具的绝缘电阻是否符合要求，检查静电防护服不得有破损、洞孔和毛刺状等缺陷。

（4）塔上电工必须穿着静电防护服、导电鞋。

（5）杆上 1、2 号电工携带绝缘传递绳登塔至需更换斜材处，系挂好安全带，将绝缘滑车及绝缘传递绳悬挂在适当的位置。

（6）若属于斜材被盗缺材时，地面电工传递上需更换的新斜材。

（7）两塔上电工将新更换的斜材用螺栓套上，若有变形斜材套不上时，地面电工传递上钢丝套和双钩进行调整。

（8）塔上两电工使用尖头扳手安装好斜材，采用扭矩扳手按相应规格螺栓的扭矩值紧固。

（9）若属于斜材损伤、弯曲更换时，塔上电工先拆除损伤或弯曲材，用传递绳吊下，按上述更换程序进行。

（10）杆上电工拆除更换工具，检查确认塔上无遗留工具后，汇报工作负责人，得到同意后系背绝缘传递绳平稳下塔。

（11）地面电工整理所用工器具和清理现场，工作负责人清点工器具。

（12）工作负责人向调度汇报。内容为：本人为工作负责人×××，±500kV ××线路带电更换铁塔斜材工作已结束，杆塔上作业人员已撤离，杆塔上无遗留物，铁塔塔材已恢复原状。

6. 安全措施及注意事项

（1）若在海拔 1000m 以上线路上带电作业时，应根据作业区的实际海拔高度，计算修正各类空气间隙、绝缘工具的安全距离和长度等，经本单位主管生产领导（总工程师）批准后执行。

（2）本次作业应经现场勘察并编制带电更换铁塔斜材的现场作业指导书，经本单位技术负责人或主管生产负责人批准后执行。

（3）作业应在良好天气下进行。如遇雷电（听见雷声、看见闪电）、雪雹、雨雾时不得进行带电作业。风力大于 5 级（10m/s）时，不宜进行作业。

（4）若需在相对空气湿度大于 80% 的天气下进行带电作业时，应采用具有防潮性能的绝缘工具。

（5）本次作业需向调度明确：若线路跳闸，不经联系，不得强送电。

（6）杆塔上电工与直流带电体的安全作业距离不得小于 3.4m。

（7）绝缘传递绳的有效绝缘长度不得小于 3.7m。

（8）地面绝缘工具应放在防潮苫布上，作业人员应戴清洁干燥手套，摇测绝缘电阻值不小于 700MΩ（电极宽 2cm，极间距 2cm）。

（9）塔上电工必须穿着静电防护服、导电鞋，以防感应电的伤害。

（10）绝缘工具使用前应用干净毛巾进行表面清洁处理。使用绝缘工具应戴清洁、干燥的手套，以防绝缘工具受潮和污染。收工或转移作业点时，应将绝缘工具装在工具袋内。

（11）在杆塔上作业过程中如遇设备突然停电，作业人员应视设备仍然带电。

（12）塔上电工登杆塔前，应对登高工具和安全带进行检查和冲击试验，全体作业人员必须戴安全帽。

（13）上、下杆塔或在杆塔上移位时，作业人员必须攀抓牢固构件，且双手不得持带任何器材。

（14）杆塔上作业时不得失去安全带的保护。

（15）塔上电工安全带必须高挂低用，螺栓扭矩值必须符合相应规格螺栓的标准扭矩值。

（16）地面电工严禁在作业点垂直下方逗留，塔上电工应防止高空落物，使用的工具、材料应用绳索传递，不得乱扔。

（17）作业人员在杆塔上作业期间，工作监护人应对作业人员进行不间断监护，且不得从事其他工作。

二、±500kV 输电线路地电位法带电杆塔防腐刷漆

1. 作业方法

地电位法。

2. 适用范围

适用于±500kV 铁塔锈蚀铁塔防腐刷漆（邻近导线或导线以上）。

3. 人员组合

本作业项目工作人员共计 4 人。其中工作负责人（监护人）1 人，塔上电工 2 人，地面电工 1 人。

4. 工器具配备

±500kV 地电位法带电杆塔防腐刷漆工器具配备一览表见表 6-27。

表 6-27　　　　　　　　±500kV 地电位法带电杆塔防腐刷漆工器具配备一览表

序号	工器具名称		规格、型号	数量	备　注
1	个人防护工具	静电防护服		3 套	备用 1 套
2		导电鞋		3 双	备用 1 双
3		安全带		3 根	备用 1 根
4		安全帽		4 顶	
5	辅助安全用具	兆欧表	5000V	1 块	电极宽 2cm，极间距 2cm
6		防潮苫布	2m×4m	1 块	
7		可拆装的绝缘子防护罩	ϕ450mm	2 只	装在横担侧绝缘子表面
8		工具袋		2 只	装绝缘工具用

5. 作业程序

按照本次作业现场勘察后编写的现场作业指导书。

（1）工作负责人向电网调度申请开工，内容为：本人为工作负责人×××，×年×月×日需在±500kV ××线路上铁塔防腐刷漆作业，本次作业按《国家电网公司电力安全工作规程（电力线路部分）》第 8.1.7 条要求，确定是否停用线路自动再启动装置，若遇线路跳闸，不经联系，不得强送。得到调度许可，核对线路双重名称和杆塔号。

（2）全体工作成员列队，工作负责人现场宣读工作票、交待工作任务、安全措施和技术措施；查（问）看工作人员精神状况、着装情况和工器具是否完好齐全。确认危险点和预防措施，明确作业分工以及安全注意事项。

（3）地面电工采用兆欧表绝缘工具的绝缘电阻，检查工具是否完好齐全、静电防护服不得有破损、洞孔和毛刺状等缺陷。

（4）防腐作业电工必须穿着静电防护服、导电鞋。

（5）塔上 1 号电工佩戴绝缘子防护罩登塔至横担绝缘子串悬挂处，系挂好安全带后，报工作负责人同意后，将绝缘子防护罩安装在横担侧第 1 片绝缘子上。

（6）塔上 2 号电工携带铁铲等除锈工具登塔至塔顶。

（7）塔上两电工除锈至下横担。

（8）除锈完成后，地面电工携带小桶油漆登塔送油漆。

（9）塔上两电工刷防护漆、再刷面漆。

（10）地面电工登塔将绝缘子防护罩拿下地面。

（11）塔上电工从上往下刷漆退回至塔脚。

（12）地面电工整理所用工器具和清理现场，工作负责人清点工器具。

（13）工作负责人向调度汇报。内容为：本人为工作负责人×××，±500kV ××线路上铁塔塔材除锈刷漆工作已结束，杆塔上作业人员已撤离，杆塔、导线上无遗留物，线路设备已恢复原状。

6. 安全措施及注意事项

（1）若在海拔 1000m 以上线路上带电作业时，应根据作业区的实际海拔高度，计算修正各类空气间隙、绝缘工具的安全距离和长度等，经本单位主管生产领导（总工程师）批准后执行。

（2）本次作业应经现场勘察并编制带电除锈刷漆的现场作业指导书，经本单位技术负责人或主管生产负责人批准后执行。

（3）作业应在良好天气下进行。如遇雷电（听见雷声、看见闪电）、雪雹、雨雾时不得进行带电作业。风力大于 5 级（10m/s）时，不宜进行作业。

（4）若需在相对空气湿度大于 80% 的天气下进行带电作业时，应采用具有防潮性能的绝缘工具。

（5）本次作业需向调度明确：若线路跳闸，不经联系，不得强送电。

（6）杆塔上电工与直流带电体的安全作业距离不得小于 3.4m。

（7）绝缘传递绳的有效绝缘长度不得小于 3.7m。

（8）地面绝缘工具应放在防潮苫布上，作业人员应戴清洁干燥手套，摇测绝缘电阻值不小于 700MΩ（电极宽 2cm，极间距 2cm）。

（9）塔上电工必须穿着静电防护服、导电鞋，以防感应电的伤害。

（10）横担侧第 1 片绝缘子上必须安装有大盘径的防护罩，防止油漆撒落在绝缘子伞盘表面。

（11）绝缘工具使用前应用干净毛巾进行表面清洁处理。使用绝缘工具应戴清洁、干燥的手套，以防绝缘工具受潮和污染。收工或转移作业点时，应将绝缘工具装在工具袋内。

（12）在杆塔上作业过程中如遇设备突然停电，作业人员应视设备仍然带电。

（13）塔上电工登杆塔前，应对登高工具和安全带进行检查和冲击试验，全体作业人员必须戴安全帽。

（14）上、下杆塔或在杆塔上移位时，作业人员必须攀抓牢固构件，且双手不得持带任何器材。

（15）杆塔上作业时不得失去安全带的保护。

（16）塔上电工安全带必须高挂低用，除锈、底漆、面漆等操作程序按作业指导书进行。

（17）地面电工严禁在作业点垂直下方逗留，塔上电工应防止高空落物，使用的工具、材料应用绳索传递，不得乱扔。

（18）作业人员在杆塔上作业期间，工作监护人应对作业人员进行不间断监护，且不得从事其他工作。

第七章

750kV 输电线路带电作业操作方法

第一节 750kV 直线绝缘子串

一、750kV 输电线路地电位丝杠收紧法带电更换直线串横担侧第1片绝缘子

1. 作业方法

地电位丝杠收紧法。

2. 适用范围

适用于 750kV 输电线路更换直线单串横担侧第 1 片绝缘子。

3. 人员组合

本作业项目工作人员共计 4 人。其中工作负责人（监护人）1 人，塔上电工 2 人，地面电工 1 人。

4. 工器具配备

750kV 地电位丝杠收紧法带电更换直线串横担侧第 1 片绝缘子工器具配备一览表见表 7-1。所需材料有相应规格的良好绝缘子 1 片（包括销子）。

表 7-1　　　　750kV 地电位丝杠收紧法带电更换直线串横担侧
第 1 片绝缘子工器具配备一览表

序号	工器具名称		规格、型号	数量	备　注
1	绝缘工具	绝缘传递绳	ϕ12mm	1 根	长度视作业杆塔高度而定
2		绝缘滑车	0.5t	1 只	
3		高强度绝缘绳	ϕ20mm×22m	1 根	导线后备保护绳
4		绝缘操作杆	750kV	1 根	
5		绝缘绳套	ϕ18mm	1 只	
6	金属工具	端部卡具及丝杠等		1 副	
7		取销器		1 只	
8		瓷质绝缘子检测装置		1 套	瓷质绝缘子用

序号	工器具名称		规格、型号	数量	备 注
9		安全带		2根	
10		导电鞋		2双	
11	个人防护用具	屏蔽服	750kV	1套	操作电工穿
12		静电防护服		1套	塔上电工穿
13		安全帽		4顶	
14		兆欧表	5000V	1块	电极宽2cm，极间距2cm
15		万用表		1块	检测屏蔽服连接导通用
16	辅助安全用具	对讲机		2部	
17		防潮苫布	3m×3m	1块	
18		工具袋		2只	装绝缘工具用

注 1. 承力工具型号或规格应按作业现场导线的垂直荷载选取。

2. 瓷质绝缘子检测装置包括：分布电压检测仪、绝缘电阻检测仪和火花间隙装置等。采用火花间隙装置测零时，每次检测前应用专用塞尺按 DL 415 要求测量放电间隙尺寸。

5. 作业程序

按照本次作业现场勘察后编写的现场作业指导书。

（1）工作负责人向调度申请开工，内容为：本人为工作负责人×××，×年×月×日需在750kV ××线路上更换劣化绝缘子作业，本次作业按《国家电网公司电力安全工作规程（电力线路部分）》第 8.1.7 条要求，确定是否停用线路重合闸装置，若遇线路跳闸，不经联系，不得强送。得到调度许可，核对线路双重名称和塔号。

（2）全体工作成员列队，工作负责人现场宣读工作票、交待工作任务、安全措施和技术措施；查（问）看工作人员精神状况、着装情况和工器具是否完好齐全。确认危险点和预防措施，明确作业分工以及安全注意事项。

（3）地面电工采用兆欧表检测绝缘工具的绝缘电阻，检查丝杠、卡具等工具是否完好齐全、屏蔽服不得有破损、洞孔和毛刺状等缺陷。

（4）塔上穿着电工穿着全套屏蔽服、导电鞋；塔上电工穿着静电防护服、导电鞋。

（5）塔上 1 号电工携带绝缘传递绳登塔至横担处，挂好安全带，将绝缘滑车和绝缘传递绳在作业横担适当位置安装好。

（6）若是瓷质绝缘子，地面电工将瓷质绝缘子检测装置、绝缘操作杆用绝缘传递绳传递给塔上 2 号电工，2 号电工检测所要更换绝缘子串的零值绝缘子，当同串（29 片）零值绝缘子达到 7 片时应立即停止检测，并停止本次带电作业工作。

（7）地面电工将丝杠、卡具传递到工作位置。塔上 1 号电工在横担侧将第 1 片绝缘子安装好卡具、丝杠。安装好导线后备保护绳，导线后备保护绳的保护裕度（长度）应控制合理。

（8）塔上 1 号电工收紧丝杠，使横担侧第 1 片绝缘子松弛，1 号电手抓紧线丝杠冲击检查无误后，报告工作负责人同意后，拆除被更换绝缘子上下锁紧销，拆除被更换的绝缘子。

（9）塔上 2 号电工用绝缘传递绳系好劣质绝缘子。

（10）地面电工操作绝缘传递绳将劣质绝缘子放下，传递绳另一侧将良好绝缘子跟随至工作位置，注意控制好空中上、下两片绝缘子的位置，防止发生相互碰撞。

（11）塔上 1 号电工换上新绝缘子，并复位两侧的锁紧销。

（12）塔上电工检查完好后，征得工作负责人同意后逆顺序拆除塔上卡具、导线后备保护绳等全部工具并传递至地面。

（13）塔上 1 号电工检查确认塔上无遗留物后，汇报工作负责人得到同意后携带绝缘传递绳下塔。

（14）地面电工整理所用工器具和清理现场，工作负责人清点工器具。

（15）工作负责人向调度汇报，内容为：本人为工作负责人×××，在 750kV ××线路上更换××劣质绝缘子工作已结束，杆塔上人员已撤离，杆塔、导线上无遗留物，线路设备已恢复原状。

6. 安全措施及注意事项

（1）本次作业应经现场勘察并编制带电更换绝缘子的现场作业指导书，经本单位技术负责人或主管生产负责人批准后执行。

（2）作业应在良好天气下进行。如遇雷电（听见雷声、看见闪电）、雪雹、雨雾时不得进行带电作业。风力大于 5 级（10m/s）时，不宜进行作业。

（3）若需在相对空气湿度大于 80%的天气下进行带电作业时，应采用具有防潮性能的绝缘工具。

（4）本次作业前需向调度明确：若线路跳闸，不经联系不得强送电。

（5）塔上操作电工必须穿戴全套屏蔽服、导电鞋；塔上电工穿着静电防护服、导电鞋，以防感应电的伤害。

（6）上、下杆塔或在杆塔上移位时，作业人员必须攀抓牢固构件，且双手不得携带器材。

（7）杆塔上作业时不得失去安全带的保护。

（8）使用工具前，应仔细检查其是否损坏、变形，失灵；对绝缘工具应检测其是否受潮、脏污。

（9）在更换劣质绝缘子前，必须仔细检查卡具连接及受力情况，确认无异常后，方可脱开绝缘子串。

（10）绝缘子更换作业中，同一串中扣除人体短接和劣质绝缘子个数后，良好绝缘子的个数不得少于表 7-2 的规定。

表7-2　　　　　　　　　同串中最小间隙和最少良好绝缘子片数

海　拔（m）	最小间隙（m）	良好绝缘片数不少于（片）	
		结构高度170mm	结构高度205mm
1000 及以下	4.4	26	22
1000～2000	4.9	29	24
2000～3000	5.6	33	28

（11）塔上作业人员距带电体的最小安全距离应不小于表7-3 的规定。

表7-3　　　　　　　　　塔上电工与带电体的最小安全距离

海拔（m） 作业位置（m）	0～1000	1000～1500	1500～2000	2000～2500	2500～3000
直线塔边相	4.5	4.8	5.1	5.4	5.7
直线塔中相	4.8	5.1	5.3	5.7	6.0

（12）带电作业中，绝缘杆的最小有效绝缘长度不得小于表7-4 之规定。

表7-4　　　　　　　　　绝缘杆的最小有效绝缘长度

海　拔（m）	最小有效绝缘长度（m）
0～1000	5.0
1000～2000	5.3
2000～3000	5.6

（13）地面人员严禁在作业点垂直下方逗留，塔上人员应防止落物伤人，使用的工具、材料应用绝缘绳索传递。

（14）作业时必须有导线防脱落的后备保护措施。

（15）作业过程中如遇设备突然停电，作业人员应视设备仍然带电。

（16）地面绝缘工具应放在防潮苫布上，作业人员应戴清洁干燥手套，摇测绝缘电阻值不小于700MΩ（电极宽 2cm，极间距 2cm）。

（17）新绝缘子应用干净毛巾进行表面清洁处理，瓷质绝缘子的绝缘电阻值应大于500MΩ。

（18）绝缘工具使用前应用干净毛巾进行表面清洁处理，使用绝缘工具应戴清洁、干燥的手套，以防绝缘工具受潮和污染。收工或转移作业点时，应将绝缘工具装在工具袋内。

（19）塔上电工登杆塔前，应对登高工具和安全带等进行检查和冲击试验，全体作业人员必须戴安全帽。

（20）作业人员在杆塔上作业期间，工作监护人应对作业人员进行不间断监护，且不得从事其他工作。

二、750kV 输电线路等电位和地电位结合绝缘绳起吊法带电更换直线串导线侧第 1 片绝缘子

1. 作业方法

等电位和地电位结合绝缘绳起吊法。

2. 适用范围

适用于 750kV 输电线路更换直线双联串导线侧第 1 片绝缘子。

3. 人员组合

本作业项目工作人员共计 8 人。其中工作负责人 1 人，安全监护人 1 人，塔上电工 2 人，等电位电工 1 人，地面电工 3 人。

4. 工器具配备

750kV 等电位和地电位结合绝缘绳起吊法带电更换直线串导线侧第 1 片绝缘子工器具配备一览表见表 7-5。所需材料有相应规格的良好绝缘子 1 片（包括锁紧销）。

表 7-5　　　　750kV 等电位和地电位结合绝缘绳起吊法带电更换直线串
导线侧第 1 片绝缘子工器具配备一览表

序号	工器具名称		规格、型号	数量	备　注
1	绝缘工具	绝缘传递绳	$\phi12mm$	2 根	长度视作业杆塔高度而定
2		绝缘滑车	0.5t	1 只	
3		绝缘 2-2 滑车组	1t	1 组	起吊吊椅用
4		绝缘吊线杆		1 根	
5		绝缘绳套	$\phi12\times500$	2 根	
6		绝缘操作杆	750kV	1 根	
7		绝缘吊椅		1 把	
8		吊椅牵引绳	$\phi14mm$	1 根	
9	金属工具	取销器		1 只	
10		瓷质绝缘子检测装置		1 套	瓷质绝缘子用
11		六线提线器		1 只	
12		紧线丝杠		1 只	
13		电位转移棒	750kV	1 根	

续表

序号	工器具名称		规格、型号	数量	备　注
14	个人防护用具	安全带		3 根	
15		导电鞋		3 双	
16		屏蔽服	750kV	1 套	等电位电工穿
17		静电防护服		2 套	塔上电工穿
18		安全帽		8 顶	
19	辅助安全用具	兆欧表	5000V	1 块	电极宽 2cm, 极间距 2cm
20		万用表		1 块	检测屏蔽服连接导通用
21		对讲机		2 部	
22		防潮苫布	3m×3m	1 块	
23		工具袋		2 只	装绝缘工具用

注　1. 承力工具型号或规格应按作业现场导线的垂直荷载选取。

　2. 瓷质绝缘子检测装置包括：分布电压检测仪、绝缘电阻检测仪和火花间隙装置等。采用火花间隙装置测零时，每次检测前应用专用塞尺按 DL 415 要求测量放电间隙尺寸。

5. 作业程序

按照本次作业现场勘察后编写的现场作业指导书。

（1）工作负责人向调度申请开工，内容为：本人为工作负责人×××，×年×月×日需在 750kV ××线路上更换××劣化绝缘子作业，本次作业按《国家电网公司电力安全工作规程（电力线路部分）》第 8.1.7 条要求，确定是否停用线路重合闸装置，若遇线路跳闸，不经联系不得强送。得到调度许可，核对线路双重名称和塔号。

（2）全体工作成员列队，工作负责人现场宣读工作票、交待工作任务、安全措施和技术措施；查（问）看工作人员精神状况、着装情况和工器具是否完好齐全。确认危险点和预防措施，明确作业分工以及安全注意事项。

（3）地面电工采用兆欧表检测绝缘工具的绝缘电阻，检查操作杆等工具是否完好齐全、屏蔽服不得有破损、洞孔和毛刺状等缺陷。

（4）塔上电工应穿着全套静电防护服、导电鞋。

（5）等电位电工穿着全套屏蔽服（包括帽、衣裤、手套、袜、面罩和导电鞋），必要时，屏蔽服内穿阻燃内衣。专人负责用万用表检查各连接点的连接导通是否良好。

（6）塔上电工携带绝缘传递绳登塔至横担处，挂好安全带，将绝缘滑车和绝缘传递绳在作业横担适当位置安装好。

（7）若是瓷质绝缘子，地面电工将瓷质绝缘子检测装置、绝缘操作杆用绝缘传递绳传递给塔上 2 号电工，2 号电工检测所要更换绝缘子串的零值绝缘子，当同串（29 片）零值绝缘子达到 7 片时应立即停止检测，并停止本次带电作业工作。

（8）地面电工将吊椅、绝缘 2-2 滑车组、紧线装置、六线提线器等传递到工作位置。

（9）塔上电工在绝缘子挂点处挂好绝缘小绳并量好吊椅固定绳的长度（略小于绝缘子串长），并在塔身侧适当位置吊装 2-2 滑车组。

（10）塔上 1、2 号电工与地面电工配合，将吊椅吊至塔窗靠塔身适当位置处，塔上 1 号电工将吊椅固定绳一端固定在绝缘子挂点附近的合适位置上。

（11）等电位电工上塔，地面电工拉好 2-2 滑车组尾绳，待等电位电工进入吊椅并坐好后，在监护人的指挥下，缓缓放松滑车组尾绳，将等电位电工送至距带电导线约 1m 处停下，报经工作负责人同意后，等电位电工使用电位转移棒等电位后，地面电工再放松滑车组尾绳将其送至导线上进入电场。

（12）塔上电工与等电位电工配合组装好起吊导线的紧线杆和导线后备保护绳，导线后备保护绳的保护裕度（长度）应控制合理。塔上电工收紧承力工具，转移导线荷载，使绝缘子串松弛。

（13）等电位电工冲击检查无误并报告工作负责人同意后，拆除导线端第 1 片绝缘子，用绝缘传递绳将盛装绝缘子的工具袋系好。

（14）地面电工操作绝缘传递绳将劣质绝缘子放下，传递绳另一侧将良好绝缘子跟随至工作位置，注意控制好空中上、下两片绝缘子的位置，防止发生相互碰撞。

（15）等电位电工换上良好绝缘子，并恢复与绝缘子串及联板的连接。

（16）塔上电工与等电位电工拆开导线承力工具等，检查导线侧无遗留物后，等电位电工征得工作负责人同意后退出强电场后下塔。

（17）塔上电工将吊椅及牵引绳、绝缘紧线杆、导线后备保护绳、瓷质绝缘子检测装置、绝缘操作杆等拆除后与地面电工配合传递至塔下，经检查确认塔上无遗留物后，汇报工作负责人得到同意后携带绝缘传递绳下塔。

（18）地面电工整理所用工器具和清理现场，工作负责人清点工器具。

（19）工作负责人向调度汇报，内容为：本人为工作负责人×××，在 750kV ××线路上更换劣质绝缘子工作已结束，杆塔上人员已撤离，杆塔、导线上无遗留物，线路设备已恢复原状。

6. 安全措施及注意事项

（1）本次作业应经现场勘察并编制带电更换绝缘子的现场作业指导书，经本单位技术负责人或主管生产负责人批准后执行。

（2）作业应在良好天气下进行。如遇雷电（听见雷声、看见闪电）、雪雹、雨雾时不得进行带电作业。风力大于 5 级（10m/s）时，不宜进行作业。

（3）若需在相对空气湿度大于 80% 的天气下进行带电作业时，应采用具有防潮性能的绝缘工具。

（4）本次作业前需向调度明确：若线路跳闸，不经联系不得强送电。

（5）塔上作业人员必须穿戴全套静电防护服、导电鞋以防感应电的伤害。

（6）等电位人员必须穿戴全套屏蔽服、导电鞋，且各部分应连接良好，屏蔽服内不得贴身穿着化纤类衣服。

（7）上、下杆塔或在杆塔上移位时，作业人员必须攀抓牢固构件，且双手不得携带任何器材。

（8）塔上作业时不得失去安全带的保护；等电位人员应始终采用安全保护绳，保护绳一端应固定在铁塔上。

（9）使用工具前，应仔细检查其是否损坏、变形，失灵，绝缘工具有否受潮、脏污。

（10）在更换劣质绝缘子前，必须仔细检查卡具连接及受力情况，确认无异常后，方可脱开绝缘子串。

（11）悬吊坐椅的绝缘绳索，固定要牢靠，调节灵活，使坐椅在移动过程中平稳，不摇晃；固定吊绳长度应准确，保证等电位电工进入电场后头部不超过导线侧第2片绝缘子。

（12）等电位电工在绝缘子更换作业中，同一串中扣除人体短接和劣质绝缘子个数后，最小间隙距离和良好绝缘子的个数不得小（少）于表7-2的规定。

（13）在不同海拔地区作业时，塔上地电位电工距带电体的最小安全距离和等电位电工距接地构件的最小安全距离应不小于表7-6的规定。

表7-6 最小安全距离（相—地）

作业位置	最小安全距离（m）／海拔（m）	0～1000	1000～1500	1500～2000	2000～2500	2500～3000
直线塔边相	地电位电工距带电体、等电位电工距塔身	4.5	4.8	5.1	5.4	5.7
直线塔中相	地电位电工距带电体、等电位电工距塔身	4.8	5.1	5.3	5.7	6.0
直线塔边相或中相	等电位电工距上横担或顶部构架	5.7	5.9	6.1	6.3	6.5

（14）在不同海拔高度，作业人员乘坐吊椅进入（退出）强电场时，其与接地体和带电体两部分间隙所组成组合间隙不得小于表7-7的规定。

表7-7 最小组合间隙距离

作业位置	最小安全距离（m）／海拔（m）	0～1000	1000～1500	1500～2000	2000～2500	2500～3000
直线塔边相		4.8	5.1	5.3	5.6	5.9
直线塔中相		4.9	5.2	5.4	5.8	6.1

（15）作业中，绝缘杆的最小有效绝缘长度不得小于表7-4的规定。

（16）等电位电工应使用电位转移棒进入电场，且面部裸露部位应与带电体保持 0.5m

以上。

（17）地面人员严禁在作业点垂直下方逗留，塔上人员应防止落物伤人，使用的工具、材料应用绝缘绳索传递。

（18）作业过程中如遇设备突然停电，作业人员应视设备仍然带电。

（19）塔上电工登杆塔前，应对登高工具和安全带等进行检查和冲击试验，全体作业人员必须戴安全帽。

（20）绝缘工具应放在防潮苫布上，作业人员应戴清洁干燥手套，摇测绝缘电阻值不小于 700MΩ（电极宽 2cm，极间距 2cm）。

（21）新绝缘子应用干净毛巾进行表面清洁处理，瓷质绝缘子的绝缘电阻值应大于 500MΩ。

（22）绝缘工具使用前应用干净毛巾进行表面清洁处理，使用绝缘工具应戴清洁、干燥的手套，以防绝缘工具受潮和污染。收工或转移作业点时，应将绝缘工具装在工具袋内。

（23）作业时必须有导线防脱落的后备保护措施。

（24）作业期间，安全监护人应对作业人员进行不间断监护，且不得从事其他工作。

三、750kV 输电线路等电位与地电位结合插板法带电更换直线任意单片绝缘子

1. 作业方法

等电位与地电位结合插板法。

2. 适用范围

适用于 750kV 输电线路 ZB 型、LM 型塔窗，直线绝缘子串更换其中任意一片绝缘子。

3. 人员组合

本作业项目工作人员共计 8 人。其中工作负责人（监护人）1 人，等电位电工 1 人，塔上电工 2 人，地面电工 4 人。

4. 工器具配备

750kV 等电位与地电位结合插板法带电更换直线任意单片绝缘子工器具配备一览表见表 7-8。

表 7-8　　　　　　　750kV 等电位与地电位结合插板法带电更换直线

任意单片绝缘子工器具配备一览表

序号	工器具名称		型号/规格	数量	备　注
1	绝缘工具	绝缘紧线棒		1 根	
2		坐椅		1 把	
3		高空保护绳	ϕ20mm	1 根	
4		坐椅吊绳		3 根	
5		2-2 滑车组	2t	2 组	

续表

序号	工器具名称		型号/规格	数量	备 注
6	绝缘工具	绝缘传递绳		2根	
7		托瓶板		1块	直线串插板法
8		高强度绝缘绳	φ30mm	1根	导线后备保护绳
9	金属工具	扁担卡/翻板卡/紧线器		1套	适用于直线双串、直转双串
10		扁担卡/斜卡/紧线器		1套	适用于直线单串、直转单串
11		瓷质绝缘子检测装置		1套	瓷质绝缘子用
12	个人防护用具	750kV 屏蔽服		1套	等电位电工穿
13		静电防护服		2套	塔上电工穿
14		导电鞋		3双	
15		安全带		3根	
16	辅助安全用具	0.5～1t 机动卷扬机		1台	
17		绝缘子		若干片	根据现场实际定数量
18		兆欧表	5000V	1块	电极宽2cm,极间距2cm
19		万用表		1块	检测屏蔽服连接导通用
20		对讲机		2部	
21		防潮苫布	3m×4m	1块	
22		工具袋		2只	装绝缘工具用

注 瓷质绝缘子检测装置包括：分布电压检测仪、绝缘电阻检测仪和火花间隙装置等。采用火花间隙装置测零时，每次检测前应用专用塞尺按 DL 415 要求测量放电间隙尺寸。

5. 作业程序

按照本次作业现场勘察后编写的现场作业指导书。

（1）工作前工作负责人向调度申请。内容为：本人为工作负责人×××，×年×月×日需在750kV ××线路上带电更换绝缘子工作，本次作业按《国家电网公司电力安全工作规程（电力线路部分）》第 8.1.7 条要求，确定是否停用线路重合闸装置，若遇线路跳闸，不经联系，不得强送。得到调度许可后，核对线路双重名称和塔号。

（2）全体工作成员列队，工作负责人现场宣读工作票、交待工作任务、安全措施和技术措施；查（问）看作业人员精神状况、着装情况和工器具是否完好齐全。确认危险点和预防措施以及安全措施及注意事项，明确人员分工。

（3）工作人员检查紧线丝杠、卡具等工具是否完好灵活，屏蔽服不得有破损、洞孔和毛刺状等缺陷。

（4）塔上电工应穿着全套静电防护服、导电鞋。

（5）等电位电工穿着全套屏蔽服（包括帽、衣裤、手套、袜、面罩和导电鞋），必要时，屏蔽服内穿阻燃内衣。专人负责用万用表检查各连接点的连接导通是否良好。

（6）塔上电工携带绝缘传递绳登塔至横担处，系好安全带，将绝缘滑车及绝缘传递绳悬挂在适当的位置。

（7）若是瓷质绝缘子，地面电工将瓷质绝缘子检测装置、绝缘操作杆用绝缘传递绳传递给塔上 2 号电工，2 号电工检测所要更换绝缘子串的零值绝缘子，当同串（29 片）零值绝缘子达到 7 片时应立即停止检测，并停止本次带电作业工作。

（8）塔上电工与地面电工相互配合，将坐椅（吊篮）、绝缘吊线棒、紧线器和两端卡具传递到塔上。

（9）塔上电工、等电位电工相互配合在适当位置组装好坐椅（吊篮）。

（10）等电位电工申请进入电位，工作负责人同意后，塔上与地面电工互相配合，采用坐椅（吊篮）法将等电位电工送进等电位。

（11）塔上电工与等电位电工配合组装好绝缘吊线棒、紧线器、两端卡具和导线后备保护绳，导线后备保护绳的保护裕度（长度）应控制合理。将导线荷载转移至绝缘吊线棒上。

（12）塔上电工操作紧线器，使绝缘子串呈松弛状态。

（13）塔上电工将绝缘吊绳系在靠横担侧适当位置的绝缘子上。

（14）杆上电工与等电位电工配合收紧绝缘子串滑车，摘开绝缘子串两端部绝缘子，并将绝缘子串下放至导线处。绝缘子串所放位置，应以等电位电工能方便操作为准。

（15）塔上电工与等电位电工配合将托瓶板插卡在需要更换的劣质绝缘子下面的一片绝缘子瓷裙上。

（16）拔出需要更换绝缘子的两端弹簧销，更换不良绝缘子。

（17）复原时操作程序相反。

（18）工作结束等电位电工向工作负责人申请脱离电位，许可后塔上电工互相配合，采用坐椅（吊篮）法使等电位电工退出电位并下塔。

（19）塔上电工和地面电工相互配合拆除工器具，将工器具依次传递至地面。

（20）塔上电工检查确认塔上、导线上无遗留物后，汇报工作负责人，得到同意后携带绝缘传递绳下塔。

（21）地面电工整理工器具和清理现场，工作负责人清点工器具。

（22）工作负责人向调度汇报。内容为：本人为工作负责人×××，750kV ×××线路带电更换直线绝缘子串工作已结束，塔上人员已撤离，杆塔、导线上无遗留物，线路设备已恢复原状。

6. 安全措施及注意事项

（1）本次作业应经现场勘察并编制带电更换绝缘子的现场作业指导书，经本单位技术负责人或主管生产负责人批准后执行。

（2）作业应在良好天气下进行。如遇雷电（听见雷声、看见闪电）、雪雹、雨雾时不得

进行带电作业。风力大于 5 级（10m/s）时，不宜进行作业。

（3）若需在相对空气湿度大于 80%的天气下进行带电作业时，应采用具有防潮性能的绝缘工具。

（4）本次作业前需向调度明确：若线路跳闸，不经联系不得强送电。

（5）塔上作业人员必须穿戴全套静电防护服、导电鞋，以防感应电的伤害。

（6）等电位电工应穿戴全套屏蔽服、导电鞋，且各部分应连接良好，屏蔽服内不得贴身穿着化纤类衣服。

（7）上、下杆塔或在杆塔上移位时，作业人员必须攀抓牢固构件，且双手不得携带器材。

（8）作业时不得失去安全带的保护；等电位人员应始终采用安全保护绳，保护绳一端应固定在铁塔上。

（9）使用工具前，应仔细检查其是否损坏、变形，失灵；对绝缘工具应检测其是否受潮、脏污。

（10）在更换劣质绝缘子前，必须仔细检查卡具连接及受力情况，确认无异常后，方可脱开绝缘子串。

（11）等电位电工在绝缘子更换作业中，同一串中扣除人体短接和劣质绝缘子个数后，最小间隙距离和良好绝缘子的个数不得小（少）于表 7-2 的规定。

（12）在不同海拔地区作业时，塔上地电位电工距带电体的最小安全距离和等电位电工距接地构件的最小安全距离应不小于表 7-6 的规定。

（13）在不同海拔地区，等电位电工乘坐吊椅进入（退出）强电场时，其与接地体和带电体两部分间隙所组成组合间隙不得小于表 7-7 的规定。

（14）带电作业中，绝缘绳索和绝缘拉棒的最小有效绝缘长度不得小于表 7-4 的规定。

（15）地面人员严禁在作业点垂直下方逗留，塔上人员应防止落物伤人，使用的工具、材料应用绝缘绳索传递。

（16）作业时必须有导线防脱落的后备保护措施。

（17）作业过程中如遇设备突然停电，作业人员应视设备仍然带电。

（18）地面绝缘工具应放在防潮苫布上，作业人员应戴清洁干燥手套，摇测绝缘电阻值不小于 700MΩ（电极宽 2cm，极间距 2cm）。

（19）新绝缘子应用干净毛巾进行表面清洁处理，瓷质绝缘子的绝缘电阻值应大于 500MΩ。

（20）绝缘工具使用前应用干净毛巾进行表面清洁处理，使用绝缘工具应戴清洁、干燥的手套，以防绝缘工具受潮和污染。收工或转移作业点时，应将绝缘工具装在工具袋内。

（21）塔上电工登杆塔前，应对登高工具和安全带等进行检查和冲击试验，全体作业人员必须戴安全帽。

（22）作业人员在杆塔上作业期间，工作监护人应对作业人员进行不间断监护，且不得从事其他工作。

四、750kV 输电线路等电位与地电位结合紧线杆法带电更换直线整串绝缘子

1. 作业方法

等电位与地电位结合紧线杆法。

2. 适用范围

适用于 750kV 输电线路 ZB 型、LM 型塔窗，直线单、双串绝缘子中更换其中一串绝缘子。

3. 人员组合

本作业项目工作人员共计 8 人。其中工作负责人（监护人）1 人，等电位电工 1 人，塔上电工 2 人，地面电工 4 人。

4. 工器具配备

750kV 等电位与地电位结合紧线杆法带电更换直线整串绝缘子工器具配备一览表见表 7-9。

表 7-9　　　　　750kV 等电位与地电位结合紧线杆法带电更换直线
整串绝缘子工器具配备一览表

序号	工器具名称		型号/规格	数量	备　注
1	绝缘工具	绝缘紧线棒	φ36mm	1 根	
2		坐椅		1 把	
3		高空保护绳	φ14mm	1 根	
4		坐椅吊绳	φ18mm	3 根	
5		2–2 滑车组	2t	2 组	
6		绝缘传递绳	φ10mm	2 根	
7		高强度绝缘绳	φ30mm	1 根	导线后备保护绳
8		托瓶板		1 块	
9	金属工具	扁担卡/翻板卡/紧线器		1 套	适用于直线双串、直转双串
10		扁担卡/斜卡/紧线器		3 套	适用于直线单串、直转单串
11		丝杠/翼形卡			用于调平串、V 单串
12		丝杠/花形卡			用于 V 双串
13		瓷质绝缘子检测装置		1 套	瓷质绝缘子用
14	个人防护用具	750kV 屏蔽服		1 套	等电位电工穿
15		静电防护服		2 套	塔上电工穿
16		导电鞋		3 双	
17		安全带		3 根	

序号	工器具名称		型号/规格	数量	备　注
18		0.5～1t 机动卷扬机		1 台	用于换整串
19		绝缘子			根据现场实际定数量
20		兆欧表	5000V	1 块	电极宽 2cm，极间距 2cm
21	辅助安全用具	万用表		1 块	检测屏蔽服连接导通用
22		对讲机		2 部	
23		防潮苫布	3m×4m	1 块	
24		工具袋		2 只	装绝缘工具用

注　瓷质绝缘子检测装置包括：分布电压检测仪、绝缘电阻检测仪和火花间隙装置等。采用火花间隙装置测零时，每次检测前应用专用塞尺按 DL 415 要求测量放电间隙尺寸。

5. 作业程序

按照本次作业现场勘察后编写的现场作业指导书。

（1）工作前工作负责人向调度申请。内容为：本人为工作负责人×××，×年×月×日需在 750kV ××线路上带电更换绝缘子工作，本次作业按《国家电网公司电力安全工作规程（电力线路部分）》第 8.1.7 条要求，确定是否停用线路重合闸装置，若遇线路跳闸，不经联系，不得强送。得到调度许可后，核对线路双重名称和塔号。

（2）全体工作成员列队，工作负责人现场宣读工作票、交待工作任务、安全措施和技术措施；查（问）看作业人员精神状况、着装情况和工器具是否完好齐全。确认危险点和预防措施以及安全措施及注意事项，明确人员分工。

（3）工作人员检查紧线丝杠、卡具、吊篮等工具是否完好灵活，屏蔽服不得有破损、洞孔和毛刺状等缺陷。

（4）塔上电工应穿着全套静电防护服、导电鞋。

（5）等电位电工穿着全套屏蔽服（包括帽、衣裤、手套、袜、面罩和导电鞋），必要时，屏蔽服内穿阻燃内衣。地面电工负责检查袜裤、裤衣、袖和手套的连接是否完好，用万用表测试袜、裤、衣、手套等导通情况。

（6）塔上电工携带绝缘传递绳登塔至横担处，系好安全带，将绝缘滑车及绝缘传递绳悬挂在适当的位置。

（7）若是瓷质绝缘子，地面电工将瓷质绝缘子检测装置、绝缘操作杆用绝缘传递绳传递给塔上 2 号电工，2 号电工检测所要更换绝缘子串的零值绝缘子，当同串（29 片）零值绝缘子达到 7 片时应立即停止检测，并停止本次带电作业工作。

（8）塔上电工与地面电工相互配合，将坐椅（吊篮）、绝缘吊线棒、紧线器、两端卡具和导线后备保护绳传递到塔上。

（9）塔上电工、等电位电工相互配合在适当位置组装好坐椅（吊篮）。

（10）等电位电工申请进入电位，工作负责人同意后，塔上与地面电工互相配合，采用坐椅（吊篮）法将等电位电工送进等电位。

（11）塔上电工与等电位电工配合组装好绝缘吊线棒、紧线器、两端卡具和导线后备保护绳，导线后备保护绳的保护裕度（长度）应控制合理。将导线荷载转移至绝缘吊线棒上。

（12）塔上和地面电工配合收紧滑车组，拔出绝缘子串两端部绝缘子弹簧销，利用滑车组，绑好控制尾绳将所换整串落至地面。

（13）利用滑车组吊装更换新串，塔上电工、等电位电工检查确认绝缘子串安装完好。

（14）报经工作负责人同意后等电位电工拆开绝缘吊线棒、紧线器、卡具和导线后备保护绳。

（15）工作结束等电位电工向工作负责人申请脱离电位，许可后塔上电工互相配合，采用坐椅（吊篮）法使等电位电工退出电位。

（16）塔上电工和地面电工相互配合拆除工器具，将工器具依次传递至地面。

（17）塔上电工检查确认塔上、导线上无遗留物后，汇报工作负责人，得到同意后携带绝缘传递绳下塔。

（18）地面电工整理工器具和清理现场，工作负责人清点工器具。

（19）工作负责人向调度汇报。内容为：本人为工作负责人×××，750kV ×××线路带电更换直线绝缘子串工作已结束，塔上人员已撤离，杆塔、导线上无遗留物，线路设备已恢复原状。

6. 安全措施及注意事项

（1）本次作业应经现场勘察并编制带电更换绝缘子的现场作业指导书，经本单位技术负责人或主管生产负责人批准后执行。

（2）作业应在良好天气下进行。如遇雷电（听见雷声、看见闪电）、雪雹、雨雾时不得进行带电作业。风力大于 5 级（10m/s）时，不宜进行作业。

（3）若需在相对空气湿度大于 80%的天气下进行带电作业时，应采用具有防潮性能的绝缘工具。

（4）本次作业前需向调度明确：若线路跳闸，不经联系不得强送电。

（5）塔上作业人员必须穿戴全套静电防护服、导电鞋，以防感应电的伤害。

（6）等电位电工应穿戴全套屏蔽服、导电鞋，且各部分应连接良好，屏蔽服内不得贴身穿着化纤类衣服。

（7）上、下杆塔或在杆塔上移位时，作业人员必须攀抓牢固构件，且双手不得携带器材。

（8）塔上作业时不得失去安全带的保护。等电位人员应始终采用安全保护绳，保护绳一端应固定在铁塔上。

（9）使用工具前，应仔细检查其是否损坏、变形，失灵；对绝缘工具应检测其是否受潮、脏污。

（10）在更换劣质绝缘子前，必须仔细检查卡具连接及受力情况，确认无异常后，方可脱开绝缘子串。

（11）等电位电工在绝缘子更换作业中，同一串中扣除人体短接和劣质绝缘子个数后，最小间隙距离和良好绝缘子的个数不得小（少）于表7-2的规定。

（12）在不同海拔地区作业时，塔上地电位电工距带电体的最小安全距离和等电位电工距接地构件的最小安全距离应不小于表7-6的规定。

（13）在不同海拔地区，等电位电工乘坐吊椅进入（退出）强电场时，其与接地体和带电体两部分间隙所组成组合间隙不得小于表7-7的规定。

（14）带电作业中，绝缘绳索和绝缘拉棒的最小有效绝缘长度不得小于表7-4的规定。

（15）地面人员严禁在作业点垂直下方逗留，塔上人员应防止落物伤人，使用的工具、材料应用绝缘绳索传递。

（16）作业时必须有导线防脱落的后备保护措施。

（17）作业过程中如遇设备突然停电，作业人员应视设备仍然带电。

（18）地面绝缘工具应放在防潮苫布上，作业人员应戴清洁干燥手套，摇测绝缘电阻值不小于700MΩ（电极宽2cm，极间距2cm）。

（19）新复合绝缘子必须检查并按说明书安装好均压环，若是盘形绝缘子应用干净毛巾进行表面清洁处理，瓷质绝缘子的绝缘电阻值不小于500MΩ。

（20）绝缘工具使用前应用干净毛巾进行表面清洁处理，使用绝缘工具应戴清洁、干燥的手套，以防绝缘工具受潮和污染。收工或转移作业点时，应将绝缘工具装在工具袋内。

（21）塔上电工登杆塔前，应对登高工具和安全带等进行检查和冲击试验，全体作业人员必须戴安全帽。

（22）作业人员在杆塔上作业期间，工作监护人应对作业人员进行不间断监护，且不得从事其他工作。

五、750kV 输电线路等电位与地电位结合紧线杆法带电更换直线 V 串整串绝缘子

1. 作业方法

等电位与地电位结合紧线杆法。

2. 适用范围

适用于750kV输电线路ZB型、LM型塔窗，直线V单、双串绝缘子中更换其中一串绝缘子或多片绝缘子。

3. 人员组合

本作业项目工作人员共计8人。其中工作负责人（监护人）1人，等电位电工1人，塔上电工2人，地面电工4人。

4. 工器具配备

750kV等电位与地电位结合紧线杆法带电更换直线V串整串绝缘子工器具配备一览表见表7-10。

表 7-10　　　　　750kV 等电位与地电位结合紧线杆法带电更换直线

V 串整串绝缘子工器具配备一览表

序号	工器具名称		型号/规格	数量	备　注
1	绝缘工具	绝缘紧线棒	ϕ36mm	1 根	
2		坐椅		1 把	
3		高空保护绳	ϕ14mm	1 根	
4		坐椅吊绳	ϕ18mm	3 根	
5		2–2 滑车组	2t	2 组	配绝缘滑车绳索
6		传递绳	ϕ10mm	2 根	
7		高强度绝缘绳	ϕ30mm	1 根	导线后备保护绳
8		托瓶板		1 块	
9	金属工具	扁担卡/翻板卡/紧线器		1 套	适用于直线双串、直转双串
10		扁担卡/斜卡/紧线器		3 套	适用于直线单串、直转单串
11		丝杠/翼形卡		1 套	用于调平串、V 单串
12		丝杠/花形卡		1 套	用于 V 双串
13		瓷质绝缘子检测装置		1 套	瓷质绝缘子用
14	个人防护用具	750kV 屏蔽服		1 套	等电位电工穿
15		静电防护服		2 套	塔上电工穿
16		导电鞋		3 双	
17		安全带		3 根	
18	辅助安全用具	0.5～1t 机动卷扬机		1 台	用于换整串
19		绝缘子		片	根据现场实际定数量
20		兆欧表	5000V	1 块	电极宽 2cm，极间距 2cm
21		万用表		1 块	检测屏蔽服连接导通用
22		对讲机		2 部	
23		防潮苫布	3m×3m	1 块	
24		工具袋		2 只	装绝缘工具用

注　瓷质绝缘子检测装置包括：分布电压检测仪、绝缘电阻检测仪和火花间隙装置等。采用火花间隙装置测零时，每次检测前应用专用塞尺按 DL 415 要求测量放电间隙尺寸。

5. 作业程序

按照本次作业现场勘察后编写的现场作业指导书。

（1）工作前工作负责人向调度申请。内容为：本人为工作负责人×××，×年×月×日需在 750kV ××线路上带电更换绝缘子工作，本次作业按《国家电网公司电力安全工作规程（电力线路部分）》第 8.1.7 条要求，确定是否停用线路重合闸装置，若遇线路跳闸，不经联系，不得强送。得到调度许可后，核对线路双重名称和塔号。

（2）全体工作成员列队，工作负责人现场宣读工作票、交待工作任务、安全措施和技术措施；查（问）看作业人员精神状况、着装情况和工器具是否完好齐全。确认危险点和预防措施以及安全措施及注意事项，明确人员分工。

（3）工作人员检查紧线丝杠、吊篮、卡具等工具是否完好灵活，屏蔽服不得有破损、洞孔和毛刺状等缺陷。

（4）塔上电工应穿着全套静电防护服、导电鞋。

（5）等电位电工穿着全套屏蔽服（包括帽、衣裤、手套、袜、面罩和导电鞋），必要时，屏蔽服内穿阻燃内衣。地面电工负责检查袜裤、裤衣、袖和手套的连接是否完好，用万用表测试袜、裤、衣、手套等导通情况。

（6）塔上电工携带绝缘传递绳登塔至横担处，系好安全带，将绝缘滑车及绝缘传递绳悬挂在适当的位置。

（7）若是瓷质绝缘子，地面电工将瓷质绝缘子检测装置、绝缘操作杆用绝缘传递绳传递给塔上 2 号电工，2 号电工检测所要更换绝缘子串的零值绝缘子，当同串（29 片）零值绝缘子达到 7 片时应立即停止检测，并停止本次带电作业工作。

（8）塔上电工、等电位电工相互配合在适当位置组装好坐椅（吊篮）。

（9）等电位电工申请进入电位，工作负责人同意后，塔上与地面电工互相配合，采用坐椅（吊篮）法将等电位电工送进等电位。

（10）地面电工将绝缘紧线棒、紧线丝杠、两端卡具和导线后备保护绳传递到塔上；塔上电工与等电位电工配合组装好绝缘吊线棒、紧线器、两端卡具和导线后备保护绳，导线后备保护绳的保护裕度（长度）应控制合理。

（11）地面电工将绝缘滑车组和托瓶工具传递到塔上，塔上电工与等电位电工配合组装好绝缘滑车组和托瓶工具。

（12）塔上电工操作紧线器，荷载转移至绝缘吊线棒、紧线器和两端卡具上，使绝缘子串呈松弛状态。

（13）塔上电工和地面电工配合收紧托瓶工具滑车组，摘开绝缘子串导线端绝缘子，放松滑车组尾绳将绝缘子串缓缓放落至垂直位置。

（14）塔上电工将吊绝缘子串的缘滑车组绳的一端系在靠横担侧适当位置的绝缘子上，上、下配合收紧缘滑车组尾绳并摘开靠横担端绝缘子后，放松滑车组尾绳将绝缘子串缓缓放落至地面进行更换。

（15）恢复时程序相反，塔上电工和等电位电工检查确认绝缘子串安装连接完好。

（16）工作结束等电位电工向工作负责人申请脱离电位，许可后塔上电工互相配合，采用坐椅（吊篮）法使等电位电工退出电位并下塔。

（17）塔上电工和地面电工相互配合拆除工器具，将工器具依次传递至地面。

（18）塔上电工检查确认塔上、导线上无遗留物后，汇报工作负责人，得到同意后携带绝缘传递绳下塔。

（19）地面电工整理工器具和清理现场，工作负责人清点工器具。

（20）工作负责人向调度汇报。内容为：本人为工作负责人×××，750kV ×××线路带电更换直线绝缘子串工作已结束，塔上人员已撤离，杆塔、导线上无遗留物，线路设备已恢复原状。

6. 安全措施及注意事项

（1）本次作业应经现场勘察并编制带电更换绝缘子的现场作业指导书，经本单位技术负责人或主管生产负责人批准后执行。

（2）作业应在良好天气下进行。如遇雷电（听见雷声、看见闪电）、雪雹、雨雾时不得进行带电作业。风力大于 5 级（10m/s）时，不宜进行作业。

（3）若需在相对空气湿度大于 80％的天气下进行带电作业时，应采用具有防潮性能的绝缘工具。

（4）本次作业前需向调度明确：若线路跳闸，不经联系不得强送电。

（5）塔上作业人员必须穿戴全套静电防护服、导电鞋，以防感应电的伤害。

（6）等电位电工应穿戴全套屏蔽服、导电鞋，且各部分应连接良好，屏蔽服内不得贴身穿着化纤类衣服。

（7）上、下杆塔或在杆塔上移位时，作业人员必须攀抓牢固构件，且双手不得携带器材。

（8）塔上作业时不得失去安全带的保护。等电位人员应始终采用安全保护绳，保护绳一端应固定在铁塔上。

（9）使用工具前，应仔细检查其是否损坏、变形，失灵；对绝缘工具应检测其是否受潮、脏污。

（10）在更换劣质绝缘子前，必须仔细检查卡具连接及受力情况，确认无异常后，方可脱开绝缘子串。

（11）等电位电工在绝缘子更换作业中，同一串中扣除人体短接和劣质绝缘子个数后，最小间隙距离和良好绝缘子的个数不得小（少）于表 7-2 的规定。

（12）在不同海拔地区作业时，塔上地电位电工距带电体的最小安全距离和等电位电工距接地构件的最小安全距离应不小于表 7-6 的规定。

（13）在不同海拔地区，等电位电工乘坐吊椅进入（退出）强电场时，其与接地体和带电体两部分间隙所组成组合间隙不得小于表 7-7 的规定。

（14）带电作业中，绝缘绳索和绝缘拉棒的最小有效绝缘长度不得小于表 7-4 的规定。

（15）地面人员严禁在作业点垂直下方逗留，塔上人员应防止落物伤人，使用的工具、材料应用绝缘绳索传递。

（16）作业时必须有导线防脱落的后备保护措施。

（17）作业过程中如遇设备突然停电，作业人员应视设备仍然带电。

（18）地面绝缘工具应放在防潮苫布上，作业人员应戴清洁干燥手套，摇测绝缘电阻值

不小于 700MΩ（电极宽 2cm，极间距 2cm）。

（19）新复合绝缘子必须检查并按说明书安装好均压环，若是盘形绝缘子应用干净毛巾进行表面清洁处理，瓷质绝缘子的绝缘电阻值不小于 500MΩ。

（20）绝缘工具使用前应用干净毛巾进行表面清洁处理，使用绝缘工具应戴清洁、干燥的手套，以防绝缘工具受潮和污染。收工或转移作业点时，应将绝缘工具装在工具袋内。

（21）塔上电工登杆塔前，应对登高工具和安全带等进行检查和冲击试验，全体作业人员必须戴安全帽。

（22）作业人员在杆塔上作业期间，工作监护人应对作业人员进行不间断监护，且不得从事其他工作。

第二节　750kV 耐张绝缘子串

一、750kV 输电线路沿耐张绝缘子串自由式进入法带电更换耐张双联串任意片绝缘子

1. 作业方法

沿耐张绝缘子串自由式进入法。

2. 适用范围

适用于 750kV 线路双联耐张任意单片绝缘子更换。

3. 人员组合

本作业项目工作人员共计 4 人。其中工作负责人（监护人）1 人，等电位电工 1 人，地面电工 2 人。

4. 工器具配备

750kV 沿耐张绝缘子串自由式进入法带电更换耐张双联串任意片绝缘子工器具配备一览表见表 7-11。所需材料有相应规格的绝缘子等。

表 7-11　　　　750kV 沿耐张绝缘子串自由式进入法带电更换耐张
双联串任意片绝缘子工器具配备一览表

序号	工器具名称		规格、型号	数量	备　注
1	绝缘工具	绝缘传递绳	ϕ10mm	1 根	视作业杆塔高度而定
2		绝缘绳套	ϕ20mm	1 只	
3		绝缘滑车	0.5t	1 只	
4		绝缘操作杆	750kV	1 根	
5	金属工具	闭式卡	BK100–750	1 只	
6		双头丝杠		2 根	
7		瓷质绝缘子检测装置		1 套	瓷质绝缘子用

续表

序号	工器具名称		规格、型号	数量	备　注
8		750kV 屏蔽服		1 套	等电位电工穿
9	个人防护用具	静电防护服		1 套	备用
10		导电鞋		2 双	备用 1 双
11		安全带		2 根	备用 1 根
12		安全帽		4 顶	
13		兆欧表	5000V	1 块	极宽 2cm，极间距 2cm
14	辅助安全用具	万用表		1 块	检测屏蔽服连接导通用
15		防潮苫布	3m×3m	1 块	
16		工具袋		2 只	装绝缘工具用

注　瓷质绝缘子检测装置包括：分布电压检测仪、绝缘电阻检测仪和火花间隙装置等。采用火花间隙装置测零时，每次检测前应用专用塞尺按 DL 415 要求测量放电间隙尺寸。

5. 作业程序

按照本次作业现场勘察后编写的现场作业指导书。

（1）工作前工作负责人向调度申请。内容为：本人为工作负责人×××，×年×月×日需在 750kV ××线路上带电更换绝缘子工作，本次作业按《国家电网公司电力安全工作规程（电力线路部分）》第 8.1.7 条要求，确定是否停用线路重合闸装置，若遇线路跳闸，不经联系，不得强送。得到调度许可后，核对线路双重名称和塔号。

（2）全体工作成员列队，工作负责人现场宣读工作票、交待工作任务、安全措施和技术措施；查（问）看作业人员精神状况、着装情况和工器具是否完好齐全。确认危险点和预防措施以及安全措施及注意事项，明确人员分工。

（3）地面工作人员用兆欧表检测绝缘工具的绝缘电阻，卡具等工具是否完好灵活，屏蔽服（静电防护服）不得有破损、洞孔和毛刺状等缺陷。

（4）等电位电工穿着全套屏蔽服（包括帽、衣裤、手套、袜、面罩和导电鞋），必要时，屏蔽服内穿阻燃内衣。地面电工负责检查袜裤、裤衣、袖和手套的连接是否完好，用万用表测试袜、裤、衣、手套等导通情况。

（5）塔上电工必须穿着静电防护服、导电鞋。

（6）等电位电工携带绝缘传递绳登塔至横担处，系好安全带，将绝缘滑车及绝缘传递绳悬挂在适当的位置。

（7）若是瓷质绝缘子，地面电工将瓷质绝缘子检测装置、绝缘操作杆用绝缘传递绳传递给塔上 2 号电工，2 号电工检测所要更换绝缘子串的零值绝缘子，当同串（29 片）零值绝缘子达到 7 片时应立即停止检测，并停止本次带电作业工作。

（8）报经工作负责人同意后，等电位电工将绝缘腰绳和后备保护绳分别系在非作业相绝缘子串和横担主材上，带上绝缘传递绳，采用跨二短三方法沿绝缘子串进入作业点，进入电位时双手抓扶一串，双脚采另一串平行移动到工作位置，如图 4-1 所示。

（9）等电位电工到达作业处后，采用两腿短接 2 片绝缘子方法坐在不更换的绝缘子串上，将传递绳子挂好，地面电工用绝缘传递绳将闭式卡、双头丝杠传递至等电位电工作业位置。

（10）等电位电工将闭式卡、双头丝杠安装在被更换绝缘子的两侧，并连接好双头丝杠。

（11）等电位电工收双头丝杠，使需换绝缘子脱离受力状态，并冲击检查卡具受力有无异常情况。

（12）报经工作负责人同意后，等电位电工取出被换绝缘子两侧的锁紧销，继续收双头丝杠，直至取出绝缘子。

（13）等电位电工用绝缘传递绳系好装劣质绝缘子的工具袋。

（14）地面电工操作绝缘传递绳，将旧绝缘子放下，同时新绝缘子跟随至工作位置，注意控制好传递中上、下两片绝缘子的位置，防止发生相互碰撞。

（15）等电位电工换上新绝缘子，复位两侧锁紧销，检查新绝缘子安装无误后，报经工作负责人同意后拆除工具。

（16）等电位电工检查确认绝缘子串上无遗留物后，向工作负责人汇报，得到工作负责人同意后带绝缘传递绳沿绝缘子串退回横担侧。

（17）等电位电工检查确认塔上无遗留物后，向工作负责人汇报，得到工作负责人同意后携带绝缘传递绳下塔。

（18）地面电工整理所用工器具和清理现场，工作负责人清点工器具。

（19）工作负责人向调度汇报。内容为：本人为工作负责人×××，750kV ××线路上更换劣质绝缘子工作已结束，塔上人员已撤离，杆塔、导线上无遗留物，线路设备已恢复原状。

6. 安全措施及注意事项

（1）本次作业应经现场勘察并编制带电更换耐张任意片绝缘子的现场作业指导书，经本单位技术负责人或主管生产负责人批准后执行。

（2）作业应在良好天气下进行。如遇雷电（听见雷声、看见闪电）、雪雹、雨雾时不得进行带电作业。风力大于 5 级（10m/s）时，不宜进行作业。

（3）若需在相对空气湿度大于 80% 的天气下进行带电作业时，应采用具有防潮性能的绝缘工具。

（4）本次作业前需向调度明确：若线路跳闸，不经联系不得强送电。

（5）等电位电工应穿戴全套屏蔽服、导电鞋，且各部分应连接良好，屏蔽服内不得贴身穿着化纤类衣服。

（6）上、下杆塔或在杆塔上移位时，作业人员必须攀抓牢固构件，且双手不得携带器材。

（7）塔上作业时不得失去安全带的保护。

（8）使用工具前，应仔细检查其是否损坏、变形，失灵；对绝缘工具应检测其是否受潮、脏污。

（9）在更换劣质绝缘子前，必须仔细检查卡具连接及受力情况，确认无异常后，方可脱开绝缘子串。

（10）等电位电工在绝缘子更换作业中，同一串中扣除人体短接和劣质绝缘子个数后，最小间隙距离和良好绝缘子的个数不得小（少）于表 7-2 的规定。

（11）在不同海拔地区作业时，塔上地电位电工距带电体的最小安全距离和等电位电工距接地构件的最小安全距离应不小于表 7-6 的规定。

（12）在不同海拔地区，等电位电工乘坐吊椅进入（退出）强电场时，其与接地体和带电体两部分间隙所组成组合间隙不得小于表 7-7 的规定。

（13）带电作业中，绝缘绳索和绝缘拉棒的最小有效绝缘长度不得小于表 7-4 的规定。

（14）地面绝缘工具应放在防潮苫布上，作业人员应戴清洁干燥手套，摇测绝缘电阻值不小于 700MΩ（极宽 2cm，极间距 2cm）。

（15）现场使用的工具在使用前和使用后必须详细检查，是否有损坏、变形和失灵等问题。

（16）使用的工具、瓷瓶上下传递应用绝缘传递绳，金属工具在起吊时必须距带电体大于 1.5m，到达工作位置后应先等电位，再传移给操作电工。

（17）所有使用的器具必须安装可靠，工具受力后应判断其可靠性。

（18）新盘形绝缘子应用干净毛巾进行表面清洁处理，瓷质绝缘子的绝缘电阻值不小于 500MΩ。

（19）绝缘工具使用前应用干净毛巾进行表面清洁处理，使用绝缘工具应戴清洁、干燥的手套，以防绝缘工具受潮和污染。收工或转移作业点时，应将绝缘工具装在工具袋内。

（20）在杆塔上作业过程中如遇设备突然停电，作业人员应视设备仍然带电。

（21）塔上电工登杆塔前，应对登高工具和安全带等进行检查和冲击试验，全体作业人员必须戴安全帽。

（22）地面电工严禁在作业点垂直下方逗留，塔上电工应防止高空落物，使用的工具、材料应用绳索传递，不得乱扔。

（23）作业人员在杆塔上作业期间，工作监护人应对作业人员进行不间断监护，且不得从事其他工作。

二、750kV 输电线路地电位与等电位结合滑车组法带电更换整串耐张绝缘子串

1. 作业方法

地电位与等电位结合滑车组法。

2. 适用范围

适用于 750kV 线路耐张双串绝缘子。

3. 人员组合

本作业项目工作人员共计 8 人。其中工作负责人（监护人）1 人，等电位电工 1 人，塔上电工 2 人，地面电工 4 人。

4. 工器具配备

750kV 地电位与等电位结合滑车组法带电更换整串耐张绝缘子串工器具配备一览表见表 7-12。所需材料有相应规格的绝缘子等，根据实际作业工况，对表 7-12 所列工具进行验算和补充。

表 7-12　　　　　750kV 地电位与等电位结合滑车组法带电更换整串
耐张绝缘子串工器具配备一览表

序号	工器具名称		规格、型号	数量	备　注
1		绝缘紧线棒	φ32mm	2 根	
2		绝缘传递绳	φ12mm	2 根	视作业杆塔高度而定
3		绝缘滑车	0.5t	2 只	传递用
4		绝缘 3–3 滑车组	2t	1 组	
5		绝缘 2–2 滑车组	2t	1 组	
6	绝缘工具	绝缘绳	φ10mm、φ14mm	各 1 根	调节用
7		绝缘绳	φ18mm	1 根	3–3 滑车组用
8		绝缘绳	φ22mm	1 根	2–2 滑车组用
9		绝缘操作杆	750kV	1 根	
10		绝缘软梯		1 副	
11		绝缘调节绳	φ24mm	1 根	
12		扁担卡/翻板卡/紧线器		1 副	适用直线双串、直转双串
13		丝杠/翼形卡		1 套	用于调平串、V 单、串
14		丝杠/花形卡		1 套	用于 V 双串
15		瓷质绝缘子检测装置		1 套	瓷质绝缘子用
16	金属工具	导线卡	DYK100–750	1 只	
17		横担卡	HYK100–750	1 只	
18		紧线器	YJ50–750	2 只	
19		机动绞磨	30kN	1 台	
20		钢板地锚	3t/1.5m	3 根	配钢丝绳φ17.5mm
21		射绳枪	750kV	1 把	配绝缘绳φ10mm
22		安全带		3 根	
23		导电鞋		3 双	
24	个人防护用具	屏蔽服	750kV	1 套	等电位电工穿
25		静电防护服		2 套	塔上电工穿
26		安全帽		8 顶	

续表

序号	工器具名称		规格、型号	数量	备 注
27		兆欧表	5000V	1块	电极宽 2cm,极间距 2cm
28	辅助安全用具	万用表		1块	检测屏蔽服连接导通用
29		对讲机		2部	
30		防潮苫布	3m×3m	1块	
31		工具袋		2只	装绝缘工具用

注 1. 承力工具型号或规格应按作业现场导线的垂直荷载选取。

2. 瓷质绝缘子检测装置包括:分布电压检测仪、绝缘电阻检测仪和火花间隙装置等。采用火花间隙装置测零时,每次检测前应用专用塞尺按 DL 415 要求测量放电间隙尺寸。

5. 作业程序

按照本次作业现场勘察后编写的现场作业指导书。

(1)工作前工作负责人向调度申请。内容为:本人为工作负责人×××,×年×月×日需在 750kV ××线路上带电更换绝缘子工作,本次作业按《国家电网公司电力安全工作规程(电力线路部分)》第 8.1.7 条要求,确定是否停用线路重合闸装置,若遇线路跳闸,不经联系,不得强送。得到调度许可后,核对线路双重名称和塔号。

(2)全体工作成员列队,工作负责人现场宣读工作票、交待工作任务、安全措施和技术措施;查(问)看作业人员精神状况、着装情况和工器具是否完好齐全。确认危险点和预防措施以及安全措施及注意事项,明确人员分工。

(3)在作业点的下方铺好防潮苫布,按操作顺序摆放好工器具,用兆欧表检测绝缘工具的绝缘电阻。

(4)地面电工检查紧线丝杠、卡具等工具是否完好灵活,屏蔽服(静电防护服)不得有破损、洞孔和毛刺状等缺陷。

(5)等电位电工穿着全套屏蔽服(包括帽、衣裤、手套、袜、面罩和导电鞋),必要时,屏蔽服内穿阻燃内衣。地面电工负责检查袜裤、裤衣、袖和手套的连接是否完好,用万用表测试袜、裤、衣、手套等导通情况。

(6)塔上电工必须穿着静电防护服、导电鞋。

(7)塔上电工携带传递绳登塔至作业相绝缘子悬挂点处,在工作位置处铁塔主材上装好传递绳,地面电工将绝缘子检测器通过传递绳传递给塔上电工。

(8)若是瓷质绝缘子,地面电工将瓷质绝缘子检测装置、绝缘操作杆用绝缘传递绳传递给塔上 2 号电工,2 号电工检测所要更换绝缘子串的零值绝缘子,当同串(29 片)零值绝缘子达到 7 片时应立即停止检测,并停止本次带电作业工作。

(9)地面电工用射绳枪将绝缘小绳挂在作业相的导线上并起吊绝缘软梯将其悬挂在作业相的导线上。

(10)等电位电工携带绝缘传递绳和电位转移棒登绝缘软梯至导线端四方联板上并在合适

位置处挂好传递绳。

（11）地面电工通过传递绳将横担卡和导线卡分别传递给塔上电工和等电位电工；塔上电工将横担卡装在作业串的牵引板上，等电位电工将导线卡装在作业串的双联碗头上；地面电工通过传递绳将拉杆紧线器传递给塔上电工和等电位电工；两人分头将拉杆紧线器与串两端的卡具相连，塔上电工预紧紧线器使拉杆、卡具初步受力。

（12）等电位电工、塔上电工与地面电工配合吊装牵引滑车组、放落（起吊）绝缘子串滑车组，其安装布置如图7-1所示；吊点与绝缘子串用专用绝缘吊具连接，防止钢脚弯曲。

（13）塔上电工收紧紧线器，将导线张力转移到拉杆、卡具上，检查拉杆、卡具各部件受力无问题后摘开双联碗头。

（14）地面启动机动绞磨通过牵引滑车组将绝缘子串落至直线位置；等电位电工把调节绳从牵引滑车组动滑轮处解开，将调整绳系在小绳上，动滑轮固定在绳套上；塔上电工将起吊绝缘子串滑车组大绳绑在第3片绝缘子上，摘开球头挂环，塔上电工启动机动绞磨将绝缘子串放落到地面。

（15）塔上电工、等电位电工和地面电工配合按照相反步骤恢复绝缘子串，并检查确认更换的绝缘子串安装完好。

（16）塔上电工拆除工具传递至地面。等电位电工沿绝缘子串或软梯退出强电场，作业人员下塔。

（17）地面电工整理所有工器具和清理现场，工作负责人清点工器具。

（18）工作负责人向调度汇报。内容为：本人为工作负责人×××，750kV ××线路带电更换耐张杆塔绝缘子工作已结束，塔上人员已撤离，杆塔、导线上无遗留物，线路设备已恢复原状。

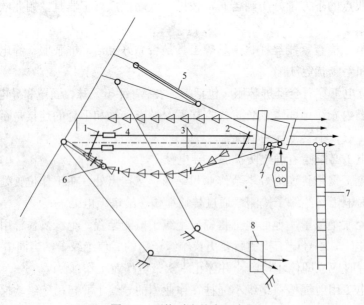

图 7-1 更换耐张整串示意图

1—横担卡；2—导线卡；3—拉棒；4—紧线器；5—走Ⅲ滑车组；6—走Ⅱ滑车组；7—软梯；8—机动绞磨

6. 安全措施及注意事项

（1）本次作业应经现场勘察并编制带电更换耐张任意片绝缘子的现场作业指导书，经本单位技术负责人或主管生产负责人批准后执行。

（2）作业应在良好天气下进行。如遇雷电（听见雷声、看见闪电）、雪雹、雨雾时不得进行带电作业。风力大于 5 级（10m/s）时，不宜进行作业。

（3）若需在相对空气湿度大于 80%的天气下进行带电作业时，应采用具有防潮性能的绝缘工具。

（4）本次作业前需向调度明确：若线路跳闸，不经联系不得强送电。

（5）等电位电工应穿戴全套屏蔽服、导电鞋，且各部分应连接良好，屏蔽服内不得贴身穿着化纤类衣服。

（6）塔上作业人员应穿全套合格的静电防护服、导电鞋，以防感应电的伤害。

（7）上、下杆塔或在杆塔上移位时，作业人员必须攀抓牢固构件，且双手不得携带器材。

（8）塔上作业时不得失去安全带的保护。等电位人员应始终采用安全保护绳，保护绳一端应固定在铁塔上。

（9）使用工具前，应仔细检查其是否损坏、变形，失灵；对绝缘工具应检测其是否受潮、脏污。

（10）在更换劣质绝缘子前，必须仔细检查卡具连接及受力情况，确认无异常后，方可脱开绝缘子串。

（11）等电位电工在绝缘子更换作业中，同一串中扣除人体短接和劣质绝缘子个数后，最小间隙距离和良好绝缘子的个数不得小（少）于表 7-2 的规定。

（12）在不同海拔地区作业时，塔上地电位电工距带电体的最小安全距离和等电位电工距接地构件的最小安全距离应不小于表 7-6 的规定。

（13）在不同海拔地区，等电位电工乘坐吊椅进入（退出）强电场时，其与接地体和带电体两部分间隙所组成组合间隙不得小于表 7-7 的规定。

（14）带电作业中，绝缘绳索和绝缘拉棒的最小有效绝缘长度不得小于表 7-4 的规定。

（15）丝杠无变形、螺纹无损伤；操作系统、传力系统转动灵活，卡具部件齐全，连接螺栓符合标准件。

（16）沿绝缘软梯进（出）强电场时，等电位人员在与导线等电位之前，应用电位转移棒与导线接触后，人体再与导线同电位，严禁用身体裸露部位直接触及带电导线；电位转移前人体与带电导线应保持 0.4m 的距离，面部与带电导线的距离不得小于 0.5m。

（17）在同串的两端工作时不能同时短接两端绝缘子，且一端短接的绝缘子片数不得超过 3 片。即一端人员在摘除或安装绝缘子连接金具和吊点结束后，人体退出短接区后，另一端再相继进行。

（18）作业过程中如遇设备突然停电，作业人员应视设备仍然带电。

（19）地面绝缘工具应放在防潮苫布上，作业人员应戴清洁干燥手套，摇测绝缘电阻值不小于 700MΩ（电极宽 2cm，极间距 2cm）。

（20）新复合绝缘子必须检查并按说明书安装好均压环，若是盘形绝缘子应用干净毛巾进行表面清洁处理，瓷质绝缘子的绝缘电阻值不小于 500MΩ。

（21）绝缘工具使用前应用干净毛巾进行表面清洁处理，使用绝缘工具应戴清洁、干燥的手套，以防绝缘工具受潮和污染。收工或转移作业点时，应将绝缘工具装在工具袋内。

（22）塔上电工登杆塔前，应对登高工具和安全带等进行检查和冲击试验，全体作业人员必须戴安全帽。

（23）作业人员在杆塔上作业期间，工作监护人应对作业人员进行不间断监护，且不得从事其他工作。

第三节 750kV 金具及附件

一、750kV 输电线路地电位与等电位结合软梯法带电更换直线单串导线侧金具

1. 作业方法

地电位与等电位结合软梯法。

2. 适用范围

本方法适用于 750kV 交流输电线路直线单串导线侧更换金具工作。

3. 人员组合

本作业项目工作人员共计 6 人。其中工作负责人 1 人，等电位电工 1 人，塔上电工 2 人，地面电工 2 人。

4. 工器具配备

750kV 地电位与等电位结合直线法带电更换直线单串导线侧金具工器具配备一览表见表 7-13。所需材料有相应规格的碗头挂板、直线线夹等。

表 7-13　　　　　750kV 地电位与等电位结合直线法带电更换直线单串
导线侧金具工器具配备一览表

序号	工器具名称		规格、型号	数量	备　注
1	绝缘工具	绝缘传递绳	φ10mm	1 根	视作业杆塔高度而定
2		绝缘软梯		1 副	视作业杆塔高度而定
3		绝缘滑车	0.5t	1 只	传递用
4		绝缘绳套	φ20mm	1 只	传递用
5		绝缘紧线杆	φ32mm	2 根	提升导线用
6		高强度绝缘绳	φ32mm	1 根	导线后备保护绳
7		绝缘操作杆	750kV	1 根	

续表

序号	工器具名称		规格、型号	数量	备 注
8	金属工具	导线提线器		1 只	提升导线用
9		平面丝杠		2 只	提升导线用
10		横担卡具（固定器）		1 只	提升导线用
11		瓷质绝缘子检测装置		1 套	瓷质绝缘子用
12		扭矩扳手		1 把	紧固带电部分金具螺栓
13	个人防护用具	高强度绝缘绳	$\phi 14mm$	1 根	等电位工防坠保护用
14		屏蔽服	750kV	1 套	等电位电工穿
15		静电防护服		3 套	备用 1 套
16		导电鞋		4 双	备用 1 双
17		安全带		4 根	备用 1 根
18		安全帽		6 顶	
19	辅助安全用具	万用表		1 块	检测屏蔽服连接良好用
20		兆欧表	5000V	1 块	极宽 2cm，极间距 2cm
21		防潮苫布	3m×3m	1 块	
22		对讲机		2 部	
23		工具袋		2 只	装绝缘工具用

注 瓷质绝缘子检测装置包括：分布电压检测仪、绝缘电阻检测仪和火花间隙装置等。采用火花间隙装置测零时，每次检测前应用专用塞尺按 DL 415 要求测量放电间隙尺寸。

5. 作业程序

按照本次作业现场勘察后编写的现场作业指导书。

（1）工作前工作负责人向调度申请。内容为：本人为工作负责人×××，×年×月×日需在 750kV ××线路上带电更换导线侧金具工作，本次作业按《国家电网公司电力安全工作规程（电力线路部分）》第 8.1.7 条要求，确定是否停用线路重合闸装置，若遇线路跳闸，不经联系，不得强送。得到调度许可后，核对线路双重名称和塔号。

（2）全体工作成员列队，工作负责人现场宣读工作票、交待工作任务、安全措施和技术措施；查（问）看作业人员精神状况、着装情况和工器具是否完好齐全。确认危险点和预防措施，明确作业分工以及安全措施及注意事项。

（3）工作人员采用兆欧表摇测绝缘工具的绝缘电阻，检查丝杠、卡具、软梯等工具是否完好齐全、屏蔽服（静电防护服）不得有破损、洞孔和毛刺状等缺陷。

（4）等电位电工穿着全套屏蔽服（包括帽、衣裤、手套、袜、面罩和导电鞋），必要时，屏蔽服内穿阻燃内衣，地面电工负责检查袜裤、裤衣、袖和手套的连接是否完好，用万用表测试袜、裤、衣、手套等导通情况。

（5）塔上电工必须穿着静电防护服、导电鞋。

（6）塔上 1 号电工携带绝缘传递绳登塔至横担处，挂好安全带，将绝缘滑车和绝缘传递绳在作业横担适当位置安装好。塔上 2 号电工随后登塔。

（7）若是盘形瓷质绝缘子串，地面电工将瓷质绝缘子检测装置、绝缘操作杆用绝缘传递绳传递给塔上 2 号电工，2 号电工检测所要更换绝缘子串的零值绝缘子，当同串（29 片）零值绝缘子达到 7 片时应立即停止检测，并停止本次带电作业工作。

（8）地面电工传递绝缘软梯和绝缘防坠落绳，塔上 1 号电工在横担头导线悬挂点处附近安装绝缘软梯。

（9）等电位电工登塔至导线作业点下方塔上处，系上高强度防坠落保护绳，登上软梯站好。

（10）地面电工拉好防坠落保护绳，报经工作负责人同意后，等电位电工开始沿软梯攀登，攀登到离带电导线下方约 500mm 处，准备好进入电场。

（11）报经工作负责人同意后，等电位电工采用电位转移棒进入电场，然后攀上导线将安全带扣在子导线上，然而才能拆除绝缘防坠落保护绳。

（12）地面电工将导线绝缘后备保护绳传递到工作位置。塔上 1 号电工和等电位电工配合将导线后备保护绳可靠的安装在导线和横担之间，导线后备保护绳的保护裕度（长度）应控制合理。

（13）地面电工将平面丝杠传递到横担侧工作位置，塔上电工将平面丝杠安装在横担头上。

（14）地面电工将整套绝缘紧线杆、导线提线器传递到工作位置，等电位电工与塔上电工配合将导线提升工具安装在绝缘子串两侧。

（15）塔上电工收紧平面丝杠，使绝缘子松弛，等电位电工手抓绝缘紧线杆冲击检查无误后，报经工作负责人同意后，塔上电工与等电位电工配合调整紧线杆以取出碗头螺栓。

（16）等电位电工完成更换间隔碗头挂板或直线线夹的作业。

（17）塔上电工与等电位电工配合恢复绝缘子串与球头挂环的连接，并复位锁紧销。

（18）经检查无误后，报经工作负责人同意，塔上电工松出平面丝杠，地面电工与等电位电工、塔上电工配合拆开在导线侧的全部作业工具。

（19）等电位电工检查确认导线上无遗留物后，汇报工作负责人，得到同意后等电位电工按进入电场程序相反步骤退出电位并回到地面。

（20）塔上电工与地面电工配合拆除塔上全部作业工具和导线后备保护绳并传递下塔。

（21）塔上电工检查确认塔上无遗留物后，汇报工作负责人得到同意后携带绝缘传递绳下塔。

（22）地面电工整理所用工器具和清理现场，工作负责人清点工器具。

（23）工作负责人向调度汇报。内容为：本人为工作负责人×××，750kV ××线路上带电更换导线侧金具工作已结束，塔上人员已撤离，杆塔、导线上无遗留物，线路设备已恢复原状。

6. 安全措施及注意事项

（1）本次作业应经现场勘察并编制带电更换直线串导线侧金具的现场作业指导书，经本单位技术负责人或主管生产负责人批准后执行。

（2）作业应在良好天气下进行。如遇雷电（听见雷声、看见闪电）、雪雹、雨雾时不得进行带电作业。风力大于 5 级（10m/s）时，不宜进行作业。

（3）若需在相对空气湿度大于 80%的天气下进行带电作业时，应采用具有防潮性能的绝缘工具。

（4）本次作业前需向调度明确：若线路跳闸，不经联系不得强送电。

（5）等电位电工应穿戴全套屏蔽服、导电鞋，且各部分应连接良好，屏蔽服内不得贴身穿着化纤类衣服。

（6）塔上作业人员应穿着静电防护服、导电鞋，以防感应电的伤害。

（7）等电位电工在绝缘子更换作业中，同一串中扣除人体短接和劣质绝缘子个数后，最小间隙距离和良好绝缘子的个数不得小（少）于表 7-2 的规定。

（8）杆塔上电工（等电位电工）与带电体（铁塔）的安全距离按作业杆塔的海拔高度执行表 7-6 的规定。

（9）绝缘传递绳和绝缘软梯的有效安全长度按作业杆塔的海拔高度执行表 7-4 的规定。

（10）等电位电工在进入电位过程中其组合间隙按作业杆塔的海拔高度执行表 7-3 的规定。

（11）地面绝缘工具应放在防潮苫布上，作业人员应戴清洁干燥手套，摇测绝缘电阻值不小于 700MΩ（极宽 2cm，极间距 2cm）。

（12）软梯必须安装可靠，等电位电工在进入电位前应试冲击判断其可靠性。

（13）使用的工具、绝缘子上下起吊应用绝缘传递绳，金属工具在起吊时必须距带电体大于 1.5m，再传递给操作人员。

（14）等电位电工转移电位时严禁对等电位电工头部或手充放电，作业中等电位人员头部或手不得超过第 4 片绝缘子，人体裸露部分与带电体的有效距离不得小于 0.6m。

（15）所使用的器具必须安装可靠，工具受力后应判断其可靠性。更换导线侧金具作业时必须有导线防脱落的后备保护措施。

（16）绝缘工具使用前应用干净毛巾进行表面清洁处理，使用绝缘工具应戴清洁、干燥的手套，以防绝缘工具受潮和污染。收工或转移作业点时，应将绝缘工具装在工具袋内。

（17）在杆塔上作业过程中如遇设备突然停电，作业人员应视设备仍然带电。

（18）塔上电工登杆塔前，应对登高工具和安全带等进行检查和冲击试验，全体作业人员必须戴安全帽。

（19）上、下杆塔或在杆塔上移位作业时，作业人员必须攀抓牢固构件，且双手不得携带器材。

（20）塔上作业时不得失去安全带的保护；等电位人员应始终采用安全保护绳，保护绳一端应固定在铁塔上。

（21）地面电工严禁在作业点垂直下方逗留，塔上电工应防止高空落物，使用的工具、材料应用绳索传递，不得乱扔。

（22）作业人员在杆塔上作业期间，工作监护人应对作业人员进行不间断监护，且不得从事其他工作。

二、750kV 输电线路地电位法带电更换直线单串横担侧金具

1. 作业方法

地电位法。

2. 适用范围

适用于 750kV 直线单联绝缘子串横担侧金具更换。

3. 人员组合

本作业项目工作人员共计 4 人。其中工作负责人（监护人）1 人，塔上电工 2 人，地面配合电工 1 人。

4. 工器具配备

750kV 地电位法带电更换直线单串横担侧金具工器具配备一览表见表 7-14。

表 7-14　　750kV 地电位法带电更换直线单串横担侧金具工器具配备一览表

序号	工器具名称		规格、型号	数量	备　注
1	绝缘工具	绝缘传递绳	ϕ10mm	1 根	视作业杆塔高度而定
2		绝缘滑车	0.5t	1 只	
3		绝缘操作杆	750	1 根	
4	金属工具	平面丝杠		2 只	
5		闭式卡前卡		1 只	
6		瓷质绝缘子检测装置		1 套	瓷质绝缘子用
7	个人防护用具	屏蔽服		1 套	塔上更换主操作手穿
8		静电防护服		2 套	备用 1 套
9		导电鞋		3 双	备用 1 双
10		安全带		3 根	备用 1 根
11		安全帽		4 顶	
12	辅助安全用具	万用表		1 块	检测屏蔽服连接导通用
13		兆欧表	5000V	1 块	电极宽 2cm，极间距 2cm
14		防潮苫布	3m×3m	1 块	
15		对讲机		2 部	
16		工具袋		2 只	装绝缘工具用

注　瓷质绝缘子检测装置包括：分布电压检测仪、绝缘电阻检测仪和火花间隙装置等。采用火花间隙装置测零时，每次检测前应用专用塞尺按 DL 415 要求测量放电间隙尺寸。

5. 作业程序

按照本次作业现场勘察后编写的现场作业指导书。

（1）工作负责人向电网调度申请开工，内容为：本人为工作负责人×××，×年×月×日需在 750kV ××线路上进行更换金具作业，本次作业按《国家电网公司电力安全工作规程（电力线路部分）》第 8.1.7 条要求，确定是否停用线路重合闸装置，若遇线路跳闸，不经联系，不得强送。得到调度许可，核对线路双重名称和塔号。

（2）全体工作成员列队，工作负责人现场宣读工作票、交待工作任务、安全措施和技术措施；查（问）看工作人员精神状况、着装情况和工器具是否完好齐全。确认危险点和预防措施，明确作业分工以及安全注意事项。

（3）地面电工采用兆欧表摇测绝缘工具的绝缘电阻，检查丝杠、卡具等工具是否完好齐全、屏蔽服（静电防护服）不得有破损、洞孔和毛刺状等缺陷。

（4）塔上 1 号电工穿着全套屏蔽服、导电鞋。

（5）塔上 2 号电工必须穿着静电防护服、导电鞋。

（6）塔上 2 号电工携带绝缘传递绳登塔至横担处，系挂好安全带，将绝缘滑车和绝缘传递绳在作业横担适当位置安装好。

（7）若是瓷质绝缘子，地面电工将瓷质绝缘子检测装置、绝缘操作杆用绝缘传递绳传递给塔上 2 号电工，2 号电工检测所要更换绝缘子串的零值绝缘子，当同串（29 片）零值绝缘子达到 7 片时应立即停止检测，并停止本次带电作业工作。

（8）地面电工传递平面丝杠、闭式卡下卡、导线后备保护绳至塔上 1 号电工作业位置。

（9）塔上 2 号电工挂好导线后备保护绳，导线后备保护绳的保护裕度（长度）应控制合理。塔上 1 号电工利用横担吊点背靠背角铁安装平面丝杠，闭式卡前卡安装在横担侧第 2 片绝缘子上。

（10）塔上 1 号电工收平面丝杠，使之稍稍受力后，检查各受理点有无异常情况。

（11）经工作负责人同意后取出横担侧绝缘子锁紧销，继续收双头丝杠，直至取出连接金具。

（12）塔上 1 号电工系好旧连接金具。

（13）地面电工相互配合操作绝缘传递绳，将旧金具放下，同时新连接金具跟随至工作位置，塔上 1 号电工换上新连接金具，并复位第 1 片绝缘子上的锁紧销。

（14）塔上 1 号电工经检查完好，报经工作负责人同意后，松双头丝杠拆除工具。2 号电工拆除导线后备保护绳并传递至地面。

（15）塔上 1 号电工检查确认塔上无遗留物后，汇报工作负责人得到同意后携带绝缘传递绳下塔。

（16）地面电工整理所用工器具和清理现场，工作负责人清点工器具。

（17）工作负责人向调度汇报。内容为：本人为工作负责人×××，750kV ××线路上更换金具工作已结束，塔上人员已撤离，杆塔、导线上无遗留物，线路设备已恢复原状。

6. 安全措施及注意事项

（1）本次作业应经现场勘察并编制带电更换绝缘子串挂点金具现场作业指导书，经本单位技术负责人或主管生产负责人批准后执行。

（2）作业应在良好天气下进行。如遇雷电（听见雷声、看见闪电）、雪雹、雨雾时不得进行带电作业。风力大于 5 级（10m/s）时，不宜进行作业。

（3）若需在相对空气湿度大于 80%的天气下进行带电作业时，应采用具有防潮性能的绝缘工具。

（4）本次作业前需向调度明确：若线路跳闸，不经联系，不得强送电。

（5）在更换金具作业中，塔上电工应注意同一串中扣除人体短接和劣质绝缘子个数后，良好绝缘子的个数不得少于表 7-2 的规定。

（6）在不同海拔地区作业时，塔上地电位电工距带电体的最小安全距离应不小于表 7-3 的规定。

（7）带电作业中，绝缘绳索和绝缘拉棒的最小有效绝缘长度不得小于表 7-4 的规定。

（8）地面绝缘工具应放在防潮苫布上，作业人员应戴清洁干燥手套，摇测绝缘电阻值不小于 700MΩ（电极宽 2cm，极间距 2cm）。

（9）塔上 1 号电工必须穿着全套屏蔽服和导电鞋，以防感应电的伤害。

（10）塔上 2 号电工穿着静电防护服、导电鞋，以防感应电的伤害。

（11）使用的工具、金具上下传递应用绝缘传递绳，金属工具在起吊传递过程中必须距带电体 1.5m 以外，到达工作位置后再传移给操作电工。

（12）所有使用的器具必须安装可靠，工具受力后应冲击、检查判断其可靠性。

（13）作业时必须有导线防脱落的后备保护措施。

（14）绝缘工具使用前应用干净毛巾进行表面清洁处理。使用绝缘工具应戴清洁、干燥的手套，以防绝缘工具受潮和污染。收工或转移作业点时，应将绝缘工具装在工具袋内。

（15）在杆塔上作业过程中如遇设备突然停电，作业人员应视设备仍然带电。

（16）塔上电工登杆塔前，应对登高工具和安全带等进行检查和冲击试验，全体作业人员必须戴安全帽。

（17）上、下杆塔或在杆塔上移位时，作业人员必须攀抓牢固构件，且双手不得携带器材。

（18）杆塔上作业时不得失去安全带的保护。

（19）地面电工严禁在作业点垂直下方逗留，塔上电工应防止高空落物，使用的工具、材料应用绳索传递，不得乱扔。

（20）作业人员在杆塔上作业期间，工作监护人应对作业人员进行不间断监护，且不得从事其他工作。

三、750kV 输电线路等电位与地电位结合法带电更换间隔棒或防振锤

1. 作业方法

等电位与地电位结合法。

2. 适用范围

适用于 750kV 交流输电线路等电位更换间隔棒或防振锤的作业。

3. 人员组合

本作业项目工作人员共计 7 人。其中工作负责人（监护人）1 人，塔上电工 2 人，等电

位电工 1 人，地面电工 3 人。

4. 工器具配备

750kV 等电位与地电位结合法带电更换间隔棒或防振锤工器具配备一览表见表 7-15。

表 7-15 **750kV 等电位与地电位结合法带电更换间隔棒或**
防振锤工器具配备一览表

序号	工器具名称		规格、型号	数量	备　注
1	绝缘工具	绝缘传递绳	ϕ10mm	2 根	视作业杆塔高度而定
2		绝缘滑车	0.5t	2 只	
3		绝缘操作杆	330kV	1 根	*
4		绝缘软梯		1 副	
5	金属工具	软梯头		1 个	
6		专用接地线		1 根	绝缘架空地线用
7		扭矩扳手		1 把	紧固防振锤螺栓用
8		跟斗滑车		1 只	挂绝缘软梯用
9	个人防护用具	安全带		3 根	备用 1 根
10		导电鞋		3 双	备用 1 双
11		屏蔽服		1 套	等电位电工穿
12		静电防护服		2 套	塔上电工穿
13		安全帽		7 顶	
14	辅助安全用具	兆欧表	5000V	1 块	电极宽 2cm，极间距 2cm
15		对讲机		2 部	
16		防潮苫布	3m×3m	1 块	
17		工具袋		2 只	装绝缘工具用

* 绝缘操作杆头部若有万用接头，则一根绝缘操作杆可多用途。

注 瓷质绝缘子检测装置包括：分布电压检测仪、绝缘电阻检测仪和火花间隙装置等。采用火花间隙装置测零时，每次检测前应用专用塞尺按 DL 415 要求测量放电间隙尺寸。

5. 作业程序

按照本次作业现场勘察后编写的现场作业指导书。

（1）工作负责人向电网调度申请开工，内容为：本人为工作负责人×××，×年×月×日需在 750kV ××线路上进行更换间隔棒或防振锤作业，本次作业按《国家电网公司电力安全工作规程（电力线路部分）》第 8.1.7 条要求，确定是否停用线路重合闸装置，若遇线路跳闸，不经联系，不得强送。得到调度许可，核对线路双重名称和塔号。

（2）全体工作成员列队，工作负责人现场宣读工作票、交待工作任务、安全措施和技术措施；查（问）看作业人员精神状况、着装情况和工器具是否完好齐全。确认危险点和预防措施以及安全措施及注意事项，明确人员分工。

（3）地面工作人员用兆欧表检测绝缘工具的绝缘电阻，卡具等工具是否完好灵活，屏蔽服（静电防护服）不得有破损、洞孔和毛刺状等缺陷。

（4）等电位电工穿着全套屏蔽服（包括帽、衣裤、手套、袜、面罩和导电鞋），必要时，屏蔽服内穿阻燃内衣。地面电工负责检查袜裤、裤衣、袖和手套的连接是否完好，用万用表测试袜、裤、衣、手套等导通情况。

（5）塔上电工必须穿着静电防护服、导电鞋。

（6）塔上1号电工携带绝缘吊绳登塔，选择合适位置系好安全带，将传递绳滑车装在地线支架上，2号电工携带绝缘传递绳登塔，选择合适位置绑好安全带，将绝缘滑车装在横担上。

（7）塔上1号电工用专用接地线将架空地线可靠接地，拆除地线防振锤。

（8）地面电工将软梯挂头和软梯及控制绳传递至地线支架处。

（9）等电位电工登塔至横担作业点，上软梯站好并拴好防坠落保护绳。

（10）塔上1号电工利用控制绳慢慢放出软梯头及软梯，2号电工拉好保护绳，将等电位电工转移至导线平衡部位，地面电工摆动软梯尾部将等电位电工送入等电位。

（11）等电位电工持电位转移棒进入电场，随后攀上导线，并将安全带扣在子导线上。

（12）等电位工更换间隔棒或防振锤的作业，用扭矩扳手紧固相应规格螺栓的扭矩值。

（13）按照上述相反步骤退出强电场。

（14）等电位电工检查确认绝缘子串上无遗留物后，向工作负责人汇报，得到工作负责人同意后带绝缘传递绳退回横担侧下塔。

（15）塔上电工检查确认塔上无遗留物后，向工作负责人汇报，得到工作负责人同意后携带绝缘传递绳下塔。

（16）地面电工整理所用工器具和清理现场，工作负责人清点工器具。

（17）工作负责人向调度汇报。内容为：本人为工作负责人×××，750kV ××线路上更换间隔棒或防振锤工作已结束，塔上人员已撤离，杆塔、导线上无遗留物，线路设备已恢复原状。

6. 安全措施及注意事项

（1）本次作业应经现场勘察并编制带电更换耐张任意片绝缘子的现场作业指导书，经本单位技术负责人或主管生产负责人批准后执行。

（2）作业应在良好天气下进行。如遇雷电（听见雷声、看见闪电）、雪雹、雨雾时不得进行带电作业。风力大于5级（10m/s）时，不宜进行作业。

（3）若需在相对空气湿度大于80%的天气进行带电作业时，应采用具有防潮性能的绝缘工具。

（4）本次作业前需向调度明确：若线路跳闸，不经联系不得强送电。

（5）等电位电工应穿戴全套屏蔽服、导电鞋，且各部分应连接良好。屏蔽服内不得贴身穿着化纤类衣服。

（6）塔上电工应穿着全套静电防护服、导电鞋，以防感应电的伤害。

（7）上、下杆塔或在杆塔上移位时，作业人员必须攀抓牢固构件，且双手不得携带器材。

（8）杆塔上作业时不得失去安全带的保护。

（9）使用工具前，应仔细检查其是否损坏、变形，失灵；对绝缘工具应检测其是否受潮、脏污。

（10）塔上电工与绝缘架空地线的安全距离不得小于 0.4m。

（11）等电位电工在更换防振锤作业中，同一串中扣除人体短接和劣质绝缘子个数后，作业人员对带电体的最小间隙距离和良好绝缘子的个数不得小（少）于表 7-2 的规定。

（12）在不同海拔地区作业时，塔上地电位电工距带电体的最小安全距离和等电位电工距接地构件的最小安全距离应不小于表 7-6 的规定。

（13）在不同海拔地区，等电位电工进入（退出）强电场时，其与接地体和带电体两部分间隙所组成组合间隙不得小于表 7-7 的规定。

（14）带电作业中，绝缘绳索和绝缘拉棒的最小有效绝缘长度不得小于表 7-4 的规定。

（15）沿绝缘软梯进（出）强电场时，等电位人员在与导线等电位之前，应用电位转移棒与导线接触后，人体再与导线同电位，严禁用身体裸露部位直接触及带电导线；电位转移前人体与带电导线应保持 0.4m 的距离，面部与带电导线的距离不得小于 0.5m。

（16）在同串的两端工作时不能同时短接两端绝缘子，且一端短接的绝缘子片数不得超过三片。即一端人员在摘除或安装绝缘子连接金具和吊点结束后，人体退出短接区后，另一端再相继进行。

（17）作业过程中如遇设备突然停电，作业人员应视设备仍然带电。

（18）地面绝缘工具应放在防潮苫布上，作业人员应戴清洁干燥手套，摇测绝缘电阻值不小于 700MΩ（电极宽 2cm，极间距 2cm）。

（19）绝缘工具使用前应用干净毛巾进行表面清洁处理，使用绝缘工具应戴清洁、干燥的手套，以防绝缘工具受潮和污染。收工或转移作业点时，应将绝缘工具装在工具袋内。

（20）塔上电工登杆塔前，应对登高工具和安全带等进行检查和冲击试验，全体作业人员必须戴安全帽。

（21）作业人员在杆塔上作业期间，工作监护人应对作业人员进行不间断监护，且不得从事其他工作。

四、750kV 输电线路地电位法带电更换绝缘架空地线防振锤

1. 作业方法

地电位法。

2. 适用范围

750kV 线路绝缘架空地线防振锤更换作业。

3. 人员组合

本作业项目工作人员共计 4 人。其中工作负责人 1 人，塔上电工 2 人，地面电工 1 人。

4. 工器具配备

750kV 地电位法带电更换绝缘架空地线防振锤工器具配备一览表见表 7-16。

表 7-16　　　750kV 地电位法带电更换绝缘架空地线防振锤工器具配备一览表

序号	工器具名称		规格、型号	数量	备　注
1	绝缘工具	绝缘传递绳	ϕ10mm	2 根	视作业杆塔高度而定
2		绝缘滑车	0.5t	1 只	
3	金属工具	带绝缘手柄专用接地线		2 根	绝缘架空地线用
4		扭矩扳手		1 把	紧固防振锤或线夹螺栓
5	个人防护用具	屏蔽服		1 套	塔上操作绝缘地线电工穿
6		静电防护服		2 套	备用 1 套
7		导电鞋		3 双	备用 1 双
8		安全带		3 根	备用 1 根
9		安全帽		4 顶	
10	辅助安全用具	兆欧表	5000V	1 块	电极宽 2cm，极间距 2cm
11		万用表		1 块	检测屏蔽服连接导通用
12		防潮苫布	3m×4m	1 块	
13		对讲机		2 部	
14		工具袋		2 只	装绝缘工具用

5. 作业程序

按照本次作业现场勘察后编写的现场作业指导书。

（1）工作负责人向局调度员申请开工后，内容为：本人为工作负责人×××，×年×月×日需在 750kV ××线路上更换绝缘架空地线防振锤作业，本次作业按《国家电网公司电力安全工作规程（电力线路部分）》第 8.1.7 条要求，确定是否停用线路重合闸装置，若遇线路跳闸，不经联系，不得强送。得到调度许可，核对线路双重名称和塔号。

（2）全体工作成员列队，工作负责人现场宣读工作票、交待工作任务、安全措施和技术措施；查（问）看工作人员精神状况、着装情况和工器具是否完好齐全。确认危险点和预防措施，明确作业分工以及安全注意事项。

（3）地面电工采用兆欧表检测绝缘工具的绝缘电阻，检查其他工具是否完好、齐全、合格，无损伤、变形、失灵现象、屏蔽服（静电防护服）不得有破损、洞孔和毛刺状等缺陷。

（4）塔上直接操作绝缘架空地线电工可穿着屏蔽服、导电鞋。

（5）塔上电工必须穿着静电防护服、导电鞋。

（6）塔上电工携带绝缘传递绳登塔至地线顶架处，系挂好安全带，将绝缘滑车和绝缘传递绳在作业横担适当位置安装好。

（7）地面电工传递绝缘架空地线专用接地线至塔上电工作业位置。

（8）塔上 1 号电工在 2 号电工监护下在无作业侧挂好绝缘地线专用接地线。

（9）塔上 1 号电工报经工作负责人同意后，拆除需更换的地线防振锤。

（10）塔上电工与地面电工配合用绝缘传递绳用绝缘传递绳将旧防振锤传递下，同时新防振锤跟随至工作位置，塔上 1 号电工在旧防振锤处安装上新防振锤，拧紧防振锤螺栓规格的螺栓扭矩值合格。

（11）塔上电工检查新安装的防振锤无误后，报经工作负责人同意后拆除更换工具并下塔。

（12）塔上 1 号电工检查确认塔上无遗留物后，汇报工作负责人得到同意后携带绝缘传递绳下塔。

（13）地面电工整理所用工器具和清理现场，工作负责人清点工器具。

（14）工作负责人向调度汇报。内容为：本人为工作负责人×××，在 750kV ××线路上更换绝缘架空地线防振锤工作已结束，塔上人员已撤离，杆塔、导线上无遗留物，线路设备已恢复原状。

6. 安全措施及注意事项

（1）本次作业应经现场勘察并编制带电更换绝缘架空地线防振锤现场作业指导书，经本单位技术负责人或主管生产负责人批准后执行。

（2）作业应在良好天气下进行。如遇雷电（听见雷声、看见闪电）、雪雹、雨雾时不得进行带电作业。风力大于 5 级（10m/s）时，不宜进行作业。

（3）若需在相对空气湿度大于 80% 的天气下进行带电作业时，应采用具有防潮性能的绝缘工具。

（4）本次作业前需向调度明确：若线路跳闸，不经联系，不得强送电。

（5）塔上操作绝缘架空地线作业人员穿戴全套屏蔽服、导电鞋，防止感应电的伤害。

（6）塔上电工穿全套静电防护服、导电鞋，以防感应电的伤害。

（7）更换 750kV 绝缘架空地线防振锤的杆塔上电工与带电体的安全距离不得小于表 7-3。

（8）绝缘架空地线应视为带电体，塔上电工与绝缘架空地线的安全距离不得小于 0.4m。

（9）塔上电工挂、拆绝缘地线专用接地线时，应在另一电工的监护下方可操作。

（10）挂设的绝缘架空地线专用接地线上源源不断地流有感应电流，作业人员应严格按安规挂、拆接地线的规定进行，且裸手不得碰触铜接地线。

（11）地面绝缘工具应放在防潮苫布上，作业人员应戴清洁干燥手套，摇测绝缘电阻值不小于 700MΩ（电极宽 2cm，极间距 2cm）。

（12）绝缘工具使用前应用干净毛巾进行表面清洁处理，使用绝缘工具应戴清洁、干燥的手套，以防绝缘工具受潮和污染。收工或转移作业点时，应将绝缘工具装在工具袋内。

（13）在杆塔上作业过程中如遇设备突然停电，作业人员应视设备仍然带电。

（14）塔上电工登杆塔前，应对登高工具和安全带等进行检查和冲击试验，全体作业人员必须戴安全帽。

（15）上、下杆塔或在塔上移位时，作业人员必须攀抓牢固构件，且双手不得携带器材。

（16）杆塔上作业时不得失去安全带的保护。

（17）地面电工严禁在作业点垂直下方逗留，塔上电工应防止高空落物，使用的工具、材料应用绳索传递，不得乱扔。

（18）作业人员在杆塔上作业期间，工作监护人应对作业人员进行不间断监护，且不得从事其他工作。

第四节　750kV 导、地 线

750kV 输电线路等电位与地电位结合法带电修补导线

1. 作业方法

等电位与地电位结合法。

2. 适用范围

适用于 750kV 交流输电线路等电位修补导线。

3. 人员组合

本作业项目工作人员共计 7 人。其中工作负责人（监护人）1 人，等电位电工 1 人，塔上电工 2 人，地面电工 3 人。

4. 工器具配备

750kV 等电位与地电位结合法带电修补导线工器具配备一览表见表 7-17。

表 7-17　　750kV 等电位与地电位结合法带电修补导线工器具配备一览表

序号	工器具名称		规格、型号	数量	备　注
1	绝缘工具	绝缘传递绳	ϕ12mm	2 根	视作业杆塔高度而定
2		绝缘滑车	0.5t	2 只	传递用
3		绝缘软梯		1 副	
4		绝缘操作杆	750kV	1 根	
5		高强度绝缘绳	ϕ14	1 根	等电位工防坠落保护用
6	金属工具	软梯头		1 个	
7		跟斗滑车		1 只	挂软梯用

续表

序号	工器具名称		规格、型号	数量	备 注
8	个人防护用具	安全带		3 根	
9		导电鞋		3 双	
10		屏蔽服	750kV	1 套	等电位电工穿
11		静电防护服		2 套	塔上电工穿
12		安全帽		7 顶	
13	辅助安全用具	兆欧表	5000V	1 块	电极宽 2cm，极间距 2cm
14		万用表		1 块	检测屏蔽服连接导通用
15		对讲机		2 部	
16		防潮苫布	3m×3m	1 块	
17		工具袋		2 只	装绝缘工具用

5. 作业程序

按照本次作业现场勘察后编写的现场作业指导书。

（1）工作负责人向电网调度申请开工，内容为：本人为工作负责人×××，×年×月×日需在 750kV ××线路上进行修补导线作业，本次作业按《国家电网公司电力安全工作规程（电力线路部分)》第 8.1.7 条要求，确定是否停用线路重合闸装置，若遇线路跳闸，不经联系，不得强送。得到调度许可，核对线路双重名称和塔号。

（2）全体工作成员列队，工作负责人现场宣读工作票、交待工作任务、安全措施和技术措施；查（问）看作业人员精神状况、着装情况和工器具是否完好齐全。确认危险点和预防措施以及安全措施及注意事项，明确人员分工。

（3）在作业点的下方铺好防潮苫布，按操作顺序摆放好工器具，用兆欧表检测绝缘工具的绝缘电阻。

（4）地面电工检查绝缘软梯等工具是否齐全完好，屏蔽服（静电防护服）不得有破损、洞孔和毛刺状等缺陷。

（5）等电位电工穿着全套屏蔽服（包括帽、衣裤、手套、袜、面罩和导电鞋），必要时，屏蔽服内穿阻燃内衣。地面电工负责检查袜裤、裤衣、袖和手套的连接是否完好，用万用表测试袜、裤、衣、手套等导通情况。

（6）塔上电工必须穿着静电防护服、导电鞋。

（7）塔上 1 号电工携带绝缘传递绳登塔至工作位置，系挂好安全带将传递绳滑车装在地线支架上。

（8）塔上 2 号电工携带绝缘传递绳登塔，选择合适位置绑好安全带，将绝缘滑车装在横担上，地面电工将跟斗滑车、高强度防坠保护绳依次吊至塔上。

（9）塔上电工使用绝缘操作杆将跟头滑车挂在导线上。

（10）地面电工将另一根绝缘传递绳滑车挂在软梯头部，地面电工将绝缘软梯吊至导线上挂好，并冲击试验后控制好。

（11）地面电工控制软梯尾部，等电位电工系好高强度防坠保护绳，地面电工控制好防坠保护绳的另一端。等电位电工攀登软梯距电位 0.8m 处，向工作负责人申请进入电位，经同意后快速进入，将软梯头封口销封好。

（12）等电位电工在导线上先系挂好安全带后才能解开防坠后备保护绳，在地面电工配合下移动至工作位置。

（13）等电位电工检查导线损伤情况并报工作负责人。

（14）地面电工配合将预绞丝补修条等传递上去。

（15）等电位电工用钢丝刷清除干净氧化物，涂上导电脂后，对准损伤中心点将预绞丝补修条安装好。

（16）等电位电工检查补修条中心位置及缠绕均匀，两端对齐等安装情况后，报告工作负责人。

（17）若导线损伤面积为铝总面积的 25%以上时可采用预绞式接续条、全张力预绞式接续条补修等，具体按 DL/T 1069《输电线路导地线补修导则》要求补修。

（18）消缺完毕后在地面电工配合下返回至软梯处。

（19）等电位电工经工作负责人同意后脱离电位，沿软梯下至地面。

（20）塔上电工和地面电工配合，将绝缘软梯拆除并传递至地面。

（21）塔上电工使用绝缘操作杆取下跟头滑车，与地面配合将跟头滑车、绝缘操作杆、防坠保护绳等依次拆除并传递至地面。

（22）塔上电工检查塔上无遗留物，经工作负责人同意后携带绝缘传递绳下塔。

（23）地面电工整理所有工器具和清理现场，工作负责人清点工器具。

（24）工作负责人向调度汇报。内容为：本人为工作负责人×××，750kV ××线路带电导线消缺工作已结束，杆塔上人员已撤离，杆塔、导线上无遗留物，线路设备已恢复原状。

6. 安全措施及注意事项

（1）本次作业应经现场勘察并编制带电更换绝缘子的现场作业指导书，经本单位技术负责人或主管生产负责人批准后执行。

（2）作业应在良好天气下进行。如遇雷电（听见雷声、看见闪电）、雪雹、雨雾时不得进行带电作业。风力大于 5 级（10m/s）时，不宜进行作业。

（3）若需在相对空气湿度大于 80%的天气下进行带电作业时，应采用具有防潮性能的绝缘工具。

（4）本次作业前需向调度明确：若线路跳闸，不经联系不得强送电。

（5）等电位电工应穿戴全套屏蔽服、导电鞋，且各部分应连接良好。屏蔽服内不得贴身穿着化纤类衣服。

（6）塔上作业人员应穿全套合格的静电防护服、导电鞋，以防感应电的伤害。

（7）上、下杆塔或在杆塔上移位时，作业人员必须攀抓牢固构件，且双手不得携带器材。

（8）杆塔上作业时不得失去安全带的保护。登软梯及软梯上作业，等电位电工还应系绝缘绝缘防坠落保护绳。

（9）若采用沿耐张绝缘子串进（出）强电场之前，必须对每一串绝缘子逐片进行检测低零值，同一串中扣除人体短接和劣质绝缘子个数后，最小间隙距离和良好绝缘子的个数不得小（少）于表 7-2 的规定。

（10）在不同海拔地区作业时，塔上地电位电工距带电体的最小安全距离和等电位电工距接地构件的最小安全距离应不小于表 7-6 的规定。

（11）在不同地区，等电位电工进入（退出）强电场时，其与接地体和带电体两部分间隙所组成组合间隙不得小于表 7-7 的规定。

（12）带电作业中，绝缘杆及绳索的最小有效绝缘长度不得小于表 7-4 的规定。

（13）等电位电工应使用电位转移棒进入电场，且面部裸露部位应与带电体保持 0.5m 以上。

（14）地面人员严禁在作业点垂直下方逗留，塔上人员应防止落物伤人，使用的工具、材料应用绝缘绳索传递。

（15）作业过程中如遇设备突然停电，作业人员应视设备仍然带电。

（16）塔上电工登杆塔前，应对登高工具和安全带等进行检查和冲击试验，全体作业人员必须戴安全帽。

（17）绝缘工具应放在防潮苫布上，作业人员应戴清洁干燥手套，摇测绝缘电阻值不小于 700MΩ（电极宽 2cm，极间距 2cm）。

（18）绝缘工具使用前应用干净毛巾进行表面清洁处理，使用绝缘工具应戴清洁、干燥的手套，以防绝缘工具受潮和污染。收工或转移作业点时，应将绝缘工具装在工具袋内。

（19）作业期间，安全监护人应对作业人员进行不间断监护，且不得从事其他工作。

第五节　750kV　检　测

一、750kV 输电线路地电位法带电检测低、零值瓷质绝缘子

1. 作业方法

地电位法。

2. 适用范围

适用于 750kV 直线串检测低、零值瓷质绝缘子。

3. 人员组合

本作业项目工作人员共计 4 人。其中工作负责人（监护人）1 人，塔上电工 2 人，地面电工 1 人。

4. 工器具配备

750kV 地电位法带电检测低、零值瓷质绝缘子工器具配备一览表见表 7-18。

表 7-18　　　750kV 地电位法带电检测低、零值瓷质绝缘子工器具配备一览表

序号	工器具名称		规格、型号	数量	备　注
1	绝缘工具	绝缘传递绳	φ10mm	1 根	视作业杆塔高度而定
2		绝缘滑车	0.5t	1 只	
3		绝缘操作杆	750kV	1 根	
4		绝缘绳	φ6mm	1 根	绑操作杆头部提升用
5	金属工具	瓷质绝缘子检测装置		1 套	瓷质绝缘子用
6	个人防护用具	静电防护服		2 套	
7		导电鞋		2 双	
8		安全带		2 根	
9		安全帽		4 顶	
10		兆欧表	5000V	1 块	电极宽 2cm,极间距 2cm
11		防潮苫布	3m×4m	1 块	
12		对讲机		2 部	
13		工具袋		2 只	装绝缘工具用

注　瓷质绝缘子检测装置包括:分布电压、绝缘电阻检测仪和火花间隙装置等。采用火花间隙装置测零时,每次检测前应用专用塞尺按 DL 415 要求测量放电间隙尺寸。

5. 作业程序

按照本次作业现场勘察后编写的现场作业指导书。

(1) 工作前工作负责人向调度申请。内容为:本人为工作负责人×××,×年×月×日需在 750kV ××线路上带电检测直线串绝缘子工作,本次作业按《国家电网公司电力安全工作规程(电力线路部分)》第 8.1.7 条要求,确定是否停用线路重合闸装置,若遇线路跳闸,不经联系,不得强送。得到调度许可后,核对线路双重名称和塔号。

(2) 全体工作成员列队,工作负责人现场宣读工作票、交待工作任务、安全措施和技术措施;查(问)看作业人员精神状况、着装情况和工器具是否完好齐全。确认危险点和预防措施以及安全措施及注意事项,明确人员分工。

(3) 地面电工用兆欧表检测绝缘工具的绝缘电阻,检查分布电压或绝缘电阻检测仪及电池等是否完好,静电防护服不得有破损、洞孔和毛刺状等缺陷。

(4) 塔上电工穿着全套静电防护服、导电鞋。

(5) 塔上电工携带绝缘传递绳登塔至横担处,系好安全带,将绝缘滑车及绝缘传递绳悬挂在适当的位置。

(6) 地面电工传递绝缘操作杆及绝缘子检测装置。

(7) 塔上 2 号电工登塔至直线串导线平口处,塔上 1 号电工将细绝缘子绑扎在操作杆

头部，在横担头帮助 2 号电工提住绝缘操作杆（直线串）。

（8）塔上 2 号电工手持绝缘操作杆从导线侧向横担侧逐片检测绝缘子的分布电压值或电阻值。

（9）塔上 2 号电工每检测一片，报告一次，1 号电工或地面电工按要求逐片记录，对照标准值判定是否低值或零值。

（10）塔上电工逐相检测完后，报经工作负责人同意后，塔上电工和地面电工配合拆除并传递下塔上的全部工具。

（11）塔上电工检查确认塔上无遗留物后，向工作负责人汇报，得到工作负责人同意后携带绝缘传递绳下塔。

（12）地面电工整理所用工器具和清理现场，工作负责人清点工器具。

（13）工作负责人向调度汇报。内容为：本人为工作负责人×××，750kV ××线路上带电检测低、零值绝缘子工作已结束，杆塔上人员已撤离，杆塔、导线上无遗留物，线路设备仍为原样。

6. 安全措施及注意事项

（1）本次作业应经现场勘察并编制带电检测低、零值绝缘子的现场作业指导书，经本单位技术负责人或主管生产负责人批准后执行。

（2）作业应在良好天气下进行。如遇雷电（听见雷声、看见闪电）、雪雹、雨雾时不得进行带电作业。风力大于 5 级（10m/s）时，不宜进行作业。

（3）由于是带电检测瓷质劣质绝缘子工作，当天气相对空气湿度湿度大于 80%时，不得进行带电检测工作。

（4）本次作业前需向调度明确：若线路跳闸，不经联系不得强送电。

（5）塔上作业人员必须穿戴全套静电防护服、导电鞋，以防感应电的伤害。

（6）上、下杆塔或在杆塔上移位时，作业人员必须攀抓牢固构件，且双手不得携带器材。

（7）作业时不得失取安全带的保护。

（8）带电检测低、零值绝缘子作业中，同一串中检测出的劣质绝缘子个数后，若该串良好绝缘子的个数少于表 7-2 的规定时，应立即停止检测该串绝缘子。

（9）在不同海拔地区作业时，塔上地电位电工距带电体的最小安全距离应不小于表 7-3 的规定。

（10）带电作业中，绝缘绳索和绝缘拉棒的最小有效绝缘长度不得小于表 7-4 的规定。

（11）地面绝缘工具应放在防潮苫布上，作业人员应戴清洁干燥手套，摇测绝缘电阻值不小于 700MΩ（电极宽 2cm，极间距 2cm）。

（12）检测绝缘子必须从高压侧向横担侧逐片检测，并记录后与标准值判定是否低零值。

（13）绝缘工具使用前应用干净毛巾进行表面清洁处理。使用绝缘工具应戴清洁、干燥的手套，以防绝缘工具受潮和污染。收工或转移作业点时，应将绝缘工具装在工具袋内。

（14）在杆塔上作业过程中如遇设备突然停电，作业人员应视设备仍然带电，并停止检测。

（15）塔上电工登杆塔前，应对登高工具和安全带等进行检查和冲击试验，全体作业人员必须戴安全帽。

（16）作业人员在杆塔上作业期间，工作监护人应对作业人员进行不间断监护，且不得从事其他工作。

二、750kV 输电线路地电位法带电检测复合绝缘子憎水性

1. 作业方法
地电位法。

2. 适用范围
适用于 750kV 输电线路硅橡胶复合绝缘子检测工作。

3. 人员组合
本作业项目工作人员共计 4 人。其中工作负责人（兼监护人）1 人，塔上电工 2 人，地面电工 1 人。

4. 工器具配备
750kV 地电位法带电检测复合绝缘子憎水性工器具配备一览表见表 7-19。

表 7-19　　　　750kV 地电位法带电检测复合绝缘子憎水性工器具配备一览表

序号	工器具名称		规格、型号	数量	备　注
1	绝缘工具	便携式电动喷水装置		1 套	憎水性检测仪
2		绝缘滑车	0.5t	1 只	传递用
3		绝缘传递绳	ϕ10mm	1 根	视作业杆塔高度而定
4	个人防护工具	安全带		2 根	
5		安全帽		4 顶	
6		静电防护服		2 套	塔上电工用
7		导电鞋		2 双	
8	辅助安全工具	防潮苫布	3m×3m	1 块	
9		兆欧表	5000V	1 块	电极宽 2cm，极间距 2cm
10		对讲机		2 部	
11		数码照相机	800 万像素	1 部	
12		计算机	便携式	1 台	（带专用分析软件）

5. 作业程序
按照本次作业现场勘察后编写的现场作业指导书。

（1）工作前工作负责人向调度申请。内容为：本人为工作负责人×××，需在 750kV ××线路上带电检测复合绝缘子憎水性，本次作业按《国家电网公司电力安全工作规程（电力线

路部分)》第 8.1.7 条要求，确定是否停用线路重合闸装置，若遇线路跳闸，不经联系，不得强送。得到调度许可后，核对线路双重名称和杆号。

（2）全体工作成员列队，工作负责人现场宣读工作票、交待工作任务、安全措施和技术措施；查（问）看作业人员精神状况、着装情况和工器具是否完好齐全。确认危险点和预防措施，明确作业分工以及安全措施及注意事项。

（3）地面电工检测绝缘工具的绝缘电阻是否符合要求，调节好喷嘴喷射角，检查静电防护服有否破损、洞孔和毛刺现象。

（4）塔上 1 号塔上电工携带绝缘传递绳登塔至横担处，系挂好安全带，将绝缘滑车及绝缘传递绳悬挂在适当的位置。

（5）地面电工将便携式电动喷水装置与绝缘操作杆组装好后，用绝缘传递绳传递给塔上 1 号电工。

（6）塔上 2 号塔上电工携带数码照相机，登塔至适当的位置。

（7）杆上两名电工在横担或靠近横担处各自选择适当的位置（便于喷水和数码照相）。

（8）塔上 1 号塔上电工调节喷淋的方向，使其与待检测的复合绝缘子伞裙尽可能垂直，使便携式电动喷淋装置的喷嘴距复合绝缘子伞裙约 25cm 的位置。

（9）塔上 1 号塔上电工开始对需检测的复合绝缘子伞裙表面喷淋，时间持续 20～30s，喷射频率为 1 次/s。

（10）塔上 2 号塔上电工在喷淋结束 30s 内完成照片的拍摄及观察水珠的变化情况，判断水珠的憎水迁移性。

（11）按相同的方法进行其他两相的复合绝缘子喷淋检测。

（12）三相复合绝缘子检测完毕，塔上 1 号电工与地面电工配合，将便携式电动喷水装置及绝缘操作杆传递至地面。

（13）塔上 2 号电工携带数码照相机下杆至地面。

（14）塔上 1 号电工检查确认塔上无遗留物后，汇报工作负责人，得到同意后系背绝缘传递绳下塔。

（15）地面电工整理所用工器具和清理现场，工作负责人清点工器具。

（16）用 UBS 数据线将计算机与数码照相机连接，将拍摄到的图片导入计算机，并通过专用的憎水性分析软件进行憎水性状态的分析判断，存储判断结果，记录检测时的背景信息。

（17）工作负责人向调度汇报。内容为：本人为工作负责人×××，750kV ××线路带电检测复合绝缘子憎水性工作已结束，杆塔上人员已撤离，杆塔、导线上无遗留物，线路仍为原状。

6. 安全措施及注意事项

（1）本次作业应经现场勘察并编制带电检测低、零值绝缘子的现场作业指导书，经本单位技术负责人或主管生产负责人批准后执行。

（2）作业应在良好天气下进行。如遇雷电（听见雷声、看见闪电）、雪雹、雨雾时不得进行带电作业。风力大于 5 级（10m/s）时，不宜进行作业。

（3）由于是带电检测硅橡胶憎水性作业，若相对空气湿度大于 80%时，硅橡胶伞裙已潮湿，因此要求在连续天气晴朗后才能检测。

（4）本次作业工作前应向调度明确：若线路跳闸后，不经联系不得强送电。

（5）塔上作业人员距带电体的最小安全距离应不小于表 7-3 的规定。

（6）带电作业中，绝缘杆的最小有效绝缘长度不得小于表 7-4 的规定。

（7）作业前应对携式电动喷淋装置的绝缘操作杆和数码照相机的电池电量进行检查。

（8）喷淋装置内储存的水应是去离子水，其电导率不得大于 10μs/cm。

（9）喷淋装置喷出的水应呈微小雾粒状，不得有水珠出现。

（10）带电对复合绝缘子憎水性检测，尽可能选择横担侧的 1～3 个伞裙进行喷淋，便于操作和观测。

（11）图片取样工作人员，拍摄时防止抖动的现象出现，避免图像模糊。

（12）地面绝缘工具应放在防潮苫布上，作业人员应戴清洁干燥手套，摇测绝缘电阻值不小于 700MΩ（电极宽 2cm，极间距 2cm）。

（13）塔上电工必须穿着静电防护服、导电鞋，以防感应电的伤害。

（14）绝缘工具使用前应用干净毛巾进行表面清洁处理。使用绝缘工具应戴清洁、干燥的手套，以防受潮和污染绝缘工具，收工或转移作业点时，应将绝缘工具装在工具袋内。

（15）在杆塔上作业过程中如遇设备突然停电，作业人员应视设备仍然带电。

（16）塔上电工登杆塔前，应对登高工具和安全带等进行检查和冲击试验，全体作业人员必须戴安全帽。

（17）上、下杆塔或在杆塔上移位时，作业人员必须攀抓牢固构件，且双手不得持带任何工器具。

（18）杆塔上作业时不得失去安全带的保护。

（19）作业人员在杆塔上作业期间，工作监护人应对作业人员进行不间断监护，且不得从事其他工作。

三、750kV 输电线路地电位与等电位配合法带电检测盘形绝缘子累积附盐密度

1. 作业方法

地电位与等电位配合法。

2. 适用范围

适用于 750kV 线路直线双联串绝缘子任意串更换（检测累结盐密、灰密）。

3. 人员组合

本作业项目工作人员共计 7 人。其中工作负责人（监护人）1 人，等电位电工 1 人，塔上电工 1 人，地面电工 3 人，盐密清洗技术人员 1 人。

4. 工器具配备

750kV 地电位与等电位配合法带电检测盘形绝缘子累积附盐密度工器具配备一览表见表 7-20。所需材料有相应等级的盘形绝缘子、纯净水或去离子水等。

表 7-20　　　750kV 地电位与等电位配合法带电检测盘形绝缘子
累积附盐密度工器具配备一览表

序号	工器具名称		规格、型号	数量	备　注
1	绝缘工具	绝缘传递绳	ϕ10mm	1 根	视作业杆塔高度而定
2		绝缘软梯		1 副	含软梯头
3		绝缘滑车	0.5t	1 只	传递用
4		绝缘滑车	2t	1 只	
5		绝缘紧线杆	ϕ32mm	2 根	
6		绝缘绳	ϕ18mm	1 根	提升绝缘子串用
7		绝缘操作杆	750kV	1 根	
8	金属工具	导线提线器		2 只	
9		平面丝杆		2 根	
10		专用接头		2 个	
11		机动绞磨	3t	1 台	
12		钢丝千斤		4 根	
13		瓷质绝缘子检测装置		1 套	瓷质绝缘子用
14	个人防护用具	高强度绝缘防坠保护绳	ϕ12mm	1 根	等电位工防坠落保护
15		屏蔽服		1 套	等电位电工
16		静电防护服		2 套	备用 1 套
17		导电鞋		3 双	备用 1 双
18		安全带		3 根	备用 1 根
19		安全帽		7 顶	
20	辅助安全用具	数字式电导仪		1 块	
21		清洗测量盐密工具			烧杯、量筒、卡口托盘、毛刷、脸盆等
22		灰密测试工具			漏斗、滤纸、干燥器或干燥箱、电子天秤等
23		万用表		1 块	检测屏蔽服连接导通用
24		兆欧表	5000V	1 块	电极宽 2cm，极间距 2cm
25		防潮苫布	3m×3m	1 块	
26		对讲机		2 部	
27		工具袋		2 只	装绝缘工具用
28		带标签的封口塑料袋		5 个	

注　1. 每片测量应将测量烧杯、量筒、毛刷、卡口托盘、脸盆和操作员工的手等清洗干净。

　　2. 可用带标签的封口塑料袋将过滤物带回室内烘干测量（提前秤出带标签塑料袋重量）。

　　3. 瓷质绝缘子检测装置包括：分布电压检测仪、绝缘电阻检测仪和火花间隙装置等。采用火花间隙装置测零时，每次检测前应用专用塞尺按 DL 415 要求测量放电间隙尺寸。

5. 作业程序

按照本次作业现场勘察后编写的现场作业指导书。

（1）工作负责人向局调度员申请开工后，内容为：本人为工作负责人×××，×年×月×日需在750kV ××线路上带电检测绝缘子串累积等值盐密、灰密检测作业，本次作业按《国家电网公司电力安全工作规程（电力线路部分）》第8.1.7要求，确定是否停用线路重合闸装置，若遇线路跳闸，不经联系，不得强送。得到调度许可，核对线路双重名称和杆号。

（2）全体工作成员列队，工作负责人现场宣读工作票、交待工作任务、安全措施和技术措施；查（问）看工作人员精神状况、着装情况和工器具是否完好齐全。确认危险点和预防措施，明确作业分工以及安全注意事项。

（3）工作人员采用兆欧表摇测绝缘工具的绝缘电阻，检查丝杆、卡具等工具是否完好齐全、屏蔽服（静电防护服）不得有破损、洞孔或毛刺状等缺陷。

（4）地面电工正确布置施工现场，合理放置机动绞磨。

（5）等电位电工穿着全套屏蔽服（包括帽、衣裤、手套、袜、面罩和导电鞋），必要时，屏蔽服内穿阻燃内衣。地面电工负责检查袜裤、裤衣、袖和手套的连接是否完好，用万用表测试袜、裤、衣、手套等导通情况。

（6）塔上电工必须穿着静电防护服、导电鞋。

（7）塔上电工携带绝缘传递绳登塔至横担处，系挂好安全带，将绝缘滑车和绝缘传递绳在作业横担适当位置安装好。等电位电工随后登塔。

（8）若是瓷绝缘子时，作业前应用绝缘子检测装置对绝缘子进行复测。当同串（29片）零值绝缘子达到7片时应立即停止检测，并停止本次带电作业工作。

（9）地面电工传递绝缘软梯和绝缘防坠落绳，塔上电工在横担绝缘子串挂点附近约1.5m处悬挂绝缘软梯。

（10）等电位电工系好绝缘防坠落保护绳，地面电工对绝缘软梯进行冲击无问题后控制防坠保护绳配合等电位电工沿绝缘软梯进入等电位。

（11）等电位电工沿绝缘软梯下到头部或手与上子导线平行位置，通知工作负责人，得到工作负责人许可后，地面电工利用绝缘软梯尾绳配合等电位电工进入电场。

（12）等电位电工进入电场后，首先把安全带系在上子导线上，然而才能拆除防坠绝缘保护绳进行其他检修作业。

（13）地面电工将平面丝杆传递到横担侧工作位置，塔上电工将平面丝杆安装在横担头上。

（14）地面电工将整套绝缘吊杆、导线提线器传递到工作位置，等电位电工与塔上电工配合将绝缘子更换工具安装在被更换的绝缘子串两侧。

（15）地面电工将绝缘磨绳、绝缘子串尾绳分别传递给等电位电工与塔上电工。

（16）塔上电工将绝缘磨绳安装在横担和第3片绝缘子上，等电位电工将绝缘子串控制尾绳安装在导线侧第1片绝缘子上。

（17）塔上电工收紧平面丝杆，使绝缘子松弛，等电位电工手抓导线提线器冲击检查无误后，报经工作负责人同意后，塔上电工与等电位电工配合取出碗头螺栓。

（18）地面电工收紧提升绝缘子串的绝缘磨绳，塔上电工拔掉球头挂环与第 1 片绝缘子处的锁紧销，脱开球头挂环与第 1 片绝缘子处的连接。

（19）地面电工松机动绞磨，同时配合拉好绝缘子串尾绳，将绝缘子串放至地面。

（20）盐密清洗测量员工将横担侧第 2 片、串中间第 15 片、导线侧第 2 片瓷瓶换下，地面电工将备用的相应等级新绝缘子更换上。

（21）地面电工将绝缘磨绳和绝缘子串尾绳分别转移到组装好的绝缘子串上。

（22）地面电工起动机动绞磨。将组装好的绝缘子串传递至塔上电工工作位置，塔上电工恢复新绝缘子与球头挂环的连接，并复位锁紧销。

（23）地面电工松出磨绳，使新绝缘子自然垂直，等电位电工恢复碗头挂板与联板处的连接，并装好碗头螺栓上的开口销。

（24）经检查无误后，报经工作负责人同意，塔上电工松开平面丝杆，地面电工与等电位电工、塔上电工配合拆除全部作业工具。

（25）等电位电工与塔上电工配合拆除塔上全部作业工具并传递下塔。

（26）等电位电工检查确认导线上无遗留物后，汇报工作负责人，得到同意后等电位电工退出电位。

（27）塔上电工检查确认塔上无遗留物后，汇报工作负责人得到同意后背绝缘传递绳下塔。

（28）地面电工整理所用工器具和清理现场，工作负责人清点工器具。

（29）工作负责人向调度汇报。内容为：本人为工作负责人×××，750kV ××线路上带电更换绝缘子检测附盐密度工作已结束，杆塔上人员已撤离，杆塔、导线上无遗留物，线路设备已恢复原状

（30）盐密检测人员按图 2-1 的任意种清洗方法进行清洗，测量前应准备好足够的纯净水，清洗绝缘子用水量为 0.2mL/cm^2，具体用水量按绝缘子表面积正比例换算，但不应小于100mL。

（31）按照国网防污闪的规定，附盐密值测量的清洗范围：除钢脚及不易清扫的最里面一圈瓷裙以外的全部瓷表面，如图 2-2 所示。

（32）污液电导率换算成等值附盐密值可参照国电防污闪专业《污液电导率换算成绝缘子串等值附盐密的计算方法》中确定的方法进行。

（33）检测人员用带标签编号已称重的滤纸对污秽液进行过滤，将过滤物（含滤纸装入带标签的封口塑料袋中，填写对应线路名称、相序、片数等标记。

（34）检测人员按照国网公司《电力系统污区分级与外绝缘选择标准》附录 A 等值附盐密度和灰密度的测量方法室内进行灰密测量和计算。

6. 安全措施及注意事项

（1）本次作业应经现场勘察并编制带电更换直线整串绝缘子的现场作业指导书，同时编制运行绝缘子累积附盐密度清洗、测量的作业指导书，经本单位技术负责人或主管生产负责人批准后执行。

（2）作业应在良好天气下进行。如遇雷电（听见雷声、看见闪电）、雪雹、雨雾时不得进行带电作业。风力大于 5 级（10m/s）时，不宜进行作业。

（3）若需在相对空气湿度大于 80% 的天气下进行带电作业时，应采用具有防潮性能的绝缘工具。

（4）本次作业工作前应向调度明确：若线路跳闸后，不经联系，不得强送电。

（5）等电位电工应穿戴全套屏蔽服、导电鞋，且各部分应连接良好。屏蔽服内不得贴身穿着化纤类衣服。

（6）塔上电工必须穿着静电防护服、导电鞋，以防感应电的伤害。

（7）等电位电工转移电位时严禁对等电位电工头部或手充放电，作业中等电位人员头部或手不得超过第 3 片绝缘子，人体裸露部分与带电体的有效距离不得小于 0.5m。

（8）等电位电工在绝缘子更换作业中，同一串中扣除人体短接和劣质绝缘子个数后，最小间隙距离和良好绝缘子的个数不得小（少）于表 7-2 的规定。

（9）在不同海拔地区作业时，塔上地电位电工距带电体的最小安全距离和等电位电工距接地构件的最小安全距离应不小于表 7-6 的规定。

（10）在不同海拔高度，等电位电工进入（退出）强电场时，其与接地体和带电体两部分间隙所组成组合间隙不得小于表 7-7 的规定。

（11）作业中，绝缘杆的最小有效绝缘长度不得小于表 7-4 的规定。

（12）绝缘软梯必须安装可靠，等电位电工在进入电位前应试冲击判断其可靠性。

（13）使用的工具、绝缘子上下起吊应用绝缘传递绳，金属工具在起吊传递过程中必须距带电体 1.5m 以外，再传递给操作人员。

（14）地面绝缘工具应放在防潮苫布上，作业人员应戴清洁干燥手套，摇测绝缘电阻值不小于 700MΩ（电极宽 2cm，极间距 2cm）。

（15）等电位电工从绝缘软梯登上导线后，必须先系挂好安全带才能解开防坠后备保护绳，脱离电位前必须系好防坠后备保护绳后，再解开安全带向负责人申请下软梯。

（16）所使用的工器具必须安装可靠，工器具受力后应判断其可靠性。

（17）利用机动绞磨起吊绝缘子串时，绞磨应放置平稳。磨绳在磨盘上应绕有足够的圈数，绞磨尾绳必须由有带电作业经验的电工控制，随时拉紧，不可疏忽放松。

（18）绝缘工具使用前应用干净毛巾进行表面清洁处理，使用绝缘工具应戴清洁、干燥的手套，以防绝缘工具受潮和污染，收工或转移作业点时，应将绝缘工具装在工具袋内。

（19）在杆塔上作业过程中如遇设备突然停电，作业人员应视设备仍然带电。

（20）塔上电工登杆塔前，应对登高工具和安全带等进行检查和冲击试验，全体作业人员必须戴安全帽。

（21）上、下杆塔或在杆塔上移位时，作业人员必须攀抓牢固构件，且双手不得持带任何工器具。

（22）杆塔上作业时不得失去安全带的保护。

（23）地面电工严禁在作业点垂直下方逗留，塔上电工应防止高空落物，使用的工具、材料应用绳索传递，不得乱扔。

（24）作业人员在杆塔上作业期间，工作监护人应对作业人员进行不间断监护，且不得从事其他工作。

（25）每片清洗测量前，检测人员应将测量的烧杯、量筒、毛刷、卡口托盘、脸盆和操作员工的手等清洗干净。

（26）绝缘子的附盐密值测量清洗范围：除钢脚及不易清扫的最里面一圈瓷裙以外的全部瓷表面。

（27）清洗绝缘子用水量为 $0.2mL/cm^2$，具体用水量按绝缘子表面积正比例换算，但不应小于 100mL。

附录 A

750kV 带电作业安全工作规程

0 前言

750kV 官东Ⅰ线交流输电线路是我国第一条示范工程。运行维护、带电作业都无经验可借鉴，但安全生产中又迫切需要一本指导性规程。为此，我们根据有关试验研究的成果以及《750kV 交流输电线路带电作业技术导则》，并结合我国 330kV、500kV 交流输电线路带电作业实用经验编写了本规程。

1 范围

本规程规定了 750kV 交流输电线路带电作业组织措施、技术措施、作业方式、安全要求及工具试验、保管等。

本规程适用于海拔 3000m 及以下地区 750kV 交流输电线路上采用地电位、中间电位和等电位方式进行的带电作业。

2 引用的标准

国家电网公司带电作业工作管理规定（试行） 国家电网生〔2007〕751 号文

GB/T 2900.55 电工术语 带电作业

DL/T 878—2004 带电作业用绝缘工具试验导则

国家电网公司电力安全工作规程（电力线路部分）（试行）

750kV 电力安全工作规程（电力线路部分）（试行）

GWQB/T 750kV 交流输电线路带电作业技术导则

GB/T 18037—2000 带电作业工具基本技术要求与设计导则

DL/T 974—2005 带电作业用工具库房

3 术语

3.1 安全距离

在满足安全的条件下，带电作业所需要的最短绝缘距离。

3.2 组合间隙

由两个及以上空气间隙串联组合的总间隙。

3.3 有效绝缘长度

除掉绝缘中导电部分后纯绝缘部分的长度。

3.4　良好绝缘子

整体完好且电阻值符合运行标准的绝缘子。

3.5　电位转移

带电作业时，作业人员由某一电位移动到另一电位。

3.6　地电位作业

作业人员处在地电位的带电作业。

作业方式为地→人→绝缘工具→带电体。

3.7　等电位作业

作业人员与带电体处于同一电位的作业。

作业方式为地→绝缘工具（空气间隙）→人→带电体。

3.8　中间电位作业

作业人员处于带电体电位与地电位之间电位上的作业。

作业方式为地→绝缘体→人→绝缘工具→带电体。

中间电位作业适用于地电位作业和等电位作业比较困难的场合。

3.9　沿绝缘子串作业

作业人员身穿屏蔽服沿绝缘子串进入强电场区的作业。

4　总则

4.1　本规程适用于 750kV 交流输电线路上进行带电作业的一切人员。

4.2　凡从事 750kV 电网的工作人员（管理人员、运行人员和检修人员），应根据各自的岗位职责了解、熟悉和遵守本规程。

4.3　各单位领导干部要带头执行本规程。任何工作人员发现有违反本规程，应立即制止。

4.4　带电作业人员应具备以下条件：

　　a）经医生检查，无妨碍工作的病症；

　　b）应具有电工原理和 750kV 输电线路的基本知识，掌握带电作业的基本原理，熟悉电力安全工作规程（电力线路部分）和本规程，经过 750kV 带电作业项目模拟操作培训，熟悉 750kV 带电作业项目操作方法和作业工具的适用范围和使用方法，并经考试合格取得上岗证、主管领导批准后，方能参加工作；

　　c）学会紧急救护法，特别是触电急救法；

　　d）带电作业人员应在国家电网公司带电作业培训中心（成立前暂由专业机构培训）进行不少于 2 周时间（有效时间）的理论知识和实际操作培训，考试合格，取得国家电网公司输电带电作业资格证书，并经本单位总工或分管领导批准后，才能从事相应的带电作业工作。

4.5　每年至少一次对带电作业人员进行规程及业务知识的考试，考试不合格者不能上岗。

4.5.1　按有关规定和要求，认真做好带电作业岗位练兵和岗位培训工作，每月应不少于 4 个学时。

4.5.2　作业人员对本规程应每年考试一次。因故间断电气工作连续 3 个月以上者，应重新学习本规程，并经考试合格后，方能恢复工作。

4.6 凡是新项目或比较复杂的带电作业项目，应先进行模拟操作试验、订出操作规程、经主管生产的领导或总工程师批准后，才能在带电设备上进行作业。

4.7 各单位在执行本规程中，根据需要可结合本单位的实际情况制定补充措施，或根据本规程制定带电作业项目作业指导书。

5 一般组织措施

5.1 带电作业前，应根据工作任务组织相关人员进行必要的现场勘察，查阅相关数据和资料，以便正确地制定作业方法和相应的安全措施，确定所使用工具、材料的规格和型号。

5.1.1 现场勘察内容有：系统接线、运行方式、线路杆塔型式（塔头尺寸，目测或实测作业距离）、工作相关部件如导线、地线、绝缘子型号及联接方式、线路所经地理环境、交叉跨越情况以及所需用的工器具、材料等。

5.1.2 查阅数据和资料的内容有：线路的相关参数，相关部件的技术参数，导、地线的机械荷载等。

5.2 填写带电作业工作票。

5.2.1 填写带电作业工作票要求按国家电网公司电力安全工作规程（电力线路部分）（试行）及 750kV 电力安全工作规程（电力线路部分）（试行）（以下简称《电力线路安全工作规程》）的规定进行。

5.2.2 带电作业工作票签发人、工作负责人和专职监护人除具备《电力线路安全工作规程》规定的基本条件外，还应具备：

　　a）工作票签发人必须具有实际操作经验，了解带电作业项目的操作步骤、保证作业安全和事故预防措施。工作票签发人由本单位总工程师或主管领导批准；

　　b）工作负责人和专职监护人应具有 3 年以上的具有 220kV 电压等级的带电作业实际工作经验，熟悉 750kV 线路，具有一定的组织能力和事故处理能力人员担任。工作负责人和专职监护人应由本单位总工程师或主管领导批准。

5.2.3 工作票所列人员的安全责任按《电力线路安全工作规程》规定执行。

5.3 带电作业必须设专职监护人。对复杂的工作和高杆塔、多回路线路杆塔上的工作，在杆塔（或构架）上还应增设高空监护人。

5.4 带电作业时，中性点有效接地系统中有可能引起单相接地或相间短路的作业、复杂的作业以及推广项目，工作前应向变电所值班员（变电站调度）申请停用重合闸，并不得强送电。

5.5 带电作业中工作间断时，对使用中的工器具应固定牢靠并派人看守现场。恢复工作时，应派人详细检查各项安全措施，确认安全可靠，方可开始工作。当天气突然变化（如雷雨、暴风等），应立即暂停工作，如此时设备不能及时恢复，工作人员必须撤离现场，并与调度取得联系，采取强迫停电措施。

　　工作转移或结束时，应拆除所有工器具并仔细检查，使被检修的设备、现场恢复正常。

工作结束后，工作负责人应向当值值班员（或调度）汇报，对停用了的重合闸应及时恢复。

6　一般技术措施

6.1　带电作业应在良好的天气条件下进行，如遇下列情况应停止作业：

a）雨、雪、雷、雾；

b）风力大于 5 级。

如必须在恶劣天气进行带电作业时，应经带电作业人员充分讨论，采取可靠措施，并经总工程师或主管领导批准后方可进行。

6.2　塔上地电位作业人员距带电体的最小安全距离和等电位作业人员距接地构件的最小安全检查距离应不小于表 1 的规定。

表 1　　　　　　　　　　　最小安全距离（相—地）　　　　　　　　　　单位：m

作业位置	说　明	0～1000	1000～1500	1500～2000	2000～2500	2500～3000
直线塔边相	地电位作业人员距带电体、等电位作业人员距侧面塔身	4.5	4.8	5.1	5.4	5.7
直线塔中相	地电位作业人员距带电体、等电位作业人员距侧面塔身	4.8	5.1	5.3	5.7	6.0
直线塔边相或中相	等电位作业人员距上横担或顶部构架	5.7	5.9	6.1	6.3	6.5

注：表中数值包括了人体活动范围 0.5m（不包括人体占位）。

6.3　等电位作业人员与邻相导线的最小安全距离不得小于表 2 的规定。

表 2　　　　　　　等电位作业人员与邻相导线的最小安全距离　　　　　　单位：m

作业位置	0～1000	1000～1500	1500～2000	2000～2500	2500～3000
边相	6.5	7.0	7.4	7.9	8.3
中相	7.0	7.4	7.7	8.3	8.8

注：表中数值包括了人体活动范围 0.5m（不包括人体占位）。

6.4　作业人员沿绝缘梯（吊篮）进入（退出）强电场或在其上作业时，其与接地体和带电体两部分间隙所组成的组合间隙不得小于表 3 的规定。

表 3　　　　　　　　　　组合间隙最小距离　　　　　　　　　　　单位：m

作业位置	0～1000	1000～1500	1500～2000	2000～2500	2500～3000
直线塔边相	4.8	5.1	5.3	5.6	5.9
直线塔中相	4.9	5.2	5.4	5.8	6.1

注：表中数值包括了人体占据位置 0.5m。

6.5 等电位作业人员沿绝缘子串进（出）强电场作业或在其上作业，只能在耐张绝缘子串上进行，人体短接的绝缘子不得超过 3 片。扣除人体短接的、屏蔽环短接的和零值绝缘子片数后，最小间隙和良好绝缘子片数不得小于表 4 之规定。

表 4 最少良好绝缘子片数

海拔高度 （m）	最小间隙 （m）	最少良好绝缘子片数		
		XWP-210/170	XWP-300/195	XWP-400/420/205
0～1000	4.4	26	23	22
1000～2000	4.9	29	25	24
2000～3000	5.6	33	29	28

注：表中最少良好绝缘子片数指接地端与均压环之间的良好绝缘子片数。

6.6 带电作业中，绝缘操作杆、绝缘承力工具和绝缘绳索（统称绝缘索具）的最小有效绝缘长度不得小于表 5 的规定。

表 5 绝缘索具的最小有效绝缘长度 单位：m

海 拔 高 度	最小有效绝缘长度
0～1000	5.0
1000～2000	5.3
2000～3000	5.6

7 进（出）强电场方法与要求

7.1 进（出）强电场方法：

　　a）吊篮法；

　　b）绝缘梯水平进（出）法；

　　c）沿耐张绝缘子串进（出）法；

　　d）在导线上直线绝缘软梯法。

7.2 进（出）强电场的安全要求：

　　a）无论采用哪种方式进入或退出强电场，其组合间隙必须满足表 3、4 的要求。

　　b）直线塔进出电场时，严禁从横担和绝缘子串垂直进出；进出直线塔中相时，等电位电工应以面向导线侧为宜。

　　c）利用吊篮或在横担上直线绝缘梯进出电场时，吊篮或梯子固定要牢靠，控制绳索调节要灵活，移动速度均匀、缓慢、平稳；等电位电工在吊篮或梯上所处的位置应与导线相平，使其到达导线时头部不超过均压环。

　　d）在导线上直线绝缘软梯时，梯头应挂在单根线上；遇到下列情况者应进行验算：

　　　　1）在孤立挡距导线上；

　　　　2）在有断股导线上。

e）沿绝缘子串进出电场适用于耐张绝缘子串，对于直线（含 V、L）串严禁沿绝缘子串进出电场。

f）沿绝缘子串进出电场时，应严格按"跨二短三"的方式进行，禁止大挥手、前府后仰等大幅度动作。

g）等电位电工进出电场电位转移时，应遵从下述规定：

　　1）电位转移前，对于直线塔人体距带电导线保持约 0.4m，面部与带电导线保持不小于 0.5m；

　　2）等电位电工在电位转移前，应系好安全带；进行电位转移时应取得工作负责人的许可，进行电位转移操作时，动作应迅速、准确。

8　电场与电流的防护措施

8.1　在塔（构架）和带电导线上进行作业时，作业人员应正确地穿着合格的全套屏蔽服（包括帽、衣、裤、手套、导电袜、导电鞋和面罩）。必要时塔上人员应穿阻燃内衣。

8.2　作业中所使用的绝缘工具［包括绝缘杆、绝缘梯、绝缘拉棒（板）和绝缘绳］表面应清洁干燥，禁止使用污秽受潮的绝缘工具。

8.3　绝缘架空地线应视为带电体，禁止人身直接接触；作业人员与绝缘架空地线之间的距离不应小于 0.6m。如需在绝缘架空地线上作业时，应用接地线将其可靠接地后，作业人员穿屏蔽服直接进行作业。逐基接地的光纤复合架空地线（OPGW），作业人员穿屏蔽服直接进行作业。

8.4　在作业中用绝缘绳传递的大、长金属件，必须先行接地后才能徒手触及。

8.5　在带电线路下放置的体积较大的金属物件、汽车、绝缘体上的金属件等，必须先行接地后才能徒手触及。

8.6　在绝缘子串未脱离导线前，拆、装靠横担的第 1 片绝缘子时，必须采用专用短接线或穿屏蔽服方可直接进行操作。

9　作业方式与要求

9.1　地电位作业：

a）地电位作业人员必须穿戴合格全套屏蔽服；

b）进行地电位作业时，人身与带电体间的安全距离不得小于表 1 的规定；

c）进行地电位作业时，所使用的绝缘工具的有效长度不得小于表 5 的规定。

9.2　等电位作业：

a）等电位作业人员应穿戴合格的全套屏蔽服和戴防护面罩；

b）等电位作业人员在进出电场或在作业中需要进行电位转移时，应遵守本规程 7.2.7 条规定；

c）等电位作业人员对接地体距离应对于直线塔不小于表 1 的规定，对于耐张塔不得小于表 4 的规定，对邻相导线的距离应不小于表 2 的规定；

d）沿绝缘子串进出电场或在绝缘子串上作业时，对绝缘子串中的任一串，等电位作业人员或工具短接绝缘子片数不得超过 3 片，扣除短接（包括人体或工具和均压环短接）的和零值的绝缘子片数后，良好绝缘子片数和最小间隙应不小于表 4 的规定；

e）等电位电工在直线串下作业时，头部不允许超过均压环上沿；

f）等电位电工与塔上电工不得同时在同 1 串绝缘子上作业；

g）等电位电工沿绝缘子串或沿绝缘梯等进出电场和作业过程中，必须加装后备保护绳。

10 带电作业工具

10.1 一般要求

10.1.1 带电作业工具的基本技术要求与设计必须符合 GB/T 18037—2000 的规定。

10.1.2 带电作业工具设计气象条件为：最低气温 −15℃；最大风速 10m/s。

10.1.3 带电作业绝缘工具的工作条件，一般规定为湿度不大于80%。当湿度大80%时，可采用具有防潮性能的绝缘工具。

10.1.4 带电作业用承力工具的安全系数应不小于 2.5。

10.1.5 带电作业用绝缘工具的绝缘强度必须满足表 6 的要求。

10.1.6 新工具使用前，必须经过型式试验、模拟操作试验和鉴定后方可使用。

10.2 工具管理

10.2.1 带电作业工器具应置于专用的库房，库房应符合《带电作业用工具库房》（DL/T 974—2005）的要求。

10.2.2 在运输过程中，绝缘工器具应装在专用工具袋、工具箱或专用工具车内，以防受潮或损坏。

10.2.3 发现绝缘工具受潮或表面损伤、脏污时，应及时处理并经试验合格后方可使用。

10.2.4 不合格的工具应及时检修或报废，对报废或需检修的工器具应标识清楚、不得继续使用。

10.2.5 工器具应设专人保管，登记造册，并建立每件工具的试验检验记录。

10.3 工具维护、检查与试验

10.3.1 使用或传递绝缘工具的人员应戴干净线手套。工具运输时应装在工具套内。工具放在现场时，应置于工具架或防潮帆布上。工具传递时应防止碰撞。

10.3.2 绝缘工具要经常定时进行烘烤和涂（浸）绝缘漆；金属工具要有防锈措施。

10.3.3 使用工具前，应仔细检查其是否损坏、变形和失灵。使用绝缘工具前，应用 2500V 摇表测量绝缘电阻，绝缘电阻不低于 700MΩ（极间距离 2cm，电极宽 2cm）。

10.3.4 屏蔽服应放在专用的工具包内，防止导电丝折断；使用前应检查其有无断丝、破损。必要时，用电阻表检查其电阻，分别测量衣、裤、手套、袜子任意两个最远端之间的电阻不得大于 15Ω；整套屏蔽服（衣、裤、手套、袜子和鞋）各最远端之间的电阻不得大于 20Ω；鞋电阻不得大于 500Ω。测量方法见 GB 6568.2—2000《带电作业用屏蔽服装试验方法》。绝缘衣、裤、帽、手套、靴，使用前，应检查其有无破（磨）损或网孔等影响绝缘性能的其他异常情况。

10.3.5 绝缘工具的电气试验项目、标准见表 6。

表6 带电作业绝缘工具电气试验项目和标准

试品布置	额定电位 kV			750
	试验长度 m			4.7
整体试验	工频耐压 kV	5min	型式试验电压	860
		3min	预防性（出厂）试验电压	780
	操作波耐压试验 kV	15次	型式试验电压	1400
			预防性试验电压	1250
	泄漏电流试验 mA	15min 加压 510kV	型式试验电压	小于0.5
分段试验	检查性试验	1min	工频耐压试验 kV	每300mm长，耐压75kV；以无击穿、闪络及过热为合格

注1：操作冲击耐压试验以无一次击穿、闪络为合格。
注2：工频耐压试验以无击穿、无闪络及过热为合格。

10.3.6 工具的机械试验标准：

a）带电作业工具应实际使用工况进行机械强度试验；

b）在型式试验中，静负荷试验应在2.5倍额定工作负荷下持续5min无变形、损伤。动负荷试验应在1.5倍额定工作负荷下操作3次，要求机构动作灵活、无卡住现象；

c）在预防性试验中，静负荷试验应在1.2倍额定工作负荷下持续1min无变形、损伤。动负荷试验应在1.0倍额定工作负荷下操作3次，要求机构动作灵活、无卡住现象。

10.3.7 工具的试验周期。带电作业工具应定期进行电气试验和机械试验，其试验周期为：

a）电气试验：预防性试验每年一次，检查性试验每年一次，两次试验间隔半年；

b）机械试验：绝缘工具每年一次，金属工具两年一次。